林开武

传奇

张邦兴

刘永年◎著

中国文史出版社

图书在版编目（CIP）数据

林开武传奇 / 张邦兴，刘永年著 . — 北京 ：中国
文史出版社，2024. 8. — ISBN 978-7-5205-4783-3

Ⅰ . I247.5

中国国家版本馆 CIP 数据核字第 202415N2U0 号

责任编辑：徐玉霞

出版发行：**中国文史出版社**

社　　址：北京市海淀区西八里庄路 69 号院　　邮编：100142
电　　话：010-81136606　　81136602　　81136603（发行部）
传　　真：010-81136655
印　　装：廊坊市海涛印刷有限公司
经　　销：全国新华书店
开　　本：1/16
印　　张：31.75
字　　数：510 千字
版　　次：2025 年 3 月北京第 1 版
印　　次：2025 年 3 月第 1 次印刷
定　　价：89.00 元

目　录 | CONTENTS

第一部
近南落籍莲花台 儿子长成少年才

一、林则徐贬职赴新疆 林近南结识崔老板

一条绵延的山道，也是冷落的官道上，一行人在为一位没落的官员送行。

官员是大名鼎鼎的前两广总督，昔日清廷禁烟钦差大臣林则徐。此时，他已经没有了往日的威仪，也不再是顶戴花翎装束，而是一身青衣，一顶小帽，衬之满脸的倦容，双目的悲怨，极像一位刚被辞退的私塾先生，欲回家去打发余生的岁月。

见到众人依然不肯离去，林则徐干咳了一声，朗声道："诸位，送人千里，终有一别，请大家就此止步，容则徐告辞了。"

人群中一位年岁稍长的人道："大人，此去新疆，行程上万里，我等实在是放心不下……"

林则徐："贬谪之人，罪在其身……一路之上，想必不会再有人为难，你们就放心好了。"

说完，他吩咐即将跟随自己远赴新疆的林府总管："咱们走吧。"

管家应诺，将马牵来，扶林则徐上马。

这时，一位20多岁的年轻人从人群中冲出来，拦住林则徐，不让他上马。此人名叫林近南，身材魁伟，神情凄然，他一步跪在林则徐面前，哽咽道："大人！不，我还是叫您三叔吧……我求您让我跟您去……跟您到新疆，侍候您，保护您，就像以前在广东总督衙门一样……"

　　林则徐扶起年轻人，缓缓地说："近南，别说傻话，你的情意我领了。我此去，不是个人意愿，也不可以随意安排自己……我是朝廷钦犯、是去充军……你我现在已不是从前的从属关系，你以前在衙门为我当侍卫，那是当官差、吃皇粮……而今，这已经是不可能的事了……我想我走后，你还是远走高飞，离开那些人的视野，离开官场是非……"

　　林近南："我真的想跟您去……"

　　林则徐："别犯傻了，我此去尚不知山高水低，你还是自谋出路吧！记住，选一个好地方，选一个好人家的闺女，把日子过起来……"

　　思忖良久，林近南转过身子，背对林则徐，扑通再次跪下，喃喃道："那么，请三叔在我背上留字……我要永记三叔公的恩德和告诫，用以立身，教诲后人……"

　　林则徐迟疑了一下，对管家说："笔墨伺候。"

　　管家从马背上的行囊中，取出笔砚。林则徐蘸饱墨汁，在林近南的白布衫上奋笔疾书。他写的是："海纳百川，有容乃大；壁立千仞，无欲则刚。"想了想，又在旁边写了两句："穷则独善其身，达则兼善天下。"最后署名：林则徐。

　　见此，在场的人无不感叹唏嘘，既惋惜林则徐这位一代名臣、一代忠臣的不幸，又由衷地钦佩他的磊落襟怀。

　　林近南转回身子，对林则徐"咚、咚、咚"叩了三个响头，头皮都磕破了。

　　林则徐拉起他，从兜里掏出一块佩玉交给他："这是一块祖母绿，听说有人偶然得于滇地南疆的荒野，是我准备在路上有特殊情况时应急用的……现在给你，带好它，说不定，你用得着……"

　　林近南急忙推辞，因为他深知祖母绿宝石价值不菲，而这一块又是三叔公珍藏多年，特别珍爱的。

　　林则徐硬塞给他："拿着，别推了。"

　　林近南："三叔，您比我更需要……"

　　林则徐："我好歹还当过一品大员，再说，这一路上昔日的部属同僚，多少也会念及旧情关照我些，你就不用担心了……"

　　见此，林近南只好收下了。

　　林则徐转身面对大家，挥手道："诸位，请回吧。则徐这就上路了！"

至此，大家也只好留步了。

林则徐上马，三揖之后，策马而去。

众人挥手告别，神色黯然，有人拭泪，有人哽咽自语："不公啊不公！冤枉啊冤枉！"

林近南再次冲出去，追着马奔跑。山路上，林则徐和管家的坐骑在主人的催促下加快了脚步，林近南仍然追得不依不舍。见此，林则徐和管家又给马加了几鞭，策马狂奔，山路上扬起了滚滚烟尘。

林近南紧追不舍，死死跟随。

渐渐地，人和马的距离越拉越大，前面的马消失在山野之中……

广西与云南接壤的剥隘镇。

这是一个典型的云南古镇，由于系两省通关要道，又系水陆码头，故很是繁华热闹，宽阔平静的右江江面上到处都是来往的乌篷船，乍一看，还以为是江南的某一处水乡。

江边码头上，一艘刚到的木船正在下人卸货，下来的人群中，有远道而来的林近南和夫人林陈氏。此刻，他们一身劳顿，满脸疲惫，正打算上岸找个旅店歇息。

衣着得体，已经有些发福的剥隘香料铺崔老板在指挥伙计卸货，他们搬运的是一包包海盐、一捆捆棉纱、布匹……崔老板吆喝着指挥大家，大家也专注地忙碌着。突然，有人在隐蔽处暗暗使劲蹬了一下木船，船一歪，很多人站不住脚，当即东摇西晃，几欲跌倒。崔老板更是干脆跌倒在甲板上。一个人走到他身边，装作搀扶他，但趁机把他的钱袋偷到了手。崔老板浑然不觉，被扶起来后还连声道谢。

贼道了声："没关系，不用谢。"言罢转身急欲离去。

但这一切，早已被不远处尚未离去的林近南看得清清楚楚。

他走上前去，拦住那贼："你，等等！"

贼有些慌张，心虚却又故意厉声问他："你要干什么？"

林近南上下打量着他："你是不是拿别人的东西了？"

贼掩饰着嚷嚷道："你胡扯，瞎说！"

林近南逼近他："把人家的东西还回去……"

贼狡辩道："我没有……"

这时，崔老板过来了。

林近南问他："你看看，你丢东西没有？"

崔老板摸摸身上，惊讶道："啊！我的钱袋没了。"

林近南指指那贼："在他身上。"

贼拔腿就跑。

林近南错步蹲身，一个绊子将他摔倒，接着纵身上前揪住他，从他怀里搜出钱袋。

崔老板一见，喜形于色，上前冲林近南连连揖手示谢，还狠狠踢了躺在地上的贼一脚。

林近南："你看看东西都在不？"

崔老板翻看钱袋后，连声道："还在，还在，多亏您了！今天，为支付货款，我开了一百两银票，袋子里还有些零钱。要不是你，损失可就大了。谢谢，谢谢！"

林近南淡然一笑："没什么，往后，小心点。"

崔老板连连点头，之后吩咐手下："把贼扭送镇公所！这种人，当教训教训。"

之后，他走近林近南道："先生面生，听口音也不像本地人，像是刚从远处过来吧？"

林近南点点头："我和夫人从福建来，想在云南这边找个合适的地方落脚安家，故坐这趟船……"

崔老板："哦！远道客人，辛苦辛苦！这样吧，一会儿先去我家小店，暂在我那儿歇脚、吃顿饭，再作计较如何？"

林近南："那不很叨扰您，怕有不便吧？"

崔老板："谈不上，谈不上，先生有恩于我，理应报答。再说，或许这还是我们之间的缘分呢，要不然茫茫人海之中，怎么偏生就让在下和先生在这码头上、在这般境况下相遇了？"

想了想，林近南颔首道："好，那今晚我们就住你家了。"

崔老板："巴不得，巴不得呢。请！"

崔老板家开的是香料店。平时，他们一家多半是收购、加工云南山区产的八角、草果、桂皮等，销往两广和内地。不过空船回来时，也会顺带捎些海盐、棉纱、布匹等销往云南腹地，赚些船费、人工费。

这是一间典型的前店后作坊型的店铺。门面，是大柜台和货样架，上面摆满了各种已加工好的八角、草果、桂皮、陈皮等，香气弥漫。中间，是加工香料的地方，还堆着各种包装材料。后面，是居家之所，有厨房、饭厅和卧室之类。

天色近晚，一桌颇为丰盛的家宴已摆上了餐桌。

崔老板邀请林近南和夫人入席。

看到一桌子的佳肴，还有剥隘当地自产的上等米酒，林近南有点不好意思："崔老板，你我萍水相逢，您太客气了……"

崔老板："一点心意，不成敬意，林先生请。"

林近南："无功受禄，于心有愧，只求来日有报偿的机会。"

崔老板："同是天涯沦落人，相逢何必曾相识。我们一家也并非本地土著，也是早年从广东辗转到这做生意的。更何况，我们今天一见面，先生您就帮了我那么大个忙，在下理应报答。"

林近南："刚巧碰到，举手之劳，不足挂齿。"

崔老板："先生您这是能人说话，过于轻巧了。这种忙，有人能帮，有人不能帮。能帮的还要看愿不愿帮，愿帮的如果不能帮那也枉然。像我，手无缚鸡之力，遇到这种事，再想帮别人的忙也帮不上啊！"

林近南："我哪里算什么能人？不过凑巧而已。"

崔老板："先生不必客气，崔某虽然无能，但也在商界的江湖上混了那么些年，见您一出手，便知先生的身手不凡。今后，崔某在生意场上，免不了还要仰仗先生您呢。"

林近南："哪里、哪里，能为崔老板效劳，实乃林某之幸。"

崔老板："先生原来姓林，敢问尊号……"

林近南："在下林近南，福建人氏，前些年追随三叔林则徐左右，一直在广东走动，与崔老板也算半个同乡。"

崔老板："先生原来是林则徐林大人的家人？林大人有恩于广东，有功于国家呀！一场虎门销烟，可是让所有的广东人都没齿难忘啊！失敬、失敬了！"

得知林近南乃良臣之后，崔老板更加客气，他请林近南和夫人坐下以后，举杯敬道："林先生，剥隘已是荒僻滇边，不想在下却有缘在这结识先生，真是三生有幸！人生相聚就是缘，但愿从今往后，你我缘分不断，相聚有时日。"

林近南："林某初来乍到，各方面都要仰仗崔老板的，以后还望多多关照。"

崔老板："好说，好说。只是今天见面时，先生即说要偕夫人到云南落脚安家，不知先生作何打算，是否已经有具体的去向了？"

林近南："前些时，曾听我三叔公说，滇边开化府有个地方，那里风景极好，山似莲花台，人烟又少，据说有锑矿，还有人在距那不远的山野里拾到过祖母绿，心里很向往。因此这次来云南，想去那里看看，如果真的如此，林某便想在那林泉之下，搭一间茅屋，开两畦田地，做一只闲云野鹤。"

崔老板："林先生高雅，我们剥隘虽然属于广南府，但与开化府相邻。在下因为要经常去开化府的山里收购香料，倒也还熟悉那边的情况。想来先生所指，必是安平厅县东安里的莲花台了。那确实是一个难得的好地方。"

林陈氏："莲花台！真是个好名字，想想都是好地方，那个地方是否与观音菩萨有些联系？"

崔老板："有、有、有，听说那地方，就是因为传说中曾有观音菩萨坐禅，才叫莲花台。"

林陈氏："阿弥陀佛！我本是普陀山的忠实信众，不想随夫千里出奔滇边，又得遇莲花台，也是与佛有缘了！"

崔老板："真是、真是，佛缘无边哪！来、来、来，林先生、林夫人，先吃饭、先吃饭。我们边吃边聊，崔某好好给你们说说莲花台这个地方……"

林近南："佛度有缘人！如此，真是太好了！"

崔老板向林近南敬酒，还叫自己的老婆给林夫人夹菜，又叫两个女人也一起喝些米酒。

酒酣饭饱之后，崔老板对林近南说道："林夫人说你们是信奉观音菩萨的，这太好了！观音菩萨大慈大悲，普度众生……开化府安平厅的东安里，有个莲花台乡，传说曾经是观音菩萨修行的地方。那里山环水绕，群峰间有一片山地，酷似凸显的莲花台，据说是观音菩萨打坐参禅之地。莲花台后面，有座香坪山，山势高耸，流泉如韵，林海绵延，终年云雾缭绕，其顶峰像极了雄鸡的鸡冠，当地有一首民谚说，'鸡冠对莲台，有缘自己来。谁人识得破，文武不断代'。你们若去那里，定然会得到观音菩萨的庇佑，家兴业旺，世代公侯。"

林近南："真有这么个地方？"

崔老板："去了你就知道了。"

林陈氏对林近南道："真有这么个地方，那我们就去……"

崔老板："除此之外，莲花台后面的香坪山，那道形似鸡冠的山梁，传说还是太阳的父亲——博汤温，变化成公鸡每天按时叫太阳起床的地方，风景绝佳，历来被当地侬人奉为神山。"

林近南听后沉吟良久，点头道："如此说来，我们该去那里。"

崔老板："而且那里土地价格不贵，安家落户，很是适宜。"

又沉思有顷，林近南下决心道："崔老板，谢谢您为我们指了一条明路。今后，林某如能在那里发展，定不忘您今夜的恩德。"

说完，他掏出怀中那块林则徐临别时赠送的祖母绿，要送给崔老板："这是三叔公林则徐发配新疆时，临别之际送给林某的宝玉，请崔老板笑纳。"

崔老板是明眼人，一见此物，知甚昂贵，哪里肯接。

的确，那祖母绿通体透亮、晶莹碧绿，既有水的圆润，又有玉的光泽，一看便是宝石中的珍品。

崔老板坚辞道："林先生此举不妥，一是礼物太重，崔某承受不起；二是您去之后马上要安家，用钱的地方怎么也不会少，留下此物定可派上更大的用场。"

见此，林近南只好收起祖母绿，又从自己的行囊里取出一样东西。那是一把银制手柄短剑，做工精致，式样美观。他把短剑放到崔老板手上，真诚地道："这个，崔老板您总该收下了吧？世道艰难，您又时常在外奔波。这个，防身总胜于无。"

至此，崔老板不好再推辞，只得收下。

第二天早晨，林近南夫妇告别上路的时候，崔老板叫老婆包了一百两银子，送给他们做路上的盘缠和安家的费用。林、崔两家，自此结下了不解之缘。

二、林近南定居小锡板 林开武出世不寻常

莲花台乡小锡板村位于香坪山脚下。

这是一个被四周群山环抱，掩映在田原阡陌中的绿色村庄。这里，据说原来并无人居，后来因为有广南府夕板村的一个家族搬来开田定居，便沿用原籍村名命名新村，才有了东安里的夕板村。此后，有人在村子的不远处发现了锑锡伴生的锑矿，并组织开采，"夕板"因此改名"锡板"。再后来，若干矿工落籍矿区后又形成另一个新的村落，为了区别于原来的老村子，便定名为小锡板，遂有"大锡板""小锡板"之称。

小锡板村前，通往广南府、开化府及省属麻栗坡对讯特别区、安平厅和东安里西洒、畴阳等地的大道，都在这里交集。因此，这里又是一个交通枢纽，是东来西往、南下北上的要冲。

从福建千里迢迢来到这里的林近南，一眼认定：这就是自己日后安家落脚的地方。他找到村长、寨老和乡绅商议，表示要买一块地或者一幢房舍，置些产业，在这里落户。为此，他请人办了一桌酒席，在把村里的头面人物都请来吃饭时，给他们每人包了一两银子，请他们多多关照。大家见他为人慷慨，出手阔绰，在酒席上都替他说好话。村长见他气度不凡，为人也讲义气，加之对自己十分尊重，当即便答应帮忙。

不久，林近南以200两银子买下村东头的四亩薄田，又花100两银子买下村里闲置的一处旧房产，正式在小锡板村安下了家。在四亩薄田里，他和夫人早出晚归，辛勤耕耘。不久，地里庄稼欣欣向荣，长势喜人。而那所旧房子，也在他和请来的工人手下，被修缮装点一新。林夫人是个极会过日子的人，她在房前屋后种了不少果木、竹子。一两年间，房前屋后竟果木吐蕊，四时花香，竹影婆娑，成了小锡板村一个极温馨、极殷实的去处。

而后的几年，他们的孩子相继降生了。第一个孩子，是男孩。其后，又连

续生了五个孩子。但因为当时乡间疾病流行，又缺医少药，最终存活下来的，只有老大、老三和老五三个儿子。

其中，老大和老五都较顽劣，最使林近南夫妇感到欣慰的，是听话、懂事的老三林开武。

这个孩子要出生时，村后的香坪山上山岚生紫，林间的香风阵阵袭来，接着又有喜鹊在房前屋后欢声啼叫。刚出生，即有云游僧人上门贺喜，还送了四句偈语："面貌奇伟身魁梧，食量惊人武艺高。辅佐天罡成功业，隐居林泉非蓬蒿。"

林近南是个经历了不少世事的人，对此类偈语将信将疑，但看着林开武英气逼人的模样，炯炯有神的双目，他心中也有种隐隐的期盼：难道，这个孩子将来真的可以干成一番大事？打从这时起，林近南对老三就格外上心，要求也特别严格。他学什么、做什么都十分在意。

不幸的是，林夫人产后多病，操持家务又多辛劳，林开武三岁时，就疾病缠身不治而亡。然而，林开武尽管已成了孤儿，林近南对他的管教和要求却不曾松动。

从四岁时起，家里的鸡鸭就由林开武照顾、喂养。

从五岁时起，家里的两头水牛就由他每天拉出去放牧。

从六岁时起，林近南就开始对他进行文字启蒙，教他背三字经、千字文……

林开武学会的第一首诗，是林近南在林则徐身边时经常听他吟诵的一首岳飞的诗："潭水寒生月，松风夜带秋。我来嘱龙语，为雨济民忧。"

七岁时，林近南把他送到大锡板入私塾读书。

八岁时，林近南给他传授武功、督促他练武。

开始练武时，林近南教他的是神医华佗创编的五禽戏，这是一套模仿五种禽兽搏击动作的拳术，既有趣，又健身，还锻炼思维的敏捷与行动的速度。

不管是习文还是习武，林开武都饶有兴趣，学得十分认真。见他如此，林近南暗自高兴，又传了他一些内家功夫。自此，林开武习文日益精进，在武学上的潜力也得到发掘，练得十分勤奋、刻苦，并由此在大、小锡板一带渐渐有了名气，林家老三的好学上进，成了大家街谈巷议的话题。

此时，林近南由于多年的辛劳与积累，家境渐好，便又购下村中另一处房产，开了一所马店，供南来北往、东来西去的马帮及客人食宿，也使自家的经济收入又迈上了一个台阶，一家人开销用度之后有了更多的节余，日子过得更加殷实。

林近南到小锡板定居这些年，剥隘的崔老板经常往返马白关、麻栗坡一带收购草果、桂皮、陈皮等香料，每次来，都不免在林家盘桓几日，时常与林近南月下小酌，每每酒酣方息，尽欢才散。

这一日，崔老板又带着马帮进山收草果来了，他们一行人才在林近南家的马店住下，他就带着给孩子们准备的礼物，登门看望林近南一家。当天晚上，皓月当空，林近南和崔老板在林家小院的果树下对饮，林开武却在离他们不远的地方练功，一招一式虎虎生威。

酒过三巡，崔老板的话就多了，只见他往自己的嘴里送了一颗花生米，边有滋有味地嚼着，边瞄着林开武说道："林先生真是教子有方，开武贤侄能文能武，我在这一带做生意，走到哪个村都听人们在夸林家三公子。"

林近南："哪里、哪里，崔老板过奖了，近南的三个孩子，老大、老五生性顽劣，学文习武都不上心，也就这个老三，还有些上进。可习得的，也就这么几下三脚猫功夫，不值一提、不值一提呀！"

崔老板："林先生，崔某倒是有个不情之请，不知先生肯不肯帮一帮在下？"

林近南："崔老板但说无妨，你我情同兄弟，不必这般客套。只要林某能够办到的，岂有不竭尽全力之理？"

崔老板："是这样，崔某那个独生儿子，年纪比开武贤侄小两岁，倒也生得聪明伶俐。但是因为崔某常年在外跑生意，没有精力好好教育，生怕荒废了。所以想送到先生膝下，让先生点拨指教，学文习武也与开武做个伴，不知先生肯不肯收？"

林近南："崔老板错爱了，倘若把崔公子送来，林某自然会像对待自己的亲生儿子一样。可近南粗陋，只怕耽误了崔公子的前程啊！"

崔老板："哎！先生大才，别人不知，崔某可是非常倾慕的。犬子若得先生教授，必然顽石成玉。请先生务必答应。"

林近南："蒙崔兄不弃。如此，下次崔兄进山时就把贵公子送来吧。林某一定会像教开武一样，把毕生所学倾囊相授。"

崔老板："好！就这样说定了。来，请允许崔某借先生的酒，代犬子敬先生一杯，干了！"

林近南："干了！"

有了这次约定，那崔老板果真在他再一次进山时，带来了他的儿子崔志贤。从此以后，崔志贤与林开武同吃同住，一起学文习武，两个人相处得像亲兄弟一样，学业上也齐头并进，不分伯仲。如此过了几年，林开武和崔志贤每天闻鸡起舞，苦练不辍，学业武功精进。林家的日子也在林近南的精心操持下更加富裕。

然而，林近南另外两个逐渐长大的儿子，却因家境的富裕而更加不务正业了。这两个孩子，老大迷上了赌，还不时会到畴阳镇上的妓院去嫖妓，只不过，开始他还遮遮掩掩，不让家人知道。而老五，十四五岁便开始偷偷吸上了大烟，并且陷进去就难以自拔，越走越远，根本无暇也无力顾及家中的事务。一段时间后，当林近南得知他俩的丑事，气得卧病在床，很久没有痊愈。

这天，林近南感觉精神好些，便把林开武叫到床前，拿出一件写得有字的白布衫对他说道："你哥哥你弟弟，看来是不中用的了。这个家，今后就指望你了……但愿你多读些书，多练点本事……你叔爷、你叔爷是天下闻名的林则徐林大人。他一生为国为民，最后还替朝廷承担罪名，充军新疆，就连我这个他曾经的侍从，也不得不逃到这偏安一隅的深山老林，老死不得归家……今后、今后，你要努力，穷则独善其身，达则兼善天下……做人、做人，要海纳百川，无欲则刚，更重要的是，虽有兼济天下之心、之才，但不要太过迷恋官场……这是你叔爷写给我的，我今天就把它立为我们的家训……"

从父亲的病榻前退到院子里，林开武望着西边那道血一般鲜红的残阳，思绪万千，激情涌动。一股激荡澎湃的热流叩击着他年轻的心扉，他暗暗在自己心里立誓：人生在世，男子汉大丈夫，是该干一番轰轰烈烈的事业，达则为天下苍生鞠躬尽瘁，隐则把自己的家风发扬光大，不负叔爷和父亲的厚望！

大病初愈，林近南开始反思自己这些年来的所作所为。他觉得仅靠自己的个人力量，要教好四个孩子力不从心，尤其是老大和老五，对他充满了反叛，即便他说的是对的，他们也故意违拗，甚至反其道而行之，让他气得想抓石头打天却无从下手。

为了这件事，林近南专门找到村长，向他诉说自己的苦恼。

"算了，自刀不能削自把，自己的孩子还是请别人来教才行。你看你那好友的孩子崔志贤，这孩子多长进哪，想必原来在他家，他爹他妈自己教哪里又是这个样子了？"见林近南为教育孩子们的事唉声叹气，村长善解人意地劝解道。

林近南："你别说，还真是这个理，要不我们自己办一所私塾吧，把自家的孩子和村里该入学的孩子都集中起来，聘请得力的先生来教他们，既教了我的三个孩子和志贤，也让村里其他人家的孩子有入学的机会。"

村长："这个想法好是好，就是我们村就这点底子，办私塾是大开销，我们能够撑住多久呢？"

林近南："先顾眼前吧，我倾己所有先把私塾办起来，以后的事再慢慢想办法。当然啦，从现在起我们一家人的吃穿用度，都得精打细算了，实在有难处时，村长你和村里的乡亲也伸把手。"

村长："既然你决心已定，要办这么一件惠及全村的大事，我和村里的乡亲自然都不会袖手旁观，只是我们村的大多数人家，温饱尚还无着，支持也就有限了。靠你一人之力办学，以后还不知要面对多少难处呢。"

林近南："要办那么大一件事，难处肯定少不了。但我们也不能因为有难处就不办了，车到山前必有路，船到桥头自然直，这事就这么定了。"

两人议定之后，林近南当即行动。村里人听说他办私塾，要让大家的孩子一齐入学，都很高兴。大家有力气的出力气，有材料的出材料，很快就在林近南家马店旁的空地上，盖起了两间平房，作为私塾先生的住房和课堂。

私塾的住房和课堂有了，但先生的选定，却让林近南伤了不少脑筋，费了很大精力。当时，莲花台乡归安平厅车安县管辖，而从小锡板村到马白关有一百多里路，因为遥远偏僻，很多有能力的先生都不愿意来。为了能聘到理想的先生，上上下下，林近南不知跑了多少次马白关，好不容易才聘到城里的一位老举人。

老举人姓单名铭鑫。学识倒有，只是言谈举止有些迂腐，不过，就当时而言，他也算是最好的老师了。私塾开课，单先生讲授的，是传统私塾设的必修课"四书""五经"，但讲授的方法和深度却与林近南讲授的有所不同。林开武、崔志贤和村中的大多数孩子学得很卖力，各有收获。只有林开武的大哥和五弟，还是三天打鱼两天晒网，只要林近南不在家或给什么事情绊住，来不了学堂，他们就一溜烟跑了。私塾先生的话，在他们那儿根本就是耳旁风。

上了半年学，林开武最感兴趣的，是书中老子的《太上感应篇》，也就是众人周知的《道德经》。而他记忆最深的一段话，则是孟子的那段名言。每当读到"故天将降大任于是人也，必先苦其心志，劳其筋骨，饿其体肤，空乏其身，行拂乱其所为，所以动心忍性，曾益其所不能……"时，他便会暗暗沉思：自己以后的人生，是不是也要经历这样的过程？

为此，他在日常生活中尽量给自己找苦吃，去哪里，他尽量不骑马，而是疾速前行，跑步而去；干活时，他比任何人都卖力，直到筋疲力尽才歇息；吃饭食时，因为他食量大，吃什么都香，常常他一个人吃的量，能赶上两三个人吃的了。渐渐地，林开武是个大肚汉的名声就在孩子们中间传扬开来。

三、林开武打架惹麻烦 勇少年智退武举人

小锡板村里有个孩子，比林开武大两岁，家里有武学渊源，族内还出了一个武举人，那武举人是孩子的叔叔，专门在马白关开武馆教授徒弟，既传授武艺，也赚钱养家。因此，这个孩子并不到林近南办的私塾来读书，而是和他的几个族内兄弟到了马白关，跟他的族叔学艺。

这段时间，也不知是因为什么，这孩子和他的几个族内兄弟竟然从马白关回到了小锡板。他们无所事事，就天天到学堂的外面玩耍，他们追逐打闹大声喧哗不说，有时还会爬到学堂的窗口故意起哄，影响孩子们上课。先生轰赶了几次，他们当时是跑远了，可不多一会儿又会回来故技重演，把私塾先生气得不行，却又拿他们一点办法都没有。

那几天，刚好林近南有事到开化府城去了，没人去与那些恶少的父母交涉，而作为外地人的先生轰赶了几次之后，也觉得自己力不从心，就只好听之任之，那些孩子因此更加得势，闹得就更凶了，有好几堂课，甚至被他们搅得上不下去。

本来谨记父亲教诲，处处与人为善，从不以强凌弱的林开武，对这事实在看不下去了，便出头来支持先生，以后每有这些孩子来学堂捣乱，他和崔志贤

必定冲出教室驱赶，一来二去，就与那群孩子结下了仇。

一日，放学后的林开武和崔志贤上山砍柴，他们来到香坪山下的一条箐沟里，找到一棵枯树正在砍得起劲。不想那恶少却带着他那几个族内兄弟尾随到这里来了。

"林开武，大肚汉，一个人能吃三头猪的饭！林开武，大肚汉，一个人能吃三头猪的饭……"那群孩子站在路坎上，一边高声念着他们自己编的顺口溜，一边往林开武和崔志贤所在的位置扔石头，摆开了一副寻衅的架势。

林开武平时食量惊人，虽然家里人不以为意，但他毕竟也是一个十多岁的孩子了，懂得害羞了。今天，听到那群孩子竟然这样编顺口溜来羞辱他，他当时就气得热血上涌，只见他把手里的斧头往地上一掼，指着那恶少大吼了一声："小杂种，你找死！"

"小杂种，有本事你上来，老子才不怕你！"那恶少不知已经惹祸上身，还在那火上浇油地大声嚷嚷。

说时迟那时快，只见林开武三步并作两步蹿到路上，挥拳就朝那恶少打去，那恶少也是练过的，当即一闪，还真躲过了林开武的这一拳。接着右手一扬，竟把他手中握着的一块石头砸到林开武的额头上，顿时血流如注。林开武虽然说学武已经有些时日，功夫上也有些底子，但毕竟是第一次出手与人打架，加上又被对方砸了一石头，当时竟有些不得要领，就在他一愣神的当儿，对方一个扫堂腿把他扫倒在地，接着又扑到他身上，挥拳就打，那恶少的两三个同伴见他们的人占了上风，竟在那"噢噢"喝彩。

就在林开武和那恶少滚在一起厮打得不可开交的时候，崔志贤也从沟底爬上来了，只听他道："三哥，我来帮你！"说话的同时飞起一脚，把骑在林开武身上的恶少踢翻在地。利用这个机会，林开武一个鲤鱼打挺，迅速从地上爬了起来，这以后，他出招不再留有余地了，只见他手如电、腿如风，招招狠辣，迅速扭转了被动挨打的局面，只一会儿工夫，就和崔志贤把那恶少和他的几个帮手打得鼻青脸肿，只有招架之功而无还手之力，一个个落荒而逃。

当天晚上，林开武和崔志贤才从山上扛柴回到家不久，林近南也从开化府城回来了，一见到林开武额头上的伤，他就严肃地问道："我不在家，你小子是不是惹祸了。你额头上的伤，到底是怎么回事？"

"跟人打架打的。"林开武也不隐讳，见父亲发问，当时也就老老实实说了。

"哟嗬！你小子竟然学会跟人打架了。跟谁打的，谁先动的手？"林近南一听说林开武与人打架了，当时就很生气。

林开武："跟村东头武举人的侄子，我先动的手。"

林近南："说！怎么回事，怎么会跟人打架，还是你先动的手？"

崔志贤："是人家先欺负我们的，那几个家伙太坏了，天天去我们学堂捣乱不说，今天我和三哥去砍柴，他们又跑到山上找我们的麻烦……"

林近南："就算是这样，你们也不能先动手打人呀！我早就跟你们说过，我们练武是为了强身健体的，不是用来打架的，更不允许先动手打人，只要先动了手，有理也变得无理了。练武的人要讲武德，我以往教你们的那些道理都白教了？去，自己包扎伤口，吃过晚饭，跟我上门去给人家道歉！"

林开武一家吃完晚饭，天色就有些暗了，但要完全黑尽，也还有一阵子。这个时候，往往是孩子们放野马的时候，他们可以到村外的野地上撒欢，也可以一群群相约着在村里的空场上、街巷里打陀螺、踢毽子、捉迷藏、玩老鹰捉小鸡……整个小村，因为他们而热闹喧哗，亦因为他们而充满生机。

林开武撂下饭碗，像全然已经忘了父亲要上门去给人家赔礼道歉的交代，抑或怀着某种侥幸心理，他拉着崔志贤"噌噌"地就要蹿出院子，急切地想要加入外面的热闹中去。可是，还没有等到他们冲出院门，林近南已经拎着一包点心追了出来。

林近南："站住！你们往哪里跑？今晚你俩哪也不能去，跟我去向人家道歉！"

听到父亲的断喝，林开武就要跨出院门的一只脚只得停下来，他身后的崔志贤更是一点都不敢动了。

也就在这个时候，林近南追到了他们身边，嘴里还在数落："你们两个以为我说说就过去了吗？大丈夫言而有信，说过要去道歉就一定要去道歉的，跟我可不能打马虎眼。走！我们这就上村东头武举人家。"

林近南说完，也不管两个孩子愿不愿意，上前扯起林开武的一只胳膊，拉着就往前走。林开武尽管心里憋屈，老大不愿意，但面对父亲的威严，他也不敢犟，就亦步亦趋地跟着走了。崔志贤见林近南没有拉他，就仍伫着不愿往前走。

"还有你，磨蹭什么，还不快点跟上来。"崔志贤自到林家寄读以来，林近南既是老师又似父亲，对他疼爱呵护有加，从来没有这么严厉过，这会儿见到林近南这般板着脸朝他吼着，也不敢再磨蹭了，他小跑着跟了上去，在林开武身后快步跟着，一路低着头不说话。

林近南领着两个孩子，快步走过村街，到了村的东头，拐进一道巷子，就到了武举人家门前。

这武举人姓宋，在村子里也是一个大户人家，早年他家先辈跟人开矿、护矿，也曾攒下一些钱财，就在村子东头建了这楼高院深的四合院，现在虽然矿上衰落了，他家失去了原来进财的渠道，断了大把的财源，但是瘦死的骆驼终究比马大，他家的架势还不曾倒下，靠着上辈人积下的田产，一家人的日子过得比一般村民要好得多，只是他家子弟不事农桑，也不入学堂识文断字，倒热衷于舞枪弄棒，仗着家里有个武举人，又不免横行乡里，在村中没少做恃强凌弱的事，村里人对他们一家的评价并不好，平时都少与他家走动。

到了武举人家门前，林近南轻重有度地叩动了几下门环，不多时便听到院里有人走动的声音。

"谁呀！天这么晚了还来敲门？也不看看时候。"随着声音，大门打开了一条缝，露出了武举人嫂子也就是那个恶少母亲的半边脸。

"大嫂。是我，村西头的林近南，听说今天我的两个孩子冒犯了府上的贵公子。我带着他们来给你们赔个不是，顺便我也想看看贤侄的伤势，如果需要用药，近南也还识得几棵药草，回头弄来给他包一包。"林近南见门开了，一边小心赔着不是，一边就想侧身进门。

"告诉那个外地来的杂种，不见，一切都等我家武举人回来再说！"院里传来了男主人恶声恶气的声音，倒让正要举步跨进门槛的林近南进也不是退也不是，整个人硬生生地僵在那了。

"不是，大嫂，请你转告大哥，我们是真心诚意上门道歉的，小娃娃家不懂事，我已经狠狠地责骂他们了。再说了，这事再大，齐天也就是小娃之间的冲突，伤到人了，我们医就是了，没有必要伤了两家大人的和气，再扯到你们家武举人那里，就更没有必要了。这事，到我们这就了了吧？"林近南还是不愿意与人交恶，因此又低声下气地说道。

"没有听我家男人说吗？这事没完，等到我家武举人回来再说！"那妇人说完，"嘭"的一声关上大门，那厚重的楠木门板，差点就直接撞到了避让不及的林近南的鼻尖上。

"他妈的，你们狗仗人势！"林近南气得脸色铁青，狠狠地撂下了一句话，转身"噌噌"地离开了武举人家的大门，连愣怔着仍站在那里的林开武和崔志贤都没有喊一声。

回到家里，林近南"啪"地把手里拎着的那包点心扔到桌子上，铁青着脸，一言未发。

不多时，听说这件事情的村长也到林家来了，看见林近南兀自在那气得脸色铁青，就小心地问道："怎么了，林先生，事没办成？"

林近南："我这大半辈子走南闯北，就没有见过这么不讲理的人家。他妈的，孩子们受他家孩子欺负也就算了，我总想，这也就是孩子之间的小冲突，没有什么大不了的，能大事化小就化小，能小事化了就化了，他家还不依不饶了，口口声声要搬出他家武举人。哼！我看这家人也就见过簸箕大一块天，他也不访访我林近南是什么人，别说他家就那么个武举人，再有两个武举人、三个武举人，他又能奈我何？我等着他，看他能把我怎么样！"

村长："消消气、消消气，跟这些人斗气不值当，别气坏了自己的身子。你什么世面没见过，什么凶险没有经历过，既然他家不领你的情，我们就先等着，看看事态发展再说。"

林近南："我倒不是怕没有对付他们的办法，只是这些人不知天高地厚，有那么一点三脚猫功夫就敢横行乡里，以强凌弱？开武、志贤，你俩给我听好了，经过今天这件事，你们应该明白一个道理，人在世间立足，是要靠真本事的，打铁还需自身硬，从今往后，你们要更加上心地苦练功夫，只有能文能武，才能安身立命，建功立业，不受恶人欺负！"

林开武："是，爹。"

崔志贤："是，叔。"

经历了这件事，林开武和崔志贤再练武时，越发刻苦、更加用功。尤其是林开武，他练武时会再三地给自己加码，直到身体的极限，他练的石锁，很快就从100斤上升到200斤了。功夫不负有心人，渐渐地，林开武更加体格健壮，力气过人，武功也上了一个台阶。

这里林近南和林开武父子都严阵以待，不仅宋家的武举人迟迟不见来，反倒是那个恶少和他的几个族内兄弟都去了马白关，以后就再无音讯，武举人在家的哥嫂也不见再有什么话。

如此过了很长一段时间，林近南不禁在心中暗忖：想必那武举人多少也是见过一些世面的，并不像他的哥嫂那般蛮横，也不会只听他侄子的一面之词，这事怕是过去了。由此，林近南也就不再把这事当事，一家人的生活又恢复了正常，小的该读书读书，该练武练武，该游荡游荡；大的呢，也该出门出门。一日，林近南因为生意上的事出了远门，林家老大和老五趁着父亲不在家，也到镇上游荡去了，家里只剩下林开武和崔志贤。不承想，那武举人却像会挑日子似的突然回来了，在他那个侄子的带领下，直接来到林开武家院门外，叫嚣着要与林开武对阵。

当时，天色已近黄昏，林开武和崔志贤去野外赶牛未归，那武举人带着一干人在门外叫嚣了一通，发现林家无人，便对着围观的村邻放了几句狠话，各自散了。不想还真无巧不成书，那武举人和他侄子刚刚走过村街，就要转进巷子的时候，却远远看见林开武、崔志贤二人赶着几头膘肥体壮的水牛从村外走来。

恶少："叔！您看，那不是林开武和崔志贤吗？他们放牛回来了。"

武举人："走！我们迎上去，把他们堵在村口，今天一定要跟他们论个输赢！"

武举人叔侄二人三步并作两步，几下就窜到村口，把林开武、崔志贤和牛群一齐拦在了村口。

武举人："林开武，是不是你欺负了我侄子，今天我倒要看看你有多大本事？"

林开武想起父亲的告诫，并不想与武举人有什么冲突，因此便息事宁人地说道："叔，这是我们小孩子间的过节，您是大人，又是有功名的人，不要跟我们一般见识。"

武举人："哼！不行，欺负我侄子就是不给我面子，我们练武的人，都是眼中揉不得沙子的人，今天你我之间一定要有一个说法，也好让你知道，在小锡板，我们宋家人是不能欺负的。"

林开武："叔，算了吧。我一个小孩子，不用比也知道不是您的对手，算了吧。"

这时，许多过路的村民围到旁边看热闹，有几个看不过意的，也站出来为林开武说话："算了吧，武举人，开武这个人平时并不惹事的，他和你小侄子的过节，是你小侄子惹事在先。再说了，他还是一个没有长大的孩子，小娃子打架这种事，当不得真的，你一个大人，何必来跟小娃子计较呢？"

武举人："今天这个事情我管定了，一定要分出一个高下，要不然，我老宋家的脸往哪儿搁？"

林开武见那武举人口口声声要分出个高下，心想这事是绕不过去的了，便悄声对崔志贤说道："你注意盯着点，我先给他来个下马威，看他识相不识相。"

林开武说完，也不答话，自己运气于丹田，几大步走到牛群前，双手猛地扳定最强壮的那头牛的角，然后猛地发力使劲，牛竟然被他硬生生地扳翻了倒在地上。

见此，武举人大惊失色，什么也不说就灰溜溜地走开了。

"叔，您这是怎么啦？怎么一声不吭就走了，这武我们不比了吗？"那恶少一头雾水，紧跑几步跟上他叔，不甘心地问。

"比、比个屁！这小子有千斤神力，跟他比，只有我们吃亏的，到时更加丢失脸面。走吧！以后没事别招惹这个林开武。"武举人悻悻道。

四、俄武师欺侮中国人 林开武师从韩慕侠

智退武举人之后，林开武在当地声名鹊起，大家都觉得林开武小小年纪就功夫了得。更主要的是他不光功夫了得，还有胆有识，仅他智退武举人的牛刀小试，就让人们都觉得他比武举人这种有勇无谋之辈不知要强多少倍。就连很少夸奖林开武的林近南，从外地经商回来后得知儿子智退武举人的事，都禁不住夸赞了他一番。

林开武的出色表现，不光为他个人赢得了声誉，也让莲花台、畴阳一带的人重新审视起林近南来，大家都觉得这个平时做人低调而不张扬的外地人，不

仅治家有方，而且能文能武，正因为他的言传身教，悉心传授，才培养了林开武这样出类拔萃的孩子，其家学渊源可能大有背景，不可小觑。

有鉴于此，附近一些望子成龙又有远见的人，竟然争相把孩子送到小锡板，白天跟私塾先生习文，早晚跟林近南习武。一时间，小锡板村林近南开办的私塾竟异常地热闹，林近南也干脆放下了一些生意，把更多的精力投入对孩子们的教育上，天天带着一班半大孩子闻鸡起舞，夏练三伏，冬练三九。

林近南有事实在不得不外出的时候，他白天就把孩子们交给私塾先生，而早晚练武的事，就交给了林开武，由他带领众师弟天天苦练功夫。在众师弟中，林开武除了和情同手足的崔志贤寸步不离、形影相随以外，还与一个叫苏善堂的比较对脾气。这个苏善堂不仅学习用功，接受能力强，而且为人处世比较灵活，处处透出一股机灵劲儿。为此，他们三人不管学文还是习武，都时常在一起，大家经常切磋，共同提高，好得就像一个人一样。他们三个人的友谊，几乎贯穿林开武一生，对他带兵、做官、归隐的影响都很大。这是后话，暂不赘述。

就在林开武与一班师兄弟在滇边的深山里苦练功夫的时候，中华大地上也在发生着某种微妙的变化，统治东方大国数百年，向来以天朝自居的清政府，因为闭关锁国正在走向衰落，而西方列强正在觊觎世界东方的这块肥肉，纷纷向她伸出魔爪，一些外国势力侵入中国，在中华大地上耀武扬威……

在与滇边、与莲花台、与小锡板相隔千山万水的天津，此时正发生这样一件事，俄国大力士康泰尔凭着自己一身发达的肌肉和在世界多个国家连续比武获胜的荣耀，竟然打着"天下无敌"的旗号来到天津，在那摆下擂台，扬言要"脚踏天下好汉，横扫东亚病夫"。摆擂头两天，中国不少学功夫的人果然被他击倒，或断臂断腿，或受伤咳血……康泰尔愈加得意，大口马牙地宣称：东亚病夫不堪一击，我要打倒中国的所有练武人。

然而，就在康泰尔得意忘形的时候，一个人出现了。这个体形瘦削、轻功了得的人飞上了他的擂台。他就是号称"北侠"的一代武林宗师韩慕侠。韩慕侠一飞身上了擂台，就指着康泰尔说道："老毛子，收回你的狂妄之语，并马上离开中国！否则，将让你自取其辱。"

狂躁的康泰尔对此哪里会以为然，他狂怒地冲过来，要把韩慕侠摔倒。韩慕侠见状，先是机敏一闪，站到侧边，然后又警告康泰尔："老毛子！你不要不知趣，泱泱中华，藏龙卧虎，我虽然也只学得中国武术的一点皮毛，但我保证一旦出手，就一定能够把你打回你的老家北冰洋！"

康泰尔不搭腔，又扑上来要擒住韩慕侠。至此，韩慕侠不再说话，只见他不避不让，轻描淡写地对着迎面扑来的康泰尔连发三掌，然后右手一拳，直接击中康泰尔的面颊，将他打得横卧地上，鼻血纵流……这几个动作，迅如脱兔，快如闪电，康泰尔都反应不过来。他趴在地上，全身发抖，起不来了。

韩慕侠问他："还敢口出狂言，横扫东亚病夫吗？"

康泰尔摇头。

韩慕侠又问："你能打倒中国的所有练武人吗？"

康泰尔又摇头。

韩慕侠跨步上前，逼住他："既如此，别在这里丢人现眼了，永远离开中国，从哪里来回哪里去！"

技不如人，康泰尔只好悻悻地从地上爬起来，一瘸一拐地离开现场。

整个过程，现场的记者们用相机记录下了这个既振奋人心又具有讽刺意味的场面，很多人向韩慕侠投去了敬佩的目光。第二天，天津、上海的报纸，就在显著位置登出了韩慕侠痛击俄国武师的消息。

然而，不为人知的是，当天夜间，韩慕侠的住处却遭到了俄国领事馆派来的杀手的偷袭。好在韩慕侠对此早就有预料。此时，他已登上了一艘由天津开往香港的轮船。由香港，他又乘船到了越南海防。由海防，他进入了云南边地。云南这块彩云之南的秀丽沃土，让他得以隐藏，得以放松，得以逍遥自在地过了一段时间。他像一位云游僧人，东游西逛，四海为家。

这日，他来到安平厅东安里的西洒街，发现那里民风淳朴，气候宜人，景色秀丽，就在那里盘桓了不少日子，整天醉心林泉，寄情山水，游览了不少地方。

说来是机缘，也是天意。又一日，在东安里已经游玩了一段时间的韩慕侠，决定出发去开化府，而他去开化府，必然就要经过小锡板。

在小锡板村头的一块空地上，正在赶路的韩慕侠意外地见到了正在练习猴拳的林开武。

林开武的猴拳，此时虽说不上炉火纯青，但也已经像模像样，颇具功力了。只见他左腾右挪，前闪后躲，时而跳起摘桃，时而蹲下捡果，或前冲进击，或后退闪避，看上去既动作缜密，无懈可击，又行云流水，一气呵成……

韩慕侠先是想不到在这穷乡僻壤的极边之地，还会有这等颇具功力的练武之人，心里不免有些惊讶。再看这个练拳的青年，面貌英伟，身材魁梧，明显比一般的同龄人要高大孔武，所练拳法又颇见功力，心中不禁油然生出几分喜爱。看着看着，他竟然忘情地鼓起掌来。

见有人观看，林开武停下脚步，收住身形，观察起来人。

韩慕侠："不好意思，打搅了。"

林开武："敢问先生是？"

韩慕侠："在下韩慕侠。"

闻此，林开武眼睛一亮，因为他早就听在外做生意的父亲回来说过，在天津，有一个叫韩慕侠的人武功了得，他打败俄国大力士，让中国人扬眉吐气。一听他说自己是韩慕侠，又见他面貌清奇，非同寻常，便双手一揖道："让先生见笑了，先生既是名震江湖的北侠，可否传授开武几招？"

韩慕侠摇摇头："交流可以，传授不敢。"

林开武指指场地："那，能不能请先生亮几招，让晚生开开眼？"

略加思忖，韩慕侠不再说话，走到场中，打起了一套通臂拳。

所谓通臂拳，与刚才林开武练的猴拳差不多，都是模仿猿猴的动作，它与传统的蛇拳、虎拳、螳螂拳一样，是从动物的动作中得到启示，推演进化而来。它的核心技术，是模仿猿猴在攻击对方时的姿态、动作、力量，以求快速迅猛、一击制胜。此拳法的要领在于有力和极其敏捷地闪、挪、腾、躲、展……以效仿猿类在进击时的敏捷、准确、致命等效果。

此时，只见韩慕侠在场中拧腰切胯，吞吐胸背，腰腹发力，甩膀抖腕，接着臂膝如鞭，放长击远。其窜、蹦、跳、跃，敏灵捷速；闪、展、腾、挪，极其矫健；进、退、转、旋，快如闪电……一连串的动作中，掌如绵，臂如鞭，拳打如抽鞭，身似弓，手似箭，腰似蛇形脚如砧；琵琶骨，活如扇，两手相连似星转，时而静如处子，时而动如脱兔，动作大时如大鹏展翅，动作小时如猿猴入洞，整套拳法连贯和谐，堪称滴水不漏，看得林开武眼花缭乱，"好！好！"地高声喝彩。

韩慕侠打完拳，林开武就上前冲他毕恭毕敬地鞠了一躬，并道："先生如此神技，能不能收晚生为徒？"

韩慕侠想了想，说道："你我得以在这僻野荒村相遇，看来也是机缘，我就在你们这小住几日，指点你一二吧。"

林开武激动地说："师父在上，受徒儿一拜！"

韩慕侠在林开武家住了下来，这期间，除了传授他功夫以外，还跟他探讨了很多的问题，指点他、启迪他认识了很多事理。

教通臂拳时，韩慕侠告诉林开武："既然是模仿猿类，就要力求神似、形似，注意观察猿类，它善攀缘，喜腾窜，有时在林间跳跃闪进，有时在地上直立行走，看似步履摇曳，但每一步都坚定稳重，灵活无比。争斗时，出爪快疾，力大无穷，腾空飞跃，迅猛至极。安静时，抱柔如一，专注防范，看似呆若木鸡，实则警觉于内。此外，猿类还喜好逗、玩、趣、耍，相互打闹，给人灵动、巧变的感觉……"

每每练拳，他都强调："静若处子，动如脱兔，这是猿类行为的基本特征。因此，快与慢、动与静、退与进、攻与守，往往都在瞬间完成，这就要求练武之人在做动作时，要有惊人的爆发力，坚韧的克制力，以及在极短时间内做出快速反应的应变能力。"

得高人指点、名家亲授，林开武的武功很快又上了一个新台阶。饭后睡前，韩慕侠还时常和他讨论些人生哲理、做人之道。

韩慕侠喜爱书法，不时在案头练字。他写得最多的，是一些名人诗中的佳句："长风破浪会有时，直挂云帆济沧海。""马思边草拳毛动，雕眄青云睡眼开。"……

这些，林开武都很喜欢，也深受教益。

一天，林开武请韩慕侠为他写副对联。韩慕侠吟哦良久，开口道："昔日刘禹锡的《陋室铭》中有两句：'谈笑有鸿儒，往来无白丁。'说的是高人雅士追求的境界。其实，现实生活哪有那么多鸿儒来跟你谈笑，再者，人若不识字，你就不愿与之交往，那岂不是势利了？这样，我来把它改一改，书赠给你。"

言毕，只见他展纸凝思片刻，然后笔走龙蛇，奋笔疾书，写下一副对联："谈笑安得皆鸿儒，往来亦可是白丁。"

韩慕侠才收笔，林开武就鼓掌赞叹："师父，您这一改，改出了神韵，改出了新意，太好了！"

韩慕侠："学习古人，又不拘泥于古人，这是治学的态度，也是进步的阶梯。"

林开武："师父言之极是，言之极是！"

从韩慕侠身上，林开武确实学到了很多东西。

在小锡板期间，韩慕侠除了给林开武传授武艺，教他若干人生哲理，做人之道之外，还醉心于山林，经常让林开武带他到香坪山各处游览。一日，他们师徒二人爬上香坪山的最高峰——鸡冠梁子。这里，古木森森，遮天蔽日，林涛阵阵，那些巨大的覆满苔藓的古树上，布满了岁月的沧桑，仿佛自开天辟地之日起，从来就没有人类踏访这里。而那些比碗口还粗的古藤，虬曲盘旋，把其攀附的若干巨树连接在一起，形成了擎天的绵延整个山头的巨伞，在这些大树和古藤的脚下，各种奇花异草琳琅满目，整个生态系统既有层次分明的群落，又是浑然一体的整体。

然而，承载这一切的，却是一道宽仅数尺的薄薄山梁，许多狭窄的地方，甚至仅容一人小心通过，两边壁立的山体直削而下，如果没有土层上丰茂的植被挡住视线，任谁从上面经过都一定会头晕目眩。可是，这样的极险处，却是香坪山风光无限的地方，这道山梁一直绵延了七个山头，像极了一个巨大的鸡冠。站在上面，不仅可以领略林间的种种景致，透过树木枝叶的间隙，还可以看到远处近处的千山万岭奔来眼底，真个是波澜壮阔，气象万千。

面对这样的奇险去处和绝佳美景，韩慕侠喜不自胜，于是边走边问身后的林开武："这鸡冠岭还真的很像鸡冠，它的名字是因为它的形状而得的吗？"

见师父发问，林开武认真地回答道："是的，师父，这鸡冠梁子正是因其形状而得名，但我听老人讲，这鸡冠梁子的形成却与一个神话传说有关。"

韩慕侠一时来了兴致，道："哦！说来听听。"

林开武："我听老人们说，还是天地形成之初，那时候天上还没有太阳和月亮，人们为了白天种庄稼、晒谷物和夜晚照明，就自己造了一个太阳、一个月亮送到天上。结果，耐不住寂寞的太阳和月亮竟然在天上偷情，生下了若干子女。后来，月亮为哺育儿女而死，长大的十一颗小太阳和老太阳却轮番烘烤大地，晒干了海水、江河，晒死了森林、庄稼和飞鸟、虫鱼、百兽……"

韩慕侠："嗯，有意思。后来呢？"

林开武："没有了赖以生存的条件，人们的生存难以为继，于是便制造弓箭射下了十颗太阳。不承想，剩下的那颗太阳因为害怕和仇恨，竟然躲了起来，不再出来照耀大地了。由此，普天之下黑沉沉的，人们更加生存不下去了。

为了找到太阳，给大地光明与温暖，在东边离这一百二十里的汤谷村有一对年轻夫妇，决定踏访天边找太阳，他们一家先是丈夫变作公鸡去东海叫太阳，老叫也不见太阳出来后，身怀六甲的妻子又去了天边，她在路上生了一个女儿，母女俩历尽千辛万苦找遍了天下，却怎么也找不到太阳的踪影。"

林近南："太传奇也太传神了！后来呢？"

林开武："后来，她们母女回到了故乡汤谷，却意外发现那个已经长成的女儿就是太阳投生的。为了把太阳送上天，她母亲只好和村里的另外三个姑娘变作凤凰，合力驮着太阳升空。到了天上后，母亲变成了月亮，那几个姑娘则变成了星星。那丈夫从东海回来，发现妻子和女儿都已经上了天，非常思念妻子和女儿的他，于是就到这香坪山上，变作一只大公鸡，每天早晨叫太阳起床，夜夜与月亮对话，久而久之，他的肉身就变成了这道鸡冠梁子。"

韩慕侠："太精彩了，想不到在这极边之地，竟有如此传神的创世传说、日月神话。这山，有神性、有文化。开武呀！你真是太幸运了，能够生长在这样有文化底蕴，风景优美的地方。"

说话间，他们师徒已经走完了构成鸡冠梁子的七座山头，开始从一面相对平缓的山坡上寻路下山，不多时就下到了半山腰的一个开阔山坪上。在这里，韩慕侠又不走了，只见他驻足而立，东望望西瞧瞧，举目眺望了远处的山势，又转身反复观察后面山体的来脉，边看边频频点头。

林开武："师父，怎么又不走了，我们得抓紧，到家还有好长一段路呢，眼看天就要黑了。"

韩慕侠："不忙、不忙，你让为师再看看、再看看……"

韩慕侠在那前后左右地又看了好一阵，弄得林开武一头雾水却又不好催促他。

韩慕侠："好地方呀，好地方，人生若得此地足矣！"

林开武："好地方倒是好地方，可这里山高林密，远离村寨，偌大一座香坪山，也就是前面这条相见沟，因家母早丧，家父购来安葬家母，才成了有主之地，其他都是无主之地。这里常有匪盗出没，那些歹徒经常抢劫路人、商旅不说，还会到附近村寨打家劫舍。师父您有所不知，家父给开武和村中少年传授武功，要求后辈刻苦练习，除了强身健体以外，为防香坪山里的猖獗匪患，也是一个重要原因。"

韩慕侠："此地虽然荒芜，但看山水来势却了不得，民间可否有些说法？"

林开武："民间有说法。我打小听民谚说'鸡冠对莲台，有缘自己来。谁人识得破，文武不断代'。其他的，就没听说什么了。"

韩慕侠："好一个'谁人识得破，文武不断代'！开武，你可别辜负了这个地方，要好好经营它，保护它。"

林开武仍然不明就里，便问："怎么经营，怎么保护？"

韩慕侠："说到经营，那话就长了，也不宜说破，你自己以后慢慢体悟。说到保护，你现在就可以做了，既要保护、培植山上的万物，又要维护周边的环境。开武啊！你提起这个问题，我正好有一件事要跟你商量。"

林开武："师父请指教。"

韩慕侠："香坪山区匪盗猖獗这事，我也曾听你父亲说起过，虽然说你们小锡板寨子大、人口多，又有防范意识，平时这些山匪不敢轻易胡作非为。但是，过路商旅和邻近的村寨却没少受他们祸害。这段时间我跟你接触，发现你是一个有志气、有责任感的青年，又有一身好武艺，你能不能出来承头办团练？"

林开武："团练，什么是团练？"

韩慕侠："团练是地方自发的民间组织，一般由地方上有名望的人承头，带领一些身强力壮的青年，平时练武强身，有事时对付匪盗，维护地方治安。"

林开武："感谢师父器重，开武年轻，还没有做过这种大事呢，也不知道能不能担此大任，还有就是家父那里会不会同意……"

韩慕侠："你行，你肯定行，你父亲也会同意的，他作为地方的有为士绅，平时就没有少为地方奔走，你愿出来做这种有利于地方的事，对你自己也是一种历练，他会不同意？"

林开武："学得一技之长服务桑梓，本来就是开武的心愿，如果家父同意，又得师父这般鼓励，我干！"

韩慕侠："走，我们这就找你父亲商量去！"

林开武："好！师父……"

五、有志青年创办团练 林近南老病家破衰

那天晚上，林开武师徒回到家已经很晚，但林近南却一直在等他们师徒吃饭，饭桌上，韩慕侠把动员和支持林开武办团练的事情说了，不承想，他的想法竟然与林近南一拍即合。林近南说也早有此意，团练就以现在他所教的崔志贤、苏善堂等徒弟为基础，再联络各村的一批精干青年，平时练武强身，有事时则联合起来，对付匪盗，维护地方治安。只是因为林开武年纪尚轻，他怕儿子还承不了这个头，所以才迟迟没有提这个事。

当晚商定之后，林近南和韩慕侠便全力支持林开武办团练，在他们的操持下，这事进展非常顺利，小锡板、大锡板和附近村寨的父老乡亲，听说林开武要办团练保护地方，都表示要有人出人，有钱出钱。莲花台、畴阳街上的一帮官老爷本来就为地方治安头疼不已，这时更乐得顺水推舟，也很快就同意了。

又数日，小锡板团练终于在林近南创办的私塾挂了牌子，还放了一挂长长的鞭炮。人马以林近南的众多徒弟为基础，加上附近村寨的青年，竟有五十多人。

韩慕侠就要离开小锡板继续游历去了，林近南和林开武一再挽留，可韩慕侠说他还有一些心愿未了，还得去办要办的事。不过，他同时也说小锡板和香坪山他是忘不了了，如果将来有机缘，他一定会再回到香坪山来。林开武听师父这么说，也不好强留。林近南听韩慕侠说得言辞恳切，也只好随了他，到韩慕侠真的动身时，还给他包了些银子，准备了路上的盘缠，并嘱咐他但凡有机会一定再来，他们一家都会欢迎他。

团练办起来以后，林开武从此成了一个不折不扣的大忙人，他带着崔志贤、苏善堂等一班师兄弟，今天这个村，明天这个寨，不是给那些加入团练的青年传授武艺，就是与各村寨的寨老一道商量，布置各村的防匪防盗事宜，时不时还处置各村寨突发的治安事件、邻里纠纷，竟很少有时间在家了。

在林开武的精心打理下，团练的人马很快就发展到一百多人，逐步形成了一支有模有样的队伍。

林开武办团练，初衷只是为了维护地方治安，给本村和邻寨的父老乡亲一个相对安定的生活环境，并不为个人捞取功名。然而因为他办团练，且做成了几件大事，倒一时声名鹊起，引得乡亲们都刮目相看，这是他万万没有想到的。

林开武碰到的第一件事，是在他刚办团练才有半年的时候。那段时间，他和崔志贤、苏善堂几人差不多把精力都放在队伍的训练上，整天出东村入西寨，不是教大家一些防身和搏击的拳术，就是和大家一道探讨村寨防范的措施及彼此间联防的方案。有一天，林开武几人从邻寨回来已经很晚了，加上白天劳累，胡乱洗洗就沉沉睡去。不承想，半夜时分，林开武在睡眼蒙眬中竟隐隐约约听到有人拍门，他急忙披衣起床，开门一看，门外躺着一个满脸满身是血的人。

"你这是怎么了，怎么弄成这个样子？"林开武当时根本没有来得及仔细看清来人，见他浑身是血，奄奄一息，便一边问话一边动手去搀扶他。

那人见林开武问他，手倒急切地比画着，嘴却只能"咿咿呀呀"地发声，兀自说不出一句话来。

林开武见状，也不再多问，扶起那人就背到自己背上，边往屋里走边喊道："志贤、善堂，快起来掌灯，出事了！"

"咋个啦，出哪样事了？"崔志贤、苏善堂二人听到林开武的喊声，也急急忙忙从侧房里跑出来，待他们点亮堂屋神龛上的油灯，林开武已经把那人放到椅子上坐定。

"志贤，把灯拿过来，善堂，你去打一盆清水来。"林开武没有直接回答他们的问题，而是吩咐他俩去办此时急需的事。

"出什么事了？半夜三更闹哄哄的。"堂屋里的动静，也惊动了睡在正房里间的林近南，他也披衣来到了近旁。

林开武："爹，这人满脸是血，我看不清他的面目，问他话他也'咿咿呀呀'地说不清楚，我正叫善堂打水呢，帮他洗把脸就能看清是谁了。"

这时，苏善堂从灶间端着一盆水进来了。

"麻布给我。"林近南一把拿过苏善堂手中的洗脸布，在盆中浸湿了，自己动手为那人洗起脸来。

待三把两把揩去了那人脸上的血污，林近南无比吃惊地道："这不是你陡坎村的龙大爹吗？这可是一个走在路上连蚂蚁都不敢踩的人，这是得罪谁了，被伤成这样。"

林开武："龙大爹，你这是怎么了，怎么伤得这么重？"

龙大爹见问，又一次着急地"咿咿呀呀"起来，嘴里还是说不出一句话。他直视着林开武的双目，眼里淌下两行混浊的泪水。

林开武："你张开嘴，我看看是怎么回事。"

龙大爹张开嘴，令人毛骨悚然的一幕终于呈现在了大家的眼前：他的整条舌头几乎被连根割掉了，只剩下一截不长的肉坨坨，不住地在嘴里接近喉咙的部位滚动着，惨不忍睹。

"他妈的，有什么样的深仇大恨，是谁竟下得这样的狠手？"林开武愤愤地骂了一句。

"别说那么多了，去拿纸笔来。你龙大爹读过书的，他识字。嘴不能说，我们就让他写，得先弄清楚事情再说。"林近南吩咐道。

林开武赶快奔入房中，拿来了笔和纸，凑到龙大爹面前说道："龙大爹，不管是什么天大的事，我们都会为你讨回公道的，我问你写啊。"

龙大爹冲着林开武等人信任地点了点头，艰难地伸出手，接过了纸和笔，这时林开武才发现，龙大爹不仅被割去了舌头，他浑身上下几乎都是擦伤，衣裤有好几处都划破了，露出血淋淋的肉。

即便如此，龙大爹还是用手与林开武艰难地对答起来。在这样特殊的对答中，林近南、林开武和在场的几个人，终于弄清了事情的来龙去脉。

原来，龙大爹家在陡坎村也是一户殷实人家，家里有几亩上好的水田，依靠这几亩水田，一家人吃穿不愁。不承想，另一个村的恶人宋金彪看上了这份田产，三番五次要据为己有。这是一家人的生存所系，龙大爹当然不会答应。那宋金彪为了霸占这几亩田，竟然趁月黑风高之夜，雇了几个恶棍把龙大爹掳去，逼他交出田产，龙大爹不从，他们就残忍地割去了他的舌头，并把他扔进野外的一个落洞里灭口。不料苍天有眼，已经昏死过去的龙大爹竟在那些人离去之后苏醒过来，九死一生地从洞里爬出来，又一路爬到林开武家求助。

看着龙大爹用血泪写成的这些文字，在场的人都很吃惊又都义愤填膺，纷纷表达了极度的愤慨。

崔志贤："他妈的，太无人道了。走，三哥，我们现在就带团练去把宋金彪和那几个恶棍抓来，把他们统统送官！"

苏善堂："要我说抓到了宋金彪和那些人，我们也先狠狠揍他们一顿，替龙大爹出出这口恶气，然后再送官。"

林开武："不，这事我们现在还不能声张。等过几天，我下个帖子，你们送到宋金彪家，就说我请他来赴宴，等到他带着他的那些手下来了，我们再……"

林近南："对，遇事要冷静，只有冷静才能从容地把事情办好。开武这个主意我看行。今晚我们先给龙大爹治伤，把他安顿下来，等过几天把宋金彪他们喊来了，到时三口对六面，我看他们还有什么话说。"

当晚，他们没有声张，林近南自己弄来一些草药，和几个年轻人一齐动手又是煎又是捣的，给龙大爹服的服、包的包，悄悄把他安顿在家里。

过了几天，龙大爹的伤势好多了，林开武他们几个依计而行，宋金彪还真带着他那几个手下，大大咧咧地来了。他们一进村，林开武就叫其他团练神不知鬼不觉地把他的手下都控制起来。宋金彪才一坐定，林开武几人就跟他摊牌。一开始，宋金彪还想抵赖，到林开武把龙大爹从里屋扶出来当面对质时，宋金彪终于无话可说了，再看看林开武早有准备，动手也占不着什么便宜，只好乖乖地束手就擒。

林开武施计抓了宋金彪，附近村寨的村民都觉得大快人心，消息很快就传开了，宋金彪的家人听说后，忙不迭地封了二十两银子，托人悄悄送到林开武家中，请他手下留情。林开武哪里肯受，坚持要把这个作恶多端的恶人送官。后来，林开武带着团练把宋金彪等人押送到官，经安平厅县衙裁定，宋金彪不仅赔偿了龙大爹四十两银子，而且和他的一干手下还都下了大狱，受到了应有的惩处。

林开武和他的团练所办的第二件事是抓偷牛贼。莲花台地方民众大多贫困，在当时，耕牛和驮马是当地人家最重要的财产，是人们的命根子，牛马一旦被盗，家当就没了一半甚至更多，在经济上对主人的打击都很大，往往可能因此无牛耕种，无马驮运，生活无着，要好多年才翻得起身，有的甚至因此一蹶不振，陷入永久的贫困。鉴于此，人们都无比痛恨偷牛贼。同样因为贫困，饥寒起盗心，一些人受生活所迫，又拉帮结伙，专门偷牛偷马下小朝（当地对今越南的称呼）卖，为害地方。

就在离小锡板不远的深山里，有一个不大的寨子，男人们多半以偷牛偷马为营生，他们平时总是到山上转悠，人们的牛马放到山上，一旦主人稍有疏忽，他们就顺手牵羊。这些人还会到各村各寨踩盘子，哪家有好牛好马，他们就看好地点、输送路线，摸清人家的作息习惯，到了晚上，趁主人熟睡便撬门越墙偷走牛马。一旦得手，就直接把牛马赶到边境，交给那边的同伙销售，然后二一添作五，对半分赃。小朝那边的同伙偷到牛马，也如法炮制，把牛马赶到边境，交由他们拿到内地销售，然后再分配所得。对于这个团伙，大家都心里有数，却因为没有抓到过他们的现行，拿他们一点办法都没有，而且因为是跨国犯罪，打击的难度大，官府也总是多一事不如少一事，使得他们愈加肆无忌惮，成了地方公害。

林开武办起团练以后，抓偷牛贼也就成了他们做事的重点，然而因为那些人做贼都比较隐蔽，一时让他们无从突破。事情的转机出现在一个晚上，那天已是鸡叫三遍的凌晨，睡梦中的林开武被他布在村边的暗哨叫醒，说是有贼过路，赶着好几头牛朝边境方向去了。林开武迅速反应，当时就组织人手，让一部分人追赶，一部分人分头通知各村各寨，调集所有在家的精壮，合力围堵，终于在黎明时分，在离边境不远的地方，抓到了那帮偷牛贼，然后顺藤摸瓜，彻底捣毁了那个偷牛盗马的团伙。

以此为契机，林开武还安排各村寨严加防范，使小朝那边的偷牛贼也无法向这边的内地输送盗取的牛马，使得他们偷到牛马而无处销赃，终于控制住了偷牛盗马猖獗的局面，地方由此变得清静，小锡板、大锡板一带甚至出现了路不拾遗、夜不闭户的太平景象。

林开武他们办的第三件大事，是集中力量打击拦路抢劫的山匪。所谓山匪，其实也都是当地贫民，他们或是有一丁半点武艺，或是有一身蛮力，因为生活贫困，就三五成群啸聚山林，利用香坪山一带山高林密的条件为掩护，抢劫力量弱小的过路商队或是形单影只的路人，往往有事则聚，无事则散，平时都隐藏在普通人中间，谁也不知道他们是匪。

林开武他们办起团练以后，平时加强了防范，在由东安里通往开化府途经香坪山的路段上布下了众多力量，有效地减少了那些人作案的机会。有几次，那些人出来抢劫，林开武得到消息后，及时精准打击，也震慑了一些人，使多数有这种恶迹的人有所收敛，不再出来作案。

局面得到控制以后，林开武又设计引蛇出洞，打击为首者。那一次，他故意撤走了一些防护力量，又事先与一队过路商贩商量好，让他们装作疏于防范的样子，故意招引那些人上钩。而林开武则组织精干力量，暗中布控。果不其然，就在这支商队到达香坪山最为林深路险的地段时，蒙面的山匪出现了，他们持刀提棒，从林间跳出来，拦住商旅的去路，一些人逼住马队的主人，一些人则动手抢东西。正当他们自以为得计的时候，林开武和他的团练精干及时杀出，尤其是林开武，当时就如出林山豹、下山猛虎，一顿拳脚，就制住了山匪中自恃武功了得的老大和老二。

经过这次打击，山匪们大势尽失，从此销声匿迹。为患香坪山多年的匪患，终于得到了整治，从此过路商旅再无威胁，即便单个的路人经过香坪山，也再没有听说被山匪抢劫的事了。

林开武带领团练维护地方治安的事，就这样传扬开来。一时间，村传到乡、乡传到府、府传到省，上上下下都知道东安里的小锡板有个林开武，不仅武功了得，而且热心公益，不遗余力地为地方治安办事出力，莲花台乡和畴阳镇一带，在他的整治下秩序良好，众多百姓安居乐业。

大抵人的命运，都不会一帆风顺，就在林开武整治地方崭露头角、声名初显的时候，他那操劳多年，既当爹又当娘的老父亲林近南，却已年迈体衰，步入多病的晚年了。这年冬天，林近南只是偶感风寒，却一病就卧床不起，尽管林开武极为孝顺，早晚汤药不断地侍候，但是老父的病情还是不见好转。

因为林近南病卧在床，家事疏于打理，而林开武又忙于外面的事务，精力大多用在为村寨和乡亲办事上，林家老大、老五又整日在外面鬼混，不务正业、不理正事，无钱花销的时候，还会倒腾家里值钱的东西到外面典当，往日一派兴旺的林家，竟然渐渐显露衰败之象。

六、林开武迎娶美娇娘 崔志贤辞别回剥隘

　　林近南的病越来越重了，可能他自己也意识到来日无多，就比任何时候都更加关注林开武和林老五的婚事。当时，林老大已经成家了，但老大和老五还是恶习难改，依然经常到外面鬼混，林近南就特别希望能给林开武说上一门如意的亲事，让林开武好好把日子过起来，振兴并光大门楣。老五虽然不成器，林近南也想在自己双眼未闭之前，帮他娶了家室，这样也不至于让老五无人管束，老是在社会上浪荡。为此，尽管自己病得难以下床，他仍然托人四处寻访，帮林开武和林老五物色合适的姑娘。尤其是对林开武的家室，他更是倍加上心，他虽然嘴里不说，大家也都知道，林开武是他的希望，所以他想给林开武找的人，一是不能委屈了林开武，二是要能辅佐林开武振兴家业。

　　好在当时的林开武不仅一表人才，而且能文能武，在当地有着很好的口碑，有很高的名望。所以，林家才放媒人出去说要给林开武提亲，愿意把姑娘嫁给林开武的人家还真不少。很快，林近南就初步选定邻村一户姓李的殷实人家的女儿。

　　林近南自己起不了床，不能亲自去考察那家人的家境，看看那姑娘的为人，便把初定的人选悄悄告诉了林开武，叫他自己留意，并嘱咐他如果中意了，就把这门亲事尽快定下来，一旦有了好日子，就把人家娶进门来，最好是能在他还有一口气时让他抱上孙子。这样，他说他即便真的去了那边，对林开武娘也好有个交代，心中少些遗憾。

　　在林开武说亲的那个时代，儿女婚事遵循的还是父母之命、媒妁之言。父亲在这个事情上竟然还能听自己的意见，交代自己留意，林开武心里别提有多高兴了。因此，他按父亲的安排，悄悄到邻村去了几次，那个姑娘的家境他倒不是很在意，比较在意的还是那个姑娘的相貌人品。当时，他虽然不便与那姑娘作正面的接触，但从侧边了解下来，那姑娘不光人才好，而且其人品也是乡

亲邻里公认的。

林开武回来以后，把自己对那姑娘的印象如实向父亲说了，表示自己愿意接受这门婚事。林近南于是把媒人招来，索了那姑娘的八字，请人一算，竟然和林开武的八字十分相配。这样，这门亲事很快就定下来了。又过没多久，林老五的亲事也有了眉目，在另外一个村，说上了一个他中意的姑娘。

日子一旦有了期盼，过得就特别快。很快，那年的秋收就结束了，新粮一收进家，林近南就开始指派人手修房子、备货物、排八字、择日子，张罗着为林开武娶亲。在一个天清气爽、艳阳高照的秋日，林家一顶花轿、一班响器，吹吹打打，就把林开武的新娘李氏给娶进了家门。事隔两个月，林近南又赶在年前为老五把媳妇也娶了。

至此，林近南的三个儿子都各有归属，林家在半年之内连娶了两房新媳妇，加上林老大原来就已经娶进来的大嫂和长期寄居林家的崔志贤，组成了一个八人的大家庭，人丁竟然空前兴旺。对此，心中最为熨帖的，当数林近南了，他因为心情好，似乎连病情都大为好转，有一段时间，他甚至都不用人扶也能自己下床活动了。

老父能够自己下床活动，是林家上下最为兴奋和愉快的事，加上一家人的日子又多了几个人手一同操持，林家真的出现了一派中兴的景象，那一年过年，林家杀的年猪比往年的都大，放的鞭炮也比以往的都多，一家人陪着林近南过了一个其乐融融的年。

然而，幸福的时光还是太短暂，才过了年不久，林近南竟然旧病复发，而且病情较之以前更为严重。尽管林开武四处求医，精心服侍，但是依然不见好转。又这样熬了一个多月，林近南终于油尽灯枯，遗憾地没等到抱孙子便撒手人寰了。

林近南临终前，特意把林开武招到他床前，摸索了半天从身上取出那颗祖母绿，郑重其事地交到林开武手中，嘱咐道："这是你、你叔爷林则徐发配新疆时，临行前给我的。这既是他老人家、老人家留下来的唯一念想，也、也是我们家的传家之宝。你收好，不是遇到、遇到大事，千万、千万不要动它，更不要让老大、老五那两个败家子打、打它的主意。另外，我死后，把我、把我葬在相见沟，我要、我要到那与你母亲相见，否则无论是她还是、还是我都忍受不了那份孤独，我们、我们两个异乡客，只有彼此、彼此在相见沟、相见沟生生世世为伴了。"

办完了父亲的丧事，林开武还没有完全从丧父的巨大悲痛中摆脱出来，另一件同样不幸的事又在等待着他了。

一日，林老大和林老五照样外出鬼混不见踪影，林开武和李氏正把嫂子和弟妹请来，一家人商量春耕播种的事，崔志贤则早早去了学堂，他虽然已经不再上学，但师父病逝以后，林开武把学堂里的一应事务都交给他打理，所以他每天一早起来，都会照例去学堂一趟，有事办事，无事也象征性地在那照应一番。不料却在这时，剥隘来了人，说崔志贤的父亲崔老板因为年老体衰，又听到了好友林近南病逝的噩耗，竟然一病不起，生意上的事也打理不动了。所以托来人到小锡板接崔志贤，让他务必把这边的事做个交割，尽快赶过去打理那边香料店的生意。

林开武无论是办团练、过日子，还是习武学艺，很多方面都离不开崔志贤这个得力的帮手。但是一听说崔老伯生了病，生意无人打理，他再不舍也得让崔志贤回家了。于是，他急忙去找来了苏善堂，让他把崔志贤手上的事都接了过来，又筹集了一些银两交给崔志贤，催促他赶快回去。

崔志贤就要走了，林开武确实舍不得这个打小在一起长大，在一起练武，几乎终日形影不离，差不多比亲兄弟还亲的兄弟。为此，到崔志贤真正告别上路的那一天，他牵着自己送崔志贤的那匹马，送了一程又一程。

林开武："志贤，兄弟，该说的话都反复说过了，你回去了以后，最重要的是请郎中来给崔老伯治病，不要舍不得花钱，银子不够，哥再帮你筹措。只要你那边需要，一有信来，哥一准及时给你捎过去。"

崔志贤："三哥，我都记下了，无论如何我会好好给家父治病，三哥你放心！"

林开武："你别嫌我啰唆，家中老人是块宝，有老人在，是我们年轻人的福气。对此，以前我也不是很理解，这回父亲走了，我才觉得自己头上的一整片天都塌了，子欲养而亲不待呀！我真后悔父亲在世时，没有好好尽儿子的孝道，让他多过几天少操心的闲适日子。"

崔志贤："知道了，三哥。你就不要老是提师父了，志贤也是分身无术，他老人家刚走，现在是你最需要帮手的时候，可家父却偏偏这时病了，要不然，我应该留下来多帮衬你一阵子的。唉！"

林开武："这也是没有办法的事，我这儿再难，也不能耽搁你尽孝，尽孝道才是为人子最重要的事。你回去以后，把崔伯父的病治好了，再把你们家的生意好好打理一下。日后，我这里一旦有什么事要做，少不了要请你一同出力。兄弟同心，其利断金嘛！"

崔志贤："知道了，三哥。就送到这里吧，光顾说话了，你看你一送就送了十多里地了。送人千里终需一别，你回去吧！放心，你交代的事，我都会一一办好的。你这边有事，只要一听信我准来，我们是一辈子的兄弟！"

林开武："好吧，我就送到这里了，话多如水，我也不说了。这一路去，山高路险，你要多加小心。"

崔志贤："三哥，放心。你回去吧！"

崔志贤说完，一转身却把林开武紧紧抱住，很长时间都不肯撒手。他们就这样站在路上，相拥而立、相拥而泣，过了很长时间，林开武才把崔志贤推开，催他上马。崔志贤也于依依不舍中揩了一把眼泪，踏镫上鞍，打马而去。送走了崔志贤，林开武整日心里空落落的，总是觉得不踏实，总觉得会有什么事情要发生。

果然不出所料，崔志贤才走了月余，剥隘那边就有信来，说崔父因为久病不治，驾鹤归天了。更让林开武震惊的是，崔母也因过度悲痛，竟然撇下她的儿女，在崔父过世后的第三天，也追随丈夫去了。惊闻噩耗，林开武一点也没有耽搁，当天就带着家里能拿得出来的银两，昼夜兼程赶去剥隘奔丧。林开武这一去，在剥隘一待就是一个多月，他在那帮助崔志贤给崔伯父、崔伯母发了丧，又专门陪了崔志贤一段时间，既帮他打理生意又陪他散心，直到崔志贤情绪稳定了，才告别回到小锡板。

林开武走时，崔志贤拿出一把银柄短刀，对林开武说："三哥，这刀是家父咽气前特别交给我的，说是当年师父、师母从福建来云南，路过剥隘时，师父送给家父的礼物，说是他们老哥俩一世友情的见证，让我有机会把它交给你，也算物归原主了。"

林开武接过那刀，但见银镀的刀柄银光锃亮，上面的纹饰极其精美，又拔出刀身来看，也是刀刃泛光，快可削发，确实是一把难得的好刀。想必也是父亲当年珍贵的随身之物，价值不菲。便拿在手里把玩了一番，掂过来掂过去地看，心里极是喜爱。

可是喜爱归喜爱，他把玩有顷，还是把刀又还到了崔志贤手里，并说道："这刀，既是我父亲送给崔伯父的，是他们老哥俩一世友情的见证，那么这刀就还由兄弟你留着，也让它作为我们兄弟俩的友情见证延续下去。"

崔志贤："三哥，这可是家父临终前嘱咐的……"

林开武："这样定了，你拿着。只要这刀不朽，你我的感情不变！"

崔志贤："好！那就让这把刀见证，我们两家的交情世世代代相传，虽为异姓，实则兄弟，永不相弃！"

七、王都司诚聘林开武 亲兄弟无情闹分家

林开武从剥隘回到小锡板，已然过了春播时节。虽然他有很长一段时间不在家，家里的几个女人还是雇工把田地里的庄稼都按节令种下了，当中打头的就是自己的新婚妻子，这让林开武心里很宽慰。

然而也有一件事，让林开武心里很不舒服。那便是他的哥哥林老大、弟弟林老五，在他不在家的这一段时间，竟然很少着家，栽种的一应大小事情，他们都撒手不管不说，还趁他不在辞退了先生，解散了学堂，变卖了私塾的房产，就连苏善堂，也被他们给打发回家了。对于这件事，林开武本来要好好责备他们一番的，但一想他们一个是哥哥，一个是弟弟，太重的话又不太好说，加上父亲新逝，自己在这件事情上处理不当，可能会伤了弟兄间的和气。他思前想后，还是把好多已经跑到嘴边的话，都给忍了。既然林老大和林老五都指望不上，家里的银子又大多被林开武带去剥隘资助崔志贤了，余下的些许银两，也被家里三个女人雇人栽种时花光了，林开武只好带着家里的三个妇人，整日起早贪黑地打理地里的庄稼，他们一家人的全部希望，都在这一季庄稼上了。

一天，林开武正带着一家人在地里忙活，苏善堂却来了，他一到地边就急切地对林开武道："三哥，麻栗坡特别区对汛督办公署的王都司找你来了。有好事，你快回家一趟！"

林开武："哪个王都司？我和他素不相识，他怎么会专程来找我，他突然来找我又会有什么好事？"

苏善堂："哎呀！王都司王志云呀。我已经把他带到家里去了，这会儿正在家里等着你呢。我说有好事就一定有好事，你快随我回家，见到王都司你就都知道了。"

"我平素是不跟官家打交道的，他突然上门来找我会有什么好事？"林开武将信将疑地走出苞谷地，边盯着苏善堂的脸看边自顾往前走。

林开武和苏善堂一前一后走进家，堂屋里果然有一个身着青衣小帽的中年男子，背着手正极有兴致地观赏着林开武悬于堂前的韩慕侠的那些字。林开武见他并未穿官员的补服，不知苏善堂所说的来人身份是真是假，一时竟然不知道如何打招呼。

就在林开武这一犹豫间，那人听到了响动，迅速转过身来，边迎着林开武端详，边开口主动问道："你就是林开武吧？果然相貌俊伟，身材魁梧，名不虚传，名不虚传哪！"

林开武："先生果然是麻栗坡特别区对汛督办公署的王都司？"

王志云："在下王志云，忝居麻栗坡特别区对汛督办署都司一职。来前未及通报，叨扰了。"

林开武："可是，开武和都司大人并不相识，都司大人突然来访，是有什么要开武效劳的吗？"

王志云："开武兄，在下对你可是仰慕已久，这次登门造访，实在是求贤若渴呀！"

林开武："开武一介乡野村夫，无德无能，都司大人何出此言？"

王志云："开武兄过谦了，在下虽然身在麻栗坡，却早就知道开武兄文武兼备，这些年又学文习武闻名左近，又办团练维护乡里，远远近近有口皆碑，名震四方。所以，在下斗胆来请开武兄出山，到麻栗坡带兵，与志云一起镇守边关。"

林开武："这个……都司大人您先请坐，善堂你快去烧水沏茶。"

王志云才在椅子上坐下，却又忍不住站起身来："开武兄，刚才在下所言之事，还望不要拒绝。"

林开武："这个……都司大人，此事重大，容开武再想想。"

王志云："开武兄就别犹豫了，男子汉本该志在四方，更何况开武兄能文能武，正所谓学得文武艺，卖给帝王家。在下上门求贤，开武兄不仗剑出山，更待何时？"

林开武："开武粗陋，虽然也曾学得些三脚猫功夫，粗通文墨，却远不像都司大人所言那般。都司大人错爱了。"

王志云："在下此番前来，是真心求贤，还望开武兄不要推辞。"

林开武见一再推辞不过，只好以实相告："都司大人，实不相瞒，开武家里有难处，实在是走不开呀，不是开武不识抬举……"

王志云："开武兄有什么难处，在下愿闻其详。"

林开武："都司大人，家父新丧，开武孝期未满，实在是不宜出门做事，再加上家兄和弟弟不理家务，开武正当家境艰难，当下最要紧的事是维持一家生计，实难从命……"

王志云："有道是，百善孝为先。这一点，倒是在下考虑不周了。这样吧，这事先说在开武兄心上，这点银子开武兄拿着补贴家用，等到开武兄行孝期满，在下再来，到时请开武兄务必不要推辞，边防要地，急需开武兄这样的一员虎将啊！在下这就先告辞了。"

那王都司把一包银子硬塞到林开武怀里，林开武还待推让，他却已经快步出门了。

林开武拿着银子追出大门，大声道："都司大人，这银子，开武无功不受禄，实在不敢受……"

王志云："开武兄，拿着吧，当下你用得着，就算是在下先交的订金吧。不日，在下再登门拜访。"

"三哥，你可不能错过这样的大好机会呀！"苏善堂见王志云走了，也撂下一句话，跑着自顾自地追出村去了。

这以后，王志云又来小锡板两次，第一次他来，林开武的孝期已满，但竭力要还他银子，并以各种借口推托，坚持不肯出山。

王志云最后一次来，可谓三顾茅庐，林开武不好推脱，只得以实情相告。

林开武："王都司，您重情重义重人才，一再屈尊到寒舍真诚邀请，开武再怎么愚顽也应该识相才对。实不相瞒，早年，开武的叔爷林则徐也官至两广总督，曾为朝廷重臣，他主持的虎门销烟名垂青史。但是，因为朝廷软弱，怕开罪洋人，竟以他顶罪，让他背着黑锅充军新疆，让人齿寒。为此事，叔爷曾嘱咐家父远避云南，隐身林泉，不再留意仕途。对于开武，家父也曾一再叮嘱，学文习武只为益智强身，不为求取功名。所以不是开武没有家国情怀，不领都司一番盛情，实在是父命难违……"

"志云不知开武兄家里有如此渊源，又有如此家规，可惜了，可惜了！"王志云见林开武确实无意于仕途，怎么劝都不肯松口，只好叹惜着作罢。但是，这个王志云对于林开武的赏识，并没有就此打住，若干年以后，就是他先把牢中囚徒林开武介绍给云南团练总管陈荣昌，又把云南勤王兵统领林开武力荐给陕西巡抚岑春煊的。

林开武坚辞了王志云的盛情邀请，远近乡邻都知道，这既是他的家庭渊源，也是为了维持他那个正走下坡路的家。可是，林老大和林老五却不领他这个情，他们整日在外吃喝嫖赌，很快就花光了停办学堂，变卖私塾房产的钱。在外面没有钱花，他们又不约而同地打起家里的主意。林开武和妻子、嫂子、弟妹辛辛苦苦种出一季庄稼，粮食刚刚收上楼，他们就回来分粮食了。

先回家来的是老大，他说他在外面做生意赔了本，现在有一笔很好的生意需要新的垫本，所以他亟须卖些粮食，好去赚更多的钱。林开武当然心知肚明，晓得这不过是一个托词。但俗话说长兄为父，碍于兄弟情面，他并没有当面戳穿哥哥的说辞，只是以家里多遭变故，家道中落，这点粮食是全家人赖以生存的依靠为由，拒绝了大哥的要求。

不料，林开武这里刚刚搪塞了林老大，林老五也回来了，他一回来，张口也要卖粮食，所说的理由与大哥的说辞如出一辙。对于老五的想法，林开武一口就回绝了，因为这次面对的是弟弟，他拒绝得就很直接，并不像拒绝大哥那么委婉。

这样一来，便引起了心胸狭小的林老五对他的嫉恨。林老五于是便去撺掇林老大，提出来要分家各过各的。

这一天晚饭后，林老大和林老五统一了口径，便在堂屋里的饭桌旁同时发难。

林开武吃完饭刚要离开，林老大却一把拉住他说道："老三哪，你先别走，我们有事要跟你说。"

林开武虽然觉得气氛不对，但是兄命难违，不得不重新坐下道："大哥，你说吧。"

林老大："老三哪，你看我和老五都长年在外做生意，家里那么一大家子人的生计，都由你一个支撑着，这么下去也不是个办法。我和老五商量了一下，我们三兄弟还是分家吧。把家分了，各过各的，这样，你肩上的担子也会轻一些。"

林开武："这……父亲尸骨未寒，我们就闹分家，这事传出去，今后我们还怎么做人，怎么在这个地方立足？"

林老五："古话说树大分权，人大分家，兄弟分家是再寻常不过的了，谁吃饱了没事干，会来管这等闲事？要我说就是分了干净，以后谁也不牵扯谁，谁也不用受谁的气。"

林开武："老五，你……"

林老大："还是分了吧！分了家，以后各逃各的命，倒也省心了。"

林开武："看来大哥和老五都一门心思要分家另过了。可是分家这么大的事，再怎么也得听听大嫂和弟妹的意见吧，你们也不问问她们是怎么想的？"

林老五："妇道人家，头发长见识短，问她们做什么？我们几个男人怎么商量就怎么定了，我看她们敢说哪样！"

林老大："就这样定了吧。老三，这两天你抽点时间，盘算盘算一下家底，我们把家产一分为三，以后就各立门户，各家生火过日子了。"

林开武："大哥……"

林老五："不是一分为三，是一分为二，三哥的那一份家产，早就被他拿去资助崔志贤做生意了。说不定现在以本赚利，以利生利，已经攒下一大笔钱了。"

林开武："大哥和五弟这不是谋划着把我们两口子扫地出门吧？"

林老五："我可没有这样说……"

林老大："你给崔志贤那笔钱，说到底还是我们家的钱，是我们大家的钱，分家时不能不算的……"

林老大和林老五的突然发难，让毫无思想准备的林开武猝不及防。那一夜，林开武和李氏熬过了一个自他们成亲以来，最为漫长的不眠之夜。

第二天一早，林开武就主动找到林老大和林老五，当着全家人的面宣布："大哥、老五，我想了一夜，强扭的瓜不甜。这家还是分吧！就按老五说的，所有家产一分为二，都归你们，我和李氏不带走一根茅草，今天就离开家！"

大嫂："三弟……"

老五媳妇："三哥……"

两个妇人都于心不忍，但在她们各自丈夫威严的目光下，又都什么也不敢说。

林开武："大嫂、弟妹，你们什么都别说了。家里的，你这就去收拾东西，除了我们两个穿的，别的什么都不要带……"

当天，林开武夫妇就离开了家，随身带的只有他们平时换洗的几套衣服和父亲传给他，林老大、林老五并不知道的那块祖母绿。

他们走到半路，老大和老五媳妇匆匆赶来，悄悄塞给他们一包吃食、一把砍刀。

就这样，林开武就领着李氏，上了香坪山。

八、林开武迁居香坪山　生计艰难好友相助

香坪山，是东安里一带最高的山，这里景色秀丽，地势起伏，远观近看，各有不同的景致和风韵。

远看香坪山，柔柔云雾缭绕群峰，隐约的雄姿与天相连；走进山中，绿色的身姿与朵朵白云相依相吻，飘飘曳曳，犹如天庭，宛若仙境，于神秘中透着生机，于雄奇中显露婉约。

香坪山从远古走来，孕育出不凡的气质。它肩负众多生灵的命运，营造出一个自然万物和谐的家。奇异峻峭的座座峰峦，是它潇洒的外表；幽深静谧的道道沟壑，是它深邃的俊眉；条条林木掩映的深箐，是它博大的胸怀；条条叮咚作响的溪流，是它藏在大山深处的竖琴，而山间遍布的肥厚沃土，则是它巨大创造力的潜质所在。人来到这里，会油然产生一种向往，一种冲动，一种极想创造的欲望。

然而，这里只有相见沟一带是林近南早年花钱买下的墓地，林开武的父母死后都葬在这里，其他山岭沟谷，全是荒无人烟的原始森林，从权属上说它是这一带乡民所共有的也可以，说它是不具体属于哪一家的无主林也行，反正谁开垦了它也就是谁的了，在人烟相对稀少、资源相对充足的当时，人们对这片荒山野岭并不是很看重。但是，林开武夫妇此时身无长物，要在这里生存下去谈何容易？

领着李氏，林开武于当日中午到达了香坪山腹地的相见沟，在他曾随师父韩慕侠游览过的那片林间空地落了脚。

第一件事，是砍树搭窝棚，作为二人的栖身之所。

李氏身子单薄，不能干重体力活。

林开武只得只身一人，拎着大嫂和老五媳妇送给他的那把砍刀，拼尽力气干活。

好在搭个简易窝棚并不太难。天黑之前，他们终于有了个暂时栖身的窝。

是夜，在一堆篝火旁，他们吃了上山后的第一顿饭，那点吃食，还是上山前大嫂和老五媳妇半道上悄悄塞给他们的，林开武盘算了一下，这点东西最多也就能顶个两三天。

不料，当天后半夜下了一场大雨。

窝棚的顶，是用树枝、树叶临时盖的，根本不挡漏，雨一大，窝棚里就下起了和外面一样大的雨，那些树枝、树叶简直形同虚设……

无奈，他们两人只好簇拥着，任雨浇淋。

第二天天晴，李氏哭丧着脸，把湿漉漉的衣服拿到外面去晒，边做活还边咳嗽。

林开武本来想宽慰李氏几句，想了想，竟然也觉得一时无话可说，便从窝棚里拎出一把砍刀交给李氏，道："这给你防身用，我下山一趟，你在山上要多加小心。"

林开武这是去找苏善堂，他要找他借些粮食、农具、被褥和锅碗瓢盆。当时一赌气，带着李氏就上山了，在山上一晚上，他这才意识到没有这些最起码的东西，他们两口子根本无法立足。

苏善堂虽然就在邻村，却一点也不知道林开武家突生的这一场变故，当林开武登门说明了来意，他才被吓了一大跳。当时，这个极度为林开武感到不平的人，竟被气得七窍生烟，大骂林老大、林老五不是东西，站起身来就要去找他们算账。

"算了！我们毕竟是一母同胞的亲兄弟。算了……"林开武急忙劝阻道。

"那就这样便宜这两个浑蛋了？"苏善堂仍然气鼓鼓地道。

"由他们去吧，我林开武一身力气，我就不相信能够饿死了！"林开武自信地道。

"那你等着，你要的东西家里都有现成的，拿去就得了。我再去叫几个人，今天就去帮你们盖间草房。你这个人也是，什么亏都能吃，什么气都能受……"

不多一会儿，苏善堂就叫来了十多个他们团练的弟兄，一干人带了粮食、农具、被褥、锅碗瓢盆和一大坛子苞谷酒，中午时分就赶回了香坪山。

李氏一个人正在山上担惊受怕呢，突然就见林开武、苏善堂和一干团练弟兄，带来了若干他们急需的东西，不禁喜极而泣道："经事才见人心，有的时候，朋友胜过亲兄弟呀！"

林开武："别在那抹眼泪了，我说过，天无绝人之路，亲兄弟靠不住，我还有这帮不是亲兄弟胜似亲兄弟的朋友呢！"

苏善堂："干活了！今天天黑之前无论如何要盖出一间茅草屋呢，大家都别耽搁。"

众人说干就干，林开武、苏善堂和众兄弟有的平屋基，有的砍树，有的割茅草、藤条。只是半天的工夫，就在林开武夫妇头天搭窝棚的地方，盖起了一间宽敞的茅屋，林开武一家总算在香坪山上正式安顿了下来。

当天晚上，苏善堂和众弟兄都没有下山，他们围着一大堆篝火喝酒、说话，谋划林开武一家的未来，说到高兴之处，还不时开怀大笑。看着这些患难弟兄，林开武虽然身处绝境，却从来也没有这么舒心过。他觉得香坪山是那样的宽阔丰饶，今夜的空气是这样清新宜人，自己的身心是这样自由轻快……

苏善堂和林开武的一干弟兄，在山上一待就是好多天，在这些天里，他们齐心协力，在林开武夫妇茅屋的周边，合力开出了几亩地，并种上了林开武他们上山后的第一季冬荞。

苏善堂等人下山以后，林开武带着李氏还是每天开荒不辍，没有多少日子，离茅屋周边更远的地方，就又新增了许多田地，一个临时安置的山里人家，逐步变得有些模样了。林开武已经在心里谋划着，来年春天这块地种什么，那块地又种什么。总之，只要庄稼种下地，心里就有了希望、有了盼头，而一旦有一季庄稼收进家，过起日子来就有了底气。

一晃就几个月过去了，转眼就到了腊月三十。那天一早，苏善堂早早给林开武夫妇送了一块过年的肉来，就自己下山张罗着过年了。林开武夫妇也没有再下地干活。林开武到茅屋下面的溪边洗了肉，用砍刀砍成几大坨丢到锅里，就催促李氏赶快烧火煮，因为他们这唯一的一口锅，还是当初上山时从苏善堂家借来的，这煮了肉还得煮饭、炒其他菜，一点也不能耽误，这毕竟是他们夫妇在山上过的第一个年，他不想让李氏感到太过凄凉。

哪料正应了欲速则不达那一句老话，林开武越想早些弄好饭吃，那火却不得力，烧了半天也不见锅里的汤水冒泡。

"可能是这柴湿了，本来就是刚砍来不久的，还没有干透，你让开我来看看。"林开武说着就凑到临时用三块石头支起的灶前，自己动手添起柴来。林开武拿起一根稍微粗大的柴棍，想把它折成两截再塞进锅底，不想这半生半干的树棍是极有韧性的，林开武三折两不折，非但没把那棍折断，一失手倒让那已经起弯的树棍飞弹起来，一棍子打在了锅上，只听"啪"的一声响，那锅彻底地烂了，一锅快煮熟的肉和汤汁，全部泼在火堆上，火也被浇灭了……

一见这种境况，一旁的李氏禁不住"呜呜"大哭着跑进茅屋，林开武也没好气地踢了那火堆一脚，一声不吭地随李氏走进屋去。

那夜，李氏一直在哭，林开武则一言不发，空着肚子抱着李氏默默地坐了一个晚上……

日子再难过，时间也在一刻不停地往前走。尽管像大年三十晚这样的窘迫并不止一次，时间却把林开武和李氏送进了第二年的春天。

一开春，天地回暖，香坪山上各种野花竞相开放，漫山遍野一派姹紫嫣红，大地又回到了它最有希望的时刻。就着美好春光，林开武和李氏开始了繁忙的播种，苞谷、芋头、瓜豆……他们把该种下能种下的都一并种下。很快，那片肥沃而湿润的土地上就一派郁郁葱葱，林开武还就着山下的溪水，在箐沟旁开了两块田和一方鱼塘，他要在这里种稻养鱼，让李氏这个从小在山里长大，平时少见白米、鱼虾的人也能够吃上可口的米饭、鲜美的鱼肉。

一日，林开武正在箐沟旁的田里忙活，山坡上却传来了李氏的呼唤："当家的，快点回来，志贤来了！"

　　一听说志贤来了，林开武喜不自胜，扔下手中的活计就连忙往家赶。林开武三步并作两步跑上山来，崔志贤果然笑吟吟地候在他家的茅屋前。一见林开武，崔志贤再也控制不住内心的激动，他快步跑下台阶，紧紧拥着林开武道："三哥，兄弟连累你了，让你和嫂子受苦了！"

　　林开武："志贤，好兄弟，你是怎么找到这里来的，怎么你说来就来了？"

　　崔志贤："你上山，也不捎个信来，好在剥隘离香坪山虽远，也还有马帮往来，我一听说你们被迫空手离家，都急死了……"

　　林开武："这算多大事？看把你急的。"

　　崔志贤："还不是大事，一个人被逼得走投无路，生活无着了还不是大事！再怎么你也不该一声不吭的，好歹你还有我这个兄弟。我有难的时候你帮我，你有难了，我能不帮你吗？"

　　林开武："你家中也有事，不用帮我。"

　　崔志贤："不帮你、不帮你，你还能永远不让我知道、永远都不让我上山来了？"

　　林开武："兄弟，不说这些，我们先进屋，你大老远的来……"

　　崔志贤："我们先把马驮子卸了。我来得急，也没有带太多的东西，除了两驮吃的，还给你捎了两驮八角苗。"

　　林开武："八角苗，八角是个什么东西？"

　　崔志贤："八角是一种香料，在北方也叫大料，是人们每顿炒菜都离不了的用来提味的东西。早年，我们剥隘一带有人从广西引种，可紧俏了，我们家这些年做的香料生意，主要是往内地贩八角。我听说你和嫂子上山开荒另过了，就想起香坪山上肯定适合种八角，这次来就捎了两驮。我们先试着种，如果行，将来我们就大量开荒种植，若干年后，如果香坪山变成了一个八角飘香的地方，到那时，我们就是想不富裕怕都难了！"

　　林开武："你这家伙，才回去做了不长一段时间生意，就变得油嘴滑舌的了，说什么都是一套一套的。走，我们先下货，让我先看看那八角苗，到底是什么样的宝贝，被你说得像一朵花似的。"

　　林开武和崔志贤到屋山头下了货，又把几匹马牵到离茅屋不远的树下拴牢，才相跟着走进茅屋。林开武正待吩咐李氏煮饭，崔志贤却从怀里掏出一叠厚厚的银票，递到林开武面前："给。三哥，我眼下就只能匀出这点了，你先收好。”

林开武：“志贤你这是干什么？我这最难的时候已经过去了。在这大山上，我就是找山茅野菜也能抵挡一阵子，我不需要钱，你做生意比我更需要，这些钱还是你自己留着吧。”

崔志贤：“这是给你种三七、草果的垫本。”

林开武：“我又没打算种三七、草果，要什么垫本？”

崔志贤：“哥，你应该种的，香坪山条件那么好，非常适合种三七、草果。草果这种香料，我家店里经常卖，行情很好，至于三七的药用价值，你是知道的。我来之前，已经与去剥隘贩卖三七、草果的老板们讲好。等种了八角后，我们就去马白关买草果。秋天，我们再去开化买三七红籽。”

林开武：“那么，为什么我们既要种三七，还要种草果呢？我们现在刚到这香坪山里定居，为什么不能集中精力先只做好一件事呢？”

崔志贤：“三哥，这你就考虑得不周全了，三七是多年生植物，要连续种植三年才有收成，投入的成本大；而草果呢，则可以当年种当年收，在林下就可以种植，成本低见效快。我们只有长短结合，以短养长，才能够综合发展。”

林开武：“你这家伙，倒什么都替我安排好了。”

崔志贤：“谁叫你是我哥，我是你兄弟呢？”

林志武：“唉！难得有你这么一个好兄弟啊！人生何求？有你和善堂这几个危难时两肋插刀的好兄弟足矣！”

九、众朋友资助种三七 香坪山林下栽草果

崔志贤的到来，给困境中的林开武夫妇带来很多直接的帮助，他不仅捎来了林开武夫妇急需的食物，而且送来了八角秧苗和扩大生产的垫本，这无疑大大地加快了林开武在香坪山上的创业进度。那段时间，林开武夫妇在崔志贤的帮助下，在自家茅屋的背后种下最初的一批八角苗，又由苏善堂约来一批团练兄弟，把左近林间的杂草矮树都刈了，开垦出来准备种草果。在其中，林开武特意选了一块向阳的坡地留着建造三七园，单等秋后节令到了就引种名贵药材三七。

林开武一班兄弟，白日里一起齐心合力开荒，夜里就随林开武、崔志贤、苏善堂演练拳法和各种搏击技法，倒也比原来散居各村时武艺又有精进。为了解决兄弟们的住宿问题，林开武、崔志贤、苏善堂三人一合计，又在林开武茅屋的近旁，增盖了几排茅屋，香坪山上于是人气渐旺，初成气象。

一转眼，定植草果秧的时令到了，林开武、崔志贤、苏善堂又商量，由林开武、崔志贤带另外两名团练兄弟，赶着五六匹马，去同属安平厅的马白街一带购买草果秧，由苏善堂带领余下的兄弟，继续在林间整地，以便购得草果秧就及时栽种。

林开武、崔志贤带着两名兄弟一路走官道倒也还顺利，只一日，就到了安平厅所在的马白街。可是，当他们连夜找到崔志贤熟识的那个贩草果的老板时，才知道草果虽然盛产于安平厅，但不是在马白街附近的村寨种植，草果秧得到离马白街很远的箐厂、古林箐的大森林里去才买得到。

还好，那个贩草果的老板平时经常去剥隘，与崔志贤除了生意上的往来，交情也还不错。又见来买草果秧的这个人，被崔志贤一口一声三哥地叫着，态度极为恭敬，便也不敢太怠慢。所以，在崔志贤的恳求下，他答应第二天就带林开武、崔志贤等人去箐厂、古林箐走一趟，争取买到他们所需要的草果秧。

　　第二天一早，那老板果然如约来到林开武、崔志贤他们歇宿的马店，一行人吃了早饭，喂饱了马，又备了一些路上吃的干粮，早早就向篾厂进发。夕阳西下时分，他们紧赶慢赶地到了篾厂，找到贩草果的老板一问，得知这里的人家头年冬天育下的草果并不多，除了自家移栽所需的以外，并没有多余的秧苗出售。

　　无奈之下，他们一行人只好在篾厂歇宿，第二天一早又怀揣一线希望，继续向已经临近安南的古林箐进发。还好，到了古林箐，这里到处是遮天蔽日的大森林，头年冬天育下草果苗的人家也不少，他们终于顺利买到了所需的草果苗。

　　这一路虽然一波三折，但到底还是买到了草果苗。所以，林开武和崔志贤的心情还算不错。为此，回来的路上他们就加快了脚程，只一天就回到了马白街，第二天就赶回了香坪山。

　　到香坪山上，苏善堂和众兄弟都是第一次见到草果苗，便都纷纷围过来看稀奇，凭着这点兴致，大伙竟然点燃火把照明，连夜种植这些宝贝。

　　如此连天连夜苦干了两日，林开武他们买来的几驮草果苗都在林间安了家。种下了这些幼苗，就像种下了一片希望，林开武和李氏几乎天天都到林间查看、照管。因为山上大规模的开荒和种植都已经告一段落，经管庄稼和那些八角、草果，已经不需要那么多人手，崔志贤、苏善堂等人便告别下山，各自去忙他们的生计，只有在林开武夫妇管理地里庄稼实在忙不过来的时候，苏善堂和其他住得近一点的兄弟，才会不时上山来搭把手。

　　忙碌的时光总是过得飞快，又一转眼，秋收的节令又到了，那年风调雨顺，栽的又是肥沃的生地，林开武夫妇上山后种植的第一季庄稼竟出奇地好。香坪山上，坡地苞谷如林，沟谷里稻谷金黄，房前屋后瓜果飘香，箐沟中草果红如玛瑙，一派丰收的景象。一日，苏善堂和众兄弟又上山来，与林开武夫妇一道开镰收割，不几日，收下来的稻子、苞谷、瓜豆、芋头、辣椒等，就堆满了茅屋和屋外的场院。

　　望着这些辛勤劳动换来的丰硕成果，林开武在感慨万千之余也由衷地高兴，就连李氏长时间以来一直愁云不散的脸上，都露出了久违的笑容。所有庄稼全部收进家的那天晚上，林开武叫来众兄弟，把李氏辛辛苦苦养大的一头猪宰了，又去集镇上买来几十斤苞谷酒，几十人放开肚皮，在茅屋前的场院上吃杀猪饭，香坪山上沉寂千年万年的林间，阵阵笑语喧哗。正当一干人酒酣耳热之际，崔志贤也像事先知道有美味一样，突然上山来了。

崔志贤不声不响地来到热闹的人群中间，突然朗声道："你们这些家伙，有好吃好喝的也不告诉我一声，太不够意思了吧？"

林开武闻声抬头一看，正是自己日夜思念的好兄弟，便离座迎上前来："好兄弟，志贤兄弟，你来了？来、来、来，坐，坐到我这边来。正所谓人算不如天算，择日不如撞日，我、你嫂子和善堂晚饭前还在念叨，说在这个欢庆丰收的热闹日子里，少了你这个劳苦功高的好兄弟，真是莫大的遗憾哪！不想你却上山来了，真是上苍有眼，我们兄弟有缘啊！来、来、来，兄弟，快坐下，我们喝酒吃肉，今晚不醉不休！"

崔志贤也不客气，当时就在李氏急忙安排的林开武身旁的一个位子上坐下，开怀畅饮，大块吃肉。

那一晚，香坪山上的笑声经久不息；那一晚，林开武和他的众兄弟都醉了，香坪山的草木、森林和夜风也都醉了……

第二天日上三竿，醉后酣睡的林开武和崔志贤等人才迟迟醒来。

崔志贤醒来的第一件事，便是急急地来敲林开武的门："三哥，快带我去看那些八角、草果长成什么样了。"

林开武："长得好着呢，你不在的这段时间，我差不多天天都去看，八角树都长得有半人高了，那些草果秧一棵发两棵，两棵发三棵，都长成一蓬蓬的了，那些结成一坨坨的草果，红得就像玛瑙一样，用不了多久就可以采收了。志贤，你让我在香坪山栽八角、草果的主意，确实是出对了，用不了几年，我们香坪山一定会是一个八角飘香，草果满地的香料之山。"

崔志贤："太好了！三哥，你快带我去看看。"

林开武："走、走、走，真拿你没办法！到底越来越像个地道的香料店老板了，一说起草果、八角你就两眼放光。"

林开武和崔志贤一前一后走出茅屋，先到屋后看了那些八角，又到更远的箐沟里看了草果。崔志贤越看越兴奋，越看越惊喜，在往回走的路上，他还不时回头去望，好像那些意乱情迷的小伙子，不经意间看到了自己心仪已久的小姑娘，目光贪婪地一步三回头。

林开武："走吧，别老是回头了，看不出花来的。"

崔志贤："三哥，我们年初的判断是对的，八角和草果都栽成功了。我这次来，又带了一些钱，过几天我们就去开化买三七红籽，今年秋天播下，明年春天就有籽条了。再过几年，你这里不仅草果红满箐沟，还有三七的满园红籽，那将是一番怎样的火红景象呀！"

林开武："看把你高兴的，就好像这些事情明天就要变成现实一样。告诉你，我已经想好了，今年秋上，我们香坪山不仅要种三七，我还要去采些杉树籽来撒播，从明年开始，就对原始林区的杂木进行改造，种上满山的杉树，十年二十年后，附近村寨的乡亲起房盖屋做寿板，就有上好的材料了。"

崔志贤："三哥，你真是个热心肠，自己的日子刚刚有着落，你就又想着为乡亲们做好事了。"

林开武："做人可不得这样吗？将心比心嘛，在我最困难的时候，要是没有你，没有善堂，没有众多的弟兄和乡亲们的无私相助，靠我个人的力量，哪能这么快就把日子过成今天这个样子？"

崔志贤："三哥，要么我们收拾收拾，明天就动身去开化，我们去早一点，争取买到三七农采摘的头一两拨三七红籽，质量会好一些。"

林开武："好，我们明天就去！"

开化府所在的地方是一个方圆几十里的湿热河谷，气温要比阴凉的香坪山热许多，所以在这方圆几十里的坝子里，并不适合喜阴怕热的三七生长，三七其实产在开化坝子以外的山乡里，尤其以老君山里那些树多阴凉的村寨所产的三七质地最好。为此，林开武和崔志贤到开化买三七红籽，最终去的也是开化山区里一条叫平坝的小街子。

到了平坝街，崔志贤才知道他认识的那个三七老板萧培林，原来是平坝地方有名的三七种植师傅，他和平坝街上另外的六个种三七的本事了得的人，并称开化三七"七子"，这些年，他不仅种三七，还贩三七，是当地比较富裕的人家。

崔志贤带着林开武上门求购三七红籽，萧培林自然非常乐意，因此便很是热情地接待了他这位远道而来的朋友和林开武。可是当听说他们所购的三七红籽，要拿到东安里的香坪山上去培植，这个比林开武还年轻一岁的商人，却并不急于表态要卖三七红籽给他们。当天晚上，在安排他俩睡觉前，萧培林只撂了一句话："崔老板，你们大老远来，累了，好好睡一觉，明天先随我去三七园看看。买不买红籽，明天我们再商量。"

萧培林一句模棱两可的话，倒让崔志贤和林开武都丈二和尚摸不着头脑。但是，毕竟来都来了，他们想想还是觉得第二天去看看再说，于是洗洗就各自睡下了，当夜无话。

第二天一早，萧老板把林开武、崔志贤二人领去了他的三七园。这园子，建在平坝村外一个向阳的斜坡上，林开武粗略看了一下，怎么也得有种一斗苞谷籽那么宽的面积，用杉树枝和苞谷秆搭成的一人来高的三七棚，连片覆盖了整架山梁和两侧的凹地，看着十分壮观。

到了三七园里，看着满园三七红籽，像珍珠、像玛瑙，崔志贤自然是喜不自胜，爱不释手，啧啧称奇。

看着崔志贤既艳羡又向往的样子，萧培林却冷不丁地问了一句："崔老板、林三哥，你们懂三七吗，知道种三七都需要些什么样的条件吗？"

崔志贤："不太懂。"

林开武："不晓得。"

萧培林："三七是消炎止血的名贵药材，在活血化瘀方面也有显著疗效，民间偏方还用于头痛心悸、妇科杂症、预防衰老等，李时珍在《本草纲目》中称其为'金不换'，我朝的《本草拾遗》也称它为'南国神草'。以现在市面上的价格，三七在香港、在上海，在南洋、在东洋，和黄金是一两换一两。三七之所以那么金贵，就是因为它娇贵，难得栽，种植周期长，产量少，全天下也就我们滇省东南部这小片地方出产。"

崔志贤："正因为三七金贵，赚钱多，我才竭力撺掇林三哥在香坪山栽的。"

萧培林："可是你们说的香坪山一带，我从来就没有听说有人栽过三七，那里的土质、气候、光照，适合三七生长吗？还有，三七很娇气，我们种三七的人家，服侍三七就像服侍小娃一样，你们又没有种过三七，对三七的特性、病症一点都不了解，我真是很担心呀！"

林开武："萧老板，感谢你直言相告，我们虽然不懂三七，也不晓得三七怎么种，但我观察，香坪山的土质、气候和光照，与你们平坝是极为相似的。所以，我们还是想试一试。"

萧培林："刚才我说了，三七很娇气，服侍它是很讲技术的。栽三七的人都很苦，还有，种三七的地只要种过一次就不能连种，要等十多年以后才能使用，你们香坪山有那么多地吗？"

林开武："不懂技术，我们可以学，我们拜你为师。至于地，我们香坪山人烟稀少，目前就我一家在山里居住，地有的是。"

萧培林："嗯！我还是不放心，这样吧，你们既然来了，又下了大决心要种，明天我们先带十斤三七红籽去，我也随你们去香坪山一趟，去当地看看那里的条件，顺便把造棚子、育红籽、栽三七、管三七的一些技术也在现场教给你们。"

崔志贤："这太好了，萧老板，你的人品比三七还金贵！"

林开武："萧老板，太感谢了，你能亲自去，我们种三七就有指望了！"

这事一经说定，萧培林果真就随林开武、崔志贤去了香坪山，在那里，他认真地踏勘了香坪山的地形，辨别了那的土质、气候、光照，手把手地教林开武他们造棚、育秧和三七移栽、管理的基本技术，直到他认为林开武等人已经掌握了最起码的知识，才放心地离开。

此后几年中，萧培林又多次往返香坪山，每次去都到林开武的三七园观察三七的长势，现场教他管理的方法，直到林开武种的那园三七结下满园红籽，他才满意地对林开武说："林三哥，你终于还是把三七种成了！"

而他们之间，因为种三七这几年的频繁来往，感情也在日益增进，到林开武的三七满园红的时候，竟然水到渠成地结成了异姓兄弟，这份难得的交情，终其一生伴随着他们走过了以后的坎坷岁月，被香坪山和平坝两地的人们传为佳话。

十、李氏主动劝夫纳妾 开武无奈抱养孤儿

种了三七，林开武又张罗着撒杉树秧，全副身心都扑在创业上，根本就没有注意到李氏的情绪变化。

自嫁入林家以来，各种变故太多，李氏平时也来不及想自己的心事。但是，每当生活平静一些，有一件事就让她特别揪心，那就是她始终未能为林开武生一儿半女。尤其是他们一家搬到香坪山上以后，一方面生活孤寂，另一方面经过努力打拼，生活渐显安定和富足，李氏盼儿盼女之心就更加迫切了，她甚至偷偷下山问过相熟的姐妹，找过附近的郎中，开了些药来熬了服用，但她那个不争气的肚子却一直不见动静。"开武是练家子，身子壮得像牯子牛一样，不应该呀！问题肯定是出在自己身上了。"李氏不止一次在心里嘀咕自己。

李氏兀自为这事整日茶饭不思，愁肠百结，林开武却没有把这事当回事，他整日风风火火，忙进忙出，不是忙活在庄稼地里，就是照管他的三七、草果、八角和新近才移栽的杉树，一家人在香坪山上的日子归整得差不多以后，他还不忘自己的团练，稍有空闲就走村串寨，去督促队伍的训练，去了解各村的治安，每当林开武有事外出的时候，留在山上的李氏就得孤身一人，孤独无聊不说，还有些害怕。

都说不孝有三，无后为大。为此，李氏犹豫再三，还是决定主动跟林开武好好说一说，她几次想张口，都不知道从何说起。一日，林开武有事又下山去了，而且很晚了才摸黑回到山上来。李氏一人在家，但听山上林涛阵阵，风拍柴扉，林间野兽嚎叫，有几头野猪甚至溜达到了附近。李氏关紧了茅屋的房门，瑟缩在屋子的一角，灯也不敢点，气也不敢出。

林开武回到家，看到茅屋里黑漆漆的，借着火把的光亮一照，才发现李氏躲在茅屋的一角，抖成一团，脸色都变了。

林开武："屋头的，你这是怎么了，是什么把你吓成这样？"

李氏："当家的，我害怕，害怕极了。以后你别把我独自留在家里，天那么黑才回来。刚才、刚才，有几头野猪都要拱进我们家里来了……"

林开武一把紧紧拥住李氏，安慰道："不怕、不怕，我这不是回来了吗？"

李氏："你今天倒是回来了，那以后呢，以后有事你就不出门啦？你的事情又多，一出门去，还不照样把我一个人扔在山上？"

林开武："那怎么办？我又不能不出门去办事。"

李氏："找人，再找别的人来和我们一同住在山上，平时做伴，万一有事时也好有个照应。"

林开武："哦！这事呀，你不说我还说要找你商量呢，今天在山下，苏善堂和好几个团练的弟兄，都跟我说要搬到山上来居住呢。当时我想，反正这山上也天宽地阔的，光我们一家也用不完这山上的丰富资源，如果他们能来，正好大家群策群力，一齐开发香坪山。我粗略算了一下，他们愿意上山来的得有十多家，只要他们搬来定居，我们山上一下子就变成一个热闹的小村寨了，也就不会出现今晚这样的事，让你独自担惊受怕了。放心！"

李氏："人家、人家想跟你说的是再找人来和我们一起过日子，不是说这事。"

林开武："找人来和我们一起过日子？我刚才说的也是找人来和我们过日子呀！善堂他们都是自家兄弟，他们上山来，我们开门是一寨，关门是一家，就是在一起过日子呀！赶快洗洗睡吧，明天我就下山去，张罗着让善堂他们几家先搬上山来。反正房子是现成的，他们一搬来就可以住。另外，过些日子我和大伙再抽空盖些房子，让想上山的人家都搬上山来。"

李氏："你要我咋个说才会明白呢？"

林开武："这事明摆着的，还有什么明白不明白的，刚才我已经说了，明天我就下山去张罗，这事很快就能办成。"

李氏："唉！你呀……"

林开武办事，向来就风风火火，第二天早上起来，他火急火燎地催促李氏煮早饭，吃罢饭还真就下山去了。到了傍晚时分，焦虑的李氏还在倚门而望呢，就见一群人背家什的背家什，赶牛马的赶牛马，热热闹闹地上山来了。

苏善堂他们几家人上山来定居以后，林开武便带着大家又盖了几排茅草房，时隔不久，另外的七八户人家也顺利地搬上了山。从此，香坪山上整日牛哞马嘶，鸡鸣狗叫，李氏哪怕独自在家，也再不会感到孤单寂寞了。

日子一天天过，林开武依然很忙，李氏因为心中的疙瘩还没有解开，所以当村里的新成员刚搬上山的新鲜劲一过，那份难言的孤苦又涌上心头，好不容易散开的愁容，没有几日又爬到了她的脸上。因此，她一直耿耿于怀，总想找机会把没有与林开武挑明的话进一步挑明。

又一日，一个邻居的双胞胎儿子，追逐着躲猫猫竟然躲到了林开武家的院子里。那两个孩子也就三四岁大小，一样的憨态可掬、一样的活泼可爱，他们甜美清脆的笑声，洒落了满满一个院子。那天刚好林开武没有出门，正独自站在茅屋前观景呢，看到孩子们那么稚嫩、单纯和可爱，便饶有兴致地站在那欣赏他们的游戏。

林开武正在看得出神的时候，李氏不声不响地来到他的身边："当家的，眼馋了吧？"

林开武："有什么好眼馋的，以后我们也会有的，我们不生则已，一生就生他一大串，到时还愁我们这个院子没有这份热闹？"

李氏无限惆怅地道："唉！我们怕是生不出来了，我们成亲都那么多年了，我这里一点动静都没有。当家的，我心里很着急呢……"

林开武："你别胡思乱想，我们一定会有的、一定会有的。我的身体那么棒，你也正值青春盛年，有好的种子也有好的土地，还愁种不出好庄稼？现在是时候未到、时候未到……"

李氏："当家的，你那是不会有问题，可能问题出在我这里了。当家的，不瞒你说，这些年我暗自访了不少偏方，也私下熬了不少草药，可是吃了都不管用……"

林开武："别胡思乱想，我说了你别胡思乱想，没事不要自己吓唬自己。"

李氏："当家的，古话都说了，不孝有二，无后为大，林家的血脉不能到你这里就断了。所以我想，要不、要不然，你遇到合适的，就再讨一房，哪怕生得一儿半女，也是给林家留下了骨血……"

林开武："这事不行，没有商量。"

李氏："当家的，我晓得你的心，晓得你对我好，可是林家的血脉……"

林开武："别说了，这事不准再提！"

因为林开武竭力反对，李氏虽然从此不再提让他纳妾的事，但作为一个正常男人，林开武做父亲的愿望却也由此被李氏给唤醒了。为此，他很在意李氏的身体状况，平时能不让她做的体力活就不让她做，该给她补充的营养总是想办法尽量补充，外出寻得各种偏方，也会及时开药来给李氏煎服，后来听一些民间医生说，服用熟三七粉能够活血、通络、暖宫，使不孕不育的女子怀上孩子，他也拿出自家种的最好的三七，加工成熟三七粉供李氏长期服用。然而，他已竭尽所能，却始终没能等来他和李氏都望眼欲穿的孩子。

看来，自己和李氏这一辈子怕是要不上孩子了，可是李氏让自己纳妾的事却万万不能接受，且不说李氏与自己夫妻情深，单凭李氏嫁入林家以来，与自己一同吃过的那些苦，一起受过的那些罪，也不能对不起她。然而，眼看着李氏为膝下无子这事，整日愁眉苦脸，唉声叹气，林开武又不能无动于衷，再怎么也得想办法处理好这件事，抚平李氏的心灵创伤。为此，林开武非常想抱养一个孩子，让他在李氏膝下承欢，满足李氏做母亲的强烈愿望。

就在林开武到处寻访哪有孤儿可以抱养的时候，邻村有一对年轻夫妇下田做活时，双双被河水冲走，留下了一个不到两岁的男孩。林开武听信后急忙赶去，那孩子的大爹大妈也因为家境困难，正在寻找一户好人家收养这孩子。林开武登门说愿意收养这孩子，他们都为能够寻到林开武这样的好人家而高兴。

于是，双方一拍即合，林开武就给孩子的大爹大妈一点钱，双方立下收养的字据，当天就把孩子抱回了家。

林开武风尘仆仆地抱着孩子回家，一进院门就遇到李氏在撒苞谷籽喂她的一群鸡，见丈夫兴高采烈地抱着一个虎头虎脑、眉清目秀的孩子进来，李氏当时就扔下手中的苞谷籽迎上来接孩子："这是谁家的孩子，长得那么惹人爱，你咋个屁颠屁颠把他抱到我们家来了？"

林开武："还能是哪家的，你家的呗。"

李氏嗔道："别说疯话！快说，是哪家的？我们玩一会儿还得给人家送回去。你看这孩子眼睛骨碌碌地转，还不认生，多乖呀，唔！"

林开武："真是你家的，他跟他爹他妈还认什么生呀！是吧儿子？快抱他去弄点吃的，我抱着他赶了半天山路，他一定饿了。"

李氏："别没个正经，偏偏天上就给你掉个儿子下来了？"

林开武："真的，不骗你，这就是我们的儿子。"

当林开武如此这般把事情的来龙去脉说清楚了，李氏真是又惊又喜，如获至宝，当时就紧紧地抱着孩子再也不肯撒手。

李氏自从领养了那个孩子，不光视同己出，精心侍弄不说，还一扫以往的一脸愁容，心情大为好转，就像一夜之间换了一个人一样，不管干什么事都整天乐滋滋的。

看着李氏那么喜欢孩子，一年以后，又一个邻村的一对夫妇吃野菌中毒死了，留下一个不满周岁的儿子，林开武也去把他抱来养了。这一下，李氏一个人带着两个孩子，就顾得了这头顾不了那头，显得有些忙不过来了。为了把这两个孩子养好，李氏还去把自己十五岁的远房表妹冯氏叫来做帮手，林开武原本清冷的家，一下子竟变成了一个热热闹闹的五口之家。

十一、官抬盐价民众受苦 林开武带头贩私盐

日子一天一天地过着，但岁月却不会风平浪静，永远平缓无事。

这一天，突然之间又有事了。一大早，苏善堂便来找林开武。见他神色匆忙，一脸忧郁，林开武问他："什么事？"说完给他沏了杯茶。

苏善堂："日子过不下去了……"

林开武："怎么啦？"

苏善堂呷了一口茶，愤然道："盐巴涨到了一两银子一斤，这是什么世道？叫老百姓怎么活？"

原来，云南地处高原，不靠大海，除一平浪、黑井及磨黑几个地下盐井，很少产盐，百姓所需食盐，大多由东部沿海省份及邻近的安南、缅甸输入，加之盐运、盐贩均由官方垄断，故价格一直上涨，以致寻常百姓连吃盐都困难。眼下，由于时局动荡，列强入侵，掌握盐价的官方，更是把每斤的价格提到了一两白银，致使云南山区的人都吃不起盐巴。

而盐，又是人们须臾都离不开的生活必需品。

林开武："情况怎么会这么严重？"

苏善堂："你是不知道，我们莲花台、畴阳街、东安里，甚至全安平厅、开化府，很多人家都不敢直接吃盐了。"

林开武："不敢直接吃盐，这话怎么讲？"

苏善堂："盐太贵，一般人家都买不起多少盐，人们就想了一个办法，用盐来腌咸菜，吃饭时就着咸菜多多少少沾点盐味就行了。"

林开武："这怎么行，我们的这些父老乡亲，平时都是种地下苦力的人，人不吃盐，哪有力气做活计呀？"

苏善堂："谁说不是呢，别说下地做活计，就是我们团练里的那些弟兄，平时练些拳脚，练上一招两式就淌稀汗，大家比画的动作都有气无力软绵绵的。"

林开武："这事还真是大事，解决不好，说不定会官逼民反。"

苏善堂："是呢！可是那些官家哪里管百姓的死活，他们反倒利用自己把持盐运的大权，哄抬盐价，中饱私囊。"

林开武："这样，你回家收拾一下，我们明天去一趟剥隘，找崔志贤想想办法。他们剥隘守着的右江航道，历来是朝廷从粤桂两地运盐入滇的隘口，云南各地民众所吃的海盐，大多是从那里运进来的。我们去那看看，看有没有机会倒腾一些盐来卖给急需的民众，就是再不济，也要弄一些回来，接济一下我们的团练弟兄，不能让大家连吃盐都没有着落。"

苏善堂："好的，我这就去做准备，可是去买盐，我家里也拿不出多少银子。"

林开武："银子我这还有一些，你就不要带了，你去备几匹马，约几个赶马的弟兄。这一去就是几百里路呢，又驮的是非常金贵的盐，大意不得。"

苏善堂："人和马的事，你不用操心，明天一早我准备好最精壮的马等着。"

林开武："好，就这样说定了，你先忙去吧。"

林开武、苏善堂等人一路奔波来到了香坪山三百多里外的剥隘。但见剥隘大码头船来人往，两广船只不断涌来，云南各地的马帮也驮着山货，到这里聚集，一派繁华热闹的景象。从广西、广东沿海运来的海盐，果然源源不断。这些盐，有的在剥隘下了货，就由马帮驮运到附近的山区销售，有的则装上小船，经西洋江航道，转运至广南板蚌，然后再由马帮驮进广南府和开化府的腹地。

虽然剥隘满江满河都是运盐的船，但私人在那弄盐还是一件不容易的事，那些把握着盐运和贩盐大权的官商，为了牟取暴利，中饱私囊，对盐政把持向来很严，即便在剥隘的市面上也是限量供应，那里的人们每天看着运盐的船队源源而来，甚至做着卸货、搬运盐包上码头的苦力活，天天与盐打交道却照样买不到盐。

林开武他们一下子要弄四五驮盐巴，这不是小事情，尽管崔志贤有些门路，一再周旋，但还是花了好几天时间，才分别从几个有交情的盐商处，好不容易弄齐了这点货。林开武他们兑了银子，悄悄驮着几驮盐回了香坪山。

然而，毕竟是僧多粥少，杯水车薪，林开武他们运回来的那点盐，众多团练弟兄也就一家能分上一点，哪里还有多余的拿来接济乡民。林开武思前想后，觉得这样不行，得有更稳当的途径，搞到更多的盐才行。要不然一方百姓，苦哈哈的一点盼头也没有，迟早要出事。

这么想着，林开武就想到了途经安南而进中国这条盐道。这条盐道起点在安南的海防，经河阳而入麻栗坡，或经保胜而入河口，然后到达滇东南、滇南各地，向来也是滇东南、滇南一带民众除剥隘以外用盐的又一通道。只是这条通道山高路险，又经安南重重关卡，关税较重，且盐的质量也没有中国沿海省份所产的好。所以，人们多用由剥隘所进的盐而少用从安南所进的盐。但是当下，既然国内盐道由官商把持，盐价居高不下，如若从安南贩盐，又能从边境小道进货，避过重重关卡，不仅货源稳定，盐价也要便宜许多。只是得有人熟悉边境通道，又敢于冒险，组织马帮避开官道，悄悄从人迹罕至的崇山峻岭中贩运。

一念至此，林开武很是为自己的新想法和新发现激动，于是便急不可耐地把苏善堂找来，说了自己要从安南贩盐，低价售卖给当地民众的想法。苏善堂一听，也觉得这是一个不失为办法的办法。于是，他俩就对从安南贩盐的可能和风险进行了认真的分析。

苏善堂："我想了一下，这里到马白关，不过百余里，而马白关到安南，也不过百余里，如果从麻栗坡过境则还更近。从这经麻栗坡再到安南的河阳才一百多里地，历来是中国和安南通商的通道，虽然途经让人望而生畏的瘴疠之区，但是自古以来一直有冒险者往来，商旅不断。我们组织些人马过去，不出三五天，就能到安南海防。那里是大海边，产盐巴，价格肯定便宜，一次如能驮它十驮八驮回来，就能帮大家渡过难关……"

林开武想了想，一拍大腿："只有这个办法了，说干就干！"

当即，他们就分头去做准备了。

由于是林开武出面，响应者一呼百应，不几天，一支由 12 个人和 10 匹马组成的马帮，就万事俱备，只等上路了。又一天清早，在香坪山村头，由林开武带队的人马，精神抖擞地出发了。

临行前，林开武讲了几句："弟兄们，此去，很难一路顺风，有希望也有风险，有艰难也有险阻。但只要大家齐心，再难过的沟沟坎坎我们也要想办法过，再苦再累的磨难我们也要想办法克服。大家不要怕，有事我承担！"

就这样，他们一行人马先是到了麻栗坡，又进入安南。在海防，他们果然买到了价格便宜的盐巴。驮着盐巴，他们踏上了返程。然而，一回到中国的国土，他们就遇到了麻烦。因这一带属于边境，尽管他们已经避开官道，走的是山林间的小路，但麻栗坡特别区对汛督办公署在这些地方也布有巡哨。在一处平时并不引人注目的关隘，他们被巡哨拦住了。

巡哨的兵丁问："你们从哪里来？"

林开武："安南。"

巡哨的兵丁："去干什么？"

林开武："驮盐。"

巡哨兵丁："知不知道盐是官运官贩，严禁私商买卖？"

林开武："官价提得太高了，百姓吃不起……"

巡哨兵丁："你违法乱纪，还敢狡辩？"

苏善堂插进来："你们还让不让老百姓活了？"

巡哨兵丁冲他吼道："你斗胆污蔑官府、辱骂官兵？"

林开武制止那兵丁道："好话好说，他也是一时怨气……这样，你让他们走，我随你去见你们长官。"

巡哨兵丁开始不想同意，但见苏善堂等一齐厉色上前，并拔出了随身所带的刀枪，又见林开武也一脸正气，太阳穴两侧隆起，一看就是个不可小瞧的练家子，说不定还是个高手，想了想，也就同意让林开武跟他们去，其余人先走。

林开武转身对苏善堂小声道："小不忍则乱大谋，你领人先回，注意走小道。"

苏善堂不放心："那你？"

林开武："不用担心，我先跟他们去，找机会再说，大不了，去衙门里蹲几天……"

就这样，苏善堂一行先赶着驮马回去了，而林开武则被那些官兵押进了兵营。

在兵营里，一个贼眉鼠眼的哨官训斥林开武："你是哪里的人，叫什么名字？"

林开武："林开武，马关县安平厅香坪山人。"

哨官："林开武？你就是东安里那个功夫了得，又办团练维护地方治安的林开武？"

林开武："正是。"

哨官："你为什么偷运盐巴，难道你不知道盐巴官运官贩，私运盐巴是犯大清律令的吗？"

林开武："不知道。我只知道官员们把持盐道，哄抬盐价，中饱私囊，让普通民众买不起盐，吃不起盐！"

哨官："那你也不能私自运盐、贩盐牟利！"

林开武："我去安南运盐本来就没打算倒卖牟利，我这是为了自己家和团练弟兄食用，如有多余也接济接济那些吃不起的乡亲。"

哨官："狡辩！谁知道你说的是不是真话？我就不相信在贩盐暴利面前，你没有为自己扒拉小算盘。"

林开武："天地良心。此去东安里不过几十里地，你们可以派人跟踪我们贩盐来到底是干什么的。如若我也像官家那样抬价出售，任由你们处置便是。"

哨官见林开武软硬不吃，于是又贼眼一转，变了口气道："念你是地方乡贤，又办团练有功，你就交些罚银吧。罚了银子，你就可以走了。"

林开武："我没有银了，好不容易凑起来的银子都头盐巴了！"

哨官："既然你拒不交罚银，盐巴又已经被你的同伙运走，我也就爱莫能助了。来两个人，把他送去对汛督办署，由督办老爷裁处！"

众兵丁："是！"

林开武："去督办公署就去督办公署，有理走遍天下，去哪里我都不怕你们。哼！"

哨官气急败坏地吼道："押走！"

十二、王都司暗助林开武　缉私队缉私又贩盐

话说那哨官一个命令，两名兵丁就押着林开武去麻栗坡特别区对汛督办公署。从林开武被抓的那个关卡到麻栗坡特别区对汛督办公署所在的麻栗坡街，不过二三十里山路，小半天脚程就到了。一路上，林开武在前面迈开大步，反倒让那两个兵丁小跑着才能跟上。当那两个兵丁气喘吁吁地把他押进督办公署时，那天当值的恰好是王志云王都司。

王都司乍一见林开武被反绑着双手押了进来，当时着实吃了一惊。但是，他毕竟久经官场，这样的事见得多了，只一转念他就换了一副沉稳的表情，不动声色中还给正要开口相认的林开武使了一个眼色，装着完全不认识他的样子，公事公办地签收，并叫狱卒将林开武押进牢房，接着又把那两个兵丁给打发走了。待打发了押送的兵丁，又处理了案头积压的公务，王都司这才进了督办公署的后院，到牢房来探视林开武。

王都司才一进入牢房，已经等待许久的林开武就大声喊道："王都司救我，开武冤枉啊！"

王都司："开武兄，你这是？"

林开武："都司有所不知，近来官商把持盐道，运盐、贩盐牟取暴利，盐价节节攀升，普通民众买不起盐、吃不起盐，乡亲们苦不堪言哪！"

王都司："这个事情，王某也有所耳闻。可是，官商运盐、贩盐是地方事务，对汛督办公署归省府直管，只管理边防，不好插手此事。我们就是再同情百姓的境遇，也是鞭长莫及呀！"

林开武："可我去安南贩盐以救地方百姓，你们巡哨的官兵不也把我给抓来了吗？"

王都司："他们这是搂草打兔子，也可以说是狗拿耗子多管闲事，或者说，他们抓你并不是为了那点盐，而是想从你身上敲点银子。这不，你交不出罚

银，他们不就把你给押到督办公署来了吗？他们这是矛盾上交，也是想趁机脱手，减少麻烦，逮到你们的那个哨官本来就是个人精，无利他才不会起早呢。"

林开武："那怎么办？你们督办公署不会把我移交给地方府县吧？我去贩私盐来低价卖给百姓，可是触及了那些官老爷的利益了，他们不会善罢甘休的。"

王都司："你被交到我的手上，这个自然不会了。我们督办公署不归地方府县管，可以不必理会他的。你先在这里住一个晚上，待明天我禀明督办大人，找一个说得过去的理由就可以把你放了。"

林开武："那就多谢都司大人了，相救之恩，开武没齿不忘！都司既然能够救我，还望尽快，开武迟迟不归，一来怕家人和一起贩盐的兄弟着急；二来开武出去以后，还想利用秋凉季节再跑几趟安南，多贩些盐来接济百姓，乡亲们太盼这样的低价盐巴了。"

王都司："这个可使不得，万万使不得了。这次你所幸犯在我们手上，下次就不一定那么幸运了，要是被那些地方官拿住，我可救不了你。"

林开武："那怎么办？难道我们就这样置百姓的生死于不顾了？就这样看着乡亲们受苦受难了？我们贩了一趟私盐，理通了一条路子，乡亲们刚刚有了一点盼头，难道就这样让他们又没指望了？"

王都司："我知道开武兄有侠肝义胆的热心肠，做的事是救人苦难的善事。可这毕竟也是与地方官员争利的事，你胳膊拧不过大腿呀！"

林开武："我不怕，但凡所做的事对百姓有利，哪怕被他们抓去蹲监我也不怕！"

王都司："这事从长计议吧，从长计议。现在我们需要解决的是吃饭问题，估计你走了半天山路，这会儿肚子早就饿得咕咕叫了。"

王都司说完，当即就唤过一个狱卒，道："去，你去弄些酒菜来，我要陪林先生喝两杯。"

见王都司发话，那狱卒哪敢怠慢，当时就屁颠屁颠地跑了出去，不多时就弄来了一些熟菜和一壶酒。那晚，王都司就在牢房里陪林开武吃饭喝酒，直到天色黑尽了才辞别回家。

望着王都司远去的背影，林开武心中可谓五味杂陈，百感交集，他喜的是天无绝人之路，危难之际遇到了为人正直，还算体恤百姓疾苦的王都司，忧虑的是这件事情一出，以后再想继续去安南贩盐就不易了。

第二天一早，王都司果真老早就来督办公署找督办大人，说明了林开武如何为接济百姓冒险到安南贩盐，如何让边境巡哨查获被扣的原委。并特别强调林开武如何人才了得，在东安里远近如何深孚众望，他曾三度到香坪山请林开武出山做事而未得等，请督办大人法外开恩，放他一马。

当时在任的麻栗坡特别区对汛督办公署的督办大人，为人也还比较正直，又听了王都司的一番说辞后，便答应放了林开武。哪曾料，督办大人这一放，竟然放出了多年以后的一个继任者。当然，林开武受命到麻栗坡特别区对汛督办公署任督办，那是二十多年以后的事了。督办大人一答应放了林开武，王都司不禁喜出望外，连连称谢，然而就在督办大人叫手下去牢房把林开武提出来的时候，他却急切地说："且慢！督办大人，属下还有一事要禀报。"

督办大人："王都司，你这又是为何，有事就说。"

王都司："督办大人，从林开武冒险到安南贩盐和周边地方百姓缺盐这件事上，属下觉得我们督办公署有必要成立一支缉私队，专门在边境一线防范商贩贩运私盐。"

督办大人："哦，你说说看，我们为什么要成立缉私队。运盐、贩盐是地方府县的事呀，我们这么去横插一杠子好吗？"

王都司："是，按照职责分工，我们对汛督办公署只管理边境事务，运盐贩盐确实是地方上的事。但是，以前不是很少有人越境去安南贩运私盐吗？现在这种情势，以后冒险去安南贩运私盐的人会越来越多，他们越境去安南贩运私盐必定出入边境。只要出入边境就事关边境防务，如果我们不未雨绸缪，将来朝廷怪罪下来，免不了又说我们失职。"

督办大人："嗯，你说得在理。关键是人呢、钱呢？我们一时之间去哪里找那么一个得力的人，又去哪里弄钱来养活这支队伍？"

王都司："人和钱都好办，属下已经替督办大人想好了。"

督办大人："哦！你倒说说看，现成的人和钱都在哪里？"

王都司："人就用林开武和他的团练。至于钱嘛，我们可让他们以缉私养缉私，让他们自苦自吃，他们缉私越多收入也就越大，养活他们自己应该没有问题。"

督办大人："这倒是一个绝好的办法。可是，你不是三次去请林开武出山做事，他都因为家庭渊源而拒绝了吗？你让他来协助都司做事他都不来，让他来边境缉私他会来？"

王都司："属下想，这次让他到边境缉私他一定会来，如果督办大人首肯，属下这就去牢里说服他，保准让他答应。"

督办大人："林开武是个人才，在地方又有声望，如果他愿意带着他的团练到边境缉私，就让他当缉私队的队长。"

王都司："属下这就去跟他说，一定动员他带人到边境缉私。"

督办大人："去吧，只要你说动了他，不日我将呈文报省，一旦省府的批文下来，我们就通知林开武带队伍到任。"

王都司："是！督办大人。"

王都司来到督办公署后院的牢房，才一进门，林开武就急不可耐地问道："都司大人，是不是可以放我走了？"

王都司："是可以放你走了，督办大人已经恩准。不过放你走我们有一个条件，你得答应了才行。"

林开武："什么条件？"

王都司："我们对汛督办公署要成立缉私队，你出去以后，要带领你的团练弟兄到边境缉私，专管缉拿那些到安南贩运私盐的人。督办大人说了，只要你答应，就让你当这个缉私队的队长。"

林开武："这万万不可能，且不说开武家庭渊源不让外出为官，就我自己来说，还天天记挂着要去安南贩盐，以救众多百姓于水火，我怎么可能去当这个缉私队长呢？万万不可！"

王都司往前凑了凑，对着林开武的耳朵悄声说道："好说，亏你还天天记挂着要去安南贩盐救百姓。你想一下，如果你当了边境缉私队的队长，自己缉私自己贩盐，还有比这更方便的事吗？"

林开武听王都司这样一说，禁不住两眼放火，当时就表态说："若是如此说，这事我干。在这里，开武替众多百姓谢过用心良苦的都司大人了！"

王都司："这就对了，我可是在督办大人那打了包票的，如果你不答应，我可是下不了台阶了。哈——哈——哈——"

林开武："再次谢过都司大人的用心良苦，巧妙安排。这真是乡亲们的福祉，谢谢了！"

王都司："不用谢、不用谢。开武兄你出去以后，可以先自行回家，选好精壮人员等候，过些时日，省府的批文一到，便请立刻带人到边境上任。"

林开武："一定、一定！"

却说林开武一从牢里出来，一点都没耽搁就离开了麻栗坡，紧赶慢赶，当天就回到了香坪山。见他平安归来，李氏不禁喜极而泣，苏善堂和团练的众弟兄，则高兴得奔走相告。而林开武却只略作休息，就又投入新的筹备中，他从团练众弟兄中选择了五十多名精壮，日夜操练，单等省府的批文一到，即刻就去赴任。

不一日，省府关于同意麻栗坡特别区对汛督办公署成立缉私队的批文终于到了，林开武即带着他的五十多位兄弟，走上了新的岗位。借着缉私之便，林开武和他的弟兄们去安南贩盐，竟如出入无人之境。于是，在那些隐蔽的边境小道上，就有一批批来自安南海防的盐巴，低价投放到东安里及附近市场，这一带原来普遍买不起盐、吃不起盐的穷苦人，多多少少都能够吃到一些盐了。

十三、开武咆哮开化府衙 李氏陪监夫妻情深

在林开武的一生当中，很少有他当缉私队长那段时间那样充实和快乐。那段时间，他在边境上缉私，打击不法商贩名正言顺，同样是那段时间，他组织人手到安南运盐，然后低价卖给吃不起盐的地方民众，顺风顺水。而他所做的这些事情，又都实实在在地维护了普通百姓的利益，既让他们摆脱了那些官商的盘剥，又过得不至于太困苦。所有这些都让林开武觉得很有意义，很有成就感。

由于有林开武的缉私队不断从安南运来海盐供应市场，东安里一带及周边市场不再缺盐，民众都不再到官商把持的地方高价购盐了，这就引起了那些利欲熏心的官员的注意。他们派人四处访查，终于找到了问题的根子，原来是林开武和他的缉私队在秘密运盐、秘密销盐。在那些地方官员看来，林开武如此监守自盗，这还得了？此案一路上报，直接报到了开化府的知府那里，引起了知府大人的极大震怒。当时，他几乎不假思索就以一纸公文，直接绕过省辖的

麻栗坡特别区对汛督办公署，趁林开武告假回乡省亲之机，派人到香坪山直接将林开武拘捕归案。

抓捕林开武，是在极为秘密的状态下进行的，开化知府也知道，林开武一身功夫，手下又有一帮强悍的团练弟兄。所以，他们做了认真的准备，选择了一班十分精壮又有些武艺的兵丁随时待命，又在东安里一带布下眼线，随时监视林开武的动向，等待有利于他们行动的机会。不多久，这样的机会终于来了，那天，林开武因为离家日久，便利用贩盐回来的机会回家省亲。当时，苏善堂和一班得力的兄弟还留在边境，而其他团练兄弟又分散住在各村各寨，林开武身边根本就没有得力的人，只想回家住一两天，看看妻儿就走的他毫无防备，还在睡梦中就被人抓走，等到李氏呼天抢地地喊人，那些分散在各地的团练弟兄赶来，林开武已经被押出东安里地界，弟兄们要救他已经来不及了。

林开武就这样在毫无防备中被抓进开化府，投入守备森严的监狱，尽管团练弟兄四处活动，组织营救，地方士绅联名俱保，就连麻栗坡特别区对汛督办公署的督办大人和王志云都司，也多次到省府说项。但是，开化府的知府就是不为所动，他就认定林开武贩卖私盐触犯了大清律，一定要法办。

要说起来，大多数从政的官员是社会精英，是极有心机的，尤其是当到了知府这一级的大员，都是在人山肉海里面滚打多年的，他们阅人无数，打败过无数的对手，自己也一次次死里逃生，这才一步步走上人生和事业的巅峰。所以，他们又是精英中的精英，他们的心机更重。那个开化府的知府就是这样的人，他为了迫使林开武屈服认罪，可以说用尽了心机和手段。

首先，对于林开武，他先来个冷处理，以静制动。他把林开武冷藏起来，既不过堂审问，也不为各种营救和说项所动，他就是要用这种冷处理来磨林开武的性子，看他能支撑多久，又用以静制动的方法，让各种社会力量都上台来表演，看看林开武到底有多少同盟者、支持者、同情者，他们都有着怎样的能量，必要时还可以一网打尽。

其次，他多次就林开武一案游说上司，说明林开武在地方的影响和能量，取得当时云南巡抚的坚定支持，不管各方力量怎么为营救林开武而活动，他都稳坐钓鱼台，不为所动。

然后，他联络地方各级官员和把持运盐贩盐大权的官商，结成利益同盟，用以对抗和蒙蔽社会上很有可能会同情林开武的人们。

　　总之，开化知府的冷处理，让林开武不知道他意欲何为，何以应对，也让社会上积极活动，要竭力营救林开武的各种力量，不知道如何发力，大家在没有回应的情况下闹腾了一段时间，便都在没有明显效果的情况下，渐渐归于沉寂。

　　如此把林开武投入大牢半年以后，开化知府自认为差不多了，这才把林开武提出大牢，开堂审问。那天，开化知府故意把大堂布置得庄严肃穆，一班衙役俱选身材魁梧、长相威猛的，在堂前分两队排开，显得既雄壮又有气势。不用说，他这是要给林开武一个下马威，首先在心理上镇住他。令他没有想到的是，林开武虽然长时间被关在牢中，不见阳光又缺营养而变得面色寡白了些，不像刚来时那样黑壮结实了。但他的一脸英气、一身正气还在，目光依然如电一般炙人。所以，当他被一班衙役押到堂前，他的神态不仅让列队堂前狐假虎威的那些衙役震惊不已，就连装腔作势坐在堂案背后的知府大人，也不禁倒吸了一口凉气。

　　然而事已至此，震惊是震惊了，堂审还得进行。只见那知府故作镇静地一拍惊堂木，大声喝道："把林犯开武押上堂来！"

　　"威——武——"那一班衙役故意制造气氛地低吼。

　　开化知府："林犯开武，你可知罪？"

　　林开武："我林开武行得端、走得正，不贪赃、不枉法，何罪之有？"

　　开化知府："你为何以缉私之名贩卖私盐？"

　　林开武："因为官盐太贵，百姓买不起。"

　　开化知府："你知不知道这是触犯大清律令的事？"

　　林开武："官逼民犯，只有如此。"

　　开化知府："大胆刁民，到了这里还敢狡辩？"

　　林开武："本来如此，如果我不贩盐，百姓不堪其苦。如果我还能从这里出去，为救百姓于水火，以后我照贩不误！"

　　开化知府一拍惊堂木，喝道："林开武，你缉私又贩私，国法不容！"

　　林开武也跨步上前，在开化知府前面的堂案上猛拍一掌，大声回击道："官商豪强垄断食盐，随意抬价，国法容否？我运盐晓行夜宿，明来明去，且盐价低于官价售出，累解乡民缺盐困难，有何罪错？"

　　开化知府："大胆狂徒，你竟敢咆哮公堂，藐视本官。押下去，大刑伺候！"

林开武被打得皮开肉绽，但是他并没有屈服。最终，开化知府拿他一点办法都没有，裁定林开武蹲监三年。

林开武被判蹲监的消息传到香坪山，传到东安里，家家户户无不为之鸣不平。然而，这毕竟是官府判定的事，小小百姓拿什么来跟他们抗衡，就连同是一级衙门的麻栗坡特别区对汛督办公署，为了避免官场是非，也只好忍气吞声，只有王都司还在为林开武的事耿耿于怀，但他官小势微，着急也没有用。为此，王都司愤而辞官，转到省城做了团练总头领陈荣昌的幕僚。

林开武被捕入狱，边境线上的缉私队也办不下去了，苏善堂只好带着一班弟兄回到东安里，依靠农耕度日，他把贩盐得到的些许微利，全部交到了李氏手中，希望给她一些慰藉，也接济一下他们一家妇孺的生活。

李氏得到丈夫被判蹲监三年的消息以后，却做出了一个常人想不到的大胆决定，这个平时足不出户的农家妇女竟然决定：她要把一对抱养的儿子交给表妹冯氏照顾，自己则到开化陪监，陪伴她落难的夫君，一日三餐侍奉他茶饭，直到他重获自由。李氏的决定，得到了冯氏的全力支持，这个当时只有十六岁的小姑娘，什么也没说就默默担起了抚养林开武两个幼儿的重任。李氏如此这般安排妥当之后，便收拾了一些自己和林开武的换洗衣服，又带了应急用的细碎银两，一个人跟着过路马帮翻山越岭来到开化府，在城门脚下租了一间小屋子，平时靠帮人挑水、浆洗度日，一日三餐给林开武端茶送饭。那些看守牢房的狱卒，毕竟也有内心善良的，他们心里都佩服林开武一身正气，又感动于他们夫妻情深。所以并不刁难李氏，使她每天得以正常给林开武送饭。

一开始，林开武并没有想到李氏会长期到开化府陪监，只想她来探探监，给自己做几顿饭就会回去，因为家里还有一对年幼的儿子要照顾，还有做不完的家务等着要料理，那个家须臾也离不开她。哪料，十天半月过去了，李氏还是天天准时送饭来，又一个十天半月过去了，李氏还是天天准时送饭来，每隔几天，她就把林开武换下来的脏衣服带回去浆洗干净，送饭时又叠得整整齐齐地送来，丝毫没有要回去的意思，这不禁让林开武越想越觉得蹊跷。

一日，李氏又准时送饭来了，林开武一边吃饭一边好奇地问："我说屋头的，你这一来就是一两个月了，天天给我送饭洗衣服，也没有要回家去的迹象。你是怎么打算的？我们那个家不要了，那两个小娃不要了？"

李氏："当家的，你不问，我也没有机会跟你说，我就是铁定了心来陪监的，不走了！你这牢坐到几时，我就陪到几时，天天给你端茶送饭。我一个妇道人家，别的大忙也帮不上，也就只能为你做这些事了，只要你在牢中少吃点苦，少遭些罪，我就心安些了。"

林开武："你不用在这里陪监，我这坐牢的，吃的有牢饭，穿的呢，本来已经是牢犯，还在乎脏一些、破一点吗？你还是回去吧，你在这里陪我，家里的事一点也顾不了，我不放心。"

李氏："我不回去，那牢里的牢饭是人吃的吗？连猪狗食都不如。家里我已经安排好了，既饿不着你儿子，也撂不了家务，这些事都有我表妹翠兰担着呢，她人诚实，又吃得了苦，你放心好了。"

林开武："可是还有耕种呢、庄稼呢、牛马呢，我们那些三七、草果、八角、杉木的管护呢？她一个十六岁的女孩子，哪里承担得了这些？"

李氏："这些都有苏善堂和你那帮团练兄弟管着，不会有事。再说了，只要到栽种和收割季节，我也会跟着过路的马帮回去，把这些都安排好了再回来，保证该栽的栽该收的收，什么也不耽误。"

林开武："你这是何苦呢？"

李氏："我愿意。"

林开武："唉！遇着你这个憨婆娘，我真是一点办法都没有，你完全就是一根筋嘛！"

李氏："我就是憨，我就是一根筋！我宁可受遍天下的罪，吃遍天下的苦，也不让我的男人受苦遭罪。"

经过这样一番劝导，一点效果也没有，林开武也就不再劝李氏了，任由她在开化府住了下来，天天给他洗衣送饭，风雨无阻。李氏当然也会在春种秋收的大忙季节回去几天，但凡这种时候，她就会给信得过的狱卒一些钱，嘱咐他们给林开武买饭。几天后，她又会匆匆而来，无怨无悔地重复着过往的那些事情。只是随着日子久了，她回去又感激于渐渐长人的翠兰，把他们一个家料理得井井有条，心里竟萌生了一个新的想法。

一日，他们夫妻照例在狱中吃饭时闲话。

李氏："当家的，我跟你商量个事。"

林开武："有事你就说，别吞吞吐吐的。"

李氏："这几年，我一直在这儿陪你，我们那个家全凭我那表妹翠兰支撑着。这姑娘还真是一把持家的好手，每次我回去，都发现她把那家料理得比我在时还好，对你的两个儿子也是巴心巴肝，生怕冷着饿着。"

林开武："唉！这两年还真的亏得有她了。"

李氏："哎！要不你出去时，回家就把她收了吧？我这肚子又不争气，收了她，也好给我们林家留下骨血。"

林开武："你又来了，胡扯！"

李氏："你真得认真对待这事，我已经跟她说好了，她也愿意。"

林开武："行了！这事以后不准再提！"

李氏："唉！你这人……"

第二部
开武勤王建奇功 慈禧提拔当侍卫

十四、慈禧离京急招救驾 云南举荐开武勤王

说来，林开武所处的时代，是国和家都命运多舛的时代，他入监的第二年，八国联军入侵中国，6月天津失守，7月北京沦陷。执掌朝廷实权的慈禧太后，一面令肃亲王至北京龙泉寺劝德清禅师（上终南山修道后改名"虚云"）扈跸西行，一面下诏各地招勤王之师前来护驾，随即挟徒有虚名的光绪皇帝，逃离京城，一路西去。而北京等地，百姓尽遭西方列强涂炭，人民处于水深火热之中，其他地方，天灾人祸，广大群众也缺衣少食，度日艰难。

这日，刚从广西调任云南不久的云南巡抚李经羲，接到了慈禧太后老佛爷的懿旨：让云南火速派兵到山西、陕西一带勤王，以保护慈禧和光绪的安危。据悉，像云南一样，各省都先后接到了慈禧类似的懿旨，大家都不得不在设法应付。没奈何，李经羲只好找来云南团练的总管陈荣昌，商议拉一支团练人马，穿上正规的清军服饰，前往救驾勤王。陈荣昌系昆明人，于光绪八年（1882）乡试中解元，次年联捷成进士，光绪十四年（1888）任翰林编修，后出任贵州省督学，回到云南后，任云南团练总管。此时，他虽任的是武职，但还是一派文人作风，为人正派，处事亦不失风雅。

相见之后，李经羲道："太后来懿旨催我们发兵勤王，我的意思，是由团练选派人马，配以军队装备服饰，前往应差……因我云南地处边陲，倘若重兵离境，一旦有什么差池，谁能承担？"

李经羲的意思，陈荣昌一听就明白，出于无奈，也只好提点条件，于是便说："让团练派人，也好说，只是这领头的，必须慎重，得有真才实学。要不然，老佛爷那也不是好糊弄的。"

李经羲："你提名，要谁都可以。"

陈荣昌想想道："这个，请容在下回去与幕僚们合计合计，这个人不选则罢，要选必定要选好才行。"

李经羲："那你快回去，商议出结果速速报上来。"

陈荣昌："是，巡抚大人。"

陈荣昌不敢怠慢，回到团练总管府后即招来王志云等幕僚商议。

陈荣昌才说要推荐勤王的首领人选，幕僚群中的王志云马上禀报："开化府安平厅东安里有个林开武，此人不仅人品出众，胆略过人，文武兼修，功夫了得，还有一身正气。"

陈荣昌："这个人我也听说过，前几年他在东安里办团练维护地方治安，做了不少好事实事，全省都有名。"

王志云："他后来受聘于麻栗坡特别区对汛督办公署，任边境缉私队队长，曾为边境缉私，立下不少功劳。"

陈荣昌："哦！此人现在何处？"

王志云："因为同情地方百姓吃盐贵、吃盐难、无盐吃，贩运私盐被关押在开化府。"

陈荣昌："多年以来，云南的一班官商把持盐道，贩盐而高价出售，盘剥百姓中饱私囊，实在令人不齿和痛恨。这么说来，这个林开武倒是一个心中有百姓的人。"

王志云："谁说不是呢，他同情百姓疾苦去贩私盐，结果触及了地方官员的既得利益，才遭人忌恨并被抓进人牢的。"

陈荣昌："如今国家多事之秋，正是皇上、太后用人之际，林开武这个人如果真是人品好、有能力，我一定向巡抚大人举荐。"

王志云："在下愿用身家性命担保，林开武这人可堪大用！只是我们未必能够说服他出来做官，为朝廷效力。"

陈荣昌："怎么，此话怎讲？"

王志云："这话说来就长了，林开武家叔爷，就是林则徐林大人。当年林则徐大人虎门销烟开罪了外国人，朝廷为了讨好西洋人，竟以林大人顶罪发配新疆，令人齿寒。所以，林开武的父亲林近南立下规矩，林家后人不再出门做官。那年属下曾三次请他出山协办都司事务，他都谢绝了，后来他之所以同意出任边境缉私队的队长，那是看上了缉私队有贩盐接济百姓之便。"

陈荣昌："如果是这样，反倒不用忧虑了，林开武一定会答应出来报效朝廷。你别忘了这次勤王，事因八国联军侵华而起，林则徐林大人最痛恨的是什么，就是那些向中国输出鸦片的西洋人。"

王志云："这个倒是。"

陈荣昌："我明天就向巡抚大人举荐这个林开武，如果巡抚大人允准，你就代表我去开化府接人如何？"

王志云心中一阵窃喜，竟有些控制不住情绪地道："在下与林开武是多年挚友，求之不得。"

第二天，陈荣昌果真早早就去巡抚衙门求见李经羲，如此这般地说了林开武的情况，竭力举荐他出任云南勤王军的首领。

吟哦片刻，李经羲一拍桌子："国家有难，用人之际，也就不顾了那么多了。你马上派人，持巡抚衙门的帖子，去开化府要人……"

陈荣昌："是！巡抚大人。"

当天午饭后，去开化府监狱接人的王志云，就带着几个公差出发了。临行前，陈荣昌又悉心交代了一番，特别告诉王志云如遇林开武拒绝赴任，要怎么怎么跟他说。总之，他要求王志云无论如何也要把林开武请到昆明，不得有误。王志云带着几个公差来到开化府，先到府衙找知府要人，知府见有巡抚李经羲的帖子，哪里还敢有二话，当时就让衙役去通知放人。这个时候，林开武在开化府的大牢里已经被拘押了两年半，眼看再有半年就可以出狱回家了，做梦也没有想到昔日的上司和恩人王志云，会提前赶来释放他。为此，他心里对王志云万分感激。但是，当王志云提出要他到昆明带兵报效朝廷时，他却不假思索就予以回绝。

林开武的表现，早就在王志云的预料之中。所以，王志云并不着急，而是循循善诱，将陈荣昌在昆明教他说的话，原原本本地对林开武说了一遍。当林开武知道这次出去带兵是为了勤王，而慈禧和光绪西逃，完全是八国联军侵华所致时，态度却来了个三百六十度的大转弯。他同样不假思索地道："既如此，我去。不过，我得带几个贴心的兄弟同去才行。"

王志云："这个，巡抚大人和陈荣昌总管已经想到了，我临行前，他们曾经交代，如今外强侵华，正是太后和皇上用人之际，你要带人，但带无妨。"

林开武："如此甚好，我这就修书一封，你叫开化府派个衙役，今天就赶去富州剥隘，通知崔志贤。一会儿我再去城门脚下，告诉拙荆李氏，让她速速回家，让苏善堂带上几个得力的团练兄弟，火速赶来开化与我会合。"

王志云："如此甚好，就按你的意思办。"

几天之后，风尘仆仆的崔志贤、苏善堂等人齐聚开化。又几天后，林开武就带着他们，随着王志云来到昆明，并住进陈荣昌的公馆。却说陈、林两人相见，倒有相识恨晚之感，陈荣昌喜欢林开武的爽朗直率，林开武敬重陈荣昌的人品学问，当下竟结为金兰。为使林开武消除疲劳，陈荣昌先留他在陈公馆盘桓了两天，第三天，陈荣昌才带他去见李经羲。在巡抚衙门，李经羲观察林开武有顷，不住地颔首。谁也预料不到的是，他一开口却让林开武当场写幅字。林开武写的是辛弃疾的《永遇乐·京口北固亭怀古》：

千古江山，英雄无觅孙仲谋处。舞榭歌台，风流总被雨打风吹去。斜阳草树，寻常巷陌，人道寄奴曾往。想当年，金戈铁马，气吞万里如虎。

元嘉草草，封狼居胥，赢得仓皇北顾。四十三年，望中犹记，烽火扬州路。可堪回首，佛狸祠下，一片神鸦社鼓。凭谁问：廉颇老矣，尚能饭否？

林开武写毕，退站一旁。李经羲细细观看，又频频点头。之后，又让他展示一下功夫。林开武走到院中，打起了自己平时练得最多的通臂拳。只见他拧腰切胯，吞胸吐背，腰背发力，甩膀抖腕，紧接着臂膝如鞭，放眼长击，其窜、蹦、跳、跃轻灵疾速，闪、展、腾、挪矫猱雄健；进、退、转、旋快如闪电，拳脚到处，无影无形只见柔韧，身影过后，浑然一体展露刚劲……一路拳法尚未打完，李经羲已经连声叫好。待他打完，陈荣昌也鼓起了掌。

收势之后，李经羲惊喜地走到林开武面前，大声道："你就留在我身边，做我的贴身侍卫！"

陈荣昌急了："大人，这怎么可以？"

李经羲："勤王之事，另选他人。"

陈荣昌："这恐怕不行……"

李经羲不以为然地说："好商量，好商量……"

这时，门房通报：太后老佛爷催兵勤王的第三道懿旨又到了。

无奈，李经羲只好去接旨。这道懿旨，口气严厉，咄咄逼人，而且指明勤王之师，必须由能征善战的将才亲率。

这一来，李经羲不敢再为自己盘算了。

他转身叫来陈荣昌："去去，委任林开武为偏将，让他做云南勤王军统领，你拨一千人马，我再拨一百骑兵，尽快择日出发，赶去陕西勤王。唉！这个老佛爷！"

接下来的半个月里，陈荣昌和林开武一直很忙。林开武被李经羲任命为云南十偏将之一，统领云南勤王兵。偏将是介于高级和中级之间的武官。按照清朝的例制，全省府以上的驻军设有镇，镇下面设的是标，标下面设的是营，而偏将位于游击将军之下，位于镇的守备之上，大约相当于日后的副师级或者师级军官。有了职务，名正言顺，陈荣昌便带林开武到滇东北的八县联防团去挑选人马。

这是云南彝族的聚居区，联防团的人员，大多为彝族人。他们自认为是昔日被诸葛亮七擒七纵后归顺的孟获后代，因此在很多方面竭力彰显孟获的遗风，特别是训练了一支纪律严明、可攻可守、攻防兼备的"藤甲兵"。对此，林开武很满意，当即便从联防团挑选了一千名士兵，并催促他们尽早做好出发准备。之后，陈荣昌与他回到昆明，商议领取辎重粮饷等事务，并与李经羲调拨给他的一百骑兵取得联系。

这日，稍有空隙，陈荣昌带着林开武，到昆明城西边滇池畔的大观楼放松放松，也让他领略一下昆明的秀丽景色。

昆明这个地方，承蒙上苍格外眷顾，很多方面确实是别的地方无可比拟的。例如气候，它冬无严寒，夏无酷暑，号称"天气常如二三月，花枝不断四时春"。又如地理环境，它"东骧神骏，西翥灵仪，北走蜿蜒，南翔缟素"。那分别指的是：东边有神奇的金马山；西边有秀美的碧鸡山；南面是恰如仙鹤展翅翱翔的鹤山；而北边，则是如同一条卧地长龙在吸水般的长蛇山，加之四山之中，横陈着万顷碧波、一望无际的滇池。这滇池四周的景色，更是让人流连忘返。到处是蟹屿螺洲，风鬟雾鬓，苹天苇地，翠羽丹霞，四围香稻，万顷晴沙，九夏芙蓉，三春杨柳。确实是类似人间天堂的一个好去处、好风景。

站在大观楼上，望着周围的景色，陈荣昌问林开武："贤弟，怎么样，值得来看看吧？"

林开武："好地方，好去处。"

陈荣昌："楼前挂的对联，是布衣文人孙髯翁所撰，不仅文笔舒畅，字句隽美，而且立意深刻，振聋发聩。"

林开武："极是，极是……"

陈荣昌让人铺展纸墨，要在这大观楼上题词写字。

说来，陈荣昌的书法，当时在昆明很有名气，昆明四周的庙宇和风景点，如圆通寺、华亭寺、筇竹寺、翠湖等，几乎没有哪处没有挂他写的楹联匾额。

此刻，他写的八个字是："不负重责，马到成功。"

望着那道劲刚健的笔画，力透纸背的字迹，林开武深知其含义，不禁连连额首道："开武今日始遇真知己！我受陷坐法，陈公救我，当效命疆场，马革裹尸。"顿了一顿，又说，"仁兄放心，小弟此去，必当尽心尽力，不辱使命！"

陈荣昌自己意犹未尽，却让林开武也写几个字。

林开武想了想，挥笔写下："效仿鹏举，精忠报国。"

陈荣昌鼓掌并道："这我就放心了。"

这晚，在陈荣昌家，陈荣昌设宴为林开武饯行。席间，他还请来一位画师，专门为林开武画了两幅画。画师技艺娴熟，很快完成了这两幅画。接着，陈荣昌又即兴在画上题诗。这两幅画，一幅画里的林开武跃马扬鞭，英姿勃发，腾越于万里关山，陈荣昌在留白处题诗："人是英雄马骕骦，人无刀槊马无缰。苴兰城下空翘首，直北关山有战场。"另一幅画画的是林开武风华尽展，神采奕奕地骑在马上，而陈荣昌，则是青衣小帽，在马前手持缰绳为他牵马。陈荣昌给这幅画的题诗是："圣皇思猛士，悲歌大风起。我马持赠君，速行日千里。"画的意思已经显而易见，词的用意又做了强调。陈荣昌所表达的，就是林开武英雄了得，此去勤王入卫，必建奇功，自己甘愿为林开武牵马坠镫，让他去施展才华，建功立业。对此，林开武觉得承受不起，几番推辞不受。

但陈荣昌说："我的意思你都懂了，我别无奢望，只愿你此去功成名就，既替太后和皇上分忧，又痛击那些入侵者为云南争光……"

话说到这个份上，林开武见推辞不过，只好接了，并朗声道："开武一定尽力，不负先生厚望！"

第二天临别前，陈荣昌果然让人从他家里牵出一匹马，郑重地赠予林开武。

此马一身漆黑，通体毛色发亮，蹄似茶盅，耳如削竹，嘶鸣时声如洪钟，奋蹄时地会微震，内行人一看便知，这是一匹百里挑一的千里驹。

如此贵重的礼物，让林开武诚惶诚恐。他推辞道："如此宝物，开武承受不起……"

陈荣昌："好钢用在刀刃上，好马要让英雄骑。你此去任重道远，没有匹好坐骑，恐难以完成颠簸旅途……贤弟不必再推辞，骑去就是。"

如此，林开武只好接受了。

骑在马上，林开武思绪飞扬，想得很多，心中暗忖，此番前去，定当努力，不负国家，不负陈荣昌，也不负自己……

昆明郊外，十里长亭，在陈荣昌、王志云等人相送的目光中，林开武一副武将打扮，英姿飒爽，同样骑马勒缰立于他身旁的崔志贤、苏善堂等人和一百多名骑兵，也是一副校尉和兵士装束，干净利落。

"陈兄、王兄珍重，开武去了！"林开武马上抱拳，就想别过陈、王二人，打马而去。

"等等，我差点把一件很重要的事情给忘记了。"陈荣昌边说边从怀里掏出一封书信。

林开武见状，急忙翻身下马，走到陈荣昌面前："陈兄还有何事放心不下？"

陈荣昌："是这样，这事是我今早临出门时才想起来的，本来把信都写好了，刚才忙着话别，又差点忘了。"

林开武："还请陈兄尽管吩咐。"

陈荣昌："兄弟呀！你这一去关山万里，举目无亲，我想把你推荐给我小时候的一个朋友，你带上我的这封信，到陕西后如遇什么难事，可以去找他。"

林开武："这个人是谁呀？"

陈荣昌："这个人叫岑春煊，早先是甘肃按察使，因为率部勤王有功，最近已经被太后提拔为陕西巡抚。要说这个岑春煊，他老家那劳与你们东安里相隔也不过数百里，先前他父亲岑毓英任云贵总督时，我们一同在昆明长大，交情笃厚。你是我的异姓兄弟，相信他也能以兄弟之情待你。"

林开武十分感激地道："恩兄，谢谢了！你帮我把什么都想到了，安排好了，开武无以为报，唯有奋勉勤王，痛击入侵的贼寇，不给兄长丢脸，不给云南抹黑！"

陈荣昌："不说了，走吧！"

林开武跃身上马，再次抱拳行礼："恩兄、王兄，就此别过！"

说完，林开武跃马扬鞭，带着崔志贤、苏善堂等人和李经羲、陈荣昌调拨给他的兵士绝尘而去。

几天后，一支一千多人的云南勤王军，就威武地出现在滇东出省的大道上。

十五、勤王滇军驰援西安 岑春煊力荐林开武

从云南出发前往陕西，大致有两条路可以选择，一条是经平彝胜境关出境，经贵州入湘西，从湖南再到湖北。另一条是往北渡过金沙江，先到四川会理，再入四川盆地。穿过剑门关，直抵汉中。第二条路虽直些、近些，但提起蜀道，人人都知道蜀道之难，个个都头皮发麻，因为李白那首《蜀道难》，已让人对它望而生畏，不敢轻易前行。

林开武率领的云南勤王军，走的是前一条道，大家认为这样可以稳妥些，快些。不料，等他们赶到湖南岳州，再入鄂转往西北，才知道这条路也不好走。

其间，发生了几桩事。

一是士兵们生病。行军途中，由于一会儿爬山，一会儿临江，可谓寒暑交替、水土不服，很多士兵又拉又吐，以致每日所走里程不足五十里。为此，也已染病的林开武下令扎营，并亲自前往附近拜访名医。终于，在一个小镇上，他找到了一位年过花甲的老医生，并率先服下他开的第一剂药方，见有效果，才让老医生大量开药，让生病的士卒服用，渡过了这一难关。

二是缺粮。由于是长途行军，队伍不可能多带粮食，但在湘鄂，由于天旱，当地粮食歉收，拿钱也买不到粮食，有好多时候，大家都只能靠喝稀饭度日。

为此，林开武绞尽脑汁，想出围猎的办法，让大家去有野兽出没的山林打猎，他自己，还率先猎杀到一头野猪……打来野物，大家的饭食里有了荤腥，病好后又恢复了体力，终于使行军速度提高到每日百里以上。

除了病饿的折磨，湘鄂一带猖獗的匪情也让云南勤王兵的行进速度受到了很大影响。有一天，当队伍行至一座山寨的土围子前时，突然土炮轰鸣，有人站在围子上大喊，要他们交出买路钱。

林开武策马上前，高叫："谁要钱，出来说话！"

寨中闪出一个彪形大汉，手执三尖叉，直冲林开武而来。

林开武见他来势汹汹，便不再说话，只把马镫一夹，直冲过去。

才一个照面，林开武几个回合就把那彪形大汉打倒在地。

几名兵士冲上去，要取那彪形大汉的人头。

林开武制止道："不必，放他回去。"

有人问："为哪样呀？"

林开武："以武服人，只能一时；以德服人，才能长久……"

士兵们只好收刀作罢，任凭那彪形大汉爬起返回寨中。

林开武接着对围子上的寨丁喊道："大家听着，我们是去西安勤王的云南勤王军，沿途秋毫无犯，更不会对你们构成威胁。你们只要不干扰我们过路，我们也不会为难你们。"

也不知是那彪形大汉回去说了什么，还是林开武的喊话起了作用。不一会儿，寨门打开了，寨主出来对林开武拱手作揖道："大人所言，我等都明白。弟兄们也是迫于生计才在此占山为王。往后，我们再也不干蠢事了，请大人及众位军爷入寨歇息，让我等略尽地主之谊……"

这事，对士兵们触动颇大，大家意识到：一支军队，倘能以仁义服人，它得到的东西，会比完全拿刀拿枪去拼得到的更多、更有价值、更有意义。

又走了两个来月，林开武一行终于赶到了西安。到了西安，林开武才第一次深深体味到了乡关万里的味道。西安虽大，他们又为勤王而来，可是举目望去，除了崔志贤、苏善堂和一干从云南带来的兄弟，他一个人都不认识。虽然上呈太后和皇帝的折子已经送去多时，但是迟迟没有回音，更不要说得到召见了。因为得不到召见，队伍也就得不到安排，林开武所带的一千多勤王兵，只好临时驻扎在西安校场口，整天无所事事。看着全国各地汇集到这里的勤王队伍威风来去，大家不免心生几分失落、几分苦闷。

这样下去哪行？这趟西安不能白来！林开武苦苦地思索着。为今之计，也只好拿着陈荣昌的信去找岑春煊了，如果没有他这个慈禧倚重的重臣引荐，自己此次勤王势必难有作为。

一念至此，林开武已经顾及不了陈荣昌有事再找岑春煊的交代，他带上崔志贤、苏善堂两人，备了些礼物就匆匆去陕西巡抚衙门。陕西巡抚衙门，此时因为太后和皇帝移驾驻跸西安，俨然已经成了全国的临时政治中心，许多军国大事此时都在这里决策。所以，衙门内外人来人往，守卫森严。林开武把名帖递进去以后，结果如何也不知道，他们几个人在门外候着，心中十分忐忑。他们哪里知道，此时的岑春煊虽然贵为巡抚，又得慈禧赏识和倚重，却也是独在异乡为异客，心中有着一份排解不开的孤寂。一听说云南来人了，也像听说老家来人一样兴奋莫名，他当即就放下手头的要务，连声对送帖子的人说道："他们在哪？快请、快请！"

在岑春煊一名贴身小校的引导下，林开武、崔志贤、苏善堂几人小心翼翼地来到岑春煊的会客厅。此时，岑春煊已经换下了官服，着上了便衣，使人看上去既随意又亲切，林开武几人随小校走进门来，除了见到一脸和蔼的岑春煊以外，还意外地发现，此时王志云也正微笑着站在岑春煊身边。

林开武："王兄，你是几时来的，怎么也在这里？"

王志云："我也就比你们早到了两日，你们离开昆明后，陈总管念我与岑巡抚是旧时相熟，就让我也赶来西安，向巡抚大人推荐你等。这不，一听说你们投帖来见，巡抚大人就把我也给拉来了。"

岑春煊："林统领，先说说你们的事吧。你和王先生如今俱在西安，以后有的是叙旧的时候。"

"巡抚大人，在下此次率云南勤王军来西安，报效太后老佛爷，报效当今皇上，报效国家。但是投石无路，报效无门，还得烦劳大人引荐，这里有恩兄陈荣昌的一封书信，请大人过目。"林开武边说边从怀里掏出信件，递到岑春煊面前。

岑春煊接过信去，一边看着，一边热情地道："一听说云南来人，我都特意换了便装，这不是在衙门里，你们放松些，不要那么紧张。"

林开武："得大人召见，我们诚惶诚恐，再说也不能失了礼数。"

岑春煊："哎！没有那么多礼数。来，坐，大家都随便点。告诉你们，我虽然从小在京城长大，但因为家父曾经在云南为官，我在昆明的时间也不少，与荣昌兄、志云兄都有交往，与荣昌兄更是感情深厚，你们不要客气。"

林开武："大人，那为我们引荐的事……"

岑春煊："现在先不说这个，晚上我有事要去见太后老佛爷和皇上，你们的事我自然会面奏。现在我们先说云南、先说开化府，我老家西林那劳寨就在广南府边上，而且我的祖母还是从广南城嫁过去的，家父直接就在广南城长大。因此，广南府、开化府也算是我的老家了。"

林开武指了指崔志贤道："说到广南府，随我来的这位兄弟就是广南府富州县剥隘镇的。"

岑春煊欣喜地道："越说越近了，我家那劳和剥隘就在一条河边嘛，那劳在驮娘江上游，剥隘在驮娘江下游，同饮一江水，同砍一山柴，那就更是老乡了。"

崔志贤："巡抚大人和岑老总督，都是我们那一带的荣耀，在我们老家，那可是妇孺皆知的。"

岑春煊："哪里、哪里，谬赞了……"

那天，岑春煊与林开武一行相谈甚欢。晚上，岑春煊还设家宴，双方把酒尽兴方散。

饭后，他果然去见了慈禧太后和光绪皇帝，把林开武带领云南勤王军入卫一事作了专门的禀报。

第二天一早，天色还没有完全亮，大内就传下话来说：云南勤王军正式编入岑春煊的队伍，林开武、王志云从此作为岑春煊的左右，随时听从他的调遣。这样的安排，正是林开武求之不得的。毕竟，在各省勤王入卫的诸多将领中，林开武和他带领的队伍与岑春煊多少还有些瓜葛，要是把他们编入其他队伍，前景如何还真不好说。

然而，林开武和王志云还没高兴几天，严峻的考验就来了。原来，慈禧太后和光绪皇帝在听取了岑春煊的禀报以后，当时就要求他对这支来自云南的队伍要试以诸艰，尤其要考察林开武处置诸事的才能。而岑春煊又是有名的屠官，向来对下属官吏的管理是极其严格的，这一下，有了两宫要试以诸艰的旨意，他就更加不会客气了。

首先，岑春煊派给林开武的第一个任务是筹粮。

当时，正值陕西、山西一带连年干旱，许多地方赤地千里，颗粒无收，而两宫西逃，带来了成千上万张嘴，一时之间，西安差不多成了第二京师，米贵如珠，各地勤王之师又如虎狼一般四处抢掠，弄得老百姓十室九空。在这种情况下，再去筹粮谈何容易？

可是，军令如山，是不容讨价还价的，这是一个能完成得完成，不能完成也要完成的任务。面对这样的难题，林开武当时就傻眼了，他从岑春煊那回到住处，紧锁双眉想了半天还是不得要领。于是，只好让亲兵去叫王志云、崔志贤、苏善堂等人来紧急磋商。

"要我说，陕西、山西两省既然无粮，我们就直接去湖北，那里的人在我们来时是有一些交道的，想必征些粮食并不很难。"崔志贤第一个说话。

"还是去四川吧，那里是天府之国，粮食充盈，征粮肯定容易。"苏善堂顺着崔志贤的思路，也把目光投向了省外，只是他选择的是比湖北更加富庶的四川。

"你们二位说的都不行，且不说有蜀道艰难，运粮不易，就是去湖北，远水也解不了近渴，等到我们去那么远的地方运来粮食，黄花菜都凉了，要是这样的方案可行，岑大人会想不到？他还要我们去筹粮干什么？"王志云一开口，就否定了他们两人的方案。

"那怎么办？这该死的粮食，我们到哪去筹呢？"林开武愁眉不展地问道。

"我们去陕南，那里有陕西粮仓之称，更主要的是我从云南借道四川来西安时，曾闻秦岭之上有一支山匪，多年占山为王，囤积了许多粮食，我们只要剿了山匪，粮食就不是问题了。"

林开武面露喜色地道："果然如此，我们就去灭了他，既把粮食夺来，又为地方除了一害。"

王志云："可是，这支山匪据说有一两千人之众，素来强悍且又有秦岭之险，要打败他们并夺取粮食并非易事。"

"这个不怕，要论在山里打仗，我们云南兵是强项。况且，对付山匪这样的乌合之众，我有办法。"林开武说完，拉过王志云、崔志贤、苏善堂三人，如此这般地与他们耳语了一阵，直说得他们俱频频点头。

一日后，林开武便带着他的一千多勤王兵向南开拔了。不几日，他来到陕南，又不几日，他们上了险峻的秦岭。林开武的队伍在山间不紧不慢地走着，先是马队，然后才是步兵。到了一个山垭口处，那里有一片地势相对开阔的平地，正是匪巢所在。他们才到山口，就有匪徒拦路，林开武于是向拦路的山匪说明自己带的是去西安勤王的云南兵，两宫到了西安，勤王之事已毕，此番是去四川再回云南，只是借道，并不会冒犯山上的众位好汉。山匪们听他这么一说，也就信了。哪料林开武的队伍过了马队，又到步兵都进入平地中央时，突然发起攻击，弄得那些山匪手忙脚乱。这里打斗尤酣，马队又返身杀回，把众匪杀得个七零八落，纷纷溃逃，哪里还顾得上他们的粮食。这一战，林开武大胜而归，而且夺得了大批粮食，所获甚丰，解了西安的燃眉之急。此后，朝廷从各省解运的粮食陆续到达，终于解了西安的粮荒。

林开武领受的第二个任务，是去凤翔处置赈捐。当时，因为两宫西逃，岑春煊为了勤王入卫，在陕西各地普遍赈捐。哪料，凤翔的吴县令却趁机徇私舞弊，大发国难财。凤翔吴县令舞弊的事报到岑春煊那里以后，他极为震怒，就想到要派得力下属去处理此案。为考验林开武，这事又顺理成章地落到了他的肩上。从岑春煊那领受了任务，林开武回来照例把王志云、崔志贤、苏善堂叫来如此这般地商量了一番，这才带着兵马往凤翔而去。他们到了凤翔，直接就进入县衙，控制了那个徇私舞弊的县令。那县令哪里见过这种阵仗，还不待林开武用刑就全都招了，林开武对这种大发国难财的奸恶之徒，自然是恨得牙根痒痒，当时就叫小校押去问斩。不料，就在这个时候，王志云却站了出来，拦住了就要押人出去问斩的小校。

"王兄，这样的贪腐之徒，还留他做什么？"林开武不解地问。

王志云："留着、留着，现在还不是杀他的时候。把他押到西安再杀，才有大用。"

林开武："留到西安再杀？"

王志云："留到西安再杀。"

林开武："好，听你的。"

于是，林开武带着他的队伍，押着那姓吴的县令，一路往西安而来。等到了西安，又找了一个热闹的去处，这才将那个县令押去开刀问斩。

林开武在西安斩杀凤翔县令一事，果然轰动全城，震慑了一大批贪腐官员。此后，在陕西全省再无官员胆敢借赈捐一事徇私舞弊，取得了杀一儆百的效果。

对此，岑春煊非常满意，据说慈禧太后和光绪皇帝也赞许有加。

杀了凤翔县令不久，又一桩难事缠上了岑春煊。这件事，难就难在岑春煊也搅在其中，如果处理不好，连他都可能被诛杀。

原来，虽然八国联军侵入北京，又一路挺进到山西边界，慈禧和光绪被迫西逃，但是作为大内总管的李莲英并不忘卖官捞取好处。近来两宫逃到西安，局势稍微稳定，他又开始做那见不得人的勾当中饱私囊。

一日，西安城内有一四品道台，有意要花钱买一个更高的职位，与李莲英说好了价钱，便叫管家揣了银票趁夜进宫来，找李莲英手下一个姓陈的太监交割。不承想，这个慌里慌张的管家竟然误打误撞地闯入慈禧的临时寝宫。当时，正好慈禧在脱衣就寝，还以为是服侍她的太监或者宫女不懂事，没有及时回避，待仔细一看，才发现是一个长着胡须的真男人。于是，慈禧又羞又怒，惊叫连连。待到一班值事太监把那个一头雾水的管家抓住，一切已经无法挽回。那管家既然触犯了天威，自然是必死无疑了。赶巧的是，这个将死之人，在接受讯问的时候，偏偏又供述说是陈大人叫他进宫来的。又羞又急的慈禧没有多想，当时就把"陈"听成了"岑"，一对号入座，就把这不恭之罪记到了岑春煊头上。

当魂飞魄散的岑春煊被急宣进宫，事情却越描越黑，怎么说也说不清楚了。好在慈禧念他是名臣之后，此次又勤王入卫有功，才把那管家交由他带回审理，并且发下话来："如若没有一个合理的说法，照样拿他岑春煊治罪。"

岑春煊心惊胆战地接过这个烫手山芋，不审出一个结果来还不行。可是，要审这样与自己有"牵连"之人，自己问案还不妥当，而他众多的手下，多是宫中和本地官员，与这管家和他的主子定然有着千丝万缕的联系。所以，这个案子最终还是交到了跟谁都没有瓜葛的林开武手上。

却说林开武审理这个案子，本来也倒不难，那管家虽然是将死之人，但慌乱之后还是恢复了应有的镇静。所以，当林开武一开堂审理，他就把他家主子如何与李莲英买官，李莲英又如何委托那个姓陈的太监与他交割银票的事说得清清楚楚。问题是出在李莲英做贼心虚，在林开武审理那管家的时候，他竟然密谋策划了另外的阴谋。这事，林开武当然是无从得知。他审完了案子，见天色晚了，就想第二天再进宫去禀报也不迟。所以，当晚便毫无防备地休息了。

就在林开武刚要脱衣上床的时候，王志云却来了。王志云一进来，竟然也不作解释，直接就对林开武说道："你去我那睡，今晚我要在这睡了。崔志贤和苏善堂都打呼噜，隔着木板壁都震得不行，我睡不着。"

王志云说完，也不管林开武同不同意，径自上床就躺下了，林开武无奈，只好笑笑，便披衣去了王志云紧靠崔志贤、苏善堂的那间房里睡下。

当夜，月黑风高，半夜众人酣睡时分，几条黑影悄无声息地偷袭了林开武的住处。到第二天早上林开武他们醒来的时候，身首异处的王志云早已死去多时，连尸体都冷僵了。

面对这个自己半生以来的领路人、恩人无端被杀，林开武自然无比悲痛，也在心里暗暗发誓要把这件事弄个水落石出。但是，当他进宫去把那管家的案子说清楚，慈禧却传下懿旨：王志云被杀案由李莲英亲自审理。

后来，李莲英抓了几个人，说是那管家的主子雇凶杀人，把那买官的道台、管家和那几个人都杀了，就算了事。林开武知道这是慈禧偏袒李莲英，虽然心中充满疑问，却也无从再去追究。只可怜那一心帮扶林开武的王志云，就这样命丧他乡还有冤无处申。

十六、林开武升三品侍卫 护驾途中巧退洋兵

林开武屡建奇功，显示了他过人的才能，自然得到了岑春煊的肯定，也让慈禧和光绪刮目相看。当然，也有可能是慈禧对她的宠臣李莲英所做的龌龊事心知肚明，有意笼络。又一个天还不亮的清早，大内传下话来，说太后老佛爷和皇上要来西安校场，亲自校阅林开武所带的这支来得最远，也受过最多磨难的云南勤王军。

太阳初升时分，当训练有素、动作整齐划一的云南藤甲兵出现在西安校场时，很多人为之鼓舞。远远站在点校台上的慈禧和光绪，在岑春煊的陪同下，遥望着列队操演的"藤甲兵"指指点点，尤其是跃马扬鞭，行进在队伍最前面的林开武英姿飒爽，更是让他们印象深刻。的确，这支勤王军与众不同。兵士们所持的藤甲，全部由山上的野藤制成，经桐油浸泡，又经火烤日晒，坚硬无

比，刀枪不入。好器物加之好的训练，让人感觉到，这支藤甲兵确实是支能攻善守，能挑大梁的队伍。

对此，慈禧很满意，当即传下懿旨："一会儿，让这支队伍的统领，去行宫见我。"

这是破例，也是恩宠，因为，若按当时的官品，林开武还没有资格见驾。慈禧破格召见林开武，有如下几点理由：一是她得知云南远在几千里之外，地处边陲，往来不易，且山高水险，一路跋涉辛劳，所受之苦，往往比省更甚，故欲表示特别关垂；二是见到藤甲兵英姿勃发，雄健整齐，一看就是支不可多得的劲旅，也真心厚爱；三是注意到林开武外形俊朗，一表人才，有意笼络；四是有意在日后将林开武调至自己身边，以便差遣。这也是她昔日选拔自己亲信的一个方式。

入觐的时候，已是近午，外面阳光灿烂，宫里也透彻明亮，林开武第一次近距离地见到了慈禧老佛爷和光绪皇帝。

老佛爷一脸威严，神态至高无上。光绪帝目中无神，心不在焉。而此刻的林开武，心驰神飞，激动不已。慈禧让他起跪，并赐座时，他更觉诚惶诚恐，目光不敢直视。这样一来，在慈禧看去，更显得他憨直可爱。于是，慈禧开口问了他的姓名、官阶之后，还问了一句："此番你来，路上可曾受累受苦？"

林开武："抵御洋人入侵，勤王救驾，是中国人亦是为人臣子的本分，再累再苦也心甘。"

慈禧想了想，又问："你说，洋人欺负咱大清国，凌辱皇帝，依你看怎么办？"

这个问题，是个大题目，倘若一般人来讲可能要洋洋万言才讲得清，但此时的林开武，灵机一闪，只说了六个字："关起门来打狗！"

慈禧笑了，觉得他说得既生动幽默，又不乏一定道理。

光绪帝插话："说说你的道理。"

林开武说："中国地方大，回旋余地和活动纵深也大，洋人胆敢跨进来，就把它后路封断，像关门打狗一样，把他们关起来，从四面八方进攻，反正我们人多，四下攻击，定能打他个人仰马翻，无处可逃。"

光绪帝苦笑着摇了摇头。

慈禧见林开武答得天真憨直，也不责怪，反而对他奖慰备至，称他直言无忌，诚心可嘉。完了，慈禧又说："在我身边听从调遣，是比别处要多很多辛苦，你和你的弟兄们都要多加小心了。"

林开武回答："既来勤王护驾，一切唯太后之命是从。"

慈禧道："好，此番护卫銮驾，云南勤王军统领林开武忠勇勤勉。传旨，升林开武为三品带刀侍卫，跟随銮驾左右，亦可自由出入宫中。"

就这样，林开武经历了自己生命中的第一个小高潮。到西安勤王没多久，就从一个中级军官晋升为清军将领，而且还是一个可以跟随太后、皇帝左右，自由出入宫中的特殊人物。

第二年，《辛丑条约》签订，在获得一系列特权和大量的白银之后，洋人退出北京，慈禧等人准备返京了。返京之前，慈禧下诏：调陕西巡抚岑春煊为山西巡抚，不用说，她是把岑春煊这位她十分倚重的重臣调到山西，为她回京开辟道路，排除隐患。与此同时，慈禧又召见了林开武一次。这一次，她也是为自己返京途中的安全着想。

一见到林开武，她就问道："护卫銮驾返京，你可有把握？"

林开武稍加沉吟，答道："只要尽心尽力，全神贯注，开武一息尚存，就一定确保太后老佛爷和皇上的安全。"

慈禧道："沿途要特别注意防范三种人，一是进逼山西地界的洋人，二是拳匪残余，三是沿途响马。我和皇帝的车前驾后，你要亲自巡视。"

林开武："嗻！"

这样一来，虽然不是特意安排，岑春煊和林开武这两个来自桂滇交界处的"老乡"，就成了护送慈禧和光绪回京的两员得力干将，不同的只是岑春煊主外，在前面开道；林开武主内，在后面跟进而已。

慈禧非常讲究排场，起驾那天，队伍像一字长蛇阵，排了几里长，浩浩荡荡，一路东行。

林开武虽然奉旨护卫太后銮驾，但众多相同的车辇中，到底哪一辆为太后、光绪所乘，他也分不清。

实际上，这是慈禧故意摆下的迷魂阵、障眼法，她想用这别有匠心的布局，给自己创造一个更安全的空间：即使有刺客偷袭，也搞不清对象到底在哪辆车上。

因为这种特别的安排，林开武一行只好前后驰骋，左右护卫，工作量确实加大了许多。

晚间歇息，林开武又接到一项任务：去关中某地，押运皇家库银十万两，以作沿途开销。

受命后，林开武率领一队人马，星夜出发。顺利到达目的地，装上银两后，他们踏上返程，天黑前，来到一处客栈住宿。

谁知，这是一个黑店，店主与附近山匪有勾结。深更半夜，山匪毕至，意欲与店主里应外合，抢劫银两。

觉察到匪徒们的意图后，林开武并不慌张，他叫人看住店主，自己打开院门，叫人在院子里点燃篝火，自己将碗口粗的顶门杠擒在手中，在院子里上下耍弄。一根又粗又重的顶门杠，在他手中如同拈纸，上下飞舞、轻若鸿毛。

门外的山匪见他威武了得，胆战心惊，哪里还敢进来。

这一夜，平安度过。

话说岑春煊受命到了山西，当时最棘手的大事，就是处理和平息山西教案。要说当时的山西省，虽然地处内陆，但是资源丰富，商业发达，晋商的票号开到全国各地，他们创造的奇迹和财富，不仅让全国瞩目，也让洋人垂涎。为此，早在八国联军侵占北京之前，就有好多外国传教士打着各种各样的旗号，进入山西传教。一时之间，山西省各色人等或受蛊惑或受蒙蔽，纷纷入教，不几年，洋教信众竟然多达数十万，普通百姓屡受洋教欺凌，对洋教恨之入骨。

义和拳运动兴起以后，以"扶清灭洋"为行动口号的义和团在山西得到了原任巡抚的支持，发展迅速，并将斗争矛头直指洋教士和信教人群。他们攻教堂、杀教士，甚至对本土信教的群众也不分青红皂白地打击，形成了冲击全省各阶层的山西教案，从而成了八国联军侵占北京以后，接着进攻山西的口实，他们凭着洋枪洋炮，一路气势汹汹地过直隶、经热河，往山西扑来，叫嚣着要惩办灭洋教的义和团和在暗中支持义和团的朝廷官员。岑春煊到任的时候，那些洋兵已经攻入山西边界。

按岑春煊素来的为人和敢于任事、痛恨外来侵略的性格，他是打心眼里支持灭洋教的，也是不怕与洋人大打一场的。但是，一是因为义和团在山西灭洋教时打击面过宽，引起了民愤；二是此时两宫銮驾东返，如果不能及时平息教案，洋兵势必借口进攻山西。如果洋兵进了山西，势必引起更大的冲突，到时山西一地生灵涂炭不说，护驾返京的目标也难以达成，自己的罪过就大了。

有鉴于此，岑春煊到任巡抚以后，就想用妥善的办法尽快平息教案，既要遏制一直在恶化的态势，稳定山西的局面，又要通过自己的努力，堵住洋人的嘴，让他们找不到进攻山西的理由，从而为两宫回京铺平道路。

通过几天的苦思冥想，岑春煊终于拿出了一套从各个方面看都说得过去的方案。

他这个方案其实就是八个字"对内弹压，对外震慑"，最终达到快刀斩乱麻地平定地方，逼退外来之敌，确保两宫安全返京的目的。

关于对内弹压，岑春煊首先向慈禧和光绪弹劾原来的山西巡抚，声称就是做表面文章给洋人看，也要罢免他的官职，并且在洋兵全部退出中国之前不得重新任用。

在这一点上，慈禧和光绪迫于当时的形势和压力，无奈地同意了。弹劾了原巡抚，岑春煊就可以放开手脚大干了，他下令在全省停止攻击教堂，打杀洋教士和普通教徒的行动，拘捕义和团头目，并将在灭洋教过程中滥杀无辜、民愤极大的几人公开问斩。而后，又从自己由陕西带来的银两中，拿出一部分钱来抚恤民众，平息怨气。至此，受全国民众关注，又为洋兵借势，与全国政局关系重大的山西教案终于归于平静，山西一省纷乱的局面终于稳定。

关于对外震慑，他就要起用林开武了。当时，虽然省内的教案已经平息，抵达山西边界的八国联军也没有了继续进兵山西的由头。但是，他们仍然屯兵山西边界的两个关卡，并不退去，这无疑是一个随时都有可能转化成危机的隐患。而此时，返京的两宫已经出陕西进山西，他们的安全，当然是天字第一号的大事。

为此，林开武刚刚护驾进入山西，岑春煊就心急火燎地赶来见驾，面奏慈禧和光绪，要调用林开武和他带领的藤甲兵。

林开武受命带着队伍来到八国联军屯兵的那两个关卡前，才得知八国联军中进抵山西边界的只有德军和法军。而且，他们这两支人马，每支不过三四百人，以当时林开武所带的一千多能征善战的兵马，要想吃掉他们，只要方法得当，也不是难事。可是，岑春煊巡抚给他们的任务是震慑洋人，既不能公开主动地出击，也不能就近对峙毫无作为。

这可怎么办好呢？林开武和崔志贤、苏善堂紧急商议。

"要我说，干脆找个借口打一仗得了。不与那些洋兵打一仗，他们怎么会知道我们藤甲兵的厉害。"苏善堂向来直来直去，没有多想就直接想打。

林开武："这个法子肯定不行，直接就打，不管用什么借口，都是我们主动进攻，势必造成洋兵大举进攻山西的口实，我们震慑的作用就达不到了，对大局不利，我们就算打赢了其实也是输了。"

崔志贤："那怎么办，要么我们把队伍再向前推进些，直接把这些洋兵逼出山西地界？"

林开武："这个法子也没有用，你们想呀，那些洋兵自恃强悍，武器先进，演练得法，根本就没有把我们中国军队放在眼里，哪里会我们一进逼他们就退怯呢？如果逼不退，打又不能打，我们反倒陷于被动，进退两难。"

苏善堂："这些可恶的洋兵倒成了老虎屁股了，摸是摸不得，赶也赶不走。难道我们就这样面对这些强盗束手无策？"

林开武："当然不是了，这个老虎屁股我们不光要摸一下，必要时还得打一下，烧一下。只有把他们实实在在地打疼了，烧烫了，他们才坐卧不宁，才会离开山西地界。我们到这来震慑他们的目的才算达到了，要不然我们怎么回去向岑大人交差，怎么向太后老佛爷、向皇上交差？"

苏善堂："哎呀！你就说怎么办吧。打小，我和志贤都知道你的主意多，你说怎么干我们就怎么干。"

林开武笑道："人家都说你俩是我手下的哼哈二将，你们可倒好，自己懒得动脑筋，一遇到事情都叫我拿主意，这算怎么回事呀？"

崔志贤："三哥，这不是我们拿不定主意才靠你的吗？小事我们可以办，大事还得以你的主意为定准。"

"好吧，那我们这样……"林开武拉过他的两个兄弟，如此这般耳语了一番。

崔志贤："驻守山西的旗兵里面真有德国造的炮吗？"

林开武："晋地富庶，晋商有钱，他们为了保卫自己的家园，是出钱给驻晋旗营买了一批。所以那些驻晋旗兵不光有德国炮，而且弹药充足。只是那些德国人万万也想不到，我们会用他们卖给我们的炮来对付他们。"

苏善堂："我和志贤这就去弄，保证在天黑以前把炮给你弄来！"

林开武："好，你们辛苦一趟。哦！对了，你们借炮可得把他们的操炮手也一并借来，要不然，我们的藤甲兵是不会操炮的，那大炮在他们手里还不如一根烧火棍。"

崔志贤："这个自然，我们不会忘记的，你放心吧。"

崔志贤和苏善堂去不多时，果然从当地旗营那里连操炮手一齐弄来了几门火炮。

天色黑尽以后，林开武带着他的一千多藤甲兵出发了，他们先神不知鬼不觉地摸到了德、法两军驻地的中间埋伏起来，然后才把借来的操炮手分成两队，分别由崔志贤和苏善堂带领，悄悄摸进德、法两军的阵地前，对好方位、距离，突然向德军和法军的驻地发炮。

那些德军和法军的兵士本来正睡得迷迷糊糊，突然遭到猛烈炮击，被打得晕头转向，哪里还弄得清是谁打的。当时就指挥着各自的炮队，朝着对方猛烈轰击起来，把双方的驻地都打成了一片火海。

这把火一旦点着，林开武当即就撤出了自己的操炮手，并让他们连夜回营，擦净火炮，掩盖痕迹，他自己则带着那一千多藤甲兵，饶有兴致地观赏着德、法两军这场狗咬狗的血战。

这一场炮战，德、法两军都不分伯仲，一直打到天亮，才发现大水冲了龙王庙，自家人打了自家人。

就在德军指挥官懊恼地看着一片狼藉的驻地，一肚子的无名火无处发泄的时候，幸灾乐祸的林开武却带着他的藤甲兵来了。

还在老远，林开武就朗声问道："长官，我们听到你们驻地一夜炮战，你们这是和谁开战呀，伤亡怎么样？"

林开武的问话通过通事翻译过去以后，把那德军的指挥官气得七窍生烟。当他看到林开武等人脸上的一脸怪笑，立马就知道是怎么回事了。可是这事毕竟无凭无据，他也无计可施，拿林开武一点办法也没有。于是，他也不答话，满脸怒气地就扑向林开武，崔志贤和苏善堂见状，跳下马来就迎了上去。

林开武："且慢！你们都让开，我要亲自教训教训这个德国佬！"

林开武说完，迅速跳下马来，上前两步扎稳马步，拉开架势，等着那个气急败坏的德军指挥官。

那德军指挥官自视有一身蛮力，当时也不停步，三下两下跳到林开武面前挥拳就打，那拳也确有开山裂石之势，挟着一股劲风击向林开武的面门。林开武却不去硬接他的拳，只见他一侧身，巧妙地让过了这一拳。就在那指挥官的拳头划过他眼前的时候，林开武迅速地一把握住他的手腕，往前顺势一带，又趁他立足未稳之际，飞起一脚踢在他的小腿迎面骨上。

那指挥官哪里经得住这么一击，当时就被林开武摔了个狗吃屎，重重地扑在了地上。林开武原地转身，冲着那个从地上爬起来的德国人招了招手，嘴里说道："来呀！再来。"

德国人生性傲慢，这指挥官自进入中国以来还没有吃过这样的亏，哪里咽得下这口气，只见他"嗷嗷"叫着，挥拳又向林开武击来。

林开武这次倒是没有避让，只见他运气丹田，也迎着德国人挥拳而出，以拳对拳硬是接住了那德国人颇有劲道的一拳。

两拳相遇，"嘣"的一声，林开武这里倒是没事，那德国人却被他的力量震得连连倒退。林开武抓住这个机会，飞身跃起，在整个人越过德国人头顶的当儿，一脚又狠狠地踹在他的后脑勺上。只听那个德国人闷哼一声，像猪一样又一次重重地扑在地上。

那个德国指挥官两招失手，被摔得鼻青脸肿，但还不服输，从地上爬起来又向林开武第三次扑来。

这一次，林开武待到那德国人挥拳击来，这才不慌不忙地伸手抓住他的拳头往上一举，又顺势矮身下蹲，用另一只手抓住他的脚，一发力把他整个人举过头顶，原地转了几圈，像扔麻袋一样，把他扔到了两丈开外。

至此，那个德国指挥官是彻底爬不起来了，可是有四五个身强力壮的德国士兵"嗷嗷"叫着围了上来，很显然，他们这是要雪洗他们长官失败的耻辱。

见德国兵多人齐上，一副志在必得的样子，崔志贤和苏善堂也急呼："三哥，小心！"并及时跳到林开武身旁。

林开武："让开！这几个人我还对付得了，我要让他们输得心服口服，无话可说！"

听到林开武这般发话，崔志贤、苏善堂只得撤出圈外。那几个德国士兵见有机会，便蜂拥着挥拳扑向林开武。

林开武大喝一声："来得好！我这就让你们见识见识中国武术的厉害。"吼声一落，施展起他最得意的猴拳，只见他拳脚如风，指东打西、指上打下，招招式式快如闪电，让人防不胜防，那几个德国兵被他打得七零八落。

这时正好从地上爬起来的德军指挥官看到手下的狼狈相，哪里还有勇气再战。他见军营已破，林开武的兵已实际占据了这个关卡，便气急败坏地连声喊道："撤、撤……"带着他的残兵败将撤出驻地。

见那些德国兵狼狈逃去，林开武的藤甲兵禁不住"哦哦"地欢呼，声震山谷。

德国兵逃走以后，法国人自感势单力薄，也偃旗息鼓地撤走了。

十七、慈禧进驻乔家大院 莲英险恶诱以美色

林开武巧退洋兵，得胜归来。不光使山西地方从此平静，形势变得有利，为岑春煊治理地方创造了条件，为两宫返京清除了障碍和威胁，还极大地提振了士气，使得原来一路走一路还不免战战兢兢的护驾队伍，恢复了信心和勇气。因而，这支上万人的逃难队伍，竟然变得又有了威仪和模样，行进的速度也比先前快了许多。

这日，队伍在傍晚时分抵达平遥县。

这平遥，虽说只是个县，却在全国声名响亮，知道它的人很多。最主要的一个原因，就是它拥有当时全国最多的票号以及它们在全国各地的分号。

从某些意义上说，票号的职责和功能基本相当于今天的银行，它通行通兑，贷存并行，是一种在当时很可行的金融流通手段，对商人异地行商，对各地经济发展，确实起到了很好的推动作用。

由于多家颇具规模的票号同时存在于平遥，这里，差不多就是全山西甚至全中国的金融中心，它的地位，甚至比省城太原还高。

因为有钱人多，平遥城里的大宅院也特别多，著名的就有梁家大院、乔家大院、李家大院等。而其中最有名、最阔绰的建筑，当数乔家大院。

乔家大院的主人乔瑞斋，因经营有方，票号发展很快，不仅在本地出名，在全国不少地方如上海、广州、武汉等也设了分号。此外，他还用二十万两银子，捐了个四品功名，也算是官场中人，只是没有实职。

慈禧一行途经平遥返京，乔瑞斋事先让出了自己的大院，以供老佛爷及光绪皇帝做临时的行宫，驻跸歇息。

实际上，这也是山西一帮官员及平遥县令的主意，无非为了巴结皇帝，让慈禧等欣悦。

屋里的一切陈设几乎全部换成了新的，一切都显得十分雍容华贵。对此，

慈禧很是满意。她把心腹太监总管李莲英叫来，吩咐道："这儿不错，今个儿我累了，要早点歇息，不见任何人。谁来求见你都挡驾，有些能处理的事，你自个儿料理就行了。"

李莲英一阵窃喜，却不动声色，只像往常一样应了声："嗻！"

他知道，来到这肥得流油的地面，各种好处会接踵而来，老佛爷让他去做主，那好处不知要有多少。

果不其然，从天一黑起，地方官和城里的富商们就络绎不绝地来求见了。李莲英让人把他们一一安排到一个偏院中，由自己出面接待。

其实，这些人大多是来送钱、送礼的。

这些年来，平遥虽说有名，也有钱，但皇上、太后驾到，何曾有过，为此，花下大血本，也要向皇上表表忠心，向皇上身边的大臣表示慰问，以图日后对自己有所照顾，在仕途和生意上得些方便……

李莲英和他在太后、皇上身边的地位，这些人都是知道的。为此，他们认为把东西交给他，也就如同交给了老佛爷和皇上。

于是，一件件的宝物，一箱箱的银子，不到两个时辰就堆了半间屋子。

眼见夜深人静，再没有什么人来了，李莲英吩咐自己手下的两个心腹："去，叫辆车来，咱们先装上几箱。"

那两人领命去了。李莲英关上门，捡了个大箱子，把宝物中的上等货色，挑了不少装满，又打上封条，锁上铁锁。

两个太监把一辆车赶到大院门口。门口是林开武率队值勤。见到车子，林开武问："你们要干什么？"

"是大总管吩咐的，让拉点东西。"那两人答道。

林开武又问："拉什么东西？"

"我们不知道。"那两个人说。

林开武还想追问，李莲英出来了。

李莲英："是我让他们找的车子，要拉点儿瓜饼果蔬，预备着皇上一行明天在路上有吃的。"

林开武不好再说什么了，他知道李莲英在慈禧面前和在宫中的地位。

李莲英吩咐两个太监："去装箱子。"完了又冲林开武道："你也派人去帮帮忙。"

林开武想了想，叫上一个兵士，一齐去了。抬箱子时，林开武掂了掂分量，知道其中有诈，但也不便说破。

第二天，慈禧找他去问当天的行程。趁机，林开武向她报告了头晚上的事。慈禧沉思了一下，缓缓道："猫儿贪腥，这是常事，我身边的人，也要给他们发点儿小财的机会……这事，你知道就行了，别传出去。"

林开武只好点头称是。但从此，他知道了一些宫廷内幕……

山西省府太原本就是一个好去处，而太原最有名的地方，是闻名遐迩的晋祠。

晋祠坐落在太原西南郊的悬崖山下，这里也是晋水的源头所在。

晋祠始建于五世纪北魏之前，故被称为"晋祠"。这里，有三大国宝级建筑——金代创建的献殿、世界罕见的鱼沼飞梁和北宋年间修塑的圣母殿，尤其是被称为晋祠三绝之一的圣母和侍女塑像，造型逼真，表情生动，长裙曳地，衣带生风，实为古代雕塑艺术中的珍品。

此外，晋祠还被认为是一个可以参拜后使人长寿、让人发迹的地方，因为它那里的"难老泉"千年不息，永不枯涸。

为此，到了太原，慈禧决定去晋祠看看。

在圣母殿，她看得特别仔细。

"你说，这雕塑怎么好？"她问李莲英。

李莲英想都没想，张嘴就答："这圣母太像您了，您看她的眼神、脸形，甚至身形身高，都几乎跟您一样。"说这话时，他脸上一副阿谀之态，语气也是一派奉承之意。

慈禧笑笑，拿手指戳戳他："你呀！巧舌如簧，哄起我来比百灵鸟还会说话。"

李莲英："本来嘛，您就是圣母托生，不，你本身就是圣母！"

慈禧脸上的笑意更浓了，没有再说什么。

李莲英："回北京后，在紫禁城后花园，咱们也建一间圣母殿，照这，不，照您年轻时的模样，也塑一个圣母像，叫子孙后代及文武百官永远膜拜……"

慈禧伫立，久久没有说话，看得出来，她同意这个想法。

从圣母殿出来，一行人到晋祠的另一绝——难老泉去看。

看着涓涓不息的泉水，慈禧问李莲英："为何叫它'难老泉'？"

李莲英："据说，它永远不会枯竭。"

慈禧不以为然地说："万事万物，总有生老病死；沧海桑田，也会有物换星移，凭什么，这水就永不变化？"

李莲英："奴才听说这水已经有一千多年像这个样子了，它不涨不枯、不快不慢，就这样流淌，现在泛起的每一个涟漪，都跟一千年前的一模一样。"

慈禧："我不信……"说完，她环视众人，朗声道，"你们，谁下去给我瞧瞧，这泉眼究竟在哪里？有多大？多深？为什么它不紧不慢，不大不小，不荣不枯。"

众人摸不清她的用意，一时不知所措，又惧水中寒冷，相互环顾，竟无一人应声。

见此，慈禧有些不悦。她正欲发话，一个人闪出人群。

只见林开武扒开众人，走到泉水池的石护栏边上，一个旱地拔葱跳到泉水池中，潜水下去探寻泉眼。

众人既钦佩他的胆识，也为他捏了把汗。

有顷，林开武浮上来了。

慈禧带头为他鼓掌。

林开武上岸，走到慈禧面前，奏道："禀老佛爷：泉眼有三处，大小均差不多，由于同时出水，大小相互补充，故看上去不会间歇，也不会枯涸。"

慈禧点头，赞许地道："难得你如此忠勇，为我解开盘绕心里的疑团。其实，我想知道泉眼的分布、大小是一，二呢，也是想以此试试你们的忠勇，看来，这兵丁们胸前身后所缀的'忠、勇'二字，并不是人人都可以做到的。今日，我先口头褒奖你，日后如再有别的功劳，就议晋升的事。"

林开武："谢老佛爷！"

一旁的李莲英有些不悦，但也没表示什么。

一身湿淋淋的林开武一阵哆嗦，连连打了两个喷嚏。见此，慈禧叮嘱他："快回去换衣服。"

李莲英上前，问："咱们，是不是也起驾？"

慈禧点点头说："走吧。"一行人便缓缓离开了晋祠。

回到住处，林开武正在换衣服，忽然，一位眉眼风骚的宫女悄悄进来，搔首弄姿，投怀送抱……

林开武惊觉，忙把她推开，并迅速披上衣服，厉声问她："你要干什么？"

宫女施展魅力，柔声道："林大人，你好健壮哟，我就喜欢像你这样壮实有力的男人……"说完又扑了上来。

林开武急了，一把推开她，随即拿起佩剑，指着她道："再近前，我劈了你！"

宫女这才停下，不敢近前。

林开武又用剑逼着她："你走，马上离开。快！"

宫女无奈，只好遵命了。走到门外，早已守候在那里的李莲英问她："怎么样，怎么会这么快？"

宫女恼怒道："这个人，是块木头，简直不通人性。"

李莲英不甘心道："我就不信，我的手段收拾不了他，我有的是办法，等着瞧……"说完，没好气地吩咐那个宫女和手下几个太监，"走！"

十八、李莲英设计害忠良　韩慕侠出手救徒弟

李莲英对于林开武的嫉妒和陷害，根本就是没有理由的，或许是因为林开武得宠太多，晋升太快，让他心里不痛快；也或许是林开武有些真本事，在慈禧和光绪的鞍前马后办事还算得力，他怕自己日后会失势；抑或他偷拿珠宝这件事让林开武有所觉察，做贼心虚了；要么就是做官互相倾轧的习惯性斗争思维，让他本能地去打压一个潜在的对手。总之，他一计未成还不撒手，总想要给林开武一个下马威，甚至不惜置他于死地而后快。

慈禧一行到达太原后，比他们先期到达的岑春煊已经把地方打理得差不多，不仅逼退了本来已经进抵山西边界的八国联军，而且平了当地的教案，还重振商业，重整民生，晋地各业已显复苏，到处一派和平景象。为此，慈禧倒不急于回京了，她在太原住了下来，到处游山玩水，享受着太平带给她的心理满足，也可能是因为一路惊吓和劳顿，让她疲惫了，她要在这里调整心态，消

除疲乏。

因为慈禧并不急于走，所以护驾回京的这支庞大队伍就只好在太原停了下来。大家都放松了心情，该吃的吃、该玩的玩、该访友的访友，在那度过了一段自西逃以来从来没有过的松散、清闲时光。林开武却不敢有丝毫懈怠，因为肩上的那份特殊责任，他每天带着自己的一班兵丁跟随慈禧和光绪左右，小心侍候。

俗话说，无事就容易生非，慈禧和光绪一天忘情于山水，他们手下的若干人也没有闲着，他们也在各想各的事，各捞各的好处，甚至彼此间算计着自己的同僚和对手。因为外来的巨大压力暂时解除了，他们为了利益、为了今后的出路和发达，就免不了各打各的小算盘、各扒各的小九九。

向来工于心计又不露声色的李莲英，那天设计陷害林开武未成，一直耿耿于怀，心里堵着的一口气一直不顺。那一天，他想到了一个损招、一条毒计。

计谋既有，他便急急来见慈禧，找准一个机会禀道："老佛爷，您老人家这两天在太原玩得高兴，太原的天气好像随着您的心情都一下子变得清朗了许多。但是奴才的心里，却一直在为一件事纠结。"

慈禧："小李子，你这个人怎么突然间变得那么无趣，我好不容易有那么几天好心情，你怎么就看不得我高兴了。这下好了，好心情也没有了，说吧，什么事？"

李莲英："老佛爷，奴才是这么想的，我们托着您老人家的洪福，加上有岑春煊的忠勇干练，在太原倒是歌舞升平，一派祥和了。但是，往前面走，出了山西地界，地方并不平静，一路上有拳匪、有捻匪，还有并没有完全退去的洋人，就是北京那边，那些亲王也各自居心叵测，到处都是风险哪。"

慈禧："那依你的意思，我们应该怎么办？你有应对之策吗？"

李莲英："老佛爷，奴才是这么想的，这两天，您老人家尽管在太原消遣、高兴就是。但得派一个得力的人去一趟五台山，让那里的得道高僧帮我们算上一卦，看看我们这往前去的行程。这样也好心中有数，趋利避害，确保安全。"

慈禧："嗯，这倒还是个事，你看派谁去好呢？"

李莲英："就派老佛爷您身边的林开武，他忠勇、机灵，功夫又好，他去办这事保准万无一失。"

慈禧："可是我和皇上身边也得有得力的人哪，正因为他忠勇、机灵，功夫好，我和皇上身边才离不开他。"

李莲英："我们现在在太原，老佛爷和皇上身边有岑春煊，一切当无大碍。再说此去五台山不过几百里地，林开武快马加鞭，用不了几天就回来了，什么也不耽搁。"

慈禧："嗯，这也是大事，还真得让得力的人去才行。我准了，你去找林开武安排吧。"

李莲英："嗻！"

李莲英回到住处，很快叫来了几个心腹，如此这般交代了一番，当时就让他们快马赶往五台山。

一切安排妥当，那些心腹也走了半日，李莲英这才赶往林开武的住处，亲自上门来找林开武。

林开武那天刚好没有当值，正和崔志贤、苏善堂一干兄弟在住处闲着喝酒，李莲英突然就来了。

李莲英干咳几声，笑脸如花地道："林大人，你们一班兄弟好热闹、好雅兴呀！有酒喝也不叫上我。"

林开武："总管大人，您来了保准有事，请吩咐吧。"

李莲英："是这样，太后老佛爷和皇上不日就将往前赶路，你知道的，前面的地方可不比山西，哪都不太平。为卜前路的吉凶，太后老佛爷命你去一趟五台山，为以后的行程求上一签、算上一卦。"

林开武将信将疑地道："这、这会管用吗？"

李莲英："当然管用，五台山可是千年名刹，那里有好多得道高僧，早年，连顺治爷都在那里出家。"

林开武："我到那以后，去找谁呢？"

李莲英从怀中掏出事先准备好的一封信："这个我已有安排，你带着我这封信去，到了以后就交给显通寺的总管，他会带你去办。"

林开武："既然如此，志贤、善堂，你们就去准备一下，我们连夜就出发。"

李莲英："林大人，崔兄弟、苏兄弟就不用去了，你带几个兵丁去就行了。这一来是太后和皇上身边离不开人，二来呢，你们从云南来的队伍也需要人带。"

林开武："那好吧。"

林开武一行日夜兼程，不一日赶到了位于山西东北部的五台山。那五台山顶无林木，平坦宽阔，犹如垒土之台，东台望海峰、南台锦绣峰、中台翠岩峰、西台挂月峰、北台叶斗峰环抱着地处中心的怀台镇。相传，这里是文殊菩萨的道场，位居中国佛教四大名山之首。台里台外，寺庙鳞次栉比，佛塔摩天，殿宇巍峨，金碧辉煌，规模宏大。显通寺、塔院寺、菩萨顶、南山寺、黛螺顶、广济寺、万佛阁都是天下皆知的名胜，遍及各寺的雕塑、石刻、壁画、书法都有很高的艺术价值。初来乍到的林开武，一下子就被这里的万千景象迷住了。然而，毕竟皇命在身，他们一点都不敢耽搁，当即问明了去显通寺的路径，就直奔而去。

到了显通寺，那的总管好似知道他们要来一样，早就带着一帮体形彪悍的和尚等在那里了。林开武问明他的身份，说明了自己的来意，当时就从怀里掏出李莲英的那封信，交给那总管。

那总管也不多话，接过信就把林开武他们几人带到一个僻静处，自顾自看起信来。

林开武全无防备，静候在一旁，与他同来的那几个兵丁更是或站或坐，完全放松了警惕。

只见那总管看完信件，顺手点火烧了。接着，突然断喝一声："给我拿下，这几个都是反叛朝廷的拳匪！"

事起仓促，林开武的手下还没有反应过来是怎么回事，已经有好几个命丧于那些和尚和假扮和尚的李莲英心腹的拳脚之下。林开武虽然躲过了他们的凌厉攻击，却因为要去保护近旁的几个兵丁，反而让那总管招招逼近，只有招架之功，而无还手之力。

很快，那些人收拾了林开武带来的兵丁，竟然全部围拢过来，和那总管全力攻击林开武。

那些人招招狠毒，式式夺命，林开武虽然一身功夫，但是遇到这么多强手的合力围攻，也是险象环生。

就在林开武与那总管及一帮和尚、假和尚战成一团，不可开交之际，只见一道黑影一闪，加入战团。那人出拳如风，出腿如电，几个跳跃腾挪间，已经击毙了好几个和尚、假和尚。那总管自知不敌，当时一声呼哨，带着剩下的人，越墙隐遁而去。

林开武直到这时，才看清来人是谁，他惊诧地道："师父！怎么是您，您怎么会在这里？”

韩慕侠：“我知你遭小人算计，已经在这等你多时了。”

林开武：“多谢师父救命之恩。只是我初来此地，并没招谁惹谁，怎么就遭人暗算了？”

韩慕侠：“官场如江湖，险恶着呢！你此次出来勤王，本是冲着洋人来的，勇赴国难为师理解。但是办完了这趟差事，还是不要迷恋官场。回家去吧，你们香坪山是多好的地方啊！”

林开武：“感谢师父教诲。可是师父您怎么会在这里呢？”

韩慕侠：“我离开香坪山后，一路游历到了终南山，迷恋那里的景色和佛家气象，便在那出了家，现在我法号‘星云’，师从由北京龙泉寺护驾西来的德清禅师，也就是当今终南山上的虚云大师，已经是一个一心吃斋念佛，心无旁骛的人了。昨日，我遵师命来五台山参加法会，偶尔得知你要来五台山代太后、皇上求签，又知他们正设计害你，所以专门在此等候。”

林开武：“虚云大师，可是年前在终南山弘法消去雪灾，造福于秦省民众的那个虚云大师？那可是连太后都极尊重的得道高僧。”

韩慕侠：“正是他。”

林开武：“师父得遇高人，来日必将修成正果，可喜可贺！可是，在这佛门净地，谁人如此无良，竟然设计害我呢？”

韩慕侠：“江湖险恶，不知道的事情，你也别问得太清楚。那些人是不会善罢甘休的，你还是速速下山去吧！”

林开武：“可是我来这的事情还没有办完呢。”

韩慕侠：“我都为你准备好了，这是我为你求的签，算的卦，你拿回去复命吧。”

林开武：“师父，那么您呢？这事一出，您还能待在这吗？”

韩慕侠：“这事我已有安排。今日，我也将离开这里。天下之大，到哪都有我安身的地方。更何况，我已遵师命，不日将随虚云大师去云南大理的鸡足山，倒是我一直惦记着香坪山，一旦我了了鸡足山的佛事，我就说服虚云大师去那儿云游。”

林开武：“不如师父您就和虚云大师直接去香坪山吧，待我办完这趟差事，我就回香坪山陪您结庐而居。”

　　韩慕侠："安心办你的官差去吧，我和虚云大师本是闲云野鹤，一路游去，几时到得香坪山就算几时。"

　　林开武："师父，那我们说好了，您和虚云大师可得在香坪山等我，我们相见沟见。"

　　韩慕侠："好的，快去吧。记得不要在官场陷得太深，那不是你待的地方。"

　　林开武："是！师父。"

十九、龙门县开武降响马 颐和园百官迎慈禧

　　林开武从五台山回来，及时到慈禧那复了命。李莲英没说什么，他也没说什么，一切又都恢复如常。

　　又一日，已经在太原流连了好些时日的慈禧厌倦了，终于决定再次上路，赶回北京。林开武知道此去山遥水远，不一定还有机会见到岑春煊。所以带着崔志贤、苏善堂二人去了一趟巡抚衙门，向岑春煊辞行，几个人不免依依惜别，互相抚慰和互道珍重一番，这才护驾上路。不承想，这一别，林开武和岑春煊竟多年不曾见面，直到林开武出任孙中山广州军政府高等顾问时才又有了交集。

　　由于此番是回北京重返金銮殿，故慈禧心情较好，也不太着急赶路，况且一路上多地官员又表现得十分殷勤孝敬，招呼得既体面又周全，所送的礼物更不少。因此，她一路走来，根本不像出逃时那么狼狈，那么慌张，反倒是心情舒畅，适意悠闲。

　　走一路，看一路，玩一路，成了慈禧当下的心情。这天，队伍来到山西与陕西的交界处，她又让队伍停下，准备游览一下天下闻名的黄河壶口瀑布，并参观一下她经常在戏文里见到、听到的大唐名将薛仁贵和文化名人王勃的故里。

　　下榻后，她吩咐李莲英："小李子，你去打听一下王宝钏苦忍十八年守候薛仁贵的寒窑，我想去看看。"

李莲英带人去了。他得先去探探路。完了，慈禧又让人找来《王子安集》，选了几篇文章读起来。当读到《滕王阁序》"落霞与孤鹜齐飞，秋水共长天一色"时，不禁掩卷叹道："好文采，好文章……"

突然这时，有人来报："城外有响马蠢蠢欲动，妄图发动袭击，正在那里轮番叫嚣。"

慈禧震惊，想了想，急忙下诏："传林开武！"

林开武来了，跪拜慈禧道："老佛爷急召卑职，有何吩咐？"

慈禧："林开武听诏。"

林开武："嗻！"

慈禧："传闻城外有响马出动，你亲率人马，前往平息，尽可将贼首擒获，功成有赏！"

林开武："嗻！"

林开武领命出去了。慈禧合上书，闭目养息，听候佳音。

林开武率领人马，来到龙门县城城墙之上，准备迎敌。

此时，随行的还有山西、河北、河南的勤王护卫队伍，精锐人马不下三千。站在墙头，各路兵马一字展开，一时间旌旗招展，号角嘹亮，士兵们的盔甲、刀枪在阳光下熠熠闪亮。弓箭手们排列最前，弓张弩拔，利箭准备射出……而对方响马，人马不足五百，刀枪不齐，有的甚至只拿着锄头扁担，而身上的衣裳，更是破烂不堪，几乎人人都蓬头垢面。见此，林开武的心不禁震了一下：这支队伍，为何而来，怎么会如此这般？

林开武觉得蹊跷，对手下人吩咐道："你们守住城，我下去看看，了解一下敌人的情况。"

手下人应诺。林开武下去了。他让人打开城门，然后策马冲出，直驱响马队伍前面。"响马"们见他只身前来，钦佩他的胆识，但不知他的用意。

林开武问："你们是什么人？为何到此嚣张？"

一个头领模样的人靠上前来，细细打量着林开武。

林开武："知不知道这是护送皇上的队伍？惊驾，就是死罪。"

头领："我们知道。"

林开武："知道为何还来？"

头领："我们有仇，弥天大仇！"

林开武："你们到底是什么人？"

头领："我们是'捻军'。"

林开武："你们造反朝廷尚未清剿，怎么倒有了大仇，还敢来此威胁两宫？"

原来，这伙人是昔日在山东一带十分活跃的一支农民起义队伍——捻军属下的宋景诗部。他们的主力，被清兵精锐——亲王僧格林沁率领的正蓝旗兵击败，宋景诗也被擒就义。这些剩下的人，先是四散逃命，后又聚拢了一部分，四处活动，企望卷土重来。但越往后，处境越艰难：洋人入侵，天灾人祸，加之僧格林沁部又连日连夜地对他们进行围剿，搞得他们疲于奔命，四下躲藏。近日，打听得慈禧銮驾要从这里路过，便欲前来闹事，一是报仇，二是为今后寻条生路。山东人豪爽直率，这位头领更是如此，他就这样毫不隐讳地一一向林开武说了许多。

"寻条生路？用这样的办法？"林开武问。

头领："这也是没有办法的办法。"

沉吟有顷，林开武指指城墙上的官兵，问他："你们打得过吗？"

头领犹豫了一下，摇摇头。旋即又肯定地道："必要时，我们也敢以命相搏，拼死一战。"

林开武又考虑了一下，问："你们，愿接受招安吗？"

头领犹豫了一下，但仍不作明确表态。

见此，林开武开导他："接受招抚，一是可以免罪，二是可以有个出路……"

思忖片刻，头领道："能不能容我们商量一下。"

林开武点头应允。头领回到队伍中与众人商议。

过了一会儿，他过来对林开武道："大人，你说的招抚我们接受，只要不定罪，给饭吃。"

林开武："我这就去禀报皇上。"

头领："好。"

林开武策马回到城中，当即去向慈禧、光绪禀报了情况。

慈禧一听，大喜，当即夸他："会办事儿，有脑子。"

末了，慈禧下诏招安"响马"，老弱的每人给二两银子，让他们散伙回家，年轻力壮的，加以安抚，让他们充实到驻守龙门的驻军当中，为皇家效力。

　　林开武对这件事的处置，可谓一石四鸟：对于东返回京的慈禧和光绪，少了一次惊吓，多了一分安全；对于护驾的将士，少了一场流血的征战；对于龙门地方，少了一次战火的涂炭不说，还增加了驻军的力量；对于残破的捻军余部，多了一条出路。慈禧因此更加高看他处置危机的能力了。

　　河北赵州桥。

　　这座石桥，虽说不算太大，但提起来，几乎中国人个个都知道。它是中国迄今最古老的一座石拱桥。

　　流传于北方一带的民间戏曲中，就有一出叫《小放牛》的，它采用男女儿童一问一答的形式，记述了这座桥的历史，这座桥的修建者以及桥本身的传奇故事——

　　　　赵州桥来什么人修？

　　　　玉石栏杆什么人留？

　　　　什么人骑驴桥上走？

　　　　什么人推车压了一条沟来唉嗨哟？

　　　　赵州桥来鲁班修，

　　　　玉石栏杆圣人留，

　　　　张果老骑驴桥上走，

　　　　柴王爷推车压了一条沟来唉嗨哟？

　　据说，至今这座桥的桥面上还留有张果老倒骑毛驴留下的驴蹄印和柴王爷推车碾过的车辙痕迹。由于此桥名气大，此次慈禧返京，就指定要过这座桥，一是观赏，二是沾点它传说中的仙气，以便更长久地坐镇金銮殿。

　　一天日近中午，车马一行来到桥上。慈禧让停下车，并让打开车窗，以方便自己观赏石桥及四周景色。

　　慈禧正沉迷于遐思之际，突然，一声响屁在她身后响起，吓了她一跳，接着，一股屎臭味飘进了她的鼻孔……原来，是慈禧的一位贴身宫女，因拉肚子憋不住，才有此不雅、不敬的举动。

　　平时在慈禧这里，身边的人倘有此行为，经禀明之后，可以停车，下车后，让其他宫女在远处拉上锦围，以解燃眉之急。但此刻，在桥上，路面无空处，四周人又多，宫女无法禀明，更不可能有何举措，只好出此下策。

慈禧厉色盯住宫女，半天不吭气。宫女全身瑟瑟发抖，不知所措，直吓得把头埋到胸前，又羞又急。

少顷，慈禧下令："把这个贱人拉出车，丢入河中。"

御林军兵丁听令上前，拖下那宫女。桥下，是湍急深邃的河水。宫女被拉举着越过栏杆，"扑通"丢进了水中。这期间，传来她凄厉的尖叫声。桥很高，她落水时溅起的水花很大，声音也很响。众人惊愕，不知道这是怎么回事，但大家都很害怕。因为不明就里，都觉得天威难犯，这老佛爷又反复无常，难得侍候。

林开武目睹了这一切，他是知道事情的缘由的。但慈禧如此草菅人命，杀一个人就像踩死一只蚂蚁一样，还是不禁让他倒抽了一口冷气。"伴君如伴虎"，这句话，从此在他脑海中挥之不去。他心里想：看来，自己以后的一举一动都要格外小心，做什么事情都得考虑周全。

就在林开武思绪起伏的时候，忽然，河边的一棵大树上，传来两只斑鸠求偶的叫声"咕嘟嘟——嘟""咕嘟嘟——嘟"。

"林统领，你过来。"林开武正被此事分心时，却听到了慈禧传唤他的指令。

"嗻！"林开武快步跑到车前。

慈禧从车窗里对他道："刚才那两只斑鸠，你去替我打。今晚，我想吃清炖斑鸠。"

原来，慈禧曾听人说过："美食之中，味道最美的当数飞禽之肉，飞禽之肉中，味道最佳的是斑鸠肉。而这一路，她好久没吃过这个了。"

林开武只好听命："嗻！"但心里却想：这人怎么这样，才杀死一个人，旋即却又想要吃斑鸠肉，她是什么心性？

林开武从弓箭队中挑了一名神箭手，两人骑马冲斑鸠所在的大树奔去了。不料他们才到近前，"扑扑"两声，那两只斑鸠已惊飞而起。打不到斑鸠，慈禧那无法复命，他们只好策马急追。好在马快，斑鸠倒也始终飞不出他们的视野。但那天，斑鸠确实让他们追了好一阵子，直到近两个时辰后，在一棵杨树上，他们才射到了那两只斑鸠。

当林开武二人提着死斑鸠追上慈禧一行时，天都快黑了。不过，慈禧见他们打到了斑鸠，心里倒是挺满意，她吩咐李莲英："待会儿到了地方，马上让人烹制，要清炖的……"

完了，她又表扬林开武："你这人，的确忠厚可嘉。大事能降敌，小事能体念我的心情。回京后，少不了赏赐。"

1902年年初，慈禧的銮驾终于靠近了北京。人马过了西山"八大处"，就直奔海淀。"禀老佛爷，咱们走哪条道？"李莲英请示道。

慈禧垂着眼皮，看似不经意地问："百官们都在哪里候着？"

李莲英："正在颐和园排云殿。"

原来，这颐和园排云殿，是昔日慈禧寝居和过六十岁、七十岁大寿的地方，也是整个园区面积最大，陈设最豪华的地方。不过，此次国家遭难，听说里面的不少好玩意儿，都让八国联军掠走了。

稍许思忖之后，慈禧又吩咐："让他们候着，咱们从北宫门进去，先到后街去瞧瞧，瞧瞧被毁的情况。之后，再从后山上去，到香佛阁、众香界，看看朝阳阁还能不能修起来。然后再从山上下去，到排云殿去，一点一点看，不着急。"

李莲英"嗻"地应诺，他当然知道，老佛爷的意思，是要居高临下地降立百官之中，一是让他们感觉到一种威仪，二是让他们反省一下在此次劫难中自己该承担的责任……

队伍进北宫门时，慈禧下车，感叹唏嘘地前后顾盼了一番，这才弃车而行，朝后街走去。这后街，原是乾隆下江南后，回来让人模仿江南水乡修建的一条专供宫人体验社会上商业活动的街道。沿一条人工运河，两岸全是店铺，卖什么的都有，也可娱乐消遣。可是现在，已是面目全非。1900年8月15日，沙俄入侵者最早到达颐和园时，一把火把这里烧了个精光，还抢走了大批文物、古董、财宝……而后，其他七国的人马也相继来到，又大肆掳掠，随之遭殃的还有玉泉山的静明园，香山的静宜园以及海淀北边的畅春园、圆明园。见到遍地狼藉、满目疮痍的后街，慈禧紧锁眉头，一语不发，只是缓缓地一直朝前走。众人也不敢出声，只悄悄地紧随其后。到了被完全烧毁的后山喇嘛庙前，慈禧伫立良久，道了一句："造孽呀造孽，他们连活佛的居所也不放过……"

此时，慈禧感觉有些累了，想歇息。但看看四周，连个坐处都没有。见状，李莲英推了旁边一个小太监一把，低声对他道："还不去打个肉座？"

小太监知事，连忙跑到慈禧身边，俯身趴下并道："请老佛爷就座……"

慈禧倒也不推辞，当即坐在小太监身上。休息了半天才又起身，顺台阶走向万寿山顶的香佛阁、众香界。爬坡时，李莲英忙上前，搀扶住她。虽说有李莲英搀扶着，但走了十多步，慈禧还是气喘吁吁了。为此，李莲英急忙躬身下拜道："老佛爷，您伏在小李子背上，让我背您。"

慈禧："还是让小太监来背吧。"

李莲英："这哪儿成啊！您凤体龙胎，出点差错谁也担不起，再说，他们也不配……"

慈禧不说话了，伏在李莲英身上，让他背。

李莲英背着慈禧，几经艰难，终于登上山顶。

这里的景象也惨不忍睹，只见代表众香界精华的智慧海琉璃建筑物墙壁上嵌着的一排排琉璃小佛像，个个被打烂，脸部残破，或损或缺……而作为整座颐和园标志性建筑的朝阳阁，因为是木质结构，更是被烧得只剩下一个基座，里面的佛像也已垮塌。面对此情此景，慈禧的脸紧绷着，牙齿咬得咯咯作响。

李莲英宽慰她："他们连菩萨也不放过，他们会遭报应的……"

慈禧不吭声，只把脸抬起来，久久望着蓝天。守候在不远处的林开武等人，也感觉心情十分压抑，但大家都不敢出声。

林开武想：这场劫难的确深重，从上到下，无一幸免，看来，倾巢之下，确实很难再有完卵。

从万寿山下排云殿，顺台阶一会儿就到了。这里背靠万寿山，面临昆明湖，巍峨壮丽，金碧辉煌，或许，是因为联军首领要在这里栖息，它没有遭到破坏，只是里面陈设的宝物被掠走不少。此时，文武百官早已齐聚，在这里恭迎慈禧。他们的排列，仍按以往规矩，一品官跪拜在金水桥前，二品官跪拜在桥南，三品以下官员则跪拜在排云殿门外。眼下，排云殿门外设有簇簇仪仗，乐队奏的是《丹陛大乐》，大殿内外燃起檀香，一派庄严隆重氛围，让人感觉诚惶诚恐。

二十、护驾有功赐黄马褂 开武领命身兼双责

慈禧、光绪入座，众官员三呼万岁之后，欢迎仪式就算开始了。但是，今天的仪式不比往常，除了山呼万岁，臣子们竟然不知道该做什么了，因为在今天这种场合，无论是谈及两宫西逃又东返的磨难，还是说起北京和留在京城的诸臣屈辱，都不合时宜。所以，众臣尽管心中都感慨万千，却谁也不开口说话。

一片沉寂之后，慈禧发话了："众位爱卿，辛苦了。此番入园，不知各位有何感想？"

众人不知如何回答，也没有人愿抢先开口，一时之间，面面相觑，你推我让……

慈禧："见到朝阳阁被烧，后街被毁，园内处处遭践踏，你们，不会无动于衷吧？"

众人仍不愿开口。

慈禧："洋人，听说八国中的那个比利时，只有我们一个县大，而英伦三岛，也只有我们一个省大。为什么？他们竟能如此嚣张，如此胆大？将我们一个泱泱大国玩弄于股掌之中？"

众人越发地不敢吭声了。

慈禧审视群臣一番，又继续道："明天，我还要去圆明园看看，听说，那里烧得比这还惨……我想去问问原因：洋人们，你们为何下得了如此毒手，你们不是处处标榜文明、进步吗？难道，东方的文明，中国的文化，就不值一文，就可以被你们肆意破坏，随心践踏？另外，我也想弄明白，中国这么大，我大清养着这么多官，养着这么多兵，为什么关键时候都不起作用，都不敢站出来与洋人拼，是不是洋人都有三头六臂？"

众人听着，个个灰头土脸，无人敢吱一声。

见没有人答应，慈禧又自言自语道："我看也没有嘛，在山西地界，我的

侍卫中有个林开武，只是略施小计，照样把法兰西人、德意志人收拾得屁滚尿流嘛。我看，不是洋人有三头六臂，是我们大清的军队都没有了血性，都没有了我们从关外入关时的那种雄心壮志！"

慈禧说这番话的时候，林开武正在外围执勤。因此，他是没有亲耳听到这些话的，众臣之中那时也没有人知道林开武是谁。所以，尽管慈禧对他褒奖有加，也不曾有人转告他。

不多时，百官就都散去了，慈禧等人也在李莲英的引导下，到新收拾出来的地方歇息了，林开武却仍带人在颐和园内巡逻。当他们走到玉澜堂前时，有位兵丁告诉他，这就是戊戌变法失败后，慈禧软禁光绪的地方。还说原先光绪被软禁在城内中南海的瀛台，后来才转移到这里的，因慈禧自己长住这里。

望着玉澜堂前的一块匾石，林开武久久不作声，伫立沉思，他当时想起了李白的诗："锦城虽云乐，不如早还家。蜀道之难，难于上青天……"看来，这中国的事，尤其是皇帝身边的事，让人头疼，这官道，其实比蜀道还要难……要不，勤王之事已了，还是早早禀明慈禧，率领云南勤王军回家去吧。

第二天一早，林开武接到了护送慈禧一行去圆明园巡视的任务。这圆明园，若从康熙四十八年（1709）开始营建算起，至乾隆九年（1744）基本形成为止，前后经历了 35 年。其面积之大，景观之美，建筑之精，收藏宝物之多，为清廷各个园林之最。正因如此，自雍正至咸丰的 120 余年间，圆明园是清朝皇帝多数时间居住和工作的地方，除紫禁城外，它可以说是整个清廷最重要的象征。

这座巨大的皇家园林，集中了中国南北造园艺术和中西合璧建筑的精华，不啻为造林艺术的百科全书。被焚之前，也是世人仰慕和敬畏的一个地方。在太阳完全升起来之前，圆明园笼罩在一片白雾之中。这时，慈禧一行的銮驾到了圆明园宫廷区的大宫门。但眼前的景况，却让整个队伍不得不止步了。

原来，宫区内原来的正大光明殿，以及东侧的勤政亲贤殿和分布于大宫门东西侧的各部衙门和附居建筑，全部荡然无存，只剩下一些断垣残壁以及堆堆废墟，而路上，也是破砖残瓦遍地，坑坑洼洼，坎坷不平。慈禧只好下车，久视不语，看得出来此刻她的心情十分压抑，愤怒有可能随时爆发。但最终，她没有爆发。有顷，她吩咐李莲英："起驾，回去。我看不下去，这里让人心酸……"

銮驾返程了。骑着马走在一侧的林开武，边走边看园中的种种惨象，一股正气在胸中汹涌升腾，他在心中暗忖：洋人如此无人性，今后中国人与洋人的斗争，定然会长期持续下去。作为一个中国人，在这样的国恨面前，不可能隔岸观火，更不能事不关己。看来自己护驾到京就辞官回家的想法，是有些要不得了。

从圆明园回到住处，一个林开武就变成了两个林开武，一个说服他尽早回家，另一个却在竭力说服他留下。可是，还不待两个林开武达成共识，当天晚间，慈禧就在她的寝宫召见了他。

慈禧问他："今天在圆明园，那番景致，你都看到了？"

林开武点点头道："回老佛爷，卑职都看到了。"

慈禧："你恨不恨洋人？"

林开武："恨！"

慈禧："洋人为什么打败我们，除了我们大清的军队软弱涣散以外，他们有些东西也确实比我们中国好，比如洋枪洋炮，还有军舰快船，东洋人明治维新后，学习西方，也赶上去了……前些年皇上他们要搞变法，学习西方，本来我也赞成。但他们的行为过激了，惹恼了许多人，我这才让他们停止……这次八国入侵，给了我们教训，有些东西固守不行，不学习西方也不行。所以，我今儿个召你来，就是问你愿不愿意出国，去向西方的番人学习，把真本领学回来，将来好对付他们……"

林开武想了想后回答："老佛爷，卑职有些想法，如实说来又怕老佛爷不高兴。"

慈禧："你说说看。"

林开武："卑职本是一介村夫，此番勤王护驾已毕，卑职想回归田野，耕于篱下，养妻抚儿，悠然一生。"

慈禧："好一个悠然一生，你就只看到你头上那一块天，你面前那一亩三分地了？没有志气，不准！"

林开武："老佛爷……"

慈禧："敢情我与你说了那么多，你是一句话也没有听进去？告诉你，我要派出去考察的人，不是国家重臣，也是将来要有大用的人，多少人想出去还不能出去呢。我是看你天分高，又忠厚可嘉，才想让你出去开开眼界，将来报效国家，报答皇恩。哼！"

都说伴君如伴虎，林开武知道，那老太后可是说翻脸就翻脸的主，再加上慈禧召见之前，他自己也是思考过这事的，于是便急中生智，马上表态道："感谢太后隆恩，先前是开武愚钝，以后定当结草衔环，听从太后差遣，效尽犬马之力。"

慈禧这才转怒为喜道："此番刚回北京，你是出了大力的。眼下到了京城了，你也好好歇些时日。出国的事，你也不必着急，我就是因为信任你才先知会一声的，这事待日后安排妥当，我们再详细说。"

林开武："嗻。"

这些日子，慈禧经过此番磨难，目睹了洋人给北京，给自己，给全体中国人带来的耻辱和灾难，自主不自主地，她也有好些夜晚睡不着，多少进行了些反思。经过认真反思，她认定：西方列强的兴起强大，一是得力于近代的民主制度，二是得力于科学技术，是科学技术推动了他们的工业发展，工业的发展又带来了他们军事上的进步。而中国，也可以改变，且不能不变……

她最后决定：中国可以效仿日本的明治维新运动，搞改革维新，走君主立宪之路，保留皇帝制，废除私塾科举制度，建立平民学校、高等学府，让人才有机会涌现，为国效力。另外军事上也要改革，走新式建军的道路，引进西方先进的武器和练兵方法，把大清军队改造成新军。

有了以上想法，她把光绪和各位军机大臣找来，向他们下达了懿旨："为改变大清国之现有落后方面，思此次八国兵马入侵之虞，使大清重振昔日雄风，走上富国强兵之路，兹命尔等研究派人出国考察事宜，专攻工业、商业、科学、教育、军事等，归来之后，件件立项报告，以供日后制定国策时参考，钦此！"

太后下了懿旨，各部不得不马上行动。于是，一个大规模的出国考察和学习计划，便在各部酝酿、执行。很快，各部门就上报了自己的计划，中国大批童生留学美国，便是其中的项目之一。

而林开武那晚被慈禧召去谈话，她还另有打算，她就是想在这当中塞点自己的私货，即在派出去考察的人员中，安上自己的心腹，让他既参与考察，也对其他考察人员实施监督。为了让林开武一旦出去考察也有足够的分量，更为让林开武死心塌地地为她所用，第二天上朝，慈禧于是出人意料地宣布："由于林开武此番勤王护驾有功，特正式册封他为御前二品带刀侍卫，并赏反穿黄马褂，但凡他在宫内行走，各色人等不得阻拦。"

按照清廷的制度，黄马褂是侍卫大臣、护军统领的制服之一。文武臣僚中，只有为王朝建立过特殊功勋，作出过重大贡献的人，才享有钦赐黄马褂的荣誉。而"钦封"或"御赐"反穿黄马褂的人，遇到紧急情况要亲见太后或皇上，则可以反穿着黄马褂径直入宫，侍卫们不得阻挡，宫监们要叩拜并直接把此人引到太后或皇上面前奏事，是一种极少数人才有的特权。林开武得到的黄马褂，黄缎为面，纽扣并非扣襻，而是铸有金龙图案的空心小圆扣。里面的貂毛呈黄灰色，领的那部分则一线雪白。据内务府的太监告诉他，这件黄马褂的名字是"天写生凤"，反穿上它时，雪片离身三尺就会融化。有了这件宝贝，就意味着林开武已成为老佛爷真正的亲信。连一品大员平时都轻易见不到的慈禧，他现在都可以随时觐见了。这样的恩宠，不仅在场的众臣感到意外，就连林开武自己也感到意外，他激动不已地三叩到地，连呼谢恩！

慈禧满意地冲他笑笑，又道："放你三日假，去琉璃厂逛逛，找点有用的资料，给我写一篇《强国论》，让我再看看你的文笔。"

林开武欣悦地说："嗻！"

第二天，林开武换上便衣，去了前门外大栅栏两侧的琉璃厂。这琉璃厂，本是老北京城的一条文化街，街上店铺林立，商贾如云，经营的大多是文物古董、文房四宝、名人字画、古旧书籍，也有当时四大书店，以及各类报刊所开的专卖店，堪称当时的中国文化荟萃之地。林开武来到这里，如同到了一片文化的海洋。东挑西拣，他买了一大堆书刊字画回到住处。

两天后，他把受命写成的《强国论》呈送到了慈禧手中。他在此文中写道："中华大古国，泱泱五千年。殷商甲骨文，人类最早成。西周青铜器，当时最先进。西汉灞桥纸，文明传四方。毕昇用活字，印刷开先例。先人指北车，导引陌路人。火药源喜庆，后被笼战云。郑和下西洋，早于诸列强。诸子百家说，西人望尘莫及。孔孟传家训，华夏古风遗。与世无争好，可惜太平和。洋人鉴于斯，兴兵侵吾国。国破山河损，城毁民罹难。乾坤本浩荡，处处遭涂炭。如此国之殇，人人心难安。只有觅良策，家国才有望……近代兴民主，人人有期盼。国能集众智，定能得富强。科学能普及，大众更富裕。工业革命起，促进生产率。地能尽其力，物能尽其用。货能尽其流，人能尽其才。商行达天下，学校办四方。军队改旧制，操典现代化。官场革旧习，衙门达民化。对外讲和平，实力作后盾。联合我友邦，对抗诸列强。国富民强时，再现盛世图。"

慈禧看完，笑笑道："有些有理，有些模糊，还有的粗俗简陋，文笔也欠雅。"

林开武惶然地道："在下不才，让老佛爷见笑了。"

慈禧："也难得你有这点童心。但要谋划国家大事，看来你还得好好学习，日后才会有进展。"

林开武："嘛！"

慈禧："出国学习、考察之事，你还是要做准备。此番，你就去东边的日本。"

林开武："嘛！"

慈禧想了想，终于把自己心中的真实想法说了出来："其实，我让你此番去东洋，还有一项职责就是替我盯着那班改良派，不要让他们太出格。你明白我的用意吗？"

林开武只好又"嘛"了一声。至此，他才明白了慈禧重用自己的深层用意。

二十一、林开武巡夜遇尴尬 李莲英暗地设陷阱

人在外，最难忍受的是孤独与寂寞。这些天，由于跟自己来京勤王的云南藤甲兵已经奉旨返回云南，只有崔志贤、苏善堂两人留在身边，林开武更觉形单影只、寂寞难忍。

他知道，皇上身边，是容不得外地的武装力量长期驻扎的。他也知道，老佛爷最信任的还是满人，还是八旗弟子。为此，在云南勤王军返滇时，他只要求留下崔志贤和苏善堂，一是让他们协助自己料理一些事务，二是让他们也陪伴陪伴自己。

崔志贤、苏善堂二人自跟随林开武勤王以来，做事勤勉，多有建树。所以，每一次林开武得到封赏，他们也都得到升迁，到此时，也已经是清军品序中的中级军官了。

　　这次勤王军回滇时，林开武又特别奏明太后把他们留下，他俩心里自然十分受用。此时虽然无兵可带，赋闲在林开武左右，他们也不以为意，依然每天该吃吃、该喝喝、该逛逛、该睡睡，整天乐呵呵的。他们心里都想：跟着三哥林开武，错不了，吃不了亏。故此，每天打点完林开武那点不多的杂事，他们就相约着去逛北京城，不长时间下来，这两个人倒把偌大的北京逛了个遍，哪是哪都是门儿清，倒仿佛他们已经是在此定居多年的老北京了。

　　林开武没事的时候，也会和这两个兄弟四处逛逛。但去玩时高兴，可到了晚间，当崔志贤和苏善堂倒头睡去以后，林开武却在床上长吁短叹。晚上睡不着时，林开武想得最多的，是香坪山，是李氏，是他们的两个孩子……香坪山的郁郁杉木，葱绿的八角树，洁白的木兰花，林间的草果，涧边清澈的溪流，水田里茁壮的秧苗，菜地里的白菜、青椒、萝卜、大葱，三七园里的三七……所有这些，都是他脑海中时常浮现的景象。

　　林开武不时也会想念远在昆明的陈荣昌。这位性格坦荡的文人，这位知己、异姓兄弟，自己的举荐人、引路人。他此刻在干什么，会不会也在想念自己……的确，林开武的一生，倘无陈荣昌，他走不出云南，更走不到这一步。没有他，或许自己还在开化的牢狱里蹲监……

　　由于思乡之情滋生得厉害，林开武一改近段时间半赋闲的心态，自己主动去找事做，他每天早出晚归，用各种事务来消耗自己的体力和精力，不让情感方面的东西蔓延。

　　这天，天蒙蒙亮，他就到了宫中，开始履行职责：巡视各宫门及一些人迹稀少的犄角旮旯。在一间平时很少有人去的屋前，他却听到了一阵呻吟。

　　是女人的声音，娇媚而且淫荡，苦楚却又渴望……他觉得奇怪，也有些控制不住自己，便凑近门边细听。女人的呻吟越发激烈，仿佛痛苦也在增大。他忍不住，又凑到门缝朝里望去。

　　循着越发张狂、越发肆无忌惮的声音，但见一张榻上，一个小太监正和一位宫女赤身裸体地折腾……

　　林开武看得血脉偾张，几乎不能动弹。忽然，他看见一个身影朝小太监和宫女靠近，并用手抚摩他们。

　　是李莲英。此时，他一脸亢奋、手脚发抖，嘴里喃喃道："好！精彩！好看……接着来，别停下……"

原来，由于自己也是太监，行不了房，李莲英在这方面的渴求和希望，只能不时通过这种方式来宣泄。好在他掌管着内宫的大权，看中谁谁就得来为他上演这样的戏码。

林开武实在看不下去了，李莲英的变态让他愤怒，而那宫女的渴望又让他控制不住自己。他跌跌撞撞地，离开了那间房子。

里面的人听到了动静，李莲英出来了。从背影上，他认出了离去的是林开武。

这人，本不该他当值的，他来干什么？会不会已经让他都看到了？李莲英暗忖着，思索着。不行，不管他看没看到，还是先下手为强。于是，他想出一个控制林开武的主意。

回到自己住处，林开武心烦意乱。毕竟他正当盛年，又离家数年了。这几年来，整天忙于护驾、执勤，在兵营里也整天只是和一帮男人打交道。所以，男女之事要么是来不及去想，要么就根本想不起来。但是，今天这意外碰到的一幕，却点燃了他身上的烈火，那宫女的身子、叫声，就仿佛如影相随，老是挥之不去，弄得他坐也不是站也不是。最后，他只好去洗了冷水脸，又顺手用冷水把自己全身淋了个透湿，才勉强把自己弄得清醒些、冷静些。

就在林开武独自在房里苦熬了一天，情绪渐渐趋于平静时，一位老太监却在天黑时分敲开了他的房门，神秘地冲他道："林大人，大总管吩咐我，今儿晚上陪您去一个地方放松放松，消遣消遣。"

"去哪儿，放松什么，消遣什么？"林开武明知故问。

老太监说："去了就知道了，大总管还说，一切费用由宫中支付，不用大人您自个儿掏腰包。"

林开武想拒绝，却又有些向往，便道："宫中支付开销？"

"这还有假，大总管亲口说的。"那老太监肯定地道。

既怀着几分好奇想探个究竟的心理，又有些把持不住自己的林开武，还是跟着那老太监出了兵营，钻进了北京的胡同。

北京的胡同很有名。但当年北京最有名的，是八大胡同。

北京的妓女分官妓和民妓。八大胡同便是官妓云集的地方。这里的云喜班、同乐班、长春班等，美女如云，佳丽无数。

然而，妓女们虽然衣着光鲜，身材曼妙。但她们的身子却不干净，即便是官妓，很多人染上了花柳病、梅毒……

老太监带林开武来的，正是这里的同乐班。那同乐班的院子很大，也很雅致，不仅广种着梅、兰、竹、菊，还有紫藤和石榴树。每间屋檐下，还挂着大红灯笼。

屋里的陈设也奢华讲究，椅子是太师椅，桌子是八仙桌，上面铺的是锦缎，多宝格上还摆满瓷器古玩。招呼客人茶水用的是清一色的景德镇青花瓷。不仅有香茶，还有四时果鲜、瓜子等。

初到这里，林开武有些不自在，不知道该如何摆布自己。老太监冲他笑笑，悄声道："林大人，这里舒服得很，一切都是一等一流的，您就好好享受吧。嘻嘻，大人您在屋内喝茶候着，奴才这就出去安排。"

那太监说完，就出去安排去了。林开武心里很乱，他想跟着也出去，却迈不动自己的腿，想在这里等着吧，心里又有些害怕。就在这样的坐立不安中，他在心里抗拒着，也在心里企盼着，内心挣扎得痛苦不堪。当然了，他此时也在琢磨：李莲英让人带自己到这种地方，是什么意思？是巴结讨好，还是设好的圈套？他今早的事情，是怕自己泄露，还是想把自己也拉下水？

此时，老太监已在另外一间房里找到了老鸨母，跟她商谈。老太监是这里的常客了，跟鸨母很熟，一边跟她说话，还一边用手指在她脸上胸前捏来摸去地调情。

鸨母："老实点，免得有人看见。"

老太监："怕什么，这种地方，谁还没见过这个……"说着，又去抱鸨母。

鸨母推开他："说真格的，今儿个这位客人，什么背景？"

老太监笑笑："这个，可是宫里李大总管亲自请来的客人。"

鸨母："李莲英的客人？"

老太监："嗯哪。你我都惹不起。"

鸨母："那，要怎么招呼？"

老太监奸笑了一下："这，李总管倒有些特别交代。"

鸨母："怎么个特别交代？"

老太监把嘴凑到鸨母耳边，轻声道："去找个带病但长得漂亮的姑娘，让他伺候这位……"

鸨母惊讶道："带病的？"

119

老太监没有吭声，很神秘地笑笑。

鸨母："你们，也太缺德了吧？"

老太监："这不关我的事，我只管照李大总管吩咐的办。"

鸨母想想，道："这种人，现成的倒有一个，只怕，她不肯在这种时候接客。"

老太监："跟她商量，多给钱。再说，眼下她治病，不也等着钱用吗？"

鸨母点点头："那好，我去说说看。"

鸨母自顾自去了，老太监也回到林开武房间。

林开武问他："你去哪里啦？"

老太监："我去给您物色一位最绝色的姑娘。"

林开武："我可不要啊！"

老太监："大人先别把话说绝，见了人再说嘛。"

林开武嘴里这样说着，身子却没有动。还是犹豫不决地坐在那喝茶，嗑瓜子。

就在他犹豫间，鸨母领着一位姑娘进来了。那鸨母一进屋，就冲着林开武道："大人，这姑娘叫翠苹，可是我们同乐班的头牌呢。有她侍候，我包您舒服到骨头里面去。"

林开武有些慌乱，却不置可否，眼睛倒不听话地打量起那翠苹来。只见她面皮粉嫩，身条婀娜，胸凸臀实，步履轻盈；一身翠绿绸缎裤褂，脚下还穿了双满人绣花木屐；脸上一脸的喜情悦色，眼中流露出千种期盼……不折不扣是一朵惹人心猿意马的解语花，活脱脱是深闺招花引蝶的风流女。

见林开武兀自看得出神，那鸨母冲着老太监眨了眨眼睛，二人竟悄无声息地掩门出去了。

那翠苹见他二人出去了，便把自己一个儿送到林开武面前，顺势在他的双腿上坐下，娇声娇气地道："大人，您这是怎么了，魂不守舍的，莫非您到了这逍遥窑，心里还记挂着家里的美娇娘呀？"

林开武沉默着，但那女人身上的浓烈香味却熏得他脑子"嗡"地一片空白。

"大人呀！都说一千个女人就有一千种味道，一万个女人就有一万种风情。都到这里了，您就不想尝尝我身上不同寻常的滋味？再说了，大人您出门在外，又何必那么苦了自己呢……"那翠苹一边说着话，一边就动手来解林开武的纽扣……

渐渐地，林开武的呼吸急促起来，他感觉到自己全身的热血都在往头上涌，浑身炽热难耐。他正欲上前抱住那香软的女人……"嘭"的一声，门被撞开了，崔志贤闯了进来。

"三哥，你咋个到这种地方来？你想干什么？"崔志贤喝道。

林开武不知如何回答。崔志贤一把拉住他就往外走，边走边数落道："色迷心窍，稀里糊涂！你不想想，这是什么地方？"

林开武辩解说："不是我要来的，是李莲英安排的。"

崔志贤："李莲英是什么人？他安排的你就更不能来了，真是糊涂！他能安好心吗？"

他俩就这样拉拉扯扯走出同乐班，就在他们要出院门的时候，也不知那老太监和鸨母又从什么地方钻出来了，那老太监着急地冲着林开武的背影道："林大人你别走呀！这个地方连皇上也不时来的。不丢人。"

老鸨："就是，一般人想来我们这还来不起呢！我们做的可是朝中的生意。哎！林大人你别走呀！"

林开武面带愧色，一声不吭地跟着崔志贤走出院门。崔志贤听到那老太监和老鸨还在那心有不甘地瞎嚷嚷，就转身作势道："你们不要害人，这样的美意我们可领受不起！"

他们二人才走出大门，就看见苏善堂也着急地等在那里。

面对自己的两个好兄弟，林开武更是有口难言，羞愧难当，他讷讷道："善堂，你怎么也在这里？"

苏善堂："三哥，我俩是一起来的。说好了由志贤进去搅局，我在外面接应，万一有什么事，也好有个照应，不至于全都陷进去，进退不得。"

崔志贤："就是呀！三哥，这样的地方，我们也不知道水深水浅，情急之下，也只有用这样的办法把你先捞出来再说，都是自家兄弟，你也别难为情了。"

林开武："我……唉……"

二十二、李莲英受贿使计谋 慈禧宠开武未如愿

原来，当晚崔志贤和苏善堂从外面逛街回来，到住处一看，哪里都不见林开武的影子，感到事情蹊跷，便着急忙慌地去找没当值的兵丁询问。

一个兵丁告诉他们：林大人被李莲英身边的一位老太监领走了。

崔志贤："知不知道他们去哪儿了？"

那兵丁颇有几分神秘又意味深长地说："不知道。不过你们可以去问问宫门口的小太监。"

崔志贤和苏善堂赶去问小太监。那小太监颇为正直，又刚刚为一点小事被李莲英打过，便照直说道："那老家伙坏得很，专门帮李总管害人，他领林大人出去，准没好事，说不定，和往常一样，这次也去八大胡同了。"

崔志贤和苏善堂最近没事就逛北京城，都听说过八大胡同，知道那是一个销金窟，也是一个大陷阱，是一个害人的地方。

于是，他们来不及多想，紧跟着就追来了。

几经打听，他俩终于知道林开武和那老太监进了著名的同乐班。当时，他们曾想到过这么闯进去搅局会让林开武难堪，但是又没有什么好办法把他给叫出来。思来想去，最后还是由崔志贤硬闯进去，这才有了刚才的一幕。

崔志贤和苏善堂把林开武领回住处，又去外面弄来一些小菜，买了只北京烤鸭，开了坛竹叶青。那一夜，他们陪他喝到天亮。

但林开武很少喝酒，也很少吃菜。他心神不定，郁闷异常。

第二天，林开武仍到宫中应卯，照常值班。不一会儿，李莲英就派人来传话，让林开武到他那儿去。

李莲英是大内总管，慈禧跟前第一红人，他的话，谁敢不听。林开武虽然心中一肚子气，但还是去了。

在李莲英那，李莲英问他："昨个儿，你没尽兴，是吗？"

林开武没回答，他也不知道该如何回答。

李莲英："单身一人，离家在外，偶尔行乐一下，有什么大惊小怪的。林大人，你我都不是苦行僧，也不是修行之人，得欢且欢，得乐且乐，连老佛爷也不会怪罪……这事儿，以后还有机会，我会再关照你。现在，我有件事与你商量。"

原来，李莲英想用嫖娼染病这件事做把柄，抓住林开武短处，使他就范服管的办法失败后，他又想出了另外一招。

此时的林开武，心中已经多了几分警惕，但仍不露声色地道："大总管但请吩咐，在下无不遵从。"

李莲英："北京的九道城门提督，你知道是谁吗？"

林开武："知道，九门提督奕譞。"

李莲英："对，就是他。"

林开武迅速在脑海里思索：北京城东西南北共有九道主要的城门，分别是东边朝阳门、东直门；西边西直门、阜成门；南边崇文门、宣武门、正阳门；北边安定门、德胜门。这九道门，既是北京城的屏障，也是京畿通往各地的要冲，因此，守护它的责任十分重大。担任这一重任的大臣是奕譞亲王。他是光绪帝的叔叔，也是先朝的重臣。但是，李莲英怎么会提起这档子事呢，九门提督奕譞可与自己素来没有瓜葛。于是，便有些狐疑地问："大总管为何问在下此事？"

李莲英往鼻孔里塞了点鼻烟，很响亮地打了一个喷嚏之后，才缓缓道："他那里，缺个助手，您愿不愿意去协助他。当然，日后若是有功，上边也会提拔。"

"这……"林开武迟疑着，一时无法回答。

原来，为了支走林开武，除掉心头之患，李莲英亲自去找奕譞商量，想把林开武调离紫禁城。

良久，林开武又道："这事，还得请老佛爷的懿旨。"

"是呀！此事关系重大，得是老佛爷的懿旨才行。"见林开武说得滴水不漏，李莲英对此只好点头称是。

不料，此番李莲英去找慈禧请旨，却碰到了颗软钉子。

那天，李莲英先在自己肚里打好了腹稿，蛮有把握地去慈禧那请旨。他去时，慈禧正由几个宫女服侍着心情很好地喝莲子羹。李莲英一看来得正是时候，便上前禀报："老佛爷，奴才有一事面奏。"

慈禧："小李子，有事你就说，今儿个我心情好，有什么事你都尽管说，只要不超边的我都准。"

李莲英："老佛爷，那奴才可斗胆说了？"

慈禧："你说吧。刚才我说了，今儿个我心情好，你要说什么尽管说。"

李莲英："就是那林开武，銮驾回宫以后也就没有多少事了，虽然他自己每天都会主动来宫中当值，但他那两个兄弟没事了倒天天去逛街。长此下去也不是事，所以奴才想、奴才想让他去九门提督那做个副手，也好把他那两个兄弟带过去，多少做点正事。"

慈禧："小李子，你莫不是那些龌龊事做多了，心里不踏实，想把林开武支开，好让自己的背后少一双监视的眼睛吧？"

李莲英："老佛爷英明，奴才可是没有半点私心的。调林开武去九门提督府，完全是为了加强北京城的防卫，说到底还是为了大内的安全。"

慈禧："算了吧，我还不知道你小李子。你做的那些事，我都心知肚明，念你向来懂事乖巧，我睁只眼闭只眼也就是了，你别去为难忠勇耿直的林开武，我身边也不能只有你这样的人。你虽然会讨我的欢心，但真有事时，靠的还是林开武那样有真本事的人。这个你比我清楚。"

李莲英何等聪明，慈禧已经把话说到了这个份上，他哪里还会不知趣，要在平时，他早就顺坡下驴了。可是今天，他却仍然心有不甘，要知道，慈禧越是这样信任林开武，他的心里就越发不踏实。所以，他犹豫了一阵之后，还是继续进言："可是，林开武即便去了九门提督府，离紫禁城也没有几步路，和在宫内行走没有什么两样，老佛爷您需要时，奴才保证他随叫随到。"

"哼！好一个随叫随到，这里里外外都是你一个人说了算了？说到头来，你还是一己私心。不行！林开武日后的去处，我已经有安排。不日，我将要他随考察团东渡日本，去扶桑国考察那里的军事、教育及民生等，当九门提督副手的事，你休要再提！"说这话时，慈禧的口气很坚决。

听到慈禧这样的口气，李莲英连忙跪到地上，连连自己掌嘴，并道："奴才该死、奴才该死，是奴才多嘴了。"

慈禧："好了。没事了就下去吧，以后，我可不会这么惯着你了。"

慈禧说罢，不再理李莲英，自己又端起莲子羹喝了起来。李莲英眼珠一转，虽说此番进言没有达到目的，但从老佛爷这里到底还是知道了林开武下一步的去向，如果林开武去了日本，还是暂时离开了紫禁城，这也不失为一桩好事。于是便知趣地从地上爬了起来，边谢罪边告辞，离开了内宫。

第二天，李莲英又把林开武叫去，说了如下一番话。

李莲英："林大人的前程，老佛爷自有安排，可喜可贺。"

林开武："谢老佛爷恩宠，也谢总管大人关照。"

李莲英："你我情同手足，林大人又得太后恩宠，肯定前程无量，还望日后多多提携。"

林开武："哪里、哪里。总管大人位高权重，还望多多关照卑职才是。"

李莲英："同在老佛爷手下当差，你我当同舟共济，同气连枝。"

林开武："总管大人教诲，开武铭记心间。"

由于赴日本考察的事临近，征得慈禧的同意，林开武辞去了内务府御前侍卫统领的差事，在家做些准备，也处理一些外出前的事务。

闲暇时，他也爱去北京城内逛逛。北京城他最爱去的两个地方，一个是琉璃厂，一个是天桥。

琉璃厂是文化街，前面已介绍过。去那里，他是去看书买书，同时搜罗些名人字画。说起来，林开武从小就喜欢书画，但乡间僻壤，见到的多半是些水平不高的东西。自从跟陈荣昌结识，特别是见到这位书画高手的书画作品，又听他讲了一些学习书画、创作书画的要领及如何提高书画的鉴赏水平及技法以后，林开武一直用心研习，提高很快，在对书画的认识和鉴赏上达到一个新的层次。见到琉璃厂那些高水平的书画，特别是一些大师级的作品，他决定做些收藏，一是供自己观赏，二是将来回云南时，也可送些给陈荣昌。就这样，琉璃厂就成了林开武经常光顾的去处，只是不长的一段时间，他就在这相继收得唐伯虎的《十美图》，吴道子的《观音阁》，赵子昂的《五马太守图》《梅鹿图》，林鹤清的《孤山放鹤图》以及后人临摹的王羲之《兰亭序》和苏东坡八尺手卷等。应该说，其中很多是赝品，但临摹得逼真，临摹得较早的作品，仍有一定的价值。为此，林开武乐此不疲，经常来这里淘宝或消遣。

天桥，是北京城当时最有名的一个地方。这里龙蛇杂居，鱼目混珠，什么样的人和事都有。各种买卖人在这里练摊，吆喝做买卖。各种手艺人在这展现手艺，或为衣食，或为显露本事。各种民间杂耍在这里表演，有武术、有杂技，也有器乐……这里的相声、京韵大鼓、天津快板和即兴莲花落等，都十分有名，观众也多，有的人在此一听就是一天。但天桥的环境，也确实不怎么样。旁边一条龙须沟，腥臭冲天，因为半个北京城的污水、臭水几乎都流淌到这里了。这里地势低洼，地面坎坷不平，加之四周全是简易难民房、贫民窟，人口不仅拥挤，还多为外地流落来北京淘衣食的难民、灾民。因此，这里也是北京城繁华富足的另一面，即贫穷落后的真实写照。

这天，林开武和崔志贤、苏善堂先到琉璃厂逛了一上午，买得一幅金农的《红竹图》，又去前门外大街吃了顿西安人卖的羊肉泡馍，看看时间还早，便又到不远处的天桥去逛逛。

谁知此时风云突变，骤时云浓风紧，看样子一场暴雨马上要来。"怎么样，三哥，要下大雨了，还去不去？"崔志贤、苏善堂都问他。

"既然已到这里，还是去，下雨，找个地方躲躲就是了。"林开武不以为意，仍决定前往。

就在他们刚到天桥时，一场大得吓人的暴雨来了。但见大风夹杂着蚕豆大的雨点，先是断断续续，继而如瓢泼，如倾盆，下得让人心惊胆战，无法躲避。林开武和崔志贤、苏善堂找了一户人家躲雨，但这家的房顶很快开始漏雨，淅淅沥沥，屋里也下起了小雨。雨越下越大，水越积越深……突然，龙须沟方向传来喊声："不得了，淹大水了！"

既而，有人喊快逃，有人喊救命，有人惨呼："完了！完了！"

林开武三人对视了一下，没有说什么，把手上的东西寄在房主人那，一齐向龙须沟方向跑去。此时的龙须沟一带，景象惨不忍睹。大水已经淹没了好多建在低洼处的棚户，并且还在上涨、漫延。居住在棚户区里的居民，或哭喊着打捞水中漂流的东西，或纷纷找高点的地方躲避。洪水越来越大，积水越来越深。龙须沟里的污泥垢水全都泛滥上来了，四周一片腥臭。

有人在水中挣扎，想脱离危险。有人跌倒在水中，拼命地喊救命。一个女人在水中举着她的孩子，往高处走，突然，她跌倒了，孩子落入水中。林开武和崔志贤、苏善堂赶到这里，正好见到这一幕。于是，三人急忙上前去，蹚水过去救那对母子。此刻，水已淹到他们腰际，但终于，他们还是把这两人都救上来了。他们跑到高处，刚把救起来的人放下，林开武又见有人落水。他顾不得许多，又下水去救人。但等他靠近那人时，一个巨浪打来，那人已被卷进漩涡，接着被无情地冲走了。林开武真真切切地看到，那是一个怀有身孕的孕妇。继而，不远处又漂来了两个孩子的尸体……

傍晚，雨停了。但龙须沟一带，已成一片泽国，最深的地方，大水早已没过大多数棚户的房顶。他们想再去施救，已然于事无补。往回走时，崔志贤感慨地说："想不到，堂堂北京城，也会有这种地方，也会随便下雨就淹死人。"

林开武："天灾人祸，哪里都有。皇城脚下，照样有穷人和悲伤，照样会有皇恩泽被不到的地方。唉！中国这么大，需要做的事太多了，国家不富强，百姓就遭殃啊！"

苏善堂："都说皇恩浩荡，朝廷会不会接济这些灾民？"

林开武："谁知道。这天下，本来就有很多事情不公平、不合理。这富人富，穷人穷，富人享福福不尽，穷人受罪罪相连。"

崔志贤："日后有机会，是该为百姓多做点事。"

林开武："长风破浪会有时，直挂云帆济沧海。"

第三部
救国难赴日考察 受启蒙倾向革命

二十三、强权欺凌侮辱国人 志贤憋气暴打洋人

第二天一早，林开武还想睡个懒觉，因为昨天实在是太累了，但苏善堂闯进来，催促他道："三哥，快起来！有事。"

"什么事？"林开武问。

苏善堂："内务府来人，叫我们去参加洋人的两个仪式：一是前门改哈达门仪式；二是去参加公理战胜碑揭碑仪式。"

听说是这两件事，林开武重新躺到床上，说了声："不去。"

原来，这两件事，都是洋人强加给中国人的耻辱。前门改称哈达门是为了纪念在八国联军占领北京时首先攻进永定门，继而占领前门，又推进到紫禁城的德军统帅海互德·哈达。而公理战胜碑，则是在皇室原先祭祀四方五色神土的祭坛外，所立的一座石牌坊。上有横批"公理战胜"，意即此番八国联军入侵北京不但有理，而且还战胜了中国，真是强盗逻辑。为此，林开武当然不想去参加所谓的仪式。

这时，崔志贤也跟着进门来了，他见林开武又躺回床上，一副爱理不理的样子，知道他心中有气，就不再多话。

但苏善堂还是劝他："还是去吧，内务府点了名，听说还要点卯。再说，内务府可是点名要让咱们去帮着维持秩序的。我们要是不去，日后他们怪罪下来，还不好说。"

没奈何，林开武只好起身和他俩去了。

他们赶到时，在昔日前门的广场上，已聚集了不少官员、市民和一些耀武扬威的外国人，最显眼的，是一队衣着鲜丽、刀枪闪闪发亮的德国仪仗兵。

九时整，德国人宣布：前门正式改名为哈达门，接着还放了十九响礼炮，那些仪仗兵也持枪向天齐射。围观者感叹唏嘘，深感德国人太无理，又叹息大清国国运不昌，国力衰竭。见状，林开武对崔志贤、苏善堂道："天下兴亡，匹夫有责啊！我们肩上都有担子，是得认真考虑为这个积贫积弱的国家做点什么了。"

"是啊、是啊！"崔志贤和苏善堂都赞同地点点头。

在公理战胜碑前，很多人在议论：

"这是强加给中国人的耻辱。"

"强盗抢劫之后还标榜自己是好人。"

"这是既要当婊子，又要立牌坊！"

…… ……

站在不远处，林开武与崔志贤、苏善堂三人也在交谈。

林开武："把羞辱中国人的牌坊立在中国的京师重地，就像有人打了你的脸一巴掌，还要强迫你用红色的鲜血，把他的指印涂出来供人观看，洋人也太过无理了！"

苏善堂："这等于强奸了你老母，还理直气壮地告诉你这是我干的，你能怎么样！"

林开武："有朝一日，我们要把这牌坊推倒。"

崔志贤："唉！中国一日不富强，就会有这样的日子。"

这时，一个高鼻子洋记者拎着一架照相机，东照西照，最后把镜头对准公理战胜碑坊，想照一个全景。

突然，一个身着布衣马褂的中年人冲出人群，走到洋记者身边，一把抓过他的照相机，朝地上扔去，骂道："照、照、照你妈！侮辱咱大清，做了强盗你们还敢标榜公理。"洋人记者捡起相机，见镜头已摔坏，便揪住中年人，一边打一边要他赔。中年人不甘示弱，与他厮打在一起。众人见此，纷纷上前围观，都叫中年人不要怕他，干死这个狗日的。

洋记者身高马大，很快占了上风，拳头雨点般落在中年人身上。见状，围观的很多人也扑上去，拖他、撕他、打他。眼看洋记者吃了大亏，这时，多名洋人士兵冲了过来，想抓人。林开武对崔志贤和苏善堂道了一声"上"，便带头冲过去。崔志贤、苏善堂紧随其后，冲进人群。洋人士兵见来了中国军人，也有些顾忌。林开武上前，对他们道："在中国地面上，中国人犯事，该由我们来处理。"

洋记者把他的话向士兵们翻译了。两个洋人士兵商量了一下，没再动手抓人。林开武让崔志贤和苏善堂把中年人捆了，拉着他走出人群，并向其他人喊话："大家散了吧，这事由我们处理了，大家不要再聚众闹事，这样会吃洋人亏的。"

有些人渐渐地散去了，有些却在发牢骚："他妈的，连中国人都不护着中国人，这大清，看来是气数该尽了！"

林开武和崔志贤、苏善堂没去理会人们的议论，兀自押着中年人走远了。走到一处僻静的拐角，林开武让把中年人放了。

中年人："几位军爷，这是怎么回事，我还以为你们……"

林开武："你是条血性汉子，我钦佩你。"

崔志贤："你给其他中国人做出了榜样，包括我们在内。"

中年人："中国人心中都憋了一口气，不知啥时候才能出啊！"

林开武："人人感觉到压抑不住的时候，大家就会爆发。"

苏善堂："就是，心中憋着那么一口鸟气，真是要多难受有多难受，真想不管不顾地跟他们大干一场！"

中年人："真盼着有这么一天啊！"

林开武："一定会有那么一天的，中国这头睡狮不可能这样永久地沉睡！"

哈达门和德胜公理碑事件过后不久，林开武去日本考察的事，真的成行了。走之前，他面奏慈禧和光绪，把崔志贤、苏善堂都外放到军中历练。但出发时还是带着崔志贤去了天津，他要从那里上船，东渡日本。

在天津，由于等人，他们可以歇息一天。于是，在当地人指点下，林开武和崔志贤来到天津最繁华的劝业场，想去领略一下这座当时北方最为繁荣的大市场。劝业场是个股份制的合资企业，持有它股本的有中国人，也有外国人，天津当时的名流富豪，几乎都是它的股东。商场面积很大，所卖的货物也很多，令人眼花缭乱，目不暇接。林开武、崔志贤两人在里面东逛西逛，足足走了一个多时辰。

崔志贤："乖乖，脚都走疼了。"

林开武："你发现什么没？"

崔志贤："没什么特别值得买的东西。"

林开武："注意到没有？洋货、洋货，全是洋货！"

林开武这么一说，崔志贤倒是醒悟了，也说道："真的，这里国货几乎没有？"

"有是有，只是太少了。看来，中国的市场，迟早要叫洋人都占了去。"林开武说。

崔志贤不说话了，他走到一个临街的柜台，柜台是卖伞的。但里面的伞，全是日本货、英国货。他问卖货的伙计："你这有没有中国伞，那种乡间的人打的油纸伞？"

伙计摇摇头："那种东西，早就没人用了。"

林开武也问他："那江南那种绸伞呢？很好看的，女人们用来遮太阳的那种，有吗？"

伙计还是摇头："季节不对，加之那种伞全由人工做，成本高，又不结实。眼下，早被东洋伞取代了。"

对此，林开武和崔志贤无言以对了。从劝业场出来，他们决定到租界去看看。

天津的外国人租界区，共有十多处，英、美、俄、日、意、法，就连比利时、葡萄牙那样的小国，在这里都有强行向中国政府租借的租界，只是大小和位置不同罢了。在租界的地面上，林开武和崔志贤更感到了空前的压抑和愤懑。他们沿着一条大街走着。街两边，全是洋人的商铺、银行、住宅，有法国式的、哥特式的、欧罗巴式的，也有西班牙式、俄式、日式的……

崔志贤："他妈的，到这简直如同到了外国！"

林开武："他们光来这住住也倒罢了，还欺负人，武装入侵天津、北京。"

崔志贤："我就不相信，偌大一个中国，会叫人永远欺负。"

林开武："志贤，你敢不敢？今天，我就找个机会让你也欺辱一下外国人。"

崔志贤："三哥，你又有什么主意？"

林开武神秘地笑笑："你跟着我走就是了。"

原来，林开武刚才路过一家叫起士林的西餐馆时，已经留意到里面的侍者有外国人。

这时他的主意已定，便拍拍崔志贤的肩膀："走！去杀杀洋人的威风！"

在起士林西餐馆，他们两人刚刚就座，一位洋人侍者就走了过来，请他们点菜。

林开武："先来两杯茅台。"

侍者："对不起，我们这里不卖中国酒。"

崔志贤想发作，但林开武制止了他。

林开武继续对侍者说："那么，去拿一瓶法国的波尔多。"

侍者去了。一会儿，波尔多送到了。

林开武："不行，我是要15年的，这是一瓶10年的。"

侍者只好去给他换了。刚上来，林开武又对他说："你再去拿一瓶阿尔卑斯矿泉水。"

侍者没法，只好又去。矿泉水刚拿来，崔志贤又对他说："我还要瓶苏打水。"

侍者终于爆发了，他还从来没有见过中国人敢在这儿吆五喝六，指使他去拿这拿那。他冲着崔志贤吼道："你还要什么，全说齐了，老子一次去给你拿来。"

崔志贤也不甘示弱地站了起来："你开馆子是吗？老子要什么你就得拿什么！"

侍者的同事闻声围过来了，也是几个洋人。他们围住崔志贤和林开武，准备动手。见状，林开武喝道："想动手是吗？别忘了，这是中国的地面！"

几个洋人哪里顾忌这个，扑上来就要打他俩。见他们真要动手，崔志贤就不客气了。他让林开武看着，自己舒展了一下手脚，摆出了通臂拳的身架。几个洋人不知利害，一齐上前，想借助人多，给他个下马威。只见崔志贤一个燕子穿云，飞身从洋人身前窜过，双手左右开弓，双脚前后蹬踢。转瞬间，几个洋人都吃了亏。他们这才知道厉害，想走又不甘心，想打又没底气，就在那虚张声势地吼叫着。趁此良机，崔志贤突然翻身倒地，一个地趟腿，把几个洋人全部扫倒在地。

餐厅洋老板慌慌张张跑出来，大叫："报警、快报警。"

望着倒地的洋人，又朝老板比画了一下拳头，崔志贤心中无比畅快地冲林开武说了声："三哥，我们走！"

俩人飞身冲出餐厅，朝街的一头跑去，转过一个巷子就不见了人影，把那些追了出来却仍不知所措的洋人，扔在街上。

当晚，在他们住处，林开武、崔志贤两人直到深夜还兴奋不已，难以入睡。

崔志贤："真过瘾，憋了那么长时间，今天也算是出了口恶气。"

林开武："我们今天倒像足了在这十里洋场混的无赖、混混。"

崔志贤："管他呢，又不是在老家，也不在宫里，谁知道谁是谁？"

二十四、考察团东渡日本国 林开武抒发报国志

第二天，崔志贤送林开武登了船，自己就返京与苏善堂会合，结伴去军中赴任。

从天津到日本横滨，林开武他们坐的是日本船"大丸"号。"大丸"号吨位不太大，但设备却比较先进。船上的舱位是双人间，虽不太宽敞但也足够饮食起居。跟林开武同住一个房间的，是工部的一位侍郎，他是专门去考察日本工业的，叫朱继业。

来之前，他也听说过林开武的名头，知道他是被御赐反穿黄马褂的。为此，他对林开武是比较谦恭的。因为他知道，如果得罪这样一位慈禧跟前的红人，于自己今后不利。林开武对他，第一印象也还是好的，因为看他为人谦虚，相貌也和善，是可以放心交往的那一种。果然，他们俩一见如故，谈吐很是投机。

朱继业："林大人的大名，如雷贯耳，在下早有所闻。"

林开武："惭愧、惭愧，朱大人的才华，在下倒是不时听到。"

说来，这倒也是实话。在北京城的那场大水之后，整治永定河的方案上，

就有朱继业的署名。文本送到老佛爷那时，林开武见到过。

朱继业："哪里、哪里，我听说，林大人此番赴日考察，是太后钦点的？"

林开武："不好意思，确实是老佛爷给了在下这桩美差。"

朱继业："朱某也是侥幸中选。"

林开武："不知同行的还有哪几位大人？"

想了想，朱继业回答："听说，有户部的李柯大人、各国事务衙门的刘台堤大人、直隶总督衙门的赵奉起大人，还有小站袁世凯练兵处的曹锟、段祺瑞两位管带。"

原来，戊戌变法前，为强盛大清军队，直隶总督衙门的李鸿章李中堂，就选中新军中的袁世凯，让他驻扎在天津小站一带，操练新式陆军。

小站离北京、天津都近，地盘又属直隶总督署管辖，李鸿章本人也可以随时前往视察，故是一处较为稳妥的练兵场所。新兵的选拔、操练、装备、培养目标，全部采用德国标准，故一看，确实是大清军队中一支崭新的、特殊的、与众不同的军队。

袁世凯的野心，也由此而萌生。他想把这支由自己一手带出来的军队，发展为能够控制全国的强势队伍。为此，他一方面拼命巴结李鸿章、慈禧，让他们放心，不生怀疑；另一方面，则在新军中大力培植私人势力，物色死党亲信，以图日后的"大业"。此次赴日本考察的曹锟、段祺瑞，就是他选中的两个人，目的一是拉拢他们，好为自己效力；二是让他们去日本学点新东西，回来好为壮大新军出力。因为袁世凯知道，从国情、军情看，日本所施行的那套方略更适合中国的国情。而曹锟、段祺瑞心中也很明白，自己的命运，全与袁世凯的图谋紧密相连，倘若不走此路，别的就很难发展。因此，忠于袁世凯，死心塌地跟他走，说不定将来会有大的发展。就这样，他们在袁世凯的大力举荐下，踏上了赴日本考察、学习之路，如有机会，还准备去日本陆军大学深造。

林开武知道李中堂的势力，也了解袁世凯的地位，故对这两位不表示什么意见。反正，此次出国考察，他除了考察军事，还有一个秘密的职责是让维新派不要出格。心想，如果他们有出格之举，到时再拿他们说事。朱继业还想再跟他说点什么，突然有人敲门。进来的，是户部的李柯和各国事务衙门的刘台堤。朱继业因为与他们相识，便向林开武一一介绍。

林开武忙与他们寒暄，招呼他们入座。

李柯：“林大人，此番赴日，少不了需您照应。”

刘台堤：“是啊，林大人是时常在老佛爷身边走动的，请多照顾。”

林开武觉得不好意思，忙解释道："我在老佛爷身边，只是个小小侍卫，一切皆无可过问，各方面还要各位提携。"

李柯："彼此、彼此。"

刘台堤："路程遥远，孤寂难耐。在下让船上大厨准备了点酒菜，如不嫌弃，请林大人、朱大人到我们房间去坐坐，以酒为媒，大家亲热亲热。"

林开武本欲推辞，但朱继业说："既然如此，大家就去，一是消除旅途寂寞，二是增进了解，岂不甚好。"

林开武只好随他们去了。

隔壁刘台堤的房间内，已然摆好了一桌酒席，菜肴虽然不算丰盛，但也过得去，特别是海鲜多，什么大虾、螃蟹、海参、牡蛎等，为数不少。酒倒上，人坐下后，刘台堤举杯先敬大家："诸位大人，这船上条件有限，台堤这里不成敬意，让诸位大人见笑了。不过，这第一杯，还是请大家无论如何干好！"

大家与之碰杯："干！"

末了，刘台堤又道："东邻日本，自明治维新之后，国体改变，生产力发展，走上了富国强兵之路。我想，其中肯定有很多值得我们学习、借鉴的东西。此番我等受朝廷派遣，前往考察学习，当不负使命，力争有所收获，回去好向老佛爷、圣上交差。"

李柯："刘大人所言极是，既受重托，当不辱使命。"

林开武："皇恩浩荡，太后、圣上及各个衙门对我们都有期盼，我们应当努力，力争不让他们失望。"

朱继业："大家只要悉心观摩，用心学习。我想，此行定会有所收获的。"

林开武："大清的兴衰，在一定程度上与我们此行有关，但愿我们此行学有所得，可以为大清日后的繁荣昌盛，尽绵薄之力。"

刘台堤："林大人说得是。来，再干一杯。"说完，他又给大家斟满了酒。

是夜，林开武久久不能入睡。他想得很多，大清的前程，老佛爷的吩咐，中国的现状，日本在甲午海战时的威风，北洋水师的覆灭，李鸿章的大权独揽和他的洋务运动，还有香坪山的李氏和她带着的一对儿子，以及昆明陈荣昌和派遣自己勤王入卫的李经羲……幸好，在离开中国之前，他已经给陈荣昌打了封电报，告之自己的行踪及去向，并请他给香坪山的家中去封信，好使家人减少牵挂，从北京往香坪山寄信，实在是太无可能。

第二天一早，林开武还未起床，躺在床上翻阅着一本总理各国事务衙门编撰的《日本国概况》。

早已起身出去的朱继业回来了。朱继业催他："林大人，起了，快起。"

林开武："什么事？"

朱继业："今天，刘台堤他们想搞个研讨会，理理到日本考察的提纲，顺便也听听大家的看法。"

还是在刘台堤他们的房间，早餐过后，一场研讨会开始了。参加研讨的，除了昨天喝酒的四个人，还有曹锟、段祺瑞，以及直隶总督衙门的赵奉起。

刘台堤首先发言："诸位大人，对此番赴日考察，大家肯定都会有些想法，在此交流交流，肯定会有好处，起码可以沟通认识，相互启迪，从而更好地完成使命。"

段祺瑞首先发言："我想听听诸位对西方列强的看法。"

稍加思忖，朱继业答道："西方列强，不是铁板一块，它们有共同性，也有差异性，有着共同的利益，也有着各自的目的。比如美国，在经历了独立战争和南北战争之后，它对民主、正义、民权等方面是比较注重的。上次入侵中国，虽说它也参加了，但战后的态度却与很多国家不同。对战争赔款，虽说也收了，但听说，这个国家准备用这笔钱，帮中国建十所以上效仿西方高等教育的大学。又如，在中国各地的洋租界内，美租界就很少。此外，在美国举行的'万国博览会'也邀请中国参加，同时，还准备接收中国的百名幼童赴美留学。而日本就不同了，它把中国的战争赔款，全用到发展教育上，据说，在日本的乡间，包括偏僻遥远的山村，都建了正规学校，以提升国民的受教育水平，提高国民素质。所以，我们的这个邻居，似乎更加居心叵测。"

李柯："要说起来，美国人也不是什么好鸟。虽说第一个在北京大肆抢掠的是俄国人，第一个放火烧颐和园的也是他们，但是，法国人和美国人也是焚烧和抢劫圆明园的罪魁祸首。"

刘台堤："各地的洋租界，英国、法国占得最多。俄国人还占了旅顺港，德国人占了青岛、胶州湾，英国人霸占了香港，葡萄牙人占据了澳门。听说，法国人还准备修建河内到昆明的铁路，把手伸到云南、广西。"

曹锟："泱泱大国，数千年文明，竟然被这些野蛮外族欺辱，真是可恨！"

段祺瑞："中国不强盛，更大的劫难还在后面。"

林开武："所以，我们要仿效东邻日本，走维新之路，走富国强兵之路。"

一场研讨会，开得热热闹闹，慷慨激昂，令人血脉偾张。

继而，刘台堤又提示："大家说得极是，下面，诸位要不要对中国今后如何发展，谈谈自己的看法？"

段祺瑞："我认为，富国必须先强兵。没有一支可以捍卫国家主权的强大军队，一切都无从谈起。如果再来一场入侵，一场割地赔款的战争，中国将输不起，中国将得彻底趴下。"

曹锟："我同意。强国先强军，军队的强盛应该放在所有事务的第一位。"

朱继业："可是，如果没有强盛的工业做保证，没有可靠的农业做支撑，军队的建设用什么来保障？别的不说，所需的经费从哪里来，所要的装备由哪里提供？"

刘台堤："我认为，重视教育，注重人口素质的提高，才是根本之路。我们国家的私塾教育，以'四书''五经'为经典的科举制度，八股文的迂腐程式，这些，都妨碍着中国的进步。"

林开武："衙门太多，管实事的人太少，官场上的推诿扯皮，官员办事效率低下，这些也是要改革的弊病。"

朱继业："中国是个农业人口占百分之九十的农业大国，粮安天下，无粮不稳，不首先重视农业，发展农业，一切都无从谈起。故此，我认为，千宗万项，发展农业是首项。农业上可抓的事情很多，兴修水利，推广良种，改变土地所有权，让更多的耕田者拥有属于自己的土地，在耕作技术上推广先进的经验，加强农副产品的流通渠道，合理提升农副产品价格等，都是应该认真思考的问题。总之，中国的希望在农业，中国的前途命运也在农业。当然了，在农业得到充分发展的基础上，我们必须建立自己的工业体系。用农业谋稳定，用工业图富强。"

赵奉起："诸位大人说的都有道理，我补充一点。近代科学技术，是西方强盛之本。西方列强之所以有今天，与他们重视科学技术，充分依赖科学技术密不可分。今天，西洋的科技，已经发展到无所不在的程度，电灯、电话、电报、火车、汽车、轮船。机器，有蒸汽机做动力；建筑，有钢筋水泥为基础；

军队，有洋枪洋炮做支撑。所以，他们才可以大肆地向外扩张。"

这场研讨会，虽是大家各抒己见，但其中的很多见解，的确是有新意，而且很多在国内是无法谈及，也不可能公开讲出来的。对此，林开武觉得收益颇大，启迪很大。

研讨会结束回到房间，林开武展纸研墨，写下心得体会。他写的是：拳拳报国之心，探求强国之路。还有一幅是"路漫漫其修远兮，吾将上下而求索"，这是屈原《离骚》中的一句话，此时写来，他觉得与自己的心境十分吻合。

林开武刚写完，有人敲门。林开武开门，进来的是"大丸"号的船长渡边。

渡边："对不起，打扰了。我来，是请您参加今晚在船上举行的联谊茶话会。"

林开武："茶话会？"

渡边："是。我们船的，得在海上航行好些日子，我们船上职员的，有义务为大家创造交朋友的机会。这样，旅行的长路就不遥远了。"

林开武："若是如此，可以。"

见到林开武写的字，渡边惊讶地道："哟！先生的书法，好！晚间的，请您为我们的留点墨宝。"

林开武："这就不必了吧。我的字，在大家面前怕是拿不出手。"

渡边："先生的字大大的好，墨宝的要留，一定要留。"

二十五、渡边举办晚会迎宾 公使馆迎接考察团

晚间，在船上的大餐厅内，举行了由渡边船长出面组织的欢迎大清国赴日考察团的联谊活动，船上的中国人全都参加了。

活动一开始，由渡边致辞。他说："坐我们船的，是大清国大大的贵宾。清政府赴日考察团的使命，既重要又崇高。为此，我们的感到无比荣幸，也感到责任重大。为了让各位的，赴日之旅能够舒心舒心的，我们组织了这场晚会，

为的是让各位的放松心情，加强中日亲善。下面，由船上的职员为大家的，表演日本歌舞剧《秋水伊人》。"

他讲完，表演开始，一个女人和三个男人登台表演，旁边还有人弹着三弦，敲着大鼓伴奏。

剧情很简单：一位歌伎与三个同时喜欢上她的大学生告别，相互诉说心中的感受和苦闷：

大学生甲唱道："你容貌像樱花，让人一看就永远不能释怀。"

大学生乙唱道："你心境像溪水，清澈见底且充满流韵。"

大学生丙唱道："你待人像温暖的火炉，让人丝毫感觉不到寒意。"

歌伎唱道："你们都是好人，你们都在我心中，但我们之间永远不能有爱，因为你们和我不是一种人……"

日本歌舞剧，形式有点像中国的京剧，以唱为主，辅以念白、做打等。从开始到结束，都有一套程序，看久了，会让人有单调、重复的感觉，但会欣赏者，还是可以从中去体会韵味。由于是业余演员，水平不高，看了一会儿有人坐不住了。好在剧情也在不久后结束了，大家礼貌性地鼓了鼓掌。

之后，渡边宣布："下面，请我们的中国客人的，登台展示才艺，大家的欢迎！"

朱继业上台，清唱了一段京剧《武家坡》选段。

他赢得了满堂喝彩。

段祺瑞上台，表演了一套太极拳。

又是一阵热烈掌声。

台上有人铺纸研墨，请中国客人展示书法艺术。

曹锟先上去，大笔蘸饱浓墨，挥手写出一个大大的"虎"字，这是曹锟半生练就的绝活。

台上侍者刚一展示，全场就喝彩："好！"

轮到林开武上场了。

渡边紧跟在他身边。

林开武问他："你希望我写什么？"

渡边谦恭地说："随便，随便。"

想了想，林开武问："那书赠你一副对联？"

渡边："好！好！"

林开武一挥而就，写了一副对联："千秋怀抱三杯酒，万里舟行一水间。"

渡边高兴得有点控制不住自己："好！大大的好！"

林开武："这是昆明大观楼前的一副对联，我把个别地方改了一下，使之更贴合你的身份、职业。"

渡边："神来之笔，神来之笔！"

完了，他对林开武道："能不能请先生再写一副，我的父亲，也是在海上行船多年的老船长。"

想了想，林开武点头道："好。"

他又挥笔写出一联："曾经沧海难为水，欲达彼岸且行舟。"

渡边又一次兴奋不已，称赞道："好！大大的好！"

林开武："这也是昆明大观楼前的一副集字联，我也把它稍微改了一下。"

渡边："改得的，好！改得的，好！"

这时，参加联谊会的很多人围过来，看林开武写字，大家都赞赏他写得好。

刘台堤却对身边的赵奉起道："他娘的，说起来，中国人要文能文，要武能武，个顶个都是不凡的角色，怎么就打不过一个小小的日本呢？"

赵奉起："是啊，若论单个，中国人哪个也不比他们差，可怎么一抱团，就输了呢？"

一旁的段祺瑞对曹锟说："论军事、论笔墨，仁兄可是都大有功夫的。"

曹锟："文韬武略，这是军事家应有的追求。"

段祺瑞："中国的军人，吃亏就在于不够注重文韬。"

曹锟："所以，往后你我，要在这方面多下功夫。"

段祺瑞点头："但愿有朝一日，站在中国新的历史舞台上，你我能够一展抱负。"

台上，渡边还在感谢林开武。

渡边："先生的在船上，有什么不方便的，请直接告诉我，我的一定尽力解决。"

林开武："在这船上，一旦有事，肯定只能找渡边船长帮忙了，叨扰是免不了的。"

渡边："一定的效力，一定的效力。"

几天后，"大丸"号顺利抵达横滨。

这里天气很不好，天空阴霾，雾气很重，不时还下起细雨，远处的一切都笼罩在灰蒙蒙的雨雾当中，看上去让人很压抑。

渡边等人站在船舷两边为考察团送行。

渡边："恭祝各位的，平安抵达日本，祝大家的，考察顺利，一路的平安！"

末了，还特别对林开武道："林先生的，走好！"

林开武："谢谢、谢谢！"

众人才下船，就见大清国驻日本公使馆的公使，率众前来迎接考察团。他们的装束，已大致与本地人相同。只是脑后还和国内人一样，多了条辫子。

在码头上，公使致辞："欢迎各位大人平安抵达日本，本使馆人员将竭尽全力协助各位完成使命。各位大人的肩上，都负有重振我大清国的重任，有什么需要本使馆出面的，本人和属下定当尽力而为。"

朱继业代表考察团讲话："此番我等赴日考察，既是太后和圣上的意思，也是大清国当下的急迫需求。俗话说，他山之石，可以攻玉，吸取别人长处，可以弥补自己不足；明确前进的方向，知道路该怎么走。从今天起，我等，就要履行使命，担负重责，为重振我大清国昔日之风采和辉煌，考察日本国的政治、经济和军事。在日本国期间，我们将勤勉工作，努力学习，不负太后、皇上的恩德！"

之后，公使安排他们一行人坐上马车，准备前往驻地。

这时，围观的一群日本人中，突然有人高喊："支那猪！滚出日本，滚回中国去！"

继而，又有几个人跟着起哄："滚！长辫子猪！""战败国的懦夫，别到日本来！"

由于他们讲的是日语，考察团很多成员都听不懂。

林开武问公使的一个随从："他们喊什么？"

随从："是侮辱中国人的话，他们要我们滚回去……"

林开武瞪大双目，盯着那班人，恨不得当即就上去揍他们一顿。

公使宽慰大家："各位大人请息怒。在日本，这种事是经常发生的。我们国力衰弱，国运不昌，遭人欺侮，本就寻常。我们在这几乎每天都能碰到，如果跟其计较，会惹更大的麻烦。各位大人请息怒。"

林开武："堂堂大中华，竟受小人鸟气！"

朱继业："有朝一日，定要扬眉吐气！"

刘台堤："国家强盛，才有出头之日。"

李柯："君子报仇，十年不晚！他妈的，你们等着！"

段祺瑞对曹锟道："看来，你我肩上，所负的担子重得很。日本人从骨子里看不上中国人，他们的种族优越感，实在是太强烈了。"

曹锟："未来的中日之战，看来是不可避免了。"

上车后，林开武问公使："公使大人，你们平时经常被日本人欺负，是不是都这样忍气吞声？"

公使："公开到使馆寻衅闹事的倒也不多，但偶尔出行，还是会遇到麻烦事。比如，指着你的辫子叫你支那猪；站在你面前挡你的道，强迫你跟他比武；走着走着，偷偷在你身后插一面小白旗；等等。我们若不忍气吞声，势必酿成祸端，也是给国家添麻烦，弱国无外交嘛，中国，实在是太需要强盛、太需要胜利了。唉！"

林开武沉默了。他想得很多，为什么区区一个小国，弹丸之地，竟敢如此张狂，欺辱一个大国，多次打败大国不说，还闯入它的首都，抢掠它的财富，强迫中国与它订立那么多不平等条约。是明治维新，改变了日本；是向西方列强学习，增强了它的国力；是普及教育，提高了它的国民素质；是发展近代科技和工业，使它走上了富国强兵之路……中国如果不改变现状，不走日本同样的道路，那前途是黯淡的，是不堪设想的。由此，他也拓展了一下自己的思路，确定了自己此行要考察的项目。

日本的文化，很多是从中国学去的。经过市区的考察团成员们发现，日本城市建设的布局，大致遵循着唐时遣唐使们从中国带回来的模式，基本呈棋盘形方块状。别的不说，光看街上的很多古建筑，都是中国式样，那大檐斗拱，青瓦红墙，或是琉璃铺顶，廊柱支撑，无不如是。但近代，它学习西方，城市面貌改变了许多，有些已经跟西方城市很接近了。只是由于日本属火山活跃及地震多发地带，加之四周是海，台风也时常光顾，故他们的建筑，尤其是民居，多半以木质结构为主，看上去小巧玲珑，虽不甚坚固结实，但都经济适用，也比较安全。在车上望着这一切，林开武不禁感慨："日本由弱到强，与它善于学习别人，博采众长有关。倘若中国也能这样，来日定能与世界融合，共同发展，走出闭关锁国、贫穷落后的怪圈。"

二十六、林开武初闻革命党 考察团遭袭引深思

当晚，在考察团下榻的饭店，驻日公使为他们举行欢迎宴会。宴会上，除了考察团成员，还有公使馆的工作人员和华人华侨、留日学生代表，规模不小，也很热闹，宴会是以纯中国方式举行的。

宴会上，公使宣布了两件事。

第一件事，公使说："日本正在举行'万国博览会'，地点是在大阪，而且很快就要结束。这是世界各国展示自己成就和各种优质产品的大荟萃，它代表了当今世界文明的最新物质成果。也是一个各国相互借鉴，相互竞争的大舞台。机会难得，我们明天就组织去看一下，让大家都开开眼界，争取能有所获。"

公使说的第二件事是请大家提高警惕，他说："眼下，一股势力正在日本蔓延，那就是所谓的革命党人。他们分成几股力量，有多个派别，为首的是孙文、黄兴、章太炎、邹容、陈天华等人。他们组织了多个所谓的学会、协会、公司等，用以联络人马，传播所谓的革命思想。他们还创办了多种报刊，宣传他们的主张，号召民众起来推翻大清统治。据不完全统计，他们创办和掌握的报刊有《苏报》《回天手段》《新湖南》《浙江潮》《二十世纪大舞台》《大陆》等。其间，邹容以'革命军中马前卒'为笔名撰写的《革命军》一文，在《苏报》上一发表，就被称为'中国近代人权宣言'，得到不少人的支持和趋从。"

公使大人的话音刚落，坐在林开武他们近旁的几个人就悄声议论开了：

"这些革命党人认为革命是'天演之公例'，'世界之公理'。他们号召反清废帝，建立一个独立、民主的'中华共和国'。"

"最近，传闻革命党人中的三大组织'兴中会''华兴会''光复会'在

143

秘密串联，准备成立统一的'中国同盟会'。"

"在所有的革命党人中，最受敬重、最具影响力的人，是孙文。"

"那孙文，也叫孙中山，很多人还叫他孙大炮。广东人，先后在香港、美国、英国等地留学、谋生，原本是个职业医师，但早已弃职专门从事职业革命。"

"孙中山的革命主张，他概括为十六个字：驱除鞑虏，恢复中华，创立民国，平均地权。目前的革命党人中，以他的名声最大，号召力也最强，很有可能，他就是今后大清国的主要敌人。"

听着他们的这些议论，林开武忍不住发问："这些人，公使馆都知道他们的行踪吗？"

"暂时不清楚，他们居无定所，四处流窜，而且还有一些日本人为他们撑腰，资助并保护他们。"恰好这时已凑过来的公使答道。

朱继业："为什么？"

公使："日本人中，有很多不喜欢大清国的人，特别是讨厌当今圣上和老佛爷。"

大家沉默了一阵。

稍许，刘台堤问："这些事情，这些人，在国内怎么不曾听人说起过呢？"

公使："总理各国事务衙门不让我们传播，再说了，国内的报刊也不发达。"

林开武："这样的消息，宫中更是封锁得紧。好像我们大国地位，一直都没有受到威胁似的。"

李柯："知己不知彼，这局面就不好收拾了。"

段祺瑞："拿破仑对法国大革命，只有两个字：镇压！"

曹锟："沙皇对俄国十月革命党人，只有一个字：杀！"

说到这，在座的人都不吭声了。

良久，为了打破沉寂，公使举杯："各位大人，大家刚抵日本，不要为这些不愉快的事烦恼。来，为诸位大人此行的顺利干杯！"

"干杯！"大家只好举起杯。

这时，一位公使侍从进来，跟公使耳语了几句，递给他一张传单。

公使见到传单，眉头皱了一下，一脸的不高兴，表现出一副欲说还休的样子。

林开武好奇地问："公使大人，什么事？"

公使把传单递给他。

传单是革命党人发的，上面写道："各位清朝走狗，你们远涉重洋，到扶桑国寻腥逐臭，你们以为，学了别人的皮毛，就可以挽回清廷灭亡的命运？告诉你们，画虎不成反类犬，你们的烂摊子只会越扒拉越难收拾……大清的气数快尽了！大清的统治快完蛋了！驱逐鞑虏，恢复中华，这是全体中国人的意志，也是浩浩荡荡的世界潮流。"

朱继业凑过来，看完惊讶道："大胆！还敢有落款！"

林开武把那落款念了出来："中国同盟会横滨筹备处。"

段祺瑞厉声道："大胆狂徒，人还在吗？"

公使侍从摇摇头："传单是从暗处突然投过来的，人早跑了。"

曹锟："给我几个人，我去抓！"

公使："这是日本地界，我们哪里可以抓人。"

刘台堤："这也就是他们猖獗的原因了。"

对此，林开武沉默了，这些革命党人的主张和所作所为，让他有些思考，也有些思想上的徘徊。中国的现状，需不需要改变？中国的前途，究竟在哪里？革命党人的主张，是不是变革古老中国的道路？自己的命运，是不是要永远跟老佛爷绑在一起……他一时间情绪起伏，思绪万千。

大阪万国博览会。

这是世界各国同欢共聚的一场盛会，热闹异常，壮观异常。各国都把本国最好的东西展示在了这里。东道主日本国更是拿出了举国上下最引以为荣的东西：战列舰模型、水上飞机模型、世界最大炼钢厂的高炉模型……全世界的目光都聚焦这里，关注着人类文明在这一时期的最新成就，关注着展出的各国实力。

在中国展台前，林开武他们一行停下了。他们想看看，代表中国的究竟是哪些东西。中国产品倒也不少：茅台酒、张裕葡萄酒、汾酒、湖州生丝、苏绣、湘绣、宣威火腿、金华火腿、王麻子菜刀、张小泉剪刀、同仁堂乌鸡白凤丸、天津泥人张泥塑、无锡彩绘大阿福……

林开武问陪同参观的公使："中国就只有这些东西？"

公使："就眼下而言，这些就是我们能拿得出手的东西了。其他产品，根本无法跟外国的比。"

看了一眼四周琳琅满目的外国产品，林开武再次沉默了。

在德国展馆。当看到克虏伯、西门子等公司展出的武器时，曹锟双眼放光，欣喜异常。

指着一挺锃光发亮的重机枪，曹锟问公使："这个，他们也卖？"

公使："据我了解，只要有钱，他们什么都卖。"

段祺瑞："先买后仿制，我看这也是条路。"

公使："那还得有比较强的工业基础。要不然，就是仿制出来，也不能成批量组织生产，更不要说装备军队了。"

朱继业："直隶省李中堂大人他们搞的洋务运动，应该说正在打这方面的基础。"

刘台堤："这方面，湖广总督张之洞，应该说也做得不差。"

李柯："中国不是没有希望，只是还需要时日。当然，体制如能有所松动，工业强国的梦想就不会太遥远。"

大家走着，议论着，边看边品评，不知不觉中，已看完德国馆，准备进入美国馆。

就在他们刚刚挨近美国馆时，突然，有人朝他们投来一包东西。

"炸弹！小心！"林开武眼明手快，一眼看出扔来的东西在冒烟，便大声喊。

众人惊觉，当即卧倒。趁此机会，扔炸弹的人跑远了。炸弹在不远处爆炸，响声很大，震耳欲聋。幸而除赵奉起之外，无人受伤。

赵奉起被炸伤左胳臂和左腿，一时鲜血淋漓，很是凄惨。附近的人围了过来，警察也来了。公使马上吩咐手下送他去医院。

林开武查看了一下考察团诸人，神情很是愤慨。大家骂骂咧咧，难以平息。

公使："这，肯定是革命党人干的。"

段祺瑞："你有什么依据？"

公使："他们早就扬言，清廷派考察团到外国考察，是阴谋，是障眼法，来日本的目的，是镇压革命党。"

段祺瑞愤愤地说："岂有此理！"

朱继业："他们也太主观了点。"

曹锟对公使道："这会儿，还是先设法去抓住凶手。"

公使点头允诺，马上派随从去报案。

此刻，已经有很多人围上来，有的看热闹，有的见是中国人挨炸，反倒幸灾乐祸，嘲讽有加。对此，公使叮嘱大家："各位大人先回住处，后面的事我们再商量、再商量。"

坐在返回住处的马车上，林开武注视着沿街的铺面和行人。

突然，他看到在一家卖文具的店铺，有一条用大字写的横幅："特别欢迎中国人光临本店。"他惊讶了，看来，日本人也不是铁板一块，也有愿意跟中国和中国人友好亲善的。他把条幅指给公使看。

公使点头："其实，日本人中，也不乏愿与中国亲善友好的人士，他们崇尚中国文化，喜欢中国历史，也向往中国的大好河山，更遵循中国的孔孟之道，儒家礼仪。正因如此，他们也在期待中国改变现状，摆脱贫穷落后面貌。实际上，这也就是一部分人资助革命党人的初衷。"

"与中国友好就去支持革命党人？"林开武问。

公使："多半是这样，他们认为革命党人代表着中国的未来和前途，说起现在的朝廷，日本人中表示友好的不多。"

林开武："为什么？"

公使："他们认为朝廷太保守、太迂腐、太专制。"

林开武没有再说话，公使的话使他再次陷入沉思……

二十七、在上野遇华侨祭祖 看歌舞思家想亲人

接下来，是考察团分头活动的时间。

上野的樱花开了，这是很有名的。林开武决定抽空去看看，因为他听说樱花的花期很短，一旦错过便没有机会了。在上野，他果然见到了最美的日本樱花。日本樱花全世界有名，上野的樱花全日本第一，但凡去日本的人，只要赶上时节，都会去上野观赏樱花。上野的樱花主要有两大类：单瓣樱和重瓣樱。单瓣樱顾名思义花瓣是单的，分白色、粉色、深红、大红等品种。花瓣有四瓣、六瓣、八瓣等。重瓣樱则分为绯红、深红，花瓣重重叠叠，数不清有多少花瓣，看上去成团成簇，堆积成串，把枝条都压得弯了下来，一片片似红云，似朝霞。

在此时节，日本人多以家庭为单位，也有亲朋好友和部门同事相邀相约，到此赏花。只见他们或站或坐，在一棵棵樱花树下围成圈，有的唱，有的跳……很是热闹，显示出一个国家、民族的祥和与安乐。

见此，林开武产生无限感慨：倘若中国也能这样，那中国人的苦难和悲伤，将会减轻多少？中国人未来的幸福，又会有多少值得我们去期待？想到这些，他放慢了脚步，在一棵棵树下穿行着，观察着。

突然，他见到一个景象：在一棵树下，一对夫妻领着三个孩子，在向西南方向跪拜。拜毕，他们起身，席地而坐，将一些祭品分着吃。

林开武走了过去。这时，他听到了乡音——云南话。乡音是由两个女孩说出来的。大女孩："爸爸，你说爷爷、奶奶听得见我们刚才的祈祷吗？"

另一个小女孩抢着回答："一定听得到的，因为我们虔诚极了。"

她们的爸爸说："我们真诚地跪拜，心里有爷爷奶奶，他们的在天之灵就一定能够知道。"

林开武好奇地走过去，问他们："你们是中国云南人？"

女孩的爸爸点点头，亦答亦问："我叫鲁开山，的确是中国云南人。请问

你是？"

林开武两眼放光，高兴地道："我是大清国派到日本来考察的，刚来没几天，也是云南人。"

鲁开山尊敬地向他深深鞠了个躬："欢迎大人，不胜荣幸。"

他家的几位成员也向林开武鞠躬，并道："您好！您辛苦了！"

他们的问候礼仪，已经日本化了。

林开武："你们刚才祭拜什么？"

鲁开山："西南方，是中国所在，是我们的家乡所在。我们祭拜的是祖国，是家乡，是亲人……"

林开武点点头："数典不忘祖宗，离家不忘故土，你们很有心、很有情哪！"

鲁开山："到了哪里，我们都是中国人，云南人。"

林开武："好！走遍天下都不能忘记我们中国人和云南人的身份。"

鲁开山："我们老家腾冲号称侨乡，历来外出谋生的人很多，但多半是到缅甸、泰国等地。我原先也在泰国，后因做木材生意与这里打交道多，就由一位日本木材商引路，来到这里安家。我老婆，也是云南人，她的老家在开化府。"

林开武兴奋地道："啊！那，我跟她是老乡！"

鲁开山忙叫他老婆又一次上前拜见林开武。

林开武感慨地说："俗话说，老乡见老乡，两眼泪汪汪。想不到，远涉重洋，来到日本，竟会碰到开化老乡，真是太好了！"

鲁开山夫人也激动地道："多少年了，没想到在这还能见到家乡人。见到家乡人，就等于见到亲人了！听到乡音，就等于回到家乡了！"

鲁开山："走！上我家去，我要好好为老乡接风。"

林开武："那，不便打扰吧？"

鲁开山："我们望穿双眼都盼不到。今日，是天意，也是我们的福气，没有比这更高兴的了。"

林开武："好，恭敬不如从命。我就跟你们去。"

鲁开山："大人，请！"

旋即又转身吩咐几个孩子："收拾东西，回家！"

他们一行人很快上路。

这时，一阵大风刮来，树上的樱花开始飘落了。地面上，很快铺满了一层花瓣。

望着缤纷的落英，林开武无端感慨："看来，再好的花，也不会持久，再美好的事物，也会有零落和衰败……"

鲁开山一边走着，一边告诉他："日本人特别喜欢樱花是有道理的，樱花太特别了。"

林开武："为什么？"

鲁开山："他们认为，人生就和樱花的花期一样，非常短暂。因此，要在短暂的花期里，让它开得绚丽多姿，光彩照人。这就是日本人为什么做起事情来那么投入、那么卖命的主要原因。"

林开武："你是说，这是日本人的民族精神？"

鲁开山："他们的民族精神，还有一点，就是要效忠天皇，不怕死，不怕挫折，越战越勇。"

林开武："这就是他们的武士道？"

鲁开山："我来日本多年，在这一点上感受很深切。他们嘲笑中国人一盘散沙，在某种意义上来说也是有一定道理的。"

林开武又沉默了，久久没有说话。

鲁开山的家，已然是一个日本风格的庭院，只是在客厅内，还供奉着中国的天地君亲师牌位，牌位下面是一张中国式的长条供桌，上面摆香炉和点心、水果等供品。打坐在日式榻榻米上，鲁开山先向林开武奉茶。他有点不好意思地道："没办法，入乡随俗，在这里，只好用他们的方式接待您了。"

林开武："好的东西，可以借鉴。我们此次来，也是要向日本学习政治、经济、军事等治国之策的。"

鲁开山斟上茶后道："应该说，相对于中国目前的情况，日本值得中国学习的地方还是很多。比如，国家体制，也就是君主立宪制，还有议会制、御前会议制等；此外，兴军强军，向西方学习，建设新式军队；再有，国家鼓励发展工商业，改变不合理的土地所有制，在各地包括农村普及教育等，都值得中国学习。"

林开武边听边点头，待他讲完又问："这就是日本明治维新的全部内容？"

鲁开山："还不是，明治维新最重要的是理念方面的改变，它让日本从原先的闭关锁国走向开放，走向文明，走向工业革命，也走向与世界的接轨与同步……"

林开武："这一点怎么看得出来，体现在哪些方面？"

鲁开山："今天，在上野，在那些樱花树下，你见到了众多日本人以及他们的精神状态。从他们身上，你可以看到日本人的激情，日本人的活力，日本人对未来的向往，日本人对自己的信心……"

林开武点点头。至此，他对自己接下来在日本要干些什么，心里更有谱儿了。

这时，鲁夫人来请他们到餐厅就餐。在餐桌上，鲁开山打开一瓶汾酒，对林开武道："这是这里能买到的最好的中国酒了，不成敬意。"

林开武："已经很好了。汾酒在中国也是名酒，并不是普通人喝得起的。你们在日本多年，喝不喝日本的清酒？"

鲁开山："日本人的清酒，最高也只有十二度，我们喝着倒像喝白水一样。他们的寿司，其实就是中国人的饭团，与林大人你们开化的五色糯米饭根本没法比；他们的拉面，比起我们老家腾冲的大救驾和蒙自的过桥米线，就差得更远了。"

林开武："在吃的方面，中国人的确走在世界各国的前面。眼下，唯一能让中国人感到自豪的，大概也只有这些了。"

鲁开山："不、不、不，对于中国的传统文化，特别是孔孟之道，包括《孙子兵法》等，日本人还是很看重、很尊崇的。在日本人家中，大多能为拥有一两件中国文物或中国器物而感到自豪。"

林开武："中国受人尊敬和崇拜的年代，都是过去的事了！想想盛唐，想想我们曾经的辉煌，让人感慨万端，作为这些前辈的后世子孙，我们都为自己的碌碌无为感到汗颜哪！"

鲁开山："哪里、哪里，林大人你们都是国家的精英，只要当今圣上和老佛爷肯听你们的，只要诚心向外国学习借鉴他们好的东西，中国的未来，还是大有希望的。毕竟，我们是一个有着五千年文明史的泱泱大国，还有着勤劳善良、善于创造的几亿国民……"

林开武："是的，酣睡雄狮，终有醒时，华夏之光，终将绽放。我也不相信，中国会永远没落，没有希望。"

稍顿片刻，鲁开山问林开武："听说过孙中山、黄兴、章太炎、陈天华、邹容这些革命党人吗？"

林开武点点头。

鲁开山："林大人你怎么看他们？"

思忖有顷，林开武方道："我也是到日本后才听说他们和他们的主张的。我以为，他们很爱国、很有激情，用心亦良苦，但方式太激进，恐怕……"

鲁开山："我们云南人，也有不少在日本留学的，也很激进。"

林开武："真的？"

鲁开山："他们大多是学军事的，日本士官学校就有李根源、唐继尧、罗佩军、金汉鼎、赵又新等。因为李根源与我是同乡，故与他们相识。"

林开武："我能不能见见他们？"

鲁开山："大人若有此意，我可以引见。"

林开武："本来，江田岛海军学校和日本士官学校，也是我的考察对象，鲁先生要是认识他们，那就给引见引见吧。"

鲁开山："你们考察团还有没有专门考察军事的？"

林开武："有，曹锟和段祺瑞，他们是袁世凯新军中的部下，但他们此次考察的重点，是日本陆军大学。这是袁世凯的意思，他正在天津的小站训练新军，想为大清国建立一支现代化的军队。"

鲁开山"哦"了一声，陷入沉思。

林开武："倘若能与李、唐等在日本相识，也算是我们云南老乡有缘，我想看看，他们这些云南的有识之士是怎样看待云南未来的。"

鲁开山："这个没问题。"

这时，鲁夫人端上一碗云南特产——油炸鸡枞请林开武品尝。

鲁开山："这是去年一位云南老乡从昆明带来的，我们一直舍不得吃。"

林开武吃着油炸鸡枞，赞不绝口："这种好东西，只有我们云南才有。我们云南，其实有许多得天独厚的条件。"

鲁开山："谁说不是呢。"

过了一会儿，几个孩子要为林开武表演节目。大概，这是受日本文化影响，孩子们性格开朗，比较开放的缘故。

男孩："我为大爹唱首云南民歌——《赶马调》。"

正月放马轱辘辘地转回来呀，

小马放在山坡呢上，哦哟！

转回来。

二月放马轱辘辘地转回来呀，

小马放在山头呢上，哦哟！

转回来。

三月放马轱辘辘地登路程呀！

小马走在大路呢上，哦哟！

转回来……

男孩唱完，林开武鼓掌。这是最正宗、最地道的乡音，他为之向往，也为之倾倒。之后，是两个女孩为他表演跳花灯。这是云南最有地方特色的歌舞表演。大女孩手持两面折扇，上面还有绸边；小女孩手持两面手绢，上面绣着花。她们哼着花灯曲调，翩翩起舞，一前一后，煞是好看，像两只翻飞的彩蝶，又像一对采花的蜜蜂。林开武看呆了，不禁想起了自己远在香坪山的妻儿……不知不觉间，他的双眼泛起亮晶晶的泪花。

鲁开山："大人，你这是？"

林开武不好意思地揩去自己的眼泪，说道："想家了，我也有两个儿子，与你女儿们差不多大小，我已经好多年没有见到他们了。"

鲁开山："大丈夫抛妻别子在外奔波并非无情，要说起来，家和家中的妻子儿女，永远是男人最放不下的牵挂。"

林开武："谁说不是呢，男人都貌似强大，其实他们都有一颗柔软的心。"

二十八、陈荣昌写信报佳音 把义弟比作汉苏武

云南昆明，春城无处不飞花。阳春三月，大街小巷都有花香。

陈荣昌的宅院内，此时，各种鲜花也竞相怒放。他最喜欢的云南山茶，此时仍在开放的尚有大红袍、恨天高、紫薇、绣球等。而院子正中的那棵缅桂，繁花千朵，香气袭人，更让人感觉到浓浓的春意。此刻，书案前的陈荣昌心情舒畅，兴致正高。他刚收到林开武的电报，正思量如何回复。电报不长，但很惬意，看了让人高兴。

陈荣昌兄台亲鉴：

承蒙大人恩荐，至圣上身边效力，斗转星移，不觉已近三年。蒙老佛爷恩宠，升至二品带刀侍卫，并赐反穿黄马褂……近日，又差遣至东邻日本考察，以期能为日后大清复兴效力……上述种种，皆因有恩兄提携，李经羲大人赏识之由，再三感激，不胜涕零。另，弟有一事相求：因路途遥远，山寨偏僻，修家书不易，望兄能以近便为利，代修书信一封致小弟家中，告知一切，使家人释忧释虑，则不胜感激之至。弟林开武谨电。

思忖有顷，陈荣昌自言自语道："修家书之事自然即刻去办，巡抚大人那里也要让其尽早知道，还有，弟妹母子几个，是不是也要接济一下，毕竟开武离家多年，他们肯定生存不易……"

接下来，他马上修书一封，是给林开武家人的。

弟妹鉴：

昨日，接开武电报，谓已官升二品，并应差到日本国考察，观其表现，令人乐观。开武在外三年，家中不得照顾，很是辛苦你们了。大丈夫在世，立功

报国，这是首位，故他也忠孝难以两全。你们受苦委屈，为兄我当然知道，只可惜因不在一处，无力为你们分担忧苦，现捎上白银二百两，期望能为你们解决些许难处。

　　揖拜再三，躬腰顿首。

　　愚兄陈荣昌敬上。

　　写罢，他又拿着电报，准备去总督府见云南巡抚李经羲，告知他此事。这时，门房报告："西山华亭寺住持虚云大师登门求见。"

　　话说这虚云大师，正是慈禧、光绪西逃时从北京带去陕西的德清大师，年前他带着弟子星云一路云游，本来要去大理鸡足山的，不料到了昆明，却被云南佛教界一致推举担任华亭寺住持，于是便羁留昆明，只派星云独自去鸡足山参加那里的佛法大会。虚云和尚本来就是享誉京城的得道高僧，早时又曾在终南山主持法事，为陕西一省免除雪灾，声名鹊起。就任昆明地区最大的寺庙——华亭寺住持后，以其高深的道行和学养讲经布道，在昆明地区很快就赢得了诸多信众的敬仰，已是昆明地区最有影响力的高僧。听说他来了，陈荣昌当然不敢怠慢，马上到门口迎接。

　　两人相见，互致问候。

　　陈荣昌："哟！大法师光临，不胜荣幸，寒舍蓬荜生辉，折杀荣昌了。"

　　虚云："陈大人言重了，小僧登门，是想请教些问题。"

　　陈荣昌："不敢当，不敢当。请大师进屋说话。"

　　陈荣昌话毕，把法师迎进大门，引到堂上入座，并叫管家沏茶。

　　坐定后，陈荣昌问虚云："大师有何见教？"

　　虚云略加思忖，道："近观天象，北斗附近，有星云干扰，在下疑是天下有乱，特来请教。"

　　陈荣昌"哦"了一声，反问道："怎见得？"

　　虚云："八国联军进犯，皇上老佛爷避难西安，而后虽然得以返回，但北京城内并不平静，革新党反复上书，圣上也倾向变通，但老佛爷一手遮天，并不期望变法维新，两派势力，或许会有摊牌之日。这一来一往，一胜一负，难免会酿成血光之灾。"

　　陈荣昌："你我西南偏居一隅之人，鞭长莫及，管那么多闲事干吗？不如读点书，栽点花，悠悠闲闲过日子。"

虚云："这，好像不是你陈大人该说的话吧？"

陈荣昌笑笑："此一时，彼一时，对于当今朝廷，谁也无能、无奈，只因那位老佛爷，把手伸到了天上，该管的，她要管，不该管的，她也要管，这让众人奈何，弄不好，还会惹祸上身，身家性命不保。"

虚云："修身，齐家，治国，平天下，这难道不是你们读书人一直倡导的？"

陈荣昌："有心杀贼，无力回天，这也是天下读书人的苦衷啊！"

虚云喝了口茶，又道："我来，是想请教陈大人，时下传闻的革命党，能否成得了气候？"

想了想，陈荣昌回答："一切要看天意。照理说，大清国的气数，看上去该到头了。"

虚云："这革命党，云南有没有？"

陈荣昌："据我所知，眼下还没有，至于将来，难说……"

虚云又喝了口茶："看来，这是迟早的事了。"

陈荣昌："久分必合，久合必分，久旱必雨，久雨必旱，这是世间规律，也是我们看待事物的方法。这个，就算是我给大师的回答吧。"

虚云点点头，表示懂了。末了，他又对陈荣昌道："你的墨宝我最爱，今日，少不了又要叨扰一幅。"

陈荣昌只好摊纸，研墨。这回，他写的是陆游词——《卜算子·咏梅》："驿外断桥边，寂寞开无主。已是黄昏独自愁，更著风和雨。无意苦争春，一任群芳妒。零落成泥碾作尘，只有香如故。"

写毕，虚云和尚鼓掌称道："好、好！谢谢，谢谢！"

陈荣昌，"出家之人，万事皆空，想不到大师还有这嗜好。"

虚云："书法陶情冶性，又涵养人品，还可供观赏，有什么不可以嗜好的？"

陈荣昌："说得好，但如果收你润笔，你还嗜好吗？"

虚云："陈大人是大家手笔，倾其所有，也要索求一二。"

陈荣昌："好，那以后，我可是要收润笔了。"

虚云："没关系，今天，就奉上十两银子。"

陈荣昌忙着制止："开玩笑，开玩笑，怎么使得，怎么使得。"

虚云："功力是长年积累才有的，成就也是勤学苦练才取得的，到了时候，收点报酬也是应该的。"

陈荣昌："还达不到，达不到……"

虚云："昆明地区，除了钱南园，书法方面我看没有哪个可以跟陈大人你比肩了。"

陈荣昌："不见得，不见得。"

虚云："谦虚是好，但不要过分，过分谦虚反倒予人以虚伪的印象。陈大人，你以为如何？"

陈荣昌："是，是……"

虚云："放眼将来，云南的事，你可能还要出大力。但愿你多多保重！"

陈荣昌："谢谢，谢谢！不过，荣昌已经岁数不小，难堪大任了。"

虚云大师来访后没几天，巡抚衙门传下话来，说巡抚大人要见陈荣昌，陈荣昌便带上林开武的那封电报，匆匆赶往五华山。

昆明五华山上的云南巡抚衙门。

这里是昆明城内的制高点，是一处易守难攻的堡垒式官衙，站在这里可以俯瞰全城。此刻，李经羲在巡抚衙门议事大厅接见陈荣昌。陈荣昌把林开武的电报给他看了。

李经羲看了也很高兴。

李经羲："看来，我们的挑选没有错，这个林开武，看来已进入了老佛爷的核心圈子，这又是我们云南一个不可多得的人才。"

陈荣昌："是的。"

李经羲："你要加强跟他的联络，日本方面，听说滇军十九镇的人在士官学校学习的不少，这些人，都是我们云南的人才，云南要振兴，要发展，将来都要靠他们。"

陈荣昌："是。"

李经羲："听说，革命党在日本闹得也很厉害，不要让他们接触。这些革命党，我们还一时看不明白，小心上他们的当……"

陈荣昌："是。"完了，他想想又补充一句，"对林开武家，是不是适当照顾一下？"

李经羲也想了想道："可以，你去房台衙门，取三百两银子，说是我特批的，给林开武家带去。"

陈荣昌："是。"

李经羲打了个大哈欠："不好意思，我烟瘾犯了，要去过几口。怎么样，你也来两口不？"他说的烟瘾，是大烟瘾，即抽鸦片。

对此，陈荣昌谢绝了："那个，我不会，也不好这口，谢大人了。"

李经羲："那好，我不勉强你，你去办事吧。"

陈荣昌退出去了，李经羲踱进内堂，吞云吐雾过神仙瘾去了。

到房台衙门取出钱，陈荣昌回到家中，挑了个信得过的家人，带上信及五百两银子，连夜出发赶往开化府安平厅东安里香坪山上的林开武家。晚间，他让夫人备了一壶酒，在盛开的山茶花前自酌自饮起来。他边饮边背诵起李白的诗来："花间一壶酒，独酌无相亲。举杯邀明月，对影成三人。月既不解饮，影徒随我身……"

夫人见他如此，问他："今儿为何这般高兴？"

陈荣昌："开武，就是我那个结义兄弟，从北京有电报来，说他在北京极受慈禧太后信任。听我通禀，李经羲大人又批给他家三百两银子。如今，开武已到日本国考察，李大人叫我往后多跟他们联系。这些，难道还不叫人高兴吗？"

夫人点点头："都是好事。"

陈荣昌："说到底，我陈荣昌还是有眼光的，没有看错人。开武肩上，将来堪挑大梁……"

夫人："但愿如此。"

陈荣昌又端起酒杯干了一杯。之后，他吩咐夫人："去，把胡琴拿来，我要吼两段滇戏。"

原来，陈荣昌自打年轻时起，就是个滇戏迷，不仅会听会看，还会自拉自唱，大小不论，算是个地道的滇戏票友了。

滇戏，是流行于云南一带的地方戏种，在民间很有群众基础，在很多府、县都有专业演出团体。据说，它的唱腔，一部分源自汉剧，一部分源自川剧，加之自身的创意，故听上去不难懂，还很悦耳动听，很受云南老百姓的欢迎，只是由于它的锣鼓家什响动太大，因此有些人受不了，不喜欢。但如果是清唱，则多半别有风味，受人欢迎。滇戏的唱腔，主要分丝弦和襄阳两大类，但各地也还有些自己的创新。喜欢滇戏者，大多能哼上几段，与胡琴配合，很有韵味。

陈荣昌从夫人手里接过胡琴，调了调弦，先拉了一段丝弦的过门，而后，抑扬顿挫地唱了一段《秋胡戏妻》。

夫人嘲讽他："一辈子，你就会这一段。"

陈荣昌正色道："别小瞧人，今儿个，看我给你来段新的。"

说完，拉起胡琴，用襄阳高腔，唱了一段《苏武牧羊》："苏武，留胡节不辱，雪地又冰天，苦忍十九年，渴饮雪，饥吞毡，牧羊北海边……"

由于心中把林开武离家，与苏武在北海边苦忍十九年联系起来，陈荣昌此时唱得十分动情，演绎出一种真情实感，让人很是感动。连陈夫人都觉得他唱滇戏从来没有这么好过。才唱完，夫人为他热烈鼓掌。陈荣昌把胡琴交给夫人，又吩咐道："研墨展纸，今儿意犹未尽，我还想写几个字。"

笔酣墨饱之后，陈荣昌在一幅四尺宣纸上写下了"王侯将相，宁有种乎；大鹏展翅，九天可揽"。

完了落款："书赠开武贤弟。"

二十九、信使送钱上香坪山　胞兄弟登门索银子

几年间，香坪山更青翠，更生机盎然了。

林家的小院，掩映在果树、翠竹和一大片葳蕤葱郁的八角树之间，既清新秀丽，又略显神秘。林开武离家几年了，他妻子李氏和来他家帮着侍奉孩子的冯姑娘，一直精心地操持着家里家外，抚养着孩子，守着那片田地和林开武种下的各种林木，过着一种宁静、淡泊的日子。她们与世无争，与人无争，从来不去得罪谁，也不去招惹谁。她们每天日出而作，日落而息，除了每年栽种和收割时分，林开武旧时的团练兄弟会主动上门来帮着做活外，平常的日子，都过得平淡、宁静、舒缓。只是，由于林开武不在家，家中少了顶梁柱，什么大事小事，都要她们出面，而山里人的经济，经常是捉襟见肘，入不敷出，故有

时日子还是过得比较艰难，甚至困苦……好在李氏是个有头脑的人，凡事都很有心计，故凡遇困难，她总能设法解决，很少去求人。几年过去，两个孩子都已经能够跟着大人下地扯菜上山捡柴火了，而冯姑娘已然二十来岁，由刚来时的黄毛丫头出落成一个水灵灵的大姑娘了。她能吃苦，又勤奋。所以，每当表姐遇到难处，她总能挺身而出，帮助表姐渡过难关。为此，李氏很感激她，总是叨叨：只要开武返家，一定让他与她圆房，姊妹俩合为一家，一同服侍开武，共同抚养孩子，如有可能，再为开武生个一儿半女，帮着林家延续血脉，开枝散叶。每言及此，冯姑娘不说话，脸却红红的，李氏知道，在她那颗年轻的心里，也有着满满的期待。

这天，她们吃完中饭，正准备下地干活。原本寂静的山里，忽然一阵马蹄声响，有人来了。

原来，是陈荣昌差遣的信使到了。李氏见他鞍马劳累，知其定未吃饭，就叫冯姑娘去为他准备午饭。信使把陈荣昌的信及五百两银子交给李氏，并道："这是陈团总让交给您的，他希望你们好好过日子，等待林大人回来……"

三年多了，林开武这还是第一次有信来家。一时之间，李氏激动得有点说不出话来。见此，信差道："林大人那边，一切都好，大人现在奉旨到日本国考察，归来之后，说不定还会高升……大人的前途，不可限量。"

李氏："我们也不盼他升官发财，我们只愿他平平安安……"

信差："这当然，当然……"

李氏："日本国离这里有多远？"

信差："这个，我也不知道，听说，它与中国还隔着大海，去一趟不容易……"

冯氏："但愿老天爷保佑……"

过了一会儿，冯姑娘端来做好的午饭，她心里感激信差，还杀了只家养的小母鸡，做了道宫保辣子鸡丁……山里人讲究的就是不怠慢来客，李氏看冯姑娘懂事，把事情办得如此妥帖，心里自是十分高兴。而那信差，更是吃得很过瘾，心里更加满意。

饭毕，李氏又问信差："陈团总身体可好？"

信差接过林开武大儿子送来的漱口水，漱了漱口才答道："还可以……每天，他都练练剑，练练书法，这对养生很有裨益……"

李氏："那就好……回去，请你一定要代我们向陈大人致谢。"

信差点头："一定，一定！"

信差临走时，李氏包了五两银子给他，作为回报和酬谢。冯姑娘也包了一包当地的土特产给他，有草果，有开化三七，还有她们平时在山里采的野菌。信差满怀感激地走了。李氏姊妹一直把他送到村口。

待他走远，李氏才拉着冯姑娘往回走，她意味深长地对冯姑娘说道："当家的平安无事，在外面做事又顺风顺水，这就是我们一家最大的福气了。"

冯姑娘懂事地答："这是他的福气，也是你广积功德的善果……"

李氏："往后的日子，就一天天往好里靠了……但我们，还是要处处小心，勤俭操持……"

冯姑娘："那是自然。"

当天下午，李氏和冯姑娘都没有下地干活，李氏把两个已经懂事的孩子都招来，跟他们讲了爹爹的事，而冯姑娘则在家里料理别的家务，不时也会端着筛子、簸箕什么的不经意路过，听上那么一两耳朵。孩子们却不管这些，听得高兴了，不免欢呼雀跃，激动万分。

当晚，李氏把村里人家的户主和邻近村寨的旧时团练兄弟都叫来，向他们说了林开武来信的内容，并给每家包了几两银子，一来为了感谢众人多年来的帮助，二来也为了周济一下山里人都不容易的生活。对于苏善堂的弟弟，李氏特意包了二十两银子，说是他哥随信一并带来的，并告知他，苏善堂现在和崔志贤都在军中历练，今后一定会有大用。分享着这样的喜讯和荣耀，村里人都很高兴，也很为村里能有林开武这样的能人而自豪。昔日与林开武同甘共苦的团练弟兄，更是激动不已，他们信誓旦旦地表示：

"三嫂你放心，从今后，林家的事就是我们的事，林家的难处就是我们的难处，凡事只要你吱一声，我们都会尽全力……"

"林三哥苦出头来了，对我们也是鞭策……但愿他鹏程万里，飞得更高。日后，三嫂你有什么事，别瞒我们，该出力又出得上力的，我们绝不含糊……"

人散了，夜深了，躺在床上，李氏久久不能入睡。她想得很多很多：从自己嫁进林家门，到林家兄弟分家，再到林开武领着自己离家，一无所有地到香坪山来开荒种地、植树，抱养两个孩子，自己找表妹来帮忙……而后是林开武在开化蹲监，又去昆明领兵勤王，直到自己这些年在香坪山艰难度日……还有，开武去了日本，有没有人照顾，那里的生活怎样，他适不适应？再者，承蒙陈团总对自己一家的关照，将来怎么感激他……而冯姑娘，同样也睡不着。她想得最多的，是自己将来的命运：林开武回来，会不会娶自己？二房的地位又会怎么样？这些年的辛苦，人家会不会承认？林开武如果回来，见到他该说些什么……

那一夜，香坪山的月色特别皎洁，但那一夜时间，似乎也显得特别漫长。

因为睡得晚，李氏和冯姑娘都醒得迟，直到天大亮了她们才先后被院外的嘈杂声给惊醒。还在床上，李氏就听到有过路的人问："林大哥、林五哥，平时也不见你们来香坪山走动的，今儿怎么了，早早就上三哥的门来了？"

接着李氏听到了林老大的声音："听说我家老三昨儿有信来了，他这回有了大出息，我这个大哥往日也没少帮衬，你说，我该不该也来高兴高兴？"

林老大刚说完，又听林老五道："我三哥这回当了大官，带了那么多银子回来，外人都分得不少，我们哥兄奶弟的，你说我们是不是也有一份哪，告诉你，我们这是来拿我们那份银子来了。"

这两个活宝的话音落下，李氏又听到她大嫂和老五媳妇的声音："回去吧，你们哥俩嫌不嫌丢人哪？""你不走我走了，你不要脸我还要脸呢！"

看来是那哥俩听到信要银子来了。李氏心中暗忖，又气又恨还有几分的无奈。只好边披衣起床边对隔壁喊道："表妹，你去开门，人家都上门来了，关门不见也不好。"

"哎！"睡在隔壁的冯姑娘其实也已经起来了，听到表姐的吩咐，便应了一声，起身去开院门。

待冯姑娘把林老大和林老五夫妇引进堂屋，李氏也穿戴整齐出来了。一见面，她就不失礼数地招呼："大哥、大嫂，五弟、五妹，你们都来了？来，都坐、都坐……"

林老大和林老五都坐下了，他们的老婆却没敢坐，各自低着头站在自己男人身后。李氏看看，也不便说什么，于是笑笑道："表妹，你去烧水泡点茶来。"

林老大："不用、不用，我们就是听说老三有信来了，寨子里的乡亲都得了银子，我们也过来坐坐，过来坐坐。咳咳……"

林老五："这回我三哥做了大官，银子也捎来不少，你们倒风光了，还分银子给大家做好人，怎么的，我们亲兄弟也得有一份吧？"

李氏："开武确实是有信来了，随信也带了些银子来，我们分点给大家，一来是感谢大家一直以来对我们的照顾，二来大家的日子都过得不容易，能接济的就接济一下。至于剩下的银子，我们两个女人拖儿带仔的，过得不容易，再说两个孩子也眼看就该入学堂了……"

林老大："老三媳妇，再怎么说我们也是亲兄弟吧，做人做事，总得分个里外的……"

林老五："就是，在你们眼里，我们倒不如那些外人了……"

那天早上，好说歹说，李氏最终还是给每人包了十两银子，林老大、林老五才极不情愿地走了，倒是他们两人的老婆，始终脸都是红红的，羞愧得头都不敢抬。

三十、访江田叹甲午失利 士官学校初会蔡锷

日本江田岛海军学校。

众所周知，日本是一个岛国，除北海道、九州、本州、四国四个大岛外，尚有数千个小岛，构成日本国土，并称日本列岛。这江田岛，即为其中的一个岛屿，它距日本最大的两个军港佐世保与横须贺都不算远。故在近代，日本海军部在此设海军学校，以培养日本海军人才，为海军建设服务。甲午海战中的很多日本海军将校，就毕业于这所学校。

这天，按照行程安排，林开武来到学校考察。由于中国是甲午海战的战败国，加之八国联军入侵又是战败国，故日方为体现战胜国的"高姿态"，允许中国人到此参观、学习……进了学校，林开武便感觉到一种震慑。当时的日本，比起西方的强国如英、美、德、法等，应该说还不富裕，但他们对这所学校建设的投入，却出乎林开武的想象。

学校的建筑，由清一色的花岗岩建成，看上去古朴、简洁但又显得坚固无比。它们既有实用价值，又具防御功能，还处处体现出日本自明治维新以来，

一种蓬勃向上的精神风貌……校园不仅整洁，功能也很齐全：办公楼、教学楼、实验楼、兵器展示大厅、室内健身房、室外运动场、饭堂、宿舍……除此之外，附近的海上，还有供学生实习的船舶和军舰，以及锤炼他们意志品质的演兵场、模拟战场……以前从未见过这些的林开武不得不时时停下脚步，细细观察并思考眼前的一切。

这时，一队学员列队从教学楼里走出，去演兵场操演今天的课目。那些学员个个显得精神饱满，斗志昂扬。出于好奇，林开武跟了过去。陪同他的，是公使馆的一位翻译，还有由校方指定陪同他参观的一位中佐。

因为事先有约定，校方示意他在学校可以随意看，不受约束。这样，林开武便直接到学员队一旁，看他们上课。

队长让学员们列队，下达口令，训话——"今天，两个课目，一是十公里海滩越野；二是五公里舢板横渡，现在，首先进行第一项。"

翻译把那队长的话翻译给林开武，林开武明白了。

队长发布口令："全体都有，跑步走！"他跑在队伍前面，队伍很快跟了上去……

为了了解情况，林开武也跟上去了……但跑了近两公里后，他就感觉累了，不仅喘气困难，脚下也阵阵发软，渐渐地跟不上那支仍然匀速前进的队伍……以前，他从未在柔软的沙滩上跑过步。林开武感到沙滩是柔软的，让人以为踩着很舒服，其实但跑在上面，脚板好像无法使力，感觉不到地面的反弹力，只让人费劲，无处借力发力……又跑了一公里，林开武实在跑不动了，只好停下。他的身边这时也落下了一些跑不动的学生。

这时，他看见队长恶狠狠地跑到一位学员身边，狠狠地踢了他一脚，还骂道："浑蛋，猪猡，你就那么软，那么想趴下？"那名学员受到羞辱、刺激，挣扎着又拼命往前跑……又有一名学员想倒下。队长赶过去，冲他又是几脚，还抽了他一耳光……挨打的学员无奈，又不敢还嘴、还手，只有挣扎着又往前跑……这样的情况，还发生在好几个学员身上。但不管怎样，整个队伍，还是不停地往前跑去……

至此，林开武明白了，甲午海战，日本之所以战胜中国，除别的原因之外，刻苦的训练，顽强的意志，应该是最重要的原因。

一个钟头后，学员队全体返回，又被带到两艘大舢板前。

队长布置任务："刚才，我们是练腿力，现在，我们要练臂力……一组二组上左边艇，三组四组上右边艇，往返五公里距离，先抵达者胜利！"

学员们上艇，各就各位，人人手握一支大桨。班长一声令下："开始！"两艘艇几乎同时冲了出去。

为了看整个训练过程，林开武跟着班长上了督促学员的机动船。

学员们划桨看来都很专业，看得出来平时训练有素，并且是经常进行这样的比赛。班长喊着口令，指挥大家划桨。然而，由于桨很大、很沉，加之刚才的长跑使体力消耗很大，渐渐地，有几名学员吃不消了……左边第二名，身子开始倾斜，他划不动了。班长从中穿过去，揪住他的衣领，吼道："浑蛋！你又拉稀了！真该让你去吃屎。"那名学员不敢反抗，只得竭尽全力地拼命划……右边有一名学员东倒西歪，支撑不住了，班长又让他的船靠过来，噼噼啪啪就是一顿耳光。那人被打得嘴角流血了，却一声不吭地死命划桨……由于划舢板是集体项目，大家动作必须一致才能产生合力、速度，至此，没有人再敢表现不一致了，齐心协力，拼命划桨，向目标、向胜利冲刺。终于，左边的那条舢板取得了胜利，而失败者，也仅仅比他们慢了一点点。下船时，得胜的学员们热烈地互相拥抱、欢呼……

一旁的林开武，也为他们的胜利感到高兴。他拍了拍班长的肩膀，伸出大拇指夸奖他。的确，有这样的队长，必有好的学员……

队长笑笑，说了一句："有时，我是为他们好！"当翻译把这句话翻译给林开武听时，他沉默了。

是啊！人间的爱，有两种：一种是婆婆妈妈式的关爱、仁爱；一种是恨铁不成钢式的大爱、厚爱……培养人才，需要的就是后一种……

再有，日本人之所以后来居上，迅速赶上西方列强，这种非同一般的教育方式，这种超强的团队精神，正是成就他们的重要原因。

从江田岛海军学校返回途中，林开武坐在车上闭目沉思，久久不语，心里翻江倒海，极不平静……

按照日程，林开武今天是拜访赫赫有名的日本士官学校。

士官制度，是西方军事变革中的一项重要举措。它是军队专业化、职业化的一个强有力措施。在不少西方国家，这项制度已经实行了很久，并且在军队建设上很有成效。所谓士官，又被称为"兵头将尾"，它是介于军官和士兵之间的一种职务，往上，执行军官的命令，对军官负责；往下，管辖士兵，约束士兵，并执行对士兵进行训练和指挥他们的各种任务。士官们既要学习各种操典以及各种战术、战法，又要学习军队基层单位的指挥、配合等。因此，士官需要掌握的东西很多，从某种意义上说，他们才是军队的核心和灵魂。优秀的士官，是未来军官的候补人选。士官这个庞大群体，是各种军事人才的基础和摇篮。

为此，来日本学习军事的中国军人，大多会选择投考日本士官学校，以期全面发展。即便是一些在中国军队中已经担任过一定职务的初、中级军官，也会毫不犹豫地选择上日本士官学校，因为如此便可以比较全面地掌握日本军队的构成、训练方法、战术原则以及指挥系统和未来发展趋势……

而日本士官学校，应该说在办学宗旨和办学方法上，也是独树一帜的。它既受到西方影响，学习运用西方列强在这方面的成功经验，又结合日本的实际，创造出了一条培养自己军事人才的路子。它对学生要求很严，不合格的每年实行淘汰制度，它要求学生学习的东西很多，但最主要的，是强调对学生意志品质的培养、提高，学生如果违纪，决不留情姑息，它的教材囊括了现代军队建设的几乎所有方面，它的训练方法，甚至包括责骂和体罚……正因为这些，中国近代军事史上的很多重要人物，都曾先后在这所学校学习过，包括后来的蒋介石、张学良……

此次造访，林开武有个想法，那就是找一找中国留学生，特别是找几位云南老乡，先听听他们的想法，再确定自己以后在日本要看的东西。

由于中国驻日公使馆事先按林开武的要求与校方进行了联系，校方在接待时，特别安排他和士官学校中国同学联谊会的两位学生代表见了面。

两位学生，一位是蔡锷，一位是李烈钧。蔡锷是湖南人，学的是三期，已经在这里上了三年学（第一年专学日语）；李烈钧是江西人，学的也是三期，同样在这里三年了。见到国内来人，他们都很高兴。

蔡锷："欢迎，欢迎林大人。"

李烈钧也表示欢迎，热情地向林开武问好。

林开武问："怎么样？感觉如何？"

蔡锷："校方要求很严，管理也很严……不过，基本还能适应。"

李烈钧："初来时，经常被罚……习惯了，也就好了。"

林开武："听说，违纪还会被打骂……"

蔡锷："你不违纪也就免掉了……"

李烈钧："对日本人，他们也这样……"

这样说了一通话，林开武才注意到他们头上已没有了辫子，有些惊讶："怎么，你们的辫子？"

蔡锷笑笑："早剪了，不然，一上街，就有人跟着看，还会骂是中国猪。再说了，我们上的是军校，拖着一根大辫子，训练起来也不方便……"

李烈钧："在这儿的中国人，全都剪了。"

林开武："这……"他知道大清有条戒律，留发留头，不留发不留头……"

蔡锷又笑笑："没什么，大不了，回国时再留上。"

李烈钧也笑笑："到时，只怕国内也有人剪辫子了……"

林开武想了想，问："听说，这里有不少云南学生？"

蔡锷："前前后后，差不多各省的都有，不过眼下，确实云南、湖北来的学生更多些。"

林开武："从云南来的学生有哪些？"

蔡锷想了想，回答："李根源、唐继尧、罗佩军、金汉鼎……哦！对了，还有赵又新。"

"今天，我能与他们见见面吗？"林开武又问。

"当然可以……下午课余活动时，我去找他们来。"蔡锷说完，望着李烈钧。

李烈钧："我也去……你找一队、二队的，我找三队、四队的……"

林开武点点头，又道："我是云南人，想见见老乡……也想了解点家乡的事……"

蔡锷："可以理解，也应该。"

李烈钧："学校方面的情况，他们也很熟悉，你的考察，会有收获的……"

林开武想了想，再问："孙中山、黄兴他们的活动，有没有渗透到学校里来？"

蔡锷犹豫着："这……"

李烈钧："这方面的情况，我们不太清楚……"

林开武："听说，革命党人很活跃……学校是敏感的地方，他们不会不注意吧……"

蔡锷摇摇头："反正我们没有接触过。"

李烈钧："即使有行动，他们也只会在暗中进行……"

林开武："我不是想探听什么……我只想认识一下，这些革命党到底是些什么人，他们到底有没有能力，有没有希望改变中国，给中国的未来带来光明？"

蔡锷思忖了一下，道："云南同乡会中，听说有人接触过他们……等下午与他们见面，你可以了解一下。"

李烈钧："云南同乡会的学员思想很活跃，见解也很新颖，与他们交谈，你将会获得更多的信息……"

林开武："哦！我的那些小老乡果真那么激进？他们在中国学生中也有你俩这样的威信和影响力吗？"

蔡锷："当然，他们中的很多人很优秀。"

李烈钧："像李根源、唐继尧，都很了不起。"

林开武沉吟良久，点点头说："那就太好了，家乡多奇俊，云南就有希望。谢谢你们了！"

三十一、云南同乡会聚群英 日妓献艺竞相争宠

经过蔡锷、李烈钧一通张罗，林开武终于于当天下午如愿以偿地与云南留学日本陆军士官学校的学生见了面。

一间不大的会客室里，林开武与士官学校内的云南同乡会会员热烈寒暄。他乡遇老乡，大家心里都有别样的亲热，交往中，彼此间就少了许多戒备。

当时，在座的有云南学生李根源、唐继尧、罗佩金、金汉鼎、赵又新五个人。他们清一色都剪了辫子，看上去很精壮。

林开武问他们："你们都是同一期的吗？"

李根源："我三期。"

唐继尧："我四期。"

罗佩金："我五期。"

金汉鼎："我五期。"

赵又新："我四期。"

林开武一一打量着他们，许久才道："你们是云南军人中的精英，也可能是云南未来的希望……"

李根源："不敢当。"

唐继尧："过誉了，担当不起……"

其他人："是啊，是啊！"

林开武想了想，问："来日本学军事，你们有什么感想？"

有顷，李根源先说："中国不变革，还会有第二次甲午海战，还会有八国联军、十国联军，甚至数十国联军入侵北京……"

唐继尧接上："大汉民族，几次灭于外族之手，若再不走富国强兵之路，还会重蹈覆辙……"

赵又新："到日本看看，才知道富国强兵之路应该怎么走……"

罗佩金："士官学校的这一套，对中国强军很有启迪……"

金汉鼎："中国也应该多多地开办这样的学校……"

林开武："如果回去后，让你们办这样的学校，带这样的军队，你们能挑得起这副担子吗？"

李根源："天下兴亡，匹夫有责……我们出来学习，心里想的就是报效国家，报效云南，回去之后，定当竭力做好自己该做的事，尽好自己该尽之责。"

唐继尧："云南虽地处偏僻一隅，但英法势力在那里蔓延，我们可以做的事很多，肩上的责任重大……"

罗佩军："首先我们可以创办一所军校，培养人才……"

金汉鼎："各省都应该办军校……"

赵又新："军强则国强，军弱则国衰……"

沉吟了一番，似乎有些犹豫，林开武忍不住还是问道："在日本，中国革命党人很活跃，他们的主张，你们都知道吗？"

众人默然不语。

好一阵之后，李根源才道："他们中的个别人虽然有些过于激进，但总的来说，还是想为中国寻条出路……"

林开武："你们认为，中国的出路在哪里呢？"

唐继尧："孙中山先生提出的'三民主义'，我看就是条出路……"

林开武："何为三民主义？"

李根源："三民主义是民族主义、民权主义、民生主义。"

林开武："有些什么具体内容？"

李根源："民族主义是要推翻满洲贵族的统治，实现民族独立；民权主义就是推翻封建君主专制，建立国民政府；民生主义就是平均地权，由国家核定地价，征收地税，逐步实行土地国有……"

林开武笑了笑："你们懂得还不少啊？"

李根源不作声了。

唐继尧："说句老实话，我们接触过革命党人……他们的主张，有很多我们都认为是对的……"

林开武："你们认为在我们云南，这些主张能行得通吗？"

李根源："云南实行起来，有利条件更多……"

林开武："为什么呀？"

李根源："云南地处边隅，离清廷的权力中心远，上头鞭长莫及，很多事情都管不到……再者，云南地广人稀，土地资源不缺乏，有条件实行耕者有其田；最后一条，云南地处南陲，革命力量容易进入，而且人民困苦，容易发动……"

金汉鼎："是啊！云南人还有一条，就是不怕犯上，反正穷得什么都没有，干和不干还不是一个样……"

林开武笑了笑："这么看，你们都赞成革命党的主张，或是都参加革命党的活动了。"

李根源也笑了笑："眼下，还没有……"

唐继尧："其实，把林大人你介绍给我们的蔡锷、李烈钧，才是参加了的，他们都是革命党中的中坚分子……"

李根源："孙中山的'同盟会'、上海的'光复会'、湖南的'华兴会'、湖北的'科学实习所'等，最近准备联合起来，成立统一组织'中国同盟会'，在全国各地展开斗争……"

见李根源打开了话匣子，估计他心里已经没有多少顾忌了，林开武试着问他："能不能介绍我认识一下孙中山先生？"

不料，李根源却再度沉默，对他提出来的问题不置可否。

还是唐继尧快人快语："这个，我可以设法联系……我与孙先生最信任、最倚重的黄兴有过交往，可以找他转达林大人你的意愿……"

李根源："不过，林大人你的身份……"

林开武笑了笑："这个，你们可以告诉他，说我是孙先生的一个仰慕者，也是一个有良心的中国人……"

金汉鼎问林开武："大人不怕朝廷的追究……"

林开武："本来，我是为了抗击洋兵才出来勤王的，护驾结束我就想离开北京回云南老家了。可是太后不准，又派我到日本国考察，我这才觉得出来看看也好，看看能不能找到改变中国现状、富国强兵的路子……"

赵又新插话："我们云南人都有个毛病，老是思乡、恋家，都是地道的家乡宝……"

林开武："美不美，家乡水嘛。谁让我们云南那么美丽神奇，资源那么丰富，气候又那么好呢？"

李根源："云南确实是个好地方。"

唐继尧："为其生，为其死，我都愿意……"

末了，林开武道："好了，时间也不早了。今天晚上，找家好点的日本餐馆，我做东，大家热闹一下……哦！别忘了把蔡锷和李烈钧叫来。"

众人："好！"

一家地道的日本餐馆。包间内，林开武等八人围坐在一张大方桌前。四周都是榻榻米，他们也都坐在地上，脱掉鞋子，打着盘腿……林开武环顾了一下四壁，墙上有一幅汉字："清风。"还有一幅工笔仕女图。

唐继尧："日本人的东西，学中国的多……"

赵又新："但现在，我们倒要向他们学习了……"

蔡锷："总有一天，要叫他们再次向中国学习……"

李烈钧："民族与民族之间，国家与国家之间，相互学习、借鉴，本来就很正常。"

李根源："日本有些东西可以学，有些东西却很……比如这坐的方法，坐在地上不说，还要脱鞋，脚气重的人，臭死别人……"

大家都笑了。

林开武："说老实话，到日本这些日子，我还真没吃过什么好吃的饭食。"

蔡锷："饮食方面，他们唯一比我们好的，大概就是海鲜了……在这方面，他们确实是地地道道的海洋民族，资源、捕捞方法、加工制作程序等，很多比中国丰富、先进……"

李烈钧："听说，经常吃海鲜的人，都比较聪明。"

唐继尧："聪明倒不一定，但营养肯定是稍好些。"

李根源："我看过一本西方的书，说的是海洋民族容易走在世界的前列，因为他们可以借助航海，拓展疆土，发展贸易，强占资源……"

蔡锷："你说的是《海洋论》？"

李根源点点头。

李烈钧："其实，四百年前，我们云南人郑和七下西洋，已经向世界展示了中国亦是一个名副其实的海洋大国！"

唐继尧："那个时候，中国比现在强大多了。航海家郑和，可是我们云南的骄傲和自豪。"

李根源："是呀！他可是我们云南人走向世界的代表和最高成就者。我们云南人都应该像他一样，勇于走出大山，胸怀全世界。"

林开武："只可惜明成祖后来又下令封海……"

唐继尧："君主制度，天下总是一个人说了算……"

蔡锷："世界潮流，浩浩荡荡，改革之路，无人能挡……"

李烈钧："中山先生的主义，定会得到大多数中国人的拥戴。"

李根源："所以，连林大人都想拜见中山先生……"

林开武："机会难得，请诸位一定尽力，让开武有机会亲自拜见这位革命的先驱者。"

唐继尧："我会努力。我想，中山先生一定很乐意看到你这个慈禧太后身边的红人，转而倾向和同意他的革命主张。"

众人："是啊，是啊。革命就是要动员所有能动员的力量……"

三十二、林开武拜访华兴会 孙中山接见受启蒙

黄兴在日本的家。

这里远离闹市区，比较僻静。日本式的庭院内充满异国情调：草坪、花坛、灯柱、鱼池……只是在纸糊的隔墙上，有很多的中国字：驱除鞑虏、恢复中华、平均地权、矢信矢忠、有始有终、有如渝此……

黄兴，湖南善化人，1903 年 10 月 4 日，与刘揆一、陈天华、宋教仁等秘密集会，成立革命团体"兴华会"，对外用办矿的名义，取名华兴公司。1904 年，在日本正式成立"华兴会"。

这里，既是黄兴的家，又是华兴会的据点、总部，也是革命党人经常聚会的一个场所。

在李根源、唐继尧的引领下，林开武走进了这个庭院。进到院子后，唐继尧让林开武和李根源在此等候。他自己先进去通报。

林开武和李根源正在外面等着，突然，"轰"的一声巨响，接着屋里冲起一团黑烟，并顺着门窗向外蔓延，刺人耳鼻，呛人肺腑……

他们正诧异，不知所措时，只见唐继尧奔出来，灰头灰脑，脸被黑烟染黑。

李根源惊讶地上前问："你……怎么啦？"

唐继尧连连摇手，竟被呛得一时说不出话来。这时，黄兴等人也出来了，他们的模样，也跟唐继尧差不多，一身灰尘、满脸烟黑……

良久，唐继尧才拉过林开武，向黄兴介绍道："这位就是林开武，林大人……"

继而，又转身向林开武介绍："这位是黄兴先生……"

林开武好奇地望着黄兴，一时找不着话说。

见此，黄兴笑了笑说："不好意思，我们在做实验，失手了……"

林开武好奇地问："什么实验？"

黄兴还来不及回答，唐继尧却抢先答了："炸弹。"

听说是在做炸弹，林开武有些吃惊："做炸弹？"

黄兴点点头："对付清狗，炸弹是最有说服力的武器。"

林开武默然。

李根源上前："黄先生好！"

黄兴："你好，你们好。"

唐继尧望了望已不再冒烟的房子，提议道："还是先进屋吧，到屋里再说。"

黄兴允诺，带他们进屋。屋里前厅一片狼藉，所有物件东倒西歪，四下是散落的尘土，墙上被黑烟熏得一片斑驳……

林开武对黄兴道："好危险……"

黄兴笑笑："没关系，习惯了……"

林开武："真没危险？"

黄兴又笑笑："谋事在人，成事在天……这种活，有时也很难说……不过，我们冒点风险，后边的同志就安全些了……"

林开武明白了，这就是职业革命者，他们都有下地狱舍我其谁的勇气和精神，从某种意义上讲，这也是一种以身作则。

进到里间坐下。黄兴和手下去洗了把脸。这里没有受炸弹的影响，依旧清洁舒适。他们几个人盘腿坐在榻榻米上，谈论起来。

黄兴问林开武："听说林大人是直接从慈禧身边来的？"

林开武："二品带刀侍卫。"

黄兴："那，慈禧的一切你都知道？"

林开武："略知一二吧，我给她当侍卫的时间也不长。"

黄兴："你老家是……"

林开武："云南开化。"

黄兴："跟根源、继尧他们是同乡？"

林开武点点头。

黄兴："这很好……我们发展同志，多从同乡、同学开始……"

林开武："我也是到这里后才认识他们……"

黄兴："他们都是我们的好朋友、好同志，既有思想，又能实干。将来，他们要挑大梁，特别是云南的革命，少不了他们……"

林开武："黄先生，我有个请求……"

黄兴："什么事？"

略为犹豫后，林开武说道："我想见见孙中山先生……想当面向他请教几个问题……"

黄兴迟疑了一下，点点头："这个，我想可以……英雄不问出处，革命不分先后。这个请求，不为过……我先设法联系，再通知你。"

林开武："联系好了，可让根源、继尧代为转告……"

黄兴："一定。"

李根源对林开武道："你有什么不清楚的问题，也可先请教黄先生，他在同志们心目中，也很了不起……"

林开武点点头，想了想后问黄兴："先生，我想问：推翻清廷之后，中国将走一条什么道路？"

黄兴："共和。"

林开武："是不是像法国、美国那样？"

黄兴："有相似之处，也不全然相同。"

林开武："到那时，国家的最高领导者是谁？"

黄兴："这要民选。当然，他的头衔可以叫总统，也可以叫主席等。"

林开武："将来谁具体管理老百姓？"

黄兴："各级政府……当然，也有中央政府，不过，无论哪一级政府，其宗旨都是要为民众做事，为民众谋福利……"

林开武："还有个问题：革命的方式，要不要流血？"

黄兴："这要看对手的表现……以牙还牙，以血还血，以暴制暴，以武息武，这些，是原则，但也要看具体过程中的需要……当然，倘若能以和平的方式进行，我们也求之不得……法国大革命，贵族和平民都流了血，巴黎公社遭到镇压，死了多少人？但皇帝，最终还是被送上了断头台……"

林开武："是不是人人都可以参加这样的革命？"

黄兴略加思索，反问他："听说，你是林则徐的后代？"

林开武："不是直系，是远房……"

黄兴："那也很了不起……林大人林则徐，是当时朝廷的一面旗帜，他勇挑重担，敢作敢为，力主禁烟，在虎门销毁了英国人的大量鸦片，还训练民团，组织军队，与洋人对抗，忠实地捍卫了国家利益……他是我们中国人的骄傲！作为他的后代，你若参加革命，我们当然十分欢迎……我认为凡是赞同我们革命纲领的人，凡是不甘心做清廷走狗奴才的人，都可以参加我们的队伍……这是潮流，也是未来中国的必然趋势……"

林开武听完，没有再发问，久久地，他陷入沉思。

过了一会儿，黄兴说："走，去看看我们设计的另外一种家伙。"

于是，大家起身跟他去了另一个房间。

这里简直像个车间：车床、精工材料、电线、坩埚，还有熔铁炉、铁钻……

从工作台上，黄兴拿起一把刚做成的简易手枪，装上子弹，递给林开武："来，试试。"

林开武："这是什么？"

黄兴："清军中，不是也在使用吗？这东西过去叫手铳，现在叫手枪……"

林开武："你们自己做？"

黄兴笑了笑："没别的门路，只好自己摸索着搞……很难，也很费钱……但只要搞成，作用会很大……用来对付那些清廷要员，会事半功倍……"

林开武端起枪，试探着扣了一下扳机。

"砰"的一声，子弹飞出，打在对面墙壁上。

墙上出现了一个大洞。

众人齐叫："好！"

黄兴拍拍林开武的肩："就这样干，想象着那边墙上，站满了清廷走狗……"

孙中山在横滨的住所居高临下，可以俯瞰大海。

傍晚时分，夕阳西下，景色很美。放眼望去，几乎没有风浪的海面上，浮光跃金、绚丽夺目；两艘渔船从远处驶近，船尾划出的浪花把夕阳的光晕分割成几块，璀璨闪亮，熠熠生辉，灰色的船和白色的帆此刻都被太阳的余晖染成金黄色，但渐渐地，又融入晚霞的绯红之中，成为暗红色的了……

就着即将上来的夜色，林开武跟着黄兴来到这里，拜见他仰慕的孙中山先生。在客厅，孙中山接见了他们。

孙中山先生算得上东方男人中的美男子，他眉目清秀、相貌慈祥和蔼，两撇精心修剪过的小胡子，给人一种端庄成熟的感觉……

孙中山先生是广东珠江三角洲香山县翠亨村人，自小便崇拜太平天国起义军的首领洪秀全。长大后，因到处宣传革命主张，被清廷通缉和追捕过多次，还为此蹲过清廷的大狱……后来，为了安全和方便起见，他移居他国，先后在美国、英国、澳大利亚和新加坡等地生活过。最后几年，为促成各地革命力量会合，成立统一的革命中坚力量——中国同盟会，他长期留居日本，以便于开展相关工作。此处住所，乃是一位日本友人赞助他的，不仅房租分文不取，还予以种种便利。

望着众人仰慕的孙中山先生，又看着他旁边眉清目秀，与孙先生奔走革命多年的革命伴侣陈粹芬，林开武觉得有点诚惶诚恐。

还是孙中山先生先问他："你们的考察，有没有成效？"

稍加思忖，林开武答道："看了日本，特别是看了大阪的'万国博览会'，以及参观了江田岛海军学校和士官学校，感觉到大清国确实远远落后了……不变革恐怕只有死路一条……"

孙中山："有这个认识很好。"

林开武："日本，几乎各方面都走到了我们前面……"

孙中山点点头："明治维新以前，他们比我们落后很多……"

林开武："是……那时，他们很多东西都是向中国学，从中国来的……"

孙中山："此一时，彼一时了……"

黄兴插话："曾经的先生，而今变成人家的学生了……"

孙中山："不仅变成学生，还变成了人家刀俎上的鱼肉！"

林开武："这一点我深有体会……我从西安护送慈禧和光绪抵京，见到北京城遍地狼藉，园林被焚、宝物被盗，很多人流离失所，谁不痛心，谁不愤慨？西方列强，包括日本，为什么就能把中国如此凌辱，如此欺负……"

孙中山："这就是我辈之所以矢志不渝地要推翻清朝统治实行变革的主要原因了……"

林开武："我完全赞同先生的主张和革命党的纲领！"

孙中山："很好……你位于清廷的权力中心，能接触到慈禧，也可以见到光绪，将来，用你之时不会少，你也能发挥很大作用……"

　　林开武："当效犬马之劳……"

　　孙中山："当下，我们面临的困难也不少……"

　　林开武："请先生明示，如能尽力，开武当仁不让。"

　　黄兴插话："要跟清廷斗，当下，我们最缺的是武器……钱困难，买枪的渠道也很少，还不容易运输……因为各地都有清廷的探子、走狗……"

　　孙中山："是啊，前几年我和粹芬在南洋四处筹钱，虽得华侨资助买到了一批武器，但好多只运到越南的海防，就没办法运进国内了。这些事，你们云南镇雄在越南读书的张邦翰都知道，他就曾参加过这些武器的运送和保管。唉！也不知道这些武器如今还在不在，以后还能不能派上用场……"

　　陈粹芬接话："前不久，我们运往广东的一批武器就被他们查获，还牺牲了几个同志……"

　　有顷，林开武道："湖广总督张之洞这两年在武汉搞洋务取得了些成效……他办的汉阳兵工厂，听说已经能生产小口径来复枪，眼下，产品主要用于装备各地的新军……我到日本考察前，我从云南带出来的两个兄弟崔志贤和苏善堂，已被慈禧以外放军中历练的名义遣往湖广总督衙门，去监造武器。他们两个都是和我从小一起长大的生死弟兄……我回国后如果去找他们想办法，弄上几百条枪问题不会太大……"

　　黄兴高兴得几乎跳起来："太好了，有希望了……"继而，他转向孙中山道："小口径来复枪，这是最新式的枪，连八国联军打北京时都还没有……因为枪筒内有来复线，子弹打出去时会高速旋转，不会偏离，所以它的射击精度很高，远远强于昔日的滑膛枪……我们举义时如能有这种枪，举义成功的概率会高很多……"

　　孙中山："那，很好！"

　　黄兴顿了一下，又问林开武："可是，经费，也就是钱，在哪里？我这里，包括中山先生，可是囊中羞涩，拿不出钱来呀！"

　　林开武想了想道："新枪估计十两银子一支，五百条枪，五千两银子……这，我设法去筹措。"

　　黄兴激动地拍着林开武的肩膀："真的？"

　　"真的。"林开武点点头。

　　黄兴兴奋地跳了起来："好！汉子！真汉子！"

孙中山也高兴地握住林开武的手道:"谢谢,谢谢你……"

陈粹芬:"没想到,困扰先生多时的大难题一下子解决了……"

林开武:"往后,大事你们策划、谋定,小事、具体事务,就由我来担当……"

孙中山又一次紧握住林开武的手道:"同志!有你这话,我们就真的是同志了……"

陈粹芬:"看来,革命是真能把人心连在一起的。"

黄兴:"人心所愿,人心所向,志同道合,无往不胜!"

孙中山:"大家齐心协力,何愁清廷推不翻!"

林开武:"为国家强盛,为民族独立,林某愿永远追随先生,为革命尽绵薄之力……"

孙中山:"很高兴结识你这么一位同志,让我们的革命友谊长青,永不凋零。"

林开武用力点头,也紧紧握住中山先生的手……

三十三、富士山下同乡话别 慈禧收礼倒生烦恼

日本富士山。

从远处看,突兀雄峙的富士山,像一把倒悬着打开的折扇,衬托在日本列岛上空,使人感觉晶莹、圣洁……因为它的山腰以上终年都有积雪。

山脚下,林开武和士官学校的几位云南老乡在话别。在场的有李根源、唐继尧、罗佩金、金汉鼎、赵又新。

望着富士山上的积雪,林开武道:"此番来日本、能与诸位相识,又有幸与中山先生和黄兴等人见面、沟通,实在是荣幸,林某很满足。"

李根源:"大人有此机遇,我等有此机缘,也是福气。"

唐继尧:"大人回国,见到慈禧,会禀报些什么?"

　　林开武："她给我的任务，是监督考察团其他成员，让他们的所作所为不要出格，这一点，我想我做到了，事实上，所有的考察团成员，他们的所作所为都没有出格的，相反地，如果按慈禧的要求，我的行为倒还出格了，因为她并不希望我接触你们，接触中山先生和革命党。"

　　金汉鼎："其实，真正出格的是清朝的统治者，如慈禧，她的很多行为，都出了'大格'。"

　　赵又新："是啊，挪用海军的银子去修颐和园；一场大寿庆典花掉几百万两银子；逃离北京时把珍妃推下井；将改革的七君子抓去杀头，还将她自己的儿子逼死；把当今皇上关押在瀛台……这些，难道还算不上倒行逆施、行为出格？"

　　罗佩金："当今天下，只要有人振臂一呼，响应者会不计其数……这清朝，该完蛋了……"

　　林开武点点头，末了问："你们，还有多长时间回去？"

　　李根源："最多半年。"

　　林开武："回去后准备如何干？"

　　唐继尧："我们商量、策划好了……回去，一部分去新军十九镇任职，力争在短期内掌握云南的新军……另外，说通李经羲，创办一所陆军学校，或者讲武堂也行，利用学校或讲武堂，培养更多的人才，发展更多的力量，为今后做大事做准备……"

　　林开武："好啊，你们想得很周到！"

　　李根源："你要能回云南，跟我们一起干就更好了……"

　　林开武沉默了一会儿才说道："云南，我肯定是要回去的。这几年，我无时无刻不在想念云南，想念老家，想念香坪山……但是，我现在毕竟还在宫里当差，有些行动并不由自己支配。再说我继续留在宫里，说不定还有别的用处。"

　　见他沉默，唐继尧道："其实，只要心里有革命信念，在哪里干都一样……你在北京，说不定还能帮我们大忙……"

　　李根源点头表示赞同，末了又道："林大人返京，说不定还有别的变故……一切，都只有到哪山砍哪柴了……"

　　林开武点点头。

　　沉默了片刻，唐继尧指着富士山上的白雪道："来，大家不要为离别而生伤感之情，现在，我们比赛爬山，看谁最先踩到白雪，吃到白雪！"

赵又新："好。"

金汉鼎："好。"

李根源望着林开武："林大人，行吗？"

林开武点点头，道了声："没问题。"

唐继尧发口令："预备，起！"

大家各自选择一条路，拼命向山上爬去……唐继尧冲在最前面。赵又新和金汉鼎也不示弱，紧跟其后。李根源、林开武、罗佩金三人都落在了后面……终于，唐继尧第一个踩到了白雪，并抓了一大把放到嘴里。其他人陆续上来了。

李根源对唐继尧道："什么都干不赢你，你第一……"

唐继尧有些得意，转而对林开武说："林大人，你说，做大事与做小事，有没有差别？"

林开武喘着粗气，缓缓答道："只会做小事者，为下乘，只会做大事者，为中乘；大事、小事都做得好者，为上乘……"

李根源对唐继尧道："看来，为上乘者，只有你了！"

唐继尧面带笑容，却故意谦虚道："你这么说，折杀我了……其实在云南老乡中，大家最钦佩的，还是你这个老大哥……"

众人纷纷冲李根源竖起大拇指，齐声说道："此言极是！"

林开武望着众人，道："有你们这班人，云南在不远的将来，一定会有一番新气象！"

李根源："谢谢林大人的金口玉言……"

这时，唐继尧道："诸位，今天，为给林大人送行，我做东，地点由大家定，菜品也由大家定……"

金汉鼎："好啊！"

罗佩金："别反悔，我们可是要猛宰你一回！"

唐继尧："没问题。"

林开武："不，今天，由我做东，一切由我开销……你们都还是学生，都靠家里和亲友的资助读书，不容易。"

李根源："林大人，这怎么好意思……"

林开武："不要紧，反正我的考察费还有结余。"

从山上往下走时，唐继尧又提出来比赛速度。大家竟都同意争先恐后跑步下山。结果，又是唐继尧得第一。

看着踌躇满志的唐继尧，林开武小声对李根源道："看来，这位唐兄，干什么事情都不甘落后……"

李根源点点头："他老家在会泽，那里是乌蒙山腹地，山高坡陡，出行不易，从小他就翻山越岭走惯山路，再陡的坡也不怕，再高的山也敢爬……也就形成了敢于挑战，勇于争先的性格。"

林开武："看来，人的成长，跟环境有关……"

李根源："当然。咱们云南人，总的有个特点，不怕吃苦，也特别能吃苦……"

林开武点点头："以后做事，咱们就要发扬这个特点。"

李根源："是应该这样，吃得苦中苦，方为人上人嘛。"

几日以后，考察团结束了在日本的考察，照样乘坐"大丸"号从横滨返回天津。考察团的成员，除了受伤的赵奉起提前回国疗伤外，包括林开武、朱继业、李柯、刘台堤、曹锟、段祺瑞在内，全都坐在一条船上，也算是有始有终了。

考察团回到北京，慈禧在紫禁城养心殿召见了他们一行。这养心殿，是慈禧平时听政和居住的地方。这里面积不算大，但装潢考究，陈设奢华，古董众多，警卫森严。

一张中间有短桌的类似北京炕床的大榻上，倚靠着厚厚的黄缎锦垫，老佛爷先呷了一口宫女递上的关东人参茶，然后把目光向在座的众人横扫了一番，却故意半天不说一句话。

众人包括林开武在内，都不知道慈禧此时的心思，自然也就猜不出今天的召见到底是祸是福，该喜还是该忧。所以只好纷纷低头，谁都不敢直视一脸威严的她。许久，慈禧才指着长条桌上的一堆礼品，朗声道："这些，都是你们这次带回来的？"

众人："嗻。"

又顿了一下，慈禧才让宫女把自己扶起，走到长桌旁，一一细看起礼物来。原来，慈禧素来有收臣下礼物的习惯，因此，在宫中就形成了一条不成文的规矩，朝中大臣外出公干，都会在各地搜罗一些奇珍异宝，回来献给这位贪婪的老佛爷，以讨她的欢心。

这次去日本考察的众人，大多是平时经常在宫中走动的人物，都知道这条不成文的规矩，在日本时虽然大家都心照不宣，但回国时，大家却不约而同地给慈禧准备了礼物。他们当中，朱继业给慈禧带的是一串日本产的黑珍珠，林开武准备的是一套日本和服，而李柯带的是一批大大小小的钟表，刘台堤带的是一个可以千变万化的万花筒，曹锟和段祺瑞买的是两支手枪和一把日本军刀，就连因受伤先行回国的赵奉起都在东京市场上买了一个日本八音盒。

对黑珍珠，慈禧表示满意，她点头微笑着说："珍珠倒不稀罕，但黑的还少见……"

对日本和服，她评价道："做工不错，款式也别样，但日本娘儿们的衣服，中国人怎么能穿，只能摆着看看……"

见到钟表，她点点头说："乾隆爷、嘉庆爷是这方面的专家，喜好这个，宫里也收藏了不少，这个，拿去填充他们的收藏……"

见到刀和枪，她把脸转过来问："这是谁的主意？"

段祺瑞跪行上前答道："枪是奴才弄来的。"

曹锟也跪行到慈禧面前说："军刀是奴才孝敬老佛爷的。"

慈禧望望他们，说："你们是军人，对这个当然感兴趣……而且，目光倒也不错，挑的是好东西。但在这里，我不喜欢这些东西，见着了让人心烦……"想了想，她又吩咐道："拿兵部去，奖给那些在边陲和海疆立功的将士。"

一旁的太监："嗻。"

最后两件礼品，是赵奉起的八音盒和刘台堤的万花筒。

八音盒的盒子很漂亮，高级红木，镶有螺钿，盒子的一侧有发条，上足后，一开开关，就会奏出优美的音乐。音乐以日本民歌《樱花》打头，共有四首，声音像钢琴，又像三弦……

慈禧听听曲子，又拿起万花筒把玩着看，脸上露出难得的笑意，说道："这两个玩意，我喜欢，心闷时，可以散散心……如果八音盒里能奏中国乐曲就更好了……"

赵奉起："回老佛爷，奴才一定再寻一个能奏中国曲子的玩意孝敬老佛爷……"

慈禧："难得你有孝心，我等着。"而后，她才回到榻上坐下，问道："说说，这次你们去日本，都有些什么收获？"

考察团的成员面面相觑，谁都怕说不好，所以都不想第一个开口。见此情景，慈禧指指林开武："他们害怕，不肯先说，你带个头。"

林开武只好硬着头皮说道："俗话说，不看不知道，一看吓一跳……去日本看了后，才知道咱大清国确实是落后了……有比较，才能鉴别，有鉴别，才能分出好坏。看了他们的很多东西，原先是学咱们的，但眼下，却都走到前面去了……"

慈禧："举个例子。"

林开武："比如造船，前期明成祖时期，所造的几百条宝船，哪一条不让外国人惊叹，日本人更是望尘莫及……郑和带领的船队，远航南洋、马六甲，直抵非洲东海岸，沿途哪个国家不佩服，不慑于我们天朝大国的威仪……可后来，日本人把咱们造船术学了去，他们造更大的船，造机动船，造铁甲船……甲午海战，就是一例；再如，火药，是中国人发明的，火枪，也是中国人最早使用的，但日本现在的兵工厂，其规模和数量远远超乎我们的想象，机关枪、山炮、火炮，他们什么都能造……"

慈禧打断他："这些，他们都让你们看？"

林开武："有的让，有的不让，我是想了好多办法才了解到这些情况的……"

慈禧："你觉得，眼下他们对我们的最大威胁是什么？"

林开武："是军事……我参观、访问过他们的江田岛海军学校和陆军士官学校。从中，我嗅到了浓浓的火药味，感觉到了日本对我们的威胁……"

段祺瑞插话："我们在日本陆军大学，也感受到了同样的情况……"

曹锟："整个日本，现在弥漫着一种扩张论调，他们认为日本是岛国，土地和其他资源都有限，日本民族要生存、要发展，不向外拓展是没有前途的。为此，从日本皇室到平民，都渴望向外扩张……而他们的首选目标就是中国……"

慈禧："情况真的有这么严重？"

李柯："不只军事上，从经济上看，日本同样也想入侵中国……他们认为，中国这个大市场，为日本经济发展提供了很大的空间，倘能完全占领这个市场，则日本经济的腾飞会更上一个台阶……"

刘台堤："在大阪万国博览会上，日本展示的，是体现他们立国意图的巡洋舰模型、水上飞机模型和世界最大炼钢炉的模型……"

朱继业："为实现他们富国强兵的梦想，日本皇室和政府在全国各地，包括农村，普及了初等教育，开展了扫盲运动，还设立了各种技能培训机构和学校，以期提高他们整个民族的素质……"

慈禧眯上眼，缓缓道："这么说，以后的日本，就是我大清国的主要敌人了？"

段祺瑞："可以这么说……因为，西方列强离我们毕竟太远，而日本则近在咫尺，稍有机会，他们就会扑上来咬我们一口……"

慈禧睁开眼，示意大家不要再说，之后又缓缓道："你们的意思，我明白了……如果都像你们说的，日本国确实对我们虎视眈眈……但我的忧虑，暂时还不在这里……时下那些所谓闹革命的乱党，才是心腹之患……"

众人哑然。

慈禧接着说道："乱党就是乱党，还自诩革命！他们唯恐天下不乱，唯恐洋人打不进来，他们好趁乱夺权……你们回去，把考察心得写成奏折，我有空时会看……但你们的心中，一定要牢记，眼下，对我大清威胁最大、危害最大的，是乱党即所谓的革命党，孙中山、黄兴、刘静庵、徐锦麟等这些人不除，我大清永无宁日。"

众人："嗻。"

慈禧："好，今儿就到这儿，你们先下去歇息，我也累了……"

众人："嗻。"

待众人退出，慈禧吩咐太监："去传大总管来！"

太监去不多时，李莲英匆匆赶来。

在李莲英必须经过的路上，颇有心机的刘台堤故意走在众人后面，悄悄送给他一个万花筒，里面变化的图景，却是与他孝敬慈禧的那个完全不同的，这个筒子里面装的，都是让人脸热心跳的春宫图。

李莲英试看了一下，连声道："好！这玩意儿好……"

刘台堤："只要大总管喜欢，也就不枉费在下一片孝心了。"

李莲英冲他伸出大拇指，又夸了一句："会办事！"

刘台堤："一个东洋人的小玩意，不成敬意、不成敬意。"

让刘台堤万万想不到的是，进了养心殿的李莲英一转手就把他送的这件礼物又送给了慈禧。

慈禧着迷地在万花筒里看了好一阵，竟然没好气地抱怨道："这个刘台堤，有这么好的东西也不送给我，敢情他在我这倒是乱打发了，哪天有机会看我不扒了他的皮。"

李莲英："老佛爷也不要为此太气恼，他一个外臣，在您面前哪敢造次。"

慈禧："说的也是。要说这偌大的紫禁城里，也就是你小李子懂我的心思了……"

第四部
受重用领军江浙 为民生勤勉为官

三十四、出任江浙两军统领 黄鹤楼议三民主义

这天，林开武正在神武门内御花园当差。这御花园，是紫禁城内唯一一处有花有树、有草坪、有水池，还有小桥流水和亭台楼榭的地方，也是皇宫内统治者们陶冶性情和放松身心的地方。由于是皇家花园，它的布局、陈设所选择种植的花木，包括铺设的地面和各种建筑，都显得很大气、很精致。在这里当差，应该说是在紫禁城里的某种享受。为此，林开武很惬意、很放松。不时，边巡视还边饶有兴致地观赏着四周的风景。

这时，李莲英突然来了。

林开武问道："大总管好！怎么有空上这儿来？"

李莲英："有事……"

林开武："什么事？"

李莲英望望四周，小声道："一会儿，老佛爷要来……让你在这儿等她……"

林开武"哦"了一声，不知道是怎么回事，有些心存疑惑。

李莲英接着说："说来，老佛爷宠你，是你的福分……对上对下，你该多留点神……"

林开武明白了他的意思，道："谢大总管提醒……"

这时，慈禧的銮驾到了。

林开武忙上前去跪安，恭祝慈禧圣安。

慈禧下轿，站到他面前。

慈禧："知道我为什么找你吗？"

林开武："微臣愚钝，不明白。"

慈禧："你考察的心得文章我看了，写得还可以，但是，有些不切实际……你的想法，是想创办一所日本士官学校那样的军校，培养大清的军事人才。"

林开武："是。"

慈禧："想法，是好的。但这种事，你办不合适……天津小站那边，袁世凯早已在操练新军，李中堂也亲自过问这个事情，别人插手，他们会怎么想？另外，袁世凯的两个部下，段祺瑞和曹锟，也已提出创办保定陆军讲武堂的建议……他们是新军中人，又是袁世凯、李中堂的人，搞起来，各方面都比你有利得多……"

林开武："我……只是个建议……"

慈禧："你的想法，我理解，也认为是好的，但眼下，有桩大事要你去办。"

林开武："什么事？"

慈禧："乱党的事，你都知道……眼下，除了北京，闹得最凶的，是江浙、湖北、广东……湖北，有张之洞，我还比较放心，广东有两广总督张鸣岐，虽说人软心善，但对大清还是一片忠心，只有江浙，我不放心……俗话说，湖广熟，天下足；江浙富，带一路……那边若出事，必然影响整个大清的基业……为此，我想到了你，想让你去那边，帮我看住那边的大门……"

林开武："老佛爷想让我具体干什么？"

慈禧稍微犹豫了一下："你去任江浙水陆两路军统领，管好那里的兵，守好那里的土，让他们别给我添乱……"

林开武："我行吗？"

慈禧："我看中的人，一般不会错……你放心大胆去，一切还有我呢，我在后面支撑着……"

思忖良久，林开武点点头。

慈禧："你的两个兄弟崔志贤和苏善堂，你去日本时我已派他们去张之洞那里协办洋务，看能不能搞点名堂出来……"

林开武点头："这我知道。"

慈禧："你们云南人，有个特点，办事踏实，不张扬，这一点我欣赏。你去江浙赴任，如果缺帮手，可以调他们其中一个过来，但得留一个在那里看着张之洞办的兵工厂，这样我才放心。"

林开武："感谢老佛爷的体恤和信任，那就调崔志贤过来吧，苏善堂仍让他留在那边。"

慈禧："如此甚好。我这就叫内事房拟诏，你也准备一下，一旦皇上颁旨，你们即刻赴任。"完了，她又吩咐李莲英，"叫大内库房，给林大人准备五千两银子做盘缠……"

李莲英："嘞。"

这段时间，林开武正为自己曾答应孙中山、黄兴买枪缺款的事发愁，这下子，福从天降，不禁喜上心头。可表面上，他不能就这样显露出来，只得跪下去，冲慈禧磕了三个响头，道："谢老佛爷恩典……"

慈禧："只要认真做事就行了。"

林开武："定当尽心竭力，定当尽心竭力……"

慈禧走了，李莲英却没有马上跟着去，他留了下来。看看四周无人，他对林开武道："林大人，恭喜你了。此番老佛爷委以如此重任，今后一定飞黄腾达。但莲英作为老友，还再多嘴一句，以后不光学会做事，也要学会做人……"

林开武知道他的意思：这五千两银子，应该有他的一份……但这银子，刚好够买五百支枪，自己答应过孙中山先生的事，怎能把钱给这个贪得无厌的人。为此，他紧张地思索着敷衍李莲英的办法，思来想去，林开武倒觉得先拖一拖再说，先把这钱拿到手，再想其他办法对付李莲英……

于是，他对李莲英道："大总管的份子，在下心里有数……本来咱们应该来个二一添作五的，但是开武这一路去，用钱的地方一定不少，要不在下再去找老佛爷，求她老人家开恩，再多给支些银子，或者容在下先去上任，日后有了稀奇宝贝，再送来孝敬总管大人？"

李莲英连连摆手："使不得，使不得。你这样去跟老佛爷要银子，她想都不用想就能知道我在这做了手脚，你还是以后有了好东西再分我一两件吧。唉！待在这深宫里，其实就是清水一潭，哪像你们外放的官，要风得风、要雨得雨呢？林大人，你可不能说了不认账哟！"

林开武："总管大人放心，开武是个直人，向来说到做到。就是当下，开武拿到银子，虽然还不能直接分给大人，小的也一定想办法孝敬一二。"

李莲英："如此，真是让林大人见笑了。莲英可不是雁过拔毛，实在是……"

林开武："理解、理解。俗话说蛇大洞大，总管大人那每天人来人往，开支本来就不小……"如此敷衍一番，当时好歹搪塞了过去。

拿到银子的当天，林开武果真就没有跟李莲英"二一添作五"，他把银子汇到已在武汉的苏善堂那里，让他伺机购买枪支，又发电报知会崔志贤，让他交割那边的事务，一旦圣旨一到，就与自己同去赴任。办完这些事情，才用自己平时攒下的二百两银子买了两个翡翠镯子，悄悄送给李莲英。李莲英对此很恼火，却拿林开武一点办法也没有，他知道，以林开武天不怕地不怕的爽直性格，所谓以后的好东西，那也不过是一柄长把伞而已。为此，他在心中暗骂："他娘的，小气鬼，那么大一笔银子倒让你独吞了。哼！往后你瞧着，不想个办法收拾你，你也不知我李莲英的手段……"但暂时，林开武已经放了外任，他也无可奈何。

不久，林开武办完交接，到江浙上任去了。

虽说只是个统领，但也是提督之下千军之上了，离京时的一接一送，场面还是颇大，这也让林开武实实在在地过了把官瘾。

湖北武汉。这里是九省通衢之地，到处一派繁华、繁忙的景象。特别是在穿城而过的长江、汉水中，更是一片千帆竞发、百舸争流的热闹……建在长江边上龟山上的黄鹤楼，是中国四大名楼之一。它高高矗立、气派宏大，给人一种升华飞腾的感觉。在这里，林开武与久别的崔志贤、苏善堂相见了。他是乘火车从北京到达武汉，绕道来这里找崔志贤和苏善堂的。从这里，他和崔志贤也可以乘轮船去上海。此刻，他们三人吃过午饭，正兴致勃勃地去登黄鹤楼，领略长江的无限风光。他们边走边谈。稍远处，有两个卫兵不紧不慢地跟着。

崔志贤："三哥，这么说，你与他们真挂上钩了？"

林开武："当然了……中山先生还为我指派了专门的联络人。"

苏善堂："除了买枪，还有没有给我的其他任务？"

林开武："眼下，就是要设法弄到五百支枪……"

苏善堂思忖了一会儿，说道："三哥你汇的五千两银票我是收到了，但到兵工厂去购枪，还得另外想名目……张之洞大人对枪械的管理很严，也有一套规章，弄不好，会暴露……"

林开武："办法你慢慢想，钱放在你这里不动……等机会成熟，再把枪买到手。"

苏善堂："时间不紧倒可以慢慢想办法……我是怕他们急需……"

林开武："急需倒是急需……但这事也是急不得的事，我和志贤去了那边，再看看还有没有其他办法可想……"

崔志贤："三哥，老佛爷这次对你、对我，倒是够抬爱的。"

林开武："她还不是把我们当成看门狗，去帮她和光绪守住江浙的大门……"

苏善堂："不管怎么说，这总是个重要职位。三哥你这回可以一展平生之志了。"

林开武："能否一展平生之志倒未必。但总算可以离开那个警卫森严的深宫了，到了外面，连呼吸都自由些，空气都清新些。唉！倒是你们协办的洋务，情况怎么样？"

崔志贤："湖广总督张之洞大人，对洋务是很上心的……他的想法，有些接近直隶总督李鸿章李中堂。他们俩都走的是中学为体、西学为用的路子，先照搬洋人的一些做法，把西方的技术引进来，办一些实体，搞一些对国计民生有直接影响的项目，再以此为依托，向其他方面辐射……如开矿、冶炼、造船、造枪炮等，再加上修铁路、建码头，设立邮政局、电报局、招商局等，吸引民间资本，创立中国人自己的种种企业，以此来发展中国的新兴产业，走富国强兵之路……"

林开武："民生问题如果不解决，这一切，恐怕很难……"

"是啊！"苏善堂也有同感。

林开武继续说："所以，中山先生的三民主义，我看是解决问题的根本……"

崔志贤："你完全赞同三民主义？"

林开武点点头："与孙中山接触，聆听先生的教诲，你会觉得，中国有希望了，如果实现了孙先生倡导的三民主义，中国人就可以挺直腰板站起来做人了……"

191

苏善堂："他有那么大的能耐？"

林开武："除了他的思想，他的行为，他还有一种说不出来的人格魅力，让你信任他，依赖他，愿意跟他去做任何事情……"

崔志贤："我们什么时候也能见见孙先生呀？"

林开武："只要我们忠心耿耿地追随，踏踏实实地做事，我想，会有机会的……"

苏善堂："反正，我就信三哥你，三哥你说三民主义好，我就认为它好，你说孙先生好，我也就认为他好了……"

林开武："也不能完全这样，现在可不比我们在香坪山的时候，出来做事，你也要学会自己思考才行。尤其是这次志贤和我去了江浙，你却要单独留下来买枪。办这样的大事，要时时处处小心才是。"

苏善堂："三哥你放心，我会小心的。"

林开武："这样就好，我单独把你放在这边办事，本来就是想历练历练你，将来，你和志贤始终都要独立办事，独当一面的，不可能一辈子总跟着我。"

苏善堂："我就是要一辈子追随三哥，不光一辈子追随三哥，还要和三哥一起，追随孙中山先生，追随革命党的三民主义。"

崔志贤："就是，我们是一辈子的兄弟，以前与三哥你一同勤王入卫打洋兵，以后也与三哥你追随孙先生革命。倒是一旦有了机会，三哥你一定要把我们引荐给中山先生哟。"

林开武肯定地点了点头："一定。"

三人正说得热闹，突然，有两个年轻人从他们身后蹿出，奔向前面的黄鹤楼。

在不远处紧跟他们的卫兵，立即上前阻止。

卫兵甲："你们，干什么？"

卫兵乙："知不知道你们面前是什么人？"

一个年轻人说："这是公众地方，谁都可以上去……"

另一个也说："没招你，没惹你，干吗那么凶？"

卫兵甲上前，抽出腰刀，直逼他们。卫兵乙也围上去，准备动手。见此，林开武上前制止道："算了，让他们去，他们没犯什么。"

卫兵甲："我们是担心大人你们的安全……"

卫兵乙："再说了，他们这般咋咋呼呼地在大人前面奔来跑去，成何体统？"

林开武："不碍事的，在我这，没有这么多讲究。"

崔志贤也对卫兵说："人人生而平等，这儿是公共场所，人人都可以来，并不能因为林大人在这，其他人就得远远回避……"

林开武："这一切，都需要变革……"

苏善堂："都需要革命……"

登上楼顶，他们极目远眺浩浩荡荡的长江，感觉心胸开阔了很多。

林开武："这情景，让我想起两句诗：无边落木萧萧下，不尽长江滚滚来。"

崔志贤："我也想起两句诗……"

林开武："哪两句？"

崔志贤："沉舟侧畔千帆过，病树前头万木春。"

林开武："对，撇开大清这棵病树，中国的前面一定是万木欣欣向荣的春天！"

苏善堂："你们都文绉绉的，我可对不出什么诗文。但我就知道，这大清，暮气太重了，是得有新的东西来冲击一下了。就像眼前的长江，如果不是有不尽的波浪滚滚而来，那些泥沙就不会自己走掉，而长江，也不会有这无限的活力与气势……"

忽然，一艘轮船在不远处拉响了汽笛。笛声悠远，久久回荡在江面上。

林开武："号角已经吹响，同志必须努力！"

崔志贤："我等亦要努力跟上！"

林开武："愿你我共勉：永远追随孙先生，为改变今天的中国尽自己的一份力！"

苏善堂："壮哉，革命！伟哉，革命！"

林开武："兄弟同心，其利断金。你我兄弟抱成一团，就是一只革命的拳头，打哪都能留下有力的印痕！"

崔志贤："有三哥你领头，我和善堂就不会迷失方向。"

苏善堂："就是，只要有三哥你领头，我和志贤保证指哪打哪。"

林开武："革命没有那么简单，也不能只盲目地追随我。刚才我说过了，你们要学会独立思考、独立办事，这样才能独立应对将来的复杂局面。"

崔志贤和苏善堂齐声道："是！三哥。"

这时，江面上起风了，长江上浪高风急，很多船只纷纷进港避风。但有些船只却在风雨中劈波斩浪，在江面上犁开了一道道雪白的浪花，自有道不尽的风流和潇洒……

三十五、金山避雨解救贫民 樊财主打人被拘捕

江苏上海。

按照当时的建制，上海隶属江苏省管，设道台衙门，下辖黄埔、崇明、金山、嘉定等县。江浙水陆两路军提督府设在上海，林开武要去任职的江浙两省水陆两路军统领衙门，设在金山县的枫泾镇。这里背靠上海，面临杭州湾，是一个进可以扼守江浙两省门户，退可以控制江浙腹地的要冲，地理位置十分重要。而枫泾，本身亦是一个富庶小镇。

所谓水陆两路军，其实是一支直接隶属于大清中央政权的机动队伍，它的长官为水陆两路军提督，相当于一省巡抚一样级别的官阶，却直接听命于兵部和军机处，并不属地方管辖，可以机动灵活地执行各种任务。但主要的用途，在于镇压两省境内的各种反叛活动，包括革命党人组织的起义和暴动。当然，如遇到外侮，也可以跟入侵者战斗……

水陆两路军提督除了掌握兵权，还兼有监督地方的职权，林开武这个水陆两军的统领，则直接听命于提督，是提督手下专办军务的军事长官。他的地位跟地方衙门的总兵差不多，只是管的事要相对简单些。一般情况下，他不介入地方的各种事务，只是管理军队、镇守地方，必要时以军队之力支撑提督实现相应的军事目的……

林开武到上海，先带着崔志贤去提督府拜谒了提督大人，算是报到也算是领受任务。提督大人虽然官居一品，又是与皇室有着千丝万缕联系的旗人，但

他也知道林开武来自慈禧身边，深得老佛爷信任，所以并不敢怠慢，当林开武在堂前递了文书，他便表示早已见过圣旨，彼此寒暄几句，便命手下备办晚宴，为林开武二人接风洗尘。晚宴上，无非也是官场往来的礼数与客套，酒过三巡、菜过五味之后，他便客气地说道："林大人旅途劳顿，又是第一次来上海，不免多在上海待两天，看看龟、蛇二山，再到外滩和黄浦江口走走，这些地方在上海都是极有名的景致。"

提督大人话到此处，林开武知道自己应该告辞了，于是便拉着近旁的崔志贤站了起来，端起面前的酒杯道："开武新到，感谢提督大人的款待，在下和志贤兄弟敬了大人这杯酒，即去下处收拾行装，明日即去金山枫泾镇。一切以军务为要，上海的这诸多景致，日后有的是时间，待大人召见或是有事到沪应差，到时再去也不迟。"

提督大人："林大人不愧是老佛爷身边的干才，办事如此干练，既如此，老夫也不敢强留，一切都以大人的方便为方便。崔兄既然是林大人多年的生死兄弟，又是一起勤王有功的，以后到了枫泾镇，就作为林大人的副将吧，老夫这样安排，不知林大人和崔兄以为如何？如无异议，明日一早，老夫即着人拟定公文，好让大人和崔兄带着上路，到位履职，什么都不耽误。"

林开武："如此甚好。"

崔志贤："感谢大人提携！"

从提督府告辞出来，林开武和崔志贤径直回了下榻的旅店，当夜无话。第二天早上起来，又去提督府作礼节性的辞行，拿了崔志贤的任命文书，两人便带着亲兵，一路往金山县枫泾镇而去。

林开武和崔志贤来到金山县枫泾镇的那天，赶上天气不好，正下着雨。他们二人骑着马，冒雨前行。刚刚当上副将的崔志贤开始还兴致极高，到后来，看着那雨越下越大，再见布满阴霾的天空一派灰暗，仿佛每一丝风都拧得出水来，担心大雨淋坏了林开武的身子，便对林开武道："三哥，这雨太大了，别初来乍到就淋出病来……咱们还是先避避雨吧？"

林开武打量了一下天色，点头道："好，找个地方躲雨吧……"

然而，四周空旷无人，房屋也极少，要躲雨，连个地方都难找。

两人策马又跑了一段路，崔志贤才隐约看到远处有一所大房子，他激动地道："到那家去，那一定可以避雨，说不定还可以用主家的火烘烘我们的衣服……"

他们两人带着一干亲兵去了。但当他们接近那所大房子时，却听里面传出一阵尖厉的哭喊声，声音凄切，撕心裂肺……他们两人对视了一下，迅速下马，叫一名亲兵过去敲门。

门半天才打开，出来的是一个管家模样的人。

见面就问林开武和崔志贤："几位军爷，有何公干？"

崔志贤："雨大，路不好走，我们想到你家避避雨……"

管家面露难色，但又不好推辞。

见此，林开武说道："我们只是暂时避避雨，雨小了就走。你有什么困难，不方便吗？"

管家支支吾吾，一时不置可否。崔志贤不理他，径自便往门里走去。林开武本来想拦他，一时没有拦住，也就跟了进去。管家不好硬挡，只好小跑着跟在后面。

他们一到院内，便见一个人趴在雨地上，浑身被打得鲜血淋漓，血水混着泥水流了一地，惨不忍睹……林开武问管家："他是什么人？为什么这样打他？"

迟疑许久，管家才答："这个刁民，欠了两年地租，不但不还，昨夜还暗自潜入府中，准备放火焚烧地契账本……"

林开武："会有这种事情，别是你们仗势欺人哟？"

管家："绝无半句虚言。"

崔志贤："既是这样，也还有官府衙门。你们私设公堂，打人几欲致死，也不应该呀！"

这时，主人家出来了。主人家姓樊，是当地有名的大地主。

一见到林开武等人的装束和派头，他就知道有些来历。为此，他稍加思忖，并不直接回答林开武和崔志贤的问话，倒吩咐管家道："几位军爷雨中远道而来，鞍马劳顿。去，弄几套干爽衣服，服侍几位爷换了。再摆桌酒席，封上一百两银子，为几位爷接风……"

管家眼珠急转，"哎"了一声，就准备离去。

"慢！"林开武制止了管家，继而把脸转向那樊姓财主道："这种事情，一百两银子就想堵住我们的嘴？"

樊财主："那就再加一百两……"

林开武怒气上涌，提高声音："呸！你瞎了眼！"

这时，崔志贤已经过去扶起那个挨打的人，但见他两眼翻白，已经快要断气，便对林开武说道："统领大人，这人恐怕不行了。"

林开武于是厉声对那樊财主道："你们如此草菅人命，不送交官府讨个说法，何以平民愤……"

那樊财主和管家听说不请自来的这个人是驻军统领，又看林开武一副凛然正气的样子，当时就吓蒙了，不知如何是好，院里一片沉寂。

林开武对崔志贤道："你先去县衙门，把情况跟他们禀明，让他们来人处理……"

崔志贤："是。"说完，出门骑马，急驰而去。

林开武又对樊财主道："今儿个，我就守在这里等人来……"

樊财主不敢吭气，良久，才吩咐管家："还不快去瞧瞧，看人还有救没有？如还有救，快去叫郎中。"

管家急忙去看伤者，又奔出去找来郎中，给那人包扎、喂药……

林开武不再说话，只是立于雨中，和那几名亲兵一道，虎视眈眈地盯着院中的一切。一时间，空气像凝固了一样……

有了郎中的救治，那个垂死的人终于还是缓了过来。临近傍晚，县衙终于来了几名衙役和捕快，验照前后经过，又查看了伤者伤情，拘捕樊财主和管家，将他们押回县衙交差……

林开武和崔志贤他们见到事情得到解决，这才离开了樊家大院，继续赶往水陆两路军统领衙门。

县衙来办事的一个捕快还算机灵，知道他们要去水陆两路军统领衙门，虽然不知他们的来路却也猜到几分来头，便主动派了一名衙役给他们带路。路上，那衙役竟无话找话地对林开武说道："大人忠烈肝胆，除暴扶弱，在下十分佩服……"

林开武："路见不平，拔刀相助，这是做人应该有的良知。"

崔志贤："大清官场上的官老爷们，如果都能这样，天下就会少许多冤屈，变得太平了……"

林开武："人人都讲求以身作则，从自身做起，为官的风气就可以改变了，社会的风气就会好转了……"

崔志贤："这，在大清，在当下，恐怕很难……"

林开武："是的，积重难返……"

他们一行人说着走着，天色渐渐晚了，路有些看不清。这时，领路的那位衙役又乖巧地道："两位大人，天色晚了，我们是不是先去百味斋吃点东西，然后再去统领衙门……"

林开武："算了，还是先去衙门……"

崔志贤："到衙门还不是要吃饭，咱们就在这吃吧，大家都一天水米不沾牙了。"

林开武想了想，说道："好吧。"

三十六、开武夜入统领衙门 整肃军纪打鸦片兵

在枫泾镇上的百味斋吃完晚饭，已经是掌灯时分。

那位衙役刚带他们来到统领衙门门口，林开武就拉住他说道："这位兄弟，辛苦你了，你回去吧。"

衙役："大人，这天也黑了，衙门里带兵的管带很蛮横的，要不小的进去替大人引见一下？"

林开武："不用了，我们都是营军中人，虽是不熟，却是有军中文书为凭的，他再蛮横，也要认军中文书的，我们自己去吧。"

衙役："这……小人来时，指派的捕快有交代，要把大人您送到统领衙门，交接清楚才是礼数……"

林开武："这些繁文缛节就免了，你把我们带到这里来，又安排我们吃了晚饭，礼数已经很周全了。还是在此别过吧，再说了，我们到了统领衙门，还有些军中事务要办，你若在场，多有不便……"

衙役："既如此说，小人就回去了。"

林开武："回去吧。"

等那衙役走远，崔志贤才问林开武："三哥，你这是为什么呀？怎么到了统领衙门门口，倒要坚决赶人家回去，这不是你一贯为人处世的做法呀？"

林开武："时与时不同，事与事不同。"

崔志贤："不懂。"

林开武低声道："一会儿你就懂了。趁黑，咱们去瞧瞧，这统领衙门的人，会怎样迎接我们……"

崔志贤恍然大悟，会心一笑道："哦，我明白了。"

于是两人和众亲兵找了个僻静处，各自换了装束，然后才上马奔统领衙门而去。

统领衙门内，此时人进人出，灯火通明。原来，里面的人，知道统领大人今日要来，故谁也不敢离去，都在这里候着。门口此时设有几个卫兵，个个手执明晃晃的刀枪，一副很是威严的样子。见林开武和崔志贤一行人轻马便衣。一名哨兵问道："你们干什么的？这么晚了还来统领衙门，这里可是军事要地，不是什么人都能随便出入的。"

崔志贤眼珠一转，上前答道："我们是林统领林大人的家人，这不林大人今天有事在提督府耽搁了，叫我们先过来安排他日后起居的家内事务。"

哨兵一听说是新统领的家人，哪里还敢多问，当时就躬身退到一边，让他们进去了。

这是一处三进叠加在一起的大四合院，他们顺着既是天井又是操场的空地往里走。院内到处灯火通明，各个屋里的情况几乎都看得清清楚楚。

第一进院子里，左边厢房内，一伙人在推牌九，吆五喝六的声音十分响亮；右边厢房的桌子上，一伙人在打麻将，"吃""碰"的声音也声声入耳。

第二进院子里也人语喧哗，左右厢房内，都有人在猜拳行令，酒桌上一派杯盘狼藉，还有几个人在墙角和阴沟旁呕吐。

走到最里面，更加了得。只见左右厢房的长榻上，横七竖八地躺着一些人，他们或吞云吐雾或烧着烟泡，满屋子烟雾弥漫，乌烟瘴气……

林开武紧皱着眉头，和崔志贤对视了一下，林开武倒还面色平静，崔志贤脸上却已现出愤愤之色。

林开武向屋里努努嘴，给崔志贤丢了个眼色。崔志贤进屋拉起一位管带模样的人，厉声问他："你可是这里带兵的管带？"

管带刚过完烟瘾，可能还没有完全醒过神来，奇怪地盯住他，反问道："大胆，你是什么人？想干什么？"

崔志贤用手指指自己，又指指林开武，大声地道："我是什么人，睁开你的狗眼看看！我是统领大人的副将，这位是新到任的统领大人林开武！"

听说面前这个青衣小帽却又身材魁梧、气宇轩昂的人就是林开武，管带有些慌了，却还有些疑惑，半天，才嗫嚅道："小人有眼不识泰山，对不起，对不起……"

林开武："怎么，你们不知道我今天来？"

管带："知道，知道……不过，天色这么晚，我们以为大人您今天赶不到了……"

林开武："所以，大家才这么放肆？"

管带顿时语塞，不知如何回答。半晌，崔志贤才喝令那管带："还不快去集合队伍，列队迎接统领大人……"

管带这才如释重负，立马道："是！"

"集合、集合！统领大人来了！"管带嚷嚷着跑了出去，不多一会儿，有值星官吹响了集合哨……

集合哨响，一时之间，各个房间的人都衣冠不整地急切奔出来，在场院里集合待命。但里屋有两个还在过鸦片瘾的人躺着不动，依然在屋里吞云吐雾。在集合好的队伍前巡视了一个来回，林开武命令崔志贤："去看看，还有没有人没来！"

崔志贤逐屋巡视，最终把那两个还在抽鸦片的人提搂来了。

林开武问："他们还在干什么？"

崔志贤："抽鸦片……"

林开武双眉紧蹙，四下扫了一眼，见到院内有棵大树，树上有两杈横枝，便命令道："来人，把他俩吊到树上去……"

执行命令的几个亲兵上前，把两人捆紧，用绳子将他们吊上树杈……两人杀猪般地叫了起来……

林开武命令崔志贤："用鞭子，越叫越抽！直抽到他们不再叫唤为止。"

两人开始还叫，但挨了一阵鞭子，一个叫不动了，另一个强忍着不敢叫了……见到如此场景，队伍中的人面面相觑，不敢作声。

林开武直到这时才转身面对大家道："你们是什么人？"

有人说："大清军人。"

林开武："对，大清军人……军人是干什么的？"

无人应声。

林开武："军人是守土卫国，保卫老百姓的……像今天这样，你们能够像一个真正的军人那样履职吗？不能！肯定不能……我刚到，没有给大家带什么见面礼，就权当对这两个大烟鬼的惩戒，是送给大家的见面礼吧。开武有一句话，可以跟大家共勉，那就是：国家兴亡，匹夫有责；当兵吃粮，丝毫不能懈怠……从今天起，我和大家的命运、荣辱就连在一起了……军兴我荣，军衰我耻！但愿我们共同出力，把我们的队伍锤炼成一支嗷嗷叫的血性精兵，为朝廷分忧，为百姓解愁……"慷慨激昂一番之后，林开武意犹未尽，接着说道："我宣布，从今天起，全体官兵不准赌博、不准酗酒、不准抽鸦片……我不妨告诉大家，当年在广东虎门销烟的林则徐，就是本人的远房叔爷，有违令者，大家能够想得到我会怎么办……"

林开武训完话，众人面面相觑，大家都大气不敢出，更没有一个人敢说话。林开武却不管这些，一丢手，就气哼哼地带着几个亲兵，自己到最里面的那进院子，收拾住处去了。

崔志贤当然知道林开武的用意，他这是故意把这些兵冷在一边，杀杀他们的娇气、治治他们的惰气、收收他们的散气，他这是在整肃队伍，也是在练兵了。想到这一层，崔志贤也便不说话，只是提着一条马鞭，在队伍面前走来走去，犀利的目光逼视着所有人的脸，直看得他们每个人都不敢举目与他对视。

良久，那管带才小心翼翼地走到崔志贤面前，哆嗦着道："大人，您看这队伍，这……"

崔志贤："队伍解散，回去休息。去几个人，把那两个烟鬼放下来，送去擦些外伤药。"

管带："是！"

崔志贤："明天早上，卯时点兵，集中操练！"

管带："是！"

直到队伍完全散去，崔志贤这才疾步来到里间。这时，林开武和亲兵已经收拾好房间等他进来了。

林开武："志贤，你火候和分寸都掌握得好，面对这样的兵油子，矫枉必须过正。今晚得罪了一些人，大家肯定会有不同的反应，你注意替我收集收集……"

崔志贤："是。"

林开武："没有令行禁止的严明军纪，队伍就很难有所作为。"

崔志贤："我明白。"

林开武："看来，要练成一支精兵，我们要走的路还很长……"

崔志贤："三哥，有你这样的魄力，也不难……"

林开武："好了，去睡吧，别拍我的马屁，明天还得早起呢。从明天开始，我们又得过真正的军中生活了。"

崔志贤："是呀，自从两宫进京，藤甲兵解散回乡以后，我们就没有真正带过兵了。"

林开武："说起我们从老家带出来的那支队伍，还真是今天我们所见到的这支兵不能比的。你这一提起他们，我还真想他们、想云南老家，想家乡的亲人了。"

崔志贤："这一晃，我们出来都快五年了，也不晓得家里的人过得怎么样了？"

林开武："去睡吧，不说了、不说了，一说这话就让人伤感，千山万水，乡关何处呀！"

三十七、滩涂之上苦练精兵 革命党人四处点火

他们思念着亲人，亲人也思念着他们。李氏也是一个极有见地的人，她去找人给林开武写了一封家信，并托陈荣昌寄给林开武。陈荣昌也提笔给林开武写了信，又把李氏托付的那信一并寄出。

有道是，家书抵万金。出门在外的人，都是非常在意家中来信的。林开武

收到信以后，竟然高兴得把崔志贤也叫了来，一起展信阅读，一起分享来自家中的温暖。

他们在阅读陈荣昌的信时，都大为激动。但是，当林开武读完李氏的信时，却不禁脸热心跳，当时就把信握在手里，不想递给崔志贤了。

却说那崔志贤是打小和林开武一起长大的兄弟，平时彼此之间并无禁忌，他见林开武一脸不自然的样子，竟然趁他不备，一把夺了那信，也不管林开武怎么追讨，径自逃到一旁津津有味地读了起来。

原来，李氏那信除了写到家中大小安好，自己思夫之苦之类的话，还说到了一件事，说她进门多年，一直未能给林家留后，心中很是不安。又说林开武一人在外，身边无人照顾，昼短夜长，劝他如遇佳人，不妨纳妾，也好有个人洗衣做饭，陪伴枕席，打发寂寞云云。弄得林开武既为李氏的通情达理而感动，又为她的善解人意而心乱。

崔志贤看完信，也为李氏的善良而深深折服，他一边把信交还林开武，一边由衷地感叹："三嫂真是贤惠呀，她的心就像金子一样！"

林开武："贤惠个屁，她这是傻，哪有劝自己男人在外纳妾的？"

崔志贤："她这是体恤你，怕你孤单寂寞。"

林开武："孤单寂寞就在外面找女人呀，再说我们现在每天忙于练兵，哪里有这份心思。"

崔志贤："三嫂所言，还是有点道理的，出门在外，身边有个人，日子总是好打发些。再说你也得考虑给林家留个后呀！"

崔志贤的话，似乎击中了林开武心中某个柔软的地方，他不作声了，沉默了好一阵，才没好气地说："她越这样，我越不敢负她。唉！不说这事了，还是说说练兵的事吧，金山这个地方，到处是平地、海滩，我们以往在山里练兵的方法在这还真不管用，你琢磨出什么好法子没有？"

崔志贤："我们原本就是山里的猴子，丛林间的狼，放到这光秃秃的平原和一眼望不到头的海滩、波涛汹涌的大海，有劲也无处使。"

"是啊！"林开武说完，便陷入了深深的思索。

金山县的海岸线很长，几乎整个东边、南边都是。而这些海岸线，不像别的地方，它滩涂很多，潮落时，很多地方会露出水面，连绵数十公里，甚至上百公里。这些滩涂，大多为长江带来的泥沙堆成，松软易陷……故这里很难建成牢固的永久性码头。

而水军，又离不了船和海战，要护卫上海一带和杭州湾对岸的杭州、上虞、绍兴、宁波、舟山等地，水兵不可少，战船不可少，在船上、滩涂作战不可少，上下船训练不可少……为此，林开武每天都要率部进行针对性很强的训练。行军、登船、水战、甲板厮杀……这些，是他们时时都要安排的课目。其间，最使他们头疼的，是落潮以后的滩涂行军。偌大的滩涂，退潮以后空旷、平坦，看上去一马平川，似是好走。但脚一踩上去，才知道如同踏入连续不断的陷阱，立马就会叫你寸步难行，越陷越深……好些士兵都吃了大亏，故对滩涂望而生畏。林开武亲自试过两次，也是寸步难行。对此，林开武绞尽脑汁也始终没有想到有效的训练方法。这才让他与崔志贤在读家书的时候，也没有忘记讨论练兵的事宜。

那天，他和崔志贤议了半晌，还是不得要领。不料，第二天早晨，他因为睡不着，起得很早，就去海边看当地人"赶海"。

所谓"赶海"，是海边渔民趁着潮落，到滩涂上去捡那些随着涨潮涌上岸来，退潮时却来不及随水回到海里的海洋生物的一种生产活动，它需要付出的不多，但有时收益却不少。远远看去，只见那些渔民人人脚踩一支"撑子"，飞快地在泥沼上滑行，十分轻盈，身手麻利，动作灵活，并且无人下陷。

林开武很吃惊也很好奇，便走近去看。原来，关键是他们脚下的那支"撑子"。"撑子"形似套鞋，它用木板制成，底部和四周十分光滑。由于与泥沼接触的面积较大，它不易塌陷，再由于它有扶手，人手扶在上面操作起来很是方便，一只脚在上，支撑住全身大部分重量，一只脚在下，蹬着泥巴往前用力，这样，就解决了在滩涂上行走的困难。

看清楚了"撑子"的作用、结构，又仔细观察了它的使用情况，还找了几位老乡询问了制造方面的一些问题，林开武高兴极了。他去把崔志贤叫来，让他先看了自己的新发现，又找老乡买了一支"撑子"，然后叫崔志贤立马去找当地木匠定制一批……

"撑子"很快做出来了。林开武叫人一试，果然解决了问题。于是，他便在队伍中推广了这一办法。之后，他把这种"撑子"命名为"泥船"。林开武这个偶然的发现，帮助他在滩涂上练成了一支行走如飞、来去自如的精兵。

解决了滩涂行军的难题，林开武又将心思集中到抢滩和登陆作战上……江浙一带，水面多，湖泊多，河流港汊也多，倘有战事，少不了抢滩登陆，两栖作战……

为此，他总结出一套在不同地域和不同水面作战的办法：

纵置法，这是将己方船只和人员排成一字形纵队，首尾相接，直扑敌方，以最小的受敌面积迎击敌人，以减少敌火力杀伤，继而攻击敌人……

横连法，它是在宽阔水面，将多艘战船并连，从而集中火力，以排炮的强大优势，向敌人发起进攻，以优势兵力，将敌摧垮……

此外，还有"尖刀先入法""大阵压后法"等。

除了阵法、战法，林开武在训练中，还很注意提高士兵的个人素质，他和崔志贤亲自做教练，给士兵传授拳法，在枪械射击中，也要求人人达标……

由于练兵得法，林开武一时声名鹊起，在军中逐步树立起极高威望，就连他那顶头上司——江浙水陆两路军提督，也高看他三分，消息传到宫中，听说慈禧太后也高兴得合不拢嘴，连连自夸没有看错人。

这天下午，练兵间隙，林开武正在书桌旁偷闲写字，有人通报说来客了。

林开武正要出门迎接，来客却随通报的人走进来了。林开武抬头一看，来人是他分别有日的兄弟苏善堂。

林开武高兴极了，几大步迎上去又抱又拍："你这家伙，怎么也不先告知一声……"

苏善堂："我就是不想让你先知道。"

林开武："怎么来的，路上累吧？"

苏善堂："坐船，骑马，也不怎么累。"

林开武让他坐下，又吩咐倒茶。完了问："跑这么远来，有好消息吗？"

苏善堂环顾了一下周围，见倒茶的亲兵已经退出房外，才小声道："三哥所托之事，已有结果……五百整数，一支不少……"

林开武高兴地说："真的？"

苏善堂："我会骗你？"

林开武冲他一伸大拇指："能干，了不起！"

苏善堂："东西我已在武汉找了个安全地方，放妥了，只等你指令发往哪里……"

想了想，林开武道："这事我还得请示中山先生。还是先放在你那里，你那里比较稳妥……"

苏善堂："没问题。"

不一会儿，林开武叫来亲兵，吩咐道："你去百味斋，订一桌好的……"

亲兵答应了一声"是"，出去了。

苏善堂："三哥，听说这段时间你和崔志贤干得不错，练兵有声有色？"

林开武："你听谁说的……我和志贤只是结合这里的实际，摸索出了一些因地制宜的办法……"

苏善堂："你们名气可大了，听说慈禧在张之洞大人面前不止一次夸你们……"

林开武："她哪里知道，我们练就的这支精兵，说不定有朝一日是对付她的……"

苏善堂："三哥，你是一个有大志向的人。这些日子，我也瞎琢磨了些事，总觉得，一个人要有志气，一支军队要有士气。有了这些，才能让敌人望而生畏，成就一番大业！"

林开武："理当如此。大丈夫就该穷则独善其身，达则兼善天下！"

不一会儿，苏善堂又问："家里来信了吗？"

林开武点点头："前不久，陈荣昌先生曾转来一封家书。"

苏善堂："说些什么？"

林开武有些不自然地搪塞道："无非报平安，说思念之语……"

苏善堂："家里人都好吗？"

林开武："听说前段时间旱灾挺严重，乡亲们过得都不容易……"

苏善堂："家乡多难，乡人不易，真想他们哪！"

林开武："想归想，壮志未酬，眼下我们还有很多事要做……"

苏善堂："是呀！既然出来，就不能一事无成。更何况追随三哥你后，我是觉得越走眼睛越亮了……"

林开武："兄弟，看来你是出息了，再也不是那个只会跟我维护地方、贩私盐的团练小头目了……"

苏善堂："我这小半生，路，都是跟三哥你走出来的……"

林开武："从云南带出来那么多兄弟，现在就只有你和志贤在我身边了。等会儿志贤练兵回来，见到你不知会有多高兴呢！"

那晚，林开武和崔志贤、苏善堂在百味斋饮酒，大醉而归，这是他到江浙军中以来，从没有过的事。

转眼间，林开武到枫泾镇已经快三年了。这期间，世道有些变化，生活也有些变化。然而，他心里所期待的大动荡、大变革，却还迟迟没有到来。虽说革命党人也在不少地方举行了诸如暗杀、策反、暴动、起义等，但大多是不好的消息，诸如——

1906年，同盟会在湖南组织了萍（乡）浏（阳）醴（陵）起义。起义军高举"汉"字旗，号称"中华国民军南军革命先锋队"，由龚春台任都督，但斗争只坚持了一个月……

而后，同盟会又在广东香洲、惠州和广西钦州等地发动起义，但都失败了。

与此同时，原光复会的领导成员徐锡麟，与女革命党人秋瑾一道，在浙江绍兴以办大通学堂为名，为起义作掩护，召集金华、处州（今丽水）、绍兴三处的革命党人骨干开展军训。秋瑾以"光复汉族、大振国权"八字为旗帜，将受训人员编成光复军，自己全副戎装，骑马亲自训练军队，并与徐锡麟约定7月19日同时起事。

而徐锡麟因先前花钱买了个道台官衔，被分配到安徽巡警学堂任监督，在那被叛徒出卖，被迫于7月6日提前起义。当时，安徽巡抚恩铭出席巡警学堂毕业典礼，徐锡麟等人突然拔枪，刺杀恩铭……激战四小时后，参加起义的陈伯平等牺牲，徐锡麟与宗汉等被捕……

几天后，秋瑾得知详情，但仍准备按计划举行起义。不料，一个叫胡道南的人背叛了她，向清军汇报了秋瑾的情况。7月13日下午4时，绍兴知府贵福引杭州派来的清军，包围了大通学堂。秋瑾镇定地指挥部分学员从后门游水突围，并烧毁了学员名册和文件书信，之后率余下的十多个人用短枪奋力反击，但最终还是被捕。

秋瑾受尽了跪火砖、火链等酷刑，但矢志不渝，坚贞不屈。其间，还写下了"不惜千金买宝刀，貂裘换酒也堪豪。一腔热血勤珍重，洒去犹能化碧涛"这样的豪迈诗句。7月15日，清政府在绍兴轩亭口处死秋瑾。临刑前，敌人问她还有什么话说，秋瑾道："你们可以砍我的头，但不能夺我的心。"死时，她年仅三十一岁……

1907年，孙中山又派黄明堂为镇南关都督，发动广西起义。12月2日凌晨，黄明堂率八十多人的突击队，用绳子拴牢身体，从高处直落悬崖，与镇南关部分守军里应外合，连夺三座炮台，占领了镇南关。两天后，孙中山、黄兴等人亲自登上镇南关，慰问和鼓励起义军。但后来清军全力反扑，起义失败。

以上这些行动，虽说都以失败告终，但他们的影响，都深入大众心中，使处于水深火热的中国民众看到了一线希望。只是，在漫长的等待中，林开武感觉到一种难以忍受的压抑，以及由此带来的孤寂和郁闷……

他搞不清，孙中山先生为何不派人来与他联系，革命党人也好像不知道有他这个已经被革命唤醒的人。幸好，他的兄弟、副将崔志贤善解人意，经常给他以宽慰，赞同他的革命倾向，还通过在江浙一带活动的同盟会秘密组织，参加了同盟会。崔志贤的成长和进步，让郁闷的林开武多少有些高兴，尤其是崔志贤参加同盟会这件事，让他知道，同盟会就在身边，革命并没有因为清政府的血腥镇压而停顿，更没有消亡。为此，他俩常常谈心，交流心得，展望自己能够一展抱负，投身波澜壮阔的革命事业的未来。

这天晚上，他们又谈到深夜。

林开武："你说，中山先生他们在各地搞起义，为什么不来找我，难道他们不知道我也能助上一臂之力吗？抑或他们顾虑我清廷将领身份，对我……"

崔志贤："他们可能有考虑……以你目前的地位和身份，他们谨慎一些也是对的……他们之所以发展我，就是因为我是你信任的兄弟和副将，我的任务，就是协助你工作……"

林开武："这么说，他们心中还有我。你知道的，以我的性格，我不想遮遮掩掩、躲躲藏藏，只想轰轰烈烈地大干一场。我巴不得像秋瑾他们一样洒尽热血，哪怕只是用牺牲来证明自己对革命的忠诚！"

崔志贤："革命是需要成功的，要不然就难以达成革命的目的了。我们要干，就要干成功……光是失败，有什么干头？"

林开武："没有失败，也就不会有成功……革命党人之所以前仆后继，为的就是这个。"

崔志贤："是的，唤起民众，让民众参与，成为革命的主流，这才是革命成功的基础。"

林开武："秋瑾之死，让多少人震撼，让多少人觉醒，又让多少人更勇猛地投入革命的洪流……"

崔志贤："与她相比，我们应该感到惭愧……"

林开武："明天，我想派人去与中山先生联系……"

崔志贤："这样做妥当吗？还有，安全吗？"

林开武："要不，你亲自跑一趟？"

崔志贤："我？"

林开武："你先去上海，找到……"

崔志贤沉思了一阵，点点头："好，我去。"

第二天，崔志贤一早就动身去了上海。

送崔志贤回来，林开武一个人心事重重地在镇上走着。突然，他看到一头老母猪领着十多头小猪在路边喂奶。

林开武来自乡间，知道一般情况下一头母猪一窝是下不了这么多猪崽的，他感到奇怪，便停下细看。那些小猪，不仅数量多，而且还个个长得非常健壮，它们有的围着母猪吃奶，有的奔突撒欢，煞是活泼可爱。这样的猪就值得养了，养着划算。林开武暗忖着，忍不住问一个旁边的人："这些小猪，都是这个母猪下的吗？"

那人点点头："是的。"

林开武："怎么会一窝下得这么多？"

那人笑笑："大人您有所不知，这就是我们枫泾猪的特色，它就是有本事比别的猪下得多，而且猪崽都很壮。一般农家，要是一年养得这么几窝小猪，那就吃穿不愁了。"

林开武"哦"了一声，继续观看小猪吃奶。

"大人您看看，我们枫泾猪，和别的地方的猪有什么不同？"

林开武细看了一下母猪、小猪，确实发现它们与其他地方的猪长得不尽相同。枫泾猪鼻子短、耳朵大，大到几乎从两边可以盖住半个脸，而且肚子大，还下垂，一看便知油很多……

那人继续说："这还不是全部……我们枫泾猪的最大长处，在于它产崽多……一年两胎，每胎都有十多二十只，猪崽健壮，成活率高，膘厚肉多……"

林开武惊讶道："真的？"

"大人您可以随便去问……去打听……"

林开武越看越喜爱，说道："这么说，这还真是个好猪种。"

"也有不尽如人意的地方……"那人说。

"哪里不尽如人意？"林开武问。

"比如，它的生长周期长，出栏慢……"

"一般要多长时间？"

"到比较成熟，也就是最适宜屠宰时，需二十个月……"

"二十个月？"

"不过，也有人对此做过改良……他们引进日本猪，使之与枫泾猪杂交，称枫泾二代猪，出栏时间，就缩短了将近四个月……"

林开武激动地道："附近有没有这种枫泾二代猪？能不能领我去看看？"

"可以，我领你去看……"

当天，在那人的引领下，林开武见到了枫泾二代猪，并对这些猪表示出了莫大的兴趣。只是以他的二品官身份，突然关心起当地农家的母猪、小猪来，倒有些让领他去看猪的那人和养猪的农户，都觉得不可思议。他们各自在心里嘀咕：这林大人，平时看他一脸威严，不管是带兵出入，还是单独在小镇上闲走，都是威风凛凛的，今天他这是怎么了？

三十八、队伍换防进驻杭州 游览西湖偶遇文蕊

崔志贤还没有从上海回来，林开武就接到了换防的命令……

原来，自秋瑾、徐锡麟他们举事后，清廷为了加强重要地区的防控，把驻防各地的清军迅速做了调整，让那些他们认为可靠的队伍去接管重要枢纽、交通要道、富庶地方……

就这样，三天之内，林开武部开拔，进驻杭州。

杭州，号称人间天堂，自古便有"上有天堂，下有苏杭"的美称，是长江三角洲最重要的城市之一。这里位于杭州湾末端，毗邻钱塘江，水路、陆路交

通都十分便利，加之历史上又曾多次建都，为多个朝代的政治、经济、文化的中心，故长期以来，一直是很多人向往的地方。杭州城城湖相伴，山水相依，景色十分宜人。北宋文豪苏东坡曾写诗赞誉："水光潋滟晴方好，山色空蒙雨亦奇。若把西湖比西子，淡妆浓抹总相宜。"

林开武能率部驻防这里，心里自然非常高兴，尤其那个被一代代文人骚客吟诵的西湖，更是让他十分神往。

把部属安顿好了之后，崔志贤又还没有回来，他便决定一个人去游游这里久负盛名的西湖。西湖又叫西子湖，是夹在杭州城中的一个人工湖，水源是附近的九溪十八涧，还有一部分是开通钱塘江，从钱塘江引来的江水。

西湖水不太深，但水面不小，湖上一左一右，还横卧着白堤、苏堤两条长堤。白堤是白居易当杭州太守时修的；苏堤是苏东坡在杭州为官时修的。它们都很美，都很为西湖增色添彩。游西湖，可以步行，走白堤、苏堤……也可以乘船，在西湖中慢慢穿行……

这天，林开武换上青衣小帽来到西湖边，决定乘船游览。西湖边上的游船很多，有的大气豪华，有的小巧玲珑。林开武决定租只小船，慢慢品味，慢慢游览……

在乘船的地点，他看到许多船家在拼命拉客。但是有一只小船，却对众多游人和送上门来的钱财视而不见似的，船主竟把船帘放下，安安静静地候在一旁，既不上岸主动拉客，也不立在船头与人打招呼。这船的主人好奇怪，想必不是特别有情调，就一定是有怪癖。他的这份与众不同，还真让人想去探个究竟。

林开武好奇，决定要乘坐这只小船，于是便下到水边，自己跳了上去。林开武上了船，自己掀帘进了船舱，他吃惊地看到，舱内坐的竟是位美貌动人的年轻女子。

年轻女子见他进来，既不惊奇也不见应有的热情，淡淡问他："先生可是要乘船？"

林开武只好"嗯"了一声。

年轻女子便站起来，把一个较为舒适的椅子让给了他，并道："那，先生您请坐。"

林开武无故惶惶地说："请问，姑娘你……"

年轻女子："先生你坐稳了，船刚划动，不免有些晃。"

林开武："姑娘你是坐船的，还是划船的？"

年轻女子："明知故问，我这不正在划船吗？我叫文蕊，是这条船的主人，大家都叫我船娘，是专门摆渡客人，或驾船陪客人游西湖的……"

林开武这才长长地"哦"了一声。

想了想，他问文蕊："别的船，都在拉客人，你为什么不出面招揽生意？"

文蕊淡然地道："客人多，自然人人都有生意做……客人少，让他们先拉就是了……"

林开武："你不愿与他们争……"

文蕊："与世无争，与人无争，这是家父生前时常教诲的……"

林开武："令尊已经不在了？"

文蕊："他多年劳累，得了痨病，去年、去年去世了。"

"哦！对不起，我不该问这个……"林开武觉得自己有些唐突，不该一上船就与人谈起人家的伤心事，便沉默了。

过了片刻，文蕊问他："先生以前来过西湖没？"

林开武摇摇头："这次是头回来。"

文蕊："那，先生想去看哪里？"

林开武："西湖好看的，值得看的地方有哪些？"

文蕊："这里四下都是景：沿着西湖边，有雷峰塔、保俶塔、岳王庙、楼外楼……湖中央，有小瀛洲、花港观鱼、三潭印月……湖左右，有白堤、苏堤，顺着两条堤，可看西湖八景：断桥残雪、柳浪闻莺、平湖秋月……"

林开武："哟！你对西湖挺熟？"

文蕊："我从小生在湖边，又多年跟随父母驾船载客，这里的犄角旮旯，都走遍了……"

林开武："这么说，我今天找了个好向导。"

文蕊："只要先生愿意，我可以载着先生游遍西湖。"

林开武兴奋得鼓起掌来："太好了！"

文蕊与林开武说着话时，小船已经划进水中央。只见文蕊及时把小船四周的窗帘打开，原来，这是一只小画舫，透过四周的窗框，西湖的美景尽可映入眼帘。西湖之上，碧水微漾，荷花轻摇，小船慢游，美景佳人，相得益彰。

林开武感觉很惬意，趁文蕊撑篙划船时，把她细细地打量。

她的确很美，但这种美，不是风骚，不是妖娆，也不是脂粉味，是一种潜在的、耐人寻味的，带着某种特殊气质的文静美、端庄美。就像这西湖，人人都知道她美，却未必说得清她的味道。这个文蕊，虽然是初次见面，她却显现出一种让林开武倾慕的、迷醉的气质。

林开武知道，气质这种东西，不是人人都具备的。好的气质，是天生的，是装不出来、掩饰不掉的。气质无影无形，然而它却是人身上最鲜明的印记，是一个人区别另一个人的最富特征的东西。它和这个人的家庭出身、从小受的教育、文化程度、经济地位以及周边环境对他（她）的影响有很大的关系。气质虽不是与生俱来，但一旦形成，它就与人如影随形，即使身处逆境，或暂时陷于不幸，因为气质，这个人仍可以体现出与众不同之处……

一时间，林开武心醉神迷，竟把那文蕊定定地看着，仿佛是痴了、呆了，完全没有了以往的沉稳与老练，哪怕就是掩饰一下自己过于直接痴迷的神态，都顾及不到了。

见他久久地盯住自己看，文蕊有点不好意思，将船又撑了一段水路后，她换起桨，边划边问林开武："先生，先生为何这般看我？"

林开武这才觉得自己失态，不好意思地道："没什么，我只是觉得，你有些与众不同……"

"什么地方与众不同？"文蕊问他。

林开武："这……我说不清楚……是感觉，我感觉你确实有点别样……"

文蕊微微地笑了一下，不再问了。

她桨划得很好，既有力量，又有节奏，一起一伏，在水面上荡起阵阵均匀的涟漪。

有好一阵子，他们各自都不说话。

片刻之后，也许是为了打破这无边的寂静，抑或确实需要问明要去的方向，文蕊才又问林开武："先生，我们先去看哪里？"

林开武想也没想，便道："随你……反正你是向导。"

文蕊略为沉思后说："那，我们就先去看看雷峰塔、保俶塔？"

林开武："可以，随便。"

文蕊不再说话，船向雷峰塔驶去。

行进间，林开武突然对文蕊道："给我讲讲白娘子和许仙的故事吧。"

　　文蕊："镇江金山寺，是法海和尚用来囚禁许仙，不让他与白娘子相聚的地方……最后，是白娘子、小青发动虾兵蟹将，水漫金山寺，才救出许仙……不过，后来白娘子又被法海禁锢在这雷峰塔内，是她儿子引来雷火，击倒雷峰塔，才救出白娘子……所以，这雷峰塔其实只是一座断垣残壁……"

　　林开武："这个故事好凄凉啊！让人顿生对白娘子、对许仙的无限同情……"

　　文蕊："想不到先生也是性情中人……"

　　林开武："江湖沦落人，有时也多情……"

　　文蕊："敢问先生是做哪个行当的？"

　　林开武："领兵打仗的……"

　　文蕊："哦，是位军爷……"

　　林开武："也就是一个只知打斗使蛮力的武夫……"

　　文蕊："这才让人感到安全呢，不像我父亲……"

　　林开武："你父亲生前是干什么的？"

　　文蕊："他自幼读书，原想在功名仕途上拼搏一番，不料时运不济，又手无缚鸡之力，屡试不中之后只好来到这西湖边，盖了间房子，买了这条船谋生。因为他实在太爱西湖了，一住几十年都舍不得离开，但常年风里雨里，为衣食奔波，终于患了痨病，且一病不起……家中一点积蓄，全部花完给他看病，也不见好转。前年年底，他归天了……剩下我们母女，相依为命。母亲因思念父亲过度，终日哭泣，眼睛也渐渐看不见了……她如果一瞎，我就全然无依无靠了……为此，我才出来划船，为母亲和自己挣点饭食……"

　　文蕊讲完，林开武沉默了，他想不到，眼前这位看上去十分美丽又有特殊气质的姑娘，身世这么凄苦……

　　见林开武不说话，文蕊可能感觉自己说多了，有些不好意思，于是又道："对不起，我不该说这么多……"

　　林开武："没关系，你说，都说出来心里会好过些……"

　　文蕊："平素跟外人，我不会说这些。不知为什么，今天见到先生您，我一下竟然说了这许多……"

　　林开武细细地打量着文蕊，他知道她说的是真的，因为她的眼神纯洁如水，举手投足间没有一丝做作……

三十九、留吃一饭倍感温暖 西子湖畔萌生恋情

傍晚，文蕊带着林开武游完西湖，准备上岸。看看天色还没全黑，林开武突然问："文蕊姑娘，能不能带我上你家看看。"

"这……"文蕊略有点迟疑。

林开武："没关系，我只是去看看……"

思忖有顷，文蕊终于说："好吧。"

两人于是掉转船头，又划桨往前走……在西湖南岸的山脚下，文蕊家到了。

这是三间草屋，四周用篱笆围住，旁边有竹林、果树，还种植着一些花草、蔬菜……乍一看，这是典型的文人归隐山林之所，但细看，又略见一种贫穷与没落。

文蕊走房前，朝屋里喊了一声："妈，我回来了。"

文蕊妈应声出来，拄着拐杖。果然，她眼睛是不太好使了。文蕊妈："累了吧？快，歇息一下，洗把脸。"说着，摸索着要给女儿舀洗脸水。

文蕊赶忙制止她："妈，你别动，我来……你看不见。"

文蕊妈不知道女儿身后还有客人，只搬了一把竹椅来让文蕊坐。

"林先生，您坐。"文蕊只好把竹椅让给林开武，自己又去搬了一把出来。

文蕊妈奇怪地问："怎么，有客人？"

文蕊"嗯"了一声。

文蕊妈埋怨道："你这丫头，有客人来也不吱一声，害得我这个瞎老婆子得罪人。还不快请客人进屋坐。"

林开武："伯母，不用了。就坐这里好，这里敞亮、凉快……"

文蕊妈一听是个男人的声音，有些吃惊地问："你、你是谁？"

文蕊忙向母亲解释道："妈，您别紧张，他叫林开武。这位林先生是位军爷，是来游湖的，今天他是我的雇主……"

林开武忙着接话："对对对，伯母，开武是来游西湖的，今天游了一整天，明天，我还要包文蕊姑娘的船？"

文蕊："是……"

文蕊妈："他一天给你多少银子？"

林开武："多少都行，没有关系……"

文蕊妈警惕地把脸转向林开武："多少都行？你别没安好心……"

林开武："不会，不会……"

文蕊上前拉住母亲："妈，你说什么呀？人家，可是好人……"

文蕊妈喃喃道："好人，好人……这年头，好人还有吗？好人见不着了……"

文蕊："妈——您也不能这么绝对，今天我不就遇着了？林先生真的是好人。"

文蕊妈："如今这世道，人心险恶！你一个姑娘家，出门在外还是小心点好。"

文蕊："妈——看您说的，越说越草木皆兵了，女儿外出划船也不是一天两天了，您放心吧，看人我还是看得出好赖的……"

文蕊妈："小心驶得万年船。如今你拖着我这么个瞎老婆子，真要有什么事，我什么忙也帮不上，唉……"

"妈，我们不说这些了，别让林先生见笑。林先生您也莫见笑，我妈她这是小心惯了。您先坐着，我这就去给您端杯茶来。"

有顷，文蕊从屋里给林开武倒了杯西湖龙井，边递茶给他边说道："林先生您歇着，我这就去做饭。"

林开武急忙拦住她道："文蕊姑娘，要不，咱们上楼外楼去吃糖醋鲤鱼吧，我早就听说楼外楼的糖醋鲤鱼是杭州一绝，也想找机会去那尝尝鲜呢。"

文蕊："改天吧，那里的鱼太贵。今天，在这里凑合一顿，也让您知道我们穷人家平时吃些什么。"

林开武："我也是穷人出身……"

文蕊："此一时彼一时了。如今，林先生您已是手下管着几千人马的二品统领大人，怕已经早就忘了过去那种日子的滋味了。"

林开武："哪里、哪里。开武就是把官再做大些，也不敢忘了自己的过去……"

文蕊妈："做人，就应该这样，都说三穷三富不到老呢。"

林开武："伯母教训得是，开武一定谨记在心。"

文蕊："妈，您就别操心了，人家林先生是见过大世面的人，这些道理不比您懂？我也就是随口说说罢了。"

文蕊妈："你这丫头，这才一天时间，说话就开始向着外人了……真是女大不由娘啊！唉……"

文蕊："妈——"

林开武："那就还在家里吃吧，我也不客气了。开武多有叨扰，伯母心里可莫怪哟！"

文蕊妈："不怪、不怪。家里好久没有来客人了，我心里高兴着呢。文蕊，你还不快去做饭，既然留下了林先生，可不能怠慢了人家。"

这一顿，文蕊做的是一人一碗霉干菜面。面虽然简单，但因为精心做，加之霉干菜有一种特殊香味，所以吃起来虽清淡但很有味道。林开武甚至觉得这是他到杭州后吃到的最好吃的一顿饭……

掌灯时，林开武借着帮文蕊收碗进屋，细看了一下室内的陈设。陈设很简单，但很整洁、干净，一切都很素雅、朴实。引人注意的是案桌上的两摞厚书，书是"四书""五经"，还有唐诗、宋词、元曲等。还有墙上的两幅字，字是横幅，写得不错但没有装裱，是写完后用糨糊贴在墙上的。一幅写的是："坦坦荡荡做事，方方正正做人。"另一幅写的是："淡泊以明志，宁静以致远。"两幅字都没有落款，也没盖印章。

林开武问文蕊："这字，是谁写的？"

文蕊迟疑了一下道："我……"

林开武："为什么不落款？"

文蕊笑笑："自己写给自己看，没有必要……再说，女孩子，图什么名头……"

林开武沉默了，他心中，油然产生了一种期待，一种欲望……

送林开武出门时，文蕊问他："你明天真的还要租船？"

林开武笑笑："当然……明天一早，你就把船驶到原地方，在那儿见……"

文蕊："你不怕误了你的公务？"

林开武："不碍事……人生难得有这样的机遇，我要把握……"

文蕊愣了一下，觉得他话里有话，但又不好说破，只好装作不知道，默默随他往前走。走着走着，林开武又试探地问她："文蕊姑娘心中可有中意的人了，想没想过将来要找个什么样的人家？"

文蕊迟疑了半天，方道："家境如此，怎么敢奢望。"

林开武："这种事，佛家讲要随缘，缘到机会自然来，缘不到想求也难。"

文蕊仍不作声。

林开武："其实，我在老家倒有一桩婚事，但多年没子嗣。我妻李氏很贤惠，又怕我一人在外寂寞，几番来信相劝，遇到合适的，叫我再找一个……"

文蕊："男人总是多心、负心……"

林开武："也不尽然，尽管我妻反复劝我，在今天之前，我始终也没动过这样的心思……"

文蕊："今天呢？现在呢？今天你怎么就……"

林开武："我也说不清，今天一见到你，我觉得你就是我多年来一直苦苦寻找的那个人，心里所有的坚守都不堪一击了。"

文蕊："还说你不坏，吃着碗里的，还想着锅里的。而且，才第一天、第一天见面，就跟人家说这些……"

林开武："我……"

告别文蕊后，林开武回到住所。

这个时候，崔志贤也已经回来了，正在林开武的房间里候着，兄弟见面，本应亲热一番的。但是崔志贤看着夜晚独归的林开武似有心事的样子，便没有多说什么，只寒暄了几句，就回自己的住处去了，倒把林开武一个人扔在了黑暗的房间里。

那一晚，林开武觉得天上的月亮特别亮，心里想的事情也特别多，怎么也睡不着……

时时浮现在他眼前的，一会儿是李氏贤淑善良的面孔，一会儿是文蕊那双水汪汪的大眼睛，以及她既清纯如水又略带忧郁的眼神……

四十、接诏书开武别文蕊 去剿匪不想动刀枪

然而，世事总是充满变数，有些变化，甚至超乎你的想象。

本来，第二天，林开武约好要继续包文蕊的船，与她相见，再游西湖……

但天近黎明时分，一骑快马到了衙门，朝廷的一纸诏书把好不容易睡着的林开武又叫了起来，诏书的大意，是要林开武率部到太湖去剿"匪"，并且严令天亮就要出发，不得有误……于是，林开武也没法再睡了，他把崔志贤找来，让他整理队伍，交代任务。

天亮时分，队伍出发了，林开武却边走边往西湖方向张望，一副心神不定的样子。崔志贤把这一切都看在眼中，善解人意地道："三哥，你莫不是还有什么放不下的事要办？这样好了，我带着队伍先走，你骑上快马，带两名亲兵去，把事办完了再回来。"

林开武："这……"

崔志贤："别犹豫了，你骑上快马，快去快回，用不了多久就赶上队伍了，什么也不会耽搁的，去吧！"

林开武："那我去了，你带着队伍先走，叫水军管带走水路，你带陆军走官道，最多一两顿饭工夫我就能赶回来。"

崔志贤："队伍有我带着，你放心去吧。"

当即，林开武从队伍里点了两名精干的亲兵，掉头就往西湖码头赶去，他们的三匹马跑得很快，一路驰骋飞奔……

林开武他们赶到时，文蕊的船果然在那里了。

这回与上次不同，她竟下到岸边，焦虑地张望着，等待着。其实，昨天一夜，她也几乎没有睡着，林开武的模样、声音、望她的眼神，同样让她久久难以入睡……她不止一次在心里向自己发问：难道，他就是自己一直在苦苦等待的人？自己可不可以就这样将终身托付给他……在这样的煎熬中，文蕊比平时

更早地起了床，天还没有完全亮，她便急不可耐地划船进了湖，赶到码头这边焦急等待。

终于，林开武出现了。

由于他们此刻全副武装，岸边的人都屏声静息，注视着远远急驰而来的林开武和两名亲兵，还以为发生了什么事。哪料到了近前，林开武迅速下马，竟直奔文蕊而来。看到他的这副装束，文蕊也猜到他这不是为游湖而来。但是，她不知道发生了什么，是什么样的事，让他改变了昨天的决定，放弃了包船游湖的承诺。所以她一直没有说话，只是呆呆地望着他。

林开武："对不起，今天，我有事……"

良久，文蕊方问："不游西湖了……"

林开武："嗯……朝廷下了诏书，让我们一早赶往太湖剿匪……"

文蕊："要去打仗？"

林开武点点头。

有顷，文蕊又问："什么时候回来？"

林开武："不知道……"

文蕊："还会回来吗？"

林开武坚定地道："肯定……"

文蕊不说话了。

沉寂片刻，林开武从怀里掏出一包大银锭，递给文蕊："这里有几两银子……拿去给伯母治眼病，她还不老，找到好郎中应该还是有希望的……"

文蕊没有接他的银子，而是开口道："我们素昧平生，昨天游湖，也就是一面之缘，这包银子，足有二百两了。先生不欠我什么，不必赏我这么多银子……"

林开武急了，把银子硬塞给她，并道："这不是赏，是开武真心实意要孝敬伯母的。"

文蕊："有道是无功不受禄，我妈她是不会接受你那么厚重的赏赐的。"

林开武："文蕊姑娘，这就是开武的一点心意，你万万不要推辞。"

文蕊："先生莫不是昨天看我们娘儿俩可怜，同情我们的吧？"

林开武："上天可鉴，我是真心想帮助你们。这点银子你拿去，找人帮伯母治治病，安排好你们的生活，等我回来……"

　　林开武说完，也不等文蕊回话，兀自把那包银子塞进她怀里，转身跃上马背，对着两名亲兵大声道："走！"

　　文蕊："哎！林先生你……"

　　文蕊还待再说什么，林开武却已打马飞奔而去，两名亲兵也紧随其后，打马紧紧跟上。

　　文蕊抱着那包银锭，久久凝视他的背影，一动不动，仿佛一尊雕像。

　　旁边的人一时看得莫名其妙，都奇怪这位官阶不低的军爷，怎的会送这么多的银子给撑船的文蕊。

　　许久，林开武和那两名亲兵都跑得不见踪影了，文蕊这才上船，把船往家中划去。今天，她决定不揽客了……文蕊边划船边思考："林开武这人，怎么会这样？难道，自己与他注定要有扯不断的缘分，自己与这个只相处了一天的男人，就这么定了吗？"

　　抄小路，催快马，林开武一行很快追上了队伍。崔志贤见他快马追来，也就勒马站在路边等着。待到队伍过后，他俩才跟在后面，缓缓并辔而行。

　　崔志贤："三哥，事办妥了？"

　　林开武："办妥了。我就没有想到会有那么一道连夜诏书，催得那么紧，差点误了我的大事。"

　　崔志贤好奇地道："我们初来杭州，你比我也不过先来几天，你能有什么大事？这么心急火燎的？"

　　林开武："这事以后再说，你这次去上海，见到中山先生了吗？"

　　崔志贤："中山先生不在上海，他的助手接见了我……"

　　林开武："是黄兴？"

　　崔志贤："不是，是胡汉民……"

　　林开武："给了什么话？"

　　崔志贤："十八个字……"

　　林开武："怎么说？"

　　崔志贤："以尺蠖之屈，以屈求伸；暂隐蔽实力，伺机爆发……"

　　林开武思索一阵，点点头，又问："有没有让我们具体做些什么？"

　　崔志贤摇摇头："只让我们依常做事，继续取得清廷的信任……"

　　林开武点点头，一扬马鞭催马急驰："走！"

崔志贤催马赶上，再次与之并肩而行。并又心有不甘地追问："我的事说完了，这回该说说你的事了吧？"

林开武："什么我的事？我能有什么事？"

崔志贤："算了吧，我们哥儿俩可是一起穿着开裆裤长大的，你肚子里有几条蛔虫我能不知道？"

林开武："没有什么事，真没什么事！"

崔志贤："哼！没有事？要真是没有什么事，我那向来举重若轻的三哥会如此乱了方寸？"

林开武："你……"

崔志贤："不说我也猜到七八分了，莫不是你来这杭州，倒碰上了什么心仪的人了吧？"

林开武："是、是有一个，她叫文蕊，昨天游湖才认识的……"

崔志贤："我就说嘛……"

林开武："也不知道为什么，只是一面之缘。可我一见这个人，就觉得自己连走路都迈不开步了……"

崔志贤："这就叫众里寻他千百度，蓦然回首，那人却在灯火阑珊处……"

林开武假装严肃地道："我这当哥的以实情相告，你倒来调侃我、打趣我，你这叫什么狗屁兄弟？"

崔志贤："我这哪是调侃打趣呀，我这是为哥高兴呢。"

林开武："你还高兴呢，这事，想想我都觉得对不住你三嫂。"

崔志贤："三哥不必烦恼，我们周遭的达官贵人哪个不是三妻四妾的，再说了，三嫂不是来信苦苦相劝，要你遇到合适的就找一个吗，你也该考虑为林家留个后了……"

林开武："那是你三嫂心好。这事，我还得再考虑考虑……"

崔志贤："你这么考虑来考虑去，赶明儿黄花菜都凉了……"

林开武："不说了，这事以后再议。走，我们追队伍去，驾！"

见主将、副将打马追来，队伍也加快了行军速度。

在一个小镇上，队伍停下休整，吃午饭。

小镇毗邻浙江风景名胜莫干山，四周景色十分秀丽，但见远山层层相叠，似青似黛；近处山泉流淌，沁人肺腑；田园阡陌比比皆是，活脱脱一幅田园诗似的诱人风光……

望着这一切，林开武对崔志贤道："要不打仗，这里的老百姓会活得多富足、多轻松。"

崔志贤："是啊，只有远离战乱，远离天灾，老百姓才有真正的活路……"

林开武："所以，我们此行，应尽量避免多战……孙子道，不战而屈人之兵，方为上策……"

崔志贤："我也是这么想的……"

傍晚，队伍在半路宿营。在刚搭起来的营帐里，林开武召集管带以上的军官议事。

林开武："明天，我们就可以抵达目的地了。现在，我将此行的任务给大家交代一下，让大家知己知彼，心中有数，知道此行的目的，也商讨一下，如何对付我们即将面对的敌手……先前，崔副将已经给大家布置了，此行，朝廷让我们剿的太湖匪患……"

一标管带许俊发说："太湖水匪，头领叫王谦，原先是渔民，后因杀了抢夺他女人的地主，怕吃官司才逃进太湖聚众为匪，祸害一方……"

二标管带李国标说："听说王谦水性很好，绰号'小浪里白条'，将自己比作《水浒传》里的张顺，据说他能在水中潜伏一天一夜……"

三标管带于法全说："王谦手下，据说还有自封的小阮小二、小阮小五、小阮小七，以及小混江龙李俊等水性十分了得的水匪头目……"

思忖许久，林开武方道："看来，我们此行，只可智取，不能硬来……"

崔志贤："对！倘若能不战而屈人之兵，那才是上策。"

林开武："好，那我们就来具体商讨一下，要怎么样才能不战而屈人之兵。"

是夜，林开武的营帐里，灯灭得很晚，几乎通宵未熄……

四十一、登无锡城心生计策 派崔志贤招抚王谦

太湖，是中国著名的四大淡水湖泊之一，坐落在长江中下游的江苏与浙江的交界处。这里，地势开阔，水面深广，是有名的鱼米之乡，也是江浙两省的水路通衢要道。太湖物产丰富，资源众多，历来为江浙两省重要的财政收入来源，为此朝廷和官府十分看重……而其周边的苏州、吴江、宜兴、无锡等地更是重要，为这一地区经济命脉所在。

王谦一伙，啸聚湖中，就像扼住了朝廷的咽喉，又像是在江浙的胸膛插了把刀子。他们据此优势，向清廷发难，求自己生存。他们在湖中的生存方式，是以各种大小船只为行动工具，采取昼伏夜出，偷袭沿岸村镇和过往船只，得手后迅速逃离。他们的据点，是湖中的几座岛屿——东山、金庭，以及靠近无锡的鼋头渚……

将队伍驻扎在选择好的位置后，林开武对此展开了一系列调查。

他先找来一些渔民和经常在湖中往来的商家，向他们尽可能多地了解情况，哪怕是关系王谦一伙的蛛丝马迹，他都不放过。

有一天，林开武来到一个渔村，装着轻描淡写地与大家聊天，因为他尝试过几次，把人叫去军营，被问的人往往因为紧张，反而什么也说不出来，到渔村与人聊天这样问话，虽然所得到的比较零碎，但把它们一点点综合起来，知道的东西反倒不少。

林开武问："你们有没有见过王谦？"

众人还不是很放得开，只有少数人回答："见过。"

林开武又问："他有没有像传说中的那样厉害？"

众人似乎已经比较适应这种轻松的问话了，于是争相抢着回答。

甲说："看上去他也像普通人……"

乙说："他的个头甚至还比一般人矮……"

丙说："他跟部下在一起时，很能跟他们打成一片。"

丁说："其实，王谦这个人是没有反心的，他们啸聚湖中，是被逼出来的。以往朝廷硬剿，反而逼着他只能对着干，这不，把他给越剿越大，越剿越强了。"

……

就这样聊了很久，话题东扯西拉的，得到的有用信息也是七零八碎的。但是，林开武却似乎对这样的聊天很满意。他回到军营，匆匆找来崔志贤一起综合、分析。

如此弄了几天，访了不少地方，得到的东西还是支离破碎，崔志贤有些坐不住了。于是便向林开武大胆建议道："三哥，这样弄不行，我们不如骑马绕行太湖一周，去实地看看地形……"

林开武没有责备崔志贤的性急，反倒乐见其成地道："好啊，我也正有此意。不如我带一队人马，骑马从陆路绕行，你带一队人马，乘船从水上绕行，这样可以互相照应、互为支撑，一旦有什么情况，也不至于太被动。"

崔志贤："好！不过，应该是你乘船，我骑马。"

林开武："不用争了，就这样定了。"

第二天，他们按计划分头行动。

沿湖岸，林开武一行急驰而行……

沿水路，崔志贤一行乘船急行……

一日到了无锡城，林开武策马登上了位于城内的整个太湖地区的制高点锡山和惠山。在这里，他仔细观察地形，结合自己这段时间以来了解到的情况暗暗盘算。在水边的鼋头渚，他下马步行，看看地势，又细心目测陆路、水路的距离，在心中做着各种推演……

而对于崔志贤的沿湖侦察，他始终没有过问，也不曾让他上岸来汇报情况，似乎一点都没有放在心上。这让崔志贤很纳闷，总觉得林开武这次有些怪，完全不像他以往的行事作风。三哥他葫芦里到底要卖什么药呢？崔志贤越想越奇怪。

这一天，两路人马都结束了行程，绕太湖边转了一圈又回到了出发的军营。崔志贤终于忍不住闯进林开武的住处，直截了当地问："三哥，你这个主帅到底是怎么想的？这次来太湖，我倒觉得你是来游山玩水一样，一点也没有一个指挥千军万马的将军临战前的架势。"

林开武："架势，你要什么架势呀？"

崔志贤："打大仗的架势。"

林开武："打大仗，谁跟你说要打大仗了？我们离开杭州时不是说过，此战，要不战而屈人之兵吗？我们这次不是战，而是逼。"

崔志贤："可是，就是不战，硬是逼，那也得拉开架势，展示我们的强大，才能震慑王谦，才能把他给逼出来呀？"

林开武："我的好兄弟，打仗不能一味蛮干，得学会看对象来制订具体的方案、具体的战术。这次进剿王谦的计策，我在无锡城内的锡山、惠山上就想好了，我们得这样，你过来……"

林开武咬着凑上前来的崔志贤的耳朵，如此这般地悄声说了一通，直把崔志贤说得频频点头……

第二天一早，林开武在他们的营地召开军事会议，推出了他的行动方案。

开会的人到齐以后，林开武首先讲话："各位，此次进剿王谦部，我们用文攻，不用武攻，力求做到不战而屈人之兵……实在不行时，再用武力解决问题。具体做法是先调集足够人马，摆足王师的强大气势，围住他、困住他，逼他出来谈判……同时，派出得力的人，进湖去见王谦，既说明我们的条件，又晓以利害，总之，软硬兼施，逼他缴械……"

众人："不行吧，那王谦可是巨匪，他能乖乖听我们摆布……"

林开武："我了解过，王谦身上有我们可以利用的地方，只要我不在军事上施压，他就不会反弹。再说了，这太湖的地势对我们有利，只要你们大家去发动沿湖各县，出兵出力，把整个太湖围得像铁桶一样，他就会喘不过气来。到时，他不听我们的才怪。"

崔志贤："当然，在军事战术上，我们也得有巧妙布置，以应万全。林统领的安排是：在动员沿湖各县完成对太湖的合围后，一标占领无锡鼋头渚一段，向湖内施压，并切断王谦部与外界的联系；二标包围东山岛，困住王谦等人的主巢，不让他自由行动；三标死守住金庭岛，一是困住王谦部最有实力的人马，二是利用你们水军在水上机动灵活的优势，必要时配合二标夺取匪首盘踞的东山岛。打蛇只要打了七寸，它就得全身瘫痪……"

众管带："是。"

林开武："谈判事宜，我还要和崔副将再议一议。你们只需各司其职，要围就把太湖围死，要打就把王谦打疼！"

众人："是！"

众人走后，崔志贤仍担心地问："三哥，你真的有把握，王谦真会投降吗？"

林开武："放心。八九不离十，他一定会接受招抚的。这样，你现在就找一些人，故意放出风去，说我们这次来，并非硬剿，而是有意招安，还会给他们安排活路。"

崔志贤将信将疑："好，我这就去办。但愿，他们能如你所愿，接受'招抚'……"

林开武："志贤，你要有信心，我还有重要的任务交给你呢。"

崔志贤："有信心，只要有三哥你在，我就有信心！"

林开武："这就对了嘛！"

说完，林开武把崔志贤拉到地图前，指着杭州湾外的舟山群岛说："这里，大大小小有一千多个岛屿，很多岛屿至今无人居住……王谦若愿意，我们可以让他占据几个岛屿，作为他和他那些兄弟的休养生息之所，他们可以在此发展渔业、养殖业、种植业。有了生计，有了活路，以后他们就不会再造反了……"

崔志贤："这确实是个好办法！"

林开武："现在，该说去和王谦摊牌的事了，你看谁去合适？"

崔志贤一拍胸脯："还有谁合适？我去最合适！"

林开武故意激将道："你去？你有信心吗？"

崔志贤用力地点点头："有！"

林开武仍不放心似的："这，可是有风险的……"

崔志贤："你已在外围安排了强大阵势，王谦不敢把我怎么样！"

林开武："对嘛，这才是我有胆识有谋略的志贤兄弟嘛！哈——哈——哈——"

四十二、世事无常王谦为匪 招抚有方开武得胜

　　王谦一伙，本也不是惯匪、悍匪，他们原先多为渔民，以及太湖附近的贫民和无业游民，是贫穷的生活和动荡的时局，使他们中的大多数人走上了这条路……

　　这伙水匪中，王谦算是读过一些书的，从小他就对《水浒传》很着迷，水泊梁山一百零八将的故事在他心里生了根，由于从小生活在这太湖边，他和一帮小伙伴深谙水性，对张顺、阮小二、阮小七、李俊等梁山水军头领更是顶礼膜拜。王谦十四五岁时，与他打小一起读书的一个姑娘要好，到了谈婚论嫁的时候，突生变故，那姑娘的父母嫌王谦家穷，逼着她嫁入当地富户，给人做小。王谦以为他的心上人会因此寻死觅活，以泪洗面，故而想尽办法多方营救。想不到的是，当他好不容易把那女子救出来的时候，那女的却贪图富贵，以种种理由，拒绝与他再续前缘，甘心做人家的二房。使他一下子变得心灰意懒，觉得这世道已经没有了人间真情，干脆杀了自己的相好和她丈夫，劫了他家的财物入湖为匪。从此在太湖里和周边各县，王谦等人打着"杀富济贫，匡扶正义"的旗号，打富豪，抢商家，与官府作对……

　　王谦读过书，胸中有些计谋，手下又有一些得力的兄弟，于是便在这太湖里如鱼得水，事情越闹越大，队伍越聚越多。对他们，官府也曾多次弹压。但是，由于来的地方武装，大都是以硬碰硬的方法清剿，没有给王谦一伙以出路，这就使得本来也想闹到一定程度就效仿宋江讲条件招安的他们，越发死心地对抗，最后形成了不可收拾的局面，这才上奏朝廷，请求调派当地的驻军前来剿灭，以绝后患。

　　林开武率部在当地驻扎已经有些时日，对于王谦一伙的根底还是有些耳闻的，自接到诏书开进太湖以来，他又进行了认真的研究，这才得出了对于王谦一伙"招抚为主，征服为辅"的方略。

为此，林开武带兵来到太湖，并不急于摆出大兵压境的态势，他这样做有两个好处：一是避免锋芒太露，还没有进剿就吓跑了王谦，或是让他们害怕了藏匿起来，达不到剿除的目的；二是稳住他们，让他们知道王师虽然大举而来，却不是一味只为剿灭，还给他们留有出路，使他们心里少一些对抗，多几分松懈。

得知大兵来剿，王谦一伙也知道这次不比往常，毕竟，比起林开武这次带来的战功赫赫、训练有素的水陆两路军，自己的这几十条船和几百号人马确实斗不过他们。

王谦派出去的探子回来禀报了："官军来的是江浙水陆两路军统领林开武和他的手下，共三个标的人马，一标水军，两标陆军，每标都人数过千，尤其是那水军，都是出没于大海里的，我们太湖，在人家眼里，只不过也就一个大水塘……听说那个统领林开武，原是慈禧身边大名鼎鼎的二品带刀侍卫，又去东洋考察过洋人练兵的方法，武功了得，谋略也了得……"

王谦："还有呢？拣要紧的说。"

探子："还有就是，林开武这人有点怪，带兵来进剿，却并不进兵湖中，只在岸上驻扎，还到处说他们这次是来招安的，前几日，他们水陆两路走了一圈，也像游山玩水一样，到各地转了转就走了……"

王谦："嗯，这就有内容了，林开武这人不是那么简单！再探！"

探子："是！"

"这事，你们怎么看？"探子走后，王谦把头转向正在他那议事的几个头领，询问道。

头领们面面相觑，一时间谁也没能答上他的话。

"我看，林开武这次的来头，还真与以往不同，要是他一下就剿，我们打得赢就打，打不赢就跑也就是了，大不了分散了藏在老百姓当中，他们照样一点办法都没有。倒是他们打着招安的旗号，如果是真的，倒也是我们兄弟的一条出路，我们以往也都有这个心思……要不我们再等等看？"见没有人回答，王谦又自言自语道。

众头领仍然没有人肯吱声。

许久，众头领中那个号称小阮小二的人才小声地道："要不，就再等等看？不过，我们也得有一些布置，这样才好进好退……"

众头领："是得有些布置，将来好有进退……"

王谦："那就这样定了，再等等看。不过，在等的过程中，大家一定要严加防范，尤其是东山岛和金庭岛不能大意，而鼋头渚是我们上岸的通道，那是拼死也得守住的……我们也不能太示弱，要不然到真的招安时，就没有谈判的价码了。"

众头领："我们都听大哥你的吩咐！"

王谦："这就叫以不变应万变。好，都忙你们的去吧，等到探子又有新消息，我们再议。"

众头领："是！"

不一日，派出去的探子果然又来报，不过，这一次，那探子的神色却有些慌张。

王谦见状，开口先稳住他的情绪："不要慌张，有什么就如实说，我们都是行走江湖多年的，死了，大不了脖子上留下碗口大一个疤……"

"就是，你怕个屁呀！摸摸你的脑袋，它现在还不是好好地长在脖子上吗？"众头领也纷纷说道。

探子："我不怕、我不怕，就是有些慌。"

王谦："不慌、不要慌，天掉下来有我们一起顶着呢，你慢慢说。"

探子："是这样的，那林开武前些时候不动声色，原来都是为了麻痹我们。这两天，他突然到湖边各县，调集人马把整个太湖围得水泄不通，又把他的精锐分为三路，一路突然进驻鼋头渚，另外两路也分别向湖内的东山岛和金庭岛开来了。这来头，怕是要志在必得！"

"敢情林开武前面所为都是虚晃一枪，到头来还是要硬碰硬剿灭我们的，我们这一等，现在想跑也难了……"众头领纷纷议论，议事房里顿时弥漫着不安的气氛。

王谦："大家不必惊慌，林开武这是要把戏做足才肯出牌，他围湖也好，进兵也好，都是在为他出牌做准备。你们等着看，他这一围住我们，接着就会出大牌了。"

小阮小七："都说用兵之道，虚虚实实，实实虚虚。会不会他们招安是虚，硬来剿我们是实？"

王谦："不会。他这次大张旗鼓地围湖、进兵，我倒越发觉得他招安是真了，既是真招安，他就不会轻易动我们。他之所以这样围湖、进兵，困住我们是真，但更多的也就是摆摆样子，这是为他下一步的谈判下的注……"

众头领："那、那，我们现在应该怎么办？"

王谦："沉住气。还是那句老话，严阵以待，以不变应万变！"

众头领："是！"

却说林开武围湖进兵，没几日就完成了，虽然已经形成了大兵压境之势，但正如王谦所料，他却围而不打，两军在阵前形成了对峙的局面。

又一日，王谦正和手下的几个头领在议事房里议事，突然有喽啰来报："林开武派他的副将前来交涉，人已经靠岸。"

王谦环顾了一下众人，提高了嗓门道："我怎么说来着？林开武出牌了吧？请！"

不多时，喽啰果然领着崔志贤走进门来，王谦和众人一看，来人虽然长得眉清目秀，有几分清瘦，但身形矫健，一看就是一个功夫不浅的练家子。而崔志贤眼中的王谦，也完全没有土匪的粗鲁模样，倒像村中的教书先生，所不同的是，他的脸上不像教书先生那般清雅，朴实中透着精明，本分中带着狡诈。因此，他们在心中都不敢小看对方。

双方初次见面，不免客套一番，谈话才逐步进入正题。当崔志贤说明了来意，那王谦也表现出极大的配合，非常通情达理。所以，谈判一开始就进展得出乎预料地顺利。只是到崔志贤说到招安后对于他们的安排时，王谦显得有些不够满意，似乎他还有更进一步的要求，他思忖有顷，才心有不甘地说道："林大人的这个安排，是不是还可以再考虑考虑，其实，我们也就是想谋个下半辈子衣食无忧的出路，再说了，古时朝廷招安宋公明，不是给他和他手下的众将，都安排了官差吗？"

对于王谦的这一态度，崔志贤不置可否。他很大度地道："好吧，你所提的条件，我会及时向林大人禀报，不过，林大人这样的安排，自然有他的道理，你们也不妨再想一想，再议一议。三天后，我和林大人在军中等你们的答复。"

说完，崔志贤没有多作停留，当即就告辞了。王谦等人也没过多挽留，一路比较客气地把他送上了船。

崔志贤回到军中，把谈判的情况向林开武一一说了。林开武听后也没有多说什么，只说："那就等吧，等过几天再说。"

这样一等，就等了三天，王谦那一点动静也没有。又等了三天，王谦那依然没有音信。

到第六天晚上，林开武才找到崔志贤，开口就说："果然不出我所料，王谦还心存幻想，他想用冷拖的办法跟我较劲，好为招安多提些条件。不过有一点，他还真的错了，为了顺利招安，我还真有心要打他一下。"

崔志贤："真要打？"

林开武："要打，不打他不清醒。"

崔志贤："那怎么打？打到什么程度？"

林开武："你去传令，告诉我们围鼋头渚的人马，今晚趁夜突袭，把王谦在那的人打掉，然后死死守住那里，断了他们出逃的路。明日一早，再命令围住金庭岛的人马，集中优势兵力进攻，这叫敲山震虎，打得越狠越好。"

崔志贤："三哥，你这真是高招！明里招安，暗里却做好了打的准备，一虚一实，虚虚实实，相得益彰！"

林开武："没有两下子，那还不让王谦小看我们了？去执行吧！"

林开武这一开打，王谦他们一窝土匪当然不是他的对手，当时就被打蒙了。又因为心里想着招安，多数人都疏于防备，一下子就被打得七零八落。很快，鼋头渚丢了，退路断了，有他们主要人马的金庭岛，也被打得只有招架之功而无还手之力。只剩下东山岛孤悬湖中，孤立无援，完全陷入了被动。

气急败坏的王谦进退不得，只好急切地带着他的几个头领，主动来到军中接受招安。

王谦一干人来到军中的时候，林开武已经胸有成竹地坐在那等他们了。见崔志贤把垂头丧气的几个人引进来，一字排开地在他面前站好。他才义正词严地说道："你们聚众为匪，为害地方，这是不对的。所以我才带官军来剿你们。而且官军这么强大，要剿灭你们，是易如反掌的事，你们倒好，还要心存幻想，跟我讲条件，跟我玩冷拖的把戏，哼！"

王谦："我们、我们这……"

林开武："我这是念着你们大多出身贫苦，被逼为匪，才想到要招安给你们留一条生路。否则，大军过处，哪里还有你们的存身之地。"

王谦："大人说的是，大人说的是。"

土匪众头领："是、是、是……"

林开武："其实你们想着招安后也谋份官差，衣食无忧地过下半辈子，我心里也是理解的。王谦你是读书人，心里想着学得文武艺，有朝一日要卖给帝王家，这不奇怪。可是你想过没有，当今天下，时局动荡，朝廷又疑，你们招安过来，会得到多少信任？而我对你们的安排，既成了招安之实，你们却又单独在舟山岛上，独悬海上，倒落得个自由自在，谁也不管你，岂不更好？"

王谦："经大人这么一说，小的倒有些明白了，感谢大人体恤，大人用心良苦。"

土匪众头领："明白了、明白了。我们去那岛上安家乐业，自由自在，再不生事。"

林开武："明白就好。志贤，你去安排，派我们的人护送他们从水路走，再备办一些置业的银两、用具、种子，别让他们上岛以后一无所有，诸事艰难。"

崔志贤："是！"

旋即又说："走吧，各位！我们林大人什么事都替你们想好了。"

众人喏喏连声，却都在心里暗暗敬畏林开武。

四十三、触景生情叙说心境 一曲评弹认识佩珠

为了安排好王谦等人到舟山荒岛上的生活，林开武没有少费心思，崔志贤去落实他交代的有关事宜以后，他突然想到了在枫泾见过的"枫泾二代猪"来，于是又叫人去弄来了十多头猪种。

猪种带到时，他高兴地问王谦："知道这猪有什么特点吗？"

王谦摇摇头："不知道。"

林开武："这猪特别能下小猪……每年两胎，每胎要下十几二十头，而且猪崽长得特别壮，成活率很高。"

王谦惊讶："真的？"

林开武："这是枫泾的特产，独一无二。它们若能在舟山安家，你们以后就不愁肉吃了……"

王谦："那，太感谢了！"

林开武："我将来要是返乡，也要把这种猪带回去，让我家乡的人也能养上良种猪……"

王谦："大人真是有心之人啊！"

林开武："人人都有家，谁对自己的家乡都有一份特殊的感情。"

王谦："是呀！可是我们却要去一个完全陌生的地方安家落户了。"

林开武："这你可怨不得我，你在这一带为匪多年，得罪的人不少，以后不做土匪了，你在这还待得下去吗？我这样安排，可都是为你们好。"

王谦："大人所言极是。我们是自作自受，不怪大人、不怪大人。"

十来天后，王谦一行驾着十多只船，在官兵的护送下开向杭州湾外的舟山群岛，去那里开始他们新的生活，太湖匪患从此肃清。

与此同时，林开武部接到了朝廷的诏书。慈禧在懿旨中说："此番太湖剿匪，林开武所率江浙水陆两路军一部以德服人，不战而屈人之兵，用心良苦，厥功至伟……着林开武移师苏州，犒劳部属，以慰军心。"

得闻此诏，全军欢声雷动。但林开武却不怎么高兴。原来，他的心一直在牵挂杭州，此时早就飞到西湖边文蕊那儿去了。然而，君命不可违，林开武不高兴归不高兴，他还得带着他的队伍前往苏州。

苏州，是中国的另一处与杭州齐名的"天堂"。"上有天堂，下有苏杭。"指的就是杭州和苏州。朝廷让军队驻扎苏州，实则是一种褒奖和宽待，是让将士们好好放松，享受安逸……

把部属安顿好以后，林开武下令放假三天。大家都探亲访友或游山玩水去了。除了值勤的，军营里几乎空无一人。

林开武叫上崔志贤，也去看他们向往已久的苏州园林。苏州地界，名胜古迹很多，但特别有名的，是它的众多园林：怡园、留园、西园、沧浪亭、狮子林、网师园……城边上的虎丘、剑池、枫桥，以及寒山寺等，更是有名，常年到此游玩的各地游客络绎不绝。

因为不想随众多游人去热闹去处，林开武向当地人打听了一下，就把崔志贤带到了灵岩山。这里离城稍远，传说昔日吴王夫差为了金屋藏娇，专门在此处盖了一处行宫，供西施居住。昔日的行宫已不复存在，只剩下些许断壁残垣，但据说西施每日梳妆的那口井还在，井水仍然清可照人。他们去看了，果然，井水依然清澈，对着平静的水面，还可照出人的清晰模样。

"一代佳丽，何处可以寻芳？"林开武感慨道。

"逝者如斯，再是倾国倾城的美人，最终都得回归黄土。"崔志贤也颇有同感。

在一处石阶上，他们两人坐了下来。

林开武："剿匪一完，我原想就能回杭州的，不想一纸诏书倒把我们弄到苏州来了。唉……"

崔志贤："三哥这是心有牵挂了。哎！对了，那日离开杭州，你火急火燎地要去西湖边办事，莫不是已经在那有了一位西湖娘子？"

林开武："什么西湖娘子，我们刚认识一天……"

崔志贤："是纸都包不住火，自带兵以来，从云南到西安，从西安到北京，再从北京到江浙，我就从来没有见过你在队伍开拔时还要离队去办事，我一猜就知道你是有放不下的人了……"

林开武："我也不知道自己这是怎么了，一见到她，我就像是已经找了她很久一样。老实说，我以前可从来没有对哪个女人这么在意过，包括你三嫂，在把她娶进家门以前，我对她一点感觉都没有，我对她的感情是在一起过日子以后才培养起来的。"

崔志贤："天下比我三嫂再贤惠的女人，可是难找了！"

林开武："是啊！想想她当年去开化陪监，又想想这些年来为我独自支撑那个家，我就是再有一千条、一万条理由，都不敢负她……但是、但是我对杭州的那个姑娘又确实放不下……"

崔志贤："我记得三嫂可是来信要你遇到合适的就找的，我想，她一是怕你在外寂寞，二来也是想为林家传后……"

林开武："这些，我何尝不知。可你三嫂越是这样通情达理，就越让人不忍负她……"

崔志贤："这可怎么办？"

林开武："不说这事了，真是剪不断，理还乱。趁这段时间有空，你再跑趟上海，看看能不能与孙先生联系上，好长时间都没有他们的音信了……"

崔志贤："好。"

从灵岩山上下来，见时间还早，林开武和崔志贤决定去苏州最热闹的观前街听听苏州的评弹。苏州评弹这种曲艺形式，以个人演唱为主，辅以三弦和琵琶等伴奏，使用吴侬软语为基调，听上去婉转动听，余声绕梁，很有韵味，有很多人喜欢。

在一家名为"韶韵"的场馆，他们要了一壶茶、一盏瓜子、一盘点心，坐下来欣赏这难得一听的地方戏种。

此时在台上演出的，是一位风华正茂的年轻女性。但见她眉清目秀，身姿婀娜，皮肤白皙而不施粉黛，声音悦耳且吐字清楚……从台前竖立的牌子上得知，她叫姚佩珠，是这里当红的头牌小旦。她唱的是《珍珠塔》中的一段，唱腔如行云流水，婉转动人。一曲终了，听众都热烈鼓掌。

听到如此热情的掌声，姚佩珠在台上还礼道："谢谢大家……下面，我为大家演唱一段新编的《鉴湖女侠传》。"

大家再次鼓掌。不料，掌声刚落，听众中却有个人站起来，厉声质问姚佩珠："你要唱的'鉴湖女侠'，是不是秋瑾？"

姚佩珠一时有些慌乱，没有马上回答。

"我问你，究竟是不是秋瑾？"那人继续问，而且声音还越来越大，恶狠狠的。

姚佩珠这时已经镇静了些，但依然沉默着不肯说话。

"好啊！光天化日之下，你们竟敢为乱党张目，在这里为她评功摆好，你们想造反哪？"

那人吼叫着往台前走来，直逼到姚佩珠面前。还没待姚佩珠反驳，那人竟已跳上台去。他指着姚佩珠道："早就知道你不是个好东西，上次给你的教训还不够，你师父那个老东西也还伤得不够。这不，又想造反，又想煽动民众……告诉你，这里还是我们的天下，大清的天下！"说着，他一把揪住姚佩珠，想把她拖下台。

心中为姚佩珠感到不平的林开武见状，想也没多想就走过去质问那人："你，干什么的，想干吗呀？"

由于林开武当时没有穿官服，那人也不知林开武是什么人，根本就没有把他放在眼里。他上下打量了林开武一眼，扯着嗓子冲他就吼："老子是干什么的你还看不出来？告诉你，老子是衙门里的，吃官家饭的……"

林开武："吃官家饭的就可以随便吓唬老百姓，就可以欺负一个弱女子？"

那人跳起来了："我吓唬老百姓？她是个弱女子？没听见吗？她要在这里唱《鉴湖女侠传》，为秋瑾这个已被处死的乱党贼子，张目翻案。"

林开武："我只听她说要唱《鉴湖女侠传》，没有听说她要唱什么秋瑾，那都是你替她说的。"

"就算是我替她说的，那又怎么样。母鸡一蹲窝，我就知道它要下什么蛋……像她这种人，恨大清，同情乱党,她要唱的《鉴湖女侠传》只能是秋瑾……"那人继续说。

"你都没有听到人家唱出来，就如此武断地说人家唱的一定是秋瑾了，这不是血口喷人吗，还有没有王法了？"林开武厉声问他。

"王法？我就是王法！只要把她带回衙门，她就得照实招。只要她一招，我就可以判她个同情乱党的罪……"那人仍蛮不讲理，目中无人地说。

林开武被彻底激怒了，只见他走上前去，一把拉起姚佩珠的手道："走！你跟我去，我倒要看看他能把你怎么样。哼！"

那人也急了，一把抓住林开武："你想干吗？"

"我想干吗？我想揍你这个横行霸道、给人乱扣帽子的无赖！"林开武话音刚落，顺势一肘，在场的众人还没有看清是怎么回事，那人已经踉跄着后退几步，倒在地上。

那人还不知趣，从地上爬起来又朝林开武扑来。这时，旁边的崔志贤及时拦住了他，并大声喝道："放肆！睁开你的狗眼看看，这可是刚刚从太湖剿匪得胜归来的江浙水陆两路军统领林开武林大人！"

在场众人："啊！林统领林大人，一身正气好威风哟！"

"大清要是多一些这样正直的官，也就不会有那么多小人得势了……"

"是呀！如今的世道乱成这个样子，就是朝廷眼瞎了，尽用些奸佞小人……"

那人听说面前站着的是林开武，当时就被吓傻了，什么话也答不上来。可只是那么一会儿，他马上就换上了一副可怜的面孔，扑通跪下地去，抽了自己两耳光，连连道："小人有眼不识泰山，冲撞了林大人，请恕小人无罪，请恕小人无罪……"

崔志贤就势踢了他一脚："滚你妈的蛋！"

那人爬起来就跑，连头都不敢回一下……

众人见此，热烈鼓掌。

林开武对姚佩珠道："姑娘请上台，继续演唱《鉴湖女侠传》。"

姚佩珠感激地冲他一揖，款款上台去了。

随即，音乐响起，姚佩珠开口唱道——

自古江南出英雄，而今又有一豪杰。

身为女性不落俗，敢与男儿争熊黑。

鉴湖之畔练兵戈，戎装骏马驰天下。

为救民众出水火，创办学堂聚英才。

道合同人举义旗，身先士卒斩荆棘，

不料时局出变故，壮志未酬遭荼毒。

临刑依然仰天笑，我辈事业有来人！

一曲唱完，众人掌声不断，连连喝彩："好！好！好！"

林开武边鼓掌边对崔志贤悄声道："一会儿完了，你去请她，咱们到老正兴去，尝尝被乾隆御封的天下第一菜……"

四十四、崔志贤情迷姚佩珠 姚佩珠心仪林开武

苏州老正兴，是一家创办多年，在苏州城名头很响的老饭馆。当年，乾隆皇帝三下江南，来到老正兴吃饭，有一道菜让他吃着惊叹，吃后萦怀，便把这道菜封为天下第一菜。为此，凡来苏州的远道客人，少不了都要上老正兴来品一品这道菜，以饱口福。

林开武一到苏州，便有人向他推荐。所以，今天他要请姚佩珠吃饭，就叫崔志贤去把她请到老正兴，一来想尝尝这道天下名菜，二来也要在姚佩珠面前撑撑面子，毕竟人家是苏州名媛，请去太一般的地方，他怕人家不去。

为感激救场的恩人，姚佩珠还是应邀来了。尽管下了台，换了装，她依然楚楚动人。林开武和崔志贤都看得有些呆了。直到姚佩珠走近席前，他们竟然都忘了与她打招呼。

好在那姚佩珠还算大方，自己款款在他们面前的位子上落座不说，还主动开口说道："今日之事，全凭大人解围，倒还劳大人破费，小女子在此谢过了……"

林开武："噢、噢，区区小事，何足挂齿。"

崔志贤："姚姑娘你唱歌像天仙一样，人、人也长得像天仙一样，听你的评弹真是享受。"

姚佩珠被夸得有些不自在，一时脸颊绯红，嘴里却谦逊地道："哪里有这么好，大人过奖了。"

林开武也觉得他有些过了，心想哪有这样当面夸人的。于是便在桌子底下踢了他一脚，说道："说说今天这件事吧，那人怎么那么可恶？"

崔志贤可能也自知说话唐突了，也急忙转移话题："那个家伙，与姚姑娘你以前是不是相识？"

姚佩珠："他叫胡三，是这里的道台李敬之的走狗……"

林开武："他们以前来韶韵馆闹过事？"

沉吟良久，姚佩珠才开口道："说来话长……我跟我师父在这个场馆已经很长时间了，而李敬之，不时也爱来听书。一来二去，他就对我动起了歪心思……开始，我和师父以为他是闹着玩的，并不在意。但后来，他越来越不像样……有时，干脆就在散场后堵在书场门口，不让我们回家，尤其是我单独一人的时候，他甚至逼我去他家唱堂会，陪他过夜……师父知道这一切后，与他理论，还到省府去告过他……他知道了，便派胡三等人到场子里来闹事，把我师父打得吐血，已经躺在床上三个月起不了床……我为什么恨他们，要唱《鉴湖女侠传》，就是恨他们这些仗势欺人的狗官……"

崔志贤："从上到下，这大清是烂透了……"

林开武："大清不亡，国无宁日，家无宁日！"

姚佩珠惊恐地看着他俩，道："两位大人，你们可都是大清官员哪，何出此言？"

林开武："大清官员，也不都是个个像姚姑娘你说的那个李敬之一样……"

崔志贤："就是，我们林大人就跟他们不是一路人，不肯与他们同流合污……"

姚佩珠有些不相信地说："这……"

这时，菜端上来了。

林开武："噢，我们太冒失了，也太唐突了。来、来、来，先吃菜，别的话，我们以后再说。"

所谓的"天下第一菜"，其实是一片焰得焦黄的锅巴，用一碗以海鲜为主勾兑的浓汤，趁热浇上去，"哧啦"一声，便成了。由于锅巴的香脆，加上海鲜的味美，吃上去，这道菜的确可以给人很好的味觉感受，并产生与众不同的体验。

林开武先尝了一下，觉得不错，便催姚佩珠和崔志贤趁热吃。两人经他催促，也便动了筷子。崔志贤拈了一片，又拈了一片，吃得津津有味。

那姚佩珠却只吃了一小片，就放下筷子说道："其实，我虽然在苏州多年，这道菜还是头回吃……小时在乡下，家里穷吃不起，之后到了苏州，忙学戏忙演出，也没有机会……"

崔志贤："我也是头一次吃。"

林开武："废话！你还用说？你本来就没有来过苏州，以前去哪里吃？"

崔志贤："也是啊。我今天怎么尽说错话？"

林开武："这还用说？心神不定呗！"

崔志贤："是吗？我心神不定了吗？"

林开武："当然。不过，这段时间，想吃咱们就来。"

姚佩珠："只怕机会不多……"

崔志贤："为什么？"

姚佩珠又是一阵沉默，许久才道："只怕李敬之等人不会这么放过我……"

林开武一拍桌子："岂有此理！我等着这狗官，我就不信他无法无天了！"

那晚，他们吃到很晚才散场。

从老正兴出来后，林开武和崔志贤把姚佩珠一直送到她家，才返回驻地。

回到营地后，林开武还不放心，又吩咐崔志贤："你明天去寻一处房子，要僻静点的，让姚姑娘的家人和她师父搬到那住。另外，你这两天就得动身去上海，去时，把姚姑娘也带去，上海离苏州不远，也有不少人迷苏州评弹，你就在那找一处场子，让姚姑娘在那演出。"

崔志贤："好！"

第二天，崔志贤还真很快找到了一处合适的房子，把姚佩珠一家和她的师父都搬了过去。待把他们安顿好，崔志贤就满怀期待地给姚佩珠说了林开武安排他带她去上海的事。不料，姚姑娘却一口回绝了。

回到住处，碰了一鼻子灰的崔志贤有些沮丧。

林开武见状，就问他："怎么了？是不是不太顺利呀？"

崔志贤："不是不顺利，是人家直接就一口回绝了。"

林开武："我看你对她有感觉，这位姚姑娘条件也不错，才有意撮合的，我就想让她随你去上海，一来避开李敬之那狗官，二来也好让你们有时间多接触接触，你也老大不小了……"

崔志贤两手一摊，一脸无奈地道："可是人家不领情哪。"

林开武："明天，我去找姚姑娘，再把事儿挑明了说，还是让她和你去上海。"

第二天，林开武真的自己去找了姚佩珠，把自己让她随崔志贤去上海的话都往明里说了。但是，姚佩珠却不为所动。还眼泪汪汪地问林开武："林大人，你非逼着我去上海干什么？"

林开武："刚才我已经说了，一来为了你的安全，二来呢，也想让你有机会跟我那兄弟接触接触，他可是我的副将，一身本事，只是随我在外闯荡，一直没有碰到合适的姑娘。"

姚佩珠："不，我不去。我走了，扔下我的家人和师父，我不放心。"

林开武："这个，刚才我也说了，你的家人和师父我会照看好的，你尽管放心。"

姚佩珠："不，我就是不去，苏州评弹是属于苏州的，我只在苏州唱评弹，别的地方我哪儿也不去。"

话已至此，林开武只好悻悻而回，第二天让崔志贤独自去了上海。又派别的人去找了一处场子，让姚佩珠避开李敬之唱评弹。

也许，姚佩珠这一转场，避开李敬之和他的爪牙了；也许，李敬之和他的爪牙也知道林开武厉害，不敢再找上门来，姚佩珠到另一个地方唱了以后，暂时倒也平安无事，不过林开武还是不敢大意，暗里仍时时提防。

　　这天稍有闲暇，他又决定去场子里听姚佩珠唱评弹。于是，早饭过后，他带着两个亲兵出发了。

　　姚佩珠现在待的场子，邻近苏州的另一个有名饭馆松鹤楼，也算个热闹地方。姚佩珠的场子叫碧云轩，比以前那家还大些，听众也多。

　　林开武让亲兵买了票，直接到前台紧挨着台口的一张桌子旁坐下，又要了茶和瓜子，边喝茶边听。

　　这时台上唱的，是另一位艺人，她唱的是《英台哭坟》，这是《梁山伯与祝英台》中的一段唱词。唱词哀婉凄切，感人肺腑，很多人听完都在拭泪。

　　轮到姚佩珠出场了。只见她青衣打扮，一身素净，依然面不施粉黛，嘴不涂胭脂，天然丽质，端庄俏丽。在台上坐定后，她一眼见到坐在前排的林开武，看见林开武也正盯着她，便嫣然一笑，以示招呼。林开武哪里知道，姚姑娘对他的一颦一笑已然有了别的深意。他还只是浑然不觉，心无旁骛地听戏。

　　姚佩珠唱了，今天，她唱的是《花木兰替父从军》。由于她的唱腔高亢婉转，穿透力强，加之人又生得好看，没有矫揉造作的媚俗之态，一曲唱完，台下掌声、叫好声响成一片。

　　趁此机会，林开武走近台口，悄声对她说道："散场后，我们松鹤楼见……"

　　姚佩珠点点头，示意知道了。散场后，林开武和姚佩珠在松鹤楼的雅座里见了面。

　　两人都坐下后，林开武问她："近来好吗？"

　　姚佩珠："好……谢谢林大人的关照。"

　　林开武："李敬之和他的爪牙没有来找麻烦吧？"

　　姚佩珠："有你在，他们不敢……"

　　林开武："你还是再考虑考虑，去上海找志贤吧，我在军中，说不定哪天朝廷的诏书来了，就得离开。况且，我们来时，上头也说只让我们在这待三个月。"

　　姚佩珠："到时候再说，反正你在苏州，我就不离开。"

　　林开武："唉！你怎么就不领我这个情呢？我那兄弟确实不错，怎么说都算得上百里挑一的好男人。"

　　姚佩珠："那是你的眼光，我可不这么看。"

　　林开武："唉！强扭的瓜不甜，劝不动姚姑娘你，我也不劝了，可是我要是离开了苏州，你怎么办呢？"

姚佩珠："大不了，我就把父母和师父送去乡下，自己和李敬之拼命。"

林开武连忙劝道："哎、哎、哎，这可使不得，你正是如花的年纪，去跟他拼命，不值得。实在不行，你还是到杭州来找我吧。"

姚佩珠听他这么一说，一脸的愁容瞬间换作笑意，竟然有几分俏皮地道："你在杭州有没有嫂子，要是我去了，她不会生气吧？"

林开武有些被她弄晕了，便没过多思索就说道："别说我在杭州没有家眷，就是有，你去找我又不是去嫁我，她凭什么生气呀？"

姚佩珠："那样最好，到那时我安顿好父母和师父，就去杭州。"

林开武见她越说越认真，突然意识到了什么，一时不知道要怎么把话再接下去，只好岔开话题道："我们先点菜，先点菜吃饭……"

第五部
被提拔却遭暗算 博弈官场多凶险

四十五、开赴青浦救民平乱 开武升任两军提督

转眼之间，林开武部进驻苏州三个月的时间已满。这天，朝廷一纸诏书，着江浙水陆两路军提督急调林开武率部开赴青浦，因为那里连年非旱即涝，已经三年歉收，市上米贵如珠，薪贵于桂，民众食不果腹，引起民众风潮，俨然已成乱象，朝廷希望林部进驻青浦，伺机弹压。

林开武到江浙任职几年，主要负责军事，对于地方事务知道的并不多，接到提督大人的指令以后，他只好一边准备着开拔，一边了解情况，尽量做到心中有数。这期间，他又抽了一点时间，专门去见了姚佩珠，向她说明了自己已不能按计划回杭州，将要移师青浦的事。

事情突然起了变故，于林开武、于姚佩珠都是无奈的事，姚佩珠对此当然也能够理解。她当时虽然有些怅然，但也很通情达理地说："林大人，你就放心去办你的公务吧，佩珠这里你不必挂牵。如若苏州真的待不下去，到时再作打算。"

林开武当时还想说点什么，却觉得什么也无从谈起，因为自己此去青浦，具体情形如何尚不可知，更不知道在那要待多少时日，所以，也就不好做任何的安排和承诺。走时，只好把文蕊在杭州的地址写下来交给她，并嘱咐道："这是我在杭州一个朋友的住址，你要是在苏州待不下去时，可以去这个地方找她，通过她，就可以找到我了。有什么事，我们到时再想办法。"

姚佩珠："好的。林大人，你军中事务繁忙，我的事你就别管了，有道是天无绝人之路，到真的无路可走时，我就按你留的这个地址，去杭州找你。"

从姚佩珠那出来，事情也算有了个交接，林开武的心踏实些了。于是，径直赶到驻地整顿队伍，第二天一早，他就带着队伍开拔了。

沿途还算顺利，不一日，就到了青浦。青浦这个地方，其实已经是上海的近郊，这里，是平原水网，来自江浙两省各地的水流，都在这里汇合入海，历来富庶，是当地有名的鱼米之乡，据说还是上海一带最先有人类生息的地方，考古发现，人类在这里生存的时间已经超过六千年。

可是，这几年也不知道怎么了，这里非旱即涝，没有一年顺遂。这样，就造成了特大灾情，那些连年歉收的灾民，因为劳而不获，竟然吃尽了水里的鱼虾、茭白、菱角，然后又吃起了地上的草根树叶。尤其是青浦东北部的观音堂镇，那里地瘠民贫，景象就更加凄惨，已经是饿殍遍野。

在林开武部进驻之前，朝廷也曾下令兼管地方事务的江浙水陆两路军提督，开仓赈济，粜米救市。但是，也不知道是怎么搞的，越是赈济，越是灾民如潮；越是粜米，越是米贵如珠，最终到了无法收拾的地步，就连黄浦、嘉定等邻近的县，都有所波及，观音堂一带，已经有了人间相食的传闻。这一切，弄得灾区百姓人心混乱，酿成民变。也正因为如此，那个无计可施、坐镇上海的水陆两路军提督如坐针毡，这才紧急上奏朝廷，要求调来手握重兵的林开武，让他进驻青浦，弹压民变风潮。

到了青浦，林开武却没有按照提督大人的指令，一来就去弹压百姓，责任和良知告诉他，中国的老百姓历来都逆来顺受，是世上最好的老百姓，非不得已，谁也不会置身家性命于不顾，去造朝廷的反，尤其在缺乏组织的情况下，更不会抱团去跟官家作对。正所谓官逼民反，民不得不反，此间的民粜风潮，在林开武看来，其中肯定有着极其复杂的原因。

思虑及此，林开武安置好了部下，便一头扎进了民间。那些日子，他把在上海的崔志贤调来，一人带着一组亲兵，大家都换了便装，整天混迹于社会，除了青浦以外，还去了黄浦、嘉定等县了解民情。一日，林开武来到灾情最重的观音堂镇，那里的景象确实令人揪心，村里已经很少见人，偶见一两个面带菜色的妇孺，多已全身浮肿，行走艰难，走得动的年轻人，据说大多已经外出逃荒去了。到了镇上，这里的情况也好不到哪里去，沿街的饿殍，连埋葬的人都没有，镇上的几大米店，本来是有米粜出的。但是，那些饿毙在米店附近的灾民，却没有钱去买可以救命的粮食。

面对这种境况，林开武不忍多看，便带着跟随的亲兵，折进一家临街的饭铺。在那每人叫了一碗带菜的稀粥和两个发黑的馒头，边啃边与店主闲聊。

林开武先是装作很不满地问道："老板，你们怎么尽卖这样的带菜稀粥和黑面馒头，而且还要价这么高，这不是坑人吗？"

那老板可能看着林开武一身青衣小帽，心里并不提防，所以便也不客气地道："你们在我这还能买到这些东西填肚子，你再到别的地方看看，有钱你都买不到东西。"

林开武："这就怪了，普天之下，哪会有这等怪事，竟然有钱买不到东西？"

"就是，有钱还能使鬼推磨呢。"一个机灵的亲兵也不失时机地补充了一句。

老板："哼！还有钱能使鬼推磨呢，在我们这，在整个青浦县，眼下有钱还真买不到东西。就连我开这个小店，也得上面有人罩着，要不然哪来碎米做粥，黑面做馒头……"

林开武："这是从何说起，我看那边，不是还有几家米店，有米粜出吗？怎么就不可以去买了来，做了出售？"

老板："那些米店，都是开门做样子的，都是官府做给外人看的，目的是骗那突然来这或是路过的朝廷大员。在这样的荒年，哪里还有米这么摆着卖？再者说了，要是这样摆着卖了，也没有人买得起，倒不够那些饿急了的人抢的，前段时间，我们这里就发生了灾民抢米的事情，只几日，镇上所有的米店，就都被灾民抢光了。现在，所有米面和一应吃的，只有把持粜米的人手中才有，就是我也算多少有些门路，才能弄些碎米黑面，勉强维持着这个小店。"

林开武："是谁有这么大本事，竟然把持着一个地方的命脉，把所有吃的、救命的粮食都掌握在自己手里？"

老板："还有谁？就是那些手眼通天的人呗。这些人，别说是上海的道台，就是省里的巡抚，江浙水陆两路军的提督，甚至朝中的大臣，都与他们有瓜葛。"

林开武："不是吧？我就听说，前些日子官府还曾开仓赈济，粜米救民。"

老板："这也是做样子，明里说是开仓赈济，粜米救民，实则是把持者中饱私囊，那米都神不知鬼不觉地流入把持者那了，这一赈一粜，米价更高，所以才出现了暴民抢米的事。"

"照你这么说，就没有人能管他们，能管这事了？"那个机灵的亲兵，这时又不失时机地插了一句。

老板："有啊！但这就要看朝廷什么时候能够派一个敢作敢为的青天大老爷来了……"

"会有的，这样的青天大老爷不日就会来了！"林开武没头没脑地撂下一句话，有些激动地站了起来，径自出门去了，那两个亲兵见他走了，也急忙给老板兑了银子，跟着出了小店。

林开武回到军营，崔志贤带着他的人也回来了，他俩一碰头，崔志贤在别处了解到的情况，与林开武在观音堂镇了解到的大同小异，各地的民粜风潮，都是把持者抬高物价中饱私囊引起的。

这事，令林开武陷入了深深的思索，他在房里踱来踱去，好半天才问了一句："志贤，这事你怎么看？"

崔志贤："这事，如果我们一来就弹压民变，只会适得其反。"

林开武："对了！问题的根子在那些把持者身上，得拿他们开刀，才能解决问题。"

崔志贤："可是，这些大大小小的把持者，都与官府有着千丝万缕的联系，他们其实就是利益同盟，搞不好还牵扯到朝廷重臣，我们能摆平他们吗？"

林开武："就是马蜂窝，我们也得捅！要不然，任由事态发展下去，死的人只会更多，你我心何以安？"

崔志贤："三哥，那你说说，这事我们该怎么办？"

林开武："当年在北京，慈禧曾经赐我反穿黄马褂，目的就是有事时让我直接面奏。这份特权，在宫里时我没有用过，后来外任江浙，就更没有机会用了，今天，为了青浦、黄浦和嘉定的数十万饥民，我要用一用！"

崔志贤："三哥，说说你的打算。"

林开武："这事，我们一旦拿那些把持者开刀，势必牵动大大小小的官员，弄不好就会引火烧身。所以，在动他们之前，我要越级上奏。只要光绪和慈禧还想维持他们的江山社稷，势必也会准我所奏，到时，只要有了尚方宝剑，我们就谁也不怕了。"

崔志贤："如今之计，也只有这样干了。"

林开武："今晚，我就连夜写奏折。你明天召集各标管带，明确分工，让他们到各地明察暗访，把所有把持者都给我弄清楚，只要朝廷准奏，我们就干！"

第二天，一匹带着林开武越级上奏奏折的快马直奔北京，而林开武派往各地的人，则通过各种渠道，掌握了应该掌握的情况。只是这一切，都不为人所知，就连上海道台、江浙巡抚和林开武的顶头上司——江浙水陆两路军提督等，也全都蒙在鼓里。

不一日，朝廷的诏书就直接下到了林开武的军营，果然像林开武料定的一样，在江山社稷稳定的大事面前，慈禧和光绪还是同意牺牲那些官员的利益，让林开武拿那些把持者开刀，并放权，不管牵扯到谁，都让林开武严查到底。

有了尚方宝剑，林开武不再有什么顾虑，他当即就把手里的兵马全部撒了出去，只几天工夫，就把青浦、黄浦、嘉定的那些把持者一网打尽，从他们那里搜出来的粮食堆积如山，缴获的银两也不在少数。拿着这些钱粮，林开武又在各地选了一些为人正直、有威望的士绅，让他们出面主持赈济。一时间，青浦、黄浦、嘉定一带被迫聚集、准备对抗朝廷的灾民，都自觉解散回家，那些已经外出逃荒的人也纷纷回来，而拿到了钱粮的百姓，也因为生计有了着落，不仅不再饿毙，还有能力逐步恢复生产。也是老天有眼，接下来又是风调雨顺，灾区的灾情得到了缓解，本来就是鱼米之乡的平原水网，很快就恢复了生机。

其间，那些把持粜米、赚昧心钱和不顾民众死活，沆瀣一气的大小官员，也受到了法办。这又使得地方风清气正，政通人和，青浦、黄浦、嘉定一带，灾情过后，反倒比原来更显繁华。

林开武治理青浦、黄浦、嘉定的政绩，一时天下皆知，朝野震动，当地百姓敲锣打鼓，给他送来了"济世良辅""去莠安良"等匾额，赶猪牵羊到军营慰问的，更是不计其数。

为了嘉勉林开武，也为了进一步安定当地民心，光绪和慈禧还下诏，擢升他为江浙水陆两路军提督，崔志贤加授了总兵衔，各标管带也都官升一级。而那治理无方且与地方把持者狼狈为奸的前提督，则被撤职查办。

就在林开武、崔志贤和一干部属皆大欢喜的时候，北京的深宫之内，却有一个人恨他恨得咬牙切齿，这个人就是慈禧身边的红人、大内总管李莲英，他在暗地里与被撤职回京的前提督相晤时，发狠地说："哼！好你个林开武，你断了我的财路，我就断你的生路，你等着瞧！"

四十六、回杭州与文蕊定情 兼收西湖美景美人

李莲英在北京的深宫里发狠，远在青浦的林开武当然不知道，他此时，还沉浸在成功的喜悦中。所以，青浦、黄浦、嘉定的局面稍定，他就兴冲冲地带着他的队伍，到设在黄浦的提督府上任去了。

新官上任三把火，林开武一上任，自然有着忙不完的事。他现在的角色，不光像原来那样负责江浙水陆两路军的军务，确保江浙两地的安全，而且负责节制江浙两省巡抚，兼管地方政务。所以，整个大清东部沿海的国计民生，实际上都落到了他一个人肩上，他整天忙得脚后跟打后脑勺，都还有办不完的事。

为此，这一段时间，他不光没能分神去想自己的私情，就连授了总兵衔的崔志贤，他也没有放他出去外任，还给朝廷上奏，请求把在湖广总督张之洞那协办兵工厂的苏善堂也调来做他的帮手。苏善堂本来就是林开武从云南老家出来勤王时，从香坪山带出来的兄弟，朝廷自然不会不准。但是，他需要在张之洞那里完成交割后，才能赶到上海赴任，怎么也得有一个过程。在这个过程中，提督衙门的大小事务，还得林开武和崔志贤顶着。

又一些时日过后，提督衙门的事务终于理顺一些，苏善堂也从武汉赶来上任了，林开武终于松了一口气。可这一口气一松，那个他心中时时惦记着的人，就急不可耐地跳了出来，让他日思夜想、食不甘味，这个人就是杭州西子湖畔的船娘文蕊。

男人一旦有了自己心目中的女人，便会全身心地想她，渴望与她相见，并且白天黑夜都断不掉这种思念。这段时间，林开武就算怎么克制，文蕊的身影都在他的眼前、在他的梦里挥之不去。偶尔，他还会想到另外一个女人，那就是他在苏州认识，原本想为崔志贤撮合的姚佩珠，他会不由自主地想，她在苏州过得怎么样，会不会受李敬之那个狗官欺负，她会不会走投无路，到杭州找

他来了……

如此这般，越想越多。终于有一天，林开武决定不等了，不在思念中受煎熬了，他把衙门里的一应事务，交代给崔志贤和苏善堂，便以到杭州视察为名，带着一队亲兵，急匆匆地奔杭州去了。

林开武到了杭州，倒也不是那么莽撞，他到当地衙门住下后，也还装模作样地去视察了一番。直到几日后，应景文章做完了，他才换了一身便衣，独自一人去第一次与文蕊相识的那个小码头，要按自己在心里想过一千遍的方式，在那再次与她邂逅。

果然，文蕊和她的小画舫仍在那里。万分欣喜的林开武直接跳上船，掀开帘子。

像第一次见到她一样，她还是那样坐着……

"你！哦，林大人！"文蕊有些惊喜，也感到意外。

"想我了吧？嗯！"林开武故意问她。

文蕊不置可否，不作回答。林开武上前，想去拉她的手："怎么不说话？"

文蕊避开他："不许胡来……人多……"

林开武："人少的地方可以吗？"

文蕊："更不许……"

林开武想了想，又道："那……咱们开船吧，还照以前的约定，包一天，不许再加旁人……"

文蕊："要是我不允许呢？"

林开武一屁股坐下来："我就赖着不走……"

文蕊："死鬼，好，依你……"

文蕊说着站了起来，动手把小船四周的帘子掀开，小船离开码头，朝前行驶，缓缓进入湖中。走了一段，林开武不让文蕊划桨，只要她掌舵，自己使力划桨。小船走得很快，一会儿就到了无人的湖心。

在这里，林开武停桨，任由小船自己漂。见他不再划桨了，文蕊问他："为何不走了？"

林开武笑了笑："想跟你说说话。"

文蕊："说什么话？"

林开武："心里话……"

文蕊仿佛明知故问："你心里有什么话？"

林开武狡黠地反问她："西湖边，不是有个地方，有副对联，叫'让天下有情人终成眷属'？"

文蕊："这与你有何关系？"

林开武："今天，我就想让你带我去那儿，把我这个心愿变成现实……"

文蕊："你想跟谁终成眷属？"

林开武指着她："你……"

文蕊的脸一下就红透了，她"呸"了一声，用手掌遮住脸，不再说话。

过了一会儿，林开武坐过去，一把搂住她，轻声问："你不愿意吗？"

文蕊挣扎了一下，挣不开，于是便依偎在林开武怀里，悄声问："我一个划船的船娘，值得你这样吗？"

林开武捧住她的脸，使劲吻她，边吻边喃喃道："你是位好姑娘，这些日子，你的影子到哪都跟着我。老实说，我也曾经试图拒绝过，但是，我失败了，我的内心告诉我，我放不下你，不能错过你。所以，公务稍闲，我就来了……"

文蕊："我真的那么好，那么值得你用情？"

林开武："我若有你，这辈子知足了……"

文蕊在他怀里挣扎了一下，重新坐直了身子，又顺手理了理被他弄乱了的头发，问："我怎么个好法？"

林开武重新紧紧抱住她，抚她的肩，抚她的背，又吻她的额头、脸、嘴……最后道："自从上次坐上你的船，又进了你的家，看见你的所作所为，我就知道，你是我要的人……你是会给我幸福的人……也是能让我在世上寻到安宁和平静的人……"

文蕊被他的话语和动作激发得兴奋起来了，她也紧紧地抱住林开武，用脸贴他，用嘴亲他，还不停地小声叫道："开武，开武……你真的要娶我，真的要我一辈子跟你……"

林开武用舌头堵住她的嘴，好一阵才腾出空道："你放心，这辈子，我不会再让你离开我半步……"

望着一脸通红更显娇媚的文蕊，林开武笑了。他感觉到一种从未有过的满足，一种从未有过的幸福……

那条船，就这样在湖心漂到下午，意犹未尽的林开武才让文蕊领他去看了西湖边著名的岳王庙。岳王庙是宋代著名抗金英雄岳飞的坟墓，这里面除了供奉岳飞父子外，院内一隅，还用灰铁铸造了迫害岳飞父子致死的奸臣秦桧夫妇的跪像。在岳飞塑像前，望着岳飞的坚毅目光和他手书的横匾"还我河山"，林开武颇有感慨地对文蕊道："自古忠良多命蹇……"

文蕊却说："但千古功过，后人自有公允评说。"

林开武："忠良容易做，但要后人认可难……"

文蕊："这就要看是真做还是假做了……"

听到文蕊这些话，林开武更感觉她不简单，更加对她刮目相看，深知自己的确没有看错人……

从岳王庙出来，他们上船又去了西湖十景中的"断桥残雪"。在那里，林开武的意思，是想让文蕊重温一下白娘子与许仙的爱情故事，顺便还有意无意地提及了与白娘子和许仙共同生活的小青……

对这里的场景和传说，文蕊知道得很清楚。文蕊当然不知道林开武真实的用意，她只是这样告诉林开武："这个故事，虽然是神话传说，但它体现的，是人们对真挚的爱情、对美好的生活的一种向往，也是对邪恶势力的一种批判……"

林开武知道此时还万万不能说起姚佩珠的事，便敷衍道："对于这个故事的深层含义，你倒很懂……"

文蕊："我划船，也当导游，经常给游客讲，自己也就有了一些思考……"

林开武："以后跟我回云南，你可以把这些讲给家里的人听。"

文蕊："谁说我要和你回云南了？"

林开武："到时候，就由不得你了……"

文蕊这时使起了小性子，噘着她的小嘴道："我才不呢！"

但她的话在林开武听来，不仅声音很小，而且一点也没有反抗的意思。因此，就没有再去管她，只吩咐道："走！划船回家，我今天要去正式拜见我的丈母娘！"

小船朝着文蕊家茅屋所在的方向迅速划动，密密的荷叶间，不时传来文蕊甜甜的笑声，坐在船上的林开武觉得，今天的西湖景色，比自己以往想象的还要美……

四十七、姚佩珠拦轿迎亲路 林开武一次娶双娇

由于不能在杭州耽搁太长时间，林开武就想在自己与文蕊的婚事上速战速决。

他那天在文蕊家见过文蕊的母亲，向老人家提出要娶文蕊，第二天一早，就请杭州道台帮忙，找了一班衙役吹吹打打送去了聘礼。至此，包括文蕊在内，她们娘儿俩才知道林开武已经升任江浙水陆两路军提督。

文蕊心里高兴，嘴里却埋怨他不及时告以实情，林开武知道，女人一旦使起小性子来，是没有道理可讲的，所以并不理会。而文蕊母亲，前段时间得林开武资助治了眼睛，这次又见女儿找了个做大官的夫婿，心里竟然整天像灌了蜜似的，心情一好，精神就好了，而精神一好，竟然眼睛也好了，没几天工夫，她那几近失明的眼睛，也可以看见东西了。

提督大人要娶亲，无疑成了杭州道台衙门里的头等大事，自道台以下，衙门里的所有人都紧急行动起来，没几天时间，他们就为林开武在衙门的后院布置了临时的新房，购买了必需的生活用品。

林开武知道后，却坚持自己去租用民房，又用自己的俸银付清了衙门里购买生活用品的开销。杭州道台拗不过他，只好派人去背街处租了一套四合院，又派人重新收拾整理了一番。

在道台衙门一班人忙着帮他收拾四合院的时候，林开武一边派人知会崔志贤和苏善堂，一边给远在昆明的陈荣昌去了一封信，备陈家中李氏前年来信之意，以及杭州的文蕊之好，自己如何放不下她决定再娶一室，让他设法转告家人，并请家人理解。

事情到了这一步，文蕊这段时间也不再去划船揽客了，她就在家中自己做些女红，准备些嫁妆，等待着林开武上门迎娶。

崔志贤和苏善堂那边，自然都很为林开武高兴，但是提督府里的事也不能

什么都不管了，两人一合计，就备办了一些礼物，由苏善堂做代表，赶来杭州祝贺，而崔志贤本人，则坐镇上海，处理一应公务，用他的话说，也让林开武少为公务分点神，安安心心做几天新郎官。

万事齐备之时，娶亲的日子也到了。这天，林开武择了吉时，自己骑马携轿前往文家，迎娶文蕊。

租住的新房里张灯结彩，十分热闹，到处贴满了大红喜字，挂着大红灯笼……

一路上唢呐齐鸣，锣鼓喧天，还伴随震耳欲聋的鞭炮声，那不时响起的"二踢脚"，让原本空寂的西湖上空腾起了一阵阵的尖啸……

在文蕊家门前，队伍停下。

林开武下马进院，去家仙堂前，给文蕊父亲的牌位上了香，又给文蕊她妈送了三百两纹银，嘱咐她安顿好自己的生活，这才拉过打扮一新的文蕊双双跪下，给文蕊的妈妈行了儿女大礼……

一应礼毕，林开武迎文蕊出门，将她扶到轿内。直到这时，文蕊妈才意识到女儿真的要离她而去了，她颤颤悠悠地追出门来，掀开轿帘，抱住文蕊叫了一声"蕊儿"，就老泪纵横，泣不成声。

轿子里的文蕊也紧紧抱住母亲，泪流满面……

这样的场面让林开武也多少有些心酸，却又不知如何是好，他站在那劝也不是，走也不是。杭州道台见状，急忙下令起轿，这才把那相拥而泣的娘儿俩给分开了。

迎亲队伍离开了文家，往杭州城内迤逦而来，一路观者如堵，大家都来围观提督大人娶亲的盛事。

毕竟娶亲的是提督大人，街上围观的人虽多，但是大家都讲秩序，前面开道的又是一批衙役。所以，迎亲的队伍行进得很顺利，不多时，已经来到了林开武新房所在的那条街口，骑在高头大马上的林开武，已经远远地看到自己临时租住的那套四合院了。

不料，前面的队伍才进街口，却意外地停了下来。

"怎么回事？"林开武边问边策马上前。

"这、这女子拦路，说要见提督大人。"走在前面的一个衙役不知所措地答道。

林开武靠前一看，自己也愣住了……

原来，此时在街口站着的不是别人，竟是苏州的评弹名旦姚佩珠！

林开武惊奇地问："佩珠姑娘，怎么是你？"

姚佩珠："恭喜了，林大人，我来讨你的一杯喜酒喝……"

林开武："那敢情好，快请！我们一齐进院，我租的房子就在前面。"

姚佩珠："不！要去我就要和新娘子同乘一台轿子，你得把我们两个一起抬进去。"

林开武把姚佩珠拉到一边，小声道："别胡闹，今天是我的大喜日子。"

姚佩珠却不理会，兀自大声说道："谁胡闹了，我从苏州赶来，就是铁了心要来嫁你的。赶巧了，一来就听说你在娶亲，我就想，那我就在这等新娘子的轿子吧，等轿子来了，让你把我们两个一起抬进去，反正你娶一个人是娶，娶两个人也是娶……"

林开武正色道："别越说越没边了，这怎么可以？再说了，我也从来没有说过要娶你呀！"

姚佩珠："你是没有说过要娶我，但我却是早就想好要嫁给你的，在苏州时，你说让我来杭州找你，我当时就想，不来则已，来了就嫁你……"

轿中的文蕊，越听越不是滋味，她想：真是人心隔肚皮，这个道貌岸然的林开武，肚子里竟然是这样的花花肠子，我这里还没娶进门，他在苏州，却早就招惹了一个……这么想着，便自己下了轿子，哭着径自往街外跑了。

"嫂子，你可不能这样就跑了！三哥，这到底是怎么回事？"这突起的变故，让苏善堂丈二和尚摸不着头脑，他见文蕊下轿跑了，就紧追几步，一把逮住了她，又回过头来问林开武。

林开武："这事一两句话说不清楚，先把新娘子迎进家再说。文蕊，你先上轿，等到了家里，我再跟你细说。"

文蕊："我不，你不说清楚，我不！"

"不，哪样不！大家都在这僵着好看呀？"林开武说着，也不管文蕊愿不愿意，三下两下就把她塞进了轿里，又转头吩咐苏善堂："抬走！先回家再说。"

苏善堂在前面护着轿子走了，林开武自己则去扯了姚佩珠的手袖，说道："走吧，别闹了！"

姚佩珠尽管还有些不依，却也无可奈何，只好跟着林开武向着新房走去。倒把那随行的杭州道台和一班衙役，还有街边若干看热闹的人，弄得呆若木鸡。半晌，那杭州道台才嚷嚷道："还愣着干什么，赶快吹打起来呀！"

于是，吹鼓手们的响器这才响起，衙役们又点燃鞭炮，一帮人簇拥着林开武进了院门。

进了门，文蕊坐在新床上哭个不停，而姚佩珠呢，则坐在屋子的一角一言不发。这种时候，面对这种情况，林开武百口莫辩。但是，事情又不能不说清楚，他只好叫来苏善堂，让他先帮着招呼客人，自己搬了一把椅子坐到她们中间，如此这般把在苏州怎么碰到姚佩珠，又如何想把她撮合给崔志贤的事，给文蕊从头到尾说了一遍。

听他这么说，文蕊倒是不哭了，弄清了事情来龙去脉的她，心里已经不再责怪林开武。可这时，姚佩珠那却"哇"的又哭开了，只听她边哭边对林开武说道："你这个人就是没良心，说好让人家来杭州找你的，你倒好，转过身就把人家忘了，自己张罗着娶亲。哼！"

林开武："我是说过你实在没有办法可以来杭州找我，但我可从来也没有说过要娶你呀！并且当初我让你来杭州要见的那位朋友，就是今天我迎娶的文蕊。你可不能不讲道理呀！"

姚佩珠："谁让你答应让我来杭州的，你答应让我来杭州，我心里就有指望……我不管，来这了，我就要嫁给你……"

林开武："你这人怎么这样？当初救你，我是看你评弹唱得好，后来帮你，我是看着我那兄弟崔志贤对你有意。可你倒好，怎么就偏偏看上我了？"

姚佩珠："我就是看上你了，崔志贤再好，我可没看上他，你不能逼我……"

林开武："我这哪是逼你，我这是在求你。今天我已经娶了文蕊，别说我不能娶你，就是你来这么一闹腾，我都觉得对不起文蕊，也没办法面对崔志贤。"

姚佩珠："这我不管。我在苏州，李敬之那狗官苦苦相逼，我的父母和师父，我都送到乡下去了。这次来杭州，我就没打算再回去。反正我在杭州没去处，崔志贤我也不嫁，我就跟定你了……"

林开武："你……"

"这样吧，这事一时半会也说不清楚，开武，你也别气了，我这就去叫人收拾一间屋子，先让那谁，哦，佩珠住下来，一会儿我们还得去给客人们敬酒呢。"已经平复了情绪的文蕊，这时竟像换了一个人，她自己摘了盖头，从新床边站起身来，说着就要走出门去。

"这事，我去办。"林开武就像落水的人抓到了一根救命稻草，逃也似的从屋里抢先跑了出来。

待林开武又回到房间，文蕊已经补好了妆，那姚佩珠也不哭了。林开武松了一口气，就去叫文蕊："走吧，我们去给客人敬酒。"

"好吧。我已经收拾好了，就等你了。"文蕊说。

"我也去。"一旁的姚佩珠说。

林开武："你就别去了，房子我已收拾好，你先去待着，一会儿我叫他们送饭过来。"

"不！我也要去。"姚佩珠坚决地说。

"你……"林开武无奈地摇摇头，一时竟再一次无话可说。

"她要去，就让她也去吧。把她一个人扔在屋里，也不是事。"文蕊大度地说。

"那，走吧。"林开武实在拿姚佩珠没办法，也只好应了。

那晚的酒席上，新郎林开武带着两个女人出来敬酒，脸上确实有几分尴尬，众人也大为稀奇，现场的气氛有几分不同寻常的热闹和怪诞。

是夜，客人散尽，林开武和文蕊好说歹说才把姚佩珠劝到为她临时安排的房间里睡下。

新房里，林开武拥文蕊入怀，巫山云雨之后，他喘着粗气躺在瘫软的文蕊旁边，心里还是兀自不踏实，便朝隔壁的房间努了努嘴，心虚地问道："这事怎么办？"

文蕊这时已经回过神来了，便侧过身，用手指在他的脑门上戳了一下，恶狠狠地说："现在这种时候，哪个要跟你说她，都是你惹的祸，弄得我在众人面前下不来台。"

林开武："对不住、对不住！可我哪会想到她会这样？"

文蕊："痴情女子一旦动起真情来，是会发疯的……"

林开武："那怎么办？"

文蕊："怎么办，我可不管你怎么办。现在，我只要你现在……"文蕊说完，竟然又一次向林开武扑来，林开武被她激起兴致，也就不再说事，再次抱紧了文蕊，又是一番翻云覆雨……

而隔壁，姚佩珠一边听着新房这边的动静，一边以泪洗面，通宵都未曾入眠……

第二天一早，疲惫不堪的林开武才一睁开眼睛，就发现文蕊半倚着床头，含情脉脉又满腹心事地看着他。

"你这么早就醒了，怎么不多睡一会儿？"林开武坐起身来，双手抱住文蕊柔软滑嫩的裸肩。

文蕊："我在想你和隔壁那人的事呢。"

林开武："你昨晚不是说不管了吗？"

文蕊："昨晚我是忙不及管，也不想管。可今早醒来，她就在隔壁住着，我能不管吗？"

林开武："要不就让她和我们住一段时间，等她平静了，我还劝她跟崔志贤……"

文蕊："她都已经当着那么多人的面，口口声声说非你不嫁，你还劝得转吗？我是女人我知道，女人一旦没脸没皮，什么都不管了，那就九头牛都拉不回来了。你再这样对她，我怕出事。"

林开武："那怎么办？我说过，我这辈子，有你我就知足了。有了你，我不可能要她……"

文蕊："从昨天到今天，我已经知道你对我的心了。唉！要说起来，她也是个可怜人……"

林开武："她是不易，要不然，当初我也不会救她……"

文蕊："要不，你就好人做到底，把她也收了吧？今天晚上我出面，给你俩也摆桌酒席，让你两场谷子一场打了。"

林开武："不行、不行，这算怎么回事呀？"

文蕊："这事我也不愿意，可不这么办又能怎么办呢？"

林开武："不行、不行，这事，就是崔志贤那里我也没办法交代。"

文蕊："你就别再去想崔志贤了，先把自己的稀饭吹冷了再说。连我现在都想开了，你就依了我吧。否则，这事没法收场……"

尽管林开武咬死了不同意，文蕊当晚还是去多味鲜摆了一桌酒席，她不仅把姚佩珠叫了去，还把苏善堂、杭州道台等人都请来喝了酒。那一晚，无所适从的林开武不知道如何应对，只好把自己彻底地灌醉了……

四十八、心郁闷游外滩租界 崔志贤痛打洋巡捕

上海外滩。

这里是当时中国最现代化的地方。具有各国不同风格的建筑物在这里比比皆是：哥特式、巴洛克式、罗马式、法式、英式、西班牙式、日式……这里堪称万国建筑博物馆，也是西方列强向中国扩张、强占中国租界后压榨和盘剥中国人民的地方。这里的银行、商家，几乎全是外资。这里的海关、邮局、宾馆、饭店，也几乎全部为外国人控制。除了几家洋买办及两家中国洋务运动中涌现出来的招商局、工部局，这里全然是洋人的天下。中国人到这里的大多只是观光风景，看看热闹。

这天下午，在上海的崔志贤非常郁闷。因为那天从杭州回来的苏善堂，把林开武在杭州娶亲如何被姚佩珠拦轿，姚佩珠如何不顾林开武怎样推托，拼了命要嫁林开武，后来文蕊如何忍辱负重，主动出面成全他俩的事都原原本本给他说了一遍。

当时，崔志贤的心里可谓是五味杂陈，他既为自己的一片真情不被人接受而沮丧，又为姚佩珠的无情而懊恼，心里有一股无名火不知道要怎么发泄，却又对林开武和姚佩珠都恨不起来，且不说林开武是他从小一起长大的兄长，就这个事情本身，林开武也没有错，他从始至终都在撮合，希望姚佩珠和自己能够走到一起，不想姚佩珠心里看中的却是牵线红娘，且不惜牺牲自己的清誉来当街拦轿逼婚。就是姚佩珠本身的行为，如果不是与自己有关系，他觉得她敢爱敢恨，一片痴心，勇敢表达并追求自己的爱情没有什么错。想到后来，他甚至为林开武能够得遇这样的红颜知己而高兴……思来想去，林开武他是怨不了的，可要恨姚佩珠吗？他也觉得没有理由，毕竟从一开始，人家就没有表达对

自己的好感，完全是自己剃头挑子一头热……只是林开武和文蕊、姚佩珠婚后是一定要到上海来的，到时候，自己又该如何面对……

这些剪不断理还乱的事情，弄得崔志贤坐立不安却总也捋不出头绪。苏善堂也不知道要如何安慰他，为他排解心中的不快和苦闷，只得静静地陪在一旁，希望崔志贤自己能够想明白、捋清楚，走出无边的痛苦。如此相对无言地枯坐了好一阵，苏善堂才说："要不，我去街上弄些酒菜来，咱们就在这衙门里喝上几杯，喝了酒，你心里有话想说就说、想骂就骂，想冲着我发一通火也行……"

崔志贤："不用。要不你在这衙门里看着，有什么事就支应一下，我出去走走，让黄浦江上的凉风吹一吹……"

崔志贤说完，也不等苏善堂答应，就自顾自地从衙门里出来了，他就这样漫无目的地溜达，竟然顺着黄浦江一路来到了外滩。

到了外滩，他这才想起孙中山联络人——胡汉民就住在这里，上次林开武叫自己来上海找孙先生，孙先生到日本去了。本来与胡汉民约好要不时见面的，不料青浦那边有事，林开武急调他去办差，这一去就是几个月。从青浦回到上海，提督衙门就在黄浦，却因为林开武去了杭州，自己一个人忙着支应衙门里的大小事务，倒把这件事忘了个干干净净。今天既然到了这里，不如顺便就去胡汉民那看看，了解一下革命党人的新动向。

拐过一个街口，又顺着街边走了一段，在一幢法式小楼前，崔志贤敲开了一户人家的门。来开门的胡汉民见是他，先热情地把他迎进门，又返身警觉地看了看行人稀少的街道，这才锁好门，招呼他道："崔先生可是有段时间没来了，林大人那边可好，听说他最近升了提督，崔先生也授了总兵衔？"

崔志贤："还好。职务的升迁，林提督和我都不是很在意的，就是事情多些，林提督老是得不到孙先生的消息，心里不踏实呢。"

胡汉民："孙先生一直滞留在日本没回来，但指挥革命党在南方做了些大动作，可惜都没有成功。"

崔志贤："具体说说，革命党人都有些什么动作，怎的又都失败了，以后的事，我们能不能帮上忙？"

胡汉民："4月27日，黄兴率一百三十人直扑两广总督衙门，起义者臂缠白布，脚穿黑胶鞋，手持枪械炸弹，两广总督张鸣岐闻讯，翻墙逃往水师提督衙门。黄兴下令放火焚烧总督府……"

崔志贤："真痛快，革命就得与他们真刀真枪地干！"

胡汉民："在东辕门，起义军与前来镇压的清军遭遇，激战中，黄兴右手中指和食指都被流弹打断，他忍痛指挥杀敌，直到夜幕降临，清兵退却……"

崔志贤："黄同志真的是我革命党中的猛将……"

胡汉民："另一队革命党人从后面攻打总督衙门，被誉为'炸弹大王'的喻培伦胸前挂着满满一筐炸弹，冲锋在前。他的一只手之前在一次试验中被炸飞，仅靠另一只手把炸弹投向敌群，后因弹尽力竭，被俘牺牲……"

崔志贤："要革命，就少不了牺牲，这个喻同志真是好样的。"

胡汉民："起义失败后，广东志士收得七十二具革命党人遗体，合葬于广州郊外黄花岗……"

崔志贤："那其他地方的革命党人呢？"

胡汉民："广州起义失败，他们大多转入秘密筹备，准备一旦时机成熟，再发动起义……"

崔志贤："现在，哪些地方的条件要相对成熟些？"

胡汉民："一是湖北……二是云南……当然还有其他地方……"

崔志贤："我真想现在就回云南，或者去湖北也行，跟着大家轰轰烈烈干一场。"

胡汉民："这恐怕不行，孙中山先生原来就说过，他希望林提督暂时留在清军里，必要时有更大的作用。至于崔先生你，林提督这也不能没有得力帮手呀。"

崔志贤："林提督这里，现在有苏善堂了，我在不在无所谓。"

胡汉民："这个……从目前的情况看，湖北、云南的起义工作是比较有把握的，革命党人手中，都掌握了一定的武装力量……湖北的新军有相当一部分倾向革命，黎元洪等人在新军中说话也比较管用，有分量……而云南蔡锷、李根源、唐继尧等，更是拥有云南陆军讲武学堂这支基本力量，一旦举事，成功的可能性会很大……因此，孙先生也想过要派得力的人去云南，加强林提督与那边的联系……以便起事时，形成配合。"

崔志贤："那不正好，我回去最合适了……"

胡汉民："崔先生有此意，我可以汇报。但是，崔先生你回去，也要给林提督那禀明了。"

崔志贤："这个好说，我们就说定了，你这抓紧汇报，我回去也尽快给林提督写信，他现在还在杭州……"

从那幢法式建筑里出来，崔志贤的心情好多了。但还有一点时间，他便决定在外滩再转转看看，终究，这是中国最具争议的地方……

崔志贤在江边看了那些洋建筑，又望了一阵江中过往的各色船只，见到各国轮船如入无人之境一样在中国的江面上横冲直撞，他在心里愤愤骂道："总有一天，要让你们都滚蛋！"

骂完，他沿着江边马路向前走去。不承想，在外滩公园的门口，他突然见到那立着的一块木牌，上面写着："华人与狗，不得入内。"

他妈的，这也太欺负人了，在中国人自己的土地上，洋人竟将华人与狗等同，而且还把租界划为禁地，不让中国人入内，真是岂有此理！崔志贤越想越气愤，竟大步上前，一脚踢飞了那块木牌。

这时，刚好有两个英租界的印度巡捕从这里经过，见牌子被崔志贤踢飞，便吼叫着冲过来抓他。

崔志贤知道，巡捕是租界的警察，是维护租界秩序的。而印度巡捕，是英租界专门从英属印度挑选来镇压中国人的。他们人高马大，体格健壮，还受过专门的武打和格斗训练，备有包括手枪、警棍、手铐等各种器械。上海当地人很讨厌他们，但也很怕他们，私下会叫他们绰号"红头阿三"。

那天，本来崔志贤气就不顺，虽然刚刚与胡汉民交谈，看到了可以回云南的希望，心情变得好多了。但上街来却看到了这块欺负和侮辱中国人的牌子，就特别想借机教训这些仗势欺人的"红头阿三"。

见两个红头阿三气势汹汹地扑过来，崔志贤也拉开了架势，做着迎敌的准备。要知道，前些年在香坪山，他也是跟林近南学了不少功夫的，虽然他的力气没有林开武的大，但师父所教的那些拳法的精要，他学得并不比林开武差。这些年在军中，时时勤学苦练，又有许多长进。所以，他不怵他们。

说话时，那两个印度巡捕已经逼近崔志贤，其中一个手快的，已经伸出他的一只大手，来抓崔志贤的衣领。崔志贤也不避让，只见他身子一矮，肩头一错，就躲开了那巡捕的一抓，并在下盘下沉的当儿，顺势一个扫堂腿，重重地扫在了那个巡捕的双腿上，那巡捕吃不住力，一下就栽倒成一个狗啃泥，他的嘴磕在了坚硬的路牙上，当时就磕掉了两颗牙齿……

　　另一个印度巡捕见同伴吃了亏，也不敢徒手来抓崔志贤了，他挥舞着警棍，居高临下朝此时还半蹲着的崔志贤的门面砸来。见他攻势凌厉，崔志贤也不敢大意。只见他伸手一挡，硬生生地接住了那巡捕的一击。那巡捕的警棍打在崔志贤的手肘上，当时就断成了两截，他自己反倒被震得连退了两步。崔志贤哪里容他喘息，当时站起身来，影子只是一晃，人已经逼近巡捕面前，接着挥手就是一拳，"嘭"地打在了那巡捕的耳根上，那巡捕只觉得两眼一黑，闷哼一声倒了下去。

　　"打得好，打得好，就应该好好教训这些横行霸道的洋鬼子！"这时，街上已经围过来很多人，他们见崔志贤痛打洋鬼子，都觉得痛快。

　　"功夫真是了得。吁！这不是江浙水陆两路军提督府的崔总兵崔大人吗？看来，在朝廷的官员里，也是有人不怕洋人的……"人群中，有人认出了崔志贤。

　　这时，先被崔志贤打倒的那个巡捕已经从地上爬起来了，他见崔志贤厉害，就拔出了身上佩带的手枪。

　　"崔大人，枪！"人群中有人提醒道。崔志贤这时已经打得兴起，又见那巡捕拔了枪，也就没有多想，他迅速错步上前，还没等那巡捕的枪指向自己，就已经扣住了他的手腕，接着用力往后一扳，顺势就夺下了他的枪，并用枪对准了那巡捕的胸膛，扣动了扳机……

　　"叭"的一声枪响，那巡捕就像一根沉重的木头，栽倒在马路上……

　　这枪声一响，街上的人就乱了，没被打死的那个巡捕，哪里还顾得上他的同伴，转身就没命地朝巡捕房跑……

　　趁乱，崔志贤也提着那支兀自还冒青烟的枪，离开了外滩……

四十九、陈荣昌入京过上海 遭排挤开武想回滇

做了新郎官的林开武左拥右抱，正在杭州与文蕊、姚佩珠销魂呢，突然提督府里的信差来报，说崔志贤在上海租界杀死了一个洋巡捕，震动了整个上海，他自己已经不知去向。

这可不是小事，毕竟崔志贤是朝廷命官，杀的又是洋人，无异于在天上捅了个窟窿。更何况，崔志贤是跟随自己多年的兄弟，又是自己的属下，于公于私林开武都不敢怠慢。于是，他急忙叫文蕊和姚佩珠收拾东西，又去西湖边辞别了文蕊的母亲，三个人就匆忙上路，火速赶回上海。

林开武到了上海，连两个夫人都没来得及好好安顿，就火急火燎地奔衙门而来。衙门里，秩序倒还正常，毕竟是军事重地，那些洋巡捕倒也不敢怎么样。林开武闯进来时，苏善堂正在那里等他，从苏善堂那里，林开武知道英国驻上海的领事已经来过了，口气很硬，说是林开武要是不交出崔志贤来，必定要把官司打到北京，打到光绪和慈禧那里。

林开武没有理会这些，他此时更为关心的，是崔志贤的去向和安全。于是便问苏善堂道："他走时就没有留下什么话？"

"我连他的面都没有见到，当时他从街上回来，我们都还不知道已经出了事，有衙门里的衙役看到他进了自己的屋里，大家都以为他累了正歇息呢，就没有去管他。到英国领事带着人找上门来的时候，他已经早就走了，只在桌子上给你留下了这封信，还有这把银制手柄的短刀。"苏善堂说完，给林开武递来一封显然是匆忙草就的信和崔志贤留下的那把短刀。

林开武心中一震，他知道崔志贤留下这把短刀的深层意思，但当着大家的面却不好过多表露，因此故作镇定地展开信来看，但见上面写道：

三哥，我走了，我们虽然不是亲兄弟，但这么多年来你待我如手足，志贤

就是肝脑涂地也不能报兄之恩德。前日，善堂自杭州来，得知佩珠姑娘拦轿逼婚，既为兄长高兴，心中亦有些凄然。便到外滩散心，不想信步之间，竟见洋人在公园门口立了一块木牌，上书"华人与狗不得入内"，心中因此愤恨。想我泱泱中华，何以会让人如此欺负，便踢了那牌子，恰好当时有两个洋巡捕从那路过，上前与志贤纠缠。志贤本想教训教训他们一下，出出胸中那口恶气便了，不想打斗当中，他们中的一个竟拔枪威胁，志贤情急之中，夺了他的枪，并失手打死了他。

志贤知道，这事闹大了，洋人和朝廷肯定会追查不休，不如一走了之，从此浪迹天涯，去做自己一直想做的事情。但是，志贤这一走，洋人和朝廷肯定会盯着三哥不放，这是志贤走时心里最放不下的。朝廷和洋人要是追查时，三哥你能支应就支应，如若不然，尽可能往志贤身上推就是了，反正他们也不能把我怎么样，为弟留下这把见证父辈交情的短刀，就是想让三哥勿以弟为念。总之，还望兄长自己周全，避过这次风险，他日如若还得在你我向往的地方相会，志贤再向三哥请罪！

弟：志贤 顿首

看了崔志贤的信，又轻抚着那把短刀，林开武的心久久不能平静。他知道，有些话志贤在信上说了，有些话他却没有说出来。这是因为，虽然是姚佩珠拦轿逼婚，但自己半推半就还是娶了她，夺了志贤所爱，伤了他的心。志贤因为失爱，一时忧愤才在外滩痛打洋人，只可惜志贤因为这事难以在上海立足，从此亡命天涯，以后前程未卜，实在让人放心不下。洋人如果就此事大做文章，朝廷定然步步退让，为平洋人之怒，甚至会纠缠不休。自己该怎么做，才能既保全志贤也保全自己？可是自己就是拼着这大清的官不做，也得等待孙先生说的那个时机，不能前功尽弃……

思来想去，林开武觉得只有一个办法，那就是抢在洋人之前，主动向朝廷请罪，才能变被动为主动。一念至此，他当时就对苏善堂道："准备笔墨，我要给慈禧写奏折，把该承担的事情承担下来。"

苏善堂一时没有转过弯来，他边给林开武找来纸笔，动手研墨，边问林开武道："三哥你是怎么想的，志贤已经一走了之，这事你大可往他身上推就是了，反正洋人和朝廷都找不到他，他在信中也这么说了，你何必自己去担事情呢？"

林开武："你傻呀！这事没有人承担责任，朝廷在洋人那里就没法交代，只要交代不过去，他们势必就会追查不休。我这如果来个一推了之，且不说我自己本来就推不干净，志贤那也不得安生。与其如此，不如让我把事情给担了，志贤那也就没事了。"

苏善堂："可是，这事三哥你也太冤了吧？"

林开武："为自己的兄弟开脱，有什么冤不冤的。再说了，这事有慈禧周全，只要我主动一些，朝廷反倒不好太过严苛，主动权始终在我们手里，这叫两害相权取其轻。"

苏善堂："好吧，反正我也说不过你。如果崔志贤在，他也肯定不会同意你这么做的。"

林开武："就这么定了，你放心，不会有多大事的。"

事情正如林开武所料，他的奏折刚刚送到慈禧那里不久，英国人的外交照会也到了。李莲英抓住这件事，以为有机会好好收拾一下林开武了，便到慈禧那百般撺掇。但是，慈禧事先已经心中有数，又念林开武当年护驾和这些年剿匪、治理地方有功，并没有完全听他的，最后给林开武的责罚是："管理失察，督教部属不严，革去提督职，降为统领，但仍留在提督府代署提督之责。"算是给气势汹汹的洋人一个交代，而崔志贤呢，虽然仍责林开武严查，但林开武知道，既然已经放手给自己办，这事也就到此为止，最后只能是不了了之。

崔志贤这事终于有惊无险地给搪塞过去了，提督府里终于又恢复了往日的平静。这天，林开武正在提督府里跟苏善堂闲聊，门口突然有个衙役来报，说云南有个陈荣昌的来访。

"在哪里？"林开武当时就激动得从椅子上跳了起来。

衙役："就在门外。"

林开武："快请！快请！"

林开武正待出门迎接，陈荣昌却已经笑呵呵地走进来了。

陈荣昌："开武贤弟，近来可好？愚兄这番不请自来，多有叨扰了！"

林开武："哪里、哪里，恩兄来了，兄弟高兴还来不及呢。善堂，赶快沏茶，从柜子里，拿出珍藏的西湖龙井出来泡。"

苏善堂："好、好、好，我这就拿。陈大人一路劳顿，快快请坐，茶马上就来。"

陈荣昌的到来，让林开武喜出望外。他们执手而谈，在衙门里喝淡了一壶龙井，又一路出了后门，往林开武安排在提督府后院的居处而来。一进家门，林开武就大呼小叫："文蕊、佩珠，赶快出来，快来见过我的结义兄长陈荣昌陈大人，陈大人可是我的恩人呢，要不是当年他把我从开化府的大牢里提出来，又安排我到西安勤王，哪里会有我林开武的今天……"

听到林开武的呼唤，文蕊和姚佩珠相伴从里屋出来，一齐给陈荣昌行了礼，陈荣昌、林开武、苏善堂分宾主坐定以后，她们又双双立在林开武的坐椅背后，不时地给几个男人添水倒茶。望着林开武身后这两个貌美如花的夫人，陈荣昌似乎想要开口问点什么，但话到嘴边了，又咽了回去，最后什么也没有说。

到了晚上，一桌丰盛的家宴摆了上来，一番觥筹交错之后，酒酣耳热的陈荣昌还是没有忍住，到底把白天想问而没有问的话说了出来。

陈荣昌："开武贤弟，两位夫人，愚兄有一事不明，白天就忍不住想问了，但又怕不妥，引两位夫人怪罪……"

林开武："恩兄有什么话但说无妨、但说无妨……"

陈荣昌："是这样，前些时，愚兄倒也得开武贤弟一信，说要在这边迎娶一位佳人。这怎么，今日一见，一位娇娘倒变成两位了？"

林开武："呵呵！这事呀，还是由她们两位自己说吧？"

文蕊和姚佩珠见林开武把这事踢给了她们，禁不住一脸的娇羞，两个人推来推去，谁也不肯开口。

林开武："文蕊，还是你说吧。这事，我估计佩珠今天是没有勇气说了。"

文蕊见林开武点了自己的名，只好把林开武在杭州如何认识自己并心生情愫，又去苏州如何认识的姚佩珠，在苏州如何撮合姚佩珠与崔志贤，不料姚佩珠却只中意林开武，到她和林开武在杭州成亲时，姚佩珠如何拦轿逼婚，自己思前想后如何成全林开武和姚佩珠等事一股脑儿说了出来，倒听得陈荣昌时而击节赞叹，时而感慨不已。

陈荣昌听了半天，终于理清了他们之间几近传奇的关系，因此在文蕊说完他们那段传奇故事之后，略有所思地问道："那么，崔志贤的出走，也与你们的这个故事有着直接的联系了？"

林开武："谁说不是呢？志贤对佩珠有心，我也曾全力撮合，不料佩珠却非要嫁我。我们在杭州时，偏偏文蕊又趁我酒醉，叫人把我抬到了佩珠床上，到我酒醒，已经什么都无法改变。我和佩珠在杭州的消息传到上海，志贤心里不好受，就去外滩散心，偏偏又在那的公园门口，看到了'华人与狗不得入内'的牌子，志贤心中有气无处发泄，便踢了那牌子，租界的洋巡捕前来寻衅，于是便酿成了打杀洋人的事件，导致志贤亡命天涯，至今不知所终。唉！这事都怪我，是我处理不当，才有今天的事端。"

陈荣昌："这事不能全怪你，似乎也不能指责佩珠夫人，志贤呢，心里就更憋屈了。要我说，这就是缘分。好在志贤回了云南，先去讲武堂投了蔡锷，听说后来又被蔡锷安排去了安南，如今他正和张邦翰一道在安南和南洋之间奔走，既避过了朝廷的追查，也为蔡锷他们在云南训练新军筹集了经费和武器，他自己的安全，想来已是无虞。"

林开武："这样就好，这样就好。我们这一直没有他的音信，善堂和我都为他着急，他要是出了什么事，叫我于心何安哪！"

陈荣昌："志贤去了安南，现在又常常在安南和南洋之间走动，行踪不定，想必朝廷也是鞭长莫及了。倒是你这里，我听说朝廷为平洋人之怒，降了你的职。我看这事还不会就此罢了，宫里的一些人怕还会利用这件事做文章，你要多个心眼才是。否则，说不定什么时候，还得吃他们的亏。"

林开武："谁说不是呢，朝廷下诏免了我的提督，虽说还叫我以统领之职代行提督之权。但是，朝廷弃我之心已经昭然，更何况太后身边还有李莲英那样的小人，他总是欲除我而后快，肯定会时时进谗言，太后听得多了，说不定什么时候就把他的话给听进去了。"

陈荣昌："所以呀，你不能掉以轻心。"

林开武："有些时候，我真的有些心灰意懒。心里老是想，什么时候干脆就挂印而去，回我们云南老家得了。大不了寄情林泉，终老乡野，也要比在这与他们钩心斗角强。"

陈荣昌："你离家多年，有此想法也很正常。不如我去北京再探些虚实，如不行时，再禀明李经羲总督，让他奏调你回云南。"

林开武："李经羲总督？"

陈荣昌："是李经羲总督，李大人前两年奉调去贵州当了一段时间巡抚，最近刚刚升任云贵总督，又回云南了。"

林开武："如此甚好，一切得靠恩兄周全了！"

那餐夜宴，他们吃到很晚，直到酒有微醺，方才散了。陈荣昌远道而来很是不易，林开武又留他在上海盘桓了几日，才让他去了北京。

五十、朱继业花重金买官 李莲英暗算林开武

20世纪的头十年，是中国社会最不稳定，时局最为动荡的十年，风雨飘摇的北京城正是这种急剧动荡的缩影。这十年间，中国革命党人在各地的革命活动十分活跃；日本和俄国在我国东北大打出手；第一次世界大战爆发；法国在云南铺设滇越铁路；英国人则把他们的势力扩展到西藏，把手伸到云南，掠夺滇西的矿产资源……而对于中国人来说，大清帝国已经走到它的暮年，即将寿终正寝了——宫中已经有关于光绪皇帝生病，连老佛爷慈禧也病入膏肓的消息传出。

由于慈禧经常不能理事，李莲英的作用和权力更大了。这天，他收到一位大臣的五十万两银子，那人要活动江浙的一个实职……这个要去江浙的人，不是别人，正是与林开武一起去日本考察的朱继业。

面对五十万两银票，李莲英垂涎三尺，两眼放光。但是，他有些面露难色地说："江浙水陆两路军提督林开武，最近倒是刚刚被降了职，提督之职虽然还由他代理，但他已经只是一个统领了。只是……你也知道的，他是太后老佛爷的红人，要把他调开……难呀！"

朱继业："林开武再红，他在太后老佛爷那也没有大人您的分量。再说了，我听说他纵容部下生事，在租界杀了洋巡捕，至今杀人者还未归案，这事是不是还可以做些文章？"

李莲英："这事你容我再想想，有机会我一定在老佛爷面前为你说话。那个林开武，我早就想找机会拿掉他了……"

朱继业："拜托！拜托！小的这事，就全仰仗大人了，还望大人在太后老

佛爷面前多多周旋、多多周旋……"

李、朱密谋后没几天，慈禧让人来宣李莲英进宫。此时的老佛爷，目光涣散，气息无力，早已不是昔日那个威风凛凛的慈禧太后了。见到他，慈禧叫宫女把自己扶起来靠在床头上，又养了会儿神，这才缓缓道："有几个人，你去把他们招来，我有话来对他们说……"

李莲英："哪几个人？"

慈禧道："在天津小站练兵的袁世凯，九门提督的奕䜣，刑部的刘台堤……哦！还有江浙水陆两路军提督林开武……"

李莲英："林开武他现在是代理的呢……"

慈禧："那不管……"

李莲英："林开武那路途遥远，他又是个代理的，是不是先安排人去接替了他，再把他招来？"

慈禧："值此多事之秋，正是朝廷用人之际，江浙水陆两路军提督可是个关键的职位，事关大清东部沿海的安全，林开武在那还是很得力的……"

李莲英："在下知道老佛爷您念旧情，因为他当年护驾有功您疼他。但是，这些年他在江浙也捅了不少娄子。单说他纵容部下在上海滋事，打杀洋巡捕这事，他就没有为咱大清的全局着想，没有体谅您和圣上的难处。事情发生以后，他又故意放走他那兄弟，至今迟迟没有追查到案，造成了不良的国际影响。这事，不定什么时候就会成为西洋犯我大清的口实，逼大清就范的借口……"

慈禧："这事经你这么一说，还真是一桩事了。这个林开武也是，怎么就不理解我和皇上的一片苦心呢？朝廷革了他的提督衔，但仍让他以统领之身代行提督职，与其说是给西洋人一个说法，不如说给他一个戴罪立功的机会，他怎么就……"

李莲英："这事明摆着呢，林开武压根就没想过要抓他那个犯案兄弟。这事往小了说是纵容他的兄弟，往大了说就是抗旨不遵……"

慈禧："他敢！他真敢这么想，看我不扒了他一层皮！"

李莲英："都说天高皇帝远，林开武如今远在上海，哪还是当年在您身边的时候……"

慈禧："再远，那也还是大清的天下，他还吃着皇家的俸禄！"

李莲英："人心隔肚皮呢，林开武他要是还念着老佛爷您和圣上对他的好，他就不会对朝廷的指令虚与委蛇，拖着不办了。"

慈禧："照你这么说，还真得找个人换了他？"

李莲英："奴才这都是为大清的江山社稷，为太后老佛爷您着想……"

慈禧："那就换吧，林开武外放的时间久了，把他召回我身边也好。"

李莲英心中一阵窃喜，嘴上却不动声色地道："那，老佛爷您看派谁去换他好呢？"

慈禧："我近来无故头疼心慌，不想再操这份心了……"

李莲英："那奴才推荐一个人选，老佛爷您看行不行？"

慈禧："你想推荐谁呀？可不能推荐那些只跟你好的人哟！江浙水陆两路军看的是大清的东大门，历来朝廷派去任此职的都是干臣……"

李莲英："朱继业，就是多年在工部任侍郎的朱继业。"

慈禧："不行、不行，这个朱继业不行，他是个文官，江浙水陆两路军提督那可是一个武职，你怎么能推荐这么一个人呢？真是乱弹琴，你和他之间是不是有什么交易？"

李莲英见慈禧怪罪，急忙跪地磕头道："老佛爷息怒，老佛爷息怒，奴才一片诚心，跟朱继业一点私情也没有。奴才推荐他，完全是出于公心……"

慈禧："哼！公心？出于公心你会推荐一个手无缚鸡之力的文官去任武职，你当这是儿戏呀？"

李莲英跪在地上头都不敢抬，嘴里却回复道："老佛爷有所不知，当今在西洋，都是文官任武职，正所谓武将打江山，文官治理天下。就是在中国，前朝，前朝的前朝，也莫不如此。所以，用文官任武职倒是一种必然……"

慈禧："好了，起来说话。什么话到了你嘴里都是一套一套的，还都有理。这朱继业，行不行呀？"

李莲英先抬起头来，看到慈禧脸上的怒容已经平复，这才站起身来道："行！在下已经留意他很长时间了，这人心思缜密，办事干练，在工部是个能臣。更重要的是他对太后老佛爷您、对圣上忠心耿耿……"

慈禧："好吧，他算一个人选，你让我再想想，看还有没有更合适的人……"

李莲英心里又是一阵窃喜，暗想："看来这下八九不离十了，那五十万两银子我是吃定了！而且，这事还安排得天衣无缝，既用了自己想用的人，还拉下了林开武。"于是，他重新在慈禧面前跪下，深深磕了个响头道："嗻！"

便悄无声息地从慈禧的病榻前退了出来，出了宫就迫不及待地找朱继业报喜去了。

果然不出李莲英所料，第二天一早，一道召林开武迅速进京的太后懿旨就发往上海。李莲英闻讯把朱继业找来，对他道："朱大人，你托我的事办妥了……是我在老佛爷面前，极力为你美言才妥的……今天，召林开武回京的太后懿旨已经发往上海，不日，将由你去接替林开武任江浙水陆两路军提督……"

朱继业："谢谢总管大人栽培。大人对继业恩同再造，继业就是肝脑涂地也要报答大人的恩德！"

当天晚上，朱继业就给李莲英送来两个年轻貌美的丫头，这两个丫头不仅漂亮，还十分懂事。李莲英乐此不疲，连夸朱继业会办事……

对袁世凯、奕譞、刘台堤和林开武的那次召见，其实差不多就是慈禧临终前对朝政的一次特殊安排，她知道自己来日无多，就有了许多方面的考虑：见袁世凯，是因为他手握重兵，而他手里的那支军队，是大清最新也最精锐的队伍，一旦控制好，就可以掌握全局……而九门提督奕譞，整个北京城都掌握在他手中，他不乱则北京城不乱，他乱则北京城不保……刑部可以管控众大臣，限制他们的行动，见刘台堤就是基于这方面的考虑……至于林开武，慈禧想让他回京掌握紫禁城的禁卫军，这将直接关系到皇族的安危……换他，并不完全是李莲英挑拨的结果，她不过是就坡下驴而已。

袁世凯、奕譞和刘台堤先后入宫觐见，慈禧都向他们面授机宜，做了周到详细的安排，林开武路远，一时还赶不到，慈禧只好把召见他的事放一放。

安排了这些，慈禧觉得差不多了。于是，便把注意力转移到了自己和光绪皇帝的关系上……

她知道，过去，自己曾有很多地方对不起他，让他身为皇帝，却享受不到行使皇帝权力的乐趣……但是，曹操那句"宁教我负天下人，休教天下人负我"的名言，这些年来一直左右着她，使她明明知道过头、过分，却也要坚持……

这天，她感觉头脑稍微有些清醒，身子稍微可以动弹，就吩咐李莲英："起驾，去御花园看看……"

于是，一行人缓缓向御花园走去。

此时，正是五六月的多雨时节，才进御花园，天空就飘来大片黑云，看样子，要下雨了。

李莲英向慈禧禀报："老佛爷，咱们回吧，要下雨了。"

慈禧望了望天色，不以为然地说："还有一阵呢，先看看……"

李莲英无奈，只好指挥人马和服侍慈禧继续向前走。不久，一道闪电，接着"轰隆、轰隆"一阵大雷打过来了。宫女们有的吓得尖叫起来。慈禧不满地瞪了她们一眼，她们这才不出声了。

再看看头上的天色，慈禧吩咐李莲英："得，回去吧。"

李莲英让队伍往回走。

这时，一个闪电在近处一闪，紧接着，一个炸雷在旁边轰然响起，不仅声音巨大，还把慈禧乘辇上的光顶打断，掉了下来。众人的脸色都吓白了，却谁也不敢出声……

慈禧的脸色也有些惨白，她知道，刚才这一幕很危险，恐怕，是上天震怒了。李莲英察看了一下情势，宽慰她道："老佛爷，您福大命大造化大……说不定这一回去，病就全然好了……"

慈禧不吭声。

李莲英指挥众人："还不快回，还在这儿呆站着干什么？"

众人急忙起步回程，坐在乘辇里的慈禧却兀自心神不宁。

当晚，慈禧去养心殿看了同样被病痛折磨着的光绪，并给他送了据说是很有疗效的一剂药。光绪此时有些昏昏然，不知是故意还是真的神志不清，他没有谢她……

此后，慈禧又多次给光绪送药，而后来光绪果然先慈禧一天死去。据说，这和慈禧多次给他送药有关。不过这是历史之谜，谁也搞不清楚。

也就是这段时间，李莲英把他家乡的一位远房兄弟叫来，将一张五十万两的银票交给他，并吩咐道："你去天津买一处房子，再去老家买一处房子……往后，我两处都要去住……这北京城，我住久了，也住腻了……"

五十一、富春江边寄情山水 上海外滩辞别兄弟

北京城里的所有机谋和变故，林开武都一无所知，倒是来上海的日子久了，文蕊说她想家、想她妈了，林开武便把提督府里的一应事务交给了苏善堂，自己带着文蕊和姚佩珠抽空去了一趟杭州。

在杭州这段时间，是林开武一生中最惬意的日子。他们去西湖边探望了文蕊的母亲，把她的生活又做了一番安顿，弄得老太太乐滋滋的，逢人便夸林开武好。最重要的是，文蕊和姚佩珠已处成亲姐妹一般，两人都争相侍奉他、取悦他，让他享尽了男人之福……为此，他和二位夫人终日寄情于山水之间，纵歌于花前月下，或雅歌投壶，或猜拳行令，尽情享受着他们在一起的美好时光。

这天，杭州城里的景色看腻了，他们雇了一条船，沿着六和塔前的钱塘江往上走，想去看一看有名的富春江严子陵钓鱼台。原来，这富春江在杭州一段叫作钱塘江，而往上游走，过了富阳则叫作富春江。富春江沿途风景名胜较多，而最有名的，则是当年严子陵隐居的钓鱼台。

中午时分，船到了钓鱼台下，林开武一行弃船登岸。这里山陡林密、地势险峻，处处可以感觉到一种飘逸和与世隔绝的神秘、高旷……站到钓鱼台上，望着下面奔流不息的江水，林开武问文蕊："如何？有什么感觉？"

文蕊想了想答道："高人隐士，历来与世无争、与人无争，穷则独善其身，达则兼善天下。这，可给我们很多的启发……"

林开武又问姚佩珠："你呢？"

姚佩珠也想想道："人生在世，最重要的是自由和宁静……严子陵之所以在这里隐居，我想，他最大的追求，也不外乎这两点……人倘能悟到这个境界，也就没有什么烦恼了。"

林开武鼓掌道："二位夫人所言，精彩之至。我今天领你们到这里来，就是想让你们对此有所领悟……没想到，你们有这么深的体会……往后的岁月，

我们说不定也要走这条路……"

文蕊："到时，我们都跟着你就是了……"

姚佩珠："嫁鸡随鸡，嫁狗随狗……你到哪里，我们决不落下！"

林开武一边一个搂住两位夫人，激动地道："常言道，人生得一知己足矣！没想到，我林开武一下子竟然得到两位知己，实在是此生无憾，此生无憾哪！"

两个女人从他怀里挣脱出来，一个啐他，一个推他。

文蕊："光天化日之下，小心有人看见……"

姚佩珠："就是，看把你得意的……"

林开武："我太高兴，太激动了。"

文蕊："得意不要忘形，失意也要有形。这才是男子汉大丈夫。"

姚佩珠："修身齐家治国平天下，大丈夫有所为有所不为……"

林开武装出一副苦命相道："糟了、糟了，我以后的日子可要难过了……"

姚佩珠："怎么说？"

文蕊："怎么说？"

林开武："你二人管我如管孩子、管学生，那我还有好日子过吗？"

文蕊："有人管，是你的福气……"

姚佩珠："是啊！知足吧……马无笼头跑不快，人无点拨路难行……有姐姐和我这么服侍你，你倒还叫苦连天，真没良心……"

从钓鱼台上下来，林开武决定沿江而下，去萧山、海宁看一看那里的钱塘潮。由于地理原因，这钱塘江的萧山、海宁一带，每年七八月间会涌起大潮，大潮逆江而上，汹涌澎湃，气势惊人，惊涛如万马齐奔，响声似千雷齐鸣，每逢此时，万人云集，观者如堵……其实，这是由于月球与地球之间的引力作用所致，另外还和钱塘江喇叭形的地形地貌有关……

船过富阳，进入钱塘江。在萧山，他们弃船上岸，因为再往前走，就会与江潮相遇。观钱塘潮最好的位置，应该说是在海宁县境内。这里地势开阔，江面平缓，视野既无遮拦，观者也有选择位置的余地。

选择好一处最佳位置，林开武一行驻足江边，等待着目睹这一难得的奇观。远处有人高喊："来了！来了！"

大家顺势望去，只见远处的钱塘江里，出现了一条白线。白线渐渐靠近，便可看见原来是一排大浪。紧接着，雷鸣般的响声由远而近，伴随着排浪涌了过来。大浪越来越高，流速越来越快，响声也越来越大……终于，声名显赫的钱塘潮形成了。它夹杂着雷鸣般的巨响，卷起一人多高的浪花，扑向上游，扑向岸边，把遇到的一切泥沙冲走，把江中的所有物体移位……

"乖乖，好震撼！"有人叫。

"对，那是气势，是一种无坚不摧的气势！"有人附和。

望着这场景，林开武问身边的两位夫人："怎么样？壮观吧？"

文蕊："和大自然相比，人类太渺小了。"

姚佩珠："敬畏自然，天人合一，这对我们永远都很重要……"

林开武又鼓掌："不得了，不得了！我的两位夫人都有思想，都是哲人……"

文蕊："这些，《三字经》《千字文》里就有……"

姚佩珠："我师父除了教我唱评弹，得空也给我讲这些道理……"

林开武："感谢上苍，给我两位佳人！她们又是那样聪明、那样可爱……"

文蕊："呸！"

姚佩珠："你是狗屎花，自己夸……"

这时，天色已近傍晚，钱塘潮仿佛更大，来得也更猛了。

林开武正在杭州忘情于山水，慈禧的懿旨却到了。苏善堂派快马赶来杭州报信，他们只好辞别文母，匆匆赶回上海办理移交手续。林开武没想到会这么快就离开江南，离开他这半生以为最幸福的地方。好在文蕊、姚佩珠对此没有异议，都愿意跟他去北京。

走前，林开武和苏善堂有过一次长谈，他要把他留在上海，因为这里经常有革命党人往返日本，他不能就这样断了和孙先生的联系。

林开武要走了，苏善堂在外滩的滨江酒楼摆了一桌酒席，为林开武全家饯行。菜上齐后，苏善堂指着桌中的一条糖醋鱼说："这是滨江酒楼的招牌菜，不仅味美，而且寓意悠远，取其'甜甜美美，有头有尾'之意……这，就当是我对三哥和两位嫂夫人的祝愿吧！"

林开武："谢谢、谢谢善堂兄弟！今后就是你一个人在这边打拼了，万事都要小心。"

林开武说完，取出一对金狮送给苏善堂，说道："狮子是中国人心中的吉祥物，也是刚猛和无所畏惧的象征……这些年，在你身上，我看到了狮子秉性和气质的体现。今后，我们要走的路还会很远，说不定也会很危险，希望你像这狮子一样刚猛不减。当然，我和志贤不在，你遇事也要多思考……"

苏善堂本想推辞，听他这么说，只好收下："谢谢三哥，小弟跟随三哥多年，没有照顾好三哥，反倒让三哥处处为兄弟操心……"

文蕊也取出她的礼物，这是一幅装裱好的字，上面写道："马思边草拳毛动，雕盻青云睡眼开。"

林开武："这是你文蕊嫂子的亲笔书法，她的意思你明白……"

苏善堂连连道："谢谢，谢谢嫂夫人……善堂绝不辜负嫂夫人的厚望……"

末了，林开武对姚佩珠道："古人离别，多以长歌相送，今天，你也为我们唱上一曲吧……"

姚佩珠让人去找了琵琶来，唱了一曲《木兰辞》：

唧唧复唧唧，木兰当户织。

不闻机杼声，唯闻女叹息。

问女何所思，问女何所忆。

女亦无所思，女亦无所忆。

昨夜见军帖，可汗大点兵。

军书十二卷，卷卷有爷名。

阿爷无大儿，木兰无长兄。

愿为市鞍马，从此替爷征。

……

她唱得真切、投入、婉转。一曲终了，余音绕梁。

苏善堂道："想不到嫂子的歌，竟唱得如此高妙清雅。佩服，佩服！"

林开武："在苏州时，就是因为她唱得好，才惹下一大堆麻烦……"

姚佩珠："是我给你惹了麻烦？"

林开武连连摆手："不，不，不！是带来幸福……"

吃完饭，他们又叫了一壶龙井茶。但是，怎么喝文蕊都觉得不是味，便道："这龙井，不用虎跑泉的水冲泡，确实逊色不少，口味大减。"

苏善堂："嫂夫人你倒说说你们杭州人喝龙井的讲究，给兄弟长长见识。"

文蕊："杭州人最讲究的饮茶方式，就是到虎跑泉去品茶……往往一行人到了虎跑泉，要个雅间，泡了一壶上好的龙井，那滋味甘洌回甜，就是皇帝拿江山来他们都不换……从今往后，我恐怕没有这口福了。唉！"

苏善堂："到了北京，只怕确实没有这么好的茶了……"

林开武："也不是，哪都有好东西，而且北京人喝茶也有他们的一套讲究。比如，他们让人给你沏茶，是表示你可以留下来与主人商谈；让人替你续水，是表明可以继续谈下去；如果主人把茶碗盖翻过来，则表示话不投机，对你不满意；如果主人端起茶杯，你就得走人了，因为那是主人下的逐客令，是送客的意思……"

文蕊："这哪是讲究？完全是官场应酬。"

姚佩珠："自古官场多险恶，这北京，恐怕是官场之最，险恶之最了……"

林开武："这倒是，很多事情看了会让你心惊，生出厌恶。尤其在宫里，伴君如伴虎，日子都过得提心吊胆，如履薄冰……"

苏善堂："所以，很多京官都愿意放外任。"

林开武："说实在话，我也不愿回那紫禁城。不过这世道，我相信会变……"

苏善堂："是的，一定会变……"

文蕊："这世道，会变成什么样子？"

姚佩珠："是呀！会变成什么样？"

林开武："到了那个时候，你们自然就会知道了！"

五十二、乘漕船话说家乡美 见民困开武捐银子

这趟回京，林开武准备坐船走大运河，从上海，经杭州，至苏州，再到镇江、扬州……然后直抵天津、北京。一是因为他想趁着这个难得的机会，带着两位夫人逛一逛中国的繁华富庶之地，让她们开开眼；二是因经上海转天津的海上轮船由于台风停运，走陆路怕两位夫人受不了。

两位夫人听了他的打算，心里都很乐意。于是，一行人愉快地上路了。他们雇的是一艘漕船。所谓漕船，是过去的运粮船，它虽然宽大，但间架不高，人在舱里感觉压抑，很不方便。本来，林开武坚持要包一艘官船，但文蕊和姚佩珠都认为开销太大，硬要他包了这艘要价只有官船一半的漕船。

从上海至杭州再到苏州，沿途风光、两岸风情，林开武和两位夫人都很是熟悉，于是便不多作停留，只是一味赶路，所以船走得并不慢，不知不觉间，很快就到了。

船在苏州靠岸，船家上岸去补充生活用品。文蕊在船头眺望苏州的风景，感觉很放松。姚佩珠不愿意出船舱，她怕见到苏州。

林开武只好陪她在船舱里说话。林开武："过去的事都过去了，想开些……"

姚佩珠："心头的阴影总是挥之不去。"

林开武："等我们到了北京，那里的繁华会让你渐渐忘了苏州这片伤心地。"

姚佩珠："你会心甘情愿永远在北京？陈荣昌大人到沪时，你不是已经向他提及回云南老家的心愿了吗？"

林开武："也不知道陈大人回到云南，向李经羲总督禀明我的意愿了没有，我真想很快就有机会回到云南，那里四季如春，风景独特，物产丰富，你都想象不出来到底有多美……"

姚佩珠："待回云南时，家里有大夫人，你敢带文蕊姐姐和我去？"

林开武："废什么话，文蕊和你也是我明媒正娶的老婆，我为什么不敢带回去？再说了，家中的李氏是极宽厚的，她因为自己不能生育，又怕我在外寂寞，早就来信要我遇到合适就娶一个。"

姚佩珠："好说，家中大姐叫你娶一个，你倒好，一娶就娶了俩。有一天真要回云南老家时，文蕊姐姐家中大姐可以接纳，而我，她就未必肯了，你还会带我去吗？"

林开武："别多想了，我们是夫妻，我到哪里，都会带上你。"

姚佩珠："那，跟我说说云南，刚才你不是说那里一年到头四季如春吗？"

林开武笑了一下："这有些夸大了……云南的昆明，倒真的四季如春，但云南的其他地方，气候也还是有变化的……有的地方'一山分四季，十里不同天'；有的地方'四季无寒暑，遇雨便成冬'；还有的地方，一年之中只分旱季和雨季，旱季来时，酷热干旱，雨季来时，几乎天天下雨……"

姚佩珠来了兴趣："这么个怪地方……"

林开武："正因为这样，那里的植物特别多，动物也特别多，山上被森林和草地覆盖，林间动物穿行，是有名的动物王国和植物王国。"

姚佩珠："你的老家香坪山呢？"

林开武正要说，文蕊进来了。

见林开武和姚佩珠都兴致颇高，她问："你们在说什么呢？"

林开武："说我的老家。"

文蕊："你的老家？嗯！怎么倒只成你的老家了？"

林开武："哦！你看我，让佩珠把我给绕进去了，是我们老家、我们老家。"

文蕊："这还差不多。那，说说，我也听听。"

林开武："我们家在云南开化府安平厅的东安里，那里属滇东南地区，那里最有名的是开化三七，又称'金不换'，可治一切血症，是一种跟人参齐名的珍贵药物，药圣李时珍说'人参补气第一，三七补血第一'。此外，我们那还出产八角、草果、桂皮、砂仁等香料，畅销省内外……具体说到我们老家，是在香坪山，那里山高林密，流水淙淙，土地肥沃，物产丰富。清晨，白云缭绕；傍晚，红霞满天。走在山间，一路的鸟鸣啁啾；憩息田头，满目青翠碧绿。春天时节，满山的杜鹃和山茶花；金秋时分，遍野的成熟果实；隆冬季节，你可以在家里燃起一堆篝火，烤洋芋，炒花生，喝几杯苞谷酒，微醉之际再泡上一壶浓茶，真实地体味什么叫农家乐。盛夏来临，你可在清澈的小溪流中游水嬉戏，彻底地放松自己，将自己和大自然实实在在地融为一体……"

文蕊："听你这么说，你家比西湖还好，是人间天堂？"

姚佩珠："是呀！那为什么天下人都说'上有天堂，下有苏杭'，都夸我们苏、杭二州呢？"

林开武笑了笑："苏杭再美，也不能囊括天下之美。这么说吧，这是两种不同样式、不同风格的美……苏杭是人工的美、富丽的美；我家乡香坪山是天然的美、朴素的美……"

文蕊："你更喜欢哪种美？"

林开武："当然是我家乡的美……"

姚佩珠："那你为什么还出来，还那么喜欢我们苏杭山水园林？"

林开武："我出来，最初是为了抵御外敌入侵，勤王入卫……后来到江浙做官，是身不由己。至于喜欢苏杭的山水园林，是因为它是世界奇观，有深厚的中华文化底蕴……"

文蕊："好，那你还说更喜欢香坪山？"

林开武："一个人喜欢一个地方，那是要受感情左右的，我喜欢香坪山，是因为那里是生我养我的地方，那是我生命无法割舍的部分，就像你们对于苏杭二州一辈子也不可能忘却一样。再说了，香坪山确实也很美，刚才我已经说过了，它有着苏杭二州所没有的天然之美、朴素之美……"

姚佩珠："让你这么一说，我心里都盼望着早日回香坪山了。"

林开武："香坪山是不会让你们失望的。"

文蕊："但愿我们能早点成行，早点陪夫君回到香坪山的怀抱。"

这时，船家回来，准备开船了。船一路行，渐渐把秀美繁华的苏州甩在身后。林开武触景生情，突然对他的两位夫人说道："好好看看吧，说不定这一走，我们就再也回不来了……"

于是，他们三个人都走出船舱，来到甲板上，细细观赏起两岸的风光景物……

一路的如画景致，陶醉了三个心情不错的人。然而，船过苏北淮安时，他们看到了另一番景象。

原来，这里已属淮河流域，是涝灾经年肆虐的地方。前不久，这里就遭遇过一场大的水灾。在一处河汊里，林开武他们看见一位船夫在打捞泡在河里的死尸。而他的船上，已经摆了四具尸体……那些尸体都经膨胀，有些发白了，看样子已经在水里浸泡了多日，看着既恐怖又有些恶心，林开武怕吓着他的两位夫人，便驱赶她们道："这里没有什么好看的，味道也不太好，你俩都回船舱去吧。"

待文蕊和姚佩珠都进了船舱，林开武才问那船夫："这都是些什么人，怎么会这样？"

半晌，那人才停下手中的活计，缓缓道："谁知道……"

林开武："他们是怎么死的？"

"有的是发大水淹死……有的是不想活了自己跳水……还有的只怕是因为饿或病，掉进水里就起不来了……"那船夫神情黯然地道。

林开武沉默了，良久，又才问："你们在这附近捞起过多少人了？"

"光我这里，每天就不下十个人……在别的地方，他们捞起来的更多……"

林开武："你们，当的是官差？"

船夫："不是。当官的早不管了，我们这是凭良心做点功德事，积点儿阴德……"

林开武："捞起来的尸体，你们拿去哪里处理？"

船夫："挖个土坑，就地埋了……"

就在这样的问答中，船渐渐走远了，但林开武的心，却久久平静不下来。他暗想：同是大清天下，怎么会出现如此冰火两重天：苏杭歌舞升平，这里却是水深火热。看来，现在的朝廷已经无力治理天下，老百姓生在什么地方，遭遇什么样的灾祸，都只能听天由命，用命去闯了……

船再往前走，不多时来到一处临河的街市上，那里又是另外一番情景：林开武他们远远看到，岸边有人在卖小孩，男的女的都有，有的大人，也自己往头上插根草标，表示在卖自己……

一位妇女搂着一男一女两个孩子，凄声道："大爷大婶好心人，救救我的两个孩子吧！孩子他爹命苦，病死了，我养不活他们，只要谁愿给点吃的，再给我几个钱去葬他爹，就把他们领走吧……"

另一个老迈的人在卖他孙女："大家看看，这孩子乖巧着哩，人也清秀，只要二两银子，二两银子就是你闺女，或是你以后的儿媳妇……"

见到这样的景象，文蕊和姚佩珠都不忍心看下去，先回了船舱。林开武又看了一下，自觉身为一个过路官员，对此也无能为力，也无奈地跟着进了船舱。

在船舱里，林开武问文蕊和姚佩珠："看到这样的惨象，你们有何感想？"

文蕊："太惨了……"

姚佩珠："不出来，不知道人间还有这些惨象……"

林开武："这大清国，我看是气数要尽了。朝廷任由自己的子民垂死挣扎，却是这般不闻不问，抑或已经无能为力……唉！"

文蕊："北京城里的情况，会不会好些？"

林开武："那里更是富人的天堂，穷人的地狱。"

姚佩珠："到了北京，你最好给我们找个见不到这种情况的地方住。要不然，会让人心里难过死的……"

林开武点点头，但没有说话。

这时，外面传来刺耳的争吵声和打斗声。

林开武出去一看，此时船已经到了街头，可能是当地有良心的大户，在这里办了个粥场，施舍些稀粥给饥饿不堪的人。那些声音，就是从粥场上传来的，人们在为抢粥争吵、打斗，现场乱成一团。

见状，林开武犹豫了一下，最后走进舱来，问文蕊道："我们随身带了多少银子？"

文蕊："不多，怕路上不安全，多的我都由票号汇去北京了，随身带的就是我们路上花的。"

林开武："都拿来吧，能帮一点是一点。"

"你这？"文蕊有些迟疑地从怀里掏出一包碎银子，递给林开武。

"我去把这些银子给那施粥的，让他多买些米来，煮粥施给那些需要的人。"林开武说完，从文蕊手中接过银子，迅速出了船舱，跳上岸去。

只是几步，林开武就来到粥棚前，把银子往那施粥人的面前一递，说道："我这有些碎银子，一点心意，你拿去再买些米来，多煮些粥，说不定，多舍一碗粥，就能多救一条命呢。"

施粥人："这位先生，你是……"

没等那施粥人把话问完，林开武已经快步往回走，边走边往身后撂下一句话："一个过路的人。"

那些喝粥的人，看到林开武突然出现，又施舍了钱，便纷纷跟了过来，可能是为了看热闹，也可能是想讨要更多的好处。但林开武没等他们围拢来，已经敏捷地飞身上船，催促船家道："快划船、快划船！"

看得出来，他脸上一副痛心疾首，却又无可奈何的样子。

五十三、开武沿途抨击时弊 两位夫人表明心迹

林开武回到船舱，大家纷纷议论起刚才的事。

文蕊："夫君，你倒怕了他们，怎的跑得这般快？"

姚佩珠："就是，本是去施舍的，一转眼，倒成逃难的了。"

林开武："我怕我心太软，回头把我们能吃能花的东西全都给了他们，我们这一路上就得挨饿了。我皮糙肉厚的倒无所谓，你们两个弱不禁风的，到时却如何是好？"

姚佩珠："没有了吃的，我们姐俩就吃你呗。嫁汉嫁汉，穿衣吃饭，咯——咯——咯——"

林开武却自顾自顺着思路说道："鞭长莫及、鞭长莫及呀！就在今天，就在刚才，我才知道，大厦将倾，靠一个人的能力是扶也扶不住、撑也撑不起的。面对这么大的灾情，这么深的贫困，朝廷如此不作为，光靠个人的能力，任你是谁也扛不住。刚才你们也亲眼看到了，我本来是出于好心才去施舍的，但当一群饥饿的灾民不管不顾地围上来时，我才知道自己的施舍只是杯水车薪，根本解决不了问题。"

文蕊："这景象、这些人，太惨了！"

姚佩珠："世间竟会有这样的事……"

林开武愤愤道："天灾人祸，朝廷无为，官吏无能……"

船家这时有事走进来，听到他们的议论，插了一句话："诸位有所不知，

我常年走这条大运河，说起来，这种事情多了……从苏北到淮南，从山东到河北。年景不好时，一路上，哪里都有人逃荒要饭，哪里都有卖儿卖女，甚至人相食……"

林开武："这大清，表面看着花团锦簇，其实内里已是败絮一堆。可是，再怎么说，地方官也得管一管吧？为官一任，怎么就不管管老百姓的死活？"

船家："他们到这种地方当官，多半是出银子捐来的，为官一任，谁不想把本钱捞回来？老百姓的死活，有几个会放在心上？"

林开武："卖官鬻爵，大清之弊。有钱的人，什么官都能买来当，没有钱的人，任你有多大本事，却是报国无门。"

船家："是啊！花钱买了官，到了任上就得拼命捞回来，谁还会用心政事，谁还去管民间疾苦。"

林开武："正所谓'三年清知府，十万雪花银'。当当官变成了一种投机，一种捞钱的途径，只能国将不国了。"

文蕊："原先在家时，我以为我们家已经很苦了，没想到，比自己苦的人更多……"

姚佩珠："不出来走走，不到处看看，还真不知道自己原来已是福中人了……"

林开武："怪不得谭嗣同在菜市口被杀时，会高喊一声'有心杀贼，无力回天'，看来，这世道不改变真不行了！"

文蕊："此番到了北京，你还是设法早早解脱为好。"

姚佩珠："是啊！这大清已经破败，我们还就不侍候它了！京城是险地，官场风险多，三十六计走为上策……反正，你到哪里我们都跟着你。"

林开武："你们就想着一走了之，哪有那么简单，再说了，我之所以还不肯辞官归去，是在等待时机。时机到时，是要再为我们这个国家、这个民族做一点事的。要是谁都像你们女人那样，抬头只看自己脚面前那点事，我们这个国家就更没有希望了。"

文蕊："可是，现在做事那么难，你这次被召进京，说不定就是有人背后使坏，要不怎么好好地就突然换了你，而且进京后如何安排也没有明确的旨意，只说进宫候用，这是什么意思？再说你又那么念念不忘香坪山，早做打算也好。"

林开武："这事我也一直在脑子里琢磨，想必是与洋巡捕事件有些关联，可是也不该一撸到底呀，这事都过去这么久了！再说值此国家危难、用人之际，慈禧会一棒子把我打入冷宫？"

姚佩珠："听说那老太婆本来就喜怒无常，谁知道她会怎么想、怎么做？"

文蕊："都说家国是非，家国是非。当一国之事成了一个人的家务事，那就无法揣度了，那还不得她想怎么样就怎么样，由着她的性子来了？"

林开武："走一步看一步吧，我这倒不是心有不甘，确实还有大事未了，还得利用我的朝中身份……唉！不说了，要真到了那时，要想回家，那还不是抬脚就走的事吗？"

船家这时又插了一句："逃离是非，退隐江湖，这是自古有识之士在乱世的明智选择……更何况先生有如此贤惠靓丽的二位夫人陪伴，走到哪里，都会过得如昔日的高人雅士一般，仙风道骨，寄情山水，潇洒飘逸，风流倜傥……"

林开武被他说得一乐，不经意就拍了他一下："你倒会说。听你这番话，你以前怕不是划船的？"

船家："实不相瞒，我以前也读过几年书，在乡试中还中过秀才，也曾在乡间私塾教过几年书。可是时运不济，又遇灾年，只得回家靠撑船挣些饭食钱……我若是有先生这样的条件，早就归隐林泉、结庐名山了……"

文蕊："我看这船家说得有理。我们是得有所准备才好。"

林开武点点头却又摇摇头："也没什么好准备的了，家里有李氏，她什么都经管得好好的，我们回去，不缺吃也不缺穿。倒是你们，看惯了这大地方的繁华，一旦到了偏僻乡野，不知道过不过得惯？"

文蕊："我在那西湖边，打小就过的是小户人家的日子。"

姚佩珠："我你就更不用操心了，我在苏州乡下，本来就受穷受罪，要不是我师父传我些本事，我也到不了苏州来。"

林开武又点了点头："这我就放心了，有朝一日机会合适，我们就回去……"

文蕊和姚佩珠对视了一下，笑了。

林开武转身对船家道："说了半天话，肚子也饿了，你去弄点菜，我带了一瓶状元红，今天把它喝了。"

船家高兴地应道："好，这船马上就到高邮了，我这就靠岸，设法去寻只这里出名的高邮鸭，烧一只让你们忘不掉的盐水鸭。再有，如果运气好，再弄点高邮双黄蛋来，让二位夫人品尝一下只有这个地方才有的双黄蛋……"

林开武："如此甚好，有劳了。"

那船家转身要走时，姚佩珠却抢着问："什么叫双黄蛋？"

船家："这是高邮的特产，就是每一个鸭蛋都有两个蛋黄，这种蛋，整个大运河流域就只有高邮有。"

文蕊也来了兴致："每个蛋都是两个蛋黄？"

船家："是。"

姚佩珠："怎么这么奇怪？"

船家："这……我也不知道了。可能，和这里的水土有关……"

林开武："说来，这块水土还是养人的，只是当权者无能，百姓就只有遭罪了……"

船家："是呀，是呀！不过这里毕竟是县城，比刚才路过的乡下，景况要好一些，适才我说的高邮特产，还是能够买得到的。"

林开武："如此，就快去备办吧。"

"是。"船家应了一声，退出去将船靠岸，自己就下船办事去了。

船家走后，他们三个人又继续着刚才的话题。

林开武："你们刚才的话，倒让我想得很多。只是船家在，不知他的底细，我不好说得太明白。"

文蕊："你怎么想？"

林开武："如你们所说，我这番突然被召进京，说不定还真是有人做了手脚。慈禧身边，有个大内总管李莲英，他可是从来都看我不顺眼的，当年从西安到北京，再到我去日本来江浙，在我的事情上，他都没少使坏……"

文蕊："如此说来，我们此番进京就凶多吉少了，你打算怎么办？"

林开武："世道混乱，京城险恶，紫禁城内，伴君如伴虎……加之革命党人的革命活动风起云涌，改朝换代势在必行。当下，我们每个人看来都走到十字路口，都面临一种必需的选择……"

姚佩珠："那，你选择什么？"

沉思良久，林开武才缓缓道："人的选择，有时由不得自己……在风云变幻的潮流中，大多数人不得不随波逐流……人的命运，就像一叶轻舟，你想驾驳很难……我的路，现在还很难说。不过，我曾与孙中山先生有约，最终怕也是要走到那边的，只是时机未到而已……"

文蕊点点头："新生事物，总是比那些老朽的东西更欣欣向荣。我虽然不知道你说的孙先生所做的事，但从革命党人秋瑾的事上，还是觉得他们不简单。"

林开武："想不到，你一介女流，外面的事还知道不少。"

文蕊："秋瑾的事，在杭州谁人不知谁人不晓？"

姚佩珠："我在苏州唱《鉴湖女侠传》时，其中几句唱词总让我热泪盈眶。你们听：人生悲欢多离聚，世间最重是真情，但得热血洒长空，一片丹心照后人……那时心想，倘有机会，我就学秋瑾做一个让后人仰慕的女英豪……"

林开武："你们这是在激励我……"

姚佩珠："你们大男人，都是在外面做大事的，哪用得着我们激励，我只是有感而发罢了。"

文蕊："我们尊重你的选择……"

傍晚，船家把一桌菜弄好了，席上果然有盐水鸭和高邮双黄蛋。

大家入席，又接着借酒畅谈。

林开武举杯："来，为不枉此行干杯！"

文蕊对船家道："谢谢你一路的关心、照顾。"

姚佩珠："为开武的选择，干杯！"

大家一饮而尽。

原来，这状元红是黄酒，度数并不高。它是酒主人在生儿子那天，选上好的黄酒埋入地下，等儿子考中状元那天才取出庆贺。但天下状元只有一个，故此酒的"状元"二字，也只是一种愿望罢了。但因为埋的时间长，此酒一般口感很好，所以备受推崇。

船家饮完一杯，连夸："好酒，好酒！我这辈子可是第一次喝这酒，今天沾了几位的光，有口福了。"

林开武又给他满上一杯，说道："好就再喝，多喝点！"

船家举杯，对林开武道："大人此番进京，定能逢凶化吉，官运亨通，一帆风顺！"

林开武笑了笑："对我来说，官运亨通也好，官运不顺也好，都不重要了，今后能实实在在做点事情，那才是最重要的。要不然，我就归隐林泉，去过你说的那种世外桃源的生活……"

船家："大人虚怀若谷，高风亮节，在下敬佩之至、敬佩之至……"

文蕊举杯对林开武道："到了京城，处处谨慎吧……"

姚佩珠也举杯："要我说，甩手江湖，来去如风，你才自由才洒脱，也才安全。"

林开武："二位夫人都说得好，开武会处理好的……就是再不济，也有你们两个做伴，有琴棋书画和文房四宝相随，到哪里，我们都有乐趣……"

船家举杯对林开武道："大人有如此知己，可谓福分到家了，祝大人一家幸福安康！"

五十四、天津城里勇救车夫 说客面前虚与委蛇

船驶进了天津海河。望着沿河两岸的各种高楼洋房，船家过来问林开武："大人，到天津了，大人和二位夫人想不想上岸去看看？"

林开武问她们："怎么样，要不要走一趟？"

文蕊："我不想去。"

姚佩珠不假思索："我倒想上去看看……"

林开武吩咐船家："停船。"

船停稳了，林开武拉着文蕊，陪姚佩珠上了岸。此时的海河边，基本都是租界，洋房比比皆是。他们顺着河边边走边看。林开武之前曾到过天津，此时便当起了向导。他指着一块牌子和牌子下站着的印度籍巡捕，对文蕊和姚佩珠道："这是英租界。这些巡捕是英国人从印度招来的，和上海一样大家都叫他们印度阿三，其实，他们都是英国人的走狗……"

姚佩珠："中国人为什么要把这些地界租给他们？"

林开武："哪里是中国人愿意租给他们，是他们根据不平等条约，强行霸占的，为了掩人耳目，还偏偏说是租借，真是又当婊子又立牌坊……"

文蕊："那，就是中国人管不了里面的事了？"

林开武："当然。他们根据所谓的外交豁免权、居住迁移权、领事裁判权、治外法权等，在租界内另起炉灶，设立独立王国，为所欲为，根本不把中国政府和中国法令当回事，这些实际上都是一种侵略，一种变相的占领……"

文蕊和姚佩珠都不作声了，他们几个人默默地走在街上，气氛有些压抑。这时，一辆黄包车拉着一名英国人来到了租界。

英国人下车，径自往租界内走去。黄包车车夫追上前，大声喊："先生，你还没给钱！"

英国人不理他，还是往前走。黄包车车夫急了，上前拦住他："这位先生，车钱！"

英国人还是不理，像听不懂似的，只顾往前走。黄包车车夫拉住他的手，继续索要。英国人用英语喊叫起来，还用另一只手拼命召唤不远处的印度巡捕。印度巡捕跑过来，还拔出了腰间的警棍。英国人冲印度巡捕大喊大叫，黄包车车夫自然听不懂他的意思，仍然抓着他不放。印度巡捕上前，用警棍击打黄包车车夫。

黄包车车夫一只手仍死死揪住英国人，另一只手抵挡着印度巡捕的攻击。印度巡捕恼怒了，劈头盖脸地朝黄包车车夫打去。很快，黄包车车夫的头上、脸上都流出了血。趁此机会，英国人挣脱了黄包车车夫的手，拼命朝租界里跑去。

黄包车车夫不甘心，放开巡捕，又去追那英国人。印度巡捕也跟上去，还用警棍击打黄包车车夫。终于，黄包车车夫被打倒在地。印度巡捕仍不罢休，又用脚踢他。

林开武实在是看不过去了，便只身冲了过去，阻止道："住手！"

那印度巡捕一脸怒色，问林开武："你是谁？想干什么？"

林开武："明明是那个英国人欠他的车钱，你怎么还打人？"

印度巡捕用生硬的中国话说："华人下等，要什么钱？英国人上等，不给钱应该。"

林开武："岂有此理，你们在中国的土地上撒什么野！车夫付出了劳动，那钱是他应该得的，不给钱不行！"

"钱，没有，要棍棒倒行！"那个印度巡捕说完，竟挥着警棍劈头盖脸朝林开武打来。林开武连闪三下，那巡捕的警棍都没有打中他。那巡捕恼羞成怒，干脆丢了警棍，猛扑过来。林开武的功夫，哪里是他随便就能抓得到的。闪过三棍之后，他也愤怒了，见那巡捕扑来，他施展起通臂拳中的燕子穿云，双腿先是一屈，继而纵身向上，犹如一只穿云燕子，整个人从那巡捕肩上掠过，趁势以左腿右腿踢向他的肩胛和胸肋。只听一声惨叫，印度巡捕当即摔倒在地，动弹不得。

林开武望了他一眼，不理他，转身便去追那个英国人。此时，那个英国人已经跑出去一大截，眼看就要躲到一幢房子里了。但林开武施展轻功，疾步如飞，很快就追到了他身后，一把逮住他。英国人还想挣扎，林开武中指和食指并起，点了他的腰间一下。这一招，是点穴功，当即，英国人就难以动弹……

林开武喝令："坐车不给钱，你丢尽了英国人的脸！记着，这是在中国……以后再这样，我打死你！"

英国人："钱，我给、我给。"

英国人哆嗦着掏出钱来，林开武解开他的穴道，他主动走到黄包车车夫面前，把钱递了过去："先生，对不起！"

黄包车车夫从地上爬起来，接过英国人的钱，折身就想给林开武下跪。林开武扶起他："大哥，别这样……男儿膝下有黄金，跪天跪地跪父母，不要膝盖软，见着谁都跪！"

黄包车车夫："先生教训得是，可我们中国人在这租界，还是人吗？对外国人，连朝廷都忍气吞声，我们又能怎么样？"

林开武："刚才你就很勇敢，敢于要自己的劳动报酬。"

黄包车车夫："我不要不行呀！我一家老小还等着吃饭。"

林开武："对！为了生存，我们就得和他们斗。"

英国人灰溜溜地走了。林开武仍不解气，又扶着黄包车车夫来到印度巡捕面前，喝令道："你，给他道歉！"

那印度巡捕见他的英国主子都没敢出气，便乖乖地走到黄包车车夫面前，向他鞠了一躬道："先生，对不起，对不起！"

黄包车车夫笑了。

在场的所有中国人都笑了……

本来想好好陪两位夫人逛一下天津城，不想才上岸就遇到这种事，林开武不禁想起了崔志贤，想起了上海洋巡捕事件给自己今天带来的种种麻烦，一下子连逛街的心情都没有了，便对文蕊和姚佩珠说："今天没心情，走，不逛了，咱们回去！"

他回到船上，兀自气鼓鼓的，船家也不敢多问，当时就划起了船，一行人又继续往北京方向走。

这大运河最北端的水道，已经不是完全的由南向北，而是由东向西走。所以，从天津到北京的漕船，可以借助从海上来的风势，几个时辰便能到达北京的通县。从这里，可以登岸走陆路进城，也可以再走水路沿京密运河直抵北京西郊的颐和园。

途中，林开武早就盘算好了。他决定此番入京不住城内，就住郊区。为此，他早已请在京的朋友，在西郊的紫竹院公园附近租了一院房子。从这里，到紫禁城不算远，只需入西直门，沿新街口，下西四，再走府右街，便可到达紫禁城后门。如果倘有闲暇，从这里北上，经魏公村、黄庄、海淀，便可以去圆明园、颐和园，让文蕊、姚佩珠无事时，也有个去处……因此，船到六郎庄，林开武并不进城，他令船家停船，又叫文蕊和姚佩珠收拾东西，还告诉她俩，这里距紫竹院已经很近了，就从这上岸步行。

与船家告别时，除了租船费用，林开武又另给了船家一些银子。船家感激涕零，一再道谢。文蕊、姚佩珠看见，都不依不饶，说他："你不是在路上都施舍了吗，怎么这会儿倒有银子？"

林开武："作为一个男人，凡事要多留几分应对，倒真没有钱时，我们喝西北风呀？这是我的私房钱。"

"好呀！你倒瞒得好，攒了这么多私房钱，害得我们姐妹俩相中什么都不敢买。"两人说完，竟作势追打他，林开武也不分辩，往前就跑。

他们三人打打闹闹，很快就到了新家。这是一个独门独户的典型北京四合院；门廊、甬道、天井、正厅、偏房、耳房、假山、花架……一切错落有致、井井有条，看上去赏心悦目，让人感觉舒适、安全……

京中的朋友已在这里等候多时。他们到时，便领三人查看院子，边看边问："怎么样，这宅子还可以吧？"

林开武点点头："很好。"

文蕊："比我想象的好。"

姚佩珠："难怪北京的官员都要住四合院，住在这种地方，完全就是住在北京的文化里。"

京中朋友："住这种四合院，也好也不好。"

文蕊："怎么个也好也不好？"

京中朋友："好，是说一家人住在这样的院子里，给人的感觉很温暖，家的味道很浓。不好的地方是，这样的四合院自我封闭，与世隔绝，这就是四合院设计者的初衷，它与大多数中国人的心态相符合，也由此，它才大为流行，成为中国几千年来的最基本的建筑形式。可毕竟这样的地方住久了，中国人的心胸和眼界就不够开阔。"

林开武："与人无争，与世无争，这是大多数中国文人的特有心理，四合院，正好可以满足这种愿望。所以，从北到南，从东到西，中国的国土上，最多的民居便是各种大同小异的四合院。但是，这四合院也确实让中国人故步自封……"

文蕊："让你们这么一说，这四合院倒住不得了……"

林开武："不，这要看什么人什么时候住。我现在，只担心树欲静而风不止……"

姚佩珠："此话怎讲？"

林开武："我说了你们也不知道，你们姐儿俩就安心住下吧。"

京中朋友："林大人说的是……前几天，当今权倾一朝的北洋大臣袁世凯就派曹锟找到我，要我在你一到京之后，马上就通知他，他和段祺瑞想见你……"

林开武："见我？"

京中朋友："嗯。"

林开武："他为什么要见我？"

京中朋友："不知道。不过，也许与传闻中你要当紫禁城禁卫军提督有关……"

林开武："谁说我要当禁卫军提督了？"

京中朋友："大家都这么传，大概是无风不起浪吧。"

原来，直隶总督李鸿章亡故后，直隶省被慈禧借势撤销，但尾大难掉的直隶总督衙门那桩事总得有人管，才好支撑风雨飘摇的大清国。为此，慈禧决定让拥兵自重的袁世凯上台，便设了权重势大的北洋总督衙门，让他当了北洋大臣，统管军机处以外的其他事务。

然而，袁世凯的野心急剧膨胀，他处心积虑，步步为营，他的目的只有一个，那便是以尺蠖之行，以屈求伸，枕戈待旦，以图宏谋……

他之所以急着要派曹锟和段祺瑞来见林开武，说白了，就是想一旦林开武掌控了紫禁城的禁卫军，便拉拢他共谋"大事"。

对此，林开武却是一无所知的，一路上，他们夫妇三人做过种种最坏的打算，就是没有想过进京以后会被重用，更没有想过会当上炙手可热、维系着朝廷安危的紫禁城禁卫军提督。为此，他半天不答话，也不知道要说什么好。

朋友见他哑然，便问："林大人，要不要告诉曹锟、段祺瑞？"

林开武心中暗忖：自己到京的事，他们迟早是要知道的。还不如先告诉他们，看看他们的真正用意再说。于是，就冲朋友点了点头。

第二天，文蕊、姚佩珠在家中收拾东西。林开武伏案写信，他把近况和日后的一些打算，都告诉了在香坪山的妻儿，并随信附去一张银票。不多时，门房有人通报：来客人了。

林开武忙迎出去，来的客人是曹锟和段祺瑞。

"哟！开武兄，久违了！"曹锟先开口。

段祺瑞："是啊，日本一别，转眼就是几年！"

林开武："二位仁兄光临，有失远迎，开武失礼了……"

曹锟："哪里，哪里！"

段祺瑞："我们三人，都是多年的朋友，不讲那些虚礼。"

三人分主客坐定之后，林开武问："二位来看我，不知有何公干？"

曹锟："我们都是武人，喜欢直来直去，就不拐弯抹角了。"

林开武："但说无妨。"

段祺瑞："我们是受袁世凯大人之托，来与你商量大事……"

林开武："什么大事？"

曹锟从兜里掏出一张三万两的银票，递到林开武面前："这，是袁大人的一点心意，望开武兄笑纳。"

林开武："这怎么使得，开武无功不受禄。使不得、使不得……"

段祺瑞："袁大人是有些事想倚重你，开武兄你就收下吧……"

林开武："袁大人想倚重我？"

曹锟点点头道："当前，大清国的情势……"

林开武："大清国的情势怎么了？"

曹锟："八个字：黑云压城，山雨欲来。"

段祺瑞："也有人说清廷是风雨飘摇，朝不保夕了……"

林开武没有吱声。

曹锟："看来，最终能收拾残局的，只有袁大人了……"

段祺瑞："皇上病得不轻，连老佛爷也病入膏肓了。"

林开武："那，袁大人要我做什么？我又能做什么？"

曹锟忙着回答："听说，老佛爷想把紫禁城的禁卫军交给你。"

林开武："我？"

段祺瑞："是的……这些年，慈禧太后专横跋扈，身边的人，只有怕她、恨她，想逃离她的……所以，她真到用人时，一个可信任的都没有……而你，是个例外。"

林开武："真如二位所说，袁大人要我做什么呢？"

曹锟："你只要答应合作，到时袁大人会通知你怎么做。"

沉思良久，林开武慎重地不置可否……

五十五、光绪慈禧相继驾崩　溥仪继帝载沣摄政

紫禁城内。

已经病得很重的慈禧在养心殿批奏折。批着批着，她的眉头皱了起来，叹了口气自语道："天灾人祸，雪上加霜……难道，我大清的气数真的要尽了……"

这时，李莲英进来了。他向慈禧跪安之后，慈禧问他："今儿个有没有点儿好消息？"

李莲英："两桩事儿：一是林开武回来了，还带回了如花似玉的两位娘子；

二是袁世凯已经派曹锟和段祺瑞去见过林开武。"

　　慈禧："这是一回事还是两回事？"

　　李莲英："算一回事，也可算两回事。"

　　慈禧："此话怎么讲？"

　　李莲英："说一回事，那就是林开武回来了，曹锟和段祺瑞作为多年不见的老朋友前去探望他，只是礼节性的往来，什么事也没有。"

　　慈禧："那么两回事呢？"

　　李莲英："说是两回事，那就有玄机了。那林开武来京，连老佛爷您都还没有来觐见，倒和曹锟、段祺瑞秘密见面，这就是有二心了。"

　　慈禧："怎么什么事一到你嘴里就变得那么复杂？"

　　李莲英："老佛爷，您是得小心一些的。如今，袁世凯是手握重兵的人，他权倾朝野自不待说。如果您再把紫禁城的禁卫军交给林开武，他们要是有二心，一联手，大清国上下，就没有人能奈何他了。"

　　慈禧："嗯！这事你想的也有些道理。但是，林开武不会的，他很忠心，说到底还是云南大山里的一个村夫。"

　　李莲英："如此甚好。但是他已经外放做官多年，人是会变的。"

　　慈禧："不会，绝对不会！"

　　李莲英："太后英明，那就是奴才多嘴了。"

　　慈禧："刚才你说林开武带回来了两个如花似玉的女人，他们住哪儿？"

　　李莲英："西直门外紫竹院旁边的一个四合院。"

　　慈禧："他怎么不住城里？"

　　李莲英："或许，是不想让人知道他娶了新娘，而且是两位……"

　　慈禧沉吟了一阵方道："那，明儿叫他来见我。"

　　李莲英："嗻。"

　　慈禧又问："不对，你还有一桩事呢？"

　　李莲英："哪还有一桩事呀？都说完了。"

　　慈禧："我前些日子交代过，说要你赶快办的。"

　　李莲英连忙掌嘴，道："奴才该死、奴才该死，心里只想着林开武的事，倒把这事给忘了。"

　　慈禧："你到底去办了没有呀？"

"办了、办了。"李莲英趋近慈禧，掏出一瓶药，低声道，"这玩意儿，据开药给我的医生说，灵得很……既无色无味又不凶不恶，它能慢慢起作用，在不知不觉中让食者油尽灯枯……"

慈禧瞪大眼睛望着他："真的？"

李莲英迎着慈禧的目光："我想他不敢说假话……"

慈禧把头往后仰，脸望着天。半晌才憋出一句："好……无论如何，我要让他走在我的前面……"

慈禧说完，一下子像恢复了不少精气神，只见她把面前正批阅的奏折一推，将它们掀翻，站起身来，两眼放射出阴毒的幽光。

李莲英："这药，什么时候送去？"

想了想，慈禧从牙缝里挤出一句："一会儿我亲自送去……保准天衣无缝……"

李莲英："好！"

但此时，慈禧已经站不稳了。她踉跄了两步，几欲跌倒。

李莲英赶忙上前搀扶住慈禧，将她扶到睡榻上轻轻放下，又为她捶背揉心，还吩咐外边的宫女赶忙去端热参汤来……

一番忙乱之后，慈禧感觉好些了。

歇息了一会儿，她又挣扎着站起来，吩咐李莲英道："备轿，去储秀宫。"

原来这段时间，和慈禧一样，光绪皇帝也已经病得很重。但为了对外保密，慈禧把他安排在储秀宫住。这里原是光绪皇帝娶亲的婚房，慈禧表面上说是让染病的光绪沾点喜气，好尽快治好病，可实际上却是在做假象制造舆论：皇帝病重了还不忘女色，还要与皇宫嫔妃相厮相守……

李莲英安排好一切，慈禧上轿，一行人朝储秀宫走去。

此时，光绪皇帝已病得昏头昏脑，都有点神志不清了。

听到太监通报慈禧驾到，他勉强挣扎着想起来迎驾，不料一站起来，便头昏眼花，几乎跌倒……

太监们忙把他扶稳。

慈禧进来，见状，便慈爱地吩咐道："免礼！让皇上上床歇着。"

太监们忙把光绪扶到床上半躺着。

光绪喘着粗气，向慈禧问安："亲爸爸，您也龙体有恙，怎敢劳您、劳您大驾……"

慈禧："你我同根同命，想不到俩人都病成这样……"

光绪："亲爸爸比我命大，您会痊愈的……我，我倒是怕要走在前面了……"

慈禧："胡说……你年轻，痊愈是早晚的事，大清的江山社稷还指望你呢……"

光绪："但愿……"

慈禧回头问近旁的太监："皇上吃的是什么药？"

太监："是御医们开的……我们也看不懂。"

慈禧："拿来我瞧瞧。"

太监传唤管煎药的宫女，让宫女把药端来。慈禧指了指她面前的一张桌子："把药放这。"

李莲英示意太监和宫女退下。自己则故意走过去，巧妙地挡住光绪的视线。趁此机会，慈禧把李莲英拿来的那瓶药抖进药罐里……接着假装用筷子翻看里面的药，趁机不动声色地把那药搅匀。

弄完这些，她才对光绪道："药是好药，没啥大问题……你好好再服几次，没准就好了。"

光绪："若能这样，多谢亲爸爸的关切……"

慈禧："你我同病相怜，一起搀扶着往前走吧……"

光绪："谢亲爸爸！"

突然，慈禧也感觉有些支撑不住了，她摇晃了几下，几乎就要跌倒在光绪的床前。

李莲英忙上前扶住她，并大声招呼太监、宫女："你们还不快些进来，服侍老佛爷回去，这些天她老人家仍在病中，又为国事不停地操劳，就是铁打的身子也撑不住呀！"一班太监宫女蜂拥而来，七手八脚地扶着慈禧往外走。

慈禧："不打紧的，我还要在皇上这多待一会儿，看皇上服了药我才放心。你们扶我到侧边的榻上躺下……"

光绪见状，哪里还拖沓，急忙叫人服侍着喝尽了那药。喘息了半天，光绪喝完药，慈禧也缓过劲来。

李莲英连忙小心地问："老佛爷，我们是不是这就回去？"

慈禧点点头。临离去时，慈禧还不忘吩咐储秀宫的太监、宫女："皇上的药，一定要按时吃，一日最少三次，不能忘了。"

太监、宫女："嗻。"

走在路上，在轿子旁一直伺候的李莲英问慈禧："今儿，还见不见林开武？"

已有些迷迷糊糊的慈禧半天才摇摇头："今天我哪还有精神呀！明天吧，明儿我好一点就见他……"

李莲英："那就等老佛爷您精神好些再说……"

然而，第二天慈禧却病得起不了床，两天之后，光绪皇帝驾崩。光绪皇帝驾崩的第二天，慈禧驾崩。宫里宫外的人都说，慈禧和光绪就差一天相继身亡，是一种天意，是上天一齐召去了他们。

然而慈禧心里却比谁都清楚，她一生都在算计别人，但机关算尽了，却也没有逃脱上天的劫数，光绪才走了一天，她也紧跟着走了，什么也没有捞到……光绪呢，他虽身为皇帝，但一生被慈禧玩弄于股掌之间，不得自主，不得自由，枉顶着一个皇帝的名分，实际过得还不如一个普通百姓，可悲可叹……这是事后很多人为他所感叹不已的。

很快，三岁的溥仪被皇室推举为皇帝，而大权则落入了他父亲醇亲王载沣手中。载沣监国摄政，大清又有了一位类似慈禧那样的太上皇。他一摄政，便借口袁世凯腿脚有病，行走不便，一道圣旨把他赶回了老家，自己出任陆海军代理大元帅。又叫其弟载洵、载涛分别担任海军大臣和军谘大臣，把朝廷大权集中在自己一家人手中……

当然，他也没有召见慈禧一直要想召见的林开武。表面上看，清廷的新一代统治者又登场了。但实际上，大清国的种种危机更加深重了……

第六部
遭排挤开武返乡　赴滇西错失起义

五十六、等待召见没有音信　购物消遣准备返乡

　　林开武在家等着召见。朝廷里接二连三的一连串变故，却让他有些摸不着头脑，不知所措。

　　宫里再也没有人来传唤。曹锟和段祺瑞也不知上哪儿去了，再也没有来过……于是，林开武只好当起寓公，终日与两位夫人相厮相守。好在二位夫人相当贤惠、知趣，得意失意都没有抱怨他，这使他日子也过得还有些滋味。

　　这天，林开武无所事事，文蕊提出要去琉璃厂看看，姚佩珠也想去。他便包了辆马车，拉上她们，一起去了琉璃厂。琉璃厂在前门外的大栅栏附近，是北京城一条最出名的文化街，这里商铺林立，鳞次栉比，所卖的，大多是文物或与文化有关的商品。特别是它所经营的名人字画、文房四宝，吸引着无数的文人墨客。

　　在号称百年老店的荣宝斋前，他们驻足观赏了一阵儿，才一起走了进去。百年老店果然名不虚传，里面的好东西琳琅满目，多得让人目不暇接，感叹唏嘘。这里，有历朝历代的名人字画，有当代大家的书画精品，更有各地的名碑拓片……素来喜欢书画的文蕊是从未有过的大开眼界，激动得左看右看，前看后看，一会儿远观，一会儿近瞅，边看还边啧啧称道……文化素养很高的姚佩珠，在这些文化精品面前，也表现得极有风度和鉴赏能力……

　　见到妻子们如此喜欢，林开武宣布："你们看好后，每人可选五件东西……

算我到北京后送你们的礼物。"

"老爷，可是当真？"两人问是问了，却等不及林开武答话，就忙不迭地去挑选。

林开武问站在柜台里的掌柜："这些东西，都是真品？"

掌柜的笑了笑："过去的文物，哪里会有这么多？不瞒你说，历朝历代的名家作品，大多是后人临摹或仿制的……只是，由于我们多年做这个，所卖的东西必然经过认真挑选，许多足以乱真……至于当代作品，由于作者多数还在，大多是真品……先生夫人若喜欢，我可以适当降点价。"

林开武："冲你讲实话，今天，我就买你十件东西。"

掌柜："大人快人快语，两位夫人又很懂行，今天，我就十件只收你五件的钱。"

林开武："那，就一言为定！"

掌柜的笑了笑："一言为定！"

文蕊和姚佩珠两人把挑好的东西拿过来了。文蕊挑的是米芾、苏东坡、董其昌、黄庭坚、赵孟頫的五幅字。姚佩珠挑的是唐寅、吴道子、范宽、王冕、郑板桥的五幅画。掌柜的一一看完，连连夸奖她们："两位夫人好眼力，有档次。"

林开武："可惜，都是假的。"

掌柜："不，有一幅是真的。"

林开武："哪一幅？"

掌柜的指指郑板桥的那幅竹石图："这幅是真的。"

林开武笑着对文蕊、姚佩珠说："怎么样？还要不要？"

文蕊："管它真假，我们要的是它的内容，它的品位，它的那种感觉……"

姚佩珠："他们作假都能做到这样，我喜欢，我要！"

林开武看看掌柜的："那，请开价。"

掌柜的迟疑了一下，伸出五个手指。

林开武："五百两？"

掌柜的摇摇头："不，五十两。"

林开武："成交！"

付了银子，从荣宝斋出来，他们又进了一家书店。这里的书很多，而且印刷和装订也很不错。林开武为自己挑了十多部书，分别是《四书集注》《杜工部集》《李太白集》《稼轩长短句》《全唐诗》《宋词选》等。

姚佩珠问："老爷，你买这么多看得完？"

林开武："看样子，我们不久要离开北京了。回到云南，那里文化相对落后，书也少，想读书、买书都困难。带点书回去，没事时可以读读。这些年风里雨里，忙这忙那，我已经好长时间没有好好体味读书的乐趣了。"

文蕊："可这一路上，山高路远的，你是请挑夫挑，还是请马帮驮呀？现在朝廷多事，天下动荡，听说云南已经很少有马帮进京了。"

林开武："前几天陈荣昌大人来信，说法国人修的滇越铁路很快就要通车了。如果这铁路一通，我们坐船先到越南，再从那里乘火车去昆明就方便多了。"

文蕊："这么说，我们回云南还可以坐火车？"

林开武点点头："先要坐轮船，然后再坐火车。这火车还没通，京城里就有人编排我们云南说，云南十八怪，火车不通国内通国外。"

姚佩珠："那，什么时候可以通车？"

林开武："陈大人在信中说是很快了。"

听林开武这么说，姚佩珠竟高兴得像孩子一样搂住文蕊道："姐，那我们就可以少受些罪了。"

文蕊故作老成地说："先别高兴，要等去了才知道。"

说话间，他们走出书店。由于知道不久可能就要离开北京回云南，文蕊和姚佩珠又拉着林开武去逛了大栅栏。大栅栏是北京当时最繁荣的商业区，这里常年车水马龙，顾客络绎不绝，京城里的名家商号，在这里几乎都有店铺。一眼望去，盛锡福、内联升、六必居、同仁堂、亨得利……一字排开，都是国内买家说起就向往的地方。

林开武知道二位夫人的心思，便放话道："你们需要的，尽量挑，不过前提是方便携带。要不然，虽然说云南通了火车，但去我家香坪山的路又高又陡，到时候我就让你们自己挑……"

文蕊："我们才不怕呢，老爷你也不可能看着我们不管。"

姚佩珠："就是，到时拿不动，我们就赖在路上，谁帮我们拿我们就给他当媳妇……"

林开武："我看你们哪个敢……"

就这样说说笑笑逛了一天，三人是满载而归，他们的那辆马车，几乎都装满了。

回到家里，林开武却又不开心了，晚饭时，他自斟自饮喝了不少酒，长吁短叹的。文蕊和姚佩珠都知道他心中有事，便谁也不多话，各自默默地陪着他吃饭，气氛竟然和白天逛街时完全变了一个样。

好在第二天陈荣昌又从云南寄信来，说英国人在滇西生事，多次到片马一带探矿，被当地边民追杀，酿成事端，云贵总督李经羲想把林开武调回云南，前去缅边平息此事，最后已经奏请朝廷，一经获准，即可成行。

又过几日，期盼中的林开武没有等来朝廷的上谕，却意外等来了留在上海的苏善堂的一封信。苏善堂在信中说，孙中山先生已经知道林开武奉调回京，并估计到慈禧和光绪一死，他在京必遭冷落，继续留在清廷内部已无意义。眼下，蔡锷、李根源、唐继尧等人，正在云南策划和筹备起义，林开武可以设法回云南，参与他们举事。

连续收到这两封信，林开武脸上的愁容竟然一扫而光，他激动地对自己的两个女人说道："从今天起，你们该归整东西就归整，做好回家的准备。一旦滇越铁路通车，我们就启程！"

五十七、革命党人筹备起义 滇中诸友传书开武

云南昆明，是有名的春城，这里一年四季夏无酷暑，冬无严寒，常年翠绿，四时飞花，拿今天的话说，是一个很适宜人居住的地方。

这天晚上，在昆明翠湖边的云南陆军讲武堂内，一件大事正在酝酿。时任云南陆军讲武堂协办的崔志贤，刚刚和讲武堂总办李根源送走来此视察的云贵总督李经羲，新军十九镇三十七协协统蔡锷就来了，三个人彼此打过招呼，一起来到了李根源在讲武堂最里侧的办公室。这办公室分里外两间，外面一间稍大，摆着一些桌椅，是个会议室，可以容纳三五十人，平时的校务会之类，一

般在这里开。里面的一间稍小，是李根源办公的地方。他们三个人径直来到里间坐下，性急的蔡锷就问："送走了，这李老头都说了些什么？"

李根源："能说些什么，无非就是提些要求，让我们好好操练，把云南陆军讲武堂办成中国培养新军的名校之类。不过，他倒是对从四川来的学生朱玉阶特别上心，说朱玉阶为了投考云南讲武堂，没有川资也能从四川一路走到云南，足见其意志和毅力不一般，将来肯定大有可为。"

蔡锷："朱玉阶是不错，前段时间到我们三十七协做见习排长，个人素质很好，也很会带兵。等他毕业了，这个人我要了，我那正缺他这样的基层军官呢。"

李根源："你别想美事，这个人不能给你，我要留他在学校做学生队队长，我还盼着他给我带出更多的精兵呢。都说我们云南讲武堂与保定军官学校是中国一南一北最好的新式军校，没有朱玉阶这样的能人带兵可不行。"

蔡锷："好、好、好，先不说朱玉阶，说说李经羲吧。这个云南讲武堂的老总办，我看他对讲武堂是很重视的，难得他一个总督，对办军校的事这么上心。"

李根源："这都是受他大伯李鸿章早年办洋务的影响，他也知道建新式军队是当下中国的强军之路。所以，在讲武堂的草创时期，他亲自兼任总办，给我们办校提供了有力的保障，现在不当总办了，也不忘隔三岔五到讲武堂走走看看。"

蔡锷："是呀，我们刚从日本回国时，他就曾给过我资助。这些年，他明明知道我们革命党在云南活动，也是睁只眼闭只眼，这在清廷的封疆大吏中，是极少见的。"

李根源："他大概也是看到清廷气数将尽，只是自己身为云贵总督这样的朝廷大员，不便明确表态罢了。"

崔志贤："也不尽然，这样的朝廷大员也有公开倾向革命的，比如先前的江浙水陆两路军提督林开武，在上海时就派人时常联系孙中山先生，还派苏善堂在汉阳兵工厂为革命党秘密搞到了一批武器。"

蔡锷："林开武这个人我们知道，前些年在日本就有过接触，他早就是我们同盟会的成员了。哎！对了，你这个同盟会成员也是他介绍加入的吧？"

崔志贤："是的。就因为他介绍我加入了同盟会，并让我时常和孙中山先生在上海的联络人联系，我离开上海时，孙先生的联络人才介绍我到云南来找你和根源先生。"

李根源："林开武这个人，不仅是从我们云南走出去的一个强权人物，而且是清廷中比较清醒和觉悟的封疆大吏，中山先生一直都是比较看重他的，孙先生之所以让他一直留在清廷的阵营中，就是想着来日可堪大用。只可惜，慈禧和光绪这一死，开武先生怕是要遭冷落了。前些时候孙先生有信来，叫我们联系他回云南共举大事，志贤，你是他多年的兄弟，这事由你来办。"

崔志贤："是！"

他们三个人正说着，唐继尧和罗佩金来了，接着，更多的人也陆续来了，来人坐了满满一屋子。

"志贤，搬两坛酒出去，再弄些大碗来，今晚，我们可是要喝血酒，歃血为盟的。"李根源一边跟蔡锷往外走，一边吩咐崔志贤道。

崔志贤先搬来了两大坛酒，又去抱来了两摞大海碗。蔡锷、李根源、唐继尧、罗佩金等人便依次割破手指，往酒坛子里滴血，在场的所有人见了，也都一一跟着做了。很快，那两坛酒就变得血红。崔志贤和另外几个人抱起酒坛，把酒倒在众人面前的海碗里。

蔡锷："来！各位同志，请大家端起酒来，我们盟誓！"

待大家都端起了酒碗，蔡锷先将酒碗举过头顶，然后神色庄重地大声道："今天，我等志同道合之士，在此聚会，歃血为盟，立下誓言：驱除鞑虏，恢复中华！"

众人朗声跟着宣誓："驱除鞑虏，恢复中华！"

蔡锷："创立民国，平均地权！"

众人："创立民国，平均地权！"

蔡锷："矢信矢忠，有始有卒！"

众人："矢信矢忠，有始有卒！"

蔡锷："如有渝此，任众处罚……"

众人："如有渝此，任众处罚……"

宣誓完毕，蔡锷带头先将碗中的血酒一饮而尽。众人也都将碗中的血酒一口喝完，个个热血沸腾。

李根源："各位同志！眼下，我中华民族到了生死存亡之际，而腐朽透顶的清政府，仍在苟延残喘，拒不退出历史舞台。对于这些阻碍历史前进的寄生虫，唯一的办法只有一个：打倒，清除！前几天，在滇越铁路的通车典礼上，我说过：这是法国人伸入我们云南的一根吸血管，它要将我们已经不多的鲜血吸干抽尽……由此可见，内外交困，积贫积弱，已是当今中国面临的最大风险，再不变更，再不革命，中国，只有死路一条！今天，我等志同道合之士在此聚会，歃血为盟，目的只有一个：那就是推翻清朝、建立民国，让中国从此走上民主强国之路，跻身世界强盛民族之列……"

李根源的话音刚落，众人便热烈鼓掌。

"嘘！小声点，大家都控制一下自己的情绪，别动静太大，讲武堂虽然说是我们同盟会活动的主要据点，但也不是完全的清净之地，小心隔墙有耳……"唐继尧在群情激动的时候，及时地提醒了大家。

蔡锷："大家坐下，我们来商量一下攻击的路线，举事时，驻北校场的七十三标由根源兄带领，到时从北面攻进城来；驻巫家坝的七十四标由我和佩金兄带领，到时从东南方向攻击入城；讲武堂的学生军，由继尧带领做内应，到时候我们里应外合，一齐攻击五华山……"

蔡锷布置完毕，众人又商量了一些具体的举事细节，直到很晚才一一散去。

众人走后，蔡锷才告辞出门，可是刚刚走了出去，他又折了回来，对正在收拾屋子的李根源和崔志贤道："我想了一下，举事时若得开武先生回云南，我们就请他带领驻北校场的七十三标，根源兄你最好还是留在讲武堂，和继尧一起带领学生军，这样稳妥一些。"

李根源："林开武是有名的虎将，由他来组织北面的进攻当然再好不过，我和继尧留在讲武堂带学生军，当然更加万无一失……"

蔡锷："所以呀，我们之前说到要与开武先生联系的事，得抓紧办才行。"

崔志贤："我明天早上就给他写信，反正他现在赋闲在京，再加上滇越铁路也通了，收到信他应该很快就能赶来。"

李根源："这事就这么定了，明天一早，我就和志贤商量写信，耽误不了大事，你放心。"

第二天一早，李根源和崔志贤正在办公室里给林开武写信。唐继尧匆匆走了进来道："总办，有客人求见。"

李根源："谁呀？这么早来，而且还是你这个大教育长亲自引见。"

唐继尧："原来的云南团练总办陈荣昌。"

李根源："是他老先生呀，这可是我们云南既开明又有学问的大人物。请，快请！"

其实，此时的陈荣昌早已赋闲在家，成天只是练练字、作作画而已。不过，由于以往的名头在那里，一般的昆明人对他还是很敬重的。

见到他，李根源站起作揖道："哟！方家踏至，有失远迎，谢罪谢罪！"

陈荣昌："不请自至，打扰打扰……"

唐继尧："陈团总一早前来，想必是有要紧事？"

崔志贤此时已经倒好一杯茶，端到陈荣昌面前道："陈先生，请喝茶。"

陈荣昌坐定后道："是有一件事，我就开门见山了。先前的江浙水陆两路军提督林开武，二位可相识？"

李根源点头道："在日本我等就相识了。"

陈荣昌："最近可曾有联系？"

李根源摇摇头；"不曾。"

陈荣昌又问唐继尧："你呢？"

唐继尧也摇摇头。

陈荣昌："去年我进京路过上海，曾经与他一晤，他甚苦恼，反复表达了想回云南的愿望。当时，我曾经答应要游说李经羲奏调他回云南。最近，英国人在滇西滋事，李经羲有意请他回来调处此事，并已奏报朝廷，我亦给他去信，言及此间情势。你们是否也可以给他去一信，说说云南的动态……"

李根源："陈老团总，您的意思是？"

陈荣昌："我知道，你们是同道。清廷大势已去，气数将尽，开武想回云南，就是想跟你们一起干。"

李根源故意装糊涂："跟我们一起干，跟我们一起干什么？"

唐继尧："就是，我们要干什么呀？"

陈荣昌："二位，别瞒我了，我陈荣昌再糊涂，昆明这里的情况多少还是知道点的……我在上海与开武相晤时，虽然他也没有跟我明说，但我能猜出他的七八分心思。我说的对吧，志贤？"

崔志贤："这个……"

陈荣昌："老实说，我只是年纪大了，不想再涉足政务，再年轻点，也会跟你们干的。"

唐继尧："这么说，您都知道？"

陈荣昌："不完全知道，但也听说一点。"

李根源："听说些什么？"

陈荣昌："你们要在云南举事。"

李根源和唐继尧对视了一下，不置可否。

陈荣昌："这就叫作，秀才不出门，尽知天下事……"

李根源对唐继尧道："看来，我们还以为保密工作做得不错，殊不知……"

陈荣昌："你们放心，你们的事我不会透半点出去的。要不然，我明明知道开武想回云南的目的是什么，但我却没有说破，还绕山绕水去游说李经羲，让他找理由奏调开武回来……"

李根源："陈老团总，您这么一说我就懂了，我和志贤正商量着给开武先生写信呢。"

陈荣昌："这就对了嘛！志贤，你写信时把我的话也捎上，这样，开武会少很多顾虑，你们哥儿俩还是我当年送出云南的，开武他信得过我。"

崔志贤："陈先生对我三哥真是关怀备至，志贤在此替三哥谢过先生了。"

李根源："志贤，那你就按陈老团总的意思给开武先生写信，请他以李经羲奏调的理由速回云南。"

唐继尧："这下好了，云南又一个有为人物回来了，我们的队伍更强大了！"

五十八、朝廷下诏外放开武 动身回滇李二护送

"锦城虽云乐，不如早还家。"既然慈禧和光绪都已驾崩，朝廷已然冷落自己，再留京城已无意义，中山先生也有意要自己回云南参加举事，林开武一家就决定尽快返回云南了。然而，云贵总督李经羲奏调自己回云南的折子，却

迟迟得不到朝廷的答复，林开武几次动了干脆辞官而去的念头，却又觉得这样做有些偏激，有对新皇不满之嫌，如果因此引起把持朝政的载沣不满，还会引发新的事端。所以，他只好忍气吞声，暂时按兵不动。

林开武表面上不动声色，心里却着急得不得了，滇越铁路建成通车的消息传来以后，他更是归心似箭。这日一大早，云南又有信来，林开武拆开一看，信是崔志贤写的，落款还落了李根源和陈荣昌的名字，信中的内容，林开武虽然没有告诉文蕊和姚佩珠，但她们分明也看到，林开武读信后一脸的兴奋，回乡之情似是更加迫不及待。

日子就这么一天天熬着，一家人重复做着各种准备。但是朝中还是一点消息也没有，就在林开武一家不知如何是好的时候，朝廷的诏书到了，听内宫传旨太监宣完圣旨，林开武才知道，云贵总督李经羲为了奏调他，已经连续上了三道折子，朝廷一直不予理会，一是新皇刚立，诸事巨繁，二是载沣一时还没想好对林开武这个昔日的太后宠臣，到底是用还是弃。所以，直到李经羲的第三道折子到了，他才同意林开武奉旨回云南，协助李经羲平定滇西矿务纠纷。

有了朝廷的一纸诏书，林开武一家回云南就名正言顺了，就在他们即将动身的时候，远在上海的苏善堂却突然来到北京，并领来一男一女，介绍给林开武。

林开武一看，这男的四十岁上下，很精干，而且一脸正气，看得出来是练家子，女的端庄秀气，眉目和善，年龄跟男的差不多。

一进院门，苏善堂向林开武介绍道："三哥，这位是李二，是燕子李三的哥哥，这位是他夫人……"

听说此人是燕子李三的哥哥，林开武也不敢怠慢，忙把他们迎进屋里，以上宾相待。

原来，这燕子李三名头极大，传说他能飞檐走壁，穿城而行，出入深宅大院如履平地，加之独门武功匪夷所思，连紫禁城内的御林军，也顾忌他三分……京城内外，几乎无人不知这位艺高胆大，又肯行侠仗义的大侠式人物。

一巡茶过，林开武这才问苏善堂："善堂，也没听你说要来北京，怎么突然就来了？"

苏善堂："三哥，我这次来，事情有些急，所以就没有事先禀报。前些天，孙先生的联络人突然告诉我，说武昌那边可能要举事，需要动用我们原来准备的那批枪，要我速回武汉办理交接。同时，又介绍也在北京的李二先生夫妇，说你此番离京返滇，让他们与你一起结伴同行，互相也好有个关照。所以，我只好先绕道北京，找到李二先生，带来与你相识，不日，我将从这里直接去武昌……"

林开武："噢！原来是这样。武昌那边的事是大事，善堂办完了这里的交接，要尽快赶过去。只是我们回云南，一路山高路险，有劳李先生和李夫人了。"

李二朗声道："林大人放心，我既受孙先生之托陪你前去，就会一心一意照顾您，一路上，我内人也会照顾好您家的夫人。"

听他这么一说，林开武高兴地道："孙先生盛情，李先生又是这般热心，开武不胜荣幸。"

李二："离开京城到外地，我们也生疏得很，一路上，其实也能给林大人一家做个伴。"

林开武："这已经很好了、很好了，尤其我的那两个内人，平素是最爱热闹的，有李先生一家做伴，她们一定非常高兴。"

苏善堂："李先生夫妇，功夫都十分了得，况且三哥你和两个嫂子，一路上的一应事务也需要人打点。"

林开武："要说，这一路去，开武一家自己照顾好自己也无不可，只是孙先生美意，却是却之不恭了。文蕊、佩珠，你们都出来见过李先生和李夫人。"

文蕊和姚佩珠二人其实在里间把外面的谈话听得清清楚楚，听到林开武召唤，便一起走了出来。李妻见了她们，主动迎上去道："在下是个粗人，往后有不周之处，还请二位夫人宽容谅解。"

文蕊打量着她，客气地道："嫂子天生丽质，气度极佳，以后，我们就以姐妹相处吧？"

姚佩珠也道："对，我们就以姐妹相处。"

李妻连连摆手："不妥，不妥，我是来侍候两位夫人的……"

林开武见状也道："嫂子不必客气了，你们以姐妹相称最好。"

李二："既是这样，你就听林大人的吧。"

林开武点点头："这样最好，我们彼此随意一些才不生分。"

隔了一会儿，林开武又问李二："燕子李三名震京城，先生你练的是哪门哪派的功夫？"

李二笑了笑："我从小在天津长大，说到练武的门派，具体也谈不上是哪门哪派……总之，我认为有用的我都去学习、苦练。所以，杂得很……少林的金刚、伏虎、罗汉等拳术我练过，峨眉的刀剑棍棒我也练过……"

林开武："哦！那么说先生与令弟都融汇百家之功自成一派了，能不能让我们开开眼？"

李二稍加迟疑，走出屋子，来到院中。只见他施展拳脚，虎虎生风地打了一套他自创的拳术。总的看来，他的这套拳法还是属于形意拳中的大通臂，只是由于他悟性高，练习时间长，加之倾心尽力，故看上去十分刚健威猛，一套拳法竟如猿之神，如猫之灵，如虎之猛，如狮之威，手似流星，动如惊蛇，如爆燃火，如雷劈石……李二打得酣畅淋漓，林开武和苏善堂连连叫好。受他们的情绪感染，文蕊和姚佩珠也跟着鼓起掌来，林开武沉寂多日的院子里，顿时变得一片喧哗。

苏善堂对林开武道："三哥，此番有他陪护你们回云南，我放心多了……"

林开武："难得孙先生想得这般周到，也难得你如此用心……"

苏善堂："是啊！孙先生一天不知要操心多少大事，但他对三哥你也真是够上心的了……革命党里，大家志同道合，情同手足，哪里像清廷里的那些同僚，大家整日互相猜忌，钩心斗角，彼此倾轧……"

林开武："我回云南后，你有没有打算？"

苏善堂沉默片刻后道："等把武昌的事了了，要么我还回上海，要么我就去云南，还是跟着你干……"

林开武："只说要举事，也不知道武昌那边准备得怎么样了。"

苏善堂："听孙先生的联络人说，他们很快就要动手了……这一次，主要力量是新军。"

林开武："除了武昌，别的地方呢？"

苏善堂："到处都在酝酿，都在做准备……武昌一动，其他地方也肯定动……此时的形势就像浇了洋油的一堆堆干柴，只要一个火星子溅上去，就能燃起熊熊大火……"

林开武："太振奋人心了，只可惜我不能去武昌，参与见证那个伟大的历史时刻……"

苏善堂："三哥你回云南也一样，我在武昌，你在云南，我们做的都是同一件事……"

林开武："志贤前日来信说，蔡锷、李根源他们在云南也已做了周到的准备，我这趟回去，他们对我也有安排，我们就在不同的地方，为共同的目标奋斗吧！"

苏善堂："云南需要你，你回去作用肯定更大。"

林开武："但愿如此……"

听他们说得激动，李二也凑过来道："想不到，革命竟然这样振奋人心，革命的旗帜下竟然聚集了这么多像林大人这样的英雄豪杰。"

林开武对他道："我算什么英雄豪杰，不过是革命洪流中的一朵浪花罢了，现在尚且不知能不能为革命做一些有益的事。"

李二："一定能、一定能，大人您不仅昔日位高权重，在云南又有威望，只要您登高一呼，肯定从者如云，革命就需要您这样的将帅之才呢。"

林开武："先生言过了，我林开武就是一介武夫，哪有你说的这些本事，今天能够顺应潮流，不被历史所淘汰就不错了。"

李二："连孙先生都那么倚重大人您，肯定错不了。"

林开武："不说了，你回去收拾一下，明天我们就出发。从天津走的船票要三个二等舱的……"

五十九、天津受阻李二解围 舟山遇险王谦现身

塘沽是天津的一个门户码头，也是天津通往外海的通道。当年，八国联军就是先占领了塘沽的炮台，从这里登岸继而占领北京的。这里，既是商埠、码头，又是龙蛇混杂的地方。码头上，飘着万国旗的各国商船一艘接一艘，有英国的、法国的、美国的，也有俄国的、日本的……一旁的空位，也泊有一艘中国货轮，船名是"海宁"号。

但此时，一两百人围着"海宁"号，吵吵嚷嚷，不知道什么原因。而在此闹事的人，一看就知道大多是天津的"混混"。所谓天津混混，是寄生在大城

市的一批流氓。他们的来历，有人说是从洪七公创立的丐帮那里继承下来的。丐帮瓦解后，他们中的一部分人留下来，抱团结伙、横行街道，以拼斗、欺诈、收保护费等为谋生手段，生存下来。在天津，这股势力尤为突出，他们混迹于天津码头、街市，欺行霸市，敲诈勒索，保媒拉纤，劣迹斑斑，自己都还在夹缝中求生存，却又常常欺负弱者，以致让很多人闻之生畏。此时，这些混混围在"海宁"号周围，大声吵闹，敲敲打打，既不准乘客上船，也不准轮船收缆起航。

而林开武等人订的票，恰好是"海宁"号的。这一趟，他们将坐这条船，从天津直抵香港。就在这些混混闹得十分起劲的时候，李二订的一辆马车，正拉着林开武一家和他媳妇驶往码头，靠近"海宁"号。他们来到岸边，只见很多人急着登船，混混们却把持着舷梯，不让大家过去。李二夫妇招呼林开武一家下了马车，就忙着去扛他们的东西。这次回乡，因为是举家搬迁，林开武的东西不少，两位夫人的就更多，因此装了满满几大箱子，李二原想先把这些都搬上船，再来招呼他们一家上去。不料，他扛着偌大一个木箱走近舷梯，那些混混们却挡在那不让他过去。

李二："你们要干什么？"

一个混混答道："今儿个，你们甭坐船了，从嘛来回嘛去。这船，走不了了。"

李二："为什么？"

混混："这船的老板欠我们东家钱。这船，得做抵押……"

听着这话，李二就知道他们是无理取闹，因此也未答话，只把肩上的木箱一掂，顺势换了一个肩。可他这一换，却是有力道、有讲究的，就在他肩上的木箱横扫而过的瞬间，已经有几个混混被扫下舷梯，有的掉在地上，有的掉在水里。然而，这些混混也许是仗着人多，也许是觉察不到他的厉害，竟然还不知趣地围上更多的人来，拉扯着李二不依不饶，李二放下箱子准备跟他们动手。

林开武见状，怕事情闹大，影响了自己和大家的行程，便急忙走进众人围着的圈里，他先用眼色制止了李二，让他先别动手，又问旁边的一个混混："仅凭你们说船老板欠钱他就欠钱了，这事还有没有商量的余地？"

混混望望他，大声地说："怎么商量，你算老几？"

林开武硬压了一下胸中的火气，依然对他和颜悦色地道："你看，我能不能上船去问问老板？如果他真欠你们东家的钱，我一定让他给你们一个说法，如不欠，你们就不要在这里闹了，我们都还忙着赶路呢，免得耽误了大家的行程，你们应该知道众怒难犯，要是惹怒了大家，怕到时候你们不好收场。"

混混扫了他一眼，蛮不讲理地道："老子怕个屁呀，不行！"

李二见那人蛮横，更加生气了，他知道混混们的道道，不来真的，他们不会服任何人。于是，他对林开武说："大人，这事你别管，让我来搞定他们。"又转身对混混们说，"把你们的舵把子叫来，摆下道来，咱们玩一把，谁输谁走人……"

混混们看着他，有些愣神了，一时不知咋办。突然，混混群中有一人叫了起来："他、他是李二，燕子李三的二哥！"

众混混听见这般说，有的呆了，有的却仍将信将疑。但他们一个也不肯走开，双方就这样僵持着。良久，才有一个混混跑去找舵把子。

不一会儿，混混们的舵把子来了。这舵把子的块头很大，竟然比个子已是很高的林开武还要高半个头。他的额头上有一道明显的伤痕，满脸都是横肉，左边耳朵还豁了一道大大的口子。让人一看，就知道这是个在刀口上舔血，在棍棒中讨生路的老混混。他按着混混们的指点，先打量了一下林开武，又才上下仔细地打量起李二来，一副不哼不哈的样子。

李二见舵把子来了，便双手抱拳道："在下李二，敢问贵姓大名？"

舵把子见问，也双手一揖道："贵姓不敢，姓徐名魁。"

李二："徐老大，今儿个，我们买了'海宁'号的船票，要去南方……不知何故你们不让上船？"

徐魁："这艘船的老板欠我们东家钱，这船，得扣下……"

听到这话，这个舵把子比他手下的众混混更不讲理，林开武怕李二一时镇他不住，便主动上前冲徐魁道："徐先生，大家这么僵持着也不是事，能不能容我上船，问问老板情况，给你们讨一个说法。"

徐魁打量着他："你是谁？"

李二："他是林开武林大人，昔日慈禧太后跟前的二品带刀侍卫，也曾当过江浙水陆两路军提督。如今则受圣上差遣，要去云南办差。"

听到林开武的名头，徐魁被吓了一跳，他来回看了看李二和林开武，终于点头道："好，我去把老板叫下来，你在这里问他……"

林开武："那也行，能够当众说清楚更好。"

少顷，'海宁'号的老板被徐魁叫下船来。林开武于是当众问那老板："闹成这样，你真欠他们钱？"

老板哭丧着脸道："哪里呀！年初，他们来收保护费，我急着出船，就一时没给；年中，他们又来催，我又出船……这样一来，按他们利滚利的说法，我得还他们三千两银子。我、我一时去哪里找那么多钱呀！他们这不是仗势欺人，明抢吗？大人您可要为我做主呀！"

林开武："这钱是不应该交，眼下还有没有别的办法？"

老板："他们混混有些道道，但哪里是人的做法？和他们是没有道理可讲的。"

这时，李二插话："他们划了什么道？"

老板迟疑了一下，才道："踏刀山，过油锅……"

李二笑笑："就这些？"

"就这些。"老板点点头。

李二一拍胸脯："好，我来过招！"

"行吗？"林开武问李二。原来他也听说过混混们处理问题的一些做法，但从来没有见过，便不由得有些担心。

李二凑近林开武，小声道："大人放心，踏刀山，过油锅，我都能对付，他们的这些小伎俩，难不倒我的。"

见李二敢应招，徐魁也没有话说了。于是，叫他手下混混架刀山，摆油锅。刀山架好了。那是六把锋利的菜刀，一半埋土里，一半露外面，刀口朝上，一般人一看都胆战心惊，哪里还敢过去？李二却是一副胸有成竹的样子，只见他脱了鞋子，赤脚走到"刀山"前，双手抱拳，转着身子给围观的人们行礼……礼毕，只见他提了口气，缩腰收腿，然后疾步向前，一提气就身轻如燕地从那六把菜刀上跑过。在场的混混们都看傻了眼。更多围观的人先是鸦雀无声，继而欢声雷动，叫好声、鼓掌声此起彼伏。

油锅又摆好了。那是一个炉子一口锅，锅里有半锅油，烧得油浪滚滚，热气腾腾……一根面做的天津有名的十八街大麻花放了进去，在油锅里被炸得吱吱作响……李二走到锅边，他先用一块湿毛巾擦了右手手掌，又将手放在湿毛巾中包了一会儿。接着，他拿掉右手上的湿毛巾，并把它折叠起来放在自己的左手上，眼睛在锅里滚动的油面上方瞄了一下，陡地，他伸手下锅。说时迟，那时快，只是一眨眼工夫，他已经把锅中油里的麻花捞起，迅速地放到左手的湿毛巾上……众混混看得目瞪口呆，一时不知所措。而众多围观的人，又一次发出欢呼，报以热烈的掌声……

林开武刚才还捏了把汗，见此，也情不自禁地上前拍了李二一下，伸出大拇指："好，功夫了得，了不起！"

"海宁"号的船老板这时扑过来，抱住李二连声道谢："谢谢，谢谢！李先生这可是救了在下一难了，先生的大恩大德，容当后报！"

李二："老板你别太在意，区区小事，何足挂齿。再说了，我这也是自己急着赶路，予人方便予己方便。"

按混混们的规矩，如果自己摆下的道道被对方破了，那多余的话都不用说，服输走人。因此，徐魁一摆手，围困"海宁"号的那些混混都撤了。船老板本来还想说点什么，林开武却故意岔开他的话题，说道："事情过去了，我们上船吧。今天，会不会耽搁了行程？"

老板："不会，不会，今天虽不能按时开船，但是到了海上，我们走快些就是了。"

林开武："那就走吧，大家都等急了。"

老板："好！我听大人的。上船了，大家都上船了！"

众乘客听到船老板的喊话，蜂拥着走上舷梯。李二则带着几个船上的伙计，忙着去搬东西，又招呼文蕊、姚佩珠和他媳妇上船。待大家都已上了甲板，林开武和船老板也上了船……

海上的景色，最美的是清晨和傍晚。黎明时的海面，朝阳初起，霞光满天，橙黄一片，浮光似自天际倾泻而下的细碎金子，晃得让人睁不开眼睛。此时，倘若有云彩景色会更美，那云彩或红或黄，或镶上金边银边，一会儿遮住朝阳，一会儿又簇拥着它，朝阳从云缝中发出万道金光，美不胜收……而傍晚，又是另一番景致，晚霞金红，铺天盖地，天上的、水里的霞光交织在一起，相互辉映，奔涌不息的浪花，折射出道道光芒，让人目不暇接……

林开武乘坐的"海宁"号出了渤海，过了黄海，一路向东海驶来。一路上，他们除了在船舱里看看书，写写字，聊聊天，喝喝酒，每逢早晨和傍晚，必然相约着走上甲板，领略这份他们平生未见的大自然的奇幻与瑰丽。这段时间，应是林开武这大半生中，较为舒适、休闲的时光。为此，他心情很好，而其他几个同行的人见他高兴，便也舒畅。那个在天津码头曾经得到过他们帮助的船老板，更是一路上精心伺候，唯恐哪里做得不周到，对不起他们的解救之恩。

在这样的好心境中，林开武一行走得顺风顺水，不几日，船已行至舟山附近。然而，天有不测风云，就在船过舟山群岛时，机器出故障，船抛锚了……这里前不挨村，后不着店，更没有可供停靠的港口码头。没法子，船老板只好让船上的技师和工人日夜加班，抢修机器。所有船客，只有等在船上干着急，大家都在心里默默祈求：海上别起大风，别起大浪，让"海宁"号平平安安，尽快修复……

可是，所有的人都只想到了来自大自然的风险，却没有想到来自人类的危机，第二天晚上，出事了。附近的一伙海盗，得知"海宁"号出问题了，停泊在舟山附近的海面上孤立无援。于是，便纠集了几十个人，乘坐几艘木船、渔船，趁夜包围过来，想强行登船洗劫船上的乘客。见到海盗们来势汹汹，船老板和大多数乘客慌了神，不知如何应对。本来已在船舱里睡下的林开武听说来了海盗，急忙叫上李二来到甲板上，他见大家乱作一团，便朗声说道："大家听好，都不要慌乱，在江浙时我是练过水兵的水陆两路军提督，应付海盗这样的乌合之众不在话下。船老板，你这船上可有一些武器？"

船老板见问，连忙答道："有，有十来支汉阳造，还有一些火铳。平时在海上行船，我们备了壮胆，但实际上没有用过。"

林开武："有枪就好。李二，你去船上把所有的青壮年男子都集中起来，我来布置防守。"

李二："是！大人。"

不大一会儿，胆大的几十名青壮年男子都来了，船老板也搬来了所有的武器。林开武安排道："所有人会使枪的使枪，不会使枪的拿上渔叉、船桨，哪怕柴块棍棒也行。大家听我号令，分作两队守住两边的船舷，只要那些海盗敢靠近，来一个打一个。这些海盗是乌合之众，只要死了人，或是见血了，他们就怕了。"

船上众人一经林开武调度，竟然很快就形成了一个进退有序的战斗集体，大家都拿了武器，很快进入战斗岗位。其间，那些海盗不知好歹，竟然以船逼近"海宁"号，有几个不怕死的边放着火铳边爬上了船舷，林开武见状率先开火，把一个海盗打落到海里。听到林开武的枪响，"海宁"号上有武器的人都

"乒乒乓乓"地开起火来，又有几个海盗被打死打伤。另外有一些侥幸爬上船舷的，也被李二等一顿拳脚棍棒打了下去……海盗们吃了亏，又见"海宁"号上的人强悍，一时也没了胆气，再也不敢逼得太近，更不敢擅自爬上船舷了。但是他们心有不甘，还不肯离去，便用他们的船围住了"海宁"号，既不走也不攻。双方就这样对峙着，直到天亮，那些海盗还没有撤走的迹象。

这可如何是好呢？我们的船一时又修不好，走也走不了。那些海盗似乎还在等待机会，没有走的迹象。林开武为打破这种僵持的局面，紧张地思索着。在没有更好办法的情况下，他只好催船老板赶快修船，自己则和李二各自带一队人守住两边船舷，丝毫不敢懈怠。就在空气紧张得快要着火的时候，舟山那边的海面上又远远地驶来了一支船队。糟了，这一定是海盗援兵，这些围住"海宁"号不走的海盗，原来是在等待他们的援兵！林开武暗想。可是，这种时候，后退和妥协都是没有出路的，只有拼死一战。林开武想到这里，大声吩咐道："海盗的援兵来了，大家检查武器弹药，没有装火药的火铳赶快装上，拿渔叉、船桨和柴块棍棒的，也要严阵以待，谁都不许怯阵、不许后退！"

船上的人们还是有些慌乱，但他们看到林开武正气凛然地站在船头，大家又镇定了下来。远处的船队还在迅速地朝这边驶来，越来越近了，气氛紧张到了极点，林开武也眼睛都不敢眨地看着正在加速驶来的船队，举着手中的汉阳造瞄准海盗船。枪响了，可是，从远处快速驶来的船队攻击的是海盗而不是林开武他们。这一突兀的变化，让林开武兴奋不已，他迅速抓住战机，命令道："集中所有的火力，向外海方向的海盗船开火，内海方向的海盗先不管他，只要防着不让他们爬上船舷就行了！"

在内外两个方向火力攻击下，海盗们很快作鸟兽散，攻击海盗的那个船队向"海宁"号驶来。待船驶近，林开武远远地看到了一个熟悉的身影，却一时想不起这人是谁。直到那个人爬上船来，他才惊奇地大声道："王谦，怎么是你？"

"林大人，我也没想到会碰上您呀！王谦上前紧紧抱住林开武。"

林开武："太好了、太好了，真是天意！"

王谦："是呀！真是天意。昨晚，我们远远听到枪响，就猜想一定是附近又在抢劫过往船只。但那时月黑风高，海浪又大，就没敢出来。天亮了，我们看到海盗船还和你们僵持不下，就觉得再怎么也得出手相助，要不然，那些海盗的气焰也太嚣张了。哪里想到，被围困的竟是林大人您。"

"林大人好！林大人您没事吧？"与王谦一起上船的几个人，这时也纷纷过来跟林开武打招呼。

"你们好、你们好！谢谢你们了！"林开武边回答那些人的问候，边转身问王谦，"这么说，你们就住在前面的那个岛上？"

王谦："是，前面这岛叫桃花岛，那年，承蒙大人不弃，又给我们安排了出路，我们兄弟几十人来到舟山，就选择了前面这个桃花岛安家。"

林开武："怎么样，这两年的日子还过得去吧？"

王谦："还可以，我们平时打打鱼，也种些庄稼，更主要的是大人您送给我们的枫泾猪，发展得很快，我们每年都能往上海卖上几船，靠卖猪赚得的钱，弟兄们都娶了媳妇安了家。"

林开武："这就好、这就好。老板，你去备办几桌酒菜，今天，我要和我的这些老朋友好好喝一场！"

老板欣然道："没问题，一桌顶级海鲜，酒还是汾酒……"

林开武："酒要五坛才够！"

老板："我给您准备十坛！"

当天，林开武、李二、船老板等人与王谦众兄弟开怀畅饮。

日暮时分，王谦等人要告别回去了，他们盛情邀请林开武去桃花岛一趟。可是，林开武已经醉得连人都送不了了。

第二天，"海宁"号修好了，归心似箭的林开武终究没有上岛去，只是在船靠近桃花岛时，他叫"海宁"号鸣笛三声，算是对桃花岛主人致意。远远地，他也看到海滩上有些晃动的人影，他知道，那是王谦和他的众弟兄在为他送行。

六十、香港商场偶遇三七 运动会上李二夺奖

十天之后，"海宁"号抵达香港。从这里到越南海防港，要等三天之后才有船。"海宁"号的船老板帮着把林开武一行安顿好之后，就去加油、加水，备办各种货物，准备返航了。

香港这个远东的大商埠、大港口、大都市，在英国的殖民统治下，在东方还是比较繁华的。沿着天然良港维多利亚港的四周，高楼大厦鳞次栉比，银行商铺比比皆是，白天车水马龙，夜晚灯红酒绿……靠近市中心的英皇大道、油麻地一带，更是店铺林立，商贾云集，繁华得让人叹为观止……

初来乍到，林开武夫妇三人和李二夫妇，对香港的方方面面都感到新鲜、好奇。为此，一切安顿好了之后，文蕊、姚佩珠便提出要去逛逛街，买点东西。林开武也认为这没有什么不妥。于是，早饭后，便约上李二夫妇，一起上了街。这里的街道确实热闹，几条主要商业街上，人们摩肩接踵，络绎不绝。他们一行五人饶有兴致沿街一家商场一家商场地往前逛，尤其是文蕊、姚佩珠和李二媳妇三个女人，竟是越逛劲头越足。然而，这里的所有商品，几乎都是外国货，英国的、法国的、美国的、日本的……琳琅满目，就是很少有中国的。

林开武问一个伙计："你们这里不卖中国货呀？"

伙计奇怪地望着他，反问道："这有什么不好吗？"

林开武："这中国的地界不卖中国货，中国人用什么，莫非这里的中国人吃的穿的都已像洋人一样？"

伙计："洋人的东西好，我们为什么不能用，难道非得像你们一样留着辫子？"

李二："你这人怎么说话呢？问你有没有中国货，怎么就扯到辫子上去了？"

伙计："大清国的人都留着大辫子，你们知道洋人们怎么说吗？他们叫中

国人头上的辫子猪尾巴。"

"你！"李二说着就要上前去跟人理论。

林开武一把拉住他，示意别动手。

文蕊："中国人的地方不卖中国货，这怎么说得过去？我听说香港吃的米、吃的菜、喝的水，没有一样不是从中国内地送过来的，你们怎么不都吃洋人的、喝洋人的？"

伙计："这是两码事，一码归一码。要是中国货也能赶上或超过外国货，大家也就不会都买洋货了。"

李二："可你们也不能忘了自己是中国人呀！中国人自己都看不起中国人怎么行？"

林开武沉思半晌说道："你说的也有一定的道理，辫子我们也可以剪，但你记住，你身上任何时候都流着中国人的血，你们虽然洋装在身，但你们永远也不会变成外国人的！"

姚佩珠："就是！自己的中国屎都还没拉干净，就看不起中国人了。哼！"

伙计："我的本意也不是看不起中国人，这不是你们问卖不卖中国货吗？我照实说了有什么错，真是的。"

林开武："还有，你还要记住，现在洋人有的所有东西，中国人有一天都会有的，只要我们中国人对自己有信心，我们中国就不会永远落后！"

伙计："好了、好了，我好好回答你们的询问，倒遭你们一顿数落。你们要买中国货，从这绕过去，那边那条街都是中国特产，什么药材、丝绸、字画呀都不少，你们去那看吧。"

伙计说完就去招呼别的客人了，林开武想想没来由地与一个伙计理论这些事也是无趣，便拉了李二等人，走出商场。可是从商场里出来，大家还是觉得心情压抑，肚子里有一种说不出来的不痛快。大家心里不痛快，逛街的兴致就没有那么高了，但既然是出来逛街，又听那伙计最后说那边那条街有中国货，他们还机械地往那边走。一转过街口，这里的景致就完全不同了，这里的沿街招牌、幌子都是中国的，店铺里的货也都是中国货，药材、丝绸、瓷器、茶叶、字画、鸟笼等，应有尽有，走在这里仿佛走在中国内地的一条街上。在街口的一家店铺里，林开武一走进去就眼睛一亮，他看到那家的柜台后面，赫然摆着一些三七。

林开武好奇地问："你们这里怎么竟有三七，是云南开化的吗？"

店铺掌柜："当然，这是正宗的开化三七。"

林开武："可是云南开化与这里隔山隔海的，那么远，你们怎么可能弄得到开化三七？"

店铺掌柜："好东西都长脚，有人买它哪里去不了？我们这里的三七直接从安南的海防港运过来，听说从那里去云南开化已经不远了，绝对假不了。"

林开武："那，这三七只有你家卖吗，好不好卖？"

店铺掌柜："哪里就我一家卖呀，这条街上的店铺家家都有，而且出奇的好卖，不仅中国人买，外国人也买，尤其是那东洋小日本，可爱买了。"

文蕊："老爷，你怎么就单单问这三七，而且一问就没完没了？"

姚佩珠："就是，这满街新鲜的东西你不看，单单盯着三七这东西就不肯走了。"

林开武："你们不知道，这三七，可真的是好东西，我在家时就种过，我们回去，如果时运不济，就还回香坪山种三七去！"

李二："大人，这三七都有哪些好？"

林开武看着李二和众家眷："三七就是一个宝，李时珍称它金不换，可以治一切血症，是军中金疮药，你我这种练武之人，时常备些三七，最要紧了。还有你们女的，不管是气弱血亏还是血崩，用这三七，保准药到病除。"

李二："如此，这次去云南，我一定多买些三七带回去。"

姚佩珠："要是这样，我们就直接去香坪山，多种些三七卖到香港，也赚赚那些洋人的钱。"

在香港意外发现三七，并知道三七在这卖得很好，这多多少少也给林开武一些安慰。因此，他忘了刚才与那伙计关于国货和洋货之争，心情大好地陪着自己的两个女人和李二夫妇，逛了一天的街，一路逛下来，还是买了不少东西。

第二天，除了等船依然无事，可是大家都不想去逛街了，那这一天时间要怎么打发呢？林开武正和李二商量要找点什么有趣的事，好带着几个女人去开心。突然听到街上有人在游行，并有铜管乐队在前面开路，搞得热热闹闹。听着街上热闹，几个女人就坐不住了，纷纷跑出去看，林开武和李二不放心，也只好跟了出来。

原来，这一队人马在为今天开幕的香港运动会做广告宣传。由于在这之前，他们当中谁也没有看过真正的运动会。于是，大家商定，吃完饭要去看看。香港运动会在铜锣湾运动场举行，林开武他们碰到的这次已经是第四届了。进入会场，只见到处人山人海，旗帜飘扬。

林开武他们在看台上找个地方坐下，就颇为稀奇地看起比赛来。当时，赛场上正在进行的是田径比赛中的投掷项目。

第一项，标枪比赛。参加比赛的六名选手中，有一名是中国人，其他五名都是外国人。比赛开始，选手一一出场，投掷开始，最终，中国人所得成绩倒数第一。

第二项，铁饼比赛。参加决赛的六名选手中，没有一名是中国人。

第三项，铅球比赛。这一次，参赛的六名选手中，倒有两名是中国人。但比赛结果，依然是中国人倒数第一、倒数第二。

老看到这样的结果，大家都觉得有点儿沮丧。

这之后，是跑步比赛。跑 400 米，中国人倒数第一；跑 800 米，中国人还是倒数第一；最后跑的是 100 米，中国居然无人参加……

接下来进行的是跳高比赛。中国有人参加，但他跳的姿势，居然是武功中的"旋子"，结果，他连 1.5 米都没能跳过去。

看台上有两个英国人在议论。李二问身边一位香港人："你能听得懂他们说什么吗？"

香港人点点头。

李二："他们说什么？"

香港人："他们说中国人是'东亚病夫'。"

"他妈的！"李二攥紧双拳，双眼像是要冒出火来。

香港人："算了，谁叫咱自己不争气呢。"

这时，会场上宣布，下一个比赛项目是跳远。参加的选手中，又没有中国人。迟疑了一下，李二对林开武道："我去，我要争争这口气！"

林开武："你练过？"

李二："没练过，但我可以用轻功战胜他们。"

林开武："你有把握吗？"

李二："试试看。"

李二到赛场中去了，并征得主办者同意，参加跳远比赛。比赛开始了，前面跳的都是外国人，而且成绩都不错，看台上的外国人不断地为他们喝彩。轮到李二上场了，只见他猫步起程，越跑越快，到达沙坑边沿时，单腿一纵，接着双脚交替着在空中迈动，径直朝前飞去……"咚"的一声，他远远地跳到了沙坑之外。顿时，所有在场的外国人都看得目瞪口呆。判分时，虽然裁判间有些争议，有的认为李二在空中迈步，不符合跳远的技术规定，但李二跳得最远却是大家都看到的事实。最后宣布成绩时，还是给了他第二名。李二成功了。全场掌声雷动，在场的中国人都为这个意外的收获，这个振奋人心的名次鼓掌、欢呼……

李二刚回到看台上，很多中国人就围上来了。一位老者深深地向他鞠了一躬道："先生，谢谢了！谢谢你为中国人争了口气……"

一位中年人握住李二的手，激动地道："每一次香港运动会，都是洋人羞辱中国人的时候。今天，这个历史被你改写了！"

更多的人则说："是啊！四届运动会，你拿到的是中国人的第一个亚军。你用自己的行动和实力告诉他们，中国人，并不是'东亚病夫'！"

林开武也称赞李二道："是不容易，干得好！"

一位老板模样的人走近李二，真诚邀请道："先生如不嫌弃，今晚请到我的小店，我备些酒菜，咱们也庆贺一番……"

李二："这，不好意思吧？"

老板："没关系，小店名叫广州酒楼，在尖沙咀。"

李二把目光转向林开武："大人，您看？"

林开武："今天难得扬眉吐气，喝就喝！"

当晚，在尖沙咀的广州酒楼，酒店老板安排了一桌颇为丰盛的海鲜。席间，老板频频举杯向他们致意。

老板："今天，我太高兴了，一是能请到林大人，蓬荜生辉；二是李先生今天的表现振奋人心，既为国人争了光，又使洋人知道，中国人并不是东亚病夫，中国人一定会有令人刮目相看的一天……"

林开武："是的，法国昔日的皇帝拿破仑曾说过，中国是东方的一头睡狮，一旦醒来，它会让全世界都感到震撼！"

李二："但愿这一天早日到来。"

老板："有你们这样的人在，我相信这一天很快就会到来。"

几个人正说得起劲，突然有一名伙计进来，递给老板一张晚报。老板一看，头版头条的大标题十分醒目——《武昌爆发惊天大起义，革命党人攻占湖北总督府》。老板拿报纸的手有些颤抖，林开武一把抢过他手中的报纸，一目十行地看下面的内容，最后激动不已地道："这一天终于到来了！"

李二："林大人，那咱们……"

林开武："赶快回云南……"

这时，外面的广场上锣鼓喧天，有人自发地游行，庆贺武昌首义成功……

六十一、林开武遥祭苏善堂　过海防李二救苦力

第二天一早，香港的大街小巷都充斥着报贩子"号外！武昌起义告捷！"的叫喊声。

林开武早早起来，连早餐都没吃就吩咐李二："你快上街买些报纸来。我要了解武昌起义的全过程，包括它的起因、经过和结果。"

李二："大人您吃早餐，我去去就来。"

林开武："动作要快，现在了解武昌起义的真相比吃早餐更重要！"

李二："是，大人。"

不多时，李二就从闹市区回来，他的怀里抱着厚厚一摞报纸。"大人，报纸来了。"李二一进门，就冲着林开武大声嚷嚷道。

"全拿过来，放在桌子上。"林开武放下手里的饭碗，迫不及待地收拾着餐桌上的碗筷和佐料，给李二腾开放报纸的位置。见林开武拿着报纸就看，文蕊和姚佩珠也放下手中的早点，各抽一张报纸看了起来，李二媳妇不识字，只好起身去给丈夫盛了一碗吃的，看他狼吞虎咽地吃饭。

接连看了几张报纸，林开武终于搞清了武昌起义的大体脉络：原来前一段时间，当清政府忙于应付四川省的保路风潮时，湖北的革命团体——文学社与共进会召开联席会议，决定联合湖南的革命党人，准备 10 月 16 日在湘鄂同时

发动起义。会议推举蒋翊武为湖北起义的总指挥，孙武任参谋，刘复基、彭楚藩为军事筹备员。

10月9日下午，孙武带人在汉口俄租界的秘密机关赶制炸弹时，不慎把火星掉进配药篮内，炸药爆炸，孙武头部受伤。俄国巡捕赶来，搜去革命党名册、印信、九星旗及文告，并送到湖广总督衙门，形势万分危急……当晚，蒋翊武、刘复基、彭楚藩等人在武昌小街85号总指挥部焦急地等候城南外南湖炮台新军的信号炮声，突然，清廷巡警破门而入，抓走了刘复基、彭楚藩等人。

10月10日天刚亮，刘复基、彭楚藩和另一位革命党人杨洪胜被清军在总督衙门东辕门斩首。临刑前，他们振臂高呼："打倒清朝！民国万岁！孙中山和未死同志万岁！"当晚，驻武昌新军工程营和第八营的革命党人，在熊秉坤等人带领下，击毙反动军官，发动了起义。刹那间枪炮声和火光划破了夜空，南湖炮台的革命党也从城外攻入城内，放响大炮助威。革命党人很快占领了楚望台军械所、炮台和各城门，并架起大炮轰击湖广总督衙门。湖广总督瑞澂被隆隆炮声吓破了胆，叫卫兵从后墙打了个洞，像狗一样钻出墙洞逃命。

第二天，起义军攻陷总督衙门，占领武昌，接着，在汉口、汉阳活动的革命党人也闻风而动，与攻占了武昌的起义军里应外合，攻取了汉口、汉阳。革命首先在武汉三镇取得胜利。全面占领武汉以后，起义军成立湖北军政府。由于当时决定要来武汉领导起义的黄兴、宋教仁等同盟会领导人还未赶到，军政府需要有名望的人挂帅，起义军便去找新军协统黎元洪来担任军政府都督，但黎元洪不知什么原因却不肯，没办法，革命党人只好去他家，用枪把他从床底下逼出来……直到驻汉口的各国领事宣布"中立"之后，黎元洪才接受了革命党人的推举，出任湖北军政府都督。由于1911年是农历辛亥年，报刊又把这场革命称为"辛亥革命"。

研究完了手中报纸，林开武两眼放光，目光如电，他情绪激动地说道："太好了，武昌首义成功，中国将从此走向民主共和，孙中山先生的革命理想可以实现了！"

李二问林开武："那，下面会出什么事情？"

林开武："各地会纷纷效仿……"

李二："都会动武？"

林开武："当然，各地都会动武并宣布独立，脱离清朝。早些时候宣布独立的四川荣县，其实就是武昌起义和全国革命的前奏……"

李二："那，我们怎么办？"

林开武："尽快赶回云南，那里的革命形势发展很快，云南人驱除鞑虏、建立民国的革命已经箭在弦上。"

文蕊："你们看，这张报纸上说的是不是苏善堂？"

林开武："什么，哪里有善堂的消息？"

"老爷，你看，这报纸上说的。"文蕊说着，把手里的一份报纸递给林开武。

李二："在哪里？我也看看……"

林开武展开报纸，上面的一行标题赫然入目：《同盟会员捐枪五百支，自己参加起义英勇献身》，报纸的内容，大意是有一个总兵衔的清廷官员，早年经人介绍加入了同盟会，在起义前给起义军捐出了他早年从汉阳兵工厂购置并一直藏匿着五百支枪，这批枪大大地加强了起义军的火力。起义爆发后，这名官员作为普通一兵积极参加战斗，在攻击总督府时不幸中弹英勇牺牲，直到牺牲时，起义军里都不知道他的名字……

"这可不就是我的善堂兄弟吗？他怎么就这么走了，我们在北京分手时，他并没有说要亲自去参加战斗呀！"林开武一时悲恸欲绝，无助地一屁股坐在椅子上。

李二："善堂兄是个真汉子，他敢于为自己追随的信仰献出生命。伟哉！善堂兄。"

文蕊："老爷，你可不能这样，善堂是跟随你一辈子的兄弟，他加入同盟会也是你介绍的。他这一走，正是践行了他和你共同的革命理想，你可不能为这事悲伤过度呀。"

姚佩珠："老爷，文蕊姐姐说得对，你得节哀，你还有很多大事要做呢。"

林开武在座位上呆坐了好一阵儿，才强迫自己平静了下来，他强忍了已经盈满眼眶的泪水，镇静地道："去，你们几个去布置灵堂，我要在这里遥祭我的善堂兄弟！"

不多时，众人就一齐动手为苏善堂布置好了一个简易的灵堂，林开武很认真地在脸盆里净了手，这才拈了三炷香点燃，带着文蕊、姚佩珠和李二夫妇，给苏善堂的灵牌上香。

"善堂兄弟，你一路走好！你没有走完的路，哥哥一定替你走下去……"

林开武话未说完，已然泪雨滂沱。文蕊、姚佩珠和李二夫妇也都泪流满面，但他们都知道林开武此时正强压着心中的巨大悲痛，谁也没敢放声大哭，就连最控制不住情绪的那几个女人，也都只是低声啜泣。

遥祭了苏善堂，林开武只说了一句话："你们都快去准备，我们明天启程，事不宜迟。"就没再开口说话。

当天，他们都没有再出旅馆。广州酒楼的老板派人来，请他们再去吃饭，他们也婉言谢绝了。那一晚，林开武几乎一夜未眠，他睡不着……

从中国香港到越南海防，一路上倒很顺利。由于距离遥远，加之是不同国度，辛亥革命的浪潮倒没有波及这里。从表面上看，这里一切依旧，丝毫没有受到中国革命的影响。船一靠岸，只见港口内的标牌大部分都是法文，四处站岗的警察，都是法国人。而越南人，做的都是苦工，干的都是重活。看到这样的景象，正在走下船舷的林开武不禁心生感慨："这就是亡国奴的生活，你们看那些越南人，一点尊严都没有，一点地位都没有。"

"老爷，我听你说过，你以前在老家时是到过海防贩盐的，那个时候的海防就是这个样子的吗？"文蕊好奇地问。

"老爷，你给我们说说吧，以前你们都是在哪些地方进的盐，从这驮盐到香坪山，要多长时间？"姚佩珠也来凑热闹。

林开武："这话说起来，就长了……"

林开武正待要给他的两个女人说说海防，说说他们当年贩盐的往事。不料却在他们面前发生了一件让人愤慨的事情。

这时，就在他们客轮近旁的一艘货轮上，一群越南苦力在卸货。货物是一袋一袋的矿砂，很沉。那些身体单薄的越南苦力，在法国警察的威逼下，每人每次扛一包矿砂，通过一块很窄的踏板上上下下。可能是天热，他们体力不支，也可能是货物太沉，确实不堪重负，他们在踏板上走得都摇摇晃晃，步履蹒跚……

"我看这些人迟早要从踏板上掉下去。"李二说道。

果然，李二的话音刚落，一个越南苦力就失足坠下了踏板。"扑通"一声，那越南苦力先是连人带货沉入了海里，好一阵儿，才见他浮出水面，在水中拼命挣扎，他肩上的货物却不见了。另一些越南苦力见状，纷纷扔下矿砂，跳下水去救他。几名手持棍棒的法国警察跑过来，抢起棍棒阻止他们。那些越南苦力一边躲避着雨点一般的棍棒，一边跳下海去，救起了他们的同伴。这时，又有更多的法国警察赶过来了。他们围着那几个刚刚爬上岸来的越南人，抢起棍棒就是一阵乱打。那些越南人不敢反抗，跑得动的就抱头鼠窜，跑不动的就躺在地上挨打。不多时，就有几人被打得浑身是血，气息奄奄。可是，那些法国警察还不放过他们，仍在那挥舞着棍棒"哇哇"乱叫，似是要强迫他们再次下水去……

"这是怎么回事？啊，怎么回事？"李二看不过去，才下了船就朝法国警察围殴越南苦力的地方跑了过去，边跑边问他近旁一个华侨模样的人。

"好像是要逼他们下水去捞刚才沉没的矿砂。"那华侨模样的人说道。

"矿砂是什么，矿砂就是石头，那么重的，都沉到那么深的海里去了，凭人力怎么可能捞得上来。这些法国人真是太没人性了！"林开武这时也忍不住插话道。

"谁说不是呢？可这些法国人才不管那么多。他们平时没事都要故意找事来刁难这些苦力，这回有事了，他们还不借题发挥？"那个华侨模样的人无奈地摇摇头。

"他妈的！这是什么世道，把人当牛马使也不能这样啊！"李二说着话，身体已经挤进人圈里去了。

这时，有两个越南苦力耐不住法国警察的催逼，万般无奈中，只好纵身跳入水中。但是，港口的海水太深，矿砂又沉了底，哪还捞得着，他们在水中扑腾了半天，仍然徒劳地回到岸上。凶狠的法国警察们围了上去，挥舞着手中的棍棒又要打他们，那些越南苦力只好双手抱头蹲在地上，等待着即将到来的来势更加凶猛的皮肉之苦。

"住手！"李二断喝一声，人已经冲了上去，一把夺下了一个警察的棍棒。

"你干什么？别没事找事！"一个法国警察用生硬的中国话吼道。

"你们干什么，还让不让这些人活了？他们是人，不是牛马，你们不能想打就打！"李二也针锋相对，当仁不让。

"不要啰唆，打这个多事的中国猪！"又一个法国警察吼道，挥舞着手中的棍棒就朝李二击来。李二往旁边一闪，躲过了这一棒，接着抓住他手中的警棍，往前用力一带，又顺势在他的屁股上狠狠踢了一脚，当时就把他踢倒在地。这当儿，又有更多的法国警察围了上来，他们都挥舞着棍棒，合力攻击李二。

只见李二施展轻功，游移在他们之间，人影晃处，一顿拳打脚踢，一眨眼工夫，就悉数缴了他们手中的棍棒，还把他们都打得在地上趴成一片……见有人帮着出头，众多的越南苦力也义愤填膺，一齐冲了上来，把那些法国警察团团围住，有的甚至找来了棍棒、石头……那些法国警察这时才有些慌，有些怕了。

一名警察拔出枪，色厉内荏地冲苦力们喊："你们，你们想干什么？"苦力们都不搭腔，只一步一步地围过去，把警察们围在中心……警察们更慌了，那名举枪的警察朝天上开了一枪，趁着苦力们一愣神的当儿夺路而逃，那些仍被围着的警察这时都挨了棍棒和拳头，也纷纷抱头鼠窜，夺路逃命……

李二和众多越南苦力仍不解恨，还想追击。

林开武："算了，别追了。给他们点教训就行了。"

李二停下追击的脚步，问道："大人，您一向疾恶如仇，怎么对这些恶棍倒心慈手软了？"

林开武："算了，要替那些越南人想想。要不然我们走了，那些法国人还会把账记到这些越南人身上，到时，他们就更没有好日子过了。唉！一个丧失了主权的国家，仅靠底层的民众，哪里斗得过那些掌握着生杀予夺大权的统治者啊！"

李二："大人所虑极是，可是……"

林开武："走吧……"

走在出码头的路上，李二还愤愤不平，又问林开武："大人，西方人为什么这么作践我们？"

林开武："因为我们太贫、太弱了……"

李二："看来，不赶走列强，东方国家永无宁日！"

林开武："所以，中山先生的三民主义，有民族主义一条，它的内涵就是反帝国主义，反殖民主义，让中国独立于世界民族之林。"

李二："我们是得追随中山先生大干一场，把西方各国势力彻底赶出中国。"

林开武："没错。等到了国内，有的是你大显身手的时候。"

当晚，林开武他们就住在海防一家华侨开的旅店，准备第二天乘火车去河口。

是夜，在海防街头，他们品尝了一顿颇具越南风味的小吃。主食是越南小卷粉，这种食品，是用蒸好的卷粉裹各种菜蔬，可以用油炸着吃，也可不炸就吃，炸的酥脆，不炸的鲜嫩，但都油而不腻，加之蘸水是林开武自己调配的，大家都吃得津津有味。

文蕊边吃边称赞道："这个东西，比油条有味，比煎饼可口，真是好吃。"

姚佩珠："看来，越南人在饮食上也有独到之处。"

林开武："不，这算是中越合璧，别忘了这蘸水可是我拌的。他们的这些食材，在我们老家都有，这卷粉，老家人都会做，回到家里，你们要想吃，我们随时可以自己做。"

文蕊："不，现在我就要跟他们学，等回到家，我要亲自做给老爷你吃。"

林开武："好吧、好吧，只要你高兴，你愿意学就学。"

得到林开武的应允，文蕊果真就起身走进厨房向老板娘学艺去了，姚佩珠和李二媳妇见她说得在理，也跟着走了进去，一时倒使那个越南老板娘受宠若惊。

第二天一早，林开武他们从海防赶往河内，如期登上了去昆明的列车。一路上，但见车窗外的原野，到处都是高大浓密的树。林开武便对李二道："你发现没有，这越南到处都是树，这些树都长得很茂盛。"

李二点点头："想必这越南气候热雨水也多，树就长得好。"

林开武："也是也不是，我们中国是没有越南的气候热雨水多，但我们的树少，也不完全是温度和湿度的问题，也有过度砍伐、过度利用，不注意保护和培植的问题。"

李二："是呀！在中国的北方，就有很多寸草不生的地方，那都是过度开垦造成的。"

林开武略有所思地说："要是我的家乡，也能像这里绿树遍野，生机盎然，那就更好了。以后我回到家，一定要多栽树，让山常青，水常绿，造福子孙后代……"

李二："这事好，我跟着你干！"

林开武笑了笑："算了吧，等到送我进了云南，你说不定就要急着回去了。人哪，不管你身在何处，心里最放不下的就是自己的家乡。我家那个穷山沟哪里留得住你哟！"

李二："大人，你不相信我……"

林开武："闭上眼睛休息一会儿吧，用不了多久，火车就要到我们中国的河口了，那里原属我们安平厅，到那里，离我家东安里香坪山就很近了。"

六十二、到昆明就急赴滇西 开武错失重九起义

　　滇越铁路，是法国人主持修建的一条窄轨铁路。它南从河内起，北至云南昆明，沿途翻越无数崇山峻岭，跨过许多峡谷溪流，修建前后历时八年，才算正式通车。从越南河内到中国边境线上的河口，不过半天车程。河口原来只是安平厅位于中越边境的一个小镇，后来从马关分设出来，成了一个直辖于省的边防对汛，如今已如一座繁华的县城，从这里到东安里的香坪山，不过两百多里路程，如果脚程快，三天时间就能赶到。

　　按林开武原来的打算，他是想顺路先回趟家，去看看多年未见的妻儿，再把文蕊和姚佩珠等安顿好，自己再去昆明。但是，现在武昌起义已经爆发，想来云南的起义也已经箭在弦上，时间非常紧迫了。所以，他便决定改变行程，直接坐火车去昆明，待办完了大事，再择机回家。林开武在火车上和家人以及李二说了自己的想法。李二对此当然没意见，文蕊和姚佩珠也都赞同他的安排。于是，他们在河口没有停留，一路北上，走蒙自，经开远，过宜良，直奔昆明。

　　这一路上，千山耸翠，万水飞流，一个又一个的山间坝子迎着火车扑面而来，往往火车从一座山肚子里钻出来，前面就是一个或大或小、形状各异的坝子，而这些坝子不论大小，一般会有集镇或乡村，农田里，庄稼已经收割，露出新鲜的谷茬或零落的苞谷秆子。而集镇或是乡村里，炊烟袅袅，阡陌蜿蜒，虽然此时已近晚秋，房舍前、道路边或是原野上，还有各种鲜花竞放，呈现出一幅秋色与夏景立体交织的画卷，而且，每过一道山、每到一个坝子，景色都不尽相同……

　　文蕊："云南的美是有层次的，这里，一座山一个景色，一条水一个模样，一个坝子一番风情，随着火车的一路北进，各种景色一路变幻，几乎囊括了中国从南方到北方的所有景致，在云南大地上行走，就仿佛是在观赏一个不住滚动的万花筒。"

这一切，让从来没有到过云南的文蕊、姚佩珠和李二夫妇惊叹不已，莫名兴奋，只有林开武任由他们惊叹，自己默默地看着窗外飞速倒退的景物想心事，他的心其实已经飞越关山，到达他日夜牵挂的昆明。

不一日，火车进了昆明站，云贵总督李经羲已经事先得到消息，早早就派人在那等着林开武一行了。不管怎么说，林开武现在的身份还是清廷官员，他是奉调而回云南的。所以，他还是接受了李经羲的安排，并带着家眷随同来迎接他的人，住进了李经羲特意为他安排的公馆，而李二夫妇，此时也只能以他家仆人的身份和他们住在一起。

一切安排妥当后，当天晚上，林开武就换了便装，自己去了陈荣昌家。一来，陈荣昌是推荐他从云南出去勤王的恩人，又是义结金兰的兄弟，于公于私，林开武回云南后，第一个去拜望他，不会令人生疑；二来，从陈荣昌上次与蔡锷、李根源、崔志贤等人同时署名给他去信，他就知道自己的这位恩兄虽然在家，但他与云南的革命党人肯定有瓜葛，在那里能够知道他急于了解的有关云南革命党人活动的情况。那一晚，他和陈荣昌促膝长谈，直到很晚才回到自己的公馆。

林开武当晚具体与陈荣昌谈了些什么，外人当然不得而知。但是他第二天一早，早早就上了五华山，拜见云贵总督李经羲去了。

"开武老弟，十多年不见，你倒越发英气勃发了！"李经羲一见林开武走进门来，就离座热情招呼道。

林开武："哪里、哪里，还是总督大人您经世，这么多年了，您还像当年送开武出滇时那般精神！"

李经羲："开武贤弟，你我之间是多年故交，我就直说了。这些年，英国人一直在滇西谋求矿权，制造了不少事端，我也曾多次派员处理。但是收效甚微，以致成了睡不安枕的心头之患。本督反复奏请朝廷调你回云南，就是想请你这位崛起宫中、名震江浙的虎将，助老夫一臂之力，早日解除滇西之患。对此，你有什么具体的打算？"

林开武："开武当年得总督大人提携，率兵入陕勤王，后来又辗转入京，服侍老佛爷驾前，接着受老佛爷举荐，考察日本军事，出任江浙军务。这些年，不拘任事何方，开武心里都记挂云南，感恩大人。这次，又受大人错爱，得以回乡任事，开武自当竭尽全力，早日替大人消除心头之患，报答大人的知遇之恩。"

李经羲："哎！报恩不报恩的，自是不必。本督就是想听听你的想法，滇西之患已非一日，情况是很复杂的，我们可不能莽撞行事。"

林开武："总督大人文韬武略，想必对开武的滇西之行已经思虑周全，开武按照总督大人的吩咐办事就是了，所以并不敢妄自多想。"

李经羲："开武贤弟还是客气，老夫可是知道的，老弟你在江浙统兵时，战水匪、平风潮，手到擒来，十分了得。处理滇西边民与英人的纠纷，本督抱定了仰仗老弟之心，贤弟可不能不出良策啊！"

"既是总督大人这么说，开武就班门弄斧了，在下的想法是……"当时，林开武凑近了李经羲，把自己的想法一股脑儿地都说了出来，直听得李经羲眉开眼笑，频频点头。

李经羲："好！开武贤弟，就按你的方案办。本督特委任你为滇西提督，老夫将从昆明守军中调一标人马，归你节制，你到滇西后，还可根据需要，调动当地兵马为你所用。总之，只要能够一举消除滇西之患，本督这有人给人，有钱给钱。"

林开武："总督大人，在下还有个不情之请。"

李经羲："老弟，有事你就说，但说无妨！"

林开武："在下此去滇西，得有一个得力助手才行，开武想调现在讲武堂任协办的崔志贤，到军中使用。"

李经羲："那崔志贤，本来就是当年随你勤王入卫的老兄弟，老弟你要用他，只需一张调令，你去讲武堂总办李根源那要人就是了。"

林开武："多谢总督大人！"

李经羲："那就这样说定了，你抓紧时间准备，这几日人马调拨齐备，就得赶赴滇西，那里的纷乱不除，老夫的心难安。"

林开武："是！总督大人，在下这就准备，随时听从大人号令！"

从五华山上的总督府出来，林开武一路走，一路紧张思考。不知不觉间，他已经来到人流如织的翠湖边，云南讲武堂里兵士们操练的声音已经清晰可闻。他摸了摸刚才从李经羲那里拿到的调用崔志贤的调令，心里顿时有了主意。对，先去讲武堂见李根源，听听他的意见再说。他心里这么想着，脚下就加快了步子，大步向离他不远的云南讲武堂大门走去。

林开武经门口的卫兵引导，风尘仆仆来到李根源办公室的时候，崔志贤正一个人坐在李根源办公室的外间望风，而李根源和蔡锷二人，此时正在里间小声密谈。

"三哥，怎么是你，什么风把你吹来了？"崔志贤一见到林开武，竟然激动得有些语无伦次。

"什么风，乡风呗！允许你跑回来，就不允许我回云南来呀？"林开武一见到崔志贤，也高兴得快步上前，紧紧地把他抱住。

"哟！果然是林大人到了，我们估摸着，你这几天也该来了，刚才我还在与蔡锷兄说你呢。"说话处，李根源笑吟吟地从里间走了出来，他的身后，跟着同样笑吟吟的蔡锷。

蔡锷："怎么样，林大人？在来这里之前，已经见过李经羲总督了吧？"

"你们二位与我交往多年，又同是同盟会的同志，那'大人''小人'的就别叫了吧，怪别扭的。"林开武放开崔志贤，转过身来就上前拥抱李根源和蔡锷，正色道。

李根源："好、好、好，我们说正经的。开武兄，你去见过李经羲了吧，他怎么安排你的差事？"

林开武："我是一早去了五华山，这不，从那就直接奔你们这来了，我有事要和你们商量呢。正好蔡锷兄也在，太好了！我也要问你们，这边的大事准备得怎么样了，我来昆明，你们打算怎么用我这个马前卒？"

蔡锷："开武兄真是个急性子，你一下子又是陈述又是提问的，叫我和根源兄听呢还是答呢？还是说说你去见李经羲的情况吧，后边的事，我们根据李经羲对你的安排再一桩桩理。"

林开武："李经羲叫我不日就要尽快去滇西的，想必那边的矿权纠纷已经弄得他焦头烂额。可是，我又怕你们这已经准备充分，不日举事，到时间上有冲突怎么办？"

李根源："开武兄，他叫你怎么个去法？"

林开武："他说从昆明守军中抽一标人马随我前去，滇西那边的人马，也由我根据需要随时调用，总之，要人给人，要钱给钱。另外，我还跟他要了志贤，喏！调令在这里。"

蔡锷："你一到，他就催你马不停蹄去滇西，这还真是个问题。我们这边也是万事俱备，单等你来了。武昌首义以后，我们还得赶快响应。你这一去，短时间内还不一定回得来，这怎么办呢？"

林开武："这下可好，在香港一知道武昌首义成功，我就紧赶慢赶回来了，为的就是参加你们的行动。给李经羲唱了那么一出，恐怕是要耽误大事了。说到底，我现在明面上还是清廷的官员，他那里还不好直接抗命。"

崔志贤："三哥，要么你就装病，要么你就说没有准备好，反正尽量想办法拖延时间，到时一举事，不就什么问题都解决了吗？"

蔡锷："这样不妥，如果这样做，将陷开武兄于不忠不义不说，还会引起李经羲的怀疑，一旦他起了疑心，那就麻烦了。"

李根源："要我说，开武兄还是按李经羲的要求去滇西，这本来就是一箭双雕的好事，利用好了，我们举事时开武兄在不在昆明对我们都有好处。"

蔡锷："我们可是安排开武兄带领北校场的七十三标举事，到时要从北边打进城的。他不在怎么行？"

李根源："行，怎么不行。我们准备两套方案，第一套方案，依然按原来的安排行事，开武兄回得来时，七十三标依然由他带领攻城。第二套方案，是为开武兄赶不回来时准备的，若他回不来，你依然带七十四标从东南攻城，我去七十三标，带他们从城北攻城，把佩金兄从你那调过来，与继尧兄一起率讲武堂的学生兵举事不就行了？"

林开武："这不行，这万一赶不回来，那我岂不是错过举义的大事了，我从北京急急地赶回云南，不就是来参加举事的吗？这不行！"

李根源："开武兄，你的作用大着呢。我刚才说了，你这一去，有一箭双雕之效？"

蔡锷："此话怎讲？"

李根源："你们看啊！李经羲要给开武兄带走一个标的昆明守军，又给了他在滇西调用当地驻军之权，到时，开武兄要是处理了那边的事务，及时赶了回来，那么就正常参加举事，什么也不耽误，此一雕也；要是赶不回来，开武兄事先已经带走一标守军，减轻了我们这边的压力不说，还可以尽量调动滇西那边的驻军去边境，拖住他们，让他们无暇支援昆明，这岂不是二雕？"

蔡锷："经你这么一说，果然是好事啊。"

李根源："当然了。"

林开武："如此说来，我去！志贤，你也准备一下，随时听令！"

崔志贤："好的，三哥。"

有了在讲武堂这次比较透彻的分析和讨论，林开武的心里就有了底气。因此，他就雷厉风行地去准备了。两天后，他便带着崔志贤、李二和李经羲拨给他的一标人马，信心满满地踏上了去滇西的征程。

为了实现他们在讲武堂商量过的军事目的，林开武这一路走，倒是把谱摆得很大，队伍才出了昆明城，他就飞马送去一纸命令，让滇西道的总兵来军前听候调遣。有了滇西道总兵这个活宝，林开武不管是不是真的用得上，过楚雄，他就调楚雄的守军跟着走，到大理，他就调大理的守军跟着走，到保山，他亦调保山的守军跟着走……总之，他就这样一路走一路调，所过之处，守军都被他调着一路西去，他的队伍过后，滇西各府县的驻军都被抽空了。

林开武浩浩荡荡的大军过了怒江的那个晚上，蔡锷、李根源、唐继尧、罗佩金等在昆明的革命党人，也在为云南起义紧锣密鼓地做着准备。可是，百密一疏，驻北校场的新军七十三标在分发子弹时，不慎被清廷的爪牙发现，引起双方枪战。这样一来，举事的秘密随时可能泄露。为此，李根源当机立断，按照原来的安排，及时赶到北校场，指挥七十三标攻进城来，起义提前了；听到城北战斗已经打响的消息，此时正在巫家坝的蔡锷和罗佩金，也指挥新军七十四标从东南方向攻击入城；而早就有所准备的唐继尧，虽然罗佩金不在，也单独指挥云南讲武堂的学生起来做内应。第二天，起义军经过激烈战斗，打败了云南镇总兵指挥的反动武装，攻下了五华山，活捉了李经羲，并命令李经羲致信还想负隅顽抗的蒙自道总兵，让他缴械投降。至此，震惊中外的云南重九起义获得了胜利，以蔡锷为都督的云南军政府宣布独立，脱离清朝，成为全国响应武昌起义较早宣布独立的省份。

重九起义胜利的消息传到林开武军中的时候，他已经陈兵边境，随他一路西去的滇西道总兵想去支援昆明，却因为路途遥远而鞭长莫及，又因为一路得到林开武开导，知道历史潮流浩浩荡荡，顺之者昌，逆之者亡，不顺潮流也不行，纵是心中不甘，也只好作罢，当他听到连蒙自道总兵都被总督李经羲劝降了，更是一点都没迟疑就和林开武一道，通电拥护军政府。

既然已经有效地控制了滇西的军队，赶回来参加起义又赶不上了，林开武索性组织自己的队伍好好与进犯滇西边境的英军打了一仗。林开武下决心时，滇西道总兵也曾顾及国际争端加以劝阻。但是，林开武义正词严地说："现在国内到处义旗纷举，清政府风雨飘摇，英国人到哪里交涉去。再说了，英国人进犯我边境在先，我如今重兵在握，不狠狠揍他们更待何时？"

就这样，林开武趁着国内政权更迭之际，指挥他的队伍把英军赶出了国境线，而被击溃的英军却连说事的地方都没有。从此，虽然他们长期占有印度和缅甸，却再也没敢窥视中国边境。

六十三、林开武班师回昆明 蔡督军任命守滇南

话说林开武在滇西赶走了英国人，本来边事已了，立刻就可以班师回昆明的。但是，因为他担心守军军心未稳，地方哗变，给昆明的革命党人造成掣肘之虞，便索性在滇西多待了一段时间。那段时间，他除了整顿军队，尤其是做各级军官的工作，让他们认清形势，知道清朝必亡、革命必胜是历史发展的必然，劝他们不要再对清廷抱有幻想，顺应革命潮流，稳定地方，支持昆明的革命党人以外，还巡视边地，安抚边民，处理边境事务，使得地方民众得以各安生业。这样一来，等到他带着兵马再回昆明时，昆明城内已经恢复稳定，就连起义时被革命党擒获的云贵总督李经羲，也已经被蔡锷、李根源等人礼送出境了。

林开武此次出兵滇西，虽然受命于清朝政府，表面上是去平定滇西矿权之争，实则从另外一个侧面策应了昆明的重九起义，蔡锷、李根源、唐继尧、罗佩金等革命党人都心知肚明。为此，他们亦把林开武视为重九起义的功臣，到他班师回昆明时，蔡锷亲自主持的欢迎仪式极为隆重。直到仪式完毕，众人散尽，只剩他们几个人单独在都督府里叙话的时候，蔡锷、李根源等人还在一个劲地说林开武带走一标昆明守军，又千方百计地拖住了整个滇西各府县的兵马，实在是对昆明起义最有力的支援，功不可没。

林开武见他们一再夸奖自己，倒有些不好意思了，便道："蔡锷兄、根源

兄，虽然重九起义成功，给武昌首义以有力的响应。但放眼全国，目前除了湖南和云南已经宣布独立，其他省的革命尚在酝酿之中。就是我们云南，我们虽然控制了昆明，成立了军政府，可革命在全省的影响还是有限的，各地官员虽然也已通电拥护起义、拥护军政府。但他们毕竟都是清廷的旧臣，各自心怀鬼胎，一旦有什么风吹草动，他们又会反弹也未可知。所以开武认为，现在还不是我们论功行赏的时候。"

见林开武说得认真，蔡锷、李根源、唐继尧、罗佩金等人都频频点头，不再说那些没有实在意义的客套话。

蔡锷："开武兄说得对，如今昆明局势初定，还有很多事情等着我们去做，我这督军恨不得自己有三头六臂，白天夜晚都不睡觉才好。根源兄、继尧兄、佩金兄等，也都不比我轻松。所以，我们单等开武兄从滇西回来，与我们共同支撑云南局面，一起成就一番事业。"

林开武："蔡锷兄的美意，开武心领了。只是开武一介村夫，原本家训也不许外出做官，那年八国联军入侵，开武为抵御外侮这才答应勤王入卫的，在外面混的这些年，带带兵还可以，若是治国理政，却是一窍不通的。现在云南局势已定，治理云南有各位足矣，开武还是回开化老家去，做个寄情林泉的桃花源中人最好。"

李根源："这万万不可，万万不可！谁不知道开武兄大才，无论是上马治军，还是下马治国，都有口皆碑。"

唐继尧："根源兄说的是，开武兄的大才，我们都非常倾慕。况且，开武兄回云南，明面上是李经羲奏请清廷批准，实则是受中山先生的委派，如今云南政局未稳，外面的清廷势力又虎视眈眈，开武兄你可不能弃我们而去。"

罗佩金："如今的清狗，正可谓百足之虫死而未僵，革命还有很长很远的路要走，正是开武兄施展才华，服务桑梓之时。你怎么能够弃革命前途于不顾，把云南这个摊子全部丢给我们几个呢？"

林开武："各位说的都在理，也感谢各位的盛情挽留。只是开武离家多年，家中妻儿已经十多年未曾相见，实在是思念得紧，也应该回去尽尽丈夫和父亲的责任了。"

李根源："开武兄，家与国之间，是得有所取舍的，当年你为了抗击八国联军的入侵，毅然仗剑出云南，是何等的英雄了得。现在云南的大事初定，万望以大局为重。"

林开武："开武此番回来，再怎么也得回去一趟，一是回去看望妻儿，解解思念之苦，再则从北京来时，还带有家眷，也需要把她们带回老家安顿。"

唐继尧："这是情理之中的事，这是情理之中的事。"

罗佩金："那，开武兄，你回去把家事安排、家人安顿好之后，可得速速出来任事，我们几个，可是还等着跟你在革命的征途上共同开拓呢！"

蔡锷："前些时候，为开武兄去滇西之事，根源兄出了一个一箭双雕之计。刚才我想了一下，此番开武兄要回开化，我也来出个一举两得之策。诸位以为如何？"

"快说、快说，你有什么好主意。"李根源、唐继尧、罗佩金等人都一下来了兴致，催促着蔡锷。

蔡锷："要我说，开武兄要回去就回去，但走时，得把你从滇西带回的那一标人马带上。我即刻就任命你为南防边防统领，你去把那个开化总兵夏文炳换了。这样一来，我们云南的南部边防有得力之将镇守，开武兄也可以回家与家人团聚，岂不是一举两得？"

李根源："此策甚妙，近乎完美，还是我们的都督大人厉害！哈——哈——哈——"

林开武："这……"

蔡锷："开武兄，你就不要推辞了。那个开化总兵夏文炳，虽然也已经通电响应起义，但那个人反复无常，是个阴怀首鼠之辈，把云南南部边陲交给他镇守，我实在不放心。"

林开武："既如此，开武恭敬不如从命。但到任前，我必得先回香坪山一趟，把尚在昆明的贱内送回去，才好安心到军中任事。"

李根源："这个自然、这个自然。开武兄你可带着队伍乘坐火车，到蒙自碧色寨车站时，叫他们下车经鸣鹫去开化，你自己带着家人到安平厅境内的新发寨车站再下车，从那里去东安里就很近了。待把家里安排停当，你再到开化就职也不迟。"

林开武："根源兄，难为你为开武想得这么周到。哎！可你怎么就对那一带那么熟呢？"

李根源："实不相瞒，这可得感谢你那个兄弟崔志贤，有他在我身边，你老家的事我有什么不知道的。再说滇越铁路通车以后，那条线成了我们云南最便捷的出省通道，为了筹备重九起义，我还不得把滇越铁路和周边的地形好好地梳理几遍？"

林开武："这倒也是。"

蔡锷："好，这事就这么定了，我即刻拟发文书。开武兄，你这般思乡心切，想必多留也留不住，你了了在昆明之事，即可择日出发，时间你自己定。"

林开武："感谢各位抬爱，我在昆明没有什么事。只是我带的那标人马，今天刚刚回到昆明，让他们休整三天，三天以后，我就出发。"

大事议定，尽欢而散。林开武也感到一身的轻松，回到家里，他竟然心情极好地叫李二媳妇炒了几个下酒菜，边喝酒边把这事一五一十地告诉文蕊、姚佩珠和李二夫妇。

第二天，林开武早早来到军中，把崔志贤和带兵管带找来，给他们也通报了蔡都督的安排。那管带作为军人，自然要听从号令，又知林开武带兵有方，心里倒十分乐意。让林开武想不到的是，崔志贤却表示不愿意随他回去，要求仍然调回李根源身边，做讲武堂的协办。林开武想了想，林志贤可能还为姚佩珠的事解不开心结，也就随了他。

从军中出来，林开武又去了一趟陈荣昌家，作为得到陈荣昌关照多年的结义兄弟，他一是去通报回开化任职的事，二来也是向他辞行，毕竟偌大一个昆明，他目前真正可以去的地方，也就是陈荣昌家了。

三天后，林开武带着他的两个夫人、李二夫妇和一标人马，在昆明火车站登车，一路向南，往开化方向开来。车到蒙自碧色寨，带兵的管带按照林开武的吩咐，带着队伍从鸣鹫走了。而林开武他们，却直接到了安平厅境内的新发寨，才从那里下车。

在那，因为一时租不到驮马，他们只好将就着在车站旁的一个小旅店住下。第二天早上天刚灰灰亮，一支有十多匹马的马帮如约来到旅店门口，上了行李驮子，又让林开武一行一人骑了一匹。太阳出山时，他们终于得以朝马关方向进发了。

由于马帮的马匹都经过严格训练，平时除了驮货就是供人乘骑，比较听话，走得也比较稳。所以，一路上大家都不觉得累，待马队走出闷热的河谷，上得高处，感觉就更凉爽些，每有清新的山风吹来，很是惬意。

林开武问文蕊和姚佩珠："累不？"

文蕊摇摇了头。

姚佩珠："我还觉得挺好玩。"

林开武："走长了，就累了，别看骑在马上摇啊晃的，并不费劲，时间一长就腰酸背痛了，骑马在崎岖的山间走路，其实是一件很消耗体力的事。尤其是上坡下坎时，你们要尽量放松，不要因为担心掉下来而拼命地用屁股和大腿夹住马背。要不然，用不了多久，你们就会受不了的。"

果不其然，临近中午时，几个女人都感觉累了；腰酸背疼不说，屁股和两条大腿内侧都有些受不了。见她们在马上哼哼唧唧的，林开武命令马锅头："歇息做饭，吃了再走。"

在一处临近溪水的林荫下，马帮歇下了。马锅头让人烧火做饭，又把驮子卸下来，让马匹饮水吃料。李二铺开一床防水防湿的羊毛灰毡，让几个女人躺上去养养腰杆，歇歇脚……铜茶壶里的水烧开了，马锅头用竹筒泡了壶茶，端来请林开武等喝。马帮煮饭用的是铜锣锅，饭里面还放了火腿、青蚕豆、干虾米等。不一会儿，饭的香气四溢，引得所有的人几欲流口水。一人一碗盛上来，看上去色、香、味俱全。

姚佩珠吃了一口，连声道："太好吃了，真香。"

文蕊也道："嗯，不错、不错！这是我这辈子吃过的最好、最香的饭了。"

林开武："这是地道的马帮饭，也可以用洋芋来焖。云南山多，赶马帮的也多，这种青豆或是洋芋焖饭，既可口又省事。还有，你之所以觉得特别好吃，那是因为确实饿了，古人早就说过，饥不择食嘛！"

李二："以后出门，我们自己也可以搞。"

林开武："完全可以。铜锣锅焖饭，别有风味，操作也简便。我以前到越南贩盐，路上便经常吃这个。"

李二："看来，云南这个地方，吃的名堂不少。"

马锅头见他们都夸自己的饭好吃，心里一高兴就插话道："在云南，基本饿不死人，天上飞的，山上跑的，水中游的，还有地里长的，什么吃的都有，你只要肯出力气就饿不着。"

李二："林大人，看来我们跟您来云南是来对了。"

林开武："云南也就是地形特殊，各种气候类型都有，所以才使得它物种丰富。东西多了，自然也就饿不着人了。"

李二："要是我生在这个地方，长在这个地方，我就不出去了，乐得个逍遥自在，岂不很好？"

林开武："所以呀！都说云南人是家乡宝，很少有人愿意到外面去闯荡。不过，话又说回来，云南人也就是因为不太愿意出去闯荡，又受大山阻隔，所以，眼界都不够开阔。就我自己来说也是这样，如果这些年不走出去，也就不会知道外面的世界有多大，看问题、做事情，也就不会有多少眼光了。"

李二点点头："大人说得对。人要有眼光，就得有经历，就得见世面。"

林开武："对啰、对啰。不过人哪，不管你走得多远，飞得多高，最终都要回来的，因为家乡是一个人的根脉所在，人人都要落叶归根。这一次，要不是蔡都督和李根源先生一再挽留，又想到云南南防之重要，我真想回来就在家陪伴妻儿，终老林泉，再不出去了。"

李二："大人您是做大事的人，云南的局势初定，哪里离得了您，蔡都督这次任命您为云南南防边防统领，正是人尽其用。有您坐镇南防，方可确保昆明无虞。"

林开武："镇守南部边防，拱卫昆明甚至是整个云南的安全，确实是保卫重九起义成果的需要，即便只是为了这方水土的安全，我也当责无旁贷，因为这片土地上生活着我的无数父老乡亲！"

六十四、马县长以礼宾相待 香坪山遥祭苏善堂

第二天，马帮抵达安平厅。在马店里把人马安顿好后，林开武带着李二去拜访安平厅同知。到那才知道，虽然重九起义胜利没有多少时日，同知却已经改称知事，这也算是这场革命在偏僻边地最初的成果吧。

听说是林开武来访，知事诚惶诚恐，忙带着一班手下走出厅府的大门亲迎。见到林开武，那知事弯腰鞠躬，林开武忙拉起他道："大人不必如此，毕竟，

你才是这里的父母官，要拜也该我拜你才是……"

说着，林开武真的给那知事作揖行礼，那知事忙还礼不迭。彼此客气一番后，林开武被知事让进厅府里，并请他上坐，而林开武则不肯，只在客位上坐下。那知事无奈，只得搬了一把椅子，在他的旁边坐下，林开武怎么劝，他都不肯坐到主位上去，这倒让林开武一见面，就对这个知事有了几分好感。

手下倒上茶来，待林开武喝了几口之后，知事才小心地问："大人此番返家，有什么需要在下效劳的吗？"

林开武摇头："我就是离家日久，顺道回来看看，一些家务就不劳知事大驾了。"

知事："如有需要，大人无须讳言，尽管吩咐就是，在下定当尽力而为，为大人效犬马之劳。"

林开武："操一厅生业，知事日理万机，不必客气。不过，知事可知我们东安里一带近年年成可好，百姓衣食如何？"

稍稍迟疑了一下，知事惶惶道："这个嘛，我也不太清楚……那里有些远，我也还没有到过……"

林开武："你还没有去过？"

知事点点头："安平厅管辖范围太大，东西长二百多里，南北宽一百多里，要想走一趟，可谓不容易。"

林开武沉默了，这个情况，他过去就知道。但他没有想过因为远，厅府里就如此疏于管理，长此以往，怎么得了。更何况，乡亲们大无小事，往来诉讼，也确实不便……

见他无言，知事有意转移话题："今晚，如蒙不弃，在下摆酒一桌，为大人接风。"

林开武还在顺着自己的思路想事，一时不置可否。

见状，知事又接着道："那就一言为定，我这就吩咐下去。"

林开武："你先别忙，吃饭是小事，我可否与你讨论一个问题？"

知事："大人有事，尽管吩咐就是。"

林开武："不是吩咐，我是在想，安平厅那么大，治理艰难，如果在东安里再分设一县会不会更好？"

知事："这当然好，可是这么大的事，要办起来肯定不易。"

林开武："这事你不用管，如果可行，这次我回去，就联络当地士绅，联名具状省府，禀明实情。"

知事："如此，就全仰仗大人了。"

林开武："我也就是一说，这事妥与不妥，让我再想想。"

不知不觉间，半天时间就过去了。傍晚，在马白关的一个大户人家，知事为林开武一行把酒接风。这户人家，算得上安平厅的首富。他家的院子很大，建筑也颇具中原特色，三开的四合院精致气派，不仅圆柱雄伟、廊檐精美，青砖白墙，花圃假山之内，还广种各种果木和四季花草，一看就令人赏心悦目，流连忘返。见到这些，林开武一一颔首。在他心里，想回香坪山也盖那么一所房子，好好安置这些年在家含辛茹苦的妻儿。还有，此番把文蕊和姚佩珠带回家来，也要让她们有一个理想的生存环境，一个悠闲舒适的家……

指着这所四合院，林开武问文蕊和姚佩珠："你俩，喜欢这样的房子吗？"

文蕊和姚佩珠两人都点头说："喜欢。"

林开武："那，我们回香坪山，就照这个盖。"

文蕊："真的？"

林开武点点头。

姚佩珠："最好院子中再建个小戏台。"

林开武："没问题。"

文蕊和姚佩珠又细细看了看各处，显得很兴奋。

在一个花圃前，林开武停了下来。花圃内，种了很多名贵茶花，有通草片、狮子头、七姐妹、月月红，还有白雪公主、恨天高……

这时，得到消息的主人也过来了。他看到林开武盯着那些茶花看得极有兴致，便主动问道："大人也对茶花感兴趣？"

林开武："太美了，我走遍全国，没见过这么好的茶花。"

主人："不是小人卖弄，在中国，茶花就数我们云南的最美，品种最多了。"

林开武："你别说，这个，以往我还真没有太在意，孤陋寡闻了！"

主人："大人如喜欢，小人每种送大人一盆。"

林开武连连摇手："不，不，君子不夺人之所好。"

主人："这个无妨，小人自己会培育。刚才小人也听大人和两位夫人说起，要回香坪山盖房子，等大人华府落成时，小人一准派人送过去。"

林开武："那就叨扰了。先生一番美意，开武好好管护，让这茶花在香坪山生根开花，万年不败。"

说话之间，菜已上齐，就等着客人入席了。一桌子菜，全是野味，有果子狸、穿山甲、斑鸠、野鸡、竹鼠、蟒蛇、蜂蛹、麂子干巴……其中很多东西，文蕊、姚佩珠和李二夫妇都没有见过，更没有吃过。

知事用筷子指着桌上的山珍说道："俗话说，靠山吃山，靠海吃海。我们马关，靠的是山，吃的也是山上的东西了，大家不要害怕，这都是可以吃的……"

林开武："我们云南人，有句俗话：有脚不能吃的只有板凳，有毛不能吃的只有蓑衣。所以，凡是可吃的东西，都有人吃。"

知事："今天，不是叫大家开洋荤，是开土荤。来，请举杯，为林大人一家平安归来，为林大人步步高升，干杯！"

大家举杯齐干。

林开武先给李二挟了块蟒蛇肉，又给他夫人挟了块穿山甲肉，之后指着果子狸对文蕊、姚佩珠说："你们尝尝这个，它是吃水果长大的野物，味道很好……"

李二："马白关真是个好地方，物产这么丰饶……"

文蕊："这一回来，还没有到家，我就已经喜欢上这个地方了。"

姚佩珠："在这么好的地方生活，我肯定不会天天想苏州了。"

林开武："先别把话说得太满，我们这里的山沟沟，到底还是不能跟苏州、杭州相比的。"

文蕊："我们既嫁了你，老爷你就是我们的全部，你就是我们的苏州、杭州了。"

姚佩珠："就是。"

林开武："就你们两个乖巧。"

这一晚，主人、客人都很开心，大家都很愉快。

由马白关到香坪山，骑马只要一天的步程，在林开武他们启程前的一个时辰，知事已派了一匹快马去通知他的家人，第二天傍晚他们到家时，整个香坪山村沸腾了。

林开武离家之前，一批团练兄弟追随他到香坪山上定居，他走后的这些年，又有一些人陆续迁入，他们或自己开荒立业，或在林开武家的三七园、草果地、八角林、杉树林做事。因此，到这次他再回来时，这里已经是一个不小的村落，在一片树林掩映的山坡上，已经零零散散居住了二三十户人家。

已经事先得到消息的李氏、冯姑娘，带着两个孩子还有昔日的一班团练兄弟在村口等着他，一些后来才迁入的村民，其实也是附近村寨的村邻，他们搬到这里多半也是冲着林开武的名望来的，有的本来就长年在林开武家的地里帮着做事，听说林开武回来了，都赶到村口来看热闹，村边的路口黑压压地站满了人。

林开武一行爬上村口，最先迎上来的是他昔日的几个团练兄弟，一个说："三哥，想不到你回来了。"

另一个接着说："三哥，你一去十多年，我们头发都盼白了。"

林开武紧搂着他们道："好兄弟，你们都还好吧？我也想你们啊！"

相对于林开武昔日的这群团练兄弟，李氏和冯姑娘反倒站得远远的，林开武远远看到，李氏正拿着一块手帕偷偷拭泪，不知是喜极而泣还是真的伤心，冯姑娘站在她的身边，既热切眺望又有几分羞涩，她一手拉着一个半大男孩，想必这是自己抱养的两个儿子了。林开武这么想着，三步并作两步奔到他们面前。

林开武："你们也到村口来迎我，一家人那么客套干什么？"

李氏还在擦眼泪，脸上却笑着："你还知道回来呀？表妹和两个孩子都要来，我也就跟着来了。"

"表妹，这些年难为你了。哟！我的两个儿子都长这么大了？"林开武与冯姑娘打了招呼，就要伸开双臂去抱他的两个儿子。但看到冯姑娘脸红扑扑的，已经长得既壮实又娇美，已非当年的那个黄毛丫头，便禁不住多看了两眼，一时倒把冯姑娘看得更加脸红了。

林开武为了掩饰自己的窘态，接着又去抱他的两个儿子，那两个半大男孩却怯生生地躲到了冯姑娘身后，有点不知所措。

李氏伸手把他们从冯姑娘身后拉了过来，说道："还不快叫爹，平日里天天念的，今天倒躲起来了。"

大点的男孩凑上前来，低着头涨红着脸叫了声："爹！"

小点的男孩仍不肯放开冯姑娘的手，但也怯生生地叫了一声："爹！"

"哎！"林开武大跨一步，上前把两个孩子一齐搂住，哽咽着道，"孩子，爹对不起你们，让你们吃苦了。"

见他这样，李氏和冯姑娘也都垂泪，两个孩子也心有戚然，低头擦着眼泪。林开武很快意识到自己的失态，他迅速揩了揩脸上的泪水，把跟在身后的文蕊和姚佩珠拉过来，给两个孩子介绍道："这是你们二妈，这是你们三妈，叫二妈、三妈。"

两个孩子顺从地叫过了，林开武又把文蕊和姚佩珠拉到李氏面前，给她介绍道："家里的，这个是文蕊，我写信告诉过你。这个是姚佩珠，在苏州认识的，我娶文蕊时，她来拦轿非要嫁我，文蕊也撮合，我们就在一起了。一直、一直没有机会跟你说。"

"大姐！"文蕊和姚佩珠都给李氏行礼。

李氏也还了礼，并道："两个妹妹从江浙来到我们这山沟沟不容易，一路辛苦了。"

李氏还了礼数，抬眼看了林开武一眼，本来还要说点什么，看看人多，只好把到嘴的话又给咽了回去。

趁着这个当儿，林开武赶快把李二夫妇也叫了过来，给他们一一介绍，又把冯姑娘也介绍给随他一起回来的这几个人。

"走吧，家里去吧，都别站在这里了。"李氏这时才意识到都站在村口好长时间了，自己转身走在前面，带着林开武他们往村里走。

"大家都回家里去啊！我家当家的回来了，今晚我们好好热闹热闹。饭菜我都是准备好了的，大家都过来啊！"李氏已经走了两步，又回头招呼村里的众人。

当晚，林开武家人声鼎沸，大家喝酒说话，一直闹到半夜。在众多的来人当中，也有苏善堂的父亲和弟弟，他们似乎极想向林开武打听点什么，终因人多而不好开口，林开武呢，也因为自己还没有想好要怎么说苏善堂的事，所以只好躲闪不谈，在频频给他们敬酒之余，故意环顾左右而言他。待到人们散去，李氏和冯姑娘收拾了碗盏，扫净了地下，又安排文蕊、姚佩珠和李二夫妇睡下，村子里的鸡已经叫头遍了。

林开武跟着李氏走进他们共同的房间，本来有一肚子的话要跟她说，李氏却默默地低着头，坐在床沿好半天都不理他，林开武正不知如何是好时，她却不冷不热地憋了一句："我说，你还是别在这房里了，还是跟那两个狐狸精睡去吧。"

林开武："好好的，怎么倒骂人家了。人家都是真心实意对我好的，一到你这倒成狐狸精了？"

李氏："就是狐狸精！"

林开武："不是你一再写信，叫我有合适的就娶一个吗，真娶了，你倒不高兴了？"

李氏："我叫你娶一个，你这贪嘴猫可倒好，一娶娶了两个回来！"

林开武："早时我在村口不是说了吗，本来只是娶文蕊的，可是那姚佩珠，她从苏州跑到杭州来拦轿，死活不依……"

李氏："哎！也难得这佩珠一片痴情，你有什么好，值得她这样？"

林开武轻松地一笑："我不好吗？"

李氏："好不好，都忘记了，十多年了……"

林开武："我可一刻也不曾忘，天天梦里都梦见你。"

李氏将手指到林开武的脑门上，笑着骂道："骗人！你有了那么两个宝贝，还不把我这个黄脸婆给忘到九霄云外了？"

林开武："真的，我的心苍天可鉴！"

李氏："算了，你这话不管是真是假，听了都让人高兴。不过，你和她们俩都那么长时间了，怎么也不见她们添个一儿半女？"

林开武："这事吧，我还真没有多想。算了，反正我们已经有两个儿子了，以后能生就生，不能生也不勉强了。"

李氏："这哪成？还是得有自己的骨血才行。"

林开武："那怎么办？你生不出来，她们两个也没有什么动静，感情我们是命里带了，不生了。"

李氏："这不成！要不这次你回来，就和我表妹把房圆了。她可是在我们家十多年了，一直等着你的，两个小娃都离不开她了。"

林开武："这事不成，我不同意。人家还是个黄花大闺女，我已经是个年近半百的老倌了，不能害了人家。"

李氏："这事我说了算，跟她我也说好了。既然我不能生，那两个也不能生，这林家的骨血，还得由她为你延续。"

"不！要生，我也只要你为我生。"林开武说着，"噗"地吹灭了油灯，一把把李氏按在床上。

"死鬼，你慢点！十多年了，我把这事都忘了……"李氏先还作势地推了林开武一下，却很快地又把他拥入了自己的怀中，不多时，寂静的夜里，只剩下木床剧烈地响动和她不断地娇吟了……

第二天早上，生活一切如常，到林开武和李氏起来的时候，冯姑娘和李二媳妇已经在收拾院子，两个孩子在院子里互相追逐着捉迷藏，不过可能是怕影响和惊动他们，孩子们都很懂事地没有大叫大笑。林开武看着两个伶俐而懂事的孩子，有些遗憾地对跟在他后面出来的李氏说："可惜了，这些年我不在家，没能把这两个孩子送进学堂，把他们给耽误了。"

李氏："是呀！山沟沟里长大的孩子，远近都没有学堂，我和表妹又都不识字，也没有办法教他们。"

林开武："以后有条件，我一定像我爹一样在村里办学堂，让村里的孩子们都读书识字。"

李氏："这事以后再说吧。哎！对了，你昨晚不是说要去苏善堂家坐会儿吗？是不是现在就过去？"

"是要过去的。对了，李二呢，文蕊和姚佩珠都还没有起来呀？"林开武一边回答着李氏，一边却又问正在扫地的冯姑娘。

"李二哥去河边遛马了，文蕊和姚佩珠两个姐姐一早起来就去了八角林，说要去看八角长什么样，还要好好看看香坪山。"

林开武："她们两个倒会玩，也怪我，天天跟她们说香坪山有多好多好，这不？她们等都等不得就一早去了。"

李氏："管她们的，城里人到这山沟沟里什么都新鲜，你让她们看，看上几天她们就没有趣头了。"

林开武："好。那就由她们去吧，我们收拾东西，这就去苏善堂家，他家还在老地方吧？"

林开武和李氏带上一些点心，又备了一包钱，相跟着来到苏善堂家。苏善堂的父母把他们迎进屋，他的兄弟和兄弟媳妇又是拿凳子又是端茶水，热情地招呼他们坐下。林开武先把带来的点心放在他家神龛前的方桌上，又从怀里掏出钱来，递给苏善堂的老父亲。这才坐了下来，一五一十地把苏善堂这些年随他出门做的事都说了，又说了他在武昌参加了起义，如何英勇牺牲，为革命如何死得重如泰山之类。

苏善堂的父亲和弟弟一直强忍眼泪，静静地听着林开武的叙述，而他母亲和弟媳却早已哭成了泪人，李氏也说不出什么劝解的话，只有陪着她们流泪。

林开武说完了，苏家人一个也不说话，好半天，苏父才说道："善堂跟着你出去，在外面做了那么多了不起的大事，也算有出息了，给我们苏家脸上争了光。只可惜，他死了倒一样东西也没有留下，哪怕是有件旧衣服什么的，给我们做个念想也好呀！"

听到他爹这么一说，原本只是暗自啜泣的苏母，终于按捺不住心中的悲痛，"哇"地哭出声来，接着就晕了过去。他们只好七手八脚地把老人抬到里间的床上，掐人中、揉胸口，好一阵忙乱。有了这种事，林开武和李氏一时都走不成了，村里的乡亲听到苏家的哭声，也三三两两地过来看望，林开武只好让李氏把冯姑娘和李二夫妇都叫来，张罗着在苏家煮饭待客，又叫村里的亲朋和寨邻都过来，一起安慰苏善堂的父母兄弟，并做了灵牌，带大家一起祭祀苏善堂，直到很晚了才各自散去。

那天，整个香坪山都沉浸在悲痛之中。

六十五、开武被逼再做新郎 游香坪山追忆法师

因为苏善堂的事，林开武一直心中郁闷，所以决定在家多待些日子，调整和平复一下自己的心情。

那几天，他什么事情也没有做，不是在家里闷坐，就是去陪苏善堂的父母说话。曾经，他还劝说苏善堂的父母，请他们搬来与自己同住，让他代苏善堂为二老行孝。但那两位老人说什么也不肯，并说他们还有苏善堂的弟弟，要是接受他的赡养，于情于理不合，就是苏善堂的弟弟、弟媳将来也没法做人。林开武见两位老人说得言辞恳切，只好作罢。然而从那以后，他不管是外出任事，还是回家归隐，都没有终止过对苏善堂父母和兄弟的接济，直到自己离世前，

还交代妻儿要善待苏善堂一家。

　　林开武的郁闷，却挡不住李氏对于林氏血脉延续的构想和谋划，这一日晚饭以后，林开武又到苏善堂父母那去了。趁着他不在，李氏竟然把文蕊、姚佩珠和冯姑娘都召集起来，郑重其事地与她们商量林开武与冯姑娘圆房的事。

　　李氏："他二妈、他三妈，你们到家也不止一日了。但林家的一些事我还没有给你们交过底，我们都是这个家的女人，凡事都得为这个家考虑。今天当家的不在，我把你们几个找来说话，就是想说说咱们林家当下最要紧的一件事。"

　　文蕊："大姐，你是当家大姐，在老爷的心目中，你是咱家的顶梁柱，有什么事你尽管吩咐，只要文蕊能做的，无不依你。"

　　姚佩珠："就是，我和文蕊姐姐到家这些日子，没少得到大姐和冯姑娘的关照，大姐的宽厚，大姐的善良，不光是老爷倚重，就是村子里的亲朋和寨邻，也没有不夸赞的。佩珠打心眼里佩服大姐的为人，有什么事，但凡大姐你吩咐，佩珠一定照办。"

　　李氏："好，既然两个妹妹都表了态，那我就照直说了，要说我们林家，当家的这一辈倒也有兄弟三人。但是，老大和老五都不务正业，而且太会算计，心肠又不好，算不得数的。也就为此，当年我和当家的才会自己上山，在这新辟家园另立门户。然而，这都还不是令我日夜揪心的，你们不知道，我这肚子不争气，嫁给当家的这么多年，没能给他生下一儿半女，现在的两个儿子，都是当家的还在家时领养的。为了能够延续林家血脉，我就劝当家的在外面另娶，没想到他娶了你们两个，却也还不能如愿。这两天，亲眼见了苏家二老的丧子之痛，又见当家的整日闷闷不乐，我就想，这事越发不能耽搁了，要是让林家的血脉断在我们三个人这里，我们的罪过可就大了。"

　　文蕊："如此，大姐你想作何处理？"

　　姚佩珠："是呀！大姐你有什么好主意？"

　　李氏："哎！这事呀还真一两句说不完。当年，当家的还在家时，我就跟他商量过这事，为了给林家延续血脉，我还把我的表妹翠兰接到咱家来。可是，当时翠兰还小，当家的也不同意，事情就搁下了。后来，当家的出门一去就是十多年，我担心他在外面一个人过得太苦，就劝他在外面另娶，心想他在外面娶了，但得一儿半女，我妹妹我还可以打发嫁出去。但是现在，哎，我们三个都不争气，而翠兰在我们家也一等就是十多年……"

"姐，我姐夫又不愿意。"冯姑娘听见李氏说到自己，又气又羞直跺脚。

李氏："不孝有三，无后为大。他愿不愿意哪还由得了他，你就说你改没改主意吧？"

翠兰："这么多年了，我都说了要听姐姐的，哪里又会改主意？"

李氏："这不就得了，只要你没有改主意，姨爹姨妈又都不在了，这事我就做主了。"

翠兰："可是……"

姚佩珠："我听明白了，大姐你是要老爷再娶了翠兰姑娘？"

李氏："是，我就是这么想的。我表妹来咱家已经十多年了，从十五岁就等当家的等到了二十七八岁。"

文蕊："既是这么说，那就让老爷娶了翠兰吧。当年，我成亲路上佩珠拦轿要嫁老爷，我都想得开的，现在更没有什么了，我同意。"

姚佩珠："文蕊姐同意，我也不是小肚鸡肠的人，我也同意。"

李氏："延续林家血脉是大事，难为两位妹妹这么识大体，我们今晚就这样安排……逼着当家的把生米煮成熟饭。"

接下来，几个女人竟叽里咕噜地商量了起来，并逼着冯翠兰去收拾她的房间，然后便各自关门熄灯睡下了。

那天，林开武一直在苏家坐到半夜，他回来时，院子里静悄悄的，文蕊、姚佩珠和冯姑娘都睡得没有了动静，只有李氏的房间还透出微弱的灯光。

今天是怎么了，倒不等我回来就全睡下了。林开武心里嘀咕着，没多想就径直去推李氏的门。不料，李氏的房里虽然灯还亮着，门却是闩死了的，怎么推也推不开，林开武想大声喊她，却又怕惊动了李二夫妇，想想都难为情，便只好在那一阵又一阵地轻轻敲门。半天，才听到李氏从床上起来，但她走到门后却不开门。只听她说道："当家的，你去翠兰那屋吧，我们都已经商量好了，今晚她给你留门。"

林开武："你这是胡闹，怎么可以这样，开门！"

李氏："当家的，不孝有三，无后为大，道理你都懂。"

林开武："什么有后无后，我们不是有两个儿子了吗？开门！"

"当家的，就是你明天打死我，今晚我也不会给你开门的，你走吧。"李氏说完，竟走回床边，吹熄了油灯，任林开武怎么敲门都不再理会。

林开武无奈，只好转头去敲文蕊、姚佩珠的门，她们也不吱声也不开门。这几个婆娘，难道是商量好了的？林开武在心里骂着，便踱到院子里，想去敲李二夫妇的门，让他媳妇去这几个婆娘处，自己与李二好歹挤一晚上。但走到门口了又觉得不妥，便又踱了回来。鬼使神差间，无处可去的林开武竟然踱到了翠兰的房门口，翠兰的房门倒是虚掩着的，他伸手一推，房门竟无声地开了，随着门被推开，屋里响起了一阵慌乱的窸窣声……

林开武心里一阵紧张，似乎意识到自己的行为有些不妥，犹豫了一下，转身就要往回走。

"姐夫，你硬是一点都看不上翠兰了。"随着说话的声音，有一条黑影从屋里扑了出来。接着，一个既柔软又热乎的肉身就从后面抱住了林开武，紧紧地贴在他的后背上，一股电流随之传遍林开武的全身，让他控制不住地全身战栗……有如被看不见的魔法镇住一般，他已然无力抗拒，竟然任由翠兰拥着进了房间……

第二天，林开武起得很早，到妇人们都一脸诡异地从她们各自的房间走出来的时候，他已经在堂屋里坐了好一阵了。倒是翠兰像做了什么错事一般，不声不响地在厨房里忙着煮早饭，到吃饭时依然脸红着，不敢抬头看大家。

林开武把这一切都看在眼里，却什么也不说，待吃完饭，放下碗时，才心情极好地宣布："从今天起，我找人来盖房子，盖三进四出的四合院，院子内外，还要修水池、假山、花圃、围栏……四周要种满花草、果木和竹子……让绿色和美丽永远陪伴我们！"

盖房子的师傅很快就被林开武给找来了，他和几个师傅房前屋后地丈量、比画、商量，一直忙到天擦黑，看不见了才收工。

等吃完晚饭，盖房师傅们点着火把走了，林开武来到李氏的房间，却又一次被她给赶了出来，他再去找文蕊和姚佩珠，碰到的情形也是一样。于是，他只好回到翠兰那，一连三天，天天如此。

到了第四天，天一亮他就起了床。对那几个陆续起来的妇人道："今天，除了翠兰守家，我们都上山去，一来，盖房师傅的规划已经弄好了，我们要上山去选些树，看看山上的杂木和我十多年前栽的杉树，哪些可以做柱子、哪些可以做梁条、哪些可以做檐皮……还有，前些年陈荣昌大哥来信说，为解地方之灾，虚云大师和我师父星云大师，曾到香坪山过一场法会，我也想去他们做法会的鸡冠岭看看，我已经有好些年没有我师父的音信了。"

听了林开武这突然间冒出来的主意，妇人们也没有反对。于是，大家很快收拾停当，相跟着出了门。一路上，李二夫妇按照林开武的指点，一直走在前面割藤砍草开路，文蕊和姚佩珠则见什么都新鲜，不是为那些不时出现的奇花异草惊叹，就是为林间的鸟叫着迷，只有林开武和李氏，走走停停，不时在树下做着记号，商量着这棵砍下来做什么，那棵砍下来做什么，倒花费了不少时间。直到中午，他们才登上了香坪山的最高处——鸡冠梁子。

在这里，放眼望去，可以尽览香坪山全景——这时，尽管太阳已经到了头顶，山腰浓重的雾气仍把一座座山头锁在白云间，那被云雾切割的众多山头，就仿佛飘浮在云絮上一样，不是仙境胜似仙境。有些地方，云雾薄一些的，隐约还能看见山腰下面的山体，给人的感觉就更缥缈了，随着云雾的移动，山下的景物既有几分真实又有几分虚幻，恍惚间让人觉得这山上山下，俨然已经是两重天，置身山顶，仿佛进了天上的仙界。

看完远处，再来近观，但见露水还很大，树叶和草尖都沾着晶莹剔透的露珠，葱郁的林间，树叶在闪闪发亮，显露出蓬勃生机，所有的景色都绚丽、壮观、辉煌，令人振奋。

林开武情不自禁地对着大山大喊了一声："太美了，香坪山，我的香坪山！"

经他这么一喊，妇人们也纷纷对着大山喊："香坪山！香坪山——"喊声久久回荡在山间，一时间大家开心不已。

喊完，一行人就开始下坡了。站在一处背阴的山梁上，林开武解开了自己的上衣纽扣，让林间的徐徐凉风吹遍全身，边享受着平时难得的舒爽和惬意，边问走在近旁的众人道："美吗？我常常说香坪山美不胜收，没吹牛、没说大话吧？"

文蕊："这跟西湖，完全是两回事。"

林开武问她："喜欢这里吗？"文蕊点点头。

林开武又问姚佩珠："你呢？"姚佩珠也点点头。

林开武："云南人有句老话：住惯的山坡不嫌陡。往后，你们就要在这里住下了，但愿你们能住得惯，并且真心实意地爱上这里……"

李二："这里像是世外桃源，可以养生养老。"

林开武："等我们再花些力量把它培植打扮好，它会更加美丽，更加养人。"

说着走着，林开武领着一行人来到他昔日种下的八角树林里。这片八角树大多已经长大了，很多比周边的房子都高。此时，那些树上的八角已经成熟，很快就进入采摘期了。由于此前文蕊、姚佩珠和李二夫妇谁都没有见过长在树上的八角果实，就连林开武也是第一次看到自己当年劳动的成果，大家对此都感到新鲜、好奇，便叽叽喳喳地围在树下观看。

林开武爬上树去，摘了几个八角，一一递给他们："来，闻闻……"

"真香，真好闻！"文蕊首先叫起来。

姚佩珠："比干八角好闻多了。"

李二媳妇："这新鲜八角能不能做香料？"

林开武："也能，只是没有干八角味浓，还有一股生味。"

李二："这一棵树，能收多少？"

林开武仰望着树估算了一下："百八十斤吧。"

李二惊讶道："这么多？"

林开武："最大的树，可以收到两百斤。"

文蕊："那一棵八角就是一棵摇钱树嘛！"

姚佩珠："这么多，能卖得出去？"

林开武："每年采摘，都有商人前来收购，我们自己根本不用到外面去卖。"

李二："这八角树一结果，年年都有收成，而且能收几十上百年，这账不可小算……"

林开武："所以，我当年在香坪山，就竭力提倡并身体力行大种八角、草果……"

文蕊："草果在哪里？"

林开武："草果是草本植物，喜阴凉潮湿，多种在背阴的河谷箐底。今天太晚了，要看我们改天再去。"

众人啧啧称道，都夸林开武当年有远见。

那天，他们在八角树下停留了很久，天黑时分才回到家中。这时翠兰已经把晚饭准备好了。其中有道菜，吃了让大家都称赞。这道菜是用隔年的老腊肉炖干红豆，熟了之后再放上翠兰自己腌制的干冬菜。那老腊肉的香，干红豆的面，干冬菜的回味，糅合在一起，不仅味觉丰富，而且又酥又软入口即化。

文蕊："我服了，这云南的确有很多好吃的东西。"

姚佩珠："照这样吃下去，我们都会胖得走不动路的。"

林开武："云南，是个多元文化的荟萃之地，各种人物，各个民族，在吃上都有自己的独到之处。你们今后也可以把苏州、杭州做的江浙淮扬菜移植到这里来，让我们家的生活更有滋味。"

李二对他的妻子说："你也做点北方菜让大家尝尝。"

文蕊对姚佩珠道："那我们就试试做红烧狮子头？"

林开武："这下热闹了，我们家可以开饭馆了，你们大姐还有很多做菜的绝活没露呢。"

六十六、林老大儿多日子苦 林老五病重命归西

从一回到家中的那一天起，林开武心中就一直有着一种隐隐的期盼。盼什么呢？他心里呀，就是盼着见到林老大和林老五。

他的这一对胞兄奶弟，尽管当年父亲尸骨未寒就逼着他和李氏净身出户，到荒无人烟的香坪山另辟家园。但是，割不断的血脉亲情却让他忘不了他们，尽管当年心中有气，也对他们的无情感到心寒。然而出门这些年，见的和经历的事多了，时间也渐渐冲淡了他胸中的块垒。于是，在他的心里，一些往事便变得模糊起来，而另外的一些往事却越来越清晰，到要回家的这些日子，他对他们只剩下思念了，那份无可替代的手足情，使得他们以往的种种劣迹，在他心里已然变得无足轻重。可是，林开武虽然心中有着一份渴念，林老大和林老五却像是故意躲着他一样，一直也没有出现。而李氏和翠兰，也像约好一样对他们只字不提。这也罢了，村子里的乡亲虽然都是后来才陆续搬进香坪山的，但他们在搬进香坪山之前，大多是原来的乡邻，大家都知道林老大、林老五是林开武的亲兄弟，可林开武回来的这些日子，村里竟然也没人在他面前说起过

他们。家人和村邻越是对林老大、林老五闭口不谈，林开武就越想知道他们的信息，越想见上他们一面。前些日子，由于忙着与久别的妻妾缠绵，又为盖房子和苏善堂的事操心，林开武还能把这样的念头压一压。现在，诸事都已理顺，新房也已经动手建盖，林开武心里轻松了许多，关于林老大、林老五的事又浮上了心头。然而毕竟兄弟多年隔阂，既不来往也无信息相通，林开武尽管十分渴念，倒也不敢贸然前去。

这天晚上，已经与翠兰缠绵有日的林开武，经得同意终于可以与李氏同宿，一进房间，他便开口问道："哎！我倒说，我回来也有些时日了，你们怎么一个也不见提起我哥和老五，他们过得怎么样？"

李氏："还能怎么样？他们整日不干正事，日子能好到哪里去？"

林开武："说说看，说具体一点。"

李氏："唉！要说你那对兄弟，也真够绝情的，前些年把我们逼到那个份上就不说了。你出门这些年吧，人家也没有管我们是死是活，虽然住的也不很远，却也不来往，倒是那年你带得一些银子来，他们倒逼上门来，一人分了一份走。"

林开武："他们做的恶心事是不少，可是他们毕竟是和我同一父母生养的一奶同胞，我心里还是放不下他们。"

李氏："我就知道你会这样，其实这些年他们日子实在难时，我和翠兰虽然明里不说，暗地里还是经常接济他们的，见到那些侄子，我们会不时给些钱，五黄六月，我们也会给大嫂和五妹送些粮食过去，那几年大旱，他们两家新不接旧，我就曾私下里让村里人带话，地里不管瓜豆、青苞谷什么的，让大嫂和五妹自己来摘就是了。"

林开武："你做得对，他们不会做人，我们不能像他们那样不会做人。也是我林家祖上积德，让我娶了你这么个贤惠的老婆。"

李氏在灯下白了林开武一眼："少来！我帮是帮他们，但一想起他们的所作所为，我心里就恨。"

林开武帮李氏拉了拉肩头滑下来的衣裳，又紧搂她的腰身，动情地道："你这个人就是刀子嘴豆腐心。"

李氏："你个没良心的，我这样的老婆你打着灯笼都天下难找，你还说我刀子嘴。"

林开武："好、好、好！我错了，你是豆腐嘴豆腐心。说说吧，他们到底过得怎么样？我想知道得具体一些。"

李氏："唉！说起来，大嫂和五妹过得还真不容易。大嫂娃娃多，儿多母就苦。五妹家呢，娃娃的拖累倒不大，但是男人老是一天不着家，早年有点什么东西都被他折腾光了，自打去年起，那个大烟鬼老五是出不去了，但是一倒床却起不来了，现在听说吃的喝的都要人端到床前服侍。"

林开武："啊！老五病了？"

李氏："他是个老烟鬼，身子早就是干丝瓜瓢子了，不病才怪。"

林开武："他那是自作孽！不过，既然他病了，大哥又死要面子不肯来，我明天还是去看看他们。要不然，不光我心里放不下，村里和附近村寨的乡邻也会在背后说我们的。"

李氏："还说你哥死要面子，你这才是死要面子呢！睡吧，这两天你在翠兰那也折腾得差不多了，今晚就好好歇着，往后你可得好好给我种翠兰那块地。那块地肥着呢，你要是不给我们林家种出几棵苗来，你就辜负了祖宗！"

"我也不能种了她那块地，就让你这块田给荒了。"林开武说着，就动手扳倒了李氏，整个人压了上去。

"慢点！灯还没吹呢。你个老不正经的，翠兰那个大姑娘的身子还喂不饱你，弄那么大响动也不怕孩子们听见。"李氏嘴里数落着，身子却已经迎合着林开武。

"我才不管呢，我用心用力一些，兴许就能从你这块田里种出苗来……"林开武起身吹熄了灯，又急忙转身扑到李氏身上。

第二天早上，林开武还真说走就走，才吃过早饭，就叫李二收拾了东西，二人骑上马，相跟着出了村，朝山下的小锡板奔去。

马快人心急，不多时，林开武和李二已经来到林老大家的场院外，这个时候，村里人大都下地去了，村子里静悄悄的，林老大家的房子就盖在当年林近南所办私塾近旁的空地上，已经比较靠近村口了，林开武的到来并没有惊动村里的其他人。

睹物思人，林开武心中自然颇多感慨。所以，他勒住马缰绳，让马慢步徘徊在当年的私塾门前，面对自己当年发蒙、习武的地方沉思，心里又想起了望子成龙，热心公益的老父亲。

如此徘徊有顷，林开武这才拨转马头，朝林老大家走去，李二自然不会知道林开武此时心中的波澜，只是静静地候在一旁，等到林开武又催马前行，他才拍马跟上。

林老大家的房子是一幢三开间的土墙瓦房，孤零零地立在一片空地上，连院墙和院门都没有。林开武他们到的时候，有一个半大的孩子正领着四个比他稍小的孩子在场院上玩老鹰捉小鸡，喊声、叫声响了一院坝。见到两个骑着高头大马的陌生人突然来到场院里，孩子们停下了他们的游戏，都睁着大眼睛看着来人。半晌，那个半大孩子才扭头朝屋里喊了一嗓子："妈，有人来我们家了！"

"谁呀！谁会突然来我们家？"随着说话声，一个面容枯槁、乱发如草的妇人出现在门口，林开武定睛一看，此人正是他家大嫂。

"大嫂，是我。是我看你们来了。"林开武把马缰绳扔给后面的李二，边说着话边迎了上去。

"哎呀！是他三叔来了。我们倒也知道你回家好几天了。这不，我正和你哥说几时要去看你的，你倒先来了，这怎么使得？"林大嫂腰间系着一块油腻发黑的围裙，边在围裙上擦着手边喜出望外地迎出门来。

"应该的。我是小的，应该来先看你和我大哥的。再说我听说老五病了，心里一着急，一早就下山来了。给，这是我给你和大哥带的几样东西，还有给孩子们带的点心。路太远了，带什么都不好带，只是一个意思。"林开武说着，顺手把拎着的东西递到林大嫂手上。

"哥兄奶弟的，又不是外人，你来就来了，还带什么东西。"林大嫂嘴里埋怨着，却又眉开眼笑地双手接过林开武递过去的东西，转身又朝屋里喊道："他爹，快点起来了，他三叔来了！"

林开武听到屋里有人含混地应了一声，知道是他大哥。可他却还边往屋里走边明知故问道："怎么了，我大哥这时还没起来？"

林大嫂："这个不做正事的，在家哪天不是睡到日上三竿？还好，今天你来，还遇上他在家了。要不然，多数时候他都是在外面浪荡的。"

叔嫂两人一问一答中，已然进到屋中。这时，屋里闷满了浓烟，透过稀疏的篱笆，林开武看到林老大正披衣从里间走出来，便冲他喊了一声："大哥！"

"噢，是老三哪，你来了？你先在火塘边坐。我去洗把脸，然后再来烧水沏茶。死婆娘，你那灶洞里的火是怎么烧的，弄得一屋子的烟？"林老大跟林开武打着招呼，还不忘顺便骂他老婆一句，人却出门去外边的水缸边舀水洗脸了。

"小老三一喊，我就到外面迎他三叔去了。这不，这柴没干透，前几天下雨又淋湿了，老也烧不着。我这就去弄，它着起来就没有烟了。"林大嫂回应着丈夫的责骂，把手里的东西往堂屋里的一张破木桌上一放，顺手又从篱笆边取了一把小木凳，用油腻的围裙擦了擦才递给林开武，说道："他三叔，你先坐。还有外面那个兄弟，他拴好马就叫他进来，你哥洗完脸就来陪你们说话。我去弄着这该死的火，给你们做饭。"

"大嫂你忙你的，我来烧这火塘里的火就是了。"林开武说完，就自己在火塘边坐了下来，又在火塘边的墙洞里找到了火镰和火绒，用手拢了拢火塘里的细碎柴草，自己点起火来。

林开武这里刚刚把火引燃，在外面洗好脸的林老大也抱着一捆细柴进来了，他的身后跟着刚才在院子里玩的那群孩子，他们有的倚在门框上，有的站在林老大的身后，怯生生地看着林开武和李二。林老大却没有理会这些孩子，他把柴捆往地上一放，就冲着先他一步进来的李二问道："这位兄弟怎么称呼？"

林开武："噢！这是从京城随我来的李二兄弟，你叫他李二就行了。李二兄弟，这是我大哥。"

李二："大哥好，李二叨扰了。"

林老大也从篱笆边取了一把木凳递给李二，说道："这是哪里话，你既是我兄弟的兄弟，也就是我的兄弟了。来，坐、坐、坐。只是我这家不像家，让李兄弟见笑了。"

这说话的当儿，可能是灶间的火被林大嫂弄燃了，屋子里弥漫的烟一时就少了许多，加上听林老大这么一说，林开武就抬头打量起林老大的这个家来。只见这屋里都被火烟熏得漆黑，堂屋上面没有铺楼板，光光的直通瓦顶，几根同样黑漆漆的楼棱上吊着几条长长的阳尘，像是随时要掉下来的样子。堂屋两边的楼上倒是扎了楼条的，但那些细木棍都扎得比较稀，那些堆在楼上的苞谷，东一个西一个地从楼条上露出来，也是似掉未掉的样子，抬眼望去，还可以看到苞谷堆旁，有几个装稻谷的囤箩。而楼下的三间房，除了堂屋左右两边各放了两张木床以外，两边的两间被随便用竹篱笆隔出了两个卧室，右手边的卧室外，用土舂了一台大灶，做了厨房，这时林大嫂正在灶台边忙活。左手边这一间卧室外面是敞开的，这里正是他们几个人坐着的地方，在他们面前，被挖开了一个四四方方的火塘，这就是林老大平时沏茶喝和待客的地方了。

这样的景象，用家徒四壁来形容一点也不为过，看来，大哥一家的日子过得并不怎么样，捉襟见肘应该是这家人的生活常态。林开武看着看着就鼻子有些发酸。他努力平静了一下自己的情绪，这才对林老大说道："大哥，我看你这房子也盖得有一些年头了，怎么倒一点也没有装修，外面的院墙和院门也没有弄起来，这样空荡荡的怎么住？"

林老大见问，就停下了他正在折细柴的手，回道："老三哪，我也不瞒你。那年我们兄弟三人分家以后，你和三妹搬上山去了，我和老五也分了家，按照我们这的老规矩，老房子是要由老幺继承的，老五补了我一点钱，我就从老屋搬了出来，自己盖了这间房子。原本打算先把房子的架子立起来，然后再逐年装修和盖上耳房、畜厩、厕所，筑上院墙，装上院门什么的。可是心比天高命比纸薄呀！我在外面做生意，亏得多赚得少，你嫂子在家又一两年一个一两年一个地给我生了一大堆娃娃，那可是一张张只会吃不会做的嘴呀！有了那么一大群讨债鬼，我哪里还有能力再修什么房子，就这么将就着过吧，反正好也是一天，坏也是一天……"

林开武："你怎么能够这么怪嫂子呢？生娃娃又不是她一个人的事。再说了，你也不能光看到娃娃们会吃，他们小时候是拖累，可哪家不养娃娃呢，人家也没有把日子过得像你这样。"

林老大："理是这个理，可是这群娃娃也确实太能吃了，整个寨子，你去访一下，就数我家的甑子最大了，但你嫂子蒸一甑饭，还不够他们盘一天，我有多少羊子赶上山呀？"

林开武见他大哥老是拿孩子说事，便抬起头看看门边或倚或站的那群孩子，问道："你的娃娃全都在这了？"

林老大："哪里，这些都是小的，还有两个大的下地干活去了。加上之前死掉的短命老三，总共有八个呢。"

林开武："好说，娃娃也不都只会吃闲饭，大的都会下地干活了，哪里全是负担？我看你也要从自己身上找找原因，大烟就不要再抽了，生意不好做，外面就少跑些，人勤地不懒，只好你好好跟我嫂子在家务庄稼，再过几年日子就会好起来的。李二，去，拿些我们带来的点心、糖果，分给孩子们吃。"

李二起身去给孩子们分糖果点心，孩子们拿到东西后，却都拿在手里不敢吃。林开武见状，就用目光鼓励着他们，嘴里说道："吃吧，这是三叔给你们的，吃吧！"

"还不快叫三叔，拿了东西就到外面吃去，别一个两个站在这挡我的眼睛！"林老大没好气地呵斥道。

孩子们拿着东西散去了，林开武看着他们的背影也不知说什么好，于是便从怀里默默地掏出一包事先准备好的银子递给林老大，说道："大哥，我在外面这些年，走南闯北的，也没攒下多少钱，这点银子你收下，能够补贴点家用也好。"

林老大："这……"

林开武："拿着吧，我们是亲兄弟，打断骨头还连着筋呢，你过得不好，我也有责任。好在我现在回来了，以后有什么难事，我们就一起商量，一起解决，世上哪有过不去的火焰山。"

林老大犹豫着伸出手："那、那我就收下了，我这也是……唉！"

林开武把银子交给了林老大，顺势就站起身来，说道："走吧，我们一起去老五那看看，我听说他病了？"

林老大："他是病了，而且病得很重。搞不好，怕也就是这一两天的事了。唉！前几天听说你回来了，我就去约他一同去看你的，不承想他已经病得起不了床了，我们就商量说等他好了再去，可是他那病却一天天重了起来，越发不行了。他这一次，怕是过不去了。"

林开武："那就赶紧走吧，我们去他那，看看还有没有什么办法，他还年轻，孩子想必更小，不能就这样让他撇下那么一家子走了。"

在林开武的催促下，林老大终于从火塘边站起身来，准备和他一道出门。

"等一下、等一下。饭已经熟了，吃了饭再走。"林大嫂这时却从灶间跑了出来，坚决地把他们拦下。

"那，就不等下地的那两个娃娃回来了？"林开武犹豫地问道。

"不等了、不等了。反正也没有什么好吃的，他们几时回来几时吃。坐着，我马上就摆碗。"林大嫂说着，硬是把林开武拉着又坐到了凳子上。

饭菜很快就摆上来了，桌子上，除了一箩掺着少数米粒的苞谷面饭、一盆素青菜、一盘干炒的黄豆、一碗糊辣子蘸水，就没有什么了。林开武尽管看着心酸，但为了不让哥嫂伤心，还是拉着李二坐到桌子边，添了一碗就狼吞虎咽地吃了起来。

在林老大家草草吃了一碗饭，林开武就带着李二和林老大往林老五家赶去。可是，就在他们刚刚走到离老屋不远的地方，林老五家里却传来了一阵撕心裂肺的哭声。

"不好！老五家出事了。"林开武突然意识到了什么，也不等身后的大哥和李二有反应，自己就三步并作两步地朝林老五家奔去。

果真，林开武一冲进屋里，就看到已经咽气的林老五，被直挺挺地放在堂屋里的一床破席上，他的妻子和几个孩子正边哭边手忙脚乱地给他洗身子、穿寿衣……

想不到，就因为在大哥家吃了一碗饭，竟然错过了与林老五见上最后一面，说上最后一句话的时间。林开武此时心如刀绞，只见他大喊了一声："老五，三哥来晚了！"手里拎着的东西掉到了地上，人也一晃差点倒了下去，还好，此时已经跟着进来的李二身手敏捷地扶了他一把……

林老五这一死，倒把林开武拖在了小锡板，想走也走不成了。因为老五家的日子过得连老大家还不如，他只好叫李二当天就回了香坪山，叫他去对李氏说，粮食、蔬菜什么的都多驮一些来，叫李氏和翠兰两人也赶过来帮忙，又拿出银子，打发人去街上买了一口棺材、一头肥猪和一些烟酒，自己坐镇老屋，给老五办丧事。三天以后，把林老五安葬完毕，林开武又给老五媳妇留下了一些银子，把他们孤儿寡母的生计做了一番安排，这才带着李氏、翠兰和李二回到了家中。

回到家中，他还是不放心，又把全家人都叫了来，特意交代大家以后林老大、林老五家但凡有什么事，都要多帮衬，尤其不能亏了他们两家还未长大的孩子们，这才像是了了一桩心事一般，开始考虑自己前去开化赴任的事。

第七部
辗转任职多维艰　赤心不改为生民

六十七、林开武就职开化府　冯翠兰生儿又生女

转眼之间，林开武回家已经有数十日，这期间，家的温柔让他多有眷恋，兄弟的离去又让他多有愁烦。但是，任自己多么不舍，家中如何多事，却也是官身不由己，尽管林开武与冯翠兰新婚缠绵，又遇兄弟新逝，他不能置南防边防统领的军务于不顾。于是，他在办完林老五的丧事，对家中诸事做了安顿之后，终于还是决定上任去了。

这一日，说起他即将去开化赴任，家里却出了个小插曲，在为他去开化赴任，妻妾之中带谁去的问题上，李氏和文蕊、姚佩珠之间发生了严重分歧，在文蕊和姚佩珠看来，她们是林开武从外面带回来的，这次外出任事，理所应当要带她俩出去，而李氏和翠兰是林开武娶在家里的，继续留在家里就好了。而李氏却不答应，她很是理直气壮地否定了文蕊和姚佩珠的意见，她的理由是，文蕊和姚佩珠随林开武走南闯北，去过的地方、享过的福也不少了，这次出去，理应带冯翠兰去，一是让冯翠兰也出去见见世面，再说了翠兰在家等林开武一等就是十几年，现在新婚没几天，男人说走就走了，连男人味都还没好好体味，这不公平，更主要的是她自己、文蕊和姚佩珠，都是只把窝不下蛋的货，冯翠兰可是肩负着为林家传宗接代的重任，她随男人去，有过三五几载，生下三男两女，才是林家顶要紧的事……这最后一条，是文蕊和姚佩珠的软肋，李氏又说得振振有词，她们嘴软理短了，可是心里还是老大不乐意，冯翠兰倒是没有

说什么，只是眼泪汪汪地倚在灶间的门框上，一言不发地看着正指挥李二夫妇收拾东西的林开武，目光里充满了期待。

自陆续把这几个女人收到自己的名下，林开武更多体验到的是妻妾成群的快乐与自豪，从来也没有想过有一天会遇到这样的烦恼，听到那几个女人扯来扯去，他先是不理会，到后来，觉得这事不说清不行了，这才转身走进堂屋，把几个女人都叫了进来，当着她们的面说道："你们都给我听好了，值此多事之秋，我这是去带兵打仗，不是去做太平官，往军营里带一帮花枝招展的女眷，算是怎么回事？"

李氏："你这么一大群老婆，总得带一个去照顾生活起居吧？要不然，我们如何尽到自己的本分？"

林开武："军营里又不光我一个光棍汉，大家都是这个样子，我带了家眷反而不妥。再说了，军营是什么地方，整天东征西讨的，我不带你们去，也是为了你们的安全。你们都待在家多好，我去开化也就百十里地，有空我就回来，你们安全，我不分心，也能时常见面。"

李氏："可是，翠兰那……你可是答应过我的……"

林开武："我知道你是好意，是在为我们老林家操心。可是我带这个不带那个，显得我偏心，我一个都不带，大家就都没有话说了。这话到此打住，谁都不许再提。明天，我就只带李二夫妇去，你们谁也不要争了。"

女人们虽然各有各的不乐意，但是听到林开武这么说了，都懂事地不吱声了。当夜，林开武上半夜在文蕊那，下半夜则抽身去了姚佩珠那，身子装着乐此不疲的样子，心里却不免自嘲道："真是报应，谁叫我讨了那么多老婆呢？"

从香坪山到开化府城，不过百十里地，林开武和李二夫妇只是一天时间就赶到了。林开武他们就要入城的时候，闻讯的带兵管带、开化知府和文山县知事早已经迎候在城门外了，倒是那个即将卸任的总兵夏文炳，却始终不见踪影，想必是大权即将旁落，对林开武这个继任者已经心有芥蒂。林开武也不理会，自己径直去了兵营里。一到，他就把自己从昆明带来的那个带兵管带找来，详细问了开化府城的城防和各地驻兵的情况，又把随他一道进入军营的开化知府和文山县知事也叫来，问了地方的一些政事，而且着重了解了夏文炳这个人的为人，还有他近来一段时间的所作所为。开化知府和文山县知事告诉他，夏文炳这个人是清廷旧臣，在开化总兵任上遇到了重九起义，虽然受形势所迫，在大势所趋之下通电拥护云南军政府，拥护蔡都督，支持云南独立，也被蔡督军任命南防边防总兵，但这个人心怀首鼠，对旧朝还心有所期，对革命还在等待观望……

林开武一边听着一边思考，弄清了夏文炳的为人与立场，他在心里暗道："这恐怕就是蔡督军让我任南防边防统领，削掉夏文炳兵权的用意所在了，让一个貌合神离的人手握重兵，镇守南防，谁能放心？万一有事，昆明不光后院不保，就是通往外界的滇越铁路、剥隘水道这些重要门户，也是不通的。"

于是，他对开化知府和文山县知事正色道："不管夏文炳怎么想、怎么做，你们一定要心里有定数，不要盲从。回去理好政事，只要开化知府和文山县不乱，整个滇南就乱不了！"

开化知府和文山县知事走后，林开武又把他从昆明带来的带兵管带叫来，让他把当晚军营里值夜的兵士都换成他们标里的，又让他派出几队兵士，加强城区和城防的巡逻。一一部署完毕，这才放心地睡下。

第二天一早，林开武摆了一次他自外出做官以来最大的谱，他把自己从昆明带来的那一标人马全部集合整队，让他们全副武装，排成威风凛凛的仪仗队，从兵营一路护送自己去过去总兵衙门报到上任。这对夏文炳来说是猝不及防且十分有震慑力的，他刚刚吸完烟、喝完早茶走进处理公务的院落，就听到门口三声炮响，接着又见一队人马簇拥着林开武走了进来，那林开武个头高大，相貌英伟，骑在马上风流潇洒，举手投足间，处处透着英武之气。同样骑在马上，一左一右陪护着他的带兵管带和李二，也威风了得，英姿飒爽。林开武他们几个在位于坡头上的衙门前一下马，那些兵士便自然列成两队，一左一右分两路从坡头一直排到坡下的大门，个个披坚执锐，严阵以待，总兵衙门内立刻充满了一派肃杀的气氛。

夏文炳躲在楼上的窗口后面悄悄看到了这一切，心里不禁倒吸了一口凉气，于是便三步并作两步，带着一班文职随员迎出大门："哎呀！是林统领林大人到了，有失远迎！有失远迎！"

林开武看了那贼眉鼠眼、身材干瘦的夏文炳一眼，把马缰绳随手扔给身后的一个亲兵，手持马鞭一拱手道："夏总兵，惊扰了！带兵的人，习惯了每天早上操练，这不，我们早操路过门口，又想着需要来您这报个到，就把他们都带进来了，您不介意吧？"

夏文炳："哪里，哪里，林统领请！"

林开武："夏总兵请！"

林开武几人随着夏文炳进了设在一楼的一间议事室，宾主自然分边坐下，那夏文炳的随员，在夏文炳落座之后，都在他两侧随意坐下，接着该抽烟的抽烟，该喝茶的喝茶，火镰敲击和茶杯磕碰之声不绝于耳。而林开武带进来的带兵管带和李二，却没有在他的两侧坐下，始终执刀威严地站在他的身后，一脸威严肃穆。

两相比较，高下立见。夏文炳不满地扫了他的那群随员一眼，却也无可奈何。于是干笑两声，开口说道："林统领今天来，想必是正式上任了。早就听闻林统领英雄了得，曾经带兵驰骋大江南北，出兵滇西，又威震夷方。林统领这次坐镇南防，经营滇东南，云南有幸，滇东南有幸了。"

林开武："夏总兵过奖了，开武不过一介武夫，以前带兵虽有寸功，但也已经是过去的事，不足挂齿。这次任事南防，也是蔡都督错爱，林某听闻夏总兵文韬武略，以后还望多多提携。"

夏文炳："林统领客气了，就因为夏某不才，蔡都督才委派林统领前来，以后做事，还望林统领多多周全。"

林开武："开武离家多年，家事破败，前日回家，又遇兄弟新亡，为此在家多待了几天。想必，在开武来之前，云南军政府的任命已经到了，我们还是把手续交割一下吧？"

夏文炳："已经到了，已经到了。我们都期待着林统领您前来领兵视事呢。你们几个，快去取兵符、印信和兵库钥匙来。"

林开武："还是把军政府的任命文书拿来当众宣读一下吧。"

夏文炳："不必了、不必了，那就是一个程序，都是虚的，重要的是兵符、印信和兵库钥匙的交割。"

"还是念一下的好，我这里有蔡都督的手令，我自己念一下吧。"林开武说完，也不等夏文炳表态，就从上衣口袋里取出蔡锷的手令，自己朗声念了一遍。

林开武念完，场内鸦雀无声，在场官员都觉得这次交割似乎有点什么不同，便不敢多言，也不敢鼓掌。这时，去取兵符、印信和兵库钥匙的人也回来了，夏文炳就是有万般不愿，也只好交出了这些象征着权力的东西。一场后来被李二戏称为"早操释兵权"的事件，就这样在林开武的精心策划下，顺利上演并且成功了。林开武实际掌握了南防边防兵权以后，有那么两三年时间，夏文炳还真就安心做他的地方官了，而林开武呢，除了正常的训练部队，到边境上巡视，或到各县检查防务，也没有太多的事情。因此，还不时回香坪山去督促工匠为他建房，每每回去，也不免与他的几个妻子或游历于林泉之下，或侍弄桑麻于田间地头，倒也其乐融融。

不过林开武心里十分清楚，他和夏文炳之间这种表面上的相安无事，井水不犯河水，只是暂时的。夏文炳这个人，既然对旧朝还心存幻想，对革命没有好感，他就一定会有所行动。为此，对于夏文炳，林开武还是时时防备，并不敢松懈。他的新居——香坪山馆落成后，他对家事又做了进一步的安排，让几个妻子各治生业，自己便不再像以前那样经常回去了，把腾出来的精力都用在防范夏文炳上。

果然，时间到了1915年，事情就来了。那个时候，北京的袁世凯窃取民国大权，推行复辟，昆明的蔡锷都督自己带领反袁护国军出兵四川，护国讨袁，并由李烈钧等人组建云南护国军第二军入桂、入粤作战，林开武则被任命为云南护国军第五支队支队长，镇守滇南。夏文炳以为复辟已有气候，又见云南兵力空虚，竟然蠢蠢欲动。

那一日夜里，夏文炳指使他的心腹，拿着他事先留下的另一套兵库钥匙，意欲趁夜取了兵器，装备队伍，起事复辟。不料，他的这一切都被早有防备的林开武看在眼里。夏文炳的心腹才接近兵库，就被林开武布控的人逮了个正着。

有了夏文炳谋乱复辟的确凿证据，林开武哪里还跟他客气。当时就集合队伍进攻专员公署，捉拿夏文炳。而夏文炳呢，以为自己做的事神不知鬼不觉，便一边等待着心腹得手的消息，一边做着他复辟的种种美梦。等到外面枪响，才知大事不好。可是，他看守公署的那些喽啰，哪里又是林开武那些训练有素、身形彪悍的兵士的对手，还没有形成有效防御，大门已经被林开武的队伍攻破，情急之下，夏文炳只好仓皇出逃，从此在云南政坛上消失。

清除了夏文炳，稳住了滇东南政局，对于正在征战四川和两广的云南护国军来说，当然是莫大的喜讯，因为滇东南是当时云南出国和出海的通道，有了滇东南，两个方向的军队都进可攻退可守，这样特殊的地理位置，不论对于此时征战四川还是两广的云南军队，滇东南都是后院，后院不起火，前方的将士就无后顾之忧了。

可是，夏文炳弃职逃跑，滇东南的军务、政务就落到了林开武一个人的肩上，他从此又成了一个忙人。一转眼，他已经差不多十个月没回家了，家里的那几个婆娘也似乎故意跟他作对似的，一点消息也不曾捎来。

一日，林开武找来李二，对他说道："你们夫妇二人随我入滇已有数年，这几年来你们忠心耿耿，鞍前马后为我办了不少事，于公于私你们都尽到了自己的本分。可是，你们老是这样跟在我身边也不行，你得有自己的功业和出路，以后才能安身立命。这样吧，我现在训练了一个梯团新兵，不日将派往两广，我思谋了一下，这个梯团新兵就由你做梯团长，你到那边去建功立业，将来也好谋一个出路。至于你媳妇，你是一梯团之长，要带在身边也无妨，要是不便带在身边，就打发她回老家去。"

李二自是不舍，但林开武主意已定，就又不容分说地补充道："这事就这样定了，你回去收拾一下，随时准备带队出发。"

送走了李二，林开武刚刚坐下来想忙里偷闲喝杯茶，门口的卫兵却突然来报，说香坪山来了一个人，称家里有急事要见他。

一听说老家来人，林开武哪里还敢怠慢，当时就吩咐："来人在哪里，快叫他进来。"

其实来人是苏善堂的兄弟，此时就站在门外，听到林开武这么一说，没等卫兵叫自己就进来了，一进门他就说道："三哥，翠兰嫂子要生了，三嫂让我来叫你回去。"

林开武："什么？翠兰要生了，怎么这之前一点音信也没有？"

苏善堂："三嫂知道你事多，怕你分心，都不让往外说。"

林开武："这个婆娘，这种事对我也敢隐瞒，看我回去不收拾她。好！兄弟你也走了一天路了，今天晚上先住下，我把手里的事再安排安排，明天一早起来我们就回去。"

说来，林开武已经是年过半百的人，冯翠兰与他圆房已有数年，一直不见动静，甚至他都有些心灰意懒了，毕竟他已经先后经历了李氏、文蕊、姚佩珠和冯翠兰几个女人，谁也不曾给他生过一儿半女，他只能认命。这下突然听说冯翠兰就要生了，眼看林家在自己的这一脉也要有后了，他自然高兴得不知如何是好。当晚，竟然把李二夫妇叫来，和来报信的苏善堂兄弟一道，几个人喝了一个通宵的酒。

第二天早上，林开武已经收拾好了东西，带着两个亲兵就要和苏善堂兄弟一起回家了。可是天有不测风云，就在他们要上马离开的时候，外面却飞马来报，说粤军进军云南，前队已经过了剥隘，在归朝与滇军的张开儒梯团鏖战，驻粤滇军军长李烈钧命令他火速派兵增援，并调动滇东南所有机动部队，在富州、广南一带展开布防，以防粤军攻入云南腹地。军情如火，哪里还容林开武回家，当即他派了一匹快马，让苏善堂的兄弟把他为冯翠兰和即将出世的孩子买的东西驮了回去，并让他回家告诉李氏，他这里有紧急军务脱不开身，家中一切事务由她好生照应，一定要好好照顾冯翠兰和孩子，等他处理完军务就立马回去。

面对这一突然出现的情况，林开武表现出了他办事雷厉风行的一贯作风，苏善堂兄弟前脚刚走，他后脚就命令李二带着他的那个梯团立即出发，日夜兼程驰援归朝守军，自己则从滇东南各地抽调兵马，亲自带队到富州、广南一线布防。好在滇粤两军的归朝之战以滇军的胜利而结束。但是，作为当时滇东南军政主官的林开武却在战斗结束后，又要安抚地方，又要调动部队部署兵力，以求滇军面向两广的防御万无一失。等到他忙完这些赶到香坪山的时候，已经是一个月以后的事了。

林开武回到香坪山那天，林家正在办他儿子的满月酒，他自己人进人出不说，整个香坪山村也热闹得像过节一样。林开武和两名亲兵的快马才进村口，就有眼尖的人跑进院里，给正在院里抱着孩子逗趣的李氏、冯翠兰、文蕊和姚佩珠等说："三哥回来了！孩子的爹回来了！"

"去、去、去！别骗我们，怎么会那么巧？他早不回来晚不回来，偏偏在办他儿子满月酒的时候回来？"李氏、翠兰几人尽管心里质疑，却还是抱着孩子迎出门来。

几个妇人刚刚出门，林开武却已经飞马来到，忙不迭地跳下马来，就去抱冯翠兰怀中的孩子。

"轻点、慢点，看你这没轻没重的。你还知道你有个家，你有孩子了呀？"李氏嗔怪道，同时林开武抱过了孩子。

"我看看、我看看，是砍柴的还是找猪菜的？"林开武高兴得都有些语无伦了，哪里还顾得上李氏的责怪。

371

李氏："我这妹子争气，给你们老林家生的是个儿子！你这个爹回来了，就给你儿子取个名字吧！"

林开武："你们看我刚才飞马来见他，马上将军威风凛凛，将来我也要儿子英雄威武，做一个铁骨铮铮的男子汉，就叫林威吧！"

文蕊："这个名字好。"

姚佩珠："林威、小林威，好！我同意。"

冯翠兰："大姐，你看呢？"

李氏："我们同意不同意有什么用，人家是林家的公子，他爹说叫什么就叫什么喽。"

"林威，对，就叫林威！"林开武才不管那几个妇人的议论，自己抱着儿子就进家门了，那几个妇人见他已经进院，也不再讨论了，也欢欢喜喜地进了院。

冯翠兰第二年又给他生了一个女儿，林开武给她取名林霞。

六十八、陈荣昌拜访香坪山 林开武到广州赴任

女儿林霞的出生，让年过五旬的林开武更加高兴。于是，他放下了手中的一切军务、政务，决定回家好好陪妻儿一段时间。可他才回家没几天，家中却来了一位不速之客。

来客不是别人，是从昆明专程赶来的陈荣昌。林开武一见到陈荣昌，自然万分激动，陈荣昌才跨进门，已经迎到院中的他一揖到地："恩兄！您怎么来了？事先也不通报一声，好让小弟备马下山迎接，真是折杀小弟了。"

陈荣昌："贤弟！请起，请起。"

林开武："恩兄此来，不会是有什么大事吧？我可是好不容易下了狠心，放下军务政务不管，要回来好好陪妻儿几天的。"

陈荣昌："怎么，没有事我就不能来呀？我可是听说你这几年得了儿子又

添千金，香坪山馆又盖得气派堂皇，怎么也得上门来看一看，贺贺喜呀！"

林开武："不是吧？没有事，你会到我这乡野山村来？"

陈荣昌："我一个赋闲老人，能有什么事，就是想你了，来看看老弟你，看看你的香坪山。"

林开武："如此甚好，我们老哥儿俩正好在这好好消遣几天，喝喝酒、喝喝茶，游游山、玩玩水。"

陈荣昌点点头："如此，老夫就在贤弟这当几天世外神仙，也享受享受香坪山这世外桃源。"

林开武："好！人生偷得几日闲，不羡皇帝不羡仙。来人，给陈老先生上茶！"

林开武把陈荣昌请进客厅，又叫家人去张罗杀猪，他要用最隆重的礼仪，来款待他这一生中最重要的贵人。

两人在屋里坐定，喝完一巡茶后，林开武问陈荣昌："恩兄，您从昆明到这里，走了几天？"

陈荣昌："眼下走昆越铁路，到这也就三天。"

林开武："当年你招我去昆明，我可是走了快半个月。"

陈荣昌："现代化的火车，真是文明舒适，只可惜这铁路不是我们自己修的……"

林开武："互相借鉴，拿来先用，这也是发展可以采用的办法。"

陈荣昌："各方面都能这样当然更好，但在其他方面，我们仍落后很多。"

林开武："这得慢慢来……"

陈荣昌点点头："是得慢慢来，不过，这在中国，也太慢了。你看，好不容易有了辛亥革命，推翻了清朝，袁世凯又复辟了。虽然各地护国军兴起，袁氏没当几天皇帝就一命呜呼了。但是，现在的中国，仍然是一派乱局，虽说中山先生眼下又在广州成立了军政府，也不知二次革命会不会获得成功？"

林开武："昆明的政局呢？护国讨袁结束了，昆明的情形怎么样？"

陈荣昌："目前还不太明朗，听说蔡都督病倒在军中了，云南政局由李根源副都督代管，唐继尧这个参军似乎又不甘居于人下……"

林开武："如此这般，云南也清静不了……"

陈荣昌："是呀，这么折腾下去，肯定没一个好……"

是夜，林开武为陈荣昌安排了一场丰盛的家宴，并把四位夫人都请出来作陪。

第二天，林开武陪着陈荣昌一一参观他的新居，陈荣昌也看得极有兴致，当看到大门头上林开武自题的"香坪山馆"那几个字，竟驻足良久，反复玩味，最后连连称赞说："好字，好名称。贤弟，几年不见，想不到你的字竟然有这么大长进，已然成大家了！"

林开武被陈荣昌夸得有些不好意思，他知道，若要论字，自己差陈荣昌这个享誉云南的大家不知有多远。但是陈荣昌的夸赞却让他灵机一动。于是，他便谦逊地道："我这三脚猫功夫，在恩兄面前那是自己出丑了。恩兄既然已经到了香坪山，可否给我这香坪山馆题几个字，一来让我这陋室增辉；二来呢，也让兄弟有个念想，以后渴念兄长时看一看，以解相思之苦。"

陈荣昌笑了笑："原来你在这等着我呢？我就说，堂堂林统领怎么会那么有心有肠地陪我看香坪山馆，原来是要套我的字呀？好！写就写，贤弟新居落成，年过五旬喜得千金，如今已是儿女双全，一家子妻贤子孝，我怎么也得表示表示。"

林开武见陈荣昌慨然应允，急忙吩咐家人："还不快去磨墨展纸！"

家人答应着跑进书房，林开武和陈荣昌也随后有说有笑地走了进去，在书房里，陈荣昌饱蘸浓墨，一挥而就，写下了一幅苍劲有力的字——"梅鹤家风"。

林开武喜不自禁，由衷感激，马上叫人刻成匾额，并叮嘱："此匾定要高悬中堂！"

此后三天，林开武除了马白关县城的那个大户派人送来茶花时，亲自带人定植而耽搁了半天外，什么也没干，天天陪陈荣昌在香坪山各处游山玩水，放意林泉。陈荣昌对香坪山颇有好感，对这里的美景流连忘返，连夸林开武会挑地方，会选风景，真的像是到了昔日陶渊明笔下的世外桃源……于是，兴之所至，又主动为林开武的香坪山馆写下一副对联："湖中明月自知我，岭上白云堪赠君。"

然而，就在林开武陪着陈荣昌放意林泉悠然享乐时，从开化军中来了两个骑着快马的兵士，他们给林开武送来一封寄自广州的信函。林开武展开一看，原来是孙中山先生来函，说他为了护法，已南下广州，组建护法军政府，特授林开武为陆军上将，请他去广州就任护法军政府高等顾问。这种事当然不能推辞，一呢，虽然他当时尚不知道孙先生南下广州的真正原因，但是凭直觉他知道中国革命又到了一个紧要关头，当此孙先生用人之际，他不能不去。二呢，这也是林开武多年来一直期盼的，多年以前，他就一直希望能追随中山先生，在他身边工作。

陈荣昌当然也非常理解林开武此时的心情，他当即就叫随从收拾行装，准备告辞下山。后经林开武一再挽留，又才在山上多住了一晚上，第二天一早，林开武就收拾停当，和陈荣昌一路下山。陈荣昌要原路返回，经马白关去河口方向坐火车，林开武则要到开化去交割手续。为此，在香坪山下的大路上，他们只好相拥惜别，约好来日再到香坪山相聚。

话说林开武到了开化，把孙先生相聘之事电告昆明，旋即把手续一一交给云南军政府新委任的官员，即从开化上路，由江那经广南，再经富州，在剥隘上了船，从水路奔广州而去。

到广南时，林开武特意停了一天，一来他从开化骑马到这有些乏了；二来，他也想好好看看这座秦汉即立国，明代洪武年间即建府的历史文化名城。这广南城，是滇东南最有历史文化积淀的地方，以前林开武来，不是忙于组织军事防御，就是忙其他政务，根本就没有时间好好走走看看，心里一直引以为憾事。这次来，无官一身轻，他便心情极好地走走看看。那天，他从城中心的莲湖出发，一路看了万寿寺、土司衙署、文庙，又去看了马蹄井、公祖坟……在广南城里由青石铺就，被人马踩得光可鉴人的老街上，在那些街边被绳索勒出道道深口的古井旁，他走走停停，一路细查历史留下的点点痕迹；站在广南城由青砖筑就的高大城墙上，他举目瞭望高耸于远方山上的文笔塔，又环视远远围定广南坝子的状若莲花的巍峨山影，专注地倾听着阵阵山风中不绝于耳的历史回声……

到了剥隘，他专程去看了崔志贤的家人，给他们通报了崔志贤在昆明和随蔡都督征战四川的一些情况。而在人来人往，热闹繁华的剥隘大码头，他则驻足观看右江上水天相接处的点点帆影，想象着当年父母千里入滇的模糊往事……

从剥隘上了船，林开武就没有再上岸了，船顺江而下，他每天都在船头欣赏两岸风光，除了乘船在某个地方靠岸，他会打发随从上岸采买点生活所需外，几乎都在专注地想事看景，倒也是他很长一段时间以来，难得的一次清闲。可是，待乘船一天天抵近广州，他心里却泛起了一种近乡情怯的感觉。他知道，这里不是他真正的故乡，他的老家还远在福建，可是，这里毕竟是他的远房叔爷林则徐任总督和销烟的地方，当年，他的父亲林近南，就曾经追随林则徐在这里建功立业，创造过人生的辉煌，如果不是清廷后来膝盖发软，为向西洋人示好而打压林则徐，把一代忠臣发配到遥远的新疆，他们林家也不至于千里入滇避难，肯定还会与这广州有着千丝万缕的联系。也正因为如此，在他心里一直把广州当作自己的精神故乡，只是他万万也没有想到，历史会给他、给他们林家开那么大的一个玩笑：林则徐当年惨淡离开广州，他这个后人，却在不到百年之后，从躲难的滇边归来，而且还要堂而皇之地当陆军上将和护法军政府的高等顾问，这职位，虽然没有当年作为两广总督的林则徐那么八面威风，但地位却已经不在当年的叔爷之下，如果叔爷在天有灵，不知道他将怎样感慨世事的变迁、历史的巧合……

林开武就这么想着心事，在万般感慨中，踏进了此时正值秋天的广州。位于珠江口上的广州，当时已经成为中华民国革命的中心。这一切的变故，都是因为武昌起义以后，中国政局起伏跌宕，以孙中山为领袖的中国革命党人，经历了无数次的历史考验。

这一切，当然是深居在云南大山里的林开武所不完全知道的，他到广州后，把得到的各种信息前前后后梳理了一下，才知道了个大概。

武昌首义后的 1912 年 1 月，南京国民临时政府成立，临时政府设陆军、海军、外务、内务、司法、实业、财政、交通、教育各部，并成立参议院，虽然临时政府由革命派、立宪派和部分旧官僚联合组成，但革命党人在其中占大多数。

南京临时政府实行保障民权、振兴实业、改革教育的政策。1912 年 3 月 11 日，颁布了《中华民国临时约法》，规定中华民国主权属于全体国民，立法、司法、行政三权分立，参议院有权弹劾总统，国民有财产、著作、信仰等自由……

但与此同时，刚刚建立的南京临时政府也危机四伏。

首先，清廷的实力重臣袁世凯窃取革命果实，复辟帝制，引起了全国人民的反对，南方各省纷纷独立，掀起了讨袁护国的二次革命。其次，袁世凯死后，北洋政府实力派皖系军阀段祺瑞推行武力统一全国政策，拒绝恢复国会，恢复《中华民国临时约法》，孙中山只好南下广州，在南方桂系军阀陆荣廷、滇系军阀唐继尧等实力派的支持下，建立护法军政府。

1917年8月25日，中华民国国会非常会议在广州召开。29日，通过《国会非常会议组织大纲》，规定在《中华民国临时约法》恢复前，由国会非常会议行使国会职能。30日，通过《中华民国军政府组织大纲》。据《中华民国军政府组织大纲》规定，中华民国为戡定叛乱、恢复《中华民国临时约法》，特组织中华民国军政府。军政府由国会非常会议产生，其改制或改组，均须由国会决定。军政府实行元帅制，设大元帅一人，元帅三人，由国会非常会议选举产生。大元帅在《中华民国临时约法》未恢复以前行使国家行政权，对外代表中华民国，元帅协助大元帅筹商政务，并得兼任其他职务。在大元帅因故不能视事时，由首次选出的元帅代行其职权。大元帅制不设内阁总理，以大元帅为国家元首兼行政首脑，类似于总统制。9月1日，选举孙中山为大元帅，次日选举陆荣廷、唐继尧为元帅。

据《大元帅府组织条例》规定，大元帅府设置参谋、秘书、参军三处，其中参谋处设参谋总长一人，参谋次长二人，陆海军参谋若干人，必要时得酌设调查、编辑、测绘、作战、谍报各科；秘书处设秘书长一人，秘书若干人，得酌设总务、外交、内政、财政、军事、交通、法制各科；参军处设参军长一人，参军若干人。另设海军总司令、亲军总司令、卫戍总司令以及顾问、参议若干人。

9月10日，孙中山就任大元帅之职，并于次日任命军政府各部总长以及其他军政人员，护法军政府宣告成立，地址在广州黄埔公园。林开武就是在这样的大背景下，受聘来到广州。林开武的受聘，当然也是孙中山在革命的紧要关头，对他的特别需要。

在刚刚组建不久的广州护法军政府，林开武见到了日理万机的大元帅孙中山，孙中山对他进行了高度表扬，并任他为护法军政府参军处顾问，林开武也表示听候差遣，随叫随到。

接见结束，林开武被安排在黄埔公园附近的一个小院里住下。其实，当顾问事情并不多，除了有时去开开会，参谋参谋军务，大多数时间都是闲着，或看看文件，或参与护法军政府的一些应酬……造成这种局面的直接原因，是陆荣廷、唐继尧这两个实力派人物并不听从孙中山的指挥，他们虽然打着北伐的旗号出兵湖南和贵州，不断扩充自己的实力和地盘，却不到广州出任元帅之职，护法军政府的政令在南方各省并不畅通，就是对驻粤桂军和滇军，护法军政府也不能实施有效控制，林开武他们所做的工作，就像一个壮汉挥拳打在一堆松软的棉花上，力是出了，却在棉花上化为无形，见不到效果。到后来，陆荣廷、唐继尧等主张南北议和，孙中山的北伐遂成泡影。

怀揣满腔热情而来的林开武，此时竟然差不多成了一个闲人，这多少让他有些不能适应。还好，当时的驻粤滇军中，有好几个将领都是云南开化的人，而李二又在他们手下当团长，有事无事也会来看望他这个老长官。于是，林开武除了应付护法军政府里那些必需的事务，便经常和他们约在一起，不是喝酒练字，就是读书下棋，偶尔也到驻粤滇军的驻地去走走，见见云南老乡。

六十九、岑春煊任主席总裁 孙中山解散军政府

就在每天喝酒练字，读书下棋的无所事事中，林开武在广州度过了一个冬天，迎来了一个春天，1918年5月10日，广州护法军政府国会非常会议通过《修正中华民国军政府组织大纲》，取消大元帅制，实行总裁合议制，军政府设总裁会议。5月20日，国会非常会议选举孙中山、岑春煊、陆荣廷、唐继尧、伍廷芳、唐绍仪、林葆怿七人为总裁，8月21日，推岑春煊为主席总裁。

林开武自那年护驾离开山西，已是多年未曾与岑春煊这个老上司谋面，没想到十多年过后，竟然又在广州的护法军政府里共事，这事让他想想都激动。

岑春煊到广州就职几天后，他找了一个机会在一家粤菜馆里宴请这个多年未见的老上司。听说林开武这个多年不见的老部属要请客，岑春煊也没有推辞，他换了青衣小帽，带着一个随从就赴宴了。二人落座，免不了一番亲热。

林开武："多年不见，想不到老长官仍旧神采依然，精神健旺，属下实在倾慕。"

岑春煊："不行了，老了。老夫本来已经归隐，这次受护法军政府抬爱重新出山，实在是情非得已，却之不恭呀！"

林开武："哪里、哪里，岑总裁精力充沛，又是两广的老总督，桂系的老

长官，当年，令尊又经营云贵多年。当此民国未成、护法紧要之时，非岑总裁不能号令桂、滇两军，北伐护法，成就共和，实现孙先生国民革命之理想，非总裁难尽其功。"

岑春煊："哦！我有这么厉害吗？我倒想听听你这个高等顾问到底对北伐护法这事怎么看，对孙先生发起的护法运动前景怎么评价？"

林开武："不瞒老长官，开武始终觉得北洋军阀把持的北洋政府解散国会，拒绝恢复《中华民国临时约法》就是倒行逆施，孙先生组建护法军政府，调集南方各省的革命力量北伐，讨伐叛逆是顺应历史潮流，只有平定北方，成就共和，才是全体中国人共同的福祉。"

岑春煊："哦！成就共和就非得动武吗？我们可不可以寻求其他路径，比如南北议和？"

林开武："南北议和行得通吗？段祺瑞可是虎视眈眈，一直扬言要武力统一全国的，而且北洋政府的军队已经进军湖北，兵锋直指湖南了呀！"

岑春煊："任何军事行动都是为政治服务的，只要政治目的需要，可打也可不打，只要你们云南的唐继尧在贵州稳住局面，广西的陆荣廷在湖南打得好，我看适当的时候，北方的北洋军阀就得跟我们坐下来议和……况且，现在孙先生手中并无一兵一卒，只要陆荣廷和唐继尧愿意坐下来谈，他这个光杆司令又能怎么样……"

林开武："这……"

岑春煊："好了，好了！你请我来是吃饭的，并不是来谈政治观点的，倒酒吧，今晚我们可得好好喝两杯。"

林开武："是、是、是，我们先喝酒。"

林开武说完，便自己站起身来，亲自给岑春煊倒酒，接着，他们二人便举杯、吃菜，不再谈护法的事。

那一晚，林开武频频劝酒，岑春煊也开怀畅饮，酒酣尽兴，才言欢而散。

可是，回到了住处，他却陷入了深深的思考，并且越想越不明白，越想越苦闷，在孙中山和岑春煊不同的主张之间，他的思想陷入了新的彷徨。他知道，孙中山发起的护法运动是对的，但是，孙先生除了他的共和理想和政治抱负，手中却没有一兵一卒，而对桂系、滇军有着实际影响力的岑春煊，想法却跟他完全不一样，一旦桂系和滇军的实力派罢兵议和，护法运动将走向失败，届时，孙中山先生将何去何从，他领导的中国国民革命将何去何从？

就在林开武陷入深深的苦闷之中，为中国国民革命的前途忧虑不已的时候，驻粤滇军和驻粤桂军却为争广东的地盘发生了冲突。战事的发生，事先完全没有征兆。那天夜里，林开武还在睡梦之中，驻粤滇军和驻粤桂军的火并就开始了，先是桂军占了上风，兵锋直指广州城，后来，滇军依托城防组织了有力的反击，并且反败为胜，一路追击，把驻粤桂军一路赶回了广西，更主要的是，唐继尧从云南出兵广西侧后，动摇了陆荣廷在广西的根基。于是，正在进军湖南的陆荣廷只好停止了直指湖北的军事行动，转而撤兵回援广西，最初取得的北伐成果，就这样在一场滇、桂军阀维护各自利益的混战中，被彻底断送了。

令林开武痛心疾首的是，在这场混战中，跟随他多年的李二战死了。本来，以李二过人的功夫，一般的人是近不了他的身的。但是，当时的热兵器作战，已经不是功夫好就能解决所有问题了，毕竟枪弹无情，李二在趁夜追击桂军的混战中，被一颗子弹夺去了生命。噩耗传来，林开武也顾不得多想了，他立即赶去粤桂边界，亲自送了李二一程。在安葬李二时，他又坚持要通知已经回北方的李二媳妇，让她也赶来见李二最后一面。为此，就在那多耽搁了几天。到他再回广州时，护法军政府里孙中山和岑春煊因为意见不同，已经产生了不可弥补的分歧。那个时候，孙中山依然坚持重新整合滇军和桂系的军队继续北伐，而岑春煊，认为滇、桂两军的这场混战，双方都伤了元气，彼此已经失去了合作的基础，更主要的是桂军从湖南撤军以后，已经失去了进军湖北，击败北洋军队的大好时机，所以力主开启南北议和，以保存实力。

然而，议和的道路却并不像岑春煊所想的那样顺利，以段祺瑞为代表的北洋军阀因为南方军队已经无优势可言，所以并不买账，反而因为自己在军事上的主动而拒绝政治上的妥协，非但拒绝恢复国会，恢复《中华民国临时约法》，还提出了更多的不合理要求，即便岑春煊等人一再退让，也难以达成协议。

护法运动的艰难曲折，尤其是自己在广州逐步被架空，让孙中山心灰意懒，他决定辞去总裁之职，解散护法军政府，远走上海。后来，孙中山采纳了林开武曾经的建议，回广州并办起了著名的黄埔军校，不过那已经是1924年的事了。

孙中山离开广州以后，岑春煊和陆荣廷的南北议和最终失败，唐绍仪于南北和议破裂后常驻上海，因为滇桂两军在广州的冲突，唐继尧撤回了派驻军政府的政务代表，伍廷芳则不满于桂系对国会的压迫前往香港，军政府仅剩岑春煊、陆荣廷、林葆怿三总裁，多数旧国会议员也纷纷离粤，并通电政务会议已不足法定人数，少数留粤旧国会议员虽然补选熊克武、温宗尧、刘显世为总裁，但孙中山、唐继尧、伍廷芳、唐绍仪却联合发布宣言，否认军政府的一切政令，与此同时，退避福建的广东军阀陈炯明奉孙中山之命，率领粤军回师广东，大举驱逐桂系军队。在这样的一派内外交困中，岑春煊只好宣布引退，陆荣廷、林葆怿也被迫联名发出通电，昭告解除他们在军政府内的职务。

岑春煊引退，陆荣廷、林葆怿也自行解职以后，林开武判断，孙中山将很快回到广州，或许革命形势会向着好的方向发展。哪料，那时已经出任陕西省省长的李根源却突然神秘地来到广州，林开武与他的这一次见面，被弄糊涂了，一下不知道自己应该何去何从。

那一次李根源来，本来林开武是非常高兴的，毕竟在广州的茫茫人海里，突然遇到一个来自云南的故交，而且是志同道合的革命党人，那是多么不容易呀。况且，值此革命形势风云变幻，一切变得扑朔迷离的时候，他是多么想听听李根源的看法呀。毕竟，多年来林开武一直认为，在云南的革命党人中，李根源是比较有思想的，他看问题向来也比较透彻。然而，当李根源告诉他，这一次来广州只是路过，他这是要去北方，去北洋军政府里任职时，林开武彻底地蒙了。他不知道，这些革命党人到底怎么了，如果说岑春煊是旧官僚，陆荣廷是旧军阀，唐继尧刚愎自用，那么李根源呢，他怎么也会选择去北洋军政府里任职，选择一条与孙中山先生不同的道路？难道他不知道缔造共和之不易，维护《中华民国临时约法》的重要吗？

林开武越想越不明白，越想越不知道缔造共和之路应该怎样走下去。于是，心里一片迷惘的他决定离开广州，彻底归隐香坪山。

七十、归隐家中备办学校 忧虑地方谋求置县

林开武这次离开广州，是抱定了完全归隐的决心，所以他一个随员也没有带。好在他一个人在广州，本来就没有什么东西，只是简单地收拾了一下行装，便一个人往香港而去。两天后，他从香港出发，坐船到了越南海防，然后坐火车一路北上，到了马关县①的新发寨车站下车，又租了马帮的一匹马，与几个赶马哥搭伴，连过马关县城都没有停留，径直望香坪山而来。这条路，早年从北京回滇，他和李二已经走过一次，所以，一切都轻车熟路，不几日，他就出现在了自家门口。

林开武这次回来，事先并没有给家里留下什么音信，所以，当他在门前下了马，并自个牵着马走进院子的时候，倒把最先看到他的文蕊和姚佩珠吓了一大跳。当时，文蕊和姚佩珠无事，正领着三岁多的林霞在院子里花台和假山间玩耍，几个人不经意间听到院门那有响动，抬头一看，林开武已经牵着马走进院子。

"天哪！林霞，你爹回来了！老爷，真是你吗，你这是从天上掉下来的？"文蕊，当时激动得语无伦次，竟然给林霞介绍了他之后又说出了自己心里的疑问。

"大姐、翠兰，快点出来，老爷回来了，咱们家的老爷回来了！"姚佩珠则朝林开武跑了两步，又转身朝客厅和厨房方向大呼小叫。

"这就是小林霞呀！我姑娘都长这么大了？来，让爹抱抱。"林开武把马缰绳递给此时已经从厨房出来的翠兰，自己蹲下身去，从地上抱起正好奇地睁着一双大眼睛看他的林霞，林霞虽小，倒也不认生，他才一伸手，就一整个扑进了他宽厚的怀抱，林开武狠狠地在她粉嫩的脸蛋上亲了一口，惹得小林霞"咯

---

① 1913年，安平厅改厅为县，为安平县，继而又改称马关县。

咯"地笑。

"真是狗见骨头香，平时那么认生的，见了她亲老子，一下子就亲近了。"李氏牵着林威的手从客厅里走了出来，刚好看到了林开武和女儿亲热的一幕，便连嗔带怪地奚落道。

"我们就是亲，谁管得着我们呀！是不是，林霞？爹的乖林霞！"林开武眉飞色舞地又在林霞的脸蛋上亲了一口，接着腾出一只手来，在林威的头上摸了一把，顺势把他也抱了起来。

这个时候的林威已经四岁多了，长得比林霞高了半个头，虎头虎脑的，毕竟他比林霞大一岁，可能对林开武还有印象，竟不用大人指点也自己冲林开武甜甜地叫了一声爹，把林开武高兴得也在他脸上亲了一口。

"你回来也不先知会一声，突然就到家了。怎么样，你这回来是有事路过顺便回家看一看，还是告老还乡不走了？"李氏走到林开武身后，一边跟着往客厅里走，一边问道。

"不走了，这回回来就不走了，彻底地告老还乡，解甲归田了。"林开武此刻心情甚好，并未想起在广州时的迷惘与不快，回答得很干脆。

"这就好，这就好，我们一大家子都盼着这一天呢。"李氏赶紧上前几步，把只是半开着的客厅门又推开了些，好让抱着林威和林霞的林开武顺利走进去。

"他们的两个哥哥呢，怎么一个都不见？"林开武没有顺着李氏的话一直说下去，反倒问起他的两个抱养的儿子来。

李氏："他们都是二十来岁的大人了，这个时候哪是在家的时候，这两天都在带人在地里挖三七呢，我们家今年的三七可好了，已经接连挖了三天了还没有挖完呢。就连我和翠兰，也刚刚从地里回来，要给在地里干活的那十几个人煮晚饭呢。"

"怎么，倒只是你、翠兰和两个大儿子下地，文蕊和佩珠两个都不去呀？"林开武说完，扭头看了看同样跟在身后的文蕊和姚佩珠。

李氏："她们也没有闲着，家得有人看，小的这两个也得有人带。"

林开武："哟嗬！看来你们既有分工又有合作，日子倒还过得和美嘛！"

李氏："你不在家我们就把日子过得鸡飞狗跳，那还叫家吗，这怕也不是你所希望的吧？"

林开武："当然，我当然不是这样想的。这些年，不是你这个大姐得力，你们几姊妹走得近、过得亲，我能安心在外面做事吗？"

李氏："行了，你也不用夸我了，要管好咱家这个大摊子还真不易。你走了那么远的路，你先歇着，好好喝杯茶，我和翠兰这就去煮饭。他二妈、他三妈，你们去地里走一趟，招呼地里的两个儿子，让他们差不多就带人回来吧，活计今天做不完明天再做。就说他们的爹回来了，让他们早点回来，今晚我们全家好好热闹热闹。"

文蕊和姚佩珠答应着走了，李氏给林开武沏好一杯茶，也和翠兰去了厨房，客厅里只剩下了林开武、林威、林霞三人，林开武把他们从怀里放到地上，赶忙去自己的包袱里掏出两把糖果，一一放到他们手里，两个孩子吃着糖果，一时竟在他的膝前绕来绕去，十分开心快乐又十分依恋。林开武尽情地享受着这一切，他很放松地坐在太师椅上，端起李氏给他泡好放在八仙桌上的茶，一边喝着一边想：有家真好，有儿有女真好，我林开武夫复何求！

一转眼，林开武回家已经有些时日了，这段日子里，他几乎不与外界发生任何联系，整天不是在喝茶、读书、练字，就是在香坪的山水之间到处走走，两个大儿子带人挖三七、摘八角、采草果忙不过来的时候，他偶尔也会到地里去帮着照应照应，晚上，则在一帮妻子的陪伴下饮酒说话，日子过得其乐融融。到了秋后，地里的庄稼都收进来了，望着满仓的收成，他便盘算起一件大事：他要给他的两个抱养儿子娶妻安家了。

那天吃过晚饭，他特意把李氏留了下来说这件事情："他妈，我有一件事情要跟你们商量商量，趁着今年的收成好，我又从外面回来了，我想这段时间就抓紧给两个儿子说两门亲，要是顺利的话，年前我们就把他们的婚事给办了，给他们安了家，就把家常都交给他们经管，眼看着我们都老了，你辛苦了大半辈子，也该歇一歇了。"

李氏："我也是这么想的，眼看他们哥儿俩一天天长大，都二十好几了，是该给他们操办了。可这事吧，你不在家，我又做不了主。"

林开武："这事都怪我，这些年光在外面瞎忙了，他们哥儿俩在家，也没有好好地管一管，也没有好好地教一教。现在他们长大了，再不把他们安排好，真就对不起他们了。"

李氏："你也别这样说，你在外面忙的是大事，我们一家人包括两个孩子，也没有谁埋怨你半句。两个儿子还是听话的，这两年一天天长大，家里的事好多都是他们操持了。这些年，我心里一直觉得亏欠他们的，就是没有把他们送进学堂读几年书，他们小时候，村里和附近都没有学堂，送到远处我又不放心，等到大了，说过也就过了。"

林开武："你说这事还真是一个事，这两天我也在想呢，他们这两个大的是过了，来不及了，可林威和林霞两个，眼看也该上学发蒙了，我们在这件事情上得有所考虑才行。不过，现在还不急，我们先说眼前的事，这些时日你有没有注意过，附近村寨里有没有适合我们两个儿子的姑娘？"

李氏："有，哪里会没有，这些年我们家虽然没有说什么，可儿子大了，别人都是看着的，早就有人有意无意地给我说起过不下十来个姑娘了。"

林开武："哦！想不到还有那么多人看得起我们林家，看得上我们两个儿子。不过你可别挑花了眼，有合适的就挑两个，尽快定下来吧。"

李氏："我心里都有数，不过是要等你回来拿主意罢了，只要你的定盘星一定，我就去张罗，你放心，用不了几天，我保准给你说上两门满意的媳妇。"

林开武："好！这事在我们这就这么说定了，你去把他们叫来，毕竟是他们的终身大事，我们得给他们知会一声，如果他们也没意见，我们就这么办。"

"好，我这就去叫他们来。"李氏答应着，起身就出了门，不多时，两个儿子就跟在她身后进来了，林开武也不叫他们坐，只待他们在自己的面前站定后，便把自己和李氏商量的事给他们如此这般地说了一遍。

两个儿子的个头都已经与林开武一般高了，他们虽然也都知道自己的身世，但林开武和李氏多年来把他们视如己出，因此，对他们二老都很敬重，对林开武这个父亲甚至有些敬畏。所以，林开武一说出他们的决定，两个儿子都没有什么异议，都表示愿意接受父母的安排。

林家要为他家两个儿子说媳妇的事一经传出去，还没等李氏找好的媒人出去说亲呢，倒有不少有姑娘的人家闻风而动，他们倒找的媒人一时在林家进进出出，好不热闹。很快李氏就选定了两个自己平时看好且两个儿子也中意的姑娘。

接下来，就是选定日子、备办东西，到了冬腊月，一阵吹吹打打，林家便如期娶进了两个模样俊俏、得力能干的媳妇来。

两个儿子都成了家，家里有了掌家媳妇，林开武和李氏在好多事情上就都放了手，文蕊、姚佩珠和冯翠兰三人本来就不管事的，这时就更加轻松了，文蕊这时除了跟着林开武练练字，还自己学国画，她画的山水花卉栩栩如生，常常得到林开武的夸赞。更让林开武高兴的是，她作画还时时把小林霞带在身边，每有心得，便给林霞一一传授，没有多久，就连林霞也可以涂鸦几笔了。姚佩珠更是别出心裁，她叫林开武请来工匠，仿着苏杭一带的样子也在香坪山馆建一个戏台子，整天就在戏台上"咿咿呀呀"地唱戏，林开武心情好的时候，也会端着一杯茶，领着家里人去听一听，更多的时候，他自唱自听，自娱自乐。冯翠兰呢，她在林开武回家的第二年，又给他添了个小儿子，林开武给小儿子取名林飞。这个林飞，因为在林家最小，所以集全家宠爱于一身，李氏和冯翠兰的好多精力，都用来经管这个小儿子了。

日子过得惬意而快乐，然而林开武却始终没有忘记他曾经和李氏议过的一件大事，过了年，他便选了地点，请来工匠，开始在香坪山上建学校，又四处托人去畴阳、去西洒、去马关、去开化寻找合适的老师。到了初秋，一些应聘的老师也陆续来了，林开武又派人去村里和附近村寨动员乡亲们送孩子入学，香坪山小学开学的第一个学期，五岁出头的林威，也被他送进了学校。以后，林霞接着也被他送到这所学校启蒙，这所学校，后来在林开武的直接关心下，办成了在全开化都颇有名气的一所小学，为地方培养了不少人才，这是后话了。

就在林开武在家又是为儿娶媳妇又是办学校的时候，东安里一带的士绅在忙着一件大事，他们多年来苦于东安里的西洒、畴阳一带与马关县城距离遥远，县里对当地的管理鞭长莫及，乡民往来、通信、诉讼诸事都多有不便，便商议要把东安里一带析置出来，单独设立一个县。

这事，经过士绅们多方奔走，具状到马关县，到滇东南专员公署，反反复复两三年一直没有个眉目。一日，那些乡绅耆老又一次聚在一起，说起析置办县的种种艰辛，议来议去，大家都一筹莫展，唉声叹气。其中有一个乡绅说道："如此县推公署，公署又踢回县，把我们的事推来推去转圈圈，如何是好？唉！"

又一个乡绅道："我们这事，恐怕在县在公署都难以办成，不如此我们直接具状到省，请省里的唐督军定夺如何？"

再一个乡坤接着道："可直接具状到省，我们又如何见得了唐督军，我们在座的，连昆明都没有去过，去那省城连东南西北都分不清，怎么办事，找谁引见？"

突然一个乡绅站了起来，有些激动地说："这事我看有眉目了，我们去香坪山找林开武林公！我听闻，林公回乡已经有些时日了，这些日子，在家又是娶儿媳妇又是办学校，在山上过着自己的神仙日子。他既是旧朝重臣，也是孙中山广州军政府的上将顾问，多年来与唐督军在任事上也多有交集，我们去请他出面，这事肯定能成！"

最先唉声叹气的那个乡绅："可是，我也听闻林公从广州归来，对仕途、对政治已然心灰意懒，所以才会沉湎在香坪山中，做他与世无争的山中神仙，我们去找他，他会不会出面呀！"

刚才站起来的那个乡绅："林公素来关心地方，热心公益，他即便归隐也还不忘在香坪山上办学校就是一个例证，我敢肯定，我们去找他，他一定会出马的，他一旦答应去，上昆明找唐督军就不是什么难事了。"

"对，我们就去找林公，请他出面斡旋。"众乡绅都附和道。

于是，那些乡绅便分头准备礼品，两天以后，他们的几名代表就出现在了香坪山馆前。

家人才一通报，林开武就迎出门来，冲着正在院里欣赏他的香坪山馆的乡绅乐呵呵地道："是你们几位老哥呀，是什么风把你们吹到香坪山上来了？"

乡绅们齐齐向林开武作揖行礼，其中一个道："林公，我们这次是无事不登三宝殿呀！造次登门，确有一件大事相求。"

林开武："来、来、来，几位先请到客厅里喝茶。有什么事，我们一会儿再商量。不过，我这一介僻居乡野陋室的村夫，是不是还真的有能力帮上各位的忙？"

一行人在客厅里坐定，细品了林家人端上来的热茶，还是那个先开口的乡绅道："林公，你看，我们东安里一带距县遥远，乡民办事多有不便，这几年我们一干人一直在谋求析县别置。但是，我们几人位卑言微，反复具状到县到府，人也跑了很多趟，却一直没有一个结果。日前我们又聚，都觉得如果还老在县与府之间转圈圈，怕是不会有什么指望了，所以便想到要直接具状到省，请唐督军定夺。可我们几个连昆明都没有去过，更不要说对话唐督军了。于是，大家就想到了你，想请林公你出山，带我们上省面见唐督军，向他面呈乡民的诉求。"

林开武："噢！你们要说的是这事呀？老实说我多年前就已经想过了，并且记得还专门跟安平厅知事探讨过。但多年来一直在外奔波，回来后又忙于应付家务，这事就被放下了，没想到几位倒一直在奔走。这事事关地方发展，又是乡亲的福祉，不是小事，我们一会儿边喝边商量，但凡有一个稳妥的办法时，我一定和大家一道去昆明找唐督军，争取把它办成。"

众乡绅："如此就太好了，有林公你牵头，这事没有不成之理。这饭，我们就不叨扰了，下山的路还远。"

林开武："各位难得来，就不要客气了。再说，我留各位也不完全是为了喝酒，我们不是还有大事要商量吗？一会儿我们边吃边谈，好歹也得商量出一个办法来，才好动身去昆明呀！"

众乡绅："那就恭敬不如从命了……"

林开武："粗蔬野菜，随便将就下吧！"

当晚，林开武把那几位乡绅代表都留了下来，开怀畅饮中也仔细地商量了上昆明的种种事宜，那几个乡绅耆老，自然非常高兴，竟然都不再提饭后归去的事，个个都醉在香坪山上了。

七十一、上昆明结识张邦瀚 经斡旋析置西畴县

按照商定的日子，林开武几天以后就下山来到畴阳，他和几个乡绅代表这次上昆明，也是在新发寨火车站上的火车。火车经过碧色寨时要换机车头，林开武便借机下车去看了看。

这里的景色很美：亚热带的葱郁绿色中，几幢红灰墙的法式建筑夹杂其间，有车站、机房、加水的水塔、货场……看上去十分新鲜、醒目。跟着他一齐下车的几个乡绅，更是从来没有见过这些明显有法国特色的建筑，大家都啧啧称奇，都说想不到这样一个乡村，因为通了火车，有一个车站，就如此不同，如果东安里一带的乡村也有这样的机遇，景况也会好得多的。

"会的，会变好的，中国如果没有了战乱，发展就会很快，到那时，我们的东安里也会发展、会变化。"林开武若有所思地说。

　　林开武还沉浸在自己的情绪中，火车已经换好了机车头，林开武于是招呼大家上车，又继续前行。傍晚，火车到达昆明南站。这里，便是滇越铁路的终点站了。火车站的站台不算大，但也还够宽敞，一时之间，下车的乘客塞满了几乎整个站台。

　　陈荣昌派来接林开武他们的管家也到了。见到林开武，管家高兴地迎上前来："林大人好！"

　　林开武："都什么时候了，还叫林大人？"

　　管家："我这是叫惯了，叫顺嘴了。那就叫林将军、林顾问吧？"

　　林开武："什么也别叫，我如今也是像你家主人一样赋闲在家的老头子，你就叫我老林吧。"

　　管家："我怎么敢……"

　　林开武："敢不敢是你的事，反正你就是不能叫我过去的那些头衔，那都是过眼烟云……"

　　林开武半开玩笑半认真地和管家说着话，一起来的几个乡绅也都会心地笑着，一行人边说边走，出了火车站又坐上管家带来的马车，不多时，就来到了陈荣昌位于翠湖边的家。

　　这里还是当年林开武初次来昆明住过的陈公馆，林开武轻车熟路，还没等陈荣昌迎出来，他已经带着东安里的那几个乡绅代表走进门来，一进门就抱拳作揖，朗声道："恩兄，别来无恙，近来可好？"

　　陈荣昌："不好，你这个家伙，从广州回来一年了，也不说来昆明看看我。"

　　林开武："罪过、罪过，我一回到香坪山上，家务缠身，想您也走不开呀！"

　　陈荣昌："哼！我还不知道你，怕是掉到温柔乡里了，你出门多时才得归来，那几个弟妹个个如狼似虎，她们能饶得了你？说吧，这次到昆明来，有什么事要办？"

　　林开武："我们这次来……"

　　林开武刚要开口跟陈荣昌把来意说个明白，陈荣昌却把目光从他身上越过去，向他身后的几个乡绅道："我和开武是多年的结拜兄弟，平时开玩笑惯了，你们不要介意。大家随便坐，坐下来喝茶。"

　　林开武见这情状，也急忙说道："这几位是和我一道来见唐继尧的乡绅。"

又对众人道，"大家坐吧，陈先生是当年送我出滇的恩人，也是多年的结义恩兄，多次去过香坪山的，大家不要拘谨，到陈先生这就算到家了，随便坐。"

待众人都坐定以后，林开武这才续上之前的话头，把这次来昆明要见唐继尧的事，完完整整给陈荣昌说了一遍。

陈荣昌听后沉思有顷，才开口说道："这事呀，你们先别去找唐继尧，先去找你当年的兄弟崔志贤。"

林开武："找崔志贤？他现在是个什么角色，找他能成吗？"

陈荣昌："他现在是省民政厅的副厅长，让他带你们去找民政厅厅长张邦瀚。只要说动了张邦瀚，这事就成了一大半。然后，你们再请张邦瀚带你们去见唐继尧，这事就好办了。"

林开武："哦！是这样呀，几年不见，志贤倒出息了。他成家了吗？"

陈荣昌："早就成了，人家娶的可是东陆大学一个漂亮的女学生。你们哥儿俩当年在苏州纠缠不清的那些事，早就翻篇了。"

林开武："这样就好，我倒不是顾虑当年在苏州的那些事，是打心眼里牵挂我的志贤兄弟。好，明天我们就去找他，这事，只要志贤能帮上忙，他不会看着不管的。"

当晚，陈荣昌用一桌地道的昆明宴席为他们接风，主菜有清蒸汽锅鸡、溜乌鱼片、火腿夹乳饼、粉蒸排骨、干煸黄鳝等。林开武吃得很开心，但是酒却不敢多喝，他心里一直记挂着要办的事，因此就在心里提醒自己留量留清醒。第二天一早，他早早起来就带着那几位乡绅代表去了崔志贤家。

崔志贤见了林开武，也是喜出望外。两人毕竟是从小一起长大的兄弟，彼此又多年不见了，那一份亲热自不待说。

听了林开武的来意，崔志贤没有犹豫就说："好，我这就带你们去民政厅，张邦瀚厅长也是一个很有学识、很开明又好说话的人，我们当年一起为革命在越南、南洋奔走，回滇后，他先是参与了云南大学也就是过去的东陆大学的创办，在地方治理上一向是唐督军倚重的人物，他就任省民政厅厅长后，向唐督军举荐了我，我这才告别了军界，来到了省民政厅。"

林开武："真是太好了，你们之间的交情如此深厚，你去帮说的事情，他断然没有拒绝之理。我们这些乡亲跑动多年没有眉目的事，这下有指望了！"

崔志贤："三哥，那我们走吧？"

林开武："好。走吧！可是我还有件事，听说你成家了，我想见见弟妹……"

崔志贤："我当什么事呢，她老早就出门买菜去了，我们先去办事，等回来再见，有的是时间。"

林开武："听说弟妹早年是东陆大学的学生，长得可漂亮了，你是怎么搞到手的？"

崔志贤："是。本来我们两个之间相差二十多岁，我也不敢想的，这不认识了以后她倒黏上我了，我想想，自己也一大把岁数了，要有一个家，就答应她了。"

林开武："那、那你们过得还好吧？你知道，为了姚佩珠的事，我心里一直……"

崔志贤："那都是过去的事了，也怪我当年年轻，意气用事。其实我后来想想，小嫂子选择三哥你，是有她的道理的……"

林开武："好、好、好，不说了，只要你们现在过得好就比什么都强，我们走吧。"

一行人来到省民政厅，张邦瀚厅长早就上班了，听说林开武来访，也非常高兴。因为他过去与林开武虽未谋过面，却也没少听到他的名头，又长期和崔志贤共事，从他那里听到的有关林开武的事就更多了。所以，对于林开武，他在心里觉得这个人既是一个传奇，又是值得钦佩的。

张邦瀚放下了手中正办的事，把林开武引进会客厅，一开口就道："开武兄，在下对仁兄可是仰慕已久了，今日得见，幸会，幸会！"

林开武："张厅长，开武冒昧来访，多有叨扰，还望厅长莫要见怪哟！"

张邦瀚："不敢、不敢，邦瀚虽然忝居厅长一职，但在开武兄面前，论文不如，论武不及，若论对国家对社会的贡献，更是难以望其项背，岂敢在此托大。"

林开武："哪里、哪里，张厅长早年留学国外，又为国民革命奔走，回滇后又直接参与了云南大学的创建，现今又为唐督军之肱股，掌管全省民生，乃我滇地之俊杰，开武微末之功，哪里敢跟厅长相提并论？"

崔志贤："厅长，三哥，我看你们就别互相恭维了，我们还是说正事吧？"

林开武："对、对、对，说正事、说正事。志贤，你把我们几个来昆明要办的事，跟厅长详细说说吧。"

"好吧，那我就说说，三哥，我要是有说不到的地方，你们几个可得自己补充。"崔志贤道。

林开武："好的、好的。"

"厅长，我们东安里地方……"崔志贤于是把东安里如何远离县城，乡民办事如何不便，地方管理如何鞭长莫及，地方乡绅如何为置县多年奔走，林开武等人如何受地方所托来省求见等事，一一向张邦瀚详细说了，又把林开武他们带来的文书送到张邦瀚手里。

张邦瀚一边听着，一边找来一份云南地图，在上面查看、比量，又把林开武等人送来的文书细细看了一遍。然后才说道："置县是大事，我一个人说了不算。但是，我在地图上看了，东安里这个地方确实远离马关县城，想必开武兄你们说的都是实情，这样吧，我今天下午就带着你们的文书去见唐督军，尽我所能说服他。"

林开武："如此，就太感谢张厅长了，不管这事成与不成，开武和今天到昆明的乡绅代表都非常感激厅长的关照。"

张邦瀚："开武兄不必客气，你们从东安里数百里来昆明不容易，不妨在昆明到处走走看看，两三日内，必有答复。"

林开武："那就有劳张厅长了，我们就在志贤处等你的消息。"

张邦瀚："开武兄请自便，明后日但凡有时间，邦瀚也会备薄酒向兄长请教。"

从省民政厅出来，林开武一行人又来到了崔志贤家，那个时候，崔志贤的妻子已经买菜回来多时，正在厨房里煮饭，看到崔志贤领着一帮客人来家里，又介绍说来的这些人是林开武和东安里的乡绅代表，便又临时加做了几个菜，态度极为热情。

那日饭后，随林开武来的几个乡绅代表因为第一次来昆明，便相约着上街看街景、逛翠湖去了。林开武却再没有离开崔志贤家，兄弟俩饮酒畅谈，竟在家里说了一天的话，这也是自崔志贤离开上海以后，他们之间完全心无芥蒂的一次长谈，这次长谈之后，这对打小一起长大的兄弟，情感已经修复如初。

第二天，张邦瀚果然备了酒席，叫崔志贤作陪，热情地款待了林开武一行。

到第三天早上，林开武正在陈荣昌的书房里向他讨教书法，崔志贤却风风火火地来了。他一进书房就冲林开武说："三哥，走，张厅长带话来说唐督军要见你们。"

林开武："唐继尧要见我们，现在？"

崔志贤："对，现在。"

陈荣昌："那赶快去吧，想必是你们的事有眉目了。"

林开武掩饰不住内心的兴奋，急急来到外间，叫上正准备去圆通寺游玩的那几个乡绅代表，不多时，大家就来到了五华山唐继尧的办公室。

唐继尧一见到林开武，便从他宽大的办公桌后面站了起来，一边招呼他入座，一边指着早已坐在他办公室里的张邦瀚说："你们东安里析置的事，我和张厅长已经商量过了，同意你们单独设县。你们从昆明回去，就可以筹备，过几日我们将以省政府的名义，下文滇东南行政专员公署。只是东安里设县，你们打算取个什么名字？"

林开武："这事地方乡绅商量过，比较一致的意见有两个，一是我们准备在西洒街设治，那里以前叫普兰城，若设县，就叫普兰县；二是东安里地方实际由西洒和畴阳两地组成，设县时，也可各取这两个地名的首字，称西畴县。"

唐继尧："那两个县名中，大家又比较倾向哪一个呢？"

一个乡绅代表答道："西洒人倾向于叫普兰县，畴阳人侧多主张叫西畴县，不过综合下来，赞成叫西畴县的人要多一些。"

唐继尧："那就叫西畴县吧，尊重民意嘛。我们省府向滇东南行政公署下文时，就用这个名字了。"

林开武："好。就用这个名字，这个名字兼取了西洒和畴阳两地的首字，用起来，以后能凝聚人心。"

唐继尧："县名有了，你们可曾想过由谁来当知事呢，西畴县初设，万事从头起，不好治理，没有一个得力的人可不行。"

林开武："这个，我还真没有想过，也不知地方乡绅聚会商议时，有没有人选。"

又一个乡绅代表回答："若论德高望重，众望所归，当林公莫属了。我们东安里地方地处荒蛮，人才寥落，从来没有像林公这样见过大世面，做过大事情的人。"

唐继尧："开武兄这里，你们就别打主意了，他回家这几年，我之所以迟迟没有惊动他，那是我念他出门日久，给他一些时日料理家事。日后，他这里我还另有任用。"

林开武："别、别、别，唐督军，你可别。开武已经年过花甲，这次归隐，确实已经有解甲归田之意，你就别再另有任用了。不管是西畴县知事，还是别的职务，你都最好不要再考虑开武。"

唐继尧："西畴县知事虽然轮不着你当，但我也绝对不让你闲着。当此用人之际，像你这样的大才，在整个云南也是不多的，民国需要你，云南也需要你。你先回家去筹备设县，家里有什么未了之事也尽快处理好。不日，我将再次礼聘你出山，为民国、为云南效力。"

林开武："别、别、别，开武确实已经着意归乡，你可别……"

唐继尧："哈——哈——哈，开武兄，有道是人在江湖身不由己呀，你我都身在江湖，这可由不得你了。"

七十二、张邦瀚造访香坪山 林开武赴任麻栗坡

析置设县代表从昆明归来，向西洒、畴阳两地乡绅和民众传达了唐继尧已经同意西畴设县的消息，大家都极为振奋。于是，西洒、畴阳两地的乡绅一百多人聚会，决定成立设县筹备事务所，并公推林开武牵头，着手筹备设县事宜。

林开武本想推辞，但是又想，设县毕竟是大事，弄得不好可能遗患子孙，便应承了下来。为了方便办事，他还搬到设在西洒佛寿寺的事务所里住了下来。在西洒的这段时间，林开武可谓废寝忘食，他和事务所一班人，从县府的选址开始，一分一文地筹募资金，然后组织修缮，把西洒街原有的武庙、孔圣庙、关岳庙撤并重修成了颇有气势的办公处所。这之后，他们又依次修建了劝学所、警察局、商务局、团保局、实业团等，不到一年的时间，一个颇像回事的县府框架就在西洒街上形成了。

有了这些基础设施，他们又着手整理西洒、畴阳两地的粮册账务，摸清财

源、粮草底数，并招了一批年轻人来培训，以备县府正设立时用人之需。终于，万事俱备，西畴县在民众的呼唤和期盼中，正式得以设立，一个东西宽五六百里的行政地域，从此开始了它新的历史纪元，承担起它新的历史使命。

为此付出了大量心血的林开武，这时却悄悄收拾自己的行装，不声不响地回到了他的香坪山馆，过起了他悠然自得的寓公生活。

然而，林开武在香坪山上的安逸日子还没有过上几天，云南省政府民政厅厅长张邦瀚却找上山来了。

那天，张邦瀚也是一身青衣小帽，带了两个随从就来了，他们一行来到香坪山馆前，林开武才得家人的通报，且尚不知是何人来了。当他迎出门来，看到在门前下马的人竟然是张邦瀚，心里着实既高兴又有些不踏实。

他高兴的是，虽然和张邦瀚只有一次交往，却在仅有的那一次交往中，见识了这个人的才识人品，觉得他不仅为人正派，而且才识过人，是一个可交之人。他的来访，不仅是自己心里之所盼，而且可以在他的这次来访中，进一步加深彼此的感情。

他不踏实的是，张邦瀚毕竟是云南省民政厅厅长，他的来访绝对不是看看老友、游山玩水这么简单，他一路从昆明风尘仆仆地专程而来，必然肩负使命。回想起自己在昆明时，唐继尧说过的那些话，林开武心里就觉得有些不妙，他已经意识到：张邦瀚此番前来，不是来下达唐继尧的命令，怕就是当说客来了。

可是他想归想，人已经到了门前，他还能怎么样，他这时既不能躲起来不见，也不能赶人家走。于是，只好笑脸相迎，心想走一步看一步吧，到时看他的来意，再作应对的打算。

顷刻之间，林开武心里已经闪过了那么多念头。但是，张邦瀚却像是没有事一样，只是专注地看着他门楣上的"香坪山馆"四个字，被林开武迎进客厅以后，他又对陈荣昌所题的"梅鹤家风"四个字观赏玩味，并不说话。

这样一来，林开武心里就更加没底了，他一边叫家人给张邦瀚沏茶，一边看着张邦瀚，等着他开口说事。可是，张邦瀚就像没有事一样，转而又看起他悬于堂壁上的苏东坡、唐伯虎、郑板桥等人的字画来，依然一言不发。

"张厅长，你这次来……"林开武有些沉不住气了，于是便试探着问道。

"开武兄，你这里可是珍藏着一批稀世珍宝呀！"张邦瀚答非所问，走到客位上坐下，端起茶杯悠闲地喝了起来。

"哪里、哪里，这些都是我当年在北京琉璃厂偶尔淘到的东西，也没有几件。张厅长你这次来是？"林开武还是不踏实，于是在回答张邦瀚的同时，急转话题又问道。

张邦瀚："噢！本来是有点事的，可是一到你这香坪山，我就被开武兄这里好山好水给迷住了，我现在突然不想说事了，先在你这住上几天，也感受感受你开武兄的神仙日子再说。"

林开武："如此甚好、如此甚好。但凡张厅长有兴致，在山上住多长时间都行，开武一定天天陪张厅长看山看水，保证让张厅长心旷神怡，乐而忘返。"

张邦瀚："好，开武兄，我们说定了，这几天你一定要带我去看香坪山所有值得一看的地方，但凡有一处遗漏，我可是不走的哟！"

林开武："一定、一定。"

果然，此后几天，张邦瀚天天随着林开武去香坪山各处看山看水，只字不提他的来意。而且，每天游山看水归来，与林开武小酌一番以后，就躲进林开武给他安排的房间里，一个人在灯下写写画画，也不知都写了些什么。

几天以后，他们俩游遍了香坪山的山山水水，张邦瀚也写下了厚厚一沓纸的文稿，并把它全部交给了林开武。林开武展开一看，全部是写香坪山山水的排律诗，一共十六首。

林开武喜不自禁，抽出了《题香坪山》之十四脱口念道：

> 香坪脚下水波波，两岸桃花夹小河。
> 皓月三更穿窗户，斜阳一抹照松坡。
> 春风摆动随帘卷，晓翠浮来任树拖。
> 万绿丛中露画栋，行人立马望之多。

"好！太好了！"林开武不禁拍案叫绝，随即吩咐家人，"拿去找工匠刻了，我要把它悬于堂前，让来香坪山的人都能见识张厅长的神来之笔！"

接着，他又拿起别的诗章看了起来。可是，当看到《题香坪山》之十六的时候，他却陷入了沉思。因为他看到的那首诗是这样写的：

香坪山上美景多，杉树林边栽八角。

条条深箐杂树间，草果头上顶桫椤。

独卧山中梦秦汉，哪管魏晋与民国。

任你盘江千重浪，我在这边不见波。

林开武何等聪颖，他当然悟到了张邦瀚借诗指责他逃避世事，独善其身的深刻用意。于是便会心一笑，说道："张厅长，你用心够良苦的了，骂人都这么隐晦，你就不怕我看不懂？说吧，你此行倒要开武做什么？"

张邦瀚："岂敢、岂敢，我到香坪山一住数日，开武兄又是酒又是肉的招待，还带我览尽香坪山美景，我哪里敢骂老兄你呀！"

林开武："哼！还说没有骂呢，你无非把所有骂人的话都隐藏在赞美的词里了，你这个大厅长、大学者就是欺我读书少。不过，经你这么一骂，还真让我的心有所触动。说吧，你和唐继尧又在打我什么主意？"

张邦瀚："开武兄，我也就是怕我的三寸不烂之舌说不动你，唐督军给我下的可是死任务。所以，就借写诗激你一激。"

林开武："唐继尧这人呀！我在昆明时已经一再表明了归隐之心，他还不想放过我？"

张邦瀚："开武兄，你是知道的，麻栗坡对汛特别区接壤越南，越南又被法国人占据经营多年，麻栗坡一地可谓与强为邻，那里的督办，须得一个军事干才、地方能吏才行，唐督军思谋已久，又几次与我商讨，我们都觉得这个位置非你莫属。"

林开武："说句实在话，我虽年迈，但报国之心却不曾老去。但是，现在的民国乱象，有时想来都让人心冷，就比如前些年的护法运动，孙中山先生本来在广州搞得轰轰烈烈，桂军挥师湖湘，滇军兵锋也出贵州，眼看北伐指日可待，可岑春煊呢，一味只想南北议和，陆荣廷想的是扩充地盘和实力，而唐继尧，关键时刻却来个釜底抽薪，就连我素来敬佩的李根源，也到北洋军政府任什么农商总长、国务代总理，绑架护法运动……唉！我真是看不明白。"

张邦瀚："邦瀚深知开武兄的烦恼，别说老兄你，就是兄弟我，前些年也对那样的纷乱局势有些失望。可是，现在形势又不同了，孙中山先生已经回到广州，继续领导北伐，岑春煊、陆荣廷等老桂系已经隐退，唐督军也改变了过去的一些观点，就连根源兄，也已经放弃了在北洋军政府的职务，回云南来任云贵监察使了。"

林开武："这诸多的变化，我在这山中，知道的并不多，如果是这样，北伐有望，民国也就有望了。"

张邦瀚："所以嘛，当此民国革命的紧要关头，我们每个人都添一把柴，那革命的烈焰岂不是烧得更旺了吗？"

林开武："看来，我想在这香坪山中置身事外，过我的悠闲日子，还是不可能的了？"

张邦瀚："作为一个追求革命理想的人，本来就不可能置身事外，我们希望开武兄能够以大局为重，再出去为国家分忧几年，做一个革命的老黄忠。"

林开武："那说好了，我只出去干几年，一旦你们有了合适的人选，或是我培养了得力的人，我还回香坪山，过我与世无争的生活。"

张邦瀚："一定、一定，到那时我们一定尊重开武兄的选择。"

林开武："那好，我就暂且答应你，去当这个麻栗坡督办。"

张邦瀚："那真是太好了，我今晚在山上叨扰一日，明天即刻下山，回昆明复命！开武兄，你可知道，我来之前想过各种各样的方法，不知要用什么办法才能说动你，最后还是最了解你的崔志贤，给我出了这个激将的主意，他说你始终心有家国，向往革命，用这个办法来对付你肯定管用。"

林开武："啊！原来问题出在内部，连和我从小一起光屁股长大的兄弟都被你们收买了，我还有什么话说呢。"

张邦瀚："哈——哈——哈——开武兄果然幽默，哈——哈——哈——"

完成了使命的张邦瀚，果然第二天一早就心满意足地下山去了。林开武既然答应要出任麻栗坡督办，心中也就有了一份责任，张邦瀚前脚才下山，他也就忙着收拾起自己的东西来。

见他又在收拾行装，李氏好奇地问："怎么，你又要出去任事呀，不是说好哪里也不去了吗？"

林开武："唐继尧和张邦瀚算计我，他们要我、要我去麻栗坡当督办。唉！民国多事，大局未定，我不能袖手旁观哪……"

李氏再说话时，声音就有些哽咽："一辈子在外，一辈子让人担心……孩子们都以为你不再走了……"

林开武："我会很快回来的，我和他们说了我只去一段时间，他们有合适的人选我就回来。再说了，麻栗坡离我们家不远，就几十里地，我会时常回来看看的，就是你们要去也容易。"

李氏见他主意已定，也就不再说什么，转而默默地动手帮他收拾东西。

只一会儿工夫，全家人就都知道林开武又要走了，所以一家老小全都围了过来，孩子们倒没有说什么，那几个夫人，却都问这问那，都在试图让他改变主意，其中，问得最多的就数文蕊和姚佩珠了，冯翠兰虽然话不多，但林开武却在她的目光中，看到了不尽的依恋。

为了转移大家的注意力，林开武对姚佩珠说："好久没听到你的吴侬软语了，给我们唱一曲苏州评弹吧？"

姚佩珠取过琵琶，调定音律，开口唱道：

我盼君归君不归，长风皓月守空帏。
此去关山万千重，愿伴君影长相随。
……

她的声音依然那么委婉动听，但也有一丝哀怨和压抑……倒引得在场的人一阵阵鼻子发酸，林开武才听了几句，就觉得自己这纯粹是弄巧成拙，于是匆忙摆手制止，道："别唱了、别唱了，越唱越添乱！"

当晚，林家很安静，大家都默默做事、默默吃饭、默默睡觉，谁也不去提林开武要走的这个话题。

第二天一早，林开武上路了，一家人默默相送，谁也没有说话，到得村口，林开武就要上马离去，林威和林霞却突然冲上前来，一人抱住林开武的一条腿。

刚刚学会走路的林飞，也挣脱冯翠兰拉着他的手，跌跌撞撞地跑到林开武身边，仰着头说道："爹，我要抱抱。"

林威呜咽着说："爹，我不让你走……"

林霞流着泪说："爹，你太狠心了，我长这么大，跟你在一起的时间才几个月。"

林开武的眼眶湿润了。他一只手搂着一个孩子，也哽咽着道："孩子们，爹对不起你们。以后，爹再补偿你们……"

在场的人都流泪了。直到林开武和两个随从走出很远，他的家人还站在村口，远远地目送着他。

七十三、不盖公署建垦殖局 边地办学以图长远

麻栗坡街，就在香坪山南面六十里的一条山冲里，从香坪山下流过的畴阳河一路向南穿街而过，在山下十多里的地方汇入从开化来的盘龙河，又南行十多里，入越南境。麻栗坡街沿畴阳河一字排开，形成了两山夹一河的特殊地形，只是右边的山坡要稍微平缓些，半坡上也有不少人家。

麻栗坡对汛特别区直接隶属于云南省国民政府，管辖着滇东南与越南接壤的长八百多里、纵深六十里的边境沿线土地，督办公署设在麻栗坡街上，下设田蓬、木杠、普梅、董干、攀枝花、麻栗坡、猛硐、都龙、金厂、小坝子等七乡三对汛。公署督办虽是一个军职，但因为区内的民生也归其统辖，所以，其实际上又是一个上马为军下马为民的角色。也就是说，他在战争需要和对外开展边防防务的时候，是一个军官，而面对辖区内的民众治理和民生大计的时候，他又是一个地方官员。以往，省政府派驻的一般是少将一级的军官，这回一下子来了林开武这么个上将，算是前所未有了。

林开武到任的时候，他的前任已经走了，当时代理督办署事务的是协办章陪武，这是一个清瘦又不失精壮的中年人，由于长期署理边防事务，对边防管理很有一套，但对地方民生却知之甚少。唐继尧之所以千方百计要用林开武来当这个督办，也是因为他的前任只重防务不重民生，在当时需要边地治理人才的情况下，他实际上需要一个懂军事，能够确保边防巩固，会治理，能促进地方发展的人物，选来选去，他就选中了赋闲在家的林开武。他知道，从军事上讲，林开武这个前清提督、民国上将没有问题；从地方治理来讲，林开武生于斯长于斯，人熟地熟不说，还对这片土地，对这方民众，有着特殊的感情。这片土地需要什么，这里的民众想些什么，林开武心如明镜，林开武为西畴设县四处奔走的时候，他就认定这个麻栗坡督办非他莫属。

麻栗坡街是由畴阳河畔的邑亮村发展起来的，这个村的布依人原本不善于

做生意，只在河边种田为生。但是，一些过往的汉人，看中了这里上接内地下邻越南的区位优势，便在岜亮村旁的麻栗林里搭些凉棚、马店之类，供来往于中越之间的生意人吃饭喝水、喂马歇脚。前清时，地方官员发现了这里的商机，便与岜亮村租借麻栗林来开街，遂成街市。因为街子就在麻栗林里，所以叫麻栗坡街。林开武他们当年下越南海防贩盐，偶尔也会在这里歇息，后来他当了麻栗坡对汛的缉私队长，在这待了一段时间。那个时候，麻栗坡街也只是百十户人家的小街子，这几十年经过不断培植，街子是有些改观和扩大了，从畴阳河畔两岸到右边的半坡上全是密密麻麻的人家，但建在街边的麻栗坡对汛特别区督办公署，还只是几间不大的瓦房，这与它的架构和所担负的责任极不相称。

林开武到任督办一职后，唐继尧为了巩固边防，也为了稳住这名老将，便从省府的经费中划了一大笔钱，让他重建督办公署，顺便也把边境沿线的各个对汛修缮一下。这笔钱一到，章陪武就兴冲冲地来找林开武，说了他建盖督办公署和修缮各个对汛的种种设想。令他想不到的是，林开武听了半天却一言不发，到了最后，才不冷不热地说道："这笔钱不能这样用，我已经另有安排。"

章陪武心中颇为诧异，便道："请问督办，这钱您打算怎么用？这可是省府拨来建盖督办公署，修缮各地对汛的专款呢。"

林开武："我知道是专款，唐督军在电报中还说，这是支持我这个老倌在边境上做事而特意拨付的。可是，陪武呀！我们的督办署盖不盖新楼，各对汛的营房修不修，对于边境民众来说关系都不大。而边地的民生改不改善，对于我们关系可就大了，这涉及我们在这能不能服众、边疆能不能繁荣、边防能不能巩固的大问题。"

章陪武还是有些不甘心，因此有些情急地又说："可是，我们的督办公署也太破旧了，这几间土墙瓦房，还是前清时候就留下来的，人走在木楼板上，整幢房子都在摇晃，你知道外面的人怎么形容我们的麻栗坡对汛特别区督办公署吗？'麻栗坡、麻栗坡，衙门像鸡窝，进来高个子，房顶要撑破'，而各对汛的营房，都是又破又旧，又低又矮的，在当地还不如一般的民房。"

林开武："这些我都知道，不客气说，督办公署的这几间房子，还不如我家的厨房。可是我们许多边境上的边民，他们还住那种简陋的茅棚、住岩洞，有的甚至居无定所，食不果腹，衣不蔽体。"

章陪武："这……"

林开武："放心吧，只要我们把边民的生计搞好了，边民安心了，边境繁荣了，我们的督办公署就会有新房子、大房子的，就是我们的各个对汛，到时都可以盖得漂漂亮亮。"

章陪武："那，督办，这钱你打算怎么用？"

林开武："我要用它来办边境垦殖局，鼓励内地民众搬来边疆充实民力，垦荒置业。还要争取更多的经费来办学校，让边民的子弟都读上书，让我们的蛮荒边地变成富庶之区。"

章陪武："我可没有想这么远。"

林开武："我所想的，也不一定就都能自己办到，但是作为一个地方的当政者，一定要想得远一些。只要路子对了，一拨接一拨地干下去，就能干成一番功业，就能造福百姓。"

"唉！说了半天，我们做了多年的住新房子的梦，算是泡汤了。"章陪武兴味索然地站起身来，朝门外走去。

"哦！哈——哈——哈——"林开武的笑声高亢、响亮，而且爽朗，在督办公署里绕梁三匝，久久回荡，一点也没有花甲之人的暮气。

在林开武的力推下，麻栗坡边境垦殖局的牌子很快就在麻栗坡街上的一所房子前挂了出来，就像故意要考验章陪武一般，他还让章陪武牵头，带着从各对汛抽调来的年轻人在那里办公。

有了正常运转的机构，林开武开始到马关、西畴、富州，甚至整个滇东南的各县走动，他要在各县寻求更多的支持和帮助。

在马关县，知事是先前就打过交道的，算是熟人，林开武才将自己在麻栗坡设立垦殖局，组织边民开垦、卫国守家的打算告诉他，他就立刻表态全力支持，并主动询问道："林老前辈，你需要我做什么尽管说，只要我们有的、能够办到的，一定照办。"

林开武："主要是要人。可以把那些无地的佃户、雇工召集起来，让他们到边境一带去开荒、屯垦……谁开的地谁种，谁种的地归谁。三年不收税，不交皇粮，当然，其他有能力的人，自愿去也行……"

马关县知事："这个好啊！边境地多人少，又有很多湿热河谷，高山密林，物种丰富，民户去了谋生容易，也可以减轻我们人烟过于稠密的压力。"

林开武："这也是为了充实边境民力，对付法属越南的入侵和蚕食。战时，还可把他们中的青壮组织起来，拿起武器抵御侵略……"

马关县知事："是啊，有些法国人以为我们国内发生动荡，鞭长莫及，处心积虑地想占我们的便宜。"

林开武："屯边守土，是爱国之举，有钱者出钱，有力者尽力……所以，我们还要动员内地的大户，捐助银子，给前去屯垦的民众筹集安家费……"

马关县知事："这个好啊！群策群力办大事，我个人认捐一千两。"

林开武："谢了，感谢你对边地开发的热心支持。不过，我们还是要把重点放在动员民众上，让大家赶快行动起来，能够搬过去的尽快搬过去，能够出钱捐助的出钱捐助。"

马关县知事："这个没有问题。我可以用县府的名义贴告文、出通报，几天之内就让全县家喻户晓。"

林开武："那太好了！有你这样深明大义的人支持，屯垦之事，一定能做得有声有色，护国卫边，也一定大有成效。"

马关县知事："那第一批边民安置、垦殖点，林老前辈你准备都设在哪些地方？"

林开武想了想道："沿边境一线的田蓬、木杠、普梅、马崩、攀枝花、船头、猛硐、茅坪、金厂、小坝子等。我已经仔细研究过地形地貌、气候条件和人口分布等情况，这一带都是边境要冲或物流贸易的集散地，而且土地肥沃，物种丰富，需要大量充实人口。"

马关县知事："好！您老不愧是多年走南闯北的前辈，雄才大略、雄才大略呀！如此经营，边境一线不繁盛都不行。"

林开武："但愿如此。"

在西畴县府，林开武见到了新到任的知事任佳铭。任佳铭是位秀才出身的知事，官场气息不浓，人也老实，又知道这西畴设县的第一功臣，当推这个德高望重的老将军，自然对他十分敬重。因此，对他所提之事无不答应。

第二天，有关迁徙生民充实边境，动员大户捐助边民屯垦的文告，就在西畴各地的集镇、乡村贴出来了。

林开武就这么一路走，一路争取支持，所到的文山、江那、丘北、广南、富州、河口、屏边等地的地方官员、富户，都给予了他极大的帮助。尤其是他在文山县，早年曾经上香坪山教他种三七的三七老板萧培林，才听说林开武要在边境屯边守土，需要经济支持，便特意从平坝赶来，一下就捐了五千法银。

林开武见他一下子捐了那么多，心想他靠种三七攒下那点银子也不易，便道："萧兄，我知道你为人识大体，但这也捐得太多了。我们办垦殖局、移民守边是需要钱，但也不能把你给拖垮了呀！"

萧培林："开武兄，你也太小看我了，这些年你不在家，对有些情况不了解，我不仅种三七，而且我那儿子读书毕业以后，在昆明开了一个开化三七庄，生意做到香港、南洋和日本，收入还不错，这点钱，我还出得起。"

林开武："哦！这倒是我不曾耳闻了，那么，这些钱我就收下了？"

萧培林："收下，难道你还让我把钱背回去不成？"

由于得到了萧培林这样的许多有识之士支持，林开武人还没有回到麻栗坡，一些闻讯迁来的民众就蜂拥而至，各地大户的捐款也陆续汇来……

章陪武牵头的边境垦殖局一下子就忙碌起来，就连他们设在田蓬、木杠、普梅、董干、攀枝花、船头、猛硐、都龙、金厂、小坝子等地的办事点，也聚集了许多迁徙而来的民众。

章陪武他们把这些民户十户编为一个组，称为甲；十甲又编为一个大组，称为保；十保又编为一个乡，由相应的对汛实施管理，分别安置到边境地区，视各户的经济能力，每户给他们安排了数量不等的安家费，又每一甲给安排了两头耕牛和农具，籽种若干……

短短几个月，迁徙而来的民众就已过万，加上跟随而来的妻子儿女，实际迁入边境的人数已达数万。

为了安置好这些民众，让他们搬得来、待得住，林开武还反复叮嘱章陪武："我们的优惠措施一定要兑现，还是那几条：荒地谁开谁种，谁种归谁。还要提倡兴修水利、发展边境贸易，让一些能力强的人发得了财，以此带动更多的人。即便前些年因为国内动荡而跑到境外去的人，我们也要照此办理，吸引和鼓励他们回来……"

一年之后，林开武在边境一线组织的屯垦，就收到了奇效，迁入麻栗坡对汛特别区各地的民众，不仅安居了下来，而且通过一年的劳作，收到了比在内地丰厚得多的回报。由于边境民力丰盈，好几个地方的乡一级机构，还利用农闲，组织青壮年男子练武习战，法属越南过去明里暗里不曾间断的蚕食，竟然对他们也有所顾忌。

　　林开武在麻栗坡一年多的治理，使边荒之地人烟繁盛，阡陌纵横，引人注目。省里对此十分满意，通令表彰了林开武，并奖赏了他个人三千大洋，边境垦殖局三千大洋。可是，林开武除了把省府给他的这笔奖赏悉数捐出来以外，又带着章陪武跑了一趟昆明，找张邦瀚、找李根源、找唐继尧，一通软磨硬泡，弄来了更多的经费。

　　接着，便在边境一线的街市和人口稠密的村子，起房盖屋，招聘师资，动员生源，陆续办起了一批学校。为了满足大规模办学的师资需求，他还分别在麻栗坡、田蓬和西畴县的畴阳老街的学校办师范班，源源不断地给边境各地的学校输送老师。这几个地方的师范班，后来都发展为简易师范学校，名噪一时。就是在林开武告老还乡，离开麻栗坡以后，也还为边疆教育，启迪民智，发挥着巨大的推动作用。

七十四、敬仰从周常思边患 编练乡勇巩固边防

　　说到底，麻栗坡对汛特别区督办公署管的还是边境防务，所以，在大举迁徙民力充实边地的同时，林开武并没有放松对边防事务的管理。当时，国内军阀混战，部署在边防上的兵力是极其有限的，就麻栗坡督办公署而言，下属的七乡三对汛，每个乡和对汛的驻兵也就百十号人，即便加上督办公署的百十号人，全部兵力也就一千来号人，要靠这一千多人来管理八百多里长的国境线，一里地也只能摆上一个人。要管好边境防务，林开武比谁都清楚，还得靠居住在边境一线的边民自己。

　　为此，当大举迁徙内地民众充实边地，边境一线的人烟逐步繁盛以后，他就把自己的主要精力都投入到边境防务上。要做好这件事，就得找到一个行之有效的办法，自然而然地，他想到了当时享誉滇南，威震南疆的苗王项从周。

　　当时，项从周过世已近十年，一代英雄虽然已逝去，但他的英名依然在边境一带传扬。林开武以前长时间在内地做官，对项从周带领边疆民众抗击法国

侵略者的事情，知道得并不详细，即便回到老家以后，偶尔听人说起，往往也只是一鳞半爪。但是他到麻栗坡任职以后就不同了，他到哪都有人说项从周、赞项从周，把他说得英雄了得，林开武去猛硐、船头一带巡视，驻防在那一带的实际依然是项家军，他的那些对汛兵，如果不依靠项家军的支持，在边境上根本就是寸步难行。项家军的那些士卒，其实都是边境一线的苗民，他们战时是兵，平时为民，在边境一线的各个村寨，他们都是普普通通的老百姓，由于不拿国家俸禄，他们通常跟其他边民一样耕种，一样狩猎，一样娶妻生子，过着平平常常的日子。如果非要说这些人与普通边民有些什么不同，那就是这些人都是有组织的，他们并不是一盘散沙，他们或以民族，或以村寨，或以家族，或以亲戚关系为纽带，天然地形成一个又一个群体，耕种狩猎时结伴相帮，农闲时一起习练武艺，一旦边境有战事，他们就会一呼百应，纷纷拿起大刀、长矛、弓弩、火铳，形成一支令行禁止的作战力量，项从周就是依靠这些力量，在南国边陲筑起了一道法国侵略者难以逾越、望而生畏的铁壁铜墙，使一直觊觎中国边境的法国军队，从前清光绪年间到民国，几十年来不敢越雷池一步。

有一天，章陪武正在边境垦殖局的办公室里忙得不可开交，督办公署的一名马弁却突然跑来传唤，说是林督办要见他。一般情况下，林开武对章陪武是比较放心的，他做什么具体的事务，他一般不大过问，但凡交给他办的事，也只问结果不问过程，边境垦殖局正式挂牌办公以后，由于这边的事务繁多，章陪武大部分时间在这边忙碌，平时倒很少在督办公署露面。所以，章陪武知道，林开武一旦传唤，一般有大事发生。

"林督办找我有什么事？"章陪武一边往外走，一边问身后紧跟着的马弁。

马弁："我不晓得，督办只是吩咐让我速来叫你，还说有要紧事要跟你商量。"

章陪武："要紧事？现在的麻栗坡，最要紧的事都在边境垦殖局了，一下子来了成千上万的人，个个要吃、要住、要安排，一点都不能耽搁。"

"他是督办，你是协办，哪头的事更重要你们都清楚，我一个小马弁知道什么。"马弁小跑了几步，跟上已经跑到街对面的章陪武，不软不硬地顶了一句。

章陪武："你这个家伙，目无长官。林督办这个老头吧，说话办事都有一套。他来我们麻栗坡才多长时间？就一年多，可我们麻栗坡就发生了多大的变化？但是，就是对你们管理得太松了，太纵容了！你看，连你个小屁孩都敢当面顶撞我，这还了得？"

马弁："嘿嘿，可我们就是喜欢林督办，他待我们就像一个宽厚的老父亲，不像你，随时都端着一副官架子。"

"你……"章陪武扬起手来，作势要打那个小马弁，那马弁却机灵地一闪身，朝他扮了一个鬼脸，紧跑几步，在他前面进了督办公署大院。

章陪武撵不上那小马弁，只好骂骂咧咧地自己上楼去见林开武。他一走进林开武位于楼道最里边的办公室，先跑上来的小马弁已经笑嘻嘻地给他递来一杯茶，章陪武又一次扬手，作势要打他，小马弁却把茶杯往他面前的茶几上一放，跑到别处去了。

"你们这是怎么啦？"林开武微笑着从办公桌上抬起头来，问道。

"没有什么，就是这个小家伙被你惯得都已经学会顶撞我了。"章陪武也笑了笑，在茶几旁的椅子上坐下。

"哎！不要跟他们这些小娃娃一般见识，你一个大协办，以你现在的官阶，要是在作战部队里，再怎么也得是团长、旅长了，还这么小肚鸡肠？"

章陪武："我不是，我这……哼！都是你给惯的！"

林开武："好、好、好，不说了，不说他们了，我们说正事。"

章陪武："什么正事？"

林开武："你给我说说项从周。"

章陪武："项从周？项从周说到底还是你们西畴人嘛，你还不比我知道？"

林开武："我还真不知道，这个人，我以前在家时听说过，到麻栗坡来当缉私队队长时，也远远看见过他。后来，我到外面任事去了，有关他的事情，就没有听说了。再后来，我从外面回来，老家的人倒不时会提起他，可那也只是些零零碎碎的事。今天，我要你这个麻栗坡通，好好给我说说他。"

章陪武："你让我想想啊，项从周这人的故事太多了，你让我想想从何说起。"

林开武："随便，想到哪说到哪。"

章陪武："项从周原来是生在你们西畴县锅底塘村的一个苗人，同治二年（1863）随他父亲项正清搬到猛硐村。到猛硐以后，为了养家糊口，他到船头的梅土司家当长工。由于项从周聪明好学、勤劳勇敢，就被梅土司派去越南老寨的马宗头那里学艺，马宗头叫他的武术师父马飞天亲自带项从周，几年时间里，项从周就从马飞天那学得一身好武艺。光绪九年（1883）法军入侵越南北部，侵犯中国边境，梅土司任命项从周为寨老，驻守猛硐，自己则带领部分民众在船头抗击法军。项从周邀约他的十七个郎舅弟兄和猛硐一带的各族民众，饮'鸡血酒'为盟，利用长矛、大刀、火铳、毒弩、滚木、礌石等，挫败了法军的数十次进攻，把法国人赶出猛硐地区，据说法国人曾经跟他谋求一块牛皮大的土地，他却义正词严地说：'家国疆土，生存之基，一寸都不给你们。'因项从周抗法有功，前清政府封他为南防统带，管辖麻栗坡、马关、河口三个边境地区的边防任务，养兵千余人，年赐饷银三千六百两，并把猛硐一带长约一百二十里、宽约三十里，共五十五个村寨的土地赐给他作为世袭衣禄之地。光绪二十八年（1902），清政府曾誉其为'边防如铁桶，苗中之豪杰'。项从周镇守猛硐后，法国人视他为眼中钉肉中刺，在武装进攻、威胁利诱均难得逞的情况下，便贿赂老寨人王鼎魁，让他诬告项从周自立为王，在猛硐盖有铁瓦铜柱的宫殿，他的儿子称太子，并招兵买马，有反叛野心。前清政府于是便派兵剿灭项从周，当清军开到开化时，前军密探回报，说项家并没有称王造反，项从周坚持抗法多年，对朝廷忠心耿耿，他家住的是竹瓦茅屋，吃的是苞谷杂粮，清兵这才放心地撤离开化，中华民国三年（1914），项从周在猛硐病故，享年五十八岁。我这样说，说得清楚了吧？"

林开武："好一个'边防如铁桶，苗中之豪杰'，项从周在麻栗坡的存在，就犹如南疆之锁钥呀！只可惜边地无福，英雄已逝了！"

章陪武："是啊！项从周若在，到现在也不过是快七十岁的人，以他习武之身，应该还非常健朗才对。"

林开武："好人不长命啊！明天，你陪我去猛硐，我们去他家，去他的坟上看看，祭拜一下这位过世的老英雄。"

第二天，林开武果然带着章陪武和一干随从去了猛硐。他们先到项从周家，听他掌事的儿子介绍项家军的组织形式、战法战术和边界地形，又去了项从周的墓地，在那洒酒为祭。在项从周的墓前，项从周掌事的儿子告诉他，在中越边境一线，像项家一样组织民众长期抗敌的，其实不止他们一家，像布依人的梁头领，布傣人的梅土司，都曾经拥有过强大的武装，只是他们后来有的衰落了，有的在外面没有项家这么大的影响力罢了。他们这些边地上的民族武装，之所以能够长期存在，并让外来的入侵者屡屡吃尽苦头，主要依靠的是边地民众的万人同心和这里山高谷深的地形、林茂草密的植被。

项从周掌事儿子的那一席话，引起了林开武深深地思索，回来以后，他就叫章陪武把垦殖局的事交给别的人去打理，自己带着他，花了一个多月的时间，能骑马的地方骑马，不能骑马的地方走路，认真踏勘了边境一线八百多里的地形，了解了各地人口分布的情况。

在踏勘的过程中，林开武发现，中越边境一带的河流，从东至西的南利河、八布河、盘龙河、那么果河，都是由北向南流进越南的，经这些河流切割而成的高山深谷，其实就是中越边民往来的通道和纽带，千百年来，人们就是靠这些河谷或顺河而下或逆流而上，实现了源源不绝的沟通，而那些高山，往往因为山体陡峭、树大林密、荆棘遍布、野兽出没，反倒难以逾越或是不易通行。所以，守住那些河谷通道，其实就是边防之要务。

有了这些心得，林开武回到麻栗坡以后，便安排章陪武有意识地把民力相对向这些河谷沿岸集中。然后又叫各乡、各对汛把边民中的青壮年男子编组、编队，一到农闲就对他们进行训练，给他们传授战术战法，对他们过去的出发行动加以引导，迅速提高战力，对一些居住在传统要道，扼守着要害的村寨的民间武装，还给他们配备了部分武器，加强了他们的防御火力。

一时间，在漫长的中越边境线上，竟然村村有武装，寨寨有乡勇，处处都有常驻于此永远不走的防御力量，边境一线一旦有什么风吹草动，各对汛也能够迅速掌握，及时处置，可谓耳聪目明，进退有度。而在一些重要的通道和隘口，则形成了驻地汛兵与当地边民相互配合、互为依托的梯次防御，对面的法国人就更加不敢轻举妄动了。

有了这些深思熟虑的安排和边境上可供利用的充盈民力，林开武无异于给自己增添了千军万马，麻栗坡边境竟然在国内动荡不断的特殊背景下，形成了相对稳定繁荣的小环境。到了这个时候，在边境处置边地防务多年的章陪武，才算是看懂了林开武一到麻栗坡就办垦殖局，大量动员和扶持内地民众迁徙边疆的深层次用意，突然意识到自己以往觉得并无意义的，整天张罗的地方事务，竟然都与边境防务息息相关。由此，便对林开武这个督办，打心眼里由衷地敬佩。

一日，忙完了手中事务的章陪武走进林开武的办公室，见到老头子竟然悠闲地坐在那里喝茶，便轻松地调侃道："现在边境上有了永远不走的千军万马，你这个督办可当得高枕无忧了。"

林开武："高枕无忧？不、不、不，忧完众人的，我现在要忧我个人的了。"

章陪武："忧你个人的，你个人何忧之有？"

林开武："有，我现在忧虑的是，我在唐督军那辞得了职不。"

章陪武："辞职！你莫说笑了，你现在干得好好的，麻栗坡也被你治理得井井有条，你为什么要辞职呀？"

林开武："谁跟你说笑了，我都六十好几的人了，还整天跟你们这些年轻人东跑西颠的，风里来雨里去不说，还整夜整夜地为边境防务、边地民生睡不着觉。你说我该不该辞职，去过我放意林泉、儿孙绕膝的清静日子？"

章陪武："可是，麻栗坡的边防事务刚刚理顺，边地民生刚有起色，你这一去，我们再去哪里找你这样的好督办呀？"

林开武："哼！离开张屠户，你们还只吃连毛猪了？"

章陪武："我说的是真的，你这样的好督办真是百年难遇。你一辞职，谁来担当？"

林开武："谁来担当？你呀！你在边境摸爬滚打了二十多年，可当大任。"

章陪武："我？"

林开武："当然是你了，你以为我一来就让你去办垦殖局，然后又带你去编练乡勇，那是为了什么？为了历练你！不日，我将去昆明，正式向唐督军递交辞呈，并力推你接任督办一职。"

章陪武："你别吓我，我可干不了……"

林开武："干得了干不了你都得给我干，而且还要干好。哼！"

七十五、林公坚辞督办之职 众边民赠送万民伞

与章陪武谈过那次话之后，林开武本来就要动身去昆明的。但是临走之前，他想了想，又有些放心不下，便又拉上章陪武走了一趟边境。这一次去，他看得很细，尤其是对边民的生计，他更是十分上心，每到一个村寨，他都会坐下来，与村民促膝长谈，从人家的吃住，到人家赖以为生的产业，都一一问到，每有成就，就与村民一起高兴，每有难处，他就交代章陪武一一记下，告诉他如何解决。村民们哪里知道，他是以这种方式在跟他们告别，而在林开武心里，他的这一次巡视，充满了仪式感，所以，一路走，他都在一路动情。

由麻栗坡往东走，他们经过攀枝花、董干、普梅、木杠，最后到达田蓬。在田蓬，他们受到了村民们的热烈欢迎。这是一个紧邻边境的村落，往前不远，就是中越交界的地方。过去，由于人少，土地的开发利用不足，法属越南借机向我方扩张，侵占了我们不少土地。林开武当督办后，大量向这里移民，前后有一百多户内地民户迁到了这里。他们开荒种地，引水浇灌，还发展果木林业。很快，这里发生了变化：中国人多了，土地被利用起来了，牲口也处处可见，对面的越南人也就很少有人再来这里乱闯了。

在一户农家，林开武问主人：“搬来以后，过得怎么样？”

农户主人：“谢谢督办，谢谢你屯垦好策略。在这不交税、不交粮，还得到垦殖局耕牛、农具、籽种等扶持，我们的日子比在老家时好多了。这里山场广，林子多，土地也多，我们每家都开荒有几十亩，粮食吃不完，猪也养了、牛也养了，果树也种了不少，以后的日子肯定比现在还好过……”

林开武：“你们愿意永远住在这里吗？”

农户主人：“当然了，我把父母接来了，兄弟姊妹也接来了。这里，以后就是我们永远的家了。”

林开武：“很好。”

从麻栗坡往西走，他们经过了猛硐、都龙、金厂，最后到达小坝子。在这些地方，他们看到的情况也与东部差不多。有些地方，各方面的条件都比田蓬要好，不仅建起了村子，修了街道，还办了学校，集镇也已经像模像样。因此，对于林开武他们的到来，欢迎仪式就更显隆重。在小坝子街上，学校的师生们甚至打出了"热烈欢迎林督办莅临小坝子巡视"的横标，敲锣打鼓，载歌载舞地迎接林开武一行。

在学校的操场上，林开武对欢迎他的师生和民众有感而发地说道："我没有想到，就在短短的时间里，这里的变化会有这么大。这一点充分说明，我们中国人只要齐心，就能建好我们的家园，守好我们的家园。过去，我们受外国人欺辱，是因为我们不懂利用民众的力量，民众自己也是一盘散沙。如今，你们用你们的行动，证明了一点：那就是人心齐，泰山移！只要我们在这里扎下根，吃饱了肚子，练好了武艺，就谁也不敢来欺负我们，占我们的家园，抢我们的牛马。"

说完了这席话，林开武又带着章陪武走访了村里的农户。所到之处，见到的都谷物满仓、人丁兴旺、六畜满厩、鸡鸭成群……

林开武高兴极了，他边看边对章陪武道："看到了吧，民穷则国穷，民富则国富。什么时候，只要老百姓的日子好过，你们当官的日子也才好过。"

章陪武："是、是，民富国才安，民有官才稳。督办你虽然只来了一年零八个月，但你所做的事情，对我们来说，终生难忘。"

林开武用手指了指章陪武，又环指周边的民众道："这不是我一个人干的，是你们干的，更主要是他们干的。最起码，以后你要领着他们这样继续干下去！"

章陪武："是、是，我一定努力这样干下去，不辜负你的期望。"

林开武："走吧，这一下，我辞职离开也放心了……"

从小坝子巡视回来，林开武果然带着两个随从就去了昆明。

昆明五华山的军政府这时已经改称省政府，唐继尧也由都督改称省长，但是不管怎样称呼，他这时还是名副其实的云南王。在他宽大的办公室里，他接见了从麻栗坡赶来的林开武，当时在场的还有省民政厅厅长张邦瀚。

唐继尧："林公，姜还是老的辣啊！你就任麻栗坡对汛特别区督办一年零八个月，我这里听到的都是对你的好评，真是官声斐然哪！难得你老兄这么帮我，也该麻栗坡的民众有福了。"

林开武："唐省长，你也别一来就给我戴高帽，我这次来，可是来交辞呈的。这事，我在张厅长那里已经详细给他说过原因和理由，想必他已经代为转达了。"

唐继尧："是，张厅长是已经转达了你的意思。可是，你怎么就不能再干些时间呢？以你的身体和精力，完全可以再多为麻栗坡的民众再办些事嘛。"

林开武："不了，还是见好就收吧。更主要的是我在外面闯荡了大半辈子，一大把岁数了，我真的想回家去，补偿补偿老婆孩子了。"

唐继尧："唉！留得住人留不住心哪！你都已经说到这个份上了，我再留你就显得我不近人情了。可是，林公，你这一走，我一时去哪里找个得力的人来接替你呢？"

林开武："我早就知道会在你这碰到这个问题，所以，我已经给你培养了一个人了。"

唐继尧："你说的是章陪武吧？你推荐他，张厅长也跟我说了，这个人到底行不行哪？"

林开武："行，我不会看走眼。这个人在麻栗坡管理边境事务多年，处置边境防务是没有问题的，就是管理地方的能力弱一些，我到任以后，已经很好地给他补了这一课。现在他正值年富力强之时，堪当大任。"

唐继尧："有你林公一再保举，那就是他吧，不过，我得给他派一个得力助手去，确保万无一失。张厅长，你看这位置派谁去合适？"

张邦瀚："嗯！章陪武是个武官，在边境防务上比较强，我们得派一个文官去，尤其要派一个比较有学问的，这样和章陪武搭配起来就相得益彰，更主要的是，林公在那打下的教育事业基础，得有人去发扬光大，这毕竟是关系到麻栗坡未来发展的大计。"

唐继尧："你就直接说吧，我们手里有没有这样的人选？"

张邦瀚："有，我那里有个处长叫张志明，这个人的条件比较合适，才学很好，去下面历练一下，说不定将来可做大事。"

唐继尧："那备用人选就是他了，回头你把他带到这来，我见一见再定。"

张邦瀚："好的。"

唐继尧："接替的人选落实了，林公，我们还是说你吧，我同意你回家与妻儿团聚，可我却不愿意就这样让你完全归隐，你这个老将可得继续为云南发挥余热。"

林开武："算了吧，我就是因为自己年迈才一再请辞的，要退就完全退了，无官一身轻。"

唐继尧："不行，像你这样经验丰富的老长官，对于我们云南军界、政界都是财富，你可不能光图自己过清净日子。这样吧，你任云南省政府顾问，紧要时还得发挥作用，为云南的军事、政治把把脉。"

林开武："这……"

唐继尧："就这样定了，林公你不要再推辞。从现在起，你就可以回家去享受你的清闲，有事时，我要么请你来昆明，要么，我和省政府的其他官员也可以到你的香坪山去，当面听你教诲。反正，你作为省政府顾问的薪酬，我每月都会按时给你汇来。"

林开武："教诲我不敢，但有事时我肯定招之即来，至于薪俸，那就免了，无功不受禄嘛。再说我回香坪山去，栽栽树，种种花，管管我的三七、八角、草果，这点钱我也挣得到。"

唐继尧："不、不、不，一定得这样办，这是你应得的酬劳，你不要推辞。"

林开武："真的不用，回去过山里人的日子，我不需要那么多钱。"

唐继尧："这事我们就不说了。今天就到这吧，章陪武的任命我们很快就下，那个张志明如果我看了没有什么大问题，不日我就会叫他和你一起回麻栗坡，你回去就可以办交割。哦！张厅长你留一下，我还有其他事情要跟你商量。"

唐继尧已经下逐客令了，林开武只好起身告辞，但今天辞职这么顺利，不用说也是张邦瀚事先帮忙打了背功的。所以，离开唐继尧的办公室时，他还是向他投去了感激的目光，张邦瀚看到了也没说什么，只是会心地笑了一笑，算是对他的回应。

正应了适才他所说的"无官一身轻"那一句老话，走出省政府，林开武真的感受到了一种从来没有过的轻松。他在门外叫上候在那里的两个随从，就心情大好地向陈荣昌家走去，他当时心里只想，要跟陈荣昌喝上几杯，一定好好跟他喝上几杯。

陈荣昌的公馆本来就在翠湖边，离五华山并不远。所以，林开武没多久就到了他家门前，门房一通报，陈荣昌便乐呵呵地迎了出来，他一边把林开武往客厅里让，一边问道："贤弟，你什么时候来昆明的？"

林开武："昨天就到了，一到就去见张邦瀚，今天一大早又去见了唐继尧。这不，唐继尧才召见完，我一点没有耽搁就来恩兄您这里了。"

"有什么要事吗，唐继尧那么老远把你从麻栗坡招来？"陈荣昌招呼林开武在客位上坐定，手里递过一杯茶，急着问道。

林开武："不是他召我，是我来找他。"

陈荣昌："怎么，又来找他要钱？"

林开武："不是，这次我是来交辞呈的，他批准了，我可以告老还乡了！"

陈荣昌："真的？"

林开武："真的，这下我也可以像你一样在家过自己的轻松日子了。"

陈荣昌："告老还乡？说来好听，用不了多久，你就会感到失落的。不过，值此多事之秋，退下来也好，免得被卷进永远也搅不清的政治旋涡。"

林开武："恩兄，此话怎讲？"

陈荣昌："你是真不知道呢，还是在装傻充愣呀？"

林开武："什么装傻充愣，我是真不知道。你想呀，我一天被困在麻栗坡那个极边之地，我能知道什么？"

陈荣昌："云南可能会有新的变局……"

林开武："哦？"

陈荣昌："唐继尧这个人刚愎自用，又有些反复无常。现在的滇军之中，倒唐之声四起，滇东北的新实力派龙云、卢汉，驻桂滇军中的胡若愚，都志在必得。"

林开武："哦！这么说唐继尧的后院起火了？"

陈荣昌："不光是后院，连前院都起了。"

林开武："如此争来争去，表面上看是他们几个轮流坐庄，实则遭殃的是云南百姓。"

陈荣昌："所以嘛，我说你退出来了也好，免得又搅进新的旋涡当中，没完没了地脱不了干系。"

林开武："不管了，不管了，既然辞去了职务，这些事情就跟我无关了。恩兄，今天你可得多准备些酒，我得好好跟你喝几杯，已经有好些日子没有跟你喝酒了。"

陈荣昌："好！我这就吩咐厨房，叫他们多准备几个菜，再差人去把崔志贤叫来，今天我们一醉方休。哦！对了，来得好不如来得巧，今天我还约了一个有大学问的人，一会他来了，我引见你们相识。"

林开武："谁呀？在我恩兄这也有这么大的面子。"

陈荣昌："状元郎袁嘉谷，也是你们滇南石屏人，你跟他认识一下，说不定以后会成为好朋友的，这些人，是我们云南的大才。"

林开武："好！今天我林开武顺利辞官，又得状元郎陪醉，何其快哉，我一定好好和这个大状元喝几杯！"

不多时，果然袁嘉谷就如约来了，林开武一见，人家到底是状元出身，确实气宇轩昂，而且还浑身透出一股一般人所没有的气质，心里对这人就有几分喜欢。一经陈荣昌引见，二人竟有相识恨晚的感觉，他们寒暄起来，只一会儿工夫，彼此间就已经有很多话题了。

又过了不多时，崔志贤也应邀来了，陈荣昌家的客厅顿时热闹起来。

那天，陈荣昌叫家人把酒席摆到了院子里的花架下，他们从中午喝到晚上，从晚上又喝到深夜，一会儿喝酒，一会儿吟诗，一会儿饮茶，一会儿论字……一直到众人皆醉，才尽欢而散。

第二天，复又如此。

到第三天，林开武刚刚起来，张邦瀚领着张志明来了，林开武便叫随从收拾行李，告别了陈荣昌一家，踏上返程。

到了麻栗坡，林开武已经没有太多的牵挂，于是便很快交割，并特别交代章陪武和张志明不要声张，他想悄悄离开麻栗坡。

那天早上，林开武就要走了，按照他的吩咐，麻栗坡对汛特别区督办公署没有搞什么欢送仪式，只有章陪武和张志明两个人送他出门。然而，当他们走出门来，不知道怎么得到消息前来相送的人群，已经把督办公署门前围了个里三层外三层，那些前来相送的人手里还拿着糯米、白酒、火腿、活鸡、鸡蛋等，一个劲地往林开武的马驮子上堆……

"使不得、使不得，各位乡亲，这万万使不得……"林开武一边推辞着一边挤出人群。

可是，等到他来到街上，那场面更是不得了，把他都着实吓了一大跳。

只见，街边的许多人家，家家都在门前摆了香案，香炉里燃着一炷炷香，许多人家还在香案上摆了一盆清水，在清水里放了一面镜子……大半生在外为宦，林开武当然知道民众此举表达的是什么意思。可是对这，他又怎么承受得起呢？他只好抹着不知何时夺眶而出的眼泪，拒绝着更多送东西过来的人，快步走过街心，而众人则不舍地在身后跟着，人越聚越多，竟然在街上排成了一条送行的长龙。

林开武催着随从，让他们打马快走，他确实承受不了民众的这份厚重情感。然而，就在他来到街口，心想过了岔路，就算离开麻栗坡街了，一颗心才稍稍放松下来。但是，一个更加震撼的场面却让他目瞪口呆，只见岔路口那里，一些乡贤带着更多的人，举着几柄万民伞已经候在那里了，林开武抬眼一望，那万民伞上有的写着"利国利民"，有的写着"功垂千秋"，还有的写着"为官爱民"……

"各位乡亲，林某何德何能呀！值得你们如此抬爱？"林开武紧走几步，迎了上去。

"林督办，您当得起，我们都舍不得您！"几位乡贤和众人异口同声地说。

"你们别这样，你们越这样，开武越是羞愧难当……"林开武话没说完，已然泪流满面，他一步跨到岔路口，面向众人、面向麻栗坡，"咚"地扑身在地，长跪不起……

七十六、香坪山上合家欢乐 植树种花扩大家业

只是半天时间，林开武就从麻栗坡回到了他的香坪山老家。对于他的回来或出去，家人和乡亲们都已经习以为常，总觉得他的这次回来，无非也是回家小住，用不了多少时日，他又要出门任事。所以，大家都不以为意。直到他和送他回来的几个随从在院子里卸下马驮子，围拢过来帮忙的家人发现，这次驮

回来的东西，不仅有各种特产，还有林开武生活起居的一应用品，众人才相信，这个老头子这回是真正地解甲归田了。

这个他们期盼已久的意外发现，引起了林家人不大不小的兴奋和骚动。李氏一边翻弄他的被褥衣物，一边双眼直勾勾地盯着他问："这回，真不走了？"

林开武点点头："不走了，你们没看我把那些破衣烂裳全都收回来了吗？"

李氏还是不放心，又问："真不走了？"

林开武肯定地答道："真不走了。"

李氏："你这个一辈子在外面野惯了的人，你能在家待得住？"

林开武："外面有多好，终究不是我的家，这儿有我父母的坟墓、有我的妻子和儿女、有我的家业、有我的根，这才是我最想待的地方……"

听了林开武这番颇为动情的一席话，李氏不再说什么了，却用衣角不停地去擦拭悄悄淌出来的眼泪……

林威、林霞本来是跟着哥哥嫂嫂帮父亲搬东西的，见林开武和李氏都说得动了情，便一边一个地走近来挨着他们，却都懂事地站着不说话，林飞要小一些，是拿不动东西的，只是跟在哥哥姐姐的后面瞎跑，见林威和林霞高兴，也跟着高兴，现在见哥哥姐姐不说话了，他也停止了跑动，小心地走到林开武面前，仰头看着他身材高大、面容慈祥的父亲。

林开武伸出双手，把林飞揽进自己的怀里，又腾出一只手来，摸摸林威的头，又摸摸林霞的头，深有感慨地说道："一年多不见，他们又都长高了！"

林飞见父亲开口夸他们，便以稚嫩的童声说道："我比村里的小伙伴长得都高，可他们又都叫我小叔。"

林飞充满童趣的表达，让林开武和众人都开心地笑了，笑了一阵之后，林开武才对他的小儿子解释道："你比他们都长得高，很好。他们都叫你叔，那是因为你的班辈比他们大。而他们叫你叔时还偏要加一个'小'，那是因为你确实还小，还是小娃娃嘛。"

林飞摇摇头，说道："不懂。你们大人老爱把简单的事情说得让我们听不懂。"

林开武又一次忍俊不禁，笑着说道："长大了，你就会懂的。不要急，你还小。"

这里，林开武还在忙着开导小大人林飞，那边，原本站在李氏面前的林霞心里也不踏实了，她小心地问林开武："爹，这次你真回来跟我们在一起了，再也不走了？"

林开武："嗯。再也不走了！"

林霞更紧地依偎着李氏，说道："我爹说了，这回他真的不走了，以后就天天跟我们在一起了。"

李氏疼爱地搂了搂林霞："嗯。以后是天天跟我们在一起了，你爹他在外面闯荡了大半辈子，劳累了大半辈子，也该歇歇了。"

林开武："你们倒好，一群人把我拦在院子里说个没完，你们还让不让我进自己的家了？"

李氏："哦！我真是该死，光顾着说话了。走，咱们都进屋，进屋了再说。"

大家簇拥着林开武进了客厅，林开武道："我给你们都带了礼物，每人都有啊！林威，你去把爹的那个褡裢拿过来，爹给你们分一分。"

林威取来褡裢，林开武开始给众人分发礼物。给李氏的，是一个金戒指；给文蕊的，是几册书画，一套文房四宝；给姚佩珠的，是一对玉屏龙凤箫笛，还有一个梳妆盒；给冯翠兰的，是一对玉镯，还有一身衣料；给林威的，是一把古色古香的宝剑；给林霞的，是几件珠花、头饰，还有一双绣花鞋；给林飞的，是当时比较时兴的派克钢笔。那两个抱来的儿子和两个儿媳妇，也人人有份。拿到各自的礼物，大家都很高兴，一家人喜气洋洋，当夜的林家，就一直沉浸在这样的欢乐气氛之中。

趁着大家高兴，林开武宣布："从今天起，大家要拿出真正过日子的样子来，把这个家整治好，把香坪山整治好，把全家人的日子整治好！"

第二天，马关县城的那个大户，竟然派人送来了一批花苗。

林开武感到有些奇怪，就问送苗木来的人："我刚回家，你家主人怎么就知道了，还差你们送花苗来？"

送苗的那人答道："林老督办，你离开麻栗坡，人们万人空巷地相送，大家还送了万民伞，可轰动了，远近谁人不知呀。"

林开武："哦！你家主人叫你送苗木来，他是怎么交代的？"

那人又说："我家主人说，林督办这次回了家，势必又动心思种树种花，也不知道上次送来的是不是都种活了，便连夜叫我们挖了花苗。这不，今天一大早，就催我送过来了。"

"你家主人真是有心呀！这么多年了，还一直记挂着我栽树种花的事，我要是种不好了，还真对不起他。"林开武说着，便走过去查看。但见那人送来的花苗有两大驮，其中，弥足珍贵的是一批云南山茶花，里面有通草片、狮子头、七姊妹、月月红、白雪公主、恨天高、松子鳞等。除了茶花，还有一些珠梅、红梅、白梅、蜡梅……

林开武边看边自语道："都是好花，都是好花，要是都种成了，我家以后就变成一个大花园了！"

随即，他吩咐两个抱养儿子："马上去找几个人来，我们现在就栽，隔了夜，花苗就伤了。这房前屋后，所有空地，我们都栽上，梅花成林，茶花成片。告诉大家，底肥要放足，水要浇够。"

两个儿子去了不多一阵，就从村里找来一伙青壮劳力，林开武也撸起袖子，和大家一起干了起来。

女人们出不了大力，就前前后后跟着浇定根水。文蕊边忙活边说道："疏影横斜水清浅，暗香浮动月黄昏。所以，梅花不宜种得太密，而且，还要种在有水的地方，如沟边、池边。"

林开武觉得有理，就要大家按她的意见去办。

姚佩珠也道："茶花喜湿怕晒，要栽在半阴的地方。太暴露，不仅花长不好，还不容易成活。"

林开武听了，又叫大家把茶花种在屋后的花园中。

忙完，林开武连同送花人、种花人一起都不让走了，他把大伙都请到餐厅，让家人拿酒，自己给每个人都斟上，说道："今后，就没有什么林督办了，我们都是生活在一起的乡亲，我和大家一起下田种庄稼，一起上山栽树，一起在家边种花，把我们香坪山打扮得漂漂亮亮的。当然，有酒我们也要一起喝，有肉我们也要 起吃。来，我们今天就好好干一杯！"

众人听他这么一说，也就少了很多拘束，便都纷纷举杯，干了杯中的美酒。林开武见众人都动筷子了，又和坐在身边的李氏说道："往后，像这种大家干活大家吃饭的日子不会少，我打算把附近山上合适的地方都种上杉树，还要扩种八角、三七和草果。你留心一下，专门请两个厨子，要不然，厨房里光翠兰一个人忙不过来。"

李氏："知道、知道，又心疼你屋里最小的那个了不是？"

林开武正色道："别说那些没用的，我和你说正经话呢！除了厨子，我们还得雇一批长工，以后，山上田里一起动起来，需要的是人手。还有，我还想在咱家的屋山头那边，盖一座高高的碉楼，家里要养几个值守的家丁，给他们配些武器。这样，凭借碉楼，我们不仅可以确保全村的安全，还可以切实保护山下的过路人，你要知道，山下的大路是从西洒、畴阳、麻栗坡一带去开化的商道，我们把这条路保护好了，过往的人安全了，我们的香坪山也就热闹了，我们在山上种植的山货，也就自然会有人来运出去，到时候，我们想不发财都不行。"

李氏："你这个人就是心大，这才回来，清闲日子还没有过上呢，又开始谋划这样，谋划那样了。在你心里，你到底要把我们的家业弄得多大？"

林开武："没有见过你这样的婆娘，你还怕我帮你把家业弄得太大了呀？总之，我们的家业越大越好，我们的日子过得兴旺了，还可以接济村子里和附近村寨的贫困人家。"

李氏："要我说，你也一大把岁数了，在外面折腾了大半辈子，好不容易告老回来了，该歇着就歇着，过些清闲的日子。上山种树，下地盘田，置办家业的事，有你那两个当家的儿子，这些年你不在家，他们不也照样做得好好的？"

林开武："他们是很得力了，这些年在你的调教下，是把我们家整治得像模像样的了。但是还不够，我也还不老，能帮他们的我还得帮。只有大家齐心协力，日子才会过得兴旺嘛。"

李氏白了他一眼，嗔怪着道："好、好、好，我说不过你，道理一套一套的。想必这些年在外面当官当惯了，回了家来，不为众人操心你也是过不下去的。你爱怎么弄就怎么弄，只要对这个家好、对众人好的事，我都支持。"

林开武："这就对了嘛，我们做夫妻那么多年，哪个时候不心往一处想，劲往一处使的？要不是这样，我们当年空着手上香坪山，哪里来今天这么大的家业？"

李氏又白了林开武一眼："我是心疼你，不识好人心。我看你就是一辈子的劳碌命，不折腾到自己走不动路的那一天，你是不会甘休的。好好吃饭吧，你说的这些事，得一样一样地来做，心急吃不了热豆腐，一口也吃不成一个大胖子！"

林开武："好，吃饭、吃饭，大家再干一杯！"

大家喝完一杯，林开武又叫姚佩珠："今天高兴，你给大家唱上一曲，助助兴，也增加点雅趣。"

姚佩珠于是离席取来琵琶，弹唱起来——

　　君回香坪山，田原春意浓。
　　林间人欢笑，水中月慢行。
　　从今到以后，愿君不再离。
　　……

听到这里，林开武连连点头："好、好、好，今后，我再也不离开香坪山，再也不离开你们了！"

听到林开武这么说，大家都很兴奋，于是，又纷纷举杯。那一晚，林开武家的餐厅里笑语喧哗，还不时有姚佩珠那仍不失甜美的歌声飘出，一直闹到很晚方散。

从那天以后，林开武果真就开始了他在香坪山的第二次创业，他首先叫两个当家儿子，找人来刈草开地、垦荒、造三七园，秋后又育下了大量的三七红籽和杉树、八角、草果种子，第二年开春即大面积移栽。在忙着大面积栽种的同时，他也不忘找来工匠，在他家屋山头一个可以尽览山下道路的地方，盖起了一座高高的碉楼。从村里和附近村寨选了一批精干的青年，自己亲自调教他们，又托人从山外买来一批武器，组建了一支有十多个人规模的家丁武装。平时让他们参与劳动，夜里则轮流值班，维护村里和山下大道的安全。从此，山下大道上，经商的人和马帮来来往往，在香坪山这段山高林密，过去常有匪盗出没的路段，再无盗抢，大山深处的香坪山村，也人人路不拾遗，家家夜不闭户，而林开武一家，则依靠对香坪山的再一次开发，收入渐丰，家业逐年扩大，日子越过越兴旺。

香坪山，进入了它自有人开发以来，最为兴盛、最令人向往的一段时期。

第八部
告老还家不得闲 八旬老翁抗日忙

七十七、林顾问再三退薪酬 章陪武辞别老长官

话说林开武一回到家，就开始了他在香坪山的第二次创业，生活就像他原来预想的那样，过得既简单又充实，不知不觉之间，时间过去了半年。在这半年时间里，他已经完成了从一个呼风唤雨的督办到一个乡间老农的转变，不仅日子过得平静，心态也在归于平和，在他的感觉中，外面的风云与世事，已经跟他没有多少关系了。

可是，半年后的一天，家里却突然来了一个信差，这信差是从麻栗坡来的，是章陪武从督办公署里派来的一个下级军官，他给他带来了一叠银票。

林开武招呼信差坐定，问道："怎么你倒给我带了那么多钱来，这是怎么回事？"

信差见问，立即从椅子上站起身来，答道："这钱是章督办交代一定要送到老督办手中的，说是省政府汇来的您的半年薪酬，还说您回了香坪山以后，省政府每个月都把您的顾问薪俸汇到了麻栗坡，章督办本来每月都要派人给您送过来的。但是这样又觉得零碎，就半年才差我送来，并交代以后也以半年为限，若老督办无急用时，仍每半年送一次。"

林开武："省政府还真给我按月汇了薪俸？"

信差："是，是每个月都按时汇的。"

林开武："这事，当时我在省政府就与唐省长一再说了的，说我既然告老

还乡了，就不再拿薪俸的，你们章督办也是知道这事的呀！"

信差："这事，在下就有所不知了。想必老督办您仍是省政府顾问，这薪酬也是您该得的吧。"

林开武："什么该得的！我这个顾问，也就是个虚衔，又不曾为政府做过什么事，这钱我不能要。"

信差："这……"

林开武："这事你也不用为难，你只消把钱带回去，并把我说的话对章督办照实说了，他就会办的。"

信差："我这样把钱又如数带回去，章督办肯定会怪我不会办事的。老督办，这钱你还是收了吧？"

林开武："不。这钱我说什么也不会收的，你回去，把我的话照实说就行了，章督办他不会为难你的。哦！对了，你去厨房随便吃点东西，我这就给唐省长写一封信，回头你把它带去，让章督办寄给唐省长，这样，你和章督办就都好交差了。"

信差："是。老督办。"

那信差从客厅里退出去以后，林开武也进了书房，他很快给唐继尧写了一封信，再次重申了自己无功不受禄的理由和决心。

那信差在厨房里填饱了肚子，林开武也拿着写好的信出来了，他便不再说什么，接过林开武交给他的信，当时就告辞下山去了。

这事这般处理了，林开武以为就算是了了。想不到的是，半年以后，章陪武竟然自己上山来了。他一进门就对林开武说道："林公，我看那省政府顾问的薪酬你还是收下吧。上一次，我把你半年的薪俸给退回去了，你给唐省长的信我也一并寄去了。但是，省政府不仅把那半年的薪俸如数退了回来，这半年也月月如期汇来你的薪酬，我看你不收，唐省长是不会罢休的。"

林开武："哼！这唐继尧怎么就跟我较上劲了呢？他手里本来就没有几个钱，而他用钱的地方多了去了，还非得给我这个只挂虚衔不办事的老倌发一份薪俸。你说他这不是自己难为自己吗？"

章陪武："其实，唐省长这样做也有他的道理，一来，你是省政府顾问，是该给你发薪酬的；二来，你是重九起义的有功之臣，拿这点养老钱还不应该？"

林开武："我不这样看，我为国家做事时，该拿的薪酬我一分不少地都拿了，现在已经告老还家，不再为公家办事了，这点钱我就不应该拿，这样才来得清去得明，心里无愧。"

章陪武："那你说怎么办吧，你这里不要，可省里却按月准时给你汇来，你和唐省长一个也说不服一个，我倒夹在你们中间当磨心，我是拿你们两个一点办法没有了。"

林开武："这样，这笔钱我们还是如数退回去，唐继尧如果第一次看不到我的诚心的话，那么第二次他就不会无动于衷了，我保准他不会继续汇钱来。"

章陪武："那可保不准，你们两个一个比一个犟。"

林开武："就这样了，你照我说的去做。在这个事上，他肯定拗不过我。"

章陪武："好吧，我回去再帮你退一次，如果这次还不奏效，下次，我可是一样办法也没有了。"

林开武："下次，如果他们还再汇来，我肯定不再为难你了，我自己去昆明面见省长，了断这件事情。"

章陪武："真是拿你没办法。唉！我只见过千方百计捞好处的，就没见过像你这样别人反复把钱送上门来还不要的！"

林开武："别在那唉声叹气了。走、走、走，难得你上香坪山来，我交代厨房做了几样土特产，有野鸡炖七根、清炒鸡枞、油炸柴蛆，我们好好喝两杯。"

章陪武："算了吧，我还要赶回去。"

林开武："回什么回，你再怎么也得在这住一晚，明天再回去。要不然，人家该骂我不会做人了。"

章陪武拗不过他的这位老上司，只好在香坪山住了一晚，接受了他的盛情款待，第二天离开时还带着醉意。

然而，半年以后，章陪武上次打发来的那个信差又来了香坪山。这一次，他倒没有带银票来，却说省政府依然汇钱来，章督办让他上山来问怎么办。

"这事还没完没了了。走，我这就随你下山去，我到麻栗坡拿了那银票，自己去省政府跟他们说清楚，我就不相信我这钱退不掉！"林开武说完，竟然叫家人牵了一匹马，跟着那信差就去了麻栗坡。

从麻栗坡去昆明，林开武骑了两天马，又坐了一天火车。可是就在这三天，省里却发生了一件大事，到他赶到五华山时，他见到的已经不是唐省长，而是龙云主席了。

龙云虽然没有接触过林开武，可是对于他这个人还有所耳闻的。所以并没把他拒之门外，当他说明自己专门从乡下赶来，目的只是退掉省政府顾问的薪酬，竟然十分感动，并说："林公，都说人为财死，鸟为食亡，我对于你的高风亮节、大义疏财钦佩之至！我可以满足你的愿望，但这省政府顾问你还得当。"

林开武一听这话，知道龙云已经接受了自己的请求，不禁有些喜出望外，但还是有些不放心地强调道："得说好了，这顾问不拿钱，要不然我就不当。"

龙云："好的。我们说定了，林公你只当顾问不拿钱。"

林开武："那就这样。我走了。"

龙云："林公请留步，你那么老远来，又是前辈，总得让我聊表心意吧？"

"不了，我在昆明还有几个老友，我得去会会他们，你这，我就不添麻烦了。"林开武说着话，人已经出门了。

龙云："林公，你等等，我送送你。"

"不用了，你忙你的吧。"林开武在门外撂下一句话，自顾自走了，倒把龙云搞得愣在原地，半天没有回过神来、他在心里暗忖：这是怎样的一个怪老头呀，给钱不要，请他吃饭也不吃，这样的人可太少了。

就这样，林开武经过再三努力，终于退掉了他自己作为省政府顾问的薪酬，然而他的顾问之职却没有能够辞掉，这个职务一直伴随着他余生，这当然是后话了。

从昆明回来，林开武终于完全成了一个不领薪俸的老农，日子也就过得比以前更没有负担了。他完全地把自己融入香坪山之中，该劳作的时候劳作，该休闲的时候休闲，一派怡然自得，不胜快慰。不知不觉间，好几年时间过去了。

一日，他正在自己的书房和文蕊谈论《古文观止》，家人却突然来报说章陪武来访。

怎么又是他，莫不是麻栗坡又有什么大事了？林开武心里狐疑，嘴里却说道："请他进来！"

林开武正待迎出门去，章陪武已经自己进来了。一见到他，林开武便很高兴地问道："怎么，你这个大督办不好好在麻栗坡做事，倒有时间到我这荒僻山乡来？"

章陪武："老督办，我就要离开麻栗坡了。走之前，特意上山来一趟，见见你，也再看看香坪山。"

林开武："哦！你高升了，是调往昆明吗？"

章陪武："是去昆明，但还不知道具体去做什么，只说是到军中候用。管他呢，军人以服从命令为天职，叫我去干什么都无所谓。"

林开武："你正当年富力强之时，龙主席调你到昆明一定有他的想法和打算，你要好好干。现在正是国家用人之际，作为个人，正好通过报效国家来施展自己的抱负，成就功名。"

章陪武："成就功名我倒不敢想，我来边防效命已经多年，这次能够去昆明任事，多一个机会历练自己倒是真的。"

林开武："你也别太谦虚，我用过的人我知道，这些年你长进不小，已经是可担大任的人了，将来一定能够干出一番事业来。"

章陪武："我这一招两势的，还不是跟老督办你学的，将来真的要能成就点什么，那也都是你栽培提携的结果。"

林开武："你看，说着说着就客气上了不是？你我之间，用得着这样吗？"

章陪武："那是、那是。老督办，你从昆明退薪回来以后，这段时间过得可好？"

林开武："我当然过得好了，香坪山养人哪，我只要一回到这山上，就会觉得浑身从里到外的舒服，看什么都顺眼，做什么都顺手，想什么都畅快。人到晚景，也就图个叶落归根，合家团聚了！"

章陪武："谁说不是呢，人生一世，不管你在外面做过多大的事，最终都要落叶归根的。就说你老督办吧，大半辈子走南闯北何等风光了得，心里却念念不忘这香坪山。"

林开武："是呀！人都得有一个归宿。我的归宿就是香坪山。来、来、来，喝茶。光顾说话了，今天晚上你想吃什么？我通知厨房去做。今天晚上我们得好好喝几杯，也算是给你饯行吧！"

林开武说完，起身去了厨房，把章陪武一个人撂在客厅。不过，只是那么一会儿，他又回来了。于是，他们之间的谈话又继续进行。

林开武："你走了以后，他们会安排谁来接替？张志明那个书生，要任麻栗坡督办这个武职可是先天不足哟！"

章陪武："接替的人听说是省保安旅的一个副旅长，也是一个干才，老督

427

办你大可放心就是了。至于张志明，可能也要调走，只是我走了，他还得等新督办来，总得有个交接。"

林开武："哦！他的去处会是哪里？"

章陪武："听说江那里要从文山县析置出来设立正县，上峰有意调他去那做首任县长。"

林开武："真是太好了，你们一文一武都得到重用，真让我高兴。"

章陪武："张志明一肚子墨水，去单独治理一个地方应该游刃有余。这下，他也有一个自己施展才干的平台了。"

林开武："把他用到地方，把你留在军中都比较恰当。看来，龙主席还是识人的。只是你在军中，将来恐怕要比张志明更加奔波劳碌，我听说日本人占领满洲以后，对我中原大地已是虎视眈眈。以这样的情势，中日之间，不久必有一战，国家有难，军人就得效命疆场呀！"

章陪武："军中男儿，理应以身许国，何惧效命沙场、马革裹尸？"

林开武："说得好！军中男儿就得有这血性。可惜我老了，再也无力为我们这个多灾多难的国家横刀立马、征战沙场了。"

章陪武："老督办你一点都不老，在我们眼里，你永远是那个老当益壮的老黄忠。"

林开武："哈——哈——哈，你这个章陪武，到底是出息了，恭维起人来也一套一套的，哈——哈——哈——"

那晚，林开武、章陪武两人在香坪山上把盏话人生，酒酣方歇。第二天，章陪武又在山上盘桓了一天，才依依不舍地告别下山。几年以后，他出任滇军六十军旅长，率部开赴抗日战场，与日军在台儿庄血战时英勇殉国。这次到香坪山辞行，竟成了他与林开武之间的人生诀别。

七十八、有意只做山中寓公 在家煮酒善待亲朋

光阴荏苒，日月如梭，转眼林开武回家已经好几年了。这期间，他除了领着大家种田栽树，扩大三七、八角和草果种植，还带人烧砖瓦，扩建他的香坪山馆。

经过几年的建设，香坪山馆的功能更加完善，实际上已经是一处依山就势、错落有致的建筑群，这个建筑群分成几个院落，而各个院落间又有过道相通，坐北朝南的大门上，"彩云南现将军府，紫气东来学士家"的门联是后来当过云南省代省长的周钟岳书赠的，大门内的花园里建了一个园亭，"十万貔貅顷刻事，满山花木四时春"亭联是清朝进士李仙舟题写的。花园东面，是最初建成的香坪山馆，现在被林开武改成客房，他在楼上楼下的十多个房间里安排了床位，专供来山上的宾客住宿。香坪山馆右侧，是一楼一底的香坪山小学，"西岭种松东涧种竹，十年树木百年树人"的学校门联，是学校的老师童智章自己书写。林开武起居的房子在院落群的最里边，门上挂着的是袁嘉谷书赠的"老去欲从赤松子，归来应号碧山人"。林开武待客的客厅里，用酸枝、荔枝木做成的家具古色古香，客厅的门联是陈荣昌书赠的"湖中明月自知我，岭上白云堪赠君"，客厅前面设有花坛，广种鲜花。客厅对面，是一大一小两个餐厅，可同时供近百人就餐。餐厅左侧是书房，里面的书柜、文博架、多宝格、盆景幽兰、古画、青瓷等，营造出了一种与别处完全不同的氛围，书架上有二十四史、百科全书、经史子集一应俱全。从餐厅到书房的甬道墙上，一边挂的是林则徐题写的"海纳百川有容乃大，壁立千仞无欲则刚"，另一边挂的是赵藩题写的"能攻心则反侧自消，从古知兵非好战；不审势即宽严皆误，后来治蜀要深思"。

家人分住的房舍，林开武让各人自己布置，一是体现个性，二是照顾爱好。李氏的住处，设有佛堂，内置红木精雕的神龛及八仙桌、香案、太师椅、

古铜大香炉、高烛台、青瓷花瓶、银供盘。

文蕊的住处，设大书案一张，供其阅读和写字画画。此外，还有书架、文博架，陈设一些书籍和她喜爱的工艺品。

姚佩珠的住处，有美人榻一张，供她歇息，墙上还挂着琵琶、胡琴、箫笛等。另外，林开武还为她买了一个可放唱片的唱机，让她听音乐消遣，有时也跟着学戏。

冯翠兰的住处比较简朴，墙上有四条屏美人图，连年有余的木版年画，绣着花朵的帐檐、窗帘等体现着她与其他人不同的喜好。

两个抱养儿子和他们的妻儿，林开武给他们一家安排了一套院子，而林威、林霞和林飞，林开武则安排他们和童老师住在一处。

逢年过节，堂屋神龛上的天地国亲师牌位和年画，林开武都要求一律要换成新的，还要披上红缎苏绣椅披、桌垫，这里通常灯火辉煌，鲜花怒放，香烟缭绕，气氛肃穆。

林开武还在院落的一角设了烤酒房，在烤酒房的院子里埋了几排大酒缸，每当烤得好酒，就直接倒到缸中窖起来，等到酒的烈性消失了才取出来饮用。

在离碉楼不远的地方，林开武还修了几排厩舍，分别养着牛、马、猪、鸡。

经过这样一番打理，但凡是到过林家的人都有一种印象：这是一处大宅院，主人是见过世面的人。

院落外，他苦心经营的香坪山也发生了巨大的变化。山顶，是郁郁葱葱的原始森林，山腰是连片的杉树，而山脚平凹处，都种了八角和果木；田地里，有他们种的水稻、苞谷、洋芋、豆子……林开武还在山下堵坝蓄起一个池塘，里面养着鲫鱼、鲤鱼、鲢鱼、草鱼……

除了劳作和治家，林开武最盼望的，是有朋友来。他的朋友中，来得最多的一位是陈荣昌。陈荣昌爱走动，与林开武也很投缘，几乎每年，他都会来香坪山小住一段时间。这天，他又一次来了。

一见到他，林开武就抱住不放，连道："好、好！还是恩兄最想我，这次能多待些日子了吧？"

陈荣昌："我可住不长。"

林开武："我不放你走！"

两人说完，相视着哈哈大笑。

晚上家宴，林开武把全家人都叫来作陪。陈荣昌看着林开武的几位夫人调侃道："几位弟妹是越来越年轻，越来越漂亮了。"

听他这么一说，大家都笑了起来。李氏笑罢说道："陈兄真会说话，但说的不是真话。"

文蕊也道："不行了，我们都是年过半百的女人了，人老珠黄，不值钱了。"

姚佩珠："我们是越老越难看了，陈兄可别嫌弃我们哟。"

几个女人中，只有最年轻的冯翠兰不说话，默默地给大家斟酒。

陈荣昌："只要心不老，弯腰树不倒。莫说你们都比我小几岁到几十岁不等，就是到了我这个岁数，只要心态年轻，也照样不老。"

林开武："恩兄你是有学问养身，她们几位，拿什么跟你比。"

陈荣昌还要说点什么，李氏却已起身先敬陈荣昌一杯。紧随其后，文蕊、姚佩珠、冯翠兰也依次给陈荣昌敬酒。

陈荣昌喝得大叫起来："哟！不行、不行，你们这车轮战法，我受不了。"

林开武并不理会，他也举起酒杯道："她们的我不管，我这一杯，无论如何你得干了。"

说毕，林开武自己先喝干了杯中的酒。陈荣昌推托不掉，只好又陪他干了一杯。

那一晚，陈荣昌喝醉了。

第二天一早，陈荣昌还没有睡醒，林开武却来拍门叫他了。

"什么事？"陈荣昌躺在床上问。

林开武："起来，今天，我们去钓鱼……"

陈荣昌拗不过林开武，只好起床。

在鱼塘边，林开武先钓到一条鲫鱼，有三四两重。

陈荣昌随即钓起一条鲫鱼，但比林开武钓到的要大得多，重量在一斤以上。

林开武不服气，又钓，可是钓上来的还是一条小鲫鱼。

陈荣昌再钓，这次钓上来的则是一条更大的鲤鱼。

林开武沉不住气了，叫道："怎么大鱼总往你那边跑？"

陈荣昌："你平时大鱼吃多了。"

林开武："我不服！"

陈荣昌："不服再来！"

但是，整整一个上午，林开武钓上来的鱼都没有陈荣昌钓的大。林开武叹了口气："唉！这鱼，虽是我养的，却好像更听你的话。"

陈荣昌："这就叫命里有时终须有，命里无时莫强求。"

中午回到家中，喝完茶，林开武对陈荣昌道："钓鱼你赢了，你得付出点代价。"

陈荣昌："你又打什么主意？"

林开武："教文蕊写字。她的书法，我看有长进，但不知什么原因，总觉得再上不了一个台阶，像是缺少一种力道或风骨。"

陈荣昌沉吟有顷，点头应允："好，我点拨点拨她。"

林开武正要起身去叫文蕊，陈荣昌却拦住他道："我这里，也有个条件。"

林开武："什么条件？"

陈荣昌："教完文蕊写字，你得把佩珠叫来唱上一曲。"

"没问题。"林开武说完，叫文蕊去了。

文蕊过来后，研墨铺纸，请陈荣昌指导。陈荣昌却说："你先自己写点什么，我们从评你的字开始。"

文蕊写的是陆游的《卜算子·咏梅》："驿外断桥边，寂寞开无主。已是黄昏独自愁，更著风和雨。无意苦争春，一任群芳妒。零落成泥碾作尘，只有香如故。"

陈荣昌看后评价："弟妹读书，看来还真有所得。这词，也可称咏梅词的千古绝唱了。书法嘛，有刚有柔，也算是入门入道了。"

林开武："你要说问题所在。"

陈荣昌："书法的要领，在于领悟。领悟什么，各人有各人的追求。潇洒飘逸是一种风格，刚健遒劲也是一种风格，有人追求圆润饱满，有人追求骨瘦清癯，有人喜欢亮丽清新，有人喜欢多姿多彩……不管怎样，你可以按照自己的选择，确定一个努力的方向。当然，书法作为艺术，它有几个基本点，一是要间架规范；二是要抑扬顿挫，轻重缓急；三是有变化，有创新；四是有张力，有尺度，有显有露，有隐有藏；五是笔墨不能用死，处处要留有余地，给人想象空间。"

林开武："她的问题在哪里？"

陈荣昌又细看了一下文蕊的字，才对文蕊说道："弟妹你看，这几处你用笔不够大胆，有些拘谨。这几处你该收的没有收，该放的没有放，显得稚嫩；还有，总体来看，你用笔的力道不够，显得软，缺少气势。"

林开武鼓掌道："恩兄，说到点子上了！"

陈荣昌得到鼓励，干脆把陆游的那首词重写了一遍，边示范边讲解。文蕊听得频频点头，顿觉眼界大开，获益匪浅。

陈荣昌教完文蕊，转而对林开武道："怎么样？这回，该把佩珠请出来了吧？"

林开武让文蕊去叫来姚佩珠。姚佩珠弹唱的是苏东坡的《水调歌头》，歌声一起就让陈荣昌听得如痴如醉……

一曲终了，他便对林开武道："贤弟啊！你有这几位夫人陪伴，在这香坪山上，神仙都比不上你了！"

林开武笑了笑，解释道："我这是少年多奔波，人生多变故，老来才有福啊！"

来香坪山最多的，除了陈荣昌，当数李根源了。此时的李根源，已经退出政界，不再担任什么职务，他在家潜心研究禅学，而且颇有心得。陈荣昌离开不久，他也来了香坪山。这回，他还给林开武带来了一匹名叫小黑龙的乌骓马。

看到香坪山的种种变化，李根源上下左右打量了一遍林开武的家，说道："你倒会过日子，安乐窝建得不错嘛！"

林开武："漂泊万里，叶落归根，人老了，总要有个归落之处。"

李根源点点头，叫人牵过小黑龙，对林开武道："你是懂马的，这匹马，你看如何？"

林开武围着小黑龙细看了一圈，点头赞道："耳如削竹，胸有腱肉包，身躯匀称，四蹄如盅，气色晶亮，尾动有力……毫无疑问，这是匹好马。"

李根源："这是我的一点心意，送给你的。"

林开武："君子不夺人之所好，仁兄如此贵重的礼物，开武哪敢领受……"

李根源："这是我特地为你寻访到的，你不要推辞了。"说完，便把马缰绳交到林开武手上。

如此，林开武只好收下了，但嘴里仍说道："仁兄厚意，叫开武拿什么报答？"

李根源："你也七十多岁了，又在山区，有匹好坐骑，十分必要。"

林开武点头："谢谢，谢谢！"

当晚的饭桌上，林开武连连敬了李根源三杯酒。

李根源连干三杯后，说话有点不利索了，大着舌头道："人生几何，能与家人在一起，耕耘于山林田园之间，出入于清风明月之下，植树赏花，吟诗品酒……这，是多少人都向往的啊！"

林开武笑笑："是、是，在这一点上，我很满足了。"

饭后，李根源和林开武又秉烛长谈。

李根源："我想跟你讲讲禅，这方面，我这两年有些体会。"

林开武："好啊！我洗耳恭听。"

李根源："开武兄，你说人是聪明点好还是愚蠢点好？"

林开武："当然是聪明点好啦。"

李根源："不一定。聪明不一定是有智慧，但智慧一定包含聪明，聪明只是一种计较利弊得失的能力，贪婪诡诈也是聪明的表现……聪明的人得失心重，有智慧的人则勇敢舍得。舍得、舍得，先舍才后得，不舍则不得……"

林开武："这就是禅？"

李根源："这只是禅的点滴。"

林开武："你再举例说实在一些，刚才那一通，把我说得云里雾里的，摸不着头脑。"

李根源："比如：我们常常会对自己做过的错事进行忏悔。那么，何为忏悔呢？所谓忏就是终身不再做，所谓悔就是反省以前错误的思想行为，并永远吸取教训。仅仅在口头上说忏悔并无益处，要在实际生活中永远断除恶念，不做坏事，这才是忏悔。"

林开武："说得好！倘若每个人都能如此，世道就会好得多了。"

李根源："再比如，人们常常爱用心如明镜这句话来表白自己。那么，什么是心如明镜呢？所谓心如明镜，是指虽然外在事物不断转化变动，但你的心却不因这种变化而发生偏移。外界在变，但你心中的镜面却不转动，此即景转而镜不转，镜动而心不动。若心随镜动，镜随心转，则不能自控，哪里还称得上是心如明镜呢？"

听到这里，林开武忍不住打了个哈欠，李根源只好收住话题，说了句："心累则身累，心疲则神疲。好了，睡吧。"

林开武走后，李根源在书案前铺纸研墨，写下了一篇禅文："恶人不从善，善人不从恶，恶人无善念，善人无恶心。善恶如浮云，皆无生无灭。人生若从善，当断恶之源，恶源为私欲，不斩难超脱，人生求善心，世间少坎坷。"

七十九、邻村民众抢水打架 天露旱象掘井救灾

李根源在香坪山盘桓了数日，最后还是走了。李根源走后不久，林开武开始调教他送来的小黑龙。

说来奇怪，这匹马好像还真的与林开武有缘。平时，别的人莫说是骑它了，只要走近一些，它就会打响鼻、尥蹶子，摆出一副吓唬人的样子。但见到林开武，它总会长嘶一声，用前蹄刨着地，用脸颊中间贴着他，以示亲热。

对此，林开武很高兴，也就打心眼里对它更加喜爱。他总是亲热地靠近它，拍拍它的脖子、摸摸它的脸颊，然后塞给它一个苞谷、一把黄豆，或是一握嫩草。

小黑龙吃了吃食，目光就更显温驯，它会用鼻子嗅嗅他，接着“咴咴”地吹叫。这个时候，林开武就会给它套上缰绳，装上马鞍，顺势骑上马背。只要他一上马，小黑龙就会长嘶一声，向前飞奔……

林开武往往会让它顺山路跑上那么一二十里，直到山下的大道，才会选择一个路宽人少的地方，训练它奔、煞、转、退、卧、起、小步、快步等技能。转眼一个多月过去，林开武天天在香坪山的山道和山下大路上调教小黑龙，从来也没有跑到香坪山外。

这一日，经过了一个多月调教的小黑龙，已经非常熟悉主人的各种指令，并能够按照指令做着各种动作，俨然是一匹训练有素的战马了。骑在马上，林开武就有了一种特别想扬鞭驰骋的欲望。于是，小黑龙从山路跑上大道，他没有勒住缰绳，小黑龙从大道向山外飞奔，他没有勒住马缰绳，反而扬鞭催马跑得更快。就这样，他一人一骑，一口气竟然跑了四十多里地。

这里，已经完全没有了香坪山那样郁郁葱葱的森林，放眼望去到处都是光秃秃的石山，地里的绿色也是无精打采的，绿得不那么旺盛、那么水灵了。看来，人们对于云南“一山有四季，十里不同天”的概括和描述并非乱讲，只是那相隔并不远的几十里地，这里已经有了比香坪山严重得多的旱象。心里有了

这样的想法，林开武又注意到，小黑龙的奔跑，竟然在身后扬起了弥漫的黄尘。

看到这种景象，林开武催马飞奔的兴致一下子就荡然无存了，他收住马缰，让小黑龙由飞奔变为信步，慢慢地边走边查看着田地里的旱情，不知不觉间，就来到了豆沙林村和棋台村附近。

这两个村，以前林开武在家办团练的时候没少来，出门任事以后虽然来得少了，但是出入香坪山时也还偶尔路过。因此，他对这两个村并不陌生，这两个村的村民，但凡年长一点的，也都认得在这一带大名鼎鼎的林开武。当时，他信马由缰地走近这两个相隔也就二三里地的村子，想去问问旱灾给他们带来的影响。可是，他才接近豆沙林村的村口，就听到村里传来了哄乱声和一阵高一阵低的哭声。这是怎么啦，村子里到底发生了什么事？

心里这么想着，林开武不由得催促小黑龙，加快了进村的步伐。到了村里，他才知道这里刚刚发生了一场械斗。为了争水，豆沙林村和棋台村的村民大打出手，双方都各有死伤。这一会儿，家里有人死伤的，正忙着抢救或是哭泣，而更多的人则手持锄头、铡刀、粪叉、扁担在村街聚集，准备去棋台村讨还血债。

面对群情激愤的人们，林开武只好劝大家先压压火，又把村里的几个寨老叫到一旁，问明原因和经过。原来，在豆沙林村和棋台村之间，有一个长年流水不断的龙潭。这两个村世世代代合用这龙潭里淌出来的泉水煮饭、洗衣、灌溉田地，从来也没有发生过矛盾。今年天旱，有人趁夜将龙潭水全堵了去自己的村，另一个村的人发现后当然不干，也如法炮制将水全部堵回自己村里……这样你来我往，谁也不让谁，就上升成了村与村的矛盾，到后来愈演愈烈，矛盾不断升级，终于酿成械斗的惨剧。

林开武听完想了想，觉得这事既然让自己意外地碰上了，就不能不管。于是便决定先去看看死者和伤员。

死者有两名，一老一少，一个被锄头挖在头上、一个被扁担打断了脖子，死得都很惨。伤者有十多名，有的断了胳膊，有的伤了腿，也有的肩上、身上被柴刀砍伤的……

林开武边看边安慰，脑海里紧急思索着解决问题的办法。在看完了所有死伤人员回到众人中间时，他终于开口问道："知道你们为什么会受伤吗？"

"他们打的！"有人说。

"棋台村的那些杂种下手太狠了！"还有人说。

林开武等大家都发表了意见，才接着说道："对！你们说得没有错，是棋台村的人打了你们，他们确实是下手太狠了。一会儿，我到棋台村去，也会问他们同样的问题。我可以肯定，他们也一定会这么说被豆沙林村的人打了，豆沙林村的杂种下手太狠了……"

众人听到这儿，都沉默不语了。

林开武见自己说的话有了效果，便趁热打铁道："所以，这种事，是相互的，没有哪边是绝对的有理，哪边是绝对的犯错。我们是乡邻，祖祖辈辈生活在一起，都是瓜藤扯着豆藤的亲戚，非得像这样红着眼睛拼个你死我活吗？更主要的我们是农民，靠种地吃饭，手脚打残了，眼睛打瞎了，哪个养你？丧失了劳力，你喝西北风去？还有，那些被打死了的，他们的老婆儿女怎么过，你们都想过吗？"

现场鸦雀无声。

林开武继续道："老话讲，忍得一时之气，免得百日之忧，只有憨包才去跟人打架、拼命！天旱水少了，我们商量商量，少分一点不就是了，怎么会闹到这个份上？大家都好好想想，几十年，甚至是几百年了，你们两个村的先人祖祖辈辈就是这么过来的，他们能够和睦相处，为什么到了你们这辈就过不去了？不要再打了，棋台村那边，一会儿我也去讲这番话，相信他们也是听得进去的……"

众人听到这里，已经有人开始扛着锄头、柴刀、粪叉和扁担往回走了。

接下来，林开武又去了棋台村。这里的情况比豆沙林村稍好些，只死了一个人，但伤的人还是不少。村里很多人也是群情激奋，正在商量着要去豆沙林村讨说法。

林开武把他们拦在村口，并道："大家高兴了吧？你们村比他们村少死一人，你们赚大了？"

众人见林开武一开口就这么说，一时竟找不到答他的话。

林开武："你们知道这是什么事情？这是犯了国法的！这事交由官办，你们中得有人伏法，要去偿命的！两个祖祖辈辈相处得好好的村子，为一点水就翻脸、就打架、就杀人，你们还是不是人？还要不要在这里继续生活下去？"

大家都低头不语。

林开武又道："豆沙林村我已经去说了，他们准备来向你们赔礼认错，与你们和好！你们呢？是不是还要横扛着，硬要与他们干下去？"

终于有人说话了："我们也有错，我们也赔礼……"

林开武："这就对了，冤家宜解不宜结，两个村，又不能搬走，何苦呢？水少一点，少分一点就是了，天旱，大家都要互相体谅，承受点牺牲。只要你们商定与他们和谈的事，我来主持，我保证你们双方都不吃亏……"

又有人说："那，我们感谢林先生……"

林开武："好，你们现在就选代表出来，跟我去豆沙林村赔礼道歉。"

很快，棋台村选出了三名代表。林开武正要带着他们去豆沙林村，却在村口见到两头放养的大肥猪，便问："这是谁家的？"

一名代表告诉他："是李胡子家的，他家共养了三头，这两头最大、最肥。想必是刚才抽圈门的门杠去打架，忙乱之中把猪放出来了。"

林开武："去告诉李胡子家，这两头猪我都买了，叫他家现在就杀一头，今晚让全村人吃顿团圆饭。把另外一头拴了，我们几个这就赶着它去豆沙林村，去给人家赔礼道歉，得有诚意不是？"

代表："这，我们两个村的事，怎么好让林先生您破费……"。

林开武："都是乡里乡亲的，只要你们两个村子能够和好如初，我这点钱也就花得值了。就这么办吧！"

"是。"那代表答应着，小跑着到李胡子家买猪去了。

不多时，李胡子自己跑了来，众人把猪捉了，一头交给他们，一头牵回村里杀了。

豆沙林村的人见到林开武这么快就带着棋台村的人来赔礼道歉，还给他们送来了一头大肥猪表达诚意，自然也就无话可说了。在林开武的调解下，本来剑拔弩张的双方终于握手言和，一场以命相拼的血战被成功制止了。

"这就对了嘛！本来，一座山，挡不住亲情；一条沟，拦不住友情，都是在一块地里刨食吃的人，为什么要水火不容呢？你好我好大家好，这才是生存之道、和谐之道。好！你们和好了，我也该走了。"林开武说完，跨上他的小黑龙，打马就走。

两个村的人都过意不去，都追着留他吃团圆饭，林开武却决意要走，他在马背上最后又留了一句话："告诉李胡子，明天我差人给他送猪钱来！"

几千年来，旱灾和涝灾一直是中国农业的两大敌人，也是中国农民最头疼的事情。从豆沙林村和棋台村械斗的这件事上，让林开武对香坪山的灾情也做了重新评估。他知道，仅仅相隔几十里的地方，人们已经为争水而拼命了。那么，香坪山虽然因为森林茂密而暂时避过旱情，也只是一时的事。等到大旱来临时，香坪山也很难独善其身，毕竟香坪山的森林面积也就方圆几十公里，大环境尚可时，这里的小环境确实一枝独秀，大环境崩溃了，这片林子其实也是不堪一击的，如果不事先有所准备，村民必遭祸患。

为此，回到香坪山，他第一件事就是与家人等商量防旱抗旱的办法。他们商量的结果，就是在还有水的箐沟里打井，以备急时之需。

主意一经拿定，他就让两个抱养的儿子分头去通知村里的人。众乡亲齐聚他家以后，林开武把意思跟大家说了。

大家听了，却是七嘴八舌地意见不一，有的说："我们这里还有水，地里也不见有多干，忙什么？"

有的说："这两天反正也做不了别的，先挖两眼试试。"

又有的说："还是挖吧，林公的忧虑是有道理的，到真正旱起来，再去挖井就来不及了。"

如此争来争去，一时竟然难以形成统一的意见。林开武看看势头不对，只好武断地说："不要争了，井还是要挖的，我叫大伙来，是商量怎么挖，并没有问你们挖不挖！"

大家见林开武一锤定音，也就没有再说什么。一行人随他来到箐沟底的一个背阴处，他叫自己的两个儿子先挖一口浅井试试。

开始的时候，土还是比较干，但挖着挖着，土有些湿润了。林开武看着有希望，就叫村里的其他人过来看，并让他们也去不远处，选了一个地方挖起来。

半天之后，两处都挖下去一丈多深，终于，见到水了。林开武又吩咐大家："搭上架子，用吊兜取土，要注意井壁，垮塌了会伤着人。"

由于见到了水，大家劲头十足，挖井的进度更快了。

天黑前，井深差不多到了两丈，井里的水也齐膝深了。

"还要挖，明天，干到三丈深，水就更大了。"林开武在收工时叮嘱大家。

第二天，林开武指挥大家接着干，他说："先用桶把里面的水打干，再接着挖！"

众人都照办，一桶桶水被吊了上来，浇到附近的田里。而后，又接着挖井。渐渐地，井有三丈深了。水出得更多了，然而这时井壁却开始垮塌了。林开武见状急忙叫大家先停下，想办法解决垮塌的问题。有人看到不远处一个快干了的坝塘上，有许多围埝的石块，便提议用石头来围砌井壁。众人一听，都觉得是个好办法，于是立马前去，拆的拆，搬的搬，运的运……井壁用石头加固后，果然不垮塌了。而水，也浸到了一人多深，看样子，可以对付今年的旱情了。

众人高兴，林开武更高兴。他对大家道："有了水，各家盘算一下，等到干旱时，先救哪些庄稼？当然，要先救最重要、最关键的，也就是可以救命的粮食要先浇。"

对于林开武的提议，众人都没有意见。此后数月，因为这两眼井，香坪山村的旱情发生时，大家都有水可以挑来浇地，竟然从旱魔嘴里夺得了一季粮食的收成，村里人对有远见的林开武自然打心眼里感激。当那年的粮食收进了家，村里的人都对林开武说："林公，你的恩德，我们永远不忘！"

林开武却淡定地说："没有什么，都是乡亲，都是邻里。想当年，我林开武初到香坪山时一无所有，是大家帮了我。眼下，大家有难我们要心齐才能渡过灾荒。"

八十、天灾人祸接连降临 万众驱逐西畴县长

大自然的灾祸一天天地逼近了，这件事，仅从香坪山上的气候变化，林开武就能感觉到情况不妙。为此，他首先安排家人减少了三七、草果的种植面积，把所有能够种粮食的土地都拿来种粮食，然后又动员村里的人都这样做。他把全村的村民都召集起来，对他们说："灾年来了，钱不钱的就不重要了，只有粮食，才是保命的第一需求。所以，我们要趁着香坪山上的旱情还不是很严重，能多种一点是一点，能多收一些是一些。到时候，多一颗粮食，我们就多一分渡过饥荒的保障。"

多年以来，村民们已经习惯了林开武对于世事的判断。所以，当他提出来要多种粮食时，大家并无太多的异议。于是，香坪山上，在大旱未来之际，人们便开始了应对的一些准备。在说服了村民们以后，林开武又让他的两个当家儿子，分别带信给山下林老大和林老五两家，让他们也尽可能多种一些粮食，还让他们转告山下的大锡板、小锡板等村乡亲，一定要在田地里再抢一两季庄稼出来，手里有了粮，心里才不慌。

林开武的顾虑，其实在他家和附近的村民的粮食还没有完全长成时，就得到印证，在连续几个月的时间里，老天下的雨越来越少，林子里的小溪也越来越窄，到后来，一些坝塘也干涸了，地里的庄稼在得不到应有的水分滋养以后，长得越来越艰难，旱情严重的地方，已经出现了庄稼连片干死的情况。

渐渐地，上山来找林开武借粮的村民也多了起来。那个时候，林开武家里的存粮还不少，他便给当家的两个儿子和儿媳交代，借出去的粮食一定要干透，而量粮食的升斗一定要冒梁，而收回来时，不管干的潮的都要收，且量粮食的升斗只要平梁就行了。明眼人一看都知道，他这是在用自己的方式帮助附近的乡亲，两个儿子和儿媳也不愿意吃这样的哑巴亏，但是碍于老父的威严，又想想这也是做善行修阴功的事，就照着他说的做了。

可是，随着灾情的扩散和加深，饥饿的人越来越多，香坪山下的大路上，逃荒的人不绝于途，有不少人连病带饿，不时就有老弱者倒毙在路旁。林开武当然不会看着不管，于是便动员家人到山下的大路边搭了间粥棚，煮粥施舍路人。他还自己上山采来草药，又叫人去西洒、麻栗坡、开化等地买一些常用和急用的药品，为饥者施粥时一并给其中的病者施药，有病重者则接来家中医治、调养。

然而，仅靠一己之力，毕竟僧多粥少，路人和附近村寨饿死、病死的人越来越多，很多人连装殓的薄板都没有，林开武便雇来匠人，又叫他的两个儿子带着村中的青壮年上山，砍下他早年种下已经成材的杉树，做了一批棺材，有需求者能付些钱的就付，实在没钱的就赠送。按他当时的想法，在香坪山或是路过香坪山的都是有缘人，不能让他们死了得不到安葬。

在林开武竭尽全力地应对这些层出不穷的事情时，山下的林老大家和林老五家也都断了粮，无奈之下，他只好吩咐两个当家儿子送粮去接济。林老大家情况稍好一些，接济接济也就挺过去了，林老五则接济以后还是难以度日，他只好把他们一家都接上了香坪山。林老五一家没想到林开武这么看重骨肉亲情，在大难临头时并没记林老五当年做下的种种恶行，对他们一家自然是感激不尽，从此也就在香坪山上住了下来。

可是，灾祸并没有同情林开武的苦苦支撑和疲于应对，就在他左支右绌的时候，还有更大的灾祸接踵而来。

最初，林开武也只是听说西畴县新来了一个县长叫王开基，并从偶尔路过香坪山的绅商口中，得知这个人为官无德、卖官鬻爵、巧立名目勒索百姓的一些事。但是万万没有想到那人会在大灾之年不顾百姓生死，为了中饱私囊，竟然在老百姓挣扎于生死线上时火上浇油，通过民刑诉讼、征收烟课等盘剥百姓。

关于县长王开基盘剥百姓的卑劣行径，首先传到林开武耳中的是他通过民刑诉讼，原告被告通吃，只认钱不认法的事。那个时候，由于地方灾情日重，民不聊生，原来捞钱渠道较多的王开基，一下子就断了不少财路，于是便想到利用断案之权捞取钱财，他不管原告被告有理无理、犯不犯法，只要给他的钱多，无理的判成有理，有罪的断成无罪，而那些无钱或给钱少的，有理他说你无理，无罪的也要屈打成招，遇到有理无钱拿命去死扛的人，他不是把人打成了棍下冤魂，就是把人投入大牢，逼人就范。

一时间，在西畴县内，大家都知道这个县长只认钱不认法，在他那里，钱比理要大。所以，只要惹上官司，不管是原告还是被告，都争相给他送钱，为了打赢官司，不惜倾家荡产。一些为富不仁的人，往往以钱开路，就可以无法无天，肆意妄为。而一些有理无钱的穷人，就只能任人宰割或是愤而横来，以命相拼，社会为之动荡。

畴阳有一个姚姓富户，家有良田上百亩，又在街上开有两家商号，卖些越南特产，且收购一些本地山货卖往越南，日日有进账，日子过得在方圆百里内都是比较滋润的。但是，因为儿女婚事惹上了官司，他的独生女儿嫁给西洒街一个豪绅的儿子，而豪绅品行不端的儿子，却吃着碗里的还要霸着锅里的，到处拈花惹草，那女儿气愤不过，就提出来要终止这段婚姻。可是，品行卑劣的那位豪绅，却早已对自己年轻貌美的儿媳垂涎三尺，他先是百般阻挠儿媳离婚，又趁夜间儿媳不备，撬门入室，强行玷污了她的清白，致使那儿媳羞愧难当，悬梁自尽。

事情是明摆着的，畴阳的姚姓富户不仅占理，而且西洒街的那个禽兽豪绅欺人也欺到家了。姚姓富户憋着心中的一口气，定要为自己蒙羞受辱而死的女儿讨个公道，便下决心变卖家产打这场官司。结果，他不仅花光了自己的积蓄、变卖了田产和商铺，把钱源源不断地送进了王开基的腰包里，最后还因为输了官司，和妻子双双服毒自杀，落了个家破人亡的凄惨下场。

而西洒街那个豪绅呢，为了打赢这场官司也倾其所有，把大部分变卖成钱的家产都卖了给王开基送去。最后虽然因为他的家底要厚实些，用钱铺平了路，买通了掌握着裁断大权的王开基。但到官司打下来，自己的家产也所剩无几了。后来为了要做生意翻本，就变卖了最后的家产，不想却被他好逸恶劳的儿子连偷带抢拿了去，带着相好的女人跑了，他自己则因为名声太臭，在西洒街上挑水卖都没有人买，时间不长，竟为生活无着和心理压力而精神失常，在沿街乞讨也无人同情的情况下饿毙街头。

这件事情，官司打到落了，就原告和被告双方来说，完全没有赢家。唯一得了好处的，就是王开基一个人，他利用这件事，把原告和被告玩弄于股掌之中，轻轻松松就拿走了这两家的全部家财。县里上下一传十十传百，大家心里都明镜似的，可是惧于他手中的生杀予夺大权，谁也不敢说话。

西畴县东南部的董马，是一个山大石头多的地方，平时在土里刨食的人们本来就生存得不易。遇上天旱无雨的荒年，人们往往把每一颗粮食看得比天还要大。

有一家弟兄两人，分家时耕地的隔界是用几块石头立在地中间隔开了，但贪心的弟弟在耕种时，总是每犁一遍就多犁一铧，三犁两犁就把立来做隔界的石头给犁倒了。石头一倒，他便会借修整之机，把隔界的石头往哥哥家的地里挪上一点。接着，他又会像以往那样犁地，再次把用来做隔界的石头犁倒，接着在修整时又挪一些……天长日久，哥哥家同样非常金贵的地就被他占去了好几铧，种上苞谷已经一年可以多收好几背篓了。

弟弟的所作所为，哥哥家的人也不是不知道，但是因为碍于割不断的骨肉亲情就没有说什么，再加上以往年成好，几背篓苞谷也就是每顿多几口少几口的事，所以也就忍了。现在遇上了荒年，大家的粮食都紧张了，哥哥一家对这事就在意了起来。可是，那弟弟还在故伎重演，春上犁地时，又故意把隔界的石头犁倒，把石头往哥哥的地挪了一点。当时，哥哥正好也来地里干活，当面把他的弟弟逮了个正着。气不过就上前与弟弟理论，弟弟呢，自己做了不应该做的事还不承认。为此，双方就起了争执，并在争执中动起手来，那弟弟仗着年轻力壮，竟然一锄头把哥哥砸死在地头。这一幕，刚好被哥哥随后也来种地的儿子看到了，他也完全失去了理智，冲上去就把自己的亲叔叔打成了重伤。

这个官司打到县里，如果王开基公正执法的话，很快就会得到平息了。但是一心要利用这个机会捞钱的他，却偏不这样做，他先把哥哥的儿子关进牢房，又把弟弟的儿子叫来恐吓一番，总之就是要钱，不拿钱，哥哥的儿子他不会放，弟弟的儿子他也随时可以抓进来。

漫说这两家人一家正在安葬死者，一家却在给伤者治疗，就是没有这样急需花钱的事，这两个在荒年连饭都吃不饱的家庭，也拿不出钱来给王开基行贿。这下好了，王开基指使手下打了哥哥的儿子几顿，又把弟弟的儿子抓来折腾了几次都弄不出钱来，便很不情愿地把他们两个人都放了。

这两家人打官司没个说法，旧仇未了，又因为打官司都受了罪、吃了苦，添了新恨。回到家以后，双方又打了起来，后来冲突越闹越大，双方都搬来了各自的后家，又联络了各自要好的亲朋，发展成了几十人的械斗，一下子又打死了好几个人。

这事在西畴县一传开，全县上下一片哗然，大家都在心里暗骂王开基，指责他所代表的西畴县政府。可是，王开基却像没有事一样，依然我行我素，该怎么样捞钱还怎么样捞钱，完全不顾已经悄然沸腾的民意。

王开基的种种劣迹通过各种渠道，零零星星传到深居香坪山中的林开武这里时，他虽然也很气愤，但多是一面之词，他也不完全信。再就是想到自己老了，已经赋闲在家多年，不好出面去管，也相信王开基的上司不可能任他如此为所欲为，所以还想看看再说。不料，旱灾一来，他把自己的主要精力都集中到了带领大家抗灾自救，或是疏财捐物救助灾民上，也就顾不上去理会王开基的这些事了。

可是，作为一县之长的王开基却并不收敛，反而因为灾年无钱可捞，官司又因为大家都知道他只图钱，并不主持公道，所以，都能私了就私了，如若不能，则自己通过武力解决，是死是活都不再送钱给他。他便又想到了一个更加让人不齿，更加让人难以容忍的招数。

那个时候，虽然国民政府也在各地禁种大烟，但在西畴、麻栗坡一带紧靠边境的偏僻地方，有人还在偷偷种植，王开基在组织禁烟的时候，竟然想到了一个发财的阴招。为了捞钱，他竟然暗中指使自己的心腹，带着大烟种子四处乱撒，到了春天大烟出苗时，他便指使喽啰四处出击，不管全县范围内哪家的地里有一两棵烟秧，他都给人家派下沉重的烟课，如若不交，就以违禁种烟之罪论处。

一时间，西畴全县除了香坪山这样地处深山又有强势人物居住的村寨以外，几乎村村有大烟，户户挨征课，而且自家地里怎么突然就有大烟长出来众人都莫名其妙，真个是人人自危，户户喊冤，大灾之年的生计变得更是雪上加霜。

王开基天天坐在县政府里大把收钱，做着发财的美梦。哪料贪财的他收到钱以后，却舍不得给手下帮他办事的喽啰足够的好处。没有多长时间，便有心里不平的喽啰把这事的根底给抖搂了出来。原来还蒙受在鼓里，不知所措的人们，听到这样的事竟然是王开基谋划的，哪里还忍得住心中的那口恶气，民怨如火苗般就蹿了起来，把西畴全县烧成一座烈焰腾腾的火焰山。

这事传到林开武那的时候，这个年逾古稀的老人也坐不住了，他当时就骑着自己的小黑龙下了山，先到畴阳，又去了西洒，分别找绅商耆老商议，决定大家一起发力，驱逐王开基。经过几番商讨，他们共同拟就了一篇声讨王开基的檄文：

讨西畴县县长王开基告全县父老书

吾县不幸，惨遭荼毒。酷吏肆虐，民不聊生。比年以来，澄清吏治之呼声，高唱入云，惟吾边城之区，仍复黑黢一团。

窃王某某者，出身卑贱，秉性凶恶。入乐山而阴风惨惨，践清溪而浊浪滔滔。王某某自就任我县县长以来，口称为民，实则贪赃过人。拉拢劣绅，勾结土豪，层层盘削，个个肥身。出卖乡镇长，上下徇私舞弊。巧立名目，无事生非。苛捐杂税，多如牛毛。致家贫小户，为纳赋税，债台高筑，饥馑之年，典卖田产。孔子曰："苛政猛于虎也。"今犹是也。

每有民刑诉讼，是其发财之机。至于审理判决，不问其理由之孰是孰非，则视其行贿之谁多谁少。有理无理，有钱是理；原告被告，无钱莫告。贫者坐监坐牢，富者逍遥法外。甚至纵役横行，敲诈勒索，任意羁留，囚人满狱。口蜜腹剑，遮天掩人。嗜钱如命，贪财无厌。多要少要，一见则要；威给逼给，有产必给。诸如此者，不胜枚举。

对此贪官污吏，岂能熟视无睹，是可忍孰不可忍。凡我父老及有志之士，当群起而攻之。上有国法，下有呼声，怎让其逃脱法网。

至于甘充走狗及为虎作伥者，勿再胡作非为。须知恶贯将盈，惟在时已。

全县绅民启

第二天，这份檄文就贴满了西畴全县的街道村寨，被发动起来的民众义愤填膺，纷纷聚集，决定进城找王开基讨说法，还有人说西洒城郊多年不疯的疯龙潭今年又疯了，只要这疯龙潭水疯狂溢出，必有贪官污吏被逐，这是以前多次应验了的。

然而，这样的万众聚集，公开声讨，也就没有什么秘密可言了，这里的檄文刚刚贴出来，人还没有向县城进发呢，得知自己惹了众怒的王开基，竟不待愤怒的人们进城找他，就自己趁夜弃官逃走了。

驱逐王开基，是林开武回乡赋闲以后事先没有想到的一个小插曲。可是，就是这个小插曲，再加上灾年中民生凋敝的现实，引起了他对自己晚年人生定位的重新思考。残酷的现实告诉他，只是一味地想独善其身，在香坪山上做一个与世无争，完全沉浸在亲情之中的寓公是不可能的，无论是国家命运，还是地方民生，都还与他有着千丝万缕的联系，他不可能置之度外，更不可能看着不管。

八十一、全民抗战挽救危亡 散尽家财为国纾难

话说林开武外出联络绅民驱逐王开基归来，很多事情又引起了他深深的思考。事实上，从这个时候开始，他原来比较坚定的在家颐养天年的想法就开始动摇了。

这以后，接踵而来的许多事，又把他的个人命运卷进了时代洪流之中，让他无法回避，也无法厘清。最先，他是从灾年过后又逐步恢复活跃的香坪山下的商道上得到的消息，那些来往于西洒、麻栗坡和开化的过往商人告诉他，日本人占了北平边上的卢沟桥，抗日战争全面爆发了，继而，他又从那些过路的商人口中，知道了上海沦陷、南京沦陷、武汉沦陷的消息……

接着，他又从在开化读书的林威那得知，开化城中已经成立了抗敌后援会，就连开广中学的老师，也整天在学生中教唱抗日歌曲，带着学生上街宣传和发动民众，学校里开设军事课，动员青年学生投笔从戎，共赴国难。

后来，在畴阳简易师范读书的林霞、在畴阳中学读初中的林飞，回家来也是整天哼着抗日歌曲，还说他们参加的学生剧团，在老师的带领下上街演出、贴标语如何受人欢迎，畴阳、西洒、麻栗坡等地的抗敌后援会如何募捐，发动后方民众捐资抗日，等等。

这天，林开武正坐在自家屋后的竹林里闭目想事，家人突然来通报，说有客人来了。他出去一看，来人是西畴县刚上任不久的县长吴兆新。吴县长戴一副金丝眼镜，极其儒雅，以前是个教书先生，曾在开广中学教过高中，还是林威的国文老师，因与省教育厅的人认识，王开基被逐后，被推荐到西畴县当县长。

见到林开武，吴兆新自然很尊敬，他躬一揖道："林公，晚辈叨扰了……"

林开武："你好你好……父母官登门，蓬荜生辉，不胜荣幸，请到客厅说话。"

林开武把吴县长让进客厅，又吩咐沏茶。然后才问："吴县长拨冗光临寒舍，不知有何见教？"

吴县长先喝了一口茶，才试探着问道："最近的时局，不知林公可曾关注？"

林开武："略知一二……"

吴县长："卢沟桥事变的枪声响起，全国已是一片高涨的抗日声浪，我们西畴县虽然地处边陲，但也群情响应。现在，各地的抗敌后援会正在动员民众捐粮、捐款、捐物支援抗战，动员兵员从军杀敌，就连县内的许多侬人、苗人地方，也都成立了侬人、苗人抗敌意识促进会，意在宣传动员大家全力投入抗日运动。总之，现在是地不分南北，人不分老幼，大家都行动起来了，蒋委员长还号召：十万青年十万军，但凡我华夏热血男儿，都要从军报国，上阵杀敌！"

林开武："不瞒县长你说，这两天我也一直在思考这个问题。说吧，需要我做什么？"

吴县长："在下斗胆，要借林公的名气、地位和威望一用。"

林开武："此话怎讲？"

吴县长："林公是有功于国家的前辈，现在虽然赋闲在家，却是全县公认的最有名望、最有号召力的人物。当此亟需动员民众，唤醒全民投入抗战之际，我们盼望林公能够登高振臂一呼……"

林开武："我一个老朽，有那么大的能量吗？"

吴县长："有、有、有，吴某新来，却也知道林公在驱逐王开基时，有着何等的威望，还知道林公在纾难济困时，是何等深得民心。"

林开武："国家有难，匹夫有责！该我做的，请尽管吩咐，我去做就是了。"

吴兆新喜出望外地道："但得林公亲自出马，在下就大功告成了！在下这就下山，回西洒去筹备全县的抗日动员大会，我们以三天为期，三天后，在下在县里恭候林公大驾。"

林开武："都上山了，再怎么也得吃顿便饭再走吧？"

吴县长："不了、不了，既然林公应允，在下还得去各地通报绅民，要不然，等到三天后林公到时，动员大会人气寥落，就达不到预想的目的了。"

"既如此，我也不留你。放心，容我略做准备，明后天我就下山。"林开武说完便起身送客，一直把吴兆新送出屋外。

吴兆新走后，林开武回到客厅坐下，立即吩咐下人去把两个当家儿子和全部女眷都找来。待一家人都在客厅里坐定，林开武开口说道："日本人欺负我们中国，已经占领我们国家的好多地方了，他们还想再占更多的地方。蒋委员长号召全民抗战，大家有钱出钱、有力出力，保卫我们自己的家园。今天县里的吴县长来，说要召开全县的抗日大会，要我也去参加。我想了一下，我可不能空着手去。叫你们来，就是一起盘算一下我们的家底，看看我们家还能拿得出多少钱来捐，你们都说说吧？"

李氏："这几年年景不好，为了扩种粮食，我们家的三七、草果都已经种得很少了，前段时间从山上砍下来的树，你又吩咐都做了棺材，这些棺材大都白送人了，还有你让去城里买药来接济那些生病却没有钱看的人，也花去了不少钱。我们家的钱现在是进来的少，花出去的多，已经在吃老本了。"

林开武："你就说还有多少吧？"

李氏："具体有多少，你还是问你的两个当家儿子吧，钱都在他们手里。"

林开武把脸转向他的两个抱养儿子，询问道："你们说说看，还有多少？"

两个儿子对视了一下，其中一个说道："全部收拢也就三千多大洋了，如果再留下必须用的生产垫本，能够拿来的只有两千大洋左右。"

林开武："嗯，才两千大洋，是少了点。再想想，能不能再从哪里再挤些出来。"

"现在，旱情还没有完全过去，我们还得再考虑应对灾情，再挤也挤不出来了。"另一个儿子也说道。

林开武："这次捐款与以往不同，这是赴国难，我们得捐出钱来让国家买枪炮、买飞机，有了这些东西，我们在前线的军队才能够与鬼子作战，我们怎么能只顾自己的小家呢？常言道，有国才有家，如果国都没了，要家何用？"

文蕊："道理我们都懂，尤其是我，从小生长在杭州，经常听老人讲当年倭寇侵犯江浙沿海的种种恶行，对日本人恨之入骨。可是，我们家已经拿不出更多的钱了，老爷你叫我们怎么办？"

林开武："怎么办？这不是在和你们一起想办法吗？我看你们几个都有一些首饰，是不是也选一些你们不喜欢的捐出去。"

姚佩珠："老爷，这可不行，你要怎么捐都可以。但你不能打我们几个的主意。我们有几件首饰，可不是仅仅为打扮自己，那也是老爷你的颜面。"

林开武："就你财迷，你平时嚷嚷着让我帮你买的首饰最多，到要你拿出来时，最舍不得的也是你。"

冯翠兰："我也不知道国家不国家的那些大事，但我知道鬼子来到我们的地方肯定不是什么好事。平时，林威、林霞、林飞他们三个读书回来，也会跟我说日本人烧呀、抢呀、杀呀那些事。但是我也就这对玉镯还值点钱，我就捐这对镯子吧。"

林开武："对嘛，还是翠兰懂事，识得大体。你们几个，不是哭穷就是叫苦的，哪里像是我林开武调教出来的人。"

"我们都听爹爹的，我们也捐。"两个儿媳见冯翠兰捐了镯子，又得到了林开武的夸赞，便一个摘下了自己的耳环，一个取下了头上的簪子，一齐递到了林开武面前。

"真是拿你个犟老头子没办法！等着，我还有几串值钱的珠子，我去拿来都给你得了。"李氏从自己的座位上站了起来，边往自己的房间走，还不忘白了林开武一眼。

"这就对了嘛，你是她们的大姐，凡事都得带个好头。"林开武尽管受到了李氏的数落，但是心里却很高兴，所以便冲着李氏的背影，带着几分调侃地回了一句。

见李氏都起身去自己房间取东西了，文蕊和姚佩珠也就不再说什么，相跟着也起身去取东西去了。只一会儿，几个妇人又都相跟着回来，李氏捐了两个珠串，还捐了两个金戒指，文蕊和姚佩珠捐出来的就多了，每个人的都有五六件，有项链、有佩饰、有珠宝，也有手镯、戒指、耳环、金簪之类，姚佩珠还特别拿出了自己珍藏多年的一管玉笛。看得出来，几个妇人都一边捐一边心疼不已，林开武却像拿的不是自家东西一样，乐呵呵地收着她们递来的东西，还说："这就对了嘛，少戴几件首饰，你们又不少吃少穿，有什么要紧？等以后赶走了小鬼子，我再给你们买新的，旧的不去新的不来嘛！"

李氏："这回你满意了吧，不少了，光这些东西就可以卖好几千大洋了。"

林开武："是、是、是，是可以卖一些钱了。这回我也好意思去参加县里的动员大会了，我可不能让人家说我小气。"

"那，钱还捐不捐？"一个儿子小心地问道。

"要嘛，怎么不要？去，除了留下必要的生产垫本，其余的都通通拿来。"

不多时，当家的儿子也把一袋大洋取来了，林开武数也没数，只在手里掂了掂，就把钱袋和那些首饰包在一起，抱进了自己的书房。在书房里，他从书柜的一个抽屉里取出了一个精致的木盒，从里面拿出当年林近南临终前交给他的那颗祖母绿，细细看了看，又反复想了想，最后还是又把它放进盒子里，小心地锁进抽屉。

在全县的抗日动员大会上，林开武讲了如下一番话——

"小日本图谋咱们中国，已经有些年头了，他们国家在几个小岛上，要什么没什么，又扩展不开，所以，他们就制定了一个大陆政策，一心要占领中国。从八国联军入侵到甲午海战，从日俄战争到九一八事变，他们所打的每一枪都是面向中国，要入侵我们的国家，掠夺我们的资源。这次，他们制造卢沟桥事件，找借口进攻我们的中原大地就更暴露了他们的狼子野心。说来，日本我去过，他们的人口只有我们的五分之一，但他们为什么敢与中国作对，多次入侵中国，就是因为他们搞了'明治维新'，向西方学习取得了些成绩、走上了军国主义的道路。而法西斯军国主义是很凶残的，它能使人变成了魔鬼。所以，我们的抗战，将是艰苦的，长时间的……这需要我们全中国的人同仇敌忾，前线的将士用命，我们在后方的人也要有力出力，有钱出钱，万众一心，才能把日本军队打回他们老家去。我也不说白嘴，今天，我把家里能够拿得出来的两千多块现大洋都拿来了，还把老婆、儿媳值钱的首饰也带来了，当着大伙的面，都捐给县里的抗敌后援会，给大家带个头……"

林开武讲完，又带头捐了钱物，大家便长时间地鼓掌。当场，也有很多人走上台去，纷纷捐款捐物，许多没有带钱或是只来看热闹的人，也为他的精神和境界所感动，也纷纷回去拿钱拿物。之后几天，到抗敌后援会捐款捐物的人络绎不绝。西畴这个在滇东南行政公署里最小最穷的县，募集到的钱物却是最多的。

几天后，林开武回到香坪山，又把家人再次召集起来，对他们说道："从今天起，我们家的酒房不再煮酒，全家人的一日三餐改成两餐，由吃净米饭改为吃两掺饭，而且闲时的干饭也要改为稀饭。总之，我们要把每一粒粮食都节约出来支援抗战……"

李氏："你这老头子怕是得了失心疯了，我们家钱也出了，物也给了，你还要从全家牙缝里抠粮，这打日本又不光是我们一家的事情，靠你捐出来的那点钱粮能搪多大事？"

"是呀！老爷，这以后的日子还过不过了，打日本你也不能让全家都把嘴巴缝起来吧？"

林开武高声道："你们真是头发长见识短！当下，这有什么事比抗日更重要，人家在前线打仗的将士，连命都敢舍，你们还舍不得那点钱财，舍不得那几颗粮食？"

众人见平时很少对家人发火的林开武，竟然为这事发了火，没说话的人也就都噤了声。但是林开武所说的这些话他们都记住了，从那天起，林开武一家的餐桌上果然就没有了酒肉，各人碗里吃的也大多是粗粮，就连打小在杭州、苏州长大，从来不知苞谷面饭是什么滋味的文蕊和姚佩珠，也都每天默默地和大家一起吞咽着那些粗食。只是最先的那些日子，她们两个比起林开武的其他家人来，吃得要慢一些，吞得要难一些，往往吃一口饭，喝好几口汤还咽不下去，尤其那姚佩珠，更是在苏州城里锦衣玉食惯了的，有好几次，为了吞咽那些粗粝的饭，竟然被噎得淌了眼泪。而林开武看见了，却像没有看见一样，什么也不说。

八十二、章陪武战死台儿庄　西畴县公祭刘北海

时间的脚步跨进了民国二十七年（1938）。这一年，困扰西畴多年的旱情终于有所缓解，一开春，老天就接连下了几场透雨，久旱逢甘霖，焦渴的西畴大地终于万物复苏，而向来就勤劳的农人们，则兴奋地荷犁荷锄走向田野，去耕耘他们心中似乎永远也不曾实现但从来也没有放弃过的希望。林开武一家，比起其他农人更是家大业大，所以，对于生产的安排，就需要更加精细的谋划。

老天才下第一场春雨，林开武就把两个当家儿子找来，当面给他们交代道："看来，今年老天垂顾，持续多年，危害不轻的旱象会有所缓解，你们要抓紧

时间，组织好家里的长工，还要尽可能地多雇一些短工，至少要提前一个节令满栽满插，把所有的耕地都种上粮食，还要尽可能地多套种一些瓜豆。总之，要利用好所有的耕地，能够多栽就多栽，能够多产就多产，哪怕多收一些老南瓜，急需时也有大用。"

大儿子："种田种地的事，爹爹你就不要操心了，我们都会安排好的。可儿子有一事不明，为哪样我们家要提前一个节令来栽插呢？庄稼按节令栽种才合时序，也才会长得更好收得更多，这可是前人一代代传下来的古规呀？"

林开武："看来，你们务了那么多年庄稼，还没有把我们这里的气候条件摸透。我们地处滇南，天气比中原内地要热得早冷得晚，地温也比中原内地回升得快持续得久，而农事上用的二十四节气，都是按中原内地的物候变化总结出来的，对不对？"

大儿子："是这样。可我们以前也一直按二十四节气种庄稼呀？"

林开武："刚才，我说了，我们这里天气比中原内地要热得早冷得晚，地温也比中原内地回升得快持续得久，就意味着我们这里有利于农作物生长的时间比中原内地的时间要长。所以，我们按二十四节气栽种也行，必要时也可以提前栽种，只要管理得好，也不会影响收成。更主要的是久旱必涝，如果我们不提前栽种，到了夏秋时雨水一多，凹塘地被水一淹，我们就没有收成了。"

大儿子："爹爹这么一说，我们就懂了，看来种庄稼也有大学问呢！我们一定按您的吩咐抢节令，把所有的田地都及早种上粮食。"

二儿子："抢节令的事我们是明白了，可我们家也没有把所有的地都种上粮食呀？一来都种了粮食我们也吃不了那么多；二来呢，把一些地匀出来种三七，把人力腾出来种些草果、八角，家里人才会像以往一样既能吃饱肚子又有钱花，这不是更好吗？还有，我们还得花人力物力种树，这不是您老一直都在督促我们做的事吗？"

林开武："如今可不比往常，抗战一打起来可就是一年半载的事，国家用兵用粮的地方多了，我们一家少些钱花是小事，种树我们也可以长期打算，眼下最要紧的是粮食，只有粮食多了，我们才能在自己吃饱的同时，有更多的粮食捐献给国家。"

二儿子："噢！是这样呀，原来您老想的不仅仅是我们一家子的事，人在香坪山还记挂着山外的大事。"

林开武："有国才有家嘛！覆巢之下岂有完卵？不管到什么时候，我们都不能忘了这一点。"

二儿子："是。那我和哥哥按您老人家的安排把地都种上粮食就是了。我们虽然只是在土中刨食的农民，但我们也不敢忘记在国家危难时为国分忧的那一份责任。"

林开武："你们能够这么看问题，我真是太高兴了。国家危难，我们更应该同仇敌忾，只有这样，我们才不会灭种灭族。"

有了这次林开武和两个当家儿子的谈话，林家的农事果真就按林开武的吩咐有序地进行着。那一年春上，不仅他们一家的田地都种上了粮食，而且比平时种得要早。村里的其他人，受林家的带动和影响，也都早早就把庄稼栽下了地，春天越发深了一些，田地里的庄稼就长得一派郁郁葱葱，让人看了煞是喜爱。

就在林开武在家谋划生产，领着家人和村民多栽粮食以为抗战出力时，出滇抗战的滇军六十军正在台儿庄与日军激战，全滇民众都非常关心数万云南子弟在前线的战绩和安危，每有胜利的消息传来，滇省上下无不欢欣鼓舞，而一旦有前线将士阵亡的消息传来，滇省上下也人人悲痛。

一日午后，林开武小睡起来，正准备下地去看家人薅苞谷的进度，今年庄稼栽得早，才插完田里的秧苞谷就该薅二道了。为此，林家人基本上是从田里上坎，就又马不停蹄地奔向地里，一刻也不曾歇息。这两天忙在火候上，连平时已经很少出山的李氏都跟着下了地。林开武于是便叫文蕊和姚佩珠在家照应着，自己也要下地去看看。

然而，那天林开武才走到村口，便见一个人骑着马急急忙忙地朝村里走来。在这种生产大忙的时候，村里的青壮年大多下地去了，谁家的后生还有时间东游西窜，莫不是遇到了什么急事？林开武这么想着，便主动迎了上去。

到了近前，林开武还没有看清来人是谁，那人却已经飞身下马，快步朝他奔来，边跑边喊："老督办，我正要去家里找您呢，您这是要到哪里去呀？"

听到来人直呼自己老督办，林开武定睛再看已经跑到他面前的那个人，却是麻栗坡对汛特别区督办公署原来经常派来通风报信的下级军官。

"这是怎么了，看你慌里慌张的？"林开武拦住他问道。

下级军官："出大事了，章旅长，不，章督办，我们原来的章督办在台儿庄为国捐躯了！特别区上下要举行公祭，还要在小学校立章公的德政碑，现在的督办让我来香坪山，就是要请老督办您给张公写德政碑文，毕竟你俩共事的时间最长，感情也最好。"

林开武："啊！陪武为国捐躯了？我们六十军不是才开进台儿庄，与日军接触没有多久吗，怎么就有他这样的高级将领战死？"

下级军官："老督办您有所不知，我们滇军奉命开赴台儿庄，接替原来在那作战的国军部队，可我们的人进入阵地前，原来的守军就已经撤走了。所以，章旅长所在的183师在完全不知情的情况下，直接开到了日本人的阵地前面，陷入了日军的包围。好一场恶战哪！虽然经章旅长率部死拼和184师及时支援，183师官兵大部跳出了敌人的包围圈，但章旅长却在掩护大部队的作战中，不幸中弹身亡，才与敌人接触第一仗就壮烈殉国。"

林开武："真是出师未捷身先死，长使英雄泪满襟哪！你刚才说什么，现在的督办要我为陪武的德政碑写碑文？"

下级军官："是。"

林开武："陪武一生，大部分时间在麻栗坡的边防一线任事，如今又为驱逐日寇战死沙场，是该给他立德政碑，让麻栗坡的后人都记住他。可我不光要给他写碑文，我还要到麻栗坡去参加他的公祭。走，你这就随我回家去，待我给家人通报一声，我们就动身去麻栗坡，碑文等到了麻栗坡再写。"

下级军官："老督办，您已经年届八旬了，如此长途颠簸，您的身体受得吗？"

林开武："放心，我的身子骨硬朗着呢，现在这岁数，让我千里急驰到远方报国是不行了。但是，如果有一天日本人打到我们家门口来，我照样拿起武器上战场。"

下级军官："那好吧，我等您。麻栗坡的公祭如果有您老到场，必将更加震撼人心。"

当时，林开武不再多说，转身就往家里走，那个下级军官牵着马紧紧地跟在他的身后。

到得家里，林开武找来文蕊和姚佩珠，如此这般地把章陪武战死沙场，他要亲自到麻栗坡参加公祭的事说了，又把家里的生产事宜做了一番安排，便叫人牵出他的小黑龙，翻身上马，一扬鞭便打马朝山下急驰，弄得那个下级军官打马直追还老是追不上。

只是三个时辰的工夫，林开武和他的小黑龙就飞驰着进了麻栗坡街，而去给他报信的那个下级军官，此时还不知道在后面的哪个地方。林开武也没管那么多，骑着马就直闯麻栗坡特别区对汛督办公署。

此时的麻栗坡督办公署，门头上披着黑纱，门口两侧贴着白纸黑字的巨幅对联，内容恰是林开武在家听到章陪武死讯时随口说出来的那句诗："出师未捷身先死，长使英雄泪满襟。"院子里，矗立着一棵高高的比碗口还粗的带有树冠的松树，松树上悬挂着一块巨大的挽幛，主楼正对大门的那间大议事厅里，被布置成了章陪武的灵堂，灵堂里，灯烛通明，香烟缭绕，众多官员和民众进进出出，正在给章陪武的灵牌上香……

见林开武单骑突然闯了进来，很多人都大吃一惊，接着便有人朝灵堂方向大喊了一声："林老督办来了！"

听到喊声，院子里的人们自觉让开了一条路，有人过来接过林开武的马缰绳，把小黑龙牵到后院的马厩里，一身素服的现任督办也带着一干大小官员迎出门来。

麻栗坡现任督办："哎呀！林公，您老怎么亲自来了？这种事，我本不敢惊动您老的，但章公章旅长的德政碑文，我觉得又必须请您老亲自撰写才行……"

林开武："陪武和我共事多年，情同父子，如今他又马革裹尸，为国战死沙场，何等壮伟，何等英雄！我怎能不来送他最后一程？"

麻栗坡现任督办："可是山高路远，马背颠簸，您老又那么大岁数了，我怕您老吃不消。"

林开武："我老了吗？我的身子骨壮实着呢，这点山路算什么，如果国家需要，我照样可以横刀立马，上战场杀敌！"

麻栗坡现任督办："是、是、是，老督办英雄本色，我等晚辈都难以望您项背，林公您请！"

在章陪武灵前，林开武恭恭敬敬地上了三炷香，然后竟掀起长衫前襟，屈膝跪下。一时间，他的举动惊呆了在场的所有人。

麻栗坡现任督办一边伸手去牵林开武的臂膀，一边说道："林公请起，这使不得，您老是章公的前辈，又是他向来尊敬的老长官，这使不得。"

　　林开武一边甩脱现任督办搀扶他的手，一边说道："什么前辈，什么老长官？给我们自己的民族英雄下跪，所有人都应该，没有什么使不得的！"

　　听林开武这么说，现任督办只好放开他的手，带着大小官员齐刷刷地跪在林开武的身后，院子里的民众见督办署的官员都跪下了，也不约而同地跪到地上，数百人跪了满满一院子。

　　"陪武啊！想不到香坪山一别，竟然成了我俩最后的人生诀别！你壮志未酬，老夫情何以堪？"林开武给章陪武的灵牌重重地磕了三个响头，众人也跟着磕了三个响头，当他重新站起身来的时候，人们发现，林开武沧桑的脸上已然老泪纵横，他那花白的胡须上沾满了泪水和尘土。

　　当天晚上，林开武在自己下榻的地方思绪万千，想起了他和章陪武共事的一幕幕，章陪武上香坪山辞行时的音容笑貌，不免又是老泪纵横，他就这样流着泪一气呵成写完了章陪武的德政碑文，第二天一早即交给匠人拿去勒石。又过一日，德政碑文刻成，被众人抬至麻栗坡小学校园里，立碑时，麻栗坡特别区对汛督办公署在校园里举行公祭。

　　公祭时，麻栗坡的小学校园里人头攒动，校园外的大街上也人头攒动，上万民众泣不成声，麻栗坡现任督办致辞毕，叫林开武也讲一讲，林开武推辞不过，便站到麦克风面前说道："幸我中华，有陪武章公这样的千千万万的热血志士，敢为国家慷慨赴死，日寇必亡，中国必胜！"

　　再往下讲，林开武已经哽咽得讲不下去了，强劲的山风，把他那花白的胡须吹得有些凌乱，然而他那"日寇必亡，中国必胜！"的吼声，却传遍了校里校外，被人们一遍遍重复着，高呼着，麻栗坡街上变成了一片激情奔腾的海洋。

　　林开武从麻栗坡参加章陪武的公祭回来，家里的二道苞谷已经铲完了，两个当家儿子和一干长工、短工于是又忙着薅田里的秧，一家人忙得个不可开交。

　　这一日，在开广中学读高三的儿子林威和读高一的女儿林霞周末休学回到香坪山，他便把一对子女都赶下田去，还说他们都是眼看就要成年的人了，不能看着哥哥嫂嫂忙碌，自己却脚不带泥地在家闲着。

　　那天也是中午时分，送饭下田的李氏和冯翠兰刚走不久，西畴县的吴县长便从西洒城里差人来，说是西畴籍的六十军团长战死前线，西畴县官绅民众也要像麻栗坡公祭章陪武一样，在西洒公祭这位滇军中牺牲的军阶最高的西畴人，请林开武下山参加公祭大会。

　　林开武一听此事也没有含糊，他叫人从马厩里牵出小黑龙和另一匹马，直接去了田边，叫上正在吃饭的林威上马就走。当时，正在张罗着招呼大家在田头一棵大树下吃午饭的李氏只忙着抱怨了一句："威儿才扒了一碗饭呢，有什么事这样着急忙慌的？"

　　"有大事，我回来再与你们细说。"林开武撂下一句话，人却和林威一起打马走远了。

　　到了县上，县城里已经万人空巷，人们都在向公祭现场聚集，林开武先是到了县政府，与吴兆新短暂碰了一面，就来到公祭的现场。那天，照例是吴县长带着全县民众公祭、致辞，然后就请林开武讲话。

　　站在讲台上，林开武悲愤难抑，他说道："我林开武和刘公北海素不相识，但是我知道他是我们西洒英代村人，早年考入云南讲武堂，在滇军任下级军官，参加重九起义和护国战争，战功赫赫。后来因为不满军阀混战，辞职回到开化新开回，欲在侬人河修筑大坝，建水电站，开垦自己的农庄，以实业救国。可是，就在他的大坝已筑，电站即将建成，农庄已然成形之际，日寇侵我中华，抗日战争全面爆发，北海刘公不顾自己已经年届中年，把建电站、建农庄的诸多事宜交给大儿子，自己只身重回滇军，在六十军所部任团长，率部奔赴抗日前线。北海刘公与众多开化儿女，以血肉之躯抵御了日军对台儿庄一次又一次的进攻，不幸血染沙场，气壮山河……我听吴县长说，当下，滇军六十军急需兵源补充，省主席龙云已经表示，除已经开赴前线的六十军外，还要组建新编五十八军出滇抗战，已委广南人王佩伦在广南、砚山、西畴和富宁征召志愿兵。今天，我把犬子林威也带来了，我就是要他在这公祭大会上，当着全县父老乡亲的面报名参军，出滇抗日……"

　　"我的家在东北松花江上……"林开武的话还没有讲完，远处就传来高亢悲壮的歌声。

　　"黄河在咆哮！黄河在咆哮……"

　　"大刀向鬼子们的头上砍去……"一时间，慷慨激昂的歌声此起彼伏，公祭大会变成了动员、征兵的现场，那天和林威同时报名从军的西畴子弟，竟达三百之众。

八十三、陈荣昌病逝昆明城　韩慕侠坐化香坪山

　　林开武从西洒回来时，儿子林威却从县城到广南集中，应征走了，家人连与他道别的机会都没有。为了这事李氏没少数落他，冯翠兰虽然没有说什么，但母子之情毕竟难舍，也淌了不少眼泪，后经林开武再三开导，晓以大义，大家的情绪才渐渐平复。

　　可是，平静的日子还没有过多久，从昆明却突然传来了陈荣昌病逝的噩耗。陈荣昌对于林开武，既是情同手足的结义兄弟，也是恩人、老师和上司，当年，就是他举荐林开武出滇勤王，成就了林开武的传奇人生。所以，一听说陈荣昌病逝，李氏就张罗着为他收拾东西，她知道，林开武必然要上昆明吊唁。

　　果不其然，林开武在听到陈荣昌病逝的消息后，把自己关在书房里闷坐了一晚上，第二天一早起来就催家人给他备马，吃过早餐就带着大儿子上路了，他和大儿子两人两骑，小黑龙脚程又快，只用两天时间就赶到了大树塘火车站。他交代大儿子在那经管马匹等他，自己则搭上了去昆明的火车。

　　林开武到了昆明，一下火车就直奔陈荣昌位于翠湖边的公馆，那个时候，陈公馆因为年久失修，主人又已老迈，便显得有些冷清而破败。林开武到时，高大的府第前并没有多少奔丧的人，零零落落进出的人，多是陈荣昌的一些亲戚，这些人中，他有的认识有的不认识，林开武一边与认识的人打着招呼，一边往里面走，看到这番凄凉的景象，心里便不禁有些伤感。想当年，陈荣昌以自己的学问入仕，做过贵州督学，又曾总管云南团练，能文能武何等威风，如今英雄暮年，老死家中，竟然吊唁者寥寥，真可谓人生不过百年，风流仅得数十载。

　　林开武这么想着，眼泪便不由自主地淌了出来。陈荣昌的家人听说他到了，一干子女便迎出灵堂门外跪拜。林开武一一扶起他们，抚慰一番，又到灵前上了香、烧了纸，又给他的结义兄长磕了头，这才在陈荣昌的儿子引领下，走进

陈荣昌往昔的书房饮茶。

在这里，林开武见到了在他之前也来吊唁的李根源、袁嘉谷、张邦瀚、崔志贤等老友。这些人，包括稍微年轻一些的张邦瀚、崔志贤在内，这时都已全部赋闲在家。大家都有时间，便在来给陈荣昌上香之后，坐在他的书房里饮茶，一来指点年轻人操办丧事，二来也是再陪一陪老朋友，再送他最后一程。

那几天，林开武一步也没有离开过陈荣昌家，每天，他除了帮着陈荣昌的子女们张罗力所能及的事，便在书房里与同样天天来的李根源、袁嘉谷、张邦瀚、崔志贤等茶叙，在与这些老友有一搭无一搭的闲聊中，他知道猖狂的日军除了全面侵华，还出兵偷袭了美国的珍珠港，进而发动了太平洋战争，如今，中、美、英、苏等国已经结成军事同盟，蒋委员长担任中国战区司令，中国的抗日战争已经不是一国苦撑局面，而是世界反法西斯战争的一部分了。当然，李根源等人也在谈起这些事后分析说，日军为了尽快结束中国战场的战事，以便把更多的兵力抽调到太平洋战场，极有可能出兵越南、缅甸等东南亚国家，封锁支援中国抗战的国际运输线，进而进攻中国的大后方。

话一经说到这里，在座的老友便都十分关切林开武的安危，因为香坪山就紧邻中越边境，一旦日军出兵越南，那么，林开武一家所在的香坪山，势必就会由抗日大后方变成抗日的前线。

张邦瀚于是说道："林兄，不如你还是带着家眷上昆明来吧，我最近正在与家人谋划移居美国，到我大儿子那去养老，若你们一家来昆明，我那房子就不卖了，我和老伴商量，将房子转赠给你。"

林开武："不行、不行，我无功不受禄，哪能要你的房子，那可是你老弟在昆明的根基。"

张邦瀚："我们举家出去，就不打算回来了，如今兵荒马乱的，那房子卖了不值几个钱，转赠开武兄还有个念想。"

林开武："不、不、不，这不行。"

崔志贤："三哥，要不你还是考虑一下，带着几个嫂嫂上昆明来，再怎么说，昆明也要比离边境近在咫尺的香坪山要安全一些。"

袁嘉谷："是呀！开武兄，你也一大把岁数了，到昆明来，我们几个老友聚在一起，也好做个伴。如今就算国家有难，我们几个老朽也是心有余而力不足了。"

李根源："开武兄，我知道你舍不得香坪山。可如今不是形势所迫吗？邦瀚的公馆可阔气了，比荣昌兄的这所公馆还大，比我在西山脚的住处也要好得多。要不你就来昆明暂时住一段时间，到滇南那边平静了再回去？"

林开武："谢谢邦瀚兄美意，也谢谢各位关怀，我还是回香坪山去吧，如果日军进兵越南和缅甸等东南亚国家，云南由大后方变成了前线，那我在昆明或是在香坪山又有多大的差别呢？况且，我回香坪山去，还能发动民众拿起刀枪，一起保卫自己的家园，为国家的抗战做点力所能及的事。我们要是守住了香坪山，诸兄在昆明还多了一道屏障不是？"

见林开武执意谢绝，众老友也就不再说什么了，话题于是又转到了出滇抗战多年的六十军上，张邦瀚说他从省政府得到消息，六十军正在奉调回滇，将要在滇南一线布防，以应对日军突然进兵东南亚后有可能出现的恶劣局势。

那天，一直谈到很晚众老友才分别散去。第二天，是送陈荣昌上山的日子。因为他们一群人都已老迈，陈荣昌的子女们就安排他们在书房里陪着陈荣昌的老伴，叫他们都别出门了。然而，当陈荣昌的灵柩被抬出大门时，林开武还是控制不住冲出了书房，他在大院门外追上抬灵的队伍，扑在陈荣昌的灵柩上号啕大哭。他这突然的举动，惹得一干老友都老泪纵横，众人劝了好一阵，他才平息了情绪。李根源看到这一幕，不无感触地对陈荣昌夫人道："老嫂子，荣昌兄一生，能有开武兄这样情深意笃的结义兄弟，值了！"

尽管老朋友们一再挽留，林开武还是没有等到陈荣昌的头七就回香坪山了，他到大树塘火车站一下车，就发现留在这经管马匹的大儿子已经十分焦急，他屈指算算，自己毕竟已经离开了这么久，儿子天天在火车站候着，着急也是应该的。当时，他算算时间，赶到马关县城还足够，便决定不再耽搁，爷儿俩打马就往回赶。

林开武父子回到了香坪山不久，秋天就来临了，林开武一家于是便投入紧张的秋收工作。那年的庄稼种得多，长得也不赖，林开武又要求颗粒归仓，所以，一家人便整天忙得两头黑，连轴转。然而，还没等他们把庄稼全部收进家，回滇布防的六十军就陆续开到了麻栗坡、西畴一带。

六十军一到，首先是在边境沿线破坏通往越南的道路、桥梁，借以阻滞日军的机械化部队，接着又在麻栗坡、西畴、开化等地开挖战壕，构筑阵地，分前、中、后三线布防，形成防御纵深。无论是破坏道路、桥梁，还是开挖战壕，构筑阵地，都要大量的劳力，林开武一看，只好把两个当家儿子和村里的青壮年男子，都派去支援部队，而在家收割的只有老人、妇女和孩子。为了把所有的粮食抢收进家，林开武把在外面读书的林霞和林飞也叫了回来，自己则以八旬之躯，带着全家人打谷子，掰苞谷，就连他的坐骑小黑龙都被拉去驮粮食了。

就在林开武一家为收庄稼和支援部队忙得不可开交的时候，香坪山馆却突然来了一个特殊的客人。那天，林开武下地还没有回来，那人就进家来了。那人一到家里，就对留在家里张罗家务的文蕊和姚佩珠说他是林开武的师父。文蕊和姚佩珠虽然不知道他是谁，但看他一副僧人打扮，面目清瘦却眉须皆白，白须飘飘中透出仙风道骨，一看就是得道高僧，加之她们也曾听林开武说过，早年曾拜一个武功了得的高人为师，便不敢怠慢。当即把他迎进客厅，汤茶小心侍候。

那人到了客厅，便在椅子上闭目盘腿而坐，对进进出出端茶送水的文蕊和姚佩珠不再理会，文蕊和姚佩珠只好暗自吐吐舌头，掩门而出，到门外等待林开武回来。

文蕊和姚佩珠心里越是着急，林开武和下地的家人却越是迟迟不见回来，直到天色黑尽，才见林开武赶着他的小黑龙和另外几匹驮马出现在村口，他的身后是点着火把照路的李氏、冯翠兰等人。一看到林开武出现，她俩便像见到了救星一样迎了上去，七嘴八舌，如此这般地把家里来了一个老僧人的事说了。

"那个老僧现在在哪里？"林开武顺手把马缰绳递给李氏，急切地问道。

"在客厅里，已经闭目盘腿坐半天了，谁也不理会。先前来时就说过是老爷你的师父，我们也不敢怠慢，所以只好跑到门外等老爷你了。"文蕊抢先答道。

"莫非真是我师父星云大师，可是他已经多年没有音信了呀？"林开武质疑道，人却三步并作两步地往家门口赶去。

"我看那老僧怪怪的，可能就是老爷你说过的那个师父了。"姚佩珠还追在后面补充着，林开武却已经快步进了大门，直奔客厅而去。

"师父，果真是您来了吗？"林开武推开门，试探着问道。

"正是老衲，你下地回来了？这些年，国家有难，地方多事，你们一家在这香坪山上生存不易吧？"那老僧见问，睁开了微闭的双目，伸开盘着的双腿，从椅子上站起身来。

林开武一看，这老僧确实是杳无音讯多年的师父韩慕侠，当时就双膝跪地道："师父在上，受徒儿一拜！"

韩慕侠："不拜也罢，几十年不见，如今你也是八十岁的人了，不必拘礼。"

林开武却没有听韩慕侠的，当时就前额着地，望师父深深一拜，这才又站起身来，把星云大师扶坐在椅子上，亲自给他奉上热茶，这才接着问道："师父您怎么突然就来了，几十年一点音信也没有，我还以为再也见不到您了？"

韩慕侠："这几十年，说来就话长了，我们师徒二人这些年周游天下，到过很多地方。后来，日本人来了，我师父虚云大师便带我到许多国军与日军激战的地方，还有我们中国老百姓惨遭杀戮的地方，去为阵亡将士和惨死的国人超度。再后来，我一百二十多岁的师父在终南山上圆寂了，我自己孤身一人，就往南一路云游而来，一路来还是做些法会，超度大江南北的亡灵。近来我夜观天象，知道南疆可能有事，就奔你这香坪山来了。"

林开武："师父您这次来，不走了吧？"

韩慕侠："不走了，我来香坪山，一来我早年答应过你，是来践诺的；二来，眼看南疆有事，老衲虽是老迈之躯，不能上阵杀敌了，但我要住在这香坪山上，看着南疆的这片美丽国土。"

林开武："这太好了，师父您在香坪山上，早晚也好让徒儿汤茶侍候，了我一桩心愿。"

韩慕侠："我不要你伺候，明天一早，我就上香坪山顶，在鸡冠梁子上搭个茅棚住下，出家人讲究的是清净修为。"

林开武着急地道："这哪行呀！您先在香坪山馆住下，过些日子我就召集大家伐木烧瓦，在鸡冠梁子上给你建座寺庙，到时您再搬到那住也不迟。"

韩慕侠："不用，你尽管忙你的就是了。"

林开武："就算您可以搭茅棚而居，您总得容我为您准备一些吃食吧？"

韩慕侠："出家人四海为家，还能饿得着我，你放心吧。听我的，你先忙你的事，等到秋后有空时，上山来看我一趟就行了。"

那晚用过斋饭，韩慕侠就在林开武特意安排的客房里住下，林开武又到房里劝了他一番，他还是不答应。

第二天一早，到林开武起来时，他已经没了踪影，林开武想追着上山去，又怕师父责怪，只好作罢。

又过了半个月，林开武紧赶慢赶收完地里的庄稼，赶到鸡冠梁子上看望师父的时候，星云大师已经在他自己搭建的一座简易茅棚里坐化了。看着自己的师父安详地坐在茅棚内，面貌栩栩如生，林开武虽然悲从心来却又不敢哭出声，只好强忍着泪水，回到村里叫上村人，带上工具、香纸、祭品，回山上就地安葬了一代大师星云。一年以后，他备足了砖瓦、木料，这才在韩慕侠坐化的地方，建起了一座小庙。

林开武在香坪山上安葬了星云大师没有多久，日军就在越南的海防港登陆，并很快推进到中越边境，沿边境一线陈兵十万，切断了中越铁路，摆出了一副随时进攻昆明的架势。

因此，林开武甚至没有时间为师父的仙逝而悲痛，就又投入到新的忙碌之中。

八十四、关麟征上山讨计策 林开武赠送小黑龙

滇军六十军是民国时期最精锐的部队之一，也是一支抗战的劲旅，自日军发动侵华战争以来，在徐州会战、武汉会战中都曾重创日军，在台儿庄战役中，滇军的英勇善战更是家喻户晓。此次布防滇南，六十军将士守卫的是自己的家乡，更是个个奋勇、人人争先，加上得到滇南民众大力支持，对敌防御几乎无懈可击，日军虽以十万之众陈兵越南北部，却没有找到从滇东南方向大举进攻云南的机会。

日军大本营当然不甘心自己的失败，他们又在寻找进攻云南的突破口，随着进攻新加坡、泰国等地的日军节节胜利，民国三十年（1941）夏天，六万日军精锐突然攻占缅甸，并且进抵中缅边境，切断国际社会支持中国抗战的另一条大动脉史迪威公路，使得中国抗战的一切外援只能依靠飞越喜马拉雅山的驼峰航线，中国抗战再一次到了生死攸关的转折点。

在这种危急关头，中国战区最高统帅部一面组织远征军入缅作战，一面抽调六十军布防滇南，又派遣关麟征的第九集团军进驻滇东南，按照中国战区总司令部的部署，滇军六十军负责中越铁路以西红河、西双版纳一线的防务，而第九集团军所辖的第五十二军、第五十四军，则负责滇越铁路以东直至滇桂交界处的防务，主要驻防开化、马关、麻栗坡、西畴、富宁、广南、砚山等县。

一时间，滇东南各县大军云集，就连香坪山脚下的大锡板都驻有第九集团军的一个兵站，专门负责征集粮草军需供应部队，而距香坪山仅三四十里的畴阳街上，也驻有第九集团军的一个师，专门负责麻栗坡方向的警戒。

第九集团军司令关麟征，早年是冯玉祥的部下，就是他奉冯玉祥之命，把清廷的最后一个皇帝溥仪从故宫里撵了出来，从而真正结束了封建王朝在中国几千年的统治。在抗日的战场上，他又率领所部征战大江南北，立下赫赫战功。但是部队到了滇东南，这里却是他完全陌生的环境，尤其是在热带、亚热带的山岳丛林作战，对于他和他的部队都是一个全新的挑战。为此，他率部进驻开化以后，就非常注重拜访当地名士，尤其是有军事才干的能人。在这样的寻访中，他反复不断地听到了林开武这个名字，并知道林开武曾经是慈禧的二品带刀侍卫，曾任江浙水陆两路军统领和提督，又曾担任过孙中山的高级军事顾问，官拜陆军上将，还当过麻栗坡特别区对汛督办公署督办，熟悉滇东南边境防务，是经历过清朝和民国的著名将领，不仅自身武功了得，其军事才能在当时的滇东南能出其右者亦寥寥无人。

于是，这个决心在滇东南抗战再建战功的抗日名将，决定上香坪山一趟，悉心向林开武讨教对敌之策。这一天，他在黄维、张跃明两位军长的陪同下，到西畴、麻栗坡一带视察军务，正好路过香坪山脚下，便信马由缰上了香坪山。

进了香坪山，但见群山莽莽，林海苍苍，沿途各种野花争奇斗艳，山野沟箐间良田无数，眼下这个季节，正是苞谷挂红帽，水稻即将扬花之际，庄稼、野树构成了满山满野的绿色，苍翠欲滴，有好几处山间坝塘绿水如茵，波光潋滟，而林间，流泉叮咚，白鸟齐唱。爬了一个山坡，翻过一道山梁，又转过一处山弯，前面半山的一个山坪处，又见茂林修竹，掩映着幢幢青顶瓦房，远处是挺拔俊秀的杉树林，而近处则是八角林，则让轻风送来一阵阵清香……

关麟征："这里的景色真是太美了！香坪山虽不是什么名山，却比我见过的许多名山还要美，林开武这位老将军真会选地方呀！"

黄维："听说这香坪山之美，一部分是原始之美，另一部分却是林开武这个老前辈的培植之美。"

张跃明："是啊！听说当初香坪山就是一片人迹罕至的原始森林，林开武进山定居以后，带着他的家人和村人，历经几十年开发，这山才变成了今天的样子。"

关麟征："林开武这种人，是非常有眼光的，他不光懂得向大自然的索取要有度，而且栽树、种花、养竹，懂得立足长远，培植资源，让开发过的大山既不失原始的雄浑，又兼具人工培植后的秀美。这样的地方，山常青，水长流，稼穑年年丰收，自然生态良性循环，分明就是长远适宜人居的极乐之地呀！"

黄维："'山不在高，有仙则名。水不在深，有龙则灵。'我看林开武就是一个当世高人，他生活的地方，现在的人可能还不以为意，但到了后世，说不定就是一方名山了。"

张跃明："如若这样，后人在谈及香坪山时，必然会说某年某月某日抗日名将关麟征、黄维曾经到此一游！"

黄维："还是说抗日名将张跃明吧，黄维这等无能之辈就免了！"

关麟征回头看看不远处不紧不慢跟着的几个警卫，然后用手指了指黄张二人，说道："你们两个呀！在一起就没有不斗嘴的时候，都是当军长的人了，在下属面前也没个正形。"

黄维、张跃明相视而笑，不再言语。

关麟征："做人要是都像你俩这样相处随意也倒好，至少打起交道来要容易得多。我听说林开武这个老头子有点倔，当初他回到云南时，云南省政府聘请他做顾问，他顾问是当了，报酬却死活都不要，至今他当云南省政府顾问已经快十五六年了，硬是分文未取。我们几个在他面前都是晚辈，但愿他不要摆老资格，能与我们平等对话，对我们讨教的问题，他能够倾囊相授。"

张跃明："听说他为人还不错，挺仗义的，在老百姓中的口碑很好。更主要的是他心中很有家国情怀，但凡是国家、民族的事，他都顾大局、讲大义。"

关麟征："所以呀！对他我们不必讲大道理，因为这些他都懂，我们今天来，首先是礼节性拜访，如果他心情好，我们再说事。当然了，跟他说事时也要注意直抒胸臆，开门见山，别拐弯抹角。"

黄维："这么说，林老爷子还是军人脾气，面对我们这几个军人，又是为打鬼子的事来的，他会给面子的。"

关麟征："但愿吧，有本事有能力的人往往都有不同于他人的性格，脾气都大。"

黄维："不会的，脾气再怪的人，到了一定年纪也都会变得慈祥，这就是越老的人越面善心慈的原因。"

张跃明："哟嗬！我们黄大军长不光会打仗，如今是越来越长进了，已经会琢磨人了。"

黄维："本来就是嘛！"

一行人正兀自说得热闹，已然来到了村头的一个岔路口。突然从近旁的一条山路上，有一匹黑马闪电般急驰而过，马上，一位白发银须的老人身材魁伟，体形矫健，虽然看不清面目，却让人仅从背景看也觉得他非常壮实，孔武有力。

"此人必是林老爷子了，一般的村中老人，不会有如此身手。快！跟上去。"关麟征最先反应过来，于是便急忙招呼黄张二人，一起策马去追。

但是，他们的马哪里追得上林开武的"小黑龙"，转瞬间，才绕过两户村民的墙拐角，他们已经见不到老人与马的踪影。

好在当时的香坪山就几十户人家，村子并不大，他们这一追，马才跑起来一阵，已经来到了村子中心一片错落有致的楼群前。几个人一看，这楼群不仅庞大，而且极有气势，在村中一片低矮的民房间显得非常雄伟，楼群的两侧，还分别建有两座高高的碉楼，既可以用来观察，又可以用来防守，房前屋后，修竹丛丛，花团锦簇，体现出主人不同寻常的军事眼光和生活品位，待抬头望去，"香坪山馆"四个苍劲有力的大字赫然入目。

"下马，这里就是林老爷子家了。他的香坪山馆，在整个开化，甚至全云南都小有名气，门楼上的这几个字，还是重九起义的元老，曾做过北洋政府国务代总理的李根源题写的呢。"关麟征的马跑在最前面，所以先看到了门楼上的字，便一边飞身下马一边对身后的黄维和张跃明说道。

黄、张二人听他这么一说，也慌忙跳下马来。这时，他们的警卫也赶到了，就从各自的长官手中接过马缰，把几匹马牵到一旁。关、黄、张三人习惯性地整理了一下军容，这才走近门前，轻轻地叩响大门。

只一会儿，门就开了，迎出来的，竟是林开武本人。他乍一看到门前站着一个军容严整的国军上将和同样军容严整的两个中将，近旁还有一群牵着战马的卫士，便狐疑地问道："几位是……"

关、黄、张三位"唰"地立正，向林开武敬了个标准的军礼。

关麟征："林公，国民革命军第九集团军司令关麟征，第五十二军军长黄维、第五十四军军长张跃明久仰前辈大名，特来拜望！"

林开武："哦！原来是几位抗日名将、国之柱石来了？快请、快请！"

林开武一边把他们几人往家里引，一边谦逊地说道："我一个山野村夫、乡间遗老，如何敢惊动几位将军大驾，真是罪该万死、罪该万死啊！"

关麟征："林公大名，如雷贯耳，在下仰慕很久了。只是新近才移防开化，军务繁忙，直到今天才有空上山面聆教诲，还望前辈莫要怪罪。"

林开武："岂敢、岂敢！这边请，请到客厅里喝茶。"

一行人彼此客套着进到屋里，分宾主坐下，林开武吩咐家人上茶。

一巡茶过，关麟征赞道："好茶！好茶！"

林开武："自家茶园种的，谈不上好。"

黄维："采自山野灵气，得乎日月精华，难得！要是这都不算好茶，那就没有好茶了。"

张跃明："入口觉香，饮后觉甘，汤色清透，回味久长，所谓好茶，也就是这几项了。这香坪山，产得这等好茶，真是个好地方呀！"

林开武："这香坪山上别的没有，就是树多、雾多，湿气充盈，适合种茶。"

关麟征："林公真是有福，选了这么好一个地方，这里有美景、有好茶，还少了世外纷扰，正所谓'活在山中不羡仙'哪！"

林开武："哪里、哪里，山野粗茶，聊以自饮，拿来待客，匆忙之间已是无奈，几位将军莫嫌老夫粗陋。"

关麟征："爱茶的人，格调自然高雅。林公这有好山、有好水、有好茶，我们几个晚辈都望尘莫及，羡慕得紧。"

林开武："当下，日寇犯边，大敌当前，几位将军前来，不会只是看看我这个没用的老头子吧？"

略加思忖，关麟征道："滇南战事迫在眉睫，一触即发。在下和黄、张两位军长奉命率部驻守贵地，有意在此与日寇决一死战，报效国家，卫我中华。但是，我部毕竟新来，对这里的山水形势、气候民情、边境防务等都不熟悉，又闻林老将军您生于斯长于斯，且在外领军多年，熟读兵法，身经百战，回乡后还曾任职地方，对边境防务了如指掌。所以，今天便斗胆前来请教，还望老将军您指点一二。"

林开武："几位将军客气了，蒋委员长曾经训示，全民抗战人不分老幼，地不分南北。更何况几位将军用命疆场，保卫的是我的家乡，但凡用得上老朽之处，尽管吩咐。"

关麟征："滇南战事一起，必然威胁昆明、重庆，动摇整个抗战的大后方。此役关系重大，老将军您看，日军若要进攻，他们会选择哪个方向？"

林开武："依我看，他们选择河口、屏边、马关方向的可能性要大一些。"

关麟征："何以见得？"

林开武："麻栗坡、西畴、富宁一带中越边境皆为崇山峻岭，山高坡陡、峡谷深邃，没有公路、铁路和水运航道，而且到处都有热带、亚热带密林，攻克不易，推进更难。贵部到来之前，在此布防的滇军六十军曾依靠地形优势，动用大量民力，在开化—砚山、西畴—广南、马关—麻栗坡—富宁，分层次构筑了三道防线，形成了层层阻击的防御纵深，贵军只要在原来的基础上加以巩固，运用得法，日军势必难以突破，即便进来了，也必然陷入大山的重重包围，贵部完全可以利用有利地形，逐层阻击，主动回旋，最终将其歼灭。而马关、河口、屏边方向就不同了，那里的接合部恰好是滇越铁路，又有红河水道可以运兵，一经突破，坐火车一天一夜就可以抵达昆明，昆明不保，则西南动摇，若西南动摇，则中国抗战的大后方毁也！"

黄维："但麻栗坡、西畴、富宁方向，我们也不得不防呀。"

林开武："当然要防。在这，我们可以守攻相兼。所谓守，十多年前，我在麻栗坡做督办时，曾组织边民屯垦戍边，依靠民众村村设防，寨寨堵卡，稍有异动，一呼百应，效果很好。贵部亦可以依照此法，派出小股部队若干，联合边民的力量，共同构筑军民联防的铜墙铁壁。所谓攻，则可以利用部署在边境一线的小股部队，相机主动出击，打完就走。这样做的好处，一是可以摧毁敌人在边境一线的军事设施，扰乱敌人的军事部署；二是可以消灭敌人的有生力量，积小胜为大胜，提振士气，威慑敌人；三是牵制敌人的机动力量，策应布防河口、屏边一带的友军，也可减轻贵军在马关方向的压力，使敌人不敢轻举妄动，可谓一举三得。"

关麟征："真是听君一席话，胜读十年书呀！林公，经您老将军这么一指点，在下是茅塞顿开了！"

张跃明："林公，那不成了共产党敌后游击战的打法了？"

林开武："管他什么战法，能打胜仗就是好战法。我倒是听说共产党的敌后游击战是很管用的。各位，整个滇南山高谷深，很不利于大兵团展开作战，你们学学共产党又有何妨？"

关麟征："林公说得极是，这里的特殊地形，决定了我们的战法，我们也得因时因事而谋定嘛。"

黄维："但在林老将军刚才说到的六十军构筑的那三条防线上，我们还得集中优势兵力，这样才能形成防守和出击相结合的态势。"

关麟征："这个自然，我们第九集团军十万之众，有足够的兵力用来部署。"

林开武："如此，就万无一失了。"

关麟征从椅子上站起身来，激动地握着林开武的手道："真得好好感谢您呀林公！我们这就下山，按照老将军您的指点重新部署，定让日寇不敢觊觎滇南的一寸土地，即便他们敢来，也定然让他们有来无回！"

林开武："天下兴亡，匹夫有责。但凡抗日的事，开武一定有力出力，有钱出钱，全力以赴。"

黄维和张跃明二人也跟着站了起来，黄维不无感慨地道："林老将军真是深明大义，深明大义呀！"

林开武："应该的、应该的……"

关麟征走到客厅门口又停下来问林开武："适才在路上，林公可是骑着一匹黑马？"

林开武点点头道："那马叫小黑龙，是李根源送给老夫的坐骑。"

黄维："那真是匹好马呀！"

张跃明："四蹄如风，来去无踪，快如闪电。也只有林老将军配骑它了。"

林开武："红粉赠佳人，宝马送英雄。这马就送给关将军了！"

关麟征："不可、不可，君子不夺人之所好，在下怎么能……"

林开武走到院子里，大声吩咐家人道："你们去一个人把小黑龙牵来。"

关麟征："这……"

林开武："就这么定了，但愿此马跟随将军多立战功，也愿将军骑此马驰骋疆场，多打胜仗，早日把小日本赶出中国去！"

八十五、日本飞机频繁轰炸 老将军捐献传家宝

关麟征等人走后，林开武在香坪山上的日子又归于往日的平静。这段日子，因为中耕管理已经结束，秋收又还有一段时间，他没有事就领着小孙子在竹林下品茶读书，在花间赏花流连，或者到山上的林子里转转，倒也品到了不少含饴弄孙的乐趣。

其实，林开武的两个当家儿子，早就给他育下了几个孙子、孙女，只是他以往不是外出任事，就是在家里忙这忙那，以致错过了儿孙绕膝的许多好时光，现在大一点的那几个孙子、孙女都长大了，不用他领了，他对老二家十来岁的小儿子小鹏就特别珍爱，到哪里都把他带在身边，爷孙二人差不多整天形影不离。

可是，这样宁静的时光并没有持续多久。一日，林开武照例领着他的小孙子在林间闲走，他们爷孙俩先看了八角的挂果情况，又去更高处看杉树的长势，因为自日寇侵华以来，他们一家的主要精力都转移到多种庄稼多打粮上，山上的林子已经很少经管了，他不放心还是不时要去看一看。爷孙俩边走边看，眼看就要接近山顶了。突然头上一阵轰鸣，声震四野，林开武抬头一望，有两架日本飞机正由远及近地飞过香坪山顶。由于日机飞得很低，几乎是从山顶的树梢上飞过去的。所以，连涂在机翼上的膏药旗都看得清清楚楚。

"狗杂种！欺我防空力量薄弱，竟如入无人之境！"林开武禁不住骂出声来。

"爷爷，你骂哪个呀，是谁惹你生气了？"不谙世事的小孙子先还惊恐地躲在林开武的腋下，听他骂起来了又好奇地问道。

"我骂天上的飞机，那飞机是日本人的，它们来炸我们的地方，炸我们的人，尽做缺德事。"

"爷爷你别生气，等我长大了也去开飞机，专炸小日本。"

"对，小鹏有志气。我们中国人的国仇家恨都得给小日本记下，有朝一日定要他们血债血偿！"

林开武也不管小孙子听得懂听不懂，按着自己的思路就把心中的义愤都说了出来。说完又道："走，我们去看看，看那些狗杂种都去炸哪些地方了。"

林开武领着他的小孙子往鸡冠梁子方向爬去，自从他的师父星云大师在山上圆寂以后，他心中有什么排解不开的事，都会上山去向师父倾诉，在他特意为师父盖的那间小庙里，他有时一坐就是小半天，有的时候则只坐一会儿。然而，这会儿他却没进庙里去，径直去了距小庙不远的望府台，因为从那里是可以看到开化府城的，刚才日本飞机从香坪山顶掠过，径直朝开化方向飞去，他就感到事情不妙。果不其然，他才登上望府台，他就看到开化城上空浓烟滚滚，火光冲天，日本飞机正在那疯狂轰炸。

看着远处的浓烟和火光，林开武无法想象日本飞机轰炸下的惨状，面对天上肆虐的飞机，他也无能为力。很久很久，任猛烈的山风吹乱了他的白发银须，他一直站在望府台纹丝不动，血红的眼睛怒目圆睁，胸中的怒火却已熊熊燃烧。

也就是从这一天起，日本飞机频繁地入侵滇东南上空，炸了开化，又炸了马关、砚山、广南、富宁、西畴等城市，找不到军事目标，就对这些地方的居民区、学校、医院、政府机关投下一颗颗罪恶的炸弹，趁着被炸的人群慌乱地跑到街上，完全暴露在飞机的视线之下，日本飞行员驾机追着人群，用机关枪疯狂扫射。人们四处奔跑着、躲避着，可是，这些完全没有防空常识和能力的平民，哪里能逃得掉来自空中的攻击，每个受到轰炸和攻击的地方，景况都惨不忍睹，城池悉数损毁，平民死伤无数。

当这些日本人的恶行和各地遭受损失的惨状，通过逃难经过香坪山的人群和其他别的渠道，源源不断地传到林开武的耳朵里，他的内心受到了极大的震动，这个大半生从军打仗，见过无数生死场面的老将军，怎么也没有想到日本强盗会这么惨无人道。尤其是，日本飞机轰炸西畴县城以后，他在香坪山上再也待不住了，第二天，他老早起来就叫家里人把家里近两年存下的一百多石粮食全部倒腾出来，除留下少数口粮以外，其余的悉数驮到香坪山下的大锡板兵站，交公以充军粮。

一下子交了一百来石军粮，林开武还嫌不够，回家来又到处翻腾，寻找家里值钱的东西。可是，自抗战以来，他已经多次捐献粮食和财物，已经实在找不到什么值钱的东西了。翻了半天，他才想起书房里还珍藏着林则徐传给他父亲林近南，林近南死前又传给他的那块祖母绿。这一次，他一点都没有犹豫，进了书房就把这件传家宝取了出来，连同包裹着祖母绿的那块红布一齐揣进怀里，出门去马厩里牵出一匹马，就径直打马下了山。

见林开武又是交粮，又是找祖母绿下山去了，家里的一干人包括李氏在内，谁也不敢多问，更不知道他一人一骑这是上哪里去，去干什么。其实那天林开武下了山，顺着大路就直往开化方向急驰，他心中已经想好了一个主意，他要到开化城里去见关麟征。

从香坪山到开化城还不到一百里路，林开武打马急驰，天还没有黑就到了开化城下。这个地方，林开武年轻时曾经坐过大牢，后来又在这里带过几年兵，数度进出已经十分熟悉。所以，他连路都不用问，直接就打马去了关麟征的第九集团军司令部。

那天，关麟征刚刚忙完军务，坐下来正准备吃晚饭，卫兵却在这时突然来报告说外面来了个老人叫林开武，指名道姓说要见司令长官。关麟征一听说林开武来了，哪里还敢怠慢，当时就放下刚刚端起的碗筷迎出门来，但见林开武牵着一匹马，站在营房门口，晚风中一头白发银须格外引人注目，可能是长途跋涉、连续走路的缘故，他身上的衣服都被汗水浸透了，正自己掀开衣襟不停地扇着风，热汗涔涔的脸上发着红润的光。

"林公，林老将军，您怎么来了也不事先通报一声？"关麟征热情地打着招呼，快步迎了上去。

"我心里着急，上门找你要枪来了。"林开武见关麟征出来了，估计卫兵不会再拦他，便不经允许就自己牵着马走了进来。

关麟征上前接过林开武的马缰绳，接着又道："怎么了，香坪山有匪盗呀，您老这么急着找我要枪？"

"我要下山打鬼子！他妈的小日本毫无人性，这两天不是炸这就炸那，炸的都是平民,把我的肺都给气炸了,不跟他们刺刀见红拼死一搏,我枉白为人！"林开武显然还在气愤难平，说话的语气还是冲冲的。

"我们进屋说、进屋说。正好我刚刚要吃饭，我们边吃边说。"关麟征把马缰绳交给这时刚好赶过来的副官，说着话就把林开武拉进了专供他一个人使用的小饭厅。

林开武被关麟征硬拉到饭桌旁坐下，勤务兵给他端来了碗筷和酒杯，关麟征一边给他倒酒一边问："林公，要不你先吃一碗饭垫垫底？"

林开武："不！先喝酒。他妈的，这两天我的气就没有顺过，先喝杯酒顺顺气。"

"那就先喝酒，这可是我珍藏的茅台，今天林公来，管够。"关麟征把倒好的酒端到林开武面前，林开武接过来就一饮而尽，然后把酒杯往桌子上有力地一放。

关麟征还想再往酒杯里倒酒，林开武却伸手拦住了他，说道："还是说事吧，说完事再喝酒。"

林开武拦下倒酒的关麟征，没等他答话就从怀里掏出那块家传的祖母绿来，把它放在饭桌上，一层一层把包着的红布打开，然后指着说道："不瞒你说，自抗战以来，我家能捐的钱、粮，甚至老婆的首饰我都捐了。这几年，我让家里人能种粮食的田地都种了粮食，争取多打粮食来支援抗战，昨天来这里之前，我又让家里人把这两年存下的一百多石粮食，都去交给了你们设在大锡板的兵站。可是，我要来跟你要枪总不能空手来呀，所以在家里翻找了半天，最后才想起了这块家传的祖母绿。这是我家最后一件还值点钱的东西了，还是我那叔爷林则徐传我父亲，我父亲又传给我的呢，你收下。"

关麟征："不、不、不，这是您老的传家之宝，这怎么使得，我不能收。"

林开武："日寇犯边，国将不国，何以家为？这东西虽然珍贵也没有打鬼子重要。今天给你，要算我跟你买枪的钱也得，要算我捐作抗战经费也得，也算是物尽其用了。"

关麟征："使不得、使不得，我知道这宝贝是从林则徐林大人那里传下来的东西，就更不敢收了。您老要枪，我给您！但这东西您还收着，还带回去。"

林开武："不！你不收下，你给我枪我也不要！还有你这茅台，倒了找也不喝！"

关麟征："林公，您这……"

林开武："干脆点，你就说吧，你收不收？"

关麟征："林公您侠肝义胆，我来滇南，您又是赠马，又是捐粮，还把传家的祖母绿也拿了出来，您叫我何以为报？"

林开武："这又不是给你，是为了抗日。为了抗日，你别说钱粮这些身外之物，需要时，你就拿了我这条老命去，我也毫不含糊！"

关麟征："如此，恭敬不如从命，我收！"

林开武："这就对了嘛！哈——哈——哈——倒酒！老夫自抗战以来，就不让家里的酒坊烤酒了，已经好几年滴酒不沾了，今晚我要喝个痛快，哈——哈——哈——"

关麟征给林开武的杯子里斟满了酒，又给自己倒了一杯，端起来和他干了，接着又说道："林公呀！其实我也在考虑一件大事。前次我去香坪山，您说起当年在麻栗坡训练和武装边民，依靠民众合力防边的事，我回来以后就一直在琢磨，怎么样把大家发动起来、武装起来，由地方有声望、有能力的人把他们训练成军，共同对敌。所以，这枪，您不来要，过几天我也要给你送去呢。"

林开武："哦！你作何打算？"

关麟征："我是这样想的，日军这段时间频繁出动飞机轰炸我们滇南各地城镇，尤其是滇东南的县城几乎座座都炸了。说明日军就要有大的行动，他们的疯狂轰炸无非三个目的，一是转移我们的视线，在轰炸我们的同时，从滇南的河口或滇西方向这两个交通要道进攻云南；二是确实要从滇东南发起进攻，在进攻之前先轰炸我们的军事设施，消耗我们的实力；三是不做地面进攻，但却要靠空中打击来摧毁我方军民的战斗意志。可是不管他们出于什么目的，我们都得做好准备，以应万全。所以，我想在各县组建联防大队，尤其在马关、麻栗坡、西畴、富宁等边境一线，充分把民众发动起来，武装起来，大家共同对敌。西畴县的抗日联防大队，我就想请您老出山，都说老将出马一个顶俩，林公您身经百战，不仅有着丰富的带兵打仗的经验，而且在当地德高望重，您出山定能提振士气。这段时间，在日军频繁的空中打击之下，有些人丧失了意志，对抗战的前途失去了信心，您老出山，最大的价值是鼓舞人心。"

林开武："好！我干！可话又说回来，你到底能给我多少武器？"

关麟征："这就要看您老能够拉出多少人的队伍来了。虽然说的是联防大队，可当此国家危难之时，发动的人却是越多越好，您能拉起一个营，我就给一个营的装备，您能拉起一个团，我就给一个团的装备。"

林开武："这太好了，你最好现在就定，西畴县你给一个团的装备，我保证给你拉出一个团来！"

关麟征："好！那就说好一个团，这两天，我就通知驻西畴的黄维，让他赶快找西畴县县长吴兆兴商量一下，尽快发动民众，着手筹备抗日联防大队，您老回去以后就可以拉队伍，只要您的联防大队一成立，我保准在第一时间把武器装备给你送来！"

林开武："爽快，倒酒！"

那晚，林开武在关麟征的司令部里开怀畅饮，关麟征倒多少酒来他都喝，到后来，连关麟征都陪醉了，他还在叫副官给他倒酒。

酒喝到尽欢方散，关麟征以为林开武也醉了，第二天早上起来就去随队出操，想让他多睡一会儿。但到他出操回来再去叫人时，林开武却已经走了。

八十六、关麟征守信送装备 联防大队训练成军

林开武从开化回来，心里竟像办成了一件大事一般高兴，心情一直很好。李氏见他这样，晚饭时便埋怨地说道："你把家里所有的存粮都捐出去了，又把从爹爹那传下来的祖母绿也捐出去了，倒还像拾得金元宝那样高兴，天下哪有你这么憨的人哪？"

林开武："你别心疼那点东西，日本人都打到家门口了，你没见他们的飞机这段时间不是炸这就是炸那吗？我们能出点力就得出点力，能做点事就得做点事，只有大家齐心合力，才能保住我们的家园。要不然，日本人来了，我们的家丢了，就什么都没有了。"

李氏："可是，就是打日本人也是大家共同的事呀，更何况还有国军、有政府呢？你倒好，把所有的家底都捐出去了，以后我们一家人的日子不过了？"

林开武："千金散尽还复来嘛！只要保住了家园，靠着这丰饶的香坪山，只要我们不懒，用不了几年，我们又可以把这些家产都挣过来。到时候，我们粮不会缺，钱也还会有，日子不会过不下去的，放心吧！"

李氏："我就是舍不得，爹爹传给你的那块祖母绿，那可是从叔爷林则徐那里传下来的，你也一直视若珍宝一般珍藏了多年。这一捐出去，以后就没有

了。这可是我们林家，对上辈几代人的念想呢。"

林开武："是好东西就得给它派上大用场，我相信就是叔爷和爹爹在世，他们也会支持我这么做的。你就别再叽叽咕咕的了。为了抗日，我不光把我们家的宝贝捐出去，过几天，我还要去县里办抗日联合大队，再带一次兵，再上一次战场！"

"啊！老爷你还要亲自上阵打日本，你可是八十岁的人了呀！"文蕊听林开武这么一说，竟然吃惊地站了起来。

林开武："八十岁怎么了？你看我饭量不减，做活计也像年轻人一样，我哪里老了？"

姚佩珠："老了就是老了，老爷你也别逞能。带兵打仗有那些年轻人呢！老爷，我们就捐粮捐物得了。我们捐了那么多东西，心意也有了。"

林开武："你这是什么话？国难当头，眼看家将不家，国将不国，是个中国人，就都应该站出来与那些入侵我们家园的日本人干。更何况我还是一个带了一辈子兵的老军人呢，你让我在这种时候当缩头乌龟呀？"

冯翠兰："其实我们家为抗日也不仅仅是捐粮捐物了，我们威儿不是也已经当兵上了战场了吗？"

林开武："日寇不除，何以家为？必要的时候，不光威儿上战场，我上战场，就是林霞和林飞，我也会送他们去！"

李氏："你这个老头子，看来为了打日本什么都不管不顾了，要去你自己去，霞儿和飞儿我可不让去！他们一个是女娃娃，刚刚读书出来在学校教书，一个还没有长成，正在昆明上大学，你别打他们的主意。"

林开武："你、你们……"

"我去。我跟爷爷说了，长大我也要开飞机，开飞机去炸那些来炸我们国家的日本人。"大人们正说得热闹，林开武也正为几个妻妾对自己的不支持而生气，不防他的小孙子小鹏这时却站起来大声表态，而且还端着半碗饭跑向林开武。就在他跑近林开武的时候，不小心被椅子脚绊了一下，整个人倒在了地上，他碗里的饭撒了一地。

这突然的变故，一家人谁也不曾料到，最先反应过来的倒是林开武，只见他当时就离席扶起小鹏，先给他重新添了饭，又把小家伙弄泼了的饭都小心地扫进自己的碗里，旁边的李氏以为他扫起来后会倒到潲水桶里的，不料他却端着那碗饭大口吃了起来。

"爹爹，这使不得。小孩子吃过的饭本来就脏了，这又泼到了地上，更不干净了。"老二媳妇见状，急忙拦阻道。

"谁让你吃这泼到地下的饭了，就是我们当年才来山上定居那些年，我也没有让你吃过这样的饭。拿来，家里还有猪呢，这饭裹了那么多尘土，哪里还能吃了？"见到林开武的举动，李氏也慌了，一边责备一边不由分说地来抢夺林开武的饭碗。

"这有什么了，这饭就带了点土，有什么不能吃的？现在是非常时期，家里留下来的口粮本来就不多，能省一口就省一口吧。我们多省下一口粮食，士兵们就能多吃一口，他们吃饱了，才有力气打日本鬼子。"林开武躲闪着，李氏还没有抢到他的饭碗，他已经几大口把饭都扒进自己的嘴里了。

"你这个倔老头子，犟起来十头牛都拉不回来。唉！看来为了打小日本，你是什么钱物都舍得出，什么苦难也愿意受了。"李氏说着，竟然哭了起来。

众人见状，本来还想再劝林开武的，也都开不了口了。于是，便都默默吃饭，尽量不弄出大的响声来。林开武却不管这些，自己又打了一碗菜汤"咕嘟咕嘟"喝下，揩了揩嘴便满意地牵着小鹏离开了饭厅，领着他到屋外玩去了。

林开武在家里等着没几天，西畴县县长吴兆兴果然就上山请他来了，对于这件事，他俩都是心知肚明的，所以并没有太多的弯弯绕。林开武把吴兆兴招呼坐下，就开门见山地问道："是不是关麟征让你上山叫我来了？"

吴兆兴："正是，成立抗日联防大队的事刻不容缓了。"

林开武："你是县长，主意还得你拿，你有什么具体的打算？"

吴兆兴："林公，您是知道的，我一介书生，带兵打仗的事于我就是擀面杖吹火——一窍不通呀！"

林开武："也是啊！难为你了，值此乱世，让你这个读书人也来为带兵打仗的事奔忙。可你也不能把什么事都撂给我这个老头子呀，有些事，我一个赋闲在家的老头子是办不了的。"

吴兆兴："带兵打仗的事我不行，可兵马未动粮草先行的事我还是懂的。所以，在来这里之前，我已经安排县政府的人下去筹粮，保证林公您的人马不被饿着。另外，我已经吩咐把县政府的一栋房子给腾出来了，以后就做您老的大队部。其他物资，我们一边拉队伍一边筹备吧，您看行不行？"

林开武："嗯，这些事你能先准备当然好，可是人呢？拉队伍关键是人哪，没有人什么都无从谈起。"

吴兆兴："人嘛，我也与县里的军事科长徐开科商量过了，以后他就做您老的助手。只要您老一到位，即刻我就向全县发出通告，让各地的青壮年男子都来报名参加抗日联合大队。"

林开武："看来你也不外行嘛！还说自己不懂军事，这不是安排得井井有条的吗？"

吴兆兴："让林公您见笑了，我做的这些也就是跑跑龙套的事，跟带兵打仗哪里沾得上边了。以后带队伍、打鬼子，还得靠您老人家。"

林开武："你能够做到这些，已经很不错了。是不是我们今天就下山？"

吴兆兴："我倒是巴不得了，就是您老这能不能就走，是不是给嫂子们再交代一下，把家里的事再安排安排？"

林开武："哪里有那么多的啰唆事，我前几天一从开化回来就把什么事都给安排好了。我一辈子带兵打仗，从来不婆婆妈妈，要走现在可以抬脚就走！"

吴兆兴："那就走吧，我也学您这带兵的干脆一回。我们这个时候出发，到西洒还能赶上吃晚饭。"

"走就走喽！屋头的，把我的东西拿来，还有，叫他们给牵匹马。"林开武说完，就自顾站起来往外走，来到院里，李氏等人已经把他的几件换洗衣服打成一个包裹拿了出来，大儿子也从后院马厩里给他牵来了一匹马。

林开武默默地从李氏手中接过包裹，又从大儿子手中接过马缰，牵着马就跟着吴兆兴出了门，全家人全都出来送他，却谁也没有说话，只有小鹏这时紧跑几步，上前抱住他的腿，仰着头说道："爷爷，我也要跟你去，跟你去打鬼子。"

林开武弯下腰，怜爱地摸了摸小孙子的头，说道："小鹏乖，在家听你妈的话，等你长大了，爷爷就带你去打鬼子。"

听到爷孙俩的对话，李氏、文蕊、姚佩珠、冯翠兰和两个儿媳妇，都无声地流下泪来，有几个还背过身去，或撩围裙或拉袖子暗自抹泪。吴兆兴往头里走了几步，觉得这家今天是有几分异样，便转过身来看。当他看到这一幕，心头不禁颤了一下，于是便对林开武说道："林公，您老是不是再宽慰嫂子们几句，您看一家人都眼泪汪汪的。"

"管他们的，又不是生离死别。这几个老婆娘，老了老了，倒舍不得我出门了，以前从来也没有这样过，我们走我们的。"林开武说着，便踏镫上马，在马屁股上狠狠打了一鞭子，那马昂首嘶鸣，纵身一跃就跑上前去了，吴兆兴见林开武已经打马上前，也只好骑上自己的马，紧跟着跑出村去。

林开武和吴兆兴一前一后打马疾走，果然还不到晚饭的饭点时分就到了县城。于是，就径直去了吴兆兴已经腾开的大队部，不多一阵儿，被吴兆兴指派来做林开武副手的军事科长徐开科也闻讯赶来了，几个人便在新腾出来的办公室里议起事来，林开武这个抗日联合大队大队长，这就算正式走马上任了。

林开武到县城上任的第二天，早早就带着徐开科去了黄维的军部，把他们头天议定的事情，给他做了通报，黄维也表示他已经接到了关司令长官的命令，眼前正在备办装备，只要林开武他们把队伍拉起来，他立马就把答应过的一个团的装备给送来。

得到了黄维的答复，林开武吃下了定心丸，回到大队部当即就去催吴兆兴发布告，开始着手在全县范围内征召人马。

可是，县政府的布告贴出去都有好一段时间了，原来他们想的一呼百应的局面并没有出现，到县抗日联合大队来报名的人寥寥无几，有的人来是来了，一了解下来不是怀有不良目的想来捞好处的人，就是平时作恶的地方，不务正业的地痞。

这样怎么了得，来的人大多不能要，想要的人却又不见来。这可急坏了林开武、吴兆兴和徐开科几个人。正在他们急得团团转的时候，大队部里却来了一个戴眼镜、穿学生装的年轻人。

来人一走进林开武的办公室，还不等他询问就自己开口说道："林公，我来助您征兵。"

真是瞌睡遇到枕头了，林开武激动地从桌子后面站起来道："助我征兵？我正为这事焦头烂额呢，可是你是？"

年轻人见问，笑笑自我介绍道："晚辈姓龙，叫龙文池，当年我爷爷被人割了舌头丢岩洞，还是林公您救了他又为我们一家讨回公道的呢。对此，我们一家都没齿难忘。"

林开武惊奇地道："哦！你是那个龙大爹的孩子，那你现在是？"

龙文池："晚辈现在还是云南大学的学生，这不利用假期回乡来做社会调查，也和畴阳中学、西洒小学的老师们办了一张小报，在全县各地宣传抗日。听说您老这次征召抗日联合大队的人马碰到难处，就毛遂自荐来助您老一把力。"

林开武："可是，县政府的布告都贴出去好多天了，来应征的还没几个，年轻人你还有什么更好的办法吗？"

龙文池："晚辈认真想过了，县政府的布告贴出去那么久了，还没有几个人来报名，原因不外乎两条，一是乡亲们有顾虑，听说要上战场打仗就不敢来；二是，就是没有人带头。您老是知道的，年轻人大多血气方刚，只要有人带头了，一个影响几个，几个影响一片，大家的顾虑就少了，一旦他们心中的血性被唤醒，他们就都敢跟您上战场拼命。"

林开武："你说的不无道理。可是，我们又去哪里找那些能够带头的人呢？"

龙文池："学校呀，刚才晚辈不是说过，晚辈跟各地学校的老师都有接触，平时还跟学校的老师、学生办报，上街宣传抗日。我们只要把学校的年轻老师和简易师范、畴阳中学的学生发动起来，让他们带头应征，他们一带头，就是最有力的宣传和发动，还怕各地的年轻人不来报名吗？"

林开武："太好了，年轻人，如果你的这个方法管用，那你就为保卫我们地方、保卫自己的家乡立了首功。你快说，你需要我这个老头子做些什么？"

龙文池："林公，你只要坐镇大队部就行了，下去各地发动大家的事，我去办。我保证，不出一个街子，来您这里报名的人就会络绎不绝，到时候有您老忙的。"

林开武："军中无戏言，年轻人你可别给我说大话。"

龙文池："绝非戏言，一定办到。"

林开武："好！那我们一言为定，拜托你了。"

龙文池："全民抗战，人人有责，应该的，晚辈告辞了。"

龙文池走后没多久，外出办事的徐开科就回来了。林开武于是便高兴地把龙文池来过的事告诉了他。不料，徐开科却没有像他这样高兴，他沉吟了一会儿，才小声地对林开武说道："林公，您先别高兴，我听说这人可能是共产党，我们听说畴阳中学和麻栗坡简易师范的几个老师，还成立了一个什么中共的西麻支部，平时上街和下乡宣传抗日可搞得热闹了。他们答应帮我们招人，我担心……"

林开武："都是中国人，都是打日本，还分这党那党的？"

徐开科："可共产党和国民党毕竟……"

林开武："老夫虽然这几年赋闲在家，可我也听说，现在正国共合作抗日，大家都在齐心协力打日本，哪里有那么多门户之见。这事你别管了，只要能够招到人，只要能够帮助我们把抗日联合大队组建起来打日本，我觉得就是好事，就是有功于地方的事。"

徐开科："这……林公，我觉得还是小心谨慎些好。"

林开武："先招人要紧，其他的事，你我也管不了，让那些大人物考虑去吧。"

徐开科："是，我听您老人家的。"

龙文池说的还真不是戏言，没出一个街子，到抗日联合大队报名的人就多了起来，先来的是一些年轻老师和学生，接着来的便是更多的青壮年农民，甚至还有一些年轻商人和小业主。没有多久，他们的队伍就发展到了一千多人，满满一个团的编制。

人马终于招齐了，接着便是忙着召开抗日联合大队的成立大会，在一片鞭炮声中，黄维也代表关麟征送来了一个团的枪支弹药。有了这批武器装备，林开武的抗日联合大队就真像那么回事了。于是，他和徐开科认真商量以后，便把那些老师和学生出身的骨干委任为中、小队长，又去请黄维支援了些军事教员，开始编练队伍。

队员们虽然大多是与庄稼打交道的农民，但是都知道这次练兵是为了打仗，开不得玩笑，加上林开武在他们心目中又有着极高的威望，所以学得都很认真。又因为那些中、小队长都有文化，下来又会给队员们细细分解，无论是队列要领、班排战术，还是射击理论、刺杀投弹，都讲得清清楚楚，队员们的进步就很快，只是几个月的时间，队伍就编练成军，可以安排到县内的各个要口，或通往边境的要道上巡逻堵卡、布控设伏和站岗执勤了。

队伍练成，对于林开武这个大队长来说，当然是最值得高兴的事。但是，就在他打算去找龙文池表示谢意的时候，却听说驻畴阳那个师的国军，抓了畴阳和麻栗坡简易师范的几个老师，把他们押解到昆明去了，龙文池虽然没有在被抓的人之列，却也从此没有再在西畴出现。

对于这个事，林开武虽然有自己的不同看法，也很为龙文池的安全担心，却也感到自己确实无能为力。便只好在暗自希望龙文池别出事的同时，把更多的精力投入抗日联合大队的建设和边境防务当中。所以，直到他几年后在老家病逝，他也不敢确信自己是不是与共产党打过交道，是不是真的得到过他们的帮助。

八十七、中国守军主动出击 日本军队阵脚大乱

滇东南的西畴、麻栗坡一带，是云岭余脉六诏山向南延伸的过渡地带，大部分地方是地形复杂、山高林密的喀斯特峰丛，座座石山高耸挺拔，道道深谷幽深神秘，条条小路蜿蜒其间。因为这里的山地北高南低，山势先延伸到越北丛林，再抵达越中平原，呈梯次下降。因而从防御角度来说，就形成了一条居高临下的天然屏障。但是，麻栗坡对汛特别区是沿着蜿蜒的边境线往里六十里划定的，东西长八百来里，而南北宽却只有六十来里。也就是说在以冷兵器作战的古代，它的战略纵深是足够了，但到了拥有飞机大炮的当下，区区六十里纵深根本难以抵挡敌人的大规模进攻。而西畴县就在麻栗坡的正北面，这里连接着内地，也俯瞰着边关，这就让它天然地成为麻栗坡侧后的又一道屏障，在战略上既承担着正面防御的功能，又成为麻栗坡后方可供回旋的余地。

正像林开武先前与关麟征第一次见面时所说的那样，各地抗日联合大队的组建，尤其是麻栗坡对汛特别区和西畴县抗日联防大队的组建，有力地支援了当地驻守的国军。在边境防务上，不仅直接弥补了国军在兵力上的不足，他们平时在县境各地的要口和通往边境的要道上巡逻堵卡、布控设伏和站岗执勤，把国军部队从繁重的边境防务中解脱出来，加强了几道防御阵地上的守备力量。而且，他们的存在，还在整条边境线上布下了若干的眼睛和耳朵，哪里有一点风吹草动，国军都能随时掌握情况，比以往变得更加耳聪目明，与和他们对峙的那些日军相比，完全掌握了战场的主动权。

而林开武本人，则因为自己这么大岁数还可以在抗日的战场上发挥作用，

越发显得老当益壮，精神抖擞。这个当时已经须发皆白的老人，竟不惧栉风沐雨、风餐露宿，整天奔忙在边境线上。他不是带队堵卡设伏，巡逻布控，就是来往于各地要道检查防务，竟然很少在县城待着也很少回家，每当看到他白发飘飘地骑马而来，他的那些队员不管多苦多累，都由衷地振奋，备受鼓舞。

一次，林开武听说的一些穿着老百姓衣服，说话生硬却又行动诡异的人，会以赶马帮、做生意等身份，在麻栗坡通往西畴的要道上活动，便敏感地意识到有日军特工已经渗透到西畴境内来了。于是，他在把情况及时报告守军的同时，组织联防大队的力量积极布控。没多久，就在由西畴董马通往麻栗坡铁厂的交界处，林开武派出去设伏的一个小队，终于发现了三个形迹可疑的人。一经盘查，那三个人便拔枪打伤了一个联防队员，然后趁他们慌乱边开枪边往边境方向跑。

当时，第一次与日本人交锋的队员们，一听到枪响，又见自己的同伴受伤倒下，便不知道如何是好，乱作一团。好在当时带队的小队长还算冷静，他一边指挥大家抢救伤员，一边派人到董马街向正在那里巡视的林开武报告。林开武知道情况后，立即打电话通知麻栗坡联防大队在边境沿线堵截，自己则带着驻董马街的一个中队人马，迅速实施追捕。经过六十多里的长途追击，最后，他们终于在紧靠边境的一座大山上追上了那三个人，在激烈交火过程中打死了其中两个，打伤了一个，并把被打伤的那个日本特工捆了，扛着去交给当地守军。

又一次，日军的一个小队趁夜色掩护，摸进了麻栗坡特别区攀枝花对汛的一个村子，与当地的联防队交上了火。当时，当地驻军虽然及时出击，截断了日军退出国境的退路。但是，被包抄的这一小队日军却打得十分顽强，而境外的日军为了配合他们突围，也从境外组织了大队级别的进攻。这样一来，在边境线上阻击的国军腹背受敌，而把敌人围在村子里的麻栗坡联防大队，却没有能力把那个小队日军吃掉，情况十分危急。

前线的战况经过驻军传达到正带队在南令河上游堵卡的林开武那里，他丝毫没有犹豫，便带领当时自己手中仅有的一个中队扑了上去，配合麻栗坡联防大队全歼了那个来犯的日军小队。

当他们彻底解决了那个日军小队，正待撤出村子的时候，西畴抗日联合大队的另外两个中队，还有一个营的国军也赶到了。于是，林开武又马不停蹄地带着他们直扑边境，支援正在那里阻击敌人进攻的国军，大家齐心合力，把疯狂的日军挡在了国境之外。

经过了这两场战斗，林开武又陷入了新的思考，他觉得仗不能老是这样打，老是取守势就太被动了。凭他多年的带兵经验，他知道，最好的防御还是进攻，消极防御只有挨打的份儿。

带着这样的想法，他一回到西洒就直接去了黄维的军部。不料，他竟然在那里碰到了同样刚到黄维军部不久的关麟征。关麟征一见他风尘仆仆地赶来，一边把他迎进作战室，一边乐呵呵地道："林公，我正在和黄军长说您呢。结果，说曹操曹操就到了，您说西畴的地皮薄不薄？"

林开武端着黄维递过来的一杯凉白开"咕嘟咕嘟"地喝下，边揩嘴边就不客气地说道："西畴地方地皮是薄，薄得日本人一击就穿。"

黄维："哦！林公，没有您说的那么严重吧？您接连打了胜仗，我还在与关司令长官说呢，有您这个老黄忠在，西畴防务简直就是铜墙铁壁，日军哪有可乘之机呀？"

关麟征："是呀！林公，黄维正在为您老请功呢。您突然来那么一出，莫不是对我们驻防贵地以来只取守势，并不主动进攻的战法不太满意？"

林开武："就是！当着明白人我也不绕弯子了，你俩和我都是多年带兵的人，我们都知道，只有进攻才是最好的防御，消极防御就会被动挨打。可是，这几年我们都光守不出击了，这是怎么回事？"

关麟征："林公，生姜到底还是老的辣，您老算是说到点子上了。这两年我军在滇南只取守势，那是最高统帅部着眼全局的考虑，蒋委员长认为，在云南，日军陈兵滇南和滇西，而滇南他们始终没能有大的突破，在滇西，他们却直接打到了怒江边，要是没有怒江天堑，说不定情况还要更糟。所以他严令，我们滇南方向只守不动，在滇西方向，则由杜聿明统军数十万，又叫孙立人在印度苦练精兵，积极准备反攻，夺回失地。"

黄维："现在时机成熟了，我军杜聿明部、孙立人部已经以强大兵力组织滇西反攻，取得了松山战役的胜利，日军在我军的有力打击下，正在向缅甸溃退。"

关麟征："我今天来这里，就是要和黄维商量，下一步我们也搞一些小的突击，主动出境作战。根据最高统帅部的作战意图，从滇南方向打乱敌人的阵脚，令他们首尾不能相顾，从而达到支援滇西大反攻的战略目的。"

　　林开武："这么说，我还是想到你们的后面去了。如果统帅部有这样的部署，你们二位将军有这样的行动，那就太好了。这叫一子动，全盘活。"

　　关麟征："林公，您不是想到后面了，而是想在前面了。我记得，我和黄维、张跃明两人第一次上香坪山向您讨教的时候，您就曾经说过这样的战法。这些年我一直谨记在心，只是等待合适的时机罢了。"

　　林开武："这么说，现在你们一直等待的时机到来了，最高统帅部也同意我们这么干了？"

　　黄维："正是。不过，为了加强滇西战场的突击力量，不日我部也会按最高统帅部的命令，抽调部分兵力前往滇西作战，这边的防御力量会因此削弱，我们即便出击，也不能搞大规模的进攻，只能连、营一级，最多到团一级的拔点作战，目的是扰乱敌人的视线，打乱他们的阵脚。当然，在这个过程中，如果能够在一定程度上有效地消灭敌人的有生力量，那就更好。"

　　林开武："这真是太好了，能这么打总是比被动地防守要过瘾。说吧，在新的作战中，你们需要我们联防大队做些什么？"

　　关麟征："是这样，我们滇南方向总体上取守势的战略还是不变，联防大队的主要任务还配合国军守住已经构筑的防线。但必要时，也可以根据具体的战术需要，配合出境作战的国军小股部队进行拔点作战。尤其是您老，多年在滇东南一带带兵，人熟地熟，是我们的活地图，部队出境作战时要多出力。我们的想法是，在您和联合大队的有力配合下，力求每一仗都出兵奇，打得准、打得狠，把日本驻军给打疼了。"

　　林开武："知道了，老夫憋了几年气了，现在终于可以扬眉吐气干一场了！"

　　关麟征："哈——哈——哈，老将军，说句有些不敬的话，您这就是老夫聊发少年狂呀！"

　　黄维："是呀！林老将军真是锐气不减当年啊！"

　　林开武："这都是日本人逼的。要不然，我在我的香坪山养老，早就养出一身暮气了。为了这个，我还得好好感谢他们呢！哈——哈——哈——"

　　从这次在黄维军部的谈话以后，守卫滇南方向的关麟征部果然在战术上做了调整，以小股部队在边境上频频出击。为了配合守军的拔点作战，林开武也把西畴县抗日联防大队一分为二，除留下两个中队由徐开科带领，继续负责要道上的巡查、堵卡、防守以外，自己带着一个中队，直接推进到边境地区，作为机动力量，随时跟随出击部队行动。

麻栗坡特别区攀枝花那登村对面的日军阵地，位置居高临下，扼守着由那登通往越南的边境通道，对小河对岸的那登村威胁很大。可能也因为这个地方地势险要，驻越北的日军竟然不顾这里位置前突，中国军队完全可以两翼迂回将其围歼的危险，在这里派驻了一个小队，并修筑了坚固的工事。他们自认为这里易守难攻，再加上驻防几年了也没有发生什么事，心理上就更加麻痹，最近还干脆把离这里较近的另一个据点的日军也撤走了，使得这个阵地上的日军，更加孤立无援。

中国驻军调整战术以后，经过几次抵近侦察，首先就把靶点目标定在了这里。负责这次行动的第九集团军特别行动大队，在仔细分析了敌我态势之后，决定正面强攻拿下这个阵地。

战斗打响之前，林开武得到了消息，便主动请缨要参加这次战斗。当时，那个特别行动大队的大队长还看不上他的联防队，他大大咧咧地说道："林公，不用！不就一个小队的日军吗？我那么一装备精良的大队，兵力上占有绝对的优势，一个冲锋我就把阵地拿下来了，您就和联防队的弟兄们等着看好戏吧。"

年轻人心高气傲，林开武知道再说什么也是无益，便也不再纠缠，他默默地离开了特别行动大队的大队部。

那天晚上，特别行动大队的队伍悄悄开出了驻地，他们要趁夜抵近敌人阵地前沿，准备第二天一早突然发起进攻，一举拿下敌军阵地。可让他们想不到的是，他们出发以后不久，另外一支队伍也悄悄出发了，只是这支队伍没像他们那样直接摸到日军的阵地前沿，而是绕到了敌人的侧后，悄无声息地埋伏了下来。

天色微明时分，拔点战斗如期打响了。然而，战斗却不像预期的那般顺利，日军打得很顽强，国军的突击分队几次冲上阵地都被他们又给打了下来。到最后，特别行动大队的预备队都用上了，阵地依然牢牢地控制在日军手中。

眼看牺牲的人越来越多，天色又已经大亮了，再这么僵持下去，等到日军的援军赶到，那么这场偷袭就会变成胶着之战。正在国军那个特别行动大队大队长急得嘴起燎疱的时候，日军阵地的后侧却突然响起了激烈的枪声，只见阵地上的日军纷纷调转枪口，迎击后面突然出现的攻击。趁着这个机会，特别行动大队又一次发起攻击。结果，顺利地拿下了日军阵地，当他们在阵地上与林开武的联防队相遇时，那个大队长既感激又羞愧，拉着林开武的手竟然不知要说什么好，而林开武却大度地说："打扫完战场就撤下去吧，待会儿日本人的援军该到了。打这种仗，一定要见好就收。"

经过了这一仗，国军这个大队长不再那么轻敌了，对林开武也不敢轻易怠慢。于是，他们两支队伍密切合作，在不到半年的时间里，先后在越南的清水河和官坝一带，连续拔掉了敌人的十多个据点。闹得日军鸡犬不宁，人心惶惶。

就在这个节骨眼上，日军在缅甸战场上连续遭到重创，在南太平洋诸岛上的日军，也在盟军的强大攻势下，节节败退，不得不从越北战场抽调兵力，前去支援南太平洋战场。

这样一来，日军在越北战场上的兵力就只好向城镇收缩，很多防守出现了漏洞。这无疑又给滇东南的关麟征部队，创造了更多打击敌人的机会。林开武和他的抗日联合大队，在这段时间里，配合国军又打了很多漂亮仗。其中，他们打得最大的一仗，是趁敌人兵力空虚，配合第九集团军特别行动大队和国军的另外一个营，一举拿下了越南的普棒县城，引起了越北日军极大的震动，阵脚大乱。

八十八、卢汉邀请前去受降 老将河内喜逢爱子

时间一转眼就到了 1945 年 8 月 15 日，中国人民的抗日战争终于迎来了伟大胜利。日本投降了，国军部队都在忙着开赴各地受降。而入侵法属越南的日寇，也奉命向中国军队投降。为此，国军第一方面军总司令卢汉，就要率领滇军六十军赶赴越南河内。

卢汉，原来是滇军六十军的军长，因率数万将士在台儿庄与日军血战而一战成名，旋任国民革命军第一集团军副司令、司令。日寇入侵越南以后，滇边告急，直接威胁了中国抗战的大后方，蒋介石于是急调第一集团军回滇，负责

滇南防务。后来，滇边形势进一步吃紧，蒋介石再调关麟征的第九集团军入滇布防。为了统一指挥滇南战场的部队，遂于昆明成立第一方面军司令部，委任卢汉为总司令，节制守卫滇越铁路以西的第一集团军和防守滇越铁路以东的第九集团军。

就林开武来说，他的从军和从政过程与卢汉都没有交集，但是其以耄耋之年投入抗战的壮举却世人皆知，作为统一指挥滇南战场的最高军事统帅，卢汉当然也对这个屡立战功的老将十分钦佩。为此，在动身前去越南河内受降前，卢汉点名让林开武也亲赴河内，见证日寇向中国军队投降的历史时刻。

卢汉的邀请让林开武也大感意外，因为受降是军队的事情，而他充其量就是一个抗日联防大队的大队长。但是，这种莫大的荣耀还是让他倍感自豪。于是，在接到卢汉从昆明发出的邀请之后，他按照指定的时间如约赶到了河口火车站。

当时的河口，只是一个人口不过万人的边境小镇，突然有六十军数万人集结于此，俨然一座兵城，城里街道上闲走的是兵，界河边看风光的是兵，火车站戒备的是兵，还有更多的兵乘坐火车而来，唯一不同的是，此时的中越铁路大桥，已经为国军所控制，再也看不到原来中日两军对峙于界河两岸时，那种剑拔弩张的气氛。

在停靠于河口火车站的一列火车上，林开武第一次见到了身着陆军上将军服的卢汉，当时在场的还有六十军军长曾泽生。卢汉身材高大魁梧，很有气质，也很有风度，在林开武看来，这员虎将名副其实。因此，他由衷地快步上前，朗声说道："卢总司令，林开武奉命来见。"

见到林开武，卢汉也颇意外，因为他面前的这个人也同样身材高大，面貌俊伟，而且耄耋之年仍精神健旺，面色红润，目光如电，浑身充满力量，要不是他已经须发皆白，怎么看都只是六十岁上下的年纪，便也不敢怠慢。只见他迅速起身，"啪"地给林开武行了一个军礼，道："老前辈，有劳了。"

林开武："不敢、不敢，总司令垂顾，老夫诚惶诚恐，不胜感激。"

卢汉："老前辈不必过谦，卢某请您来，因您是抗日的老英雄。一来值此日寇投降，国民胜利之际，我们共同见证这一伟大的历史时刻；二来也让日寇知道，中国人在维护国家主权上，是怎样个个同仇敌忾，人人奋勇争先的，好让他们也记住历史教训，以后再勿妄动侵华之心。"

林开武："开武一介村夫，没有像总司令想得那样远。但接受日寇投降，实乃每个中国人的最大心愿，老朽受总司令错爱，得以参与见证这样的历史时刻，当是毕生最大的荣耀。"

卢汉："经过这么多年的艰苦抗战，中国人终于迎来了可以扬眉吐气的一天，永衡此刻的心情与老前辈您的感受是完全一样的，这来之不易的胜利，既是我们国家、民族的最大荣耀，也是我们个人最大的荣耀。"

林开武："那就让我们出发吧，一起去见证这一伟大的时刻！"

"好！林公您路上就和我们坐这节专用车厢，这位是曾泽生军长。您先坐下喝口茶，抽根烟，一会儿我们就整队出发。"卢汉说完，招呼林开武坐下，叫人给他倒来了一杯热茶，又自己掏烟递给他。

林开武伸手拦住他，说道："总司令请便，我只喝茶，不吸烟。"

曾泽生："林公好习惯。烟这个东西，的确有百害而无一益。"

林开武："我们云南出的鸦片，更是害人。"

卢汉："是，是。以后社会安定了，我一定把它禁了，向当年的林则徐大人学习。我可听说了，前辈您是林则徐大人的后人。"

林开武："隔好几代了，他是我的远房叔爷……"

曾泽生："林家代代忠烈啊！"

林开武："哪里、哪里，比起家中前辈来，开武微末寸功，提不上口、提不上口啊！"

卢汉："林老将军您威武当年，一世英雄，我们整个云南能有几人？永衡是敬佩之至、敬佩之至啊！"

"报告总司令，部队整队完毕，是否即刻出发？"卢汉、曾泽生正和林开武说着话，突然有一位少将副官上车报告。

"出发！"卢汉大声下令道。

满载军人的军列"隆隆"开动，风驰电掣往南而去。当天，六十军抵达河内，第二天一早，正式接受侵越日军投降。

受降仪式在河内法国驻越都督府的一个大礼堂里举行。当时，大礼堂内被布置得庄严肃穆，巨大的签字台上铺着草绿色的军毯，上面已经准备好了签字文本和笔砚，签字台后只摆放了一排座椅，那是专门为胜利者准备的，而战败者已经没有座椅，他们只能垂首站着。

礼堂内外，中国军队不管是站岗执勤的，还是列队入场的，都军容严整一派威严，而日军则完全没有了往日的气势，当卢汉、曾泽生等高级将领步入礼堂，日军司令官及其属下的将佐，都脚跟一碰，向胜利者低下了头，弯下了腰。

卢汉、曾泽生等高级将领在签字台后面的座椅上坐定之后，受降签字仪式就开始了，先是日军司令官走到签字台前，在投降书上签下了他的名字，解下他的佩刀，双手捧着放在签字台上，然后向卢汉、曾泽生等人鞠躬，小心退下。接着他后面的将佐们一一上前，将佩刀解下，小心放在签字台上，之后垂头低眉，缓缓后退几步后站立成一排，向坐着的中国军人鞠躬。

礼堂里的这些仪式进行完毕后，在礼堂外列队等候的日军士兵也在他们长官的指挥下，交出了他们的武器，然后依次退出会场，回到经允许仍由他们暂时居住的营房，等待遣返回国。

日本士兵交出来的武器，在广场中心堆成了一座小山，围在广场四周的中国士兵欢声雷动，经过这么多年的浴血奋战，这些中国军人终于等到了胜利的时刻，在这个特别的时候，用语言已经难以尽述他们的心情，他们只有尽情地欢呼，大声地吼叫，甚至把他们的军帽和弟兄抛向天空，而很多士兵在狂欢之后，则又相拥而泣，他们付出的实在太多，牺牲的也实在太多了！

有心人发现，在那天的受降仪式上，若干受降的国军高级将领当中，却夹杂着一个着便服的须发皆白的老者，签字时，他坐在卢汉的旁边，走到广场上时，他也不离卢汉的左右。这人，就是卢汉特别请来参加受降仪式的西畴县抗日联合大队大队长林开武。

林开武随卢汉、曾泽生等人一出现在受降的广场上，就被不远处正与弟兄们狂欢的一个年轻军人看到了，只见他一看到林开武就撇下他的弟兄们，一个劲地往长官们所在的地方挤，在他就要靠近卢汉和林开武他们身边的时候，卢汉的一名卫士拦住了他。

"让开，我来见我爹。爹！"那军人一面对卫士说明情况，一面大声地朝林开武喊了一声。

丝毫没有准备的林开武循声望去，顿时喜出望外："威儿，怎么你也在这里？"

林威又往前挤了几步："爹，我也来受降了，我本来就一直在六十军当兵嘛！"

林开武也从人丛里挤出来，一把拉住林威的手："看我，老眼昏花了，你们全军都来了，你怎么可能不来呢？真是老糊涂了！"

"林公，您儿子呀？"这时，站在林开武旁边的卢汉不失时机地问了一句。

"是，是我儿子，我们已经有七年没见面了。"林开武答道。

"报告总司令，属下是六十军特务团一连连长林威！"林威听到卢汉问起自己，便赶紧立正，给卢汉敬了个军礼。

"林威？我知道，你在你们军特务团是小有名气的，作战勇敢，又会武术，你去年破格晋升上尉的命令，还是我签署的呢。"

"感谢长官栽培！"林威双脚脚跟一碰，又给卢汉敬了个军礼。

林开武："卢总司令长官错爱了，他那都是在家时跟老夫学的一点三脚猫功夫，学艺不精，不足挂齿。"

曾泽生："都说将门出虎子，令郎可是一个能打善战的军事人才，前途不可限量啊！"

林开武："还望总司令长官、曾军长多多栽培、多多栽培。"

卢汉："今天真是太有意义了，你们一对抗日父子竟在异国的受降仪式上意外相逢，真是难得！走吧，林威上尉，今天我代你们军长特批了，给你放假三天，好好陪陪你父亲，陪他在河内到处玩玩，让他高兴高兴。"

"是！长官。"林威高兴地第三次给卢汉、曾泽生行礼，牵着林开武的手走出欢腾的人群。

河内虽然不比中国境内，但是胜利同样激动人心，那几天，街上到处都是欢乐的人群，人们也像中国内地一样，纷纷炸响鞭炮，到了晚上，城市上空还燃起了绚丽灿烂的礼花，就连那些法国殖民者，都忘记了他们尴尬的身份，与河内市民、与此时随处可见的中国军人一道欢庆胜利。

林开武父子因为得到卢汉特许，也融入了街上欢乐的人群中。那几天，他们一边游览着河内的名胜，一边尽情地分享着胜利的喜悦，同时，还不忘互相倾诉彼此的思念。那天，林开武很大方地把儿子请到河内的一家海鲜馆，父子俩点了龙虾、螃蟹和一尾叫海底鸡的深海鱼慢慢享用。

酒过三巡，林开武试探着问道："威儿，没有后悔我送你出来当兵吧？"

林威站起来给父亲斟满了酒，说道："不后悔，打日本保国家，我从来就没有后悔过。"

林开武："现在，日本投降了，仗打完了，以后你作何打算？"

林威："我还没有来得及细想这些，眼下日本人刚刚投降，他们虽然缴了械，但他们的军人和侨民还大量滞留越南境内，我们可能还得待在河内一段时间，我们的警戒任务要等到他们完全遣返才算完成。爹，您呢，您有什么打算？"

林开武："我还能有什么打算，受降完了就回家呗。我八十多岁了，老了，现在打完了日本，就安安心心回香坪山去，好好跟你妈她们安度晚年，种点庄稼栽点树，好好补偿她们，我这一辈子，亏欠她们太多了！"

林威："哦！对了，这两天光顾高兴了，也没问家里的情况，我妈，大妈、二妈、三妈她们怎么样？还有我两个当家哥哥和嫂嫂、林霞、林飞他们呢，他们怎么样？"

林开武："他们都好，就是苦了点。我们家为了抗日，把能捐的东西都捐了，你妈，你大妈、二妈、三妈和你两个哥哥、嫂嫂，在家只有拼命种地、多打粮食，除了自己吃的，还得预备随时交军粮，林霞已经念完书了，现在在开化城谋了个教书的差事，也算有着落了，就是林飞，今年也眼看就要念完大学了，只要出来找到事做，就能养活他自己，你不用操心。"

林威："这样我就放心了，等我这边的事一完，我也回家去帮衬着您盘庄稼种树，倒是爹爹您，一大把年纪了，就算回家去那些重活也别做了，以后日子太平了，您也该享享清福了。"

林开武："我的事不要你操心，你好好在外面做事，不能老是想着回家。现在日子太平了，你就是离开了军队，地方上也有的是事做。我们国家经历了那么多战乱，好多地方都被日本人糟蹋得不成样子了，现在百废待兴哪！哪里不需要建设？正是你们年轻人为国家出力的时候。"

林威："我当然也这样想了，但是你们都老了，我一来该回家尽孝；二来嘛，我听军营里有些人私底下议论，说国共一起打完了日本，现在恐怕是又要……"

林开武："不会吧，我们国家乱得太久了，现在太需要和平了。"

林威："我也只是听到些议论，要是真的刚赶走日本人又自己打起来，我还不如回家去种树。"

林开武："先看看再说吧，说不定形势会向好的方面发展的。不过，你刚才说的这些话，可不能到处都乱说。"

林威："爹您放心，我知道。"

他们父子俩就这么吃一阵说一阵，说一阵又吃一阵，直到天色完全黑了才结账出来。离开了餐馆，又踏着河内街上不明不暗的路灯慢慢往回走，待他们回到卢汉和林开武他们下榻的地方已经不早了。可是，才回到卢汉的临时司令部，林开武就觉得气氛有些不对，卢汉的作战室兼会客室里灯火通明不说，那些进进出出的军官也都神情紧张。

林开武正要拦住一个军官问是怎么回事，恰好这时卢汉的副官也匆匆地走出门来，他一见到林开武便跑过来说道："林公您可回来了，您再不回来，我可要派人去找您了。"

"怎么了，出什么事了？"林开武问道。

副官："出大事了，总司令长官正在找您呢，您先进去吧，到里面总司令长官会对您说的。"

"好，我这就去。这是怎么了？"林开武嘀咕着，三步并作两步跨进卢汉的会客厅，林威跟在他身后也快步走了进去。

"卢总司令，发生什么事了？"林开武一跨进门就问。

卢汉："后院起火了，这个老蒋真不地道，我才带六十军出来受降，他就指令邱清泉的部队趁昆明空虚发动兵变，逼龙主席下台。"

林开武："这怎么办，带着六十军打回昆明去？"

"不行啊！这个老蒋玩两手，打一个抬一个，在逼龙主席下台的同时，又任命我为云南省主席。这不，连任命的电报都发来了。现在打回去，乱了昆明不说，理由也不充分呀！"卢汉说完，把手里的电报递给林开武。

林开武："那怎么办？打不得、乱不得，那只有向他老蒋俯首称臣，接受他的安排？"

卢汉："为了全局的稳定，恐怕只能先这样了。可是我又有点不甘心，我现在回去就职，对不起龙主席不说，搞不好还会受老蒋的长期控制。"

曾泽生："那这样，我们走一步看一步，总司令您先带您的警卫团回去，六十军则以继续在越南警戒为由留在河内，到时就是有什么不测，也有回旋的余地。"

卢汉："为今之计，也只有如此了。泽生，你们六十军留在河内，既要遣好日军，也要向国内实施警戒，同时控制住回国的交通线，以防不测。"

曾泽生："是！长官。"

卢汉："副官。集合警卫团，我们连夜出发，回昆明！"

副官："是！长官。"

卢汉："林公，您继续在这已经没有意义，要不也跟我一起走吧？"

林威："爹，您到了河口车站就下车回家去吧，您岁数大了，就别再为外面的事操心了。"

林开武："好的，我回去就解散抗日联合大队，告老还乡。威儿，你也回部队去吧，别在这儿陪我了。"

卢汉："对，林威你现在就回部队去，你父亲这有我呢。"

"是！长官。"林威向卢汉、曾泽生和父亲行了军礼，走了出去。

当夜，长长的军列一路向北，卢汉和林开武都坐在那列火车上，卢汉没有像来时那样谈笑风生。

八十九、姚佩珠病逝香坪山 老弟兄聚首林泉下

林开武在河口火车站下了车，也没有在河口多做停留，带着去时留在河口的两名随从就往回赶。当天晚上，他们回到了马关县城。在那，林开武不想惊动太多人，便自己在街边的小店里随便吃了一点东西，然后就到马店里睡下。可是，也不知是怎么的，整一个晚上他都莫名其妙地心慌，翻来覆去睡不着。于是，第二天一早天才放亮，他就催促随从匆匆上路，拼命打马往回赶。

大约中午时分，他们三人三骑就过了盘龙河，赶到了新马街附近的一道山梁上，只要翻过这道山梁，就可以远远看到莲花台乡的地界了。可就在这时，他们不远处的对面，却驰来一个骑着快马的人，那人在山路上把马打得飞快，眨眼间就转过一道山弯，来到了林开武他们几人面前。没待林开武反应过来，来人已经翻身下马，冲着林开武大声道："老爷，我终于碰到您了，大夫人叫您快点回家，三夫人不在了！"

林开武到这时才看清来人是自己的一个家人，听他这么嚷嚷，便也吃惊地道："什么，你说什么，三夫人不在了？"

家人："是三夫人不在了，昨天晚上不在的。"

林开武在马上努力稳了稳神，接着才继续问道："这是怎么回事，好好的怎么说不在就不在了？"

家人："老爷您这段时间回家少，三夫人已经病了一段时间了，大夫人要我们去跟您说，三夫人却说打鬼子是大事，不让您分心，就一直拦着，她的病也就一拖再拖，只说坚持吃药就会好的。哪料从昨天白天就上吐下泻，还屙了血，到了晚上就不行了，再怎么救也没能救回来。"

林开武："那你们怎么就知道我回来了，还专门到这条路上来迎我？"

家人："是大夫人吩咐的，她说估摸着老爷您这两天也该回来了，就使了我们两个人，一个去畴阳的兵营给您发电报，一个来路上来迎您，就是想早点把事情告诉您，让您早点回家，在入棺前再见三夫人一面。"

"走吧，那、那我们回家。驾！"林开武明显有些失神，但他却硬撑着，没有在家人和随从面前失态，只是稳了一口气，便又打马跑在前面，一路望香坪山狂奔而来，那家人和两个随从不敢迟疑，也打马紧随其后。

当晚天色黑尽时分，林开武一行回到了香坪山。远远地，林开武就看到自家的门头上挂着一对白色的灯笼，在夜色浓重的山风中不住地摇曳，既透着几分悲凉，又透着惨白的冷光。

这是数十年来，林开武从外面回家从来没有过的体验，当时，他本来就一片纷乱的心里，不由又是一紧。但是，他毕竟是一家之主，他在心里提醒着自己：不能乱了方寸。

一念至此，一路上打马狂奔，恨不能让马插上翅膀即刻就飞回家的他，这时反倒勒住马的缰绳，让马放慢了脚步。他缓缓地来到自家门口，又缓缓地下马，平静地走进家门。

尽管林开武没有惊慌失措，他的到来，还是很快惊动了家里所有的人，李氏带着一家老小，还是闻讯迎到了院子里。

"老头子，你可回来了……"李氏一句话没有说完，声音已经哽咽。

"老爷……呜——呜——呜——"文蕊本来也是要说点什么的，可一开口却已泣不成声。

站在后面的冯翠兰虽然没有说什么，但借着门头上的灯光，林开武也看到她泪眼晶莹。

"佩珠在哪里？我去看看她。"林开武故作镇静地问道。

李氏抹了把眼泪，止住自己的哽咽，回答道："在她屋里。要不先你先歇口气，吃了饭再过去看她？"

"不，还是现在就过去吧，再说这个时候我哪里吃得下去饭哪。"林开武说道。

"那就走吧。"李氏说完，就自己上前引路，文蕊和冯翠兰则一左一右扶住林开武的手臂，一家人簇拥着他往姚佩珠的房里走去。

姚佩珠静静地躺在她那间屋子的外间地上，身下垫着家里人临时取下来的床板，床板上铺着新的席子和垫单，家人已经给她梳洗并穿上了寿衣，还给她化了妆，显得很安详。但是，可能是病得太久，死前又上吐下泻的，脸上、手上等看得到肉的地方已然皮包骨头，瘦得不成样子，尤其是她那张脸，在灯光的映照下，白得像纸一样。

看到她这个样子，林开武不禁心头一紧，嘴里却说道："这姚佩珠，当年千里万里地从苏州随我来香坪山，好日子没过上几天。这日本人才打完，眼看着我就可以回家来安安稳稳地过日子了，她却一句话也没有留下就走了，她怎么这么绝情呢？"

听林开武这么一说，一屋子的女人又都啜泣起来。林开武看看她们，只好转而安慰道："你们都别哭，这人吃五谷，免不了都要生老病死的。佩珠她先走了，那是她无福，我们虽然都一把岁数了，但我们还得好好活着，要好好地过几天安稳日子才对得起自己。"

林开武的安慰，倒像是催化剂，非但没有止住女人们的悲情，反倒引来了她们更大的哭声。这种时候，如果任由悲情泛滥，总不是个事，林开武抱养的大儿子便不失时机地走到他身边，说道："爹，也就是让您来见我三妈一面，现在见过了，是不是可以入棺了，过一会儿交了天气，又是一天，总不太好。"

林开武："好吧，那就入棺吧。人都走了，老让她这么躺在外面也不行。记住，装棺时一定把她用的乐器都装上，她到那边要用的。还有，装好了以后，最紧要的是在她的棺材前点上长明灯，好给她照路，要不然磕磕绊绊的，她不好走。"

"爹您放心，这些事我们都会料理好，您和我妈她们就去客厅那边歇着吧，要么叫她们摆饭，您怎么也得吃一点，您赶了一天的路，不能老是这么饿着。"二儿子这时也来扶林开武，边说边把他送出门。

林开武和李氏、文蕊、冯翠兰几个离开后，两个儿子和村里来帮忙的年轻人就开始动手装棺，不多一阵儿，棺装好了，他们又在院子里放了三炮火铳，这是告诉村人，林家的丧事程序正式启动了。

林开武操持着把姚佩珠送上了山，本来说等办完了丧事就下山，去县城把抗日联合大队的事做一番交割的，不想那天和他一起从河口回来的那两个随从，去县上把他家的事说了，吴兆兴和徐开科闻讯都放不下，做客那天也赶上山来了，林开武就爽性把他俩留下来，发了丧后即与他们商量解散抗日联合大队的事，他们见林开武妻子新丧，也都表示理解，应允下山后会把此事办好，让他别再挂怀。

有了吴兆兴和徐开科的应允，林开武也就放心了，办完了姚佩珠的丧事，他就没有再下山。从此，便在香坪山上过自己的日子，不再过问外面的事情了。这个在外奔波了一辈子的耄耋老人，终于在他八十多岁的时候，过上了他几十年前就想过，却始终也没有真正过上的隐居生活。

日子终于回到了原来的轨道，很快就恢复了它应有的平静。一个月过后，林开武已经从姚佩珠故去的悲痛中解脱出来，开始与他当家的两个儿子准备种苗，谋划着过了年就启动他种杉树、栽三七、种草果、育八角、种庄稼的计划。

那天，林开武正和两个儿子在家里商量造三七园的事，不料崔志贤却背着一个包袱走了进来。

"三哥，我回来了。"崔志贤进来时，林开武父子三人正在说事，谁也没有注意，他便自己把包袱放在桌上，主动跟他们打招呼。

林开武抬头一看，见崔志贤笑吟吟地站在那，当即大感意外，他吃惊地道："志贤，你怎么来了？事先也没有说一声。快、快坐。你们两个，赶快给你叔倒茶。"

林开武的两个儿子见父亲这么语无伦次，当时也中止了与父亲正说的事，忙着倒茶去了。

待崔志贤在椅子上坐定，林开武又问道："怎么，志贤你是有事路过，还是专程上山看我来了？"

崔志贤："三哥，我不是有事路过，也不是专程上山来看你。"

林开武："你这家伙，又卖关子。说，到底什么事，没事你怎么跑到山上来了？这几十年了，你从来就没提过要上山来。"

崔志贤："真的没有事，我这是彻底回家，我来要回当年我在上海还了你的那把银柄短刀，要回父辈交情的见证，我要回香坪山来跟你搭伴，再也不回去了。"

林开武："你别骗我，你来香坪山跟我搭伴，那你昆明那个家怎么办，还有你的老婆孩子也不管了？"

崔志贤："这几年，天下乱糟糟的，有些事，我也没有办法让你知道。你那弟妹，已经走了两年了，孩子们呢，都已经长大了，各自成了家，都不要我管了。我孤老头子一个，剥隘老家也没有人了，我不回香坪山来我去哪？"

林开武："那太好了，你能来真是太好了。"

崔志贤："我可不是来一天两天哟，我在这住下，可是不走了，三哥你可别现在高兴，过不了几天就烦我。"

"哪里会烦你，不烦，这里可是你从小长大的地方，也是你的家。"林开武说完，就去书房的一个隐秘处，找来那把银柄短刀，郑重地交到崔志贤手中。

老哥俩正说得高兴，李氏他们几个闻讯进来了，林开武便宣布："志贤说，他这次来就不走了，你们快去叫孩子们给他收拾一间房子，把他安顿好。想不到啊！我林开武老了老了，我最亲的兄弟又回来了。还有，翠兰你去厨房准备一桌酒菜，自抗战以来，我已经多年不沾酒了，今晚我要开戒了！"

那晚，林开武果然开了酒戒，他和崔志贤都喝得有些高了。第二天日上三竿，他们才起来，先去苏善堂的衣冠冢上看了看，林开武又把崔志贤带到了姚佩珠的新坟前。趁着崔志贤在坟前上香、烧纸的当儿，林开武不无感慨地说："志贤哪！你来晚了，佩珠你也没能见上一面，我知道你这辈子心里一直是有她的，可她硬是要跟我。你说跟我有什么好，她一辈子也没有过上几天好日子，就这么走了，有时候想起来，我觉得她真的不值啊！"

崔志贤："算了，三哥，都是过去的事情了。当年她选择你，她肯定就觉得值。女人哪！一旦她认定的事、认定的人，她能把命都豁出去，感情在她心中的分量，只有她自己才知道。"

林开武："我走南闯北一辈子，到头来什么也没有，可我却碰到了几个好女人，她们都心甘情愿地把自己的一生托付给我了。想想，人的一生也不过如此了，再也没有比自己的女人、自己的兄弟、自己的朋友，对自己的信任更重要的事了，我也该知足了。"

崔志贤："是啊！三哥，我这辈子最大的幸运，也就是有你这么好的一个大哥了……"

那天，他们老哥儿俩在姚佩珠的坟前坐了很久，说了很多话。从山上回来，崔志贤就在香坪山上住了下来，再也没有离开。以后的日子，他们不是游览香坪山各地，寄情于山水林泉，就是帮着家里的年轻人，做点力所能及的，倒也过得平静而充实。

过了年，新的生产大忙季节又到了，就在林开武一家忙着给田里送肥，单等节令到来就把全副精力投入栽种上的时候，林威也背着背包回来了。林开武在惊愕之余，悄悄问了林威离开部队回家的原因，才知道他离开河内以后不久，林威所在的六十军直接从越南就被老蒋调去了东北，在那和共产党的部队打起了内战。林威因为厌倦了内战，又对同室操戈的事不能理解，就自己脱离部队回来了。

知道了儿子回来的内情，林开武也不便说他什么了。从此，林威便在家安心务农，再也没有离开香坪山。那年秋后，林开武从邻村给他娶了一房媳妇，一家人又迎来新一轮的添丁进口，日子也就渐渐滋润和兴旺了起来。

日子过得丰足和悠闲起来以后，林开武、崔志贤、文蕊几人又重拾书画，没事就在书房里一同研习。这一日，香坪山上又来了一个他们意想不到的人，此人是曾任麻栗坡特别区对汛督办公署协办，后来又曾一度任砚山县县长的张志明。

有朋自远方来，不亦乐乎？几个老友不免日日游山玩水，喝酒唱和，到张志明离开香坪山的前夜，他拿着叠手稿交给林开武。林开武打开一看，原来是他专门咏香坪山的十二珠联。于是便和崔志贤借着油灯细细阅读，看着看着，林开武竟忍不住读出声来："……千秋事业垂青史，万树松杉刺碧天。壮志亦酬身亦隐，莳花种竹乐林泉……林泉之乐乐何为，晓起看山夜读书。四边来客多不俗，开轩煮酒摘菜蔬……晚烟漠漠雨丝丝，洗透群芳艳入室。雨后烟消星月上，一壶清酒一联诗……"

林开武："好一个'一壶清酒一联诗'，妙！志明，你算是把我的心思写得入木三分了。"

崔志贤："我最欣赏的还是'晓起看山夜读书……开轩煮酒摘菜蔬……晚烟漠漠雨丝丝,洗透群芳艳入室'这几句算是把我们在香坪山上的日子,写到淋漓尽致的地步了。"

林开武："都好、都好,志明老弟果然无愧那么多年的修为,佩服、佩服。林威,快去给我们准备夜宵,今天晚上,我和你两个叔叔不醉不休!"

那晚,林开武、崔志贤、张志明都醉了,香坪山馆充满了诗意。那晚,整座香坪山也醉了,醉得夜意阑珊,山水迷蒙。

从此,林开武彻底隐居山林,外界再也没有关于他的消息,直到多年以后,他早年种下的杉树,竟然有两棵被选进京,用来建新中国的人民大会堂,人们这才又想起他这位种树人来。但是,那时林开武已经故去多年了。